时间的针脚

〔西班牙〕玛丽亚 · 杜埃尼亚斯 著

罗秀 译

EL TIEMPO ENTRE COSTURAS

南海出版公司

新经典文化股份有限公司
www.readinglife.com
出　品

献给我的母亲，安娜·比努埃萨

献给比努埃萨·洛佩一家和阿尔瓦雷斯·莫雷诺一家，
为了那些在得土安共度的岁月以及对他们的永远怀念。

献给摩洛哥西班牙保护区内过去的所有居民，
以及与他们共同生活的摩洛哥人。

第一部分

1

一台打字机彻底粉碎了我的命运。还记得那是意大利好利获得牌打字机，我透过商店橱窗看了它好几个星期。如今再回首，虽然那么多年过去了，还是让人难以相信一台简单的机器居然可以在短短四天之内改变一个人的命运，把已经成形的计划全盘碾作粉末。但事实就是如此，在它面前，我无能为力。

其实我那时并没有什么宏伟的人生规划，所有的抱负都和家庭相关，无非是些家常琐事，与当时生活的时间和空间坐标很相配，几乎触手可及。我的世界只围绕着一些人和事缓慢地转动。在我看来，他们永恒而坚固。我的母亲，就是这个小小世界里最坚实的支柱。她是名裁缝，在一家专门为贵族定制时装的工作室上班。她经验丰富，品味高雅，但终其一生只是个劳劳碌碌领薪水的裁缝。就像其他裁缝一样，每天工作十个小时，手眼不停地进行裁剪、缝纫、比量、修改，最终将凝结着汗水和心血的衣服穿到别人身上，而当这些作品受到赞誉时，很少有人会注意到它们出自谁人之手。关于我的父亲，我知之甚少，确切地说一无所知。他从未露过面，这对我也没什么影响。我对他没有多少好奇心。八九岁的时候，母亲终于冒险向我透露了一些关于他的零碎信息：他有另外一个家庭，不可能跟我们生活在一起。当时的我一心只想着吃完最后几勺四旬斋期间聊以充饥的豆菜饭，母亲的话就跟眼前的饭一样让我极不耐烦，囫囵吞枣地听了进去。对我来说，赶快到楼下广场上去玩比了解这个不相干的人的生活有趣多了。

我出生在一九一一年夏天。同年，舞蹈家帕斯托拉·因佩里奥·卡约结婚，墨西哥歌手豪尔赫·内格莱特出生。欧洲的“美好年代”正走向没落，远处，第一次世界大战的战鼓已隐约可闻。在马德里的咖啡馆里，人们读着《辩论报》和《先知报》，舞台上，拉·切里多和着流行歌曲的节奏疯狂地扭腰摆臀，点燃男人们的热情。也是那一年的夏天，国王阿方索十三世成功摆平数不胜数的情人，迎来了他第五个婚生孩子，一位公主。而执政的自由党人卡雷拉斯决不会料到，一年之后他在圣马丁书店翻阅新书时，一个极端的无政府主义者用三颗子弹结束了他的性命。

我成长的环境还算幸福，虽然大部分时候很拮据，但既没有过于困窘，也没有遇到过大的挫折。我在一个老街区的小巷子里长大，紧挨着稻草广场，离马德里皇宫仅有几步之遥，与市中心没日没夜的喧嚣近在咫尺。这个世界到处是晾晒的衣服、漂白水的味道，高声交谈的邻里和总在晒太阳的猫。我在附近的一所临时学校里读书，它搭建在一栋楼的夹层中，孩子们四个四个地挤坐在双人板凳上，推攘着大声背诵《海盗之歌》或乘法表。我在那里学会了读书和写字，掌握了四则运算，也知道了挂在墙上的那幅发黄地图上一道道河流的名字。十二岁那年我结束了学业，来到母亲工作的时装店当学徒。这是宿命。

时装店的老板是马努埃拉·戈蒂娜女士。数十年来从这里流出无数精美的衣物，剪裁得体、做工精良，在整个马德里享有盛名。贵族妇女穿着这里出品的时装、晚礼服、大衣和斗篷在卡斯蒂利亚大道上招摇过市，去跑马场赌马，在耶埃罗门马球场打球，进萨库斯卡咖啡馆喝茶，或者到华丽的教堂做礼拜。其实有很长一段时间我并没有真正接触到缝纫技艺。刚开始我是时装店里的小杂役，包揽一切杂务，比如捡出火盆里的碎炭、打扫地上的零碎布料、在火上加热熨斗、马不停蹄地去蓬特霍斯广场买线和扣子，等等。其中我最喜欢的工作是去那些独栋豪宅送刚做好的衣服，它们一般都装在棕色的亚麻袋里，这是我早期职业生涯中最大的乐趣。就这样我认识了马德里那些最豪华住宅的门童和司机、最有钱人家的侍女和管家。我也有机会偷偷观察那些精致高雅的仕女，以及她们的女儿和丈夫。我是一个沉默的旁观者，得以深入那些资本家的豪宅、贵族的府邸或是迷人的老式建筑里的奢华公寓。有时候我只能止步于用人区，府里的某个下人会负责接收我送来的衣服。但有时候，他们会让我到更衣室，我可以穿过长长的走廊，还能窥探到客厅，目不暇接地看着那些地毯、水晶大吊灯、丝绒窗帘和大钢琴，有时候琴音流淌，有时候寂静无声。我一边看一边想，生活在这样一个世界里，感觉多奇怪啊！

我的生活就在这两个世界间转换，我越来越意识不到两者间的巨大反差。走在车来车往、一排排威严肃穆的豪宅耸立的宽敞大街上，我也跟走在自己街区的那些蛛网般的小路上一样自然。那些小巷永远坑坑洼洼、垃圾遍地，回荡着小贩的叫卖声、饿狗尖锐的吠叫声。行人也总是行色匆匆，如果你听到有人喊"泼水啦"，最好赶紧躲起来，免得被泼得满身铁锈。廉价的租赁房里住满了手工艺人、小商人、雇工和刚刚来到首都的报贩，他们令这个街区染上了乡土本色。他们中的很多人，除非不得已，不会走出这里。但我和母亲却相反，每天都一大早起来，匆匆忙忙离开，赶往祖尔巴诺街，快速投入马努埃拉女士时装店的日常工作中去。

当了两年学徒后，马努埃拉女士和母亲一致认为，该是我学习缝纫的时候了。所以在十四岁那年，我开始学习最简单的技术：做纽襻、锁边、绷线。后来又学锁扣眼、回式针迹、给衣服做褶边。我们工作时坐在小小的灯芯草椅上，弓着腰，用膝盖支撑着木板，所有正在缝制的布料就放在这些木板上。马努埃拉女士负责接待顾客、剪裁、检查和修改，我的母亲则负责量尺寸和剩下的工作：缝制衣物最精细的部分、给其他人分派任务、检查任务的完成情况、管理大家的工作进程和纪律，等等。这里有六个老裁缝、四五个年轻女人和一群叽叽喳喳的学徒。这些学徒热衷说笑逗趣、交流八卦更甚于做好自己的工作。她们中有些人最终会成为出色的裁缝，而能力不足的，就一直做着那些不那么令人愉快的杂务。如果谁走了，很快会有新人替上。和时装店雍容光鲜的外表和宽敞明亮的前厅比，我们工作的地方杂乱无章，当然，顾客只能去前厅。也只有马努埃拉女士和我母亲才能享用那些藏红花颜色的帐幔、桃花心木的家具和闪亮的橡木地板，我们这些年轻的学徒每天用棉抹布把它们擦得一尘不染。只有她们能不时地享受从四扇高高的临街阳台窗户中透进来的阳光，其他人永远只能待在后方，那个冬天寒冷夏天闷热的小房间，我们的工作车间，两扇小小的窗户朝向内院，在那里，时间就像空气的呼吸一样，在轻声的哼唱和剪刀的开合声中流过。

我学得很快。灵巧的手指很快就适应了针线的形状和布料的触感。量尺寸，包模成型，卷布。前襟长、胸围、裤长。袖窿、袖口、拷边。十六岁的我已经学会了分辨布料，十七岁我学会了鉴别它们的质量并据此估量能做成什么样的衣服：中国绉纱、真丝雪纺、乔其纱、法国尚蒂伊蕾丝。岁月像踩着跑步机一样前进，每年秋天制作高档呢绒大衣和春秋时装，每年春天缝制需长期穿着的轻薄衣物，达官贵人们穿着它们在坎塔布里亚的拉贡查和埃尔萨尔迪内罗度过轻松舒适的长假。我度过了十八岁，十九岁。慢慢地我开始着手高级的剪裁法，缝制衣物中最精细的部分。我学会了上领子、做翻领、设计裙摆、加工各种细节装饰。我喜欢这份工作，确切地说是很享受缝纫。马努埃拉女士和母亲有时候会征求我的意见，她们开始信任我。马努埃拉女士常常对母亲说：多洛雷斯，这丫头心灵手巧，真是块好料，要是安心做下去，他日一定错不了。母亲就像没听见一样，继续忙手头的事。我也一样，照旧埋头干活。但是当我偷偷地斜眼看她时，发现她抿得紧紧的嘴唇藏着一丝不易觉察的笑意。

年华似水，生命如梭。时尚不停在变，车间里的工作也紧随着改变。欧洲大战之后直线剪裁风行，胸衣过时了，人们开始不知羞耻地卖弄腿部。但是当快乐的二十年代结束时，服装的腰线又回到了正常位置，裙子开始变长，袖子、领口和人们的心态也都归于端庄稳重。我们一下子进入了一个新时代，更多的变化让人应接不暇，一个接一个地，始料不及地，都赶到一起了。二十岁的时候，西班牙人民迎来了第二共和国，而我认识了伊格纳西奥。那是一个星期日，在一场乱哄哄的满是工厂女孩、坏学生和休假士兵的舞会中，他把我拉过去跳舞，逗我笑。两个星期后我们就开始谈婚论嫁了。

伊格纳西奥是谁？对我来说意味着什么？那时候我以为他就是我生命中的那个人。一个安静的男孩，我凭直觉认为他一定会成为我的孩子们的好父亲。对于像我这样既没有稳定工作又不享受福利的女孩子来说，到了这个年龄，除了嫁人几乎没有别的选择。看看我母亲，她夜以继日地工作，独自把我养大。我从来没有指望能有什么好前途。但我认为伊格纳西奥是一个合适的人选，可以避免我步母亲的后尘。我可以与他共同度过往后的岁月，而不用像她那样每天在寂寞中醒来。我对他没有令人心旌摇荡的激情，却有着厚实的爱恋，他的甜蜜柔情好比夜晚的枕头。我确信，在他身边，我的生活不会有任何痛苦和坎坷。

我以为，伊格纳西奥·蒙特斯，会是我这一生千百次散步时紧紧依偎的那个人。有他在身边，我就有安全感，也有了永久的避风港。他比我大两岁，瘦瘦的，很和蔼，机灵又温柔。个子很高，行为举止很有教养。他对我的爱，似乎随着时间的推移成倍增长。他的母亲是个来自卡斯蒂利亚的寡妇，家境贫寒，生活拮据，床垫下总藏着几个杜罗[①]。他那时候住在廉价的公寓里，整天梦想着成为公务员，只要有部委招考，他就在考生之列。因为部委能给他一份维持生计的薪水，不管是国防部、内政部还是财政部。每年三千比塞塔，每月二百四十一比塞塔，为了换取这份永久的固定工资，他愿意将余生都奉献给办事处和办公室、吸墨纸、印章和墨水瓶。我们在这个基础上计划着未来。但是在一场接一场的公务员考试中，他们总是固执地不肯把我的伊格纳西奥列入录取花名

①杜罗，西班牙硬币，等于五个比塞塔。

册。他却毫不气馁。二月份考司法部，六月份考农业部，然后再从头开始。

在那些日子里，虽然他没有能力去开销巨大的地方消遣，但是为了让我快乐，甚至愿意付出生命的代价。囊中羞涩的他尽所能地给我买各种各样的玩意儿：装满了丝绸玩偶和桑叶的纸盒，一袋烤栗子，当然还有高架桥下草地上的那些山盟海誓。我们一起在西园的小亭子里听乐队的演奏，一起在阳光明媚的周日清晨泛舟湖上，也从不错过任何一个有秋千和手摇风琴的狂欢晚会，没有哪个巧蒂斯舞会①我们不是掐着点跳到最后一刻。多少个午后我们徜徉在比斯蒂亚斯公园，在社区电影院看过无数部电影。一杯瓦伦西亚铁栗奶茶对我们来说是奢侈，至于出租车，连想都不敢想。伊格纳西奥的柔情，虽然不昂贵，却似乎无穷无尽，我就是他的天空，他的星星，是世界上最美最好的女孩。我的头发、脸庞、眼睛，我的双手、嘴唇、声音，我所有的一切对他来说都无人能及，我是他快乐的源泉。而我呢，静静地聆听他的话语，对他说一些傻话，听任他爱我。

然而时装店发生了一些变化。生意开始变得艰难而不稳定。第二共和国的成立，对我们那些生活在舒适奢华中的顾客造成了冲击。马德里变得动荡不安，每个角落都充斥着政治紧张感。富人们将他们在北方避暑的假期无限延长，希望借此躲开充满动荡和骚乱的首都。在马德里的广场上，人们高喊着“工人世界”的口号，郊区那些光膀子的无产阶级踏进城，直逼太阳门。街上的高级私人汽车越来越少，奢华的聚会也日益罕见。年老的女士们身穿丧服，念着九日祭经文，祈祷阿扎那②早日倒台。人们开始习惯每到点起煤油灯的时候，空气中呼啸着的子弹声。无政府主义者烧毁了教堂，长枪党端起大得吓人的手枪。越来越多的贵族和大资产阶级用床单蒙上家具，遣散下人，插上门闩，奔逃国外，把他们的珠宝、现金和恐惧一起带出国界，继续拥护被流放的国王，期待着一个不知何时才能安定的西班牙。

①巧蒂斯舞，源于苏格兰，后流行于西班牙直至20世纪初的双人舞。

②指当时取得政权的中左翼联盟核心曼努埃尔·阿扎那。

马努埃拉女士的时装店里，上门的顾客越来越少，订单越来越少，活计也越来越少。在艰难的挣扎与抉择中，时装店开始辞退工人。先是学徒，然后是普通裁缝，到最后只剩下马努埃拉女士、母亲和我。当我们做完因特拉格斯侯爵夫人的最后一件衣服后，无所事事地连听了六天收音机，连个敲门的魂儿都没有，马努埃拉女士不得不叹息着向我们宣布关闭时装店。

在那个混乱动荡的时代，连剧院的包厢里都充斥着政治争吵。政府不断更迭，没念上三遍天主经就换了个朝代，我们都没有时间为失去或错过的东西惋惜。时装店被迫停工三个星期后，伊格纳西奥手捧一束紫罗兰出现在我面前，并带来了他终于被录用的消息。我们小小的婚礼计划暂时掩盖了对未来的迷茫，大家开始坐下来策划婚事。随着共和国的建立，社会上形成了很多新风气，开始流行新式世俗婚礼，但我的母亲，在灵魂深处却有着根深蒂固的天主教意识和对已经倒台的君主制乡愁般的忠诚。她鼓励我们在邻近的圣安德雷斯教堂举办一场传统的天主教婚礼。我和伊格纳西奥都接受了。我们怎么可能不接受呢？对伊格纳西奥来说，我的愿望就是他的愿望，而对我来说，母亲的愿望就应该毫不犹豫地去实现。另外，我也没有什么理由去否定它，我对这场婚姻的实现没什么幻想，对我来说，在祭坛前由身着长袍的神父主持婚礼，或是在礼堂里的三色旗下成婚，都无所谓。

就这样，我们与教区神父约定了婚礼日期。二十四年前的六月八日，同一个神父按照圣徒祭日表给我取了希拉这个名字。萨比妮亚娜、维多利亚、高登西亚、埃拉科里亚和福尔图纳塔是根据当天的圣徒表可选的其他名字。

“就叫希拉吧，神父，您就给她取名叫希拉吧，至少比较好记。”这是我母亲作为唯一家长的最终决定。所以，我就成了希拉。

我们将会同家人和朋友一起庆祝婚礼。有我那个无腿失明的外公，他不但身体残疾，精神也在菲律宾战争中受到重创，每天都在饭厅阳台旁的摇椅上沉默不语。有伊格纳西奥的母亲和姐妹们，她们将从乡下赶过来。有我们的对门邻居因格拉西亚、诺尔波特和他们的三个儿子，这三个儿子都是社会主义者，真挚而亲密，对我们就像血脉相连的一家人。还有马努埃拉女士，为了给我制作婚纱，她重新捡起针线开始缝制最后一件作品。我们将用蛋白酥、马拉加葡萄酒和苦艾酒招待客人，也许我们会请一名社区乐师上台演奏婚礼进行曲，或者请巷子里的某位摄影师为我们拍张照片作为家庭装饰，当然暂时我们还没有自己的家，只能住在母亲这里。

也就是那个时候，在每天层出不穷的计划和点子里，伊格纳西奥突发奇想地让我去学习，准备参加考试，像他一样成为公务员。那个行政机构的新职位让他看到了一个全新的世界。在共和国的管理下，女性不再只围着锅台、洗衣池和家务事转，她们可以在同等条件下，和男性肩并肩一起开拓自己的道路，也可以像男性一样拥有自己的人生目标。有一些女性已经成为国会议员，共和国公开宣布了在公共生活中的两性平等，承认女性的司法权利、工作权利和参加普选的权利。尽管如此，我还是情愿回到缝纫工作中去。但是伊格纳西奥花了不到三个下午的时间就把我说服了。满是布料和针脚的旧世界已经崩溃，一个新世界向我们打开了大门，我们必须适应。他可以辅导我备考，他有所有的考试大纲，有绰绰有余的实战经验，更有百折不挠的韧劲和勇气。我清楚地知道，从我们的婚礼开始，我们两个、我的母亲、外公以及将来的孩子们将组成一个家庭，而我必须承担起家庭的责任，同伊格纳西奥一起挑起这个沉重的担子。因此我让步了，接受了这个计划。一旦做了决定，我们就只差一样东西：一台打字机，让我用来备战无论哪个部门都必考的打字科目。伊格纳西奥这些年一直用别人的机器练习，穿梭来往于各个高校充满了油脂、墨水和汗水味儿的影印室。他不希望我再重蹈覆辙，因此一心一意要添置一台属于我们自己的打字机。接下来的几个星期我们一直四处询问比较，仿佛这是人生中最大的投资。

我们研究了所有可能的选择，进行了无尽的比较和计算。我不了解功能，只觉得小巧轻便的机器更合适。而伊格纳西奥不在乎体积大小，相反，他非常在意价格、分期付款和功能。我们找遍了马德里所有卖打字机的地方，在商店的橱窗前一待就是几个小时，学习那些品牌的外国发音，这些发音让我想起了电影里那些遥远而富有艺术感的地方：雷明顿、皇家、安德伍德。我们可以选择这个牌子，也可以选择另一个。可以在一家美国商店买，也可以在另一家德国商店买。但最终我们决定在马格尔大街的意大利品牌好利获得专卖店购置我们的机器。我们怎么可能想到，如此简单的一个决定，仅仅是往前走两到三步，跨过那个门槛，就给我们共同的未来判了死刑，不可逆转地改变了未来的道路。

2

“妈，我不会跟伊格纳西奥结婚的。”

她正准备穿针，我的话让她一下子呆住了，指间还捏着没有穿过去的线。

“你在说什么，丫头？”她小声问道，声音支离破碎地从喉咙中飘出来，充满了茫然和难以置信。

“我说我不会跟他在一起了，妈。我爱上了别人。”

她用能说出口的最刻薄最恶毒的话骂我，仰天长叹祈求老天开眼让我放弃那疯狂的念头，寻找各种各样的理由试图说服我回心转意。当她发现所有的一切都是徒劳时，便跌坐在外公旁边的摇椅上，掩面痛哭。

我强作镇定，沉默不语，试图掩饰冒失的言语背后那份紧张不安。母亲的反应让我害怕。对她来说，伊格纳西奥几乎是一个梦寐以求的儿子，他的出现填补了我们这个小家庭中男性的空缺。他们之间有很多共同语言，性情相似，互相理解。母亲总是特地做他爱吃的菜，给他擦鞋，为他缝补磨损破旧的衣物；他则在看到她为他精心缝制的周末弥撒服装时大加奉承，时不时地给她带蛋黄甜点，有时还半开玩笑半认真地说，她比我更漂亮。

我很清楚自己的出格行为会颠覆这份舒适温馨。我也知道除了伤害自己，还会葬送其他人的一生，但那时候我已经无法阻止自己了。我下定了决心，而且意志坚定：让婚礼和公务员考试见鬼去吧，我不想再埋头在小桌子上学习打字，也不想跟伊格纳西奥结婚生子、同床共枕、同甘共苦。我要抛弃他，即使这时候刮起龙卷风，也不可能让我改变心意。

好利获得专卖店有两个巨大的橱窗向过往行人展示和炫耀他们的商品。两个橱窗之间有一扇玻璃大门，斜对角上装饰着一根锃亮的铜杠。伊格纳西奥推开门，我们一起走了进去。门上悬挂的铃铛叮当作响宣告着我们的到来，但并没有人马上出来接待。我们呆立了几分钟，带着些许敬畏观察着屋里的陈设，却连伸手摸一摸的勇气都没有。木制家具刚上过蜡，光滑锃亮，上面摆满了奇妙的打字机，而我们将要在它们中间挑选的那一台触手可及。宽敞的陈列大厅尽头有一间办公室，从那里传来几个男人的声音。

我们没等太久，一位穿深色衣服大腹便便的人便出来接待了。他和善地问好，并询问我们有什么需要。伊格纳西奥跟他聊了起来，告诉他我们的需求，向他索要资料、征求意见。这个店员拿出了看家本领，为了显示自己的专业性，他把店里陈列的每一款打字机的特性都介绍了一番。虽然详细、严谨、精确却单调乏味。二十分钟以后我都快无聊得睡着了，伊格纳西奥却全身心地投入其中，专注于吸收这些信息，完全忽略了我，忽略了与店员的介绍无关的一切。我决定自己到一边去转转，因为我对他们的谈话实在是一点兴趣也没有。伊格纳西奥的选择一定是最佳的，这我完全相信。而打字机对我来说，不就是键盘、回车和侧铃的组合吗？

我开始在大厅里转悠，想找一些可供消遣的东西。我看看墙上悬挂的广告海报，花花绿绿的，在用我看不懂的语言宣传店里的商品。我又走近橱窗，透过玻璃观察街上来往的行人，最终恹恹地回到了大厅里。

一个巨大的玻璃门柜子挡住了半边墙。我看着玻璃里自己的倒影，发现有几绺头发从发髻里散落了下来，便重新把它们别好，然后捏了捏两颊，让无聊到毫无生气的脸庞有点血色。接着我漫不经心地检视了番身上的衣服，当然了，那天我穿的是最好的衣裳。不管怎么说，买打字机对我们而言都是件大事。我弯身从脚踝处向上整理长筒袜，时不时抚抚裙腰、前襟和领子。然后又重新理了理头发，正面照、侧面照，细细地打量着玻璃中的另一个自己。我做着各种动作，跳了几个舞步，然后对自己笑了。厌倦了这番自我欣赏后，我又继续在大厅里游荡，无聊之极就将手放在各种家具上，在柜台与橱架间有意无意地轻轻滑过。对于此行的真正目标——打字机，我几乎没有注意，对我来说它们唯一的区别就是体积。有些很庞大，有些很小巧，有些看起来很轻便，有些却很笨重。但是不管外形如何，在我眼中它们都只是一堆丝毫不能引起我任何兴趣的深色铁块。我不经意地来到一台打字机前，把手放到键盘上，然后假装在上面打我的名字：s-i-r-a，希拉，我轻声念道。

“很好听的名字。”

一个男人的声音在我背后响起，离我如此之近，以至于我的皮肤都能感受到说话人的呼吸。我打了个寒战，几乎是跳起般转过身去。

“我叫拉米罗·奥利巴斯。”他一边说一边伸出手。我一下子没反应过来，或许是因为不太习惯，从没有人这么正式地跟我打过招呼，又或许是因为我还没从他突然出现引起的惊吓中回过神来。

这个人是谁？他从哪儿冒出来的？他盯着我的双眼，主动回答了我心中的疑问。

“我是这家商店的经理。很抱歉刚才没能接待你们，当时正准备开会。”

还在透过大厅和办公室之间的百叶窗偷偷地观察我，我心想。他没说，但是从那深邃的眼神、稳重的嗓音里，我能清晰地感觉出来。他先来找我而不是伊格纳西奥，握手的时候把我的手捧在掌心里半天，所以我知道他一直在偷看我，看我闲逛，看我在玻璃柜门前整理自己：梳好发髻，调好衣襟，双手滑过腿面整理长筒袜。他躲在办公室里欣赏我扭动的身体和每一个动作的韵律，仔细掂量我的身形轮廓和面容线条，也一定在心里给了我一个评价。他用那双阅人无数的眼睛研究我，这双眼睛的主人清楚自己想要什么，并且惯于在表达愿望的同时直接命中目标。现在，他的目标就是我。我从来没有从其他男人身上接收过这样的信息，也从来不知道自己有能力对别人产生如此赤裸裸的肉欲吸引力。但是就像动物能嗅到食物或危险一样，与生俱来的本能令我感觉到，这个拉米罗·奥利巴斯，像一头狼一样，冲着我来了。

“这是你的丈夫？”他指着伊格纳西奥问。

“男朋友。”我说。

也许只是我的想象，但我觉得自己从他的唇间捕捉到了一丝难以觉察的满足的微笑。

“很好，请跟我到这边来。”

他一边侧身让我过去，一边很自然地把手放在我的腰上，好像一辈子就在等待这一刻。他友善地向伊格纳西奥问好，把店员打发走，轻而易举地掌握了牵引整件事情方向的缰绳，这对他来说就像驯鸽人击掌让鸽子飞翔一样，小菜一碟。他像一个魔术师，头发用发蜡打理得整整齐齐，脸部轮廓鲜明，带着深深的笑意，有力的脖颈，挺拔的身躯，果断潇洒，具有男人气概。站在他旁边，我可怜的伊格纳西奥看起来好像再长一百年也长不成男子汉。

当他知道我们买打字机是为了让我练习打字时，便对这个主意大加赞赏，好像由衷地认为这是一个绝妙的想法。对伊格纳西奥来说，他只是一个称职的专业人员，如数家珍般介绍这些机器的技术细节，以及各种付款方式的利弊。但对我来说，他像一块神秘的磁铁，散发着自信和魅力，牢牢地吸引着我，给我带来了巨大的震动。

我们的交易还得有一会儿才能完成。在这段时间里，拉米罗·奥利巴斯一刻也没有停止过给我信号。有意无意的身体接触、一个笑话、一个微笑、不时的一语双关，还有那像箭一样射中我内心的深不可测的目光。伊格纳西奥却一直沉浸在自己的世界里，对身边发生的一切浑然不觉。最后他决定购买型号为雷特拉35的便携式打字机，白色的圆形键盘，仿如雕刻的字母，优雅秀气。

“非常明智的决定！”拉米罗·奥利巴斯不遗余力地奉承伊格纳西奥的明智，就好像这是伊格纳西奥自己的决定，而不是他用炉火纯青的推销技巧暗地里操纵伊格纳西奥选择的一样。“对您未婚妻这样美丽灵巧的手指来说，这一款是最好的选择。小姐，请允许我看一下您的手指。”

我害羞地伸出一只手。伸手之前我迅速地看了一眼伊格纳西奥，希望能看到他欣赏的眼神。但是我没有找到。伊格纳西奥的注意力已经回到机器上去了。拉米罗·奥利巴斯大胆地抚摸着我的手指，充满了性感的挑逗，让我毛孔紧张，两腿像夏日风中的树叶一样发抖。直到伊格纳西奥从雷特拉 35 打字机上收回目光，询问如何付款时，他才放开我的手。两人商定当天下午先交一半货款，另外的一半第二天上午现金交付。

“我们什么时候可以提货？”伊格纳西奥问。

拉米罗·奥利巴斯看了下手表。

“仓库理货员出去办事了，今天下午应该无法回来。恐怕明天上午才能从库房提出货来。”

“那这个呢？我们不能直接要这个样品吗？”伊格纳西奥坚持道，他希望尽快完成这笔交易。一旦决定了购买型号，他就迫不及待地想要尽快完成其他一切的繁琐手续。

“那怎么行，先生。我可不同意希拉小姐使用别的顾客都摆弄过的机器。明天一早，我第一时间就给你们准备好一台新的，包括套子和包装箱。不过，”他转向我，“如果您愿意留下地址，我可以负责在明天中午前把新机器送到您家。”

“不不，还是我们来取吧。”我赶紧打断他。我隐隐觉得这个男人什么事都干得出来，一想到他有可能找到我家向母亲打听我，就感到一阵恐惧。

“我傍晚之前来不了，我得上班。”伊格纳西奥说。他吐出的每一个字，都像一条无形的绳子慢慢勒住了他的咽喉，不久便会让他窒息，他却浑然不觉。拉米罗几乎不需要亲手去拉紧绳子。

“您呢，小姐？”

“我不用上班。”我不敢看他的眼睛。

“那您可以来交款提货吧？”他假装不经意地提议。

我找不到理由反对，伊格纳西奥更是做梦也没想到看上去如此简单的一个提议对我们意味着什么。拉米罗·奥利巴斯把我们送到门口，亲热地跟我们告别，好像我们是这个商店接待过的最好的顾客。他左手用力拍着我未婚夫的背，右手搂住我的腰，一语双关地说：

“相信我，伊格纳西奥先生，来到好利获得西班牙专卖店是您最明智的选择。我向您保证，您永远不会忘记这一天。”然后他转向我说，“希拉小姐，麻烦您明天中午十一点左右过来，我会在这里等您。”

那天夜里我在床上辗转反侧，无法入睡。虽然脑海里盘旋着疯狂的想法，但我还有时间逃离，只要决定再也不去那家店就行。我可以跟母亲一起待在家里，和她一同收拾房间，用亚麻籽油刷地板，在广场上跟邻居们聊聊天，然后去粮食市场买半斤鹰嘴豆或一块鳕鱼。我可以等到伊格纳西奥从部里下班，然后随便编个谎话解释为什么我没去提货，比如有点头痛，或是觉得会下雨便没敢出门。吃完饭还可以小睡一会儿，继续假装身体不适。这样伊格纳西奥就会一个人去交款提货，与那个经理完成交易，带着我们的打字机回来，然后一切就结束了。我们再也不会听到拉米罗·奥利巴斯的任何消息，他再也不会与我们的生活有任何交集。我会慢慢忘掉他的名字，跟伊格纳西奥一起继续波澜不惊的小日子。就好像那个人从来没有充满挑逗地抚摸过我的手指，从来没有躲在百叶窗后面几乎要用眼睛把我吃掉。这很容易，很简单。我知道。

我很清楚，但是我假装不知道。第二天我一直等着母亲出去买东西，因为不想让她看到我如何精心打扮。如果她看到我一大早起来就打扮得这么漂亮，一定会产生怀疑，猜测我的心事。一听到她关门的声音，我立刻匆匆忙忙地准备起来：打了满满一盆水洗了澡，用薰衣草水擦拭身体，在火炉上加热熨斗，把唯一的真丝衬衫熨平，收回头天晚上晾在外面的长筒袜。就是前一天穿的那双，我只有这一双。我强迫自己平静下来，然后小心翼翼地穿上它们，生怕自己因为着急而手忙脚乱。这些我在过去的日子里每天都重复的机械动作，第一次有了明确的目标：拉米罗·奥利巴斯。因为他，我穿上最美的衣服，把自己熏香。为了让他看到我，闻到我，再次抚摸我，再次迷失在我的眼中。因为他，我决定就这样把头发披散着，尽情展示闪耀着光泽的过肩长发。为了让他紧紧搂住我的腰，我使劲束紧裙子的腰身直到几乎无法呼吸。因为他，一切都是因为他。

我步伐坚定地穿过大街小巷，消失在一片或渴望或谄媚的无耻目光里，强迫自己不去思考，不去想这样做会带来什么后果，也不愿意停下来仔细辨认一下脚下的路会把我带往天堂还是地狱。我路过圣安德雷斯小教堂，穿过卡罗斯广场，经过下街角，往大广场走去。二十分钟后我已经到了太阳门，不到半小时我就到了目的地。

拉米罗在等我。一看到我的身影出现在门口，他马上中断了同一位雇员的交谈，拿起礼帽和华达呢大衣，向我迎来。看他来到我身边，我想告诉他我包里带着剩下的货款，伊格纳西奥让我向他问好，也许当天下午我就要开始学习打字。但他根本没有给我说话的机会，甚至都没有跟我打招呼。只是在嘴里叼着一支烟，微笑着轻抚我的后背说："我们走！"我就跟着他走了。

他带我去的地方纯洁得不能再纯洁：瑞士咖啡馆。当确定所处的环境相当安全后，我放松了下来，想着也许还有时间自我救赎。当他找到座位并邀请我坐下时，我甚至想，也许这次见面不过是一个推销员为了向他的顾客表示特殊关照，我甚至开始怀疑这些殷勤都只不过是我一厢情愿的幻想罢了。但是我错了。虽然环境并不暧昧，这第二次见面却把我推向了万丈深渊。

还没坐稳，他就在我耳边低声说道："昨天你走了以后，我一分钟都没停止过想你。"

我不知道该如何回答，张口结舌，脑子里一片空白。语言，就像砂糖倒入水中，在大脑的某个角落里悄无声息地溶解了。他又捧起我的一只手，一边像前一天那样轻轻摩挲着，一边仔细观察。

“你的手指很粗糙。告诉我，在认识我之前，你是做什么的？”

他的嗓音如此亲昵而性感，与我们周围的嘈杂格格不入。身边充斥着玻璃和陶瓷器皿与大理石台面的碰撞声，上午茶时间的闲聊声，还有侍者向吧台点餐的叫喊声。

“缝纫。”我低声说，深深地埋着头。

“哦，这么说你是个时装师。”

“以前是，现在不是了。”我终于抬起目光，“最近时装店里没什么生意。”我补充道。

“所以你打算学打字？”

他的语调充满了私密和亲近，好像我们相识已久，又好像我们两个人的灵魂从生命的最初就一直在等待这次相逢。

“我未婚夫想让我参加一些部委的录用考试，像他一样当个公务员。”我的语气中带着一丝羞愧。

我们要的饮品来了，交谈暂时中止。他为我点了热巧克力，自己则要了一杯像夜一样浓的黑咖啡。趁他跟侍者交谈的工夫，我偷偷打量了他几眼。他穿了件不同于昨日款式的外套，里面是一件无可挑剔的衬衫。他彬彬有礼，举止斯文，带着跟我生活中的任何男人都不一样的精致优雅，与此同时，又似乎浑身都散发着男性魅力：吸烟的姿势，整理领结的动作，从口袋里掏出皮夹的样子，还有端起杯子喝咖啡的神态，都那么迷人。

“像你这样的女孩子，为什么要刻意去一个官僚机构待一辈子呢？”他抿了一口咖啡，问道。

我耸了耸肩膀。

“我想，是为了让我们生活得更宽裕些吧。”

他再次缓缓向我靠近，再次用他炙热的声音烧灼着我的耳朵。

“你真的想生活得更好一些吗，希拉？”

我喝了一口巧克力，避开这个问题。

“你弄脏了，我给你擦擦。”他说。

说着他把手放到我脸上，在我下颌周围移动，用手掌紧紧包住我的脸颊，仿佛我的面容是由他的手雕刻出来的。然后他把拇指放在所谓有巧克力污渍的地方，靠近嘴角处。他缓缓地、轻柔地抚摸我。我听任他这样做，一种混杂着恐惧和满足的情感让我一动也不能动。

“这儿也脏了。”他边用沙哑的嗓音嘟囔着，边慢慢往另一处滑动手指。

他把手指放到我下唇的另一端，继续轻抚着，更加缓慢，更加柔情。我背上升起一股凉气，打了个寒战，手指紧紧抓住坐椅的丝绒坐套。

“还有这儿。”他又说。然后他开始抚摸我的整个嘴唇，一寸一寸，从这边的嘴角到那边的嘴角，像是和着节奏，并且越来越慢。我仿佛掉入了一口深深的井，心里有说不出的柔软。我不在乎这一切是否都是谎言，不在乎我的嘴唇上是不是真的有巧克力污渍。我顾不得旁边桌上三个大惊小怪的老头中断了交谈，目瞪口呆地看着我们这激情澎湃的一幕，恨不得让时光倒流三十年。

一群七嘴八舌的学生呼啦一下涌进了咖啡馆，他们的交谈和大笑打破了那个神话般的时刻，就像有人无情地戳破了五彩的肥皂泡。我像突然从梦中惊醒一样，一下子意识到脚下的地面没有融化，意识到我差点吮到一个陌生人的手指，意识到有一只充满渴望的手正在我左腿上一寸寸地移动，意识到我正要纵身跳进万丈深渊。这一点点幸存的清醒让我一下子跳起来，惊慌地抓起随身带的小包，把侍者送来的一杯水一饮而尽。

“这是那台打字机的另一半货款。今天下午我未婚夫会来取货的。”我边说边把一沓钞票放在大理石桌面上。

他抓住了我的手腕。

“不要走，希拉，不要生我的气。”

我一下子挣脱了。没有再看他一眼，也没有告别。我只是转过身去，强作镇定，努力寻找逃离的路。直到那时候我才发现刚才那杯水大部分都洒在身上了，左脚的鞋子也湿透了。

他没有来追我，也许是因为猜到追了也没用。他只是静静地在那儿坐着，当我快要走远时，射出了最后一箭：

“请回来找我，你知道我在哪儿！”

我假装没听见，在嘈杂的学生中加快了脚步，很快消失在街头熙熙攘攘的人群中。

八天，每一天夜里我都抱着天亮时一切都会改变的愿望入睡，但每天早上都绝望地带着同一种痴迷醒来：拉米罗·奥利巴斯。白天不管做什么事情眼前都会闪现他的影子，片刻都不能将他从脑海中赶走：收拾床铺时也好，擤鼻子时也好，剥桔子时也好，甚至在下楼梯的时候，步下一级级的阶梯，关于他的回忆也一幕幕地在眼前掠过。

这期间，伊格纳西奥和母亲仍在热情高涨地策划婚礼，但我始终无法被他们的情绪感染。没有什么能让我快乐。我对任何事情都提不起兴致。他们觉得这也许是婚前紧张所致。而我，拼命地想把拉米罗从心里拔掉，努力让自己不再想起他在我耳边的低语，他抚过我双唇的手指，他摩挲我大腿的手，还有当我以为自己可以断绝一切疯狂的念头决然离去时，他那句让我刻骨铭心的最后告别：请回来找我！

我拼尽全力去抵御这种魔力。我努力了，却失败了。我对自己无能为力，这个男人的吸引力如此之大，让我的思念泛滥决堤，让我丧尽理智。我绝望地在周围寻找，却找不到任何救命稻草可以将我拖出深渊。不论是即将在一个月内与我成婚的未婚夫，还是含辛茹苦用一辈子心血把我养育成正派规矩女人的母亲。而我既不知道他到底是什么人，也不知道跟他在一起会有怎样的结果，可是这样完全未知的未来也没能阻止我的疯狂行径。

在第一次拜访好利获得西班牙专卖店后的第九天，我又去了。跟前几次一样，迎接我的是门上的铃铛叮叮当当的响声。这次没有胖雇员，没有仓库伙计，也没有任何其他职员来接待我。只有拉米罗。

我缓缓走近，强迫自己的脚步不要显得那么轻飘。虽然早就准备好了要说的话，我却什么也没说出口，因为他根本没有给我机会。当我走到他身边时，他突然用手搂住我的脖子，给了我深深的一吻。这一吻如此热烈，充满了欲望，让我全身都在收缩融化，好像马上就要化成一摊蜜糖水。

拉米罗·奥利巴斯三十四岁，阅历丰富，他勾引和挑逗的本事如此强大，就算是水泥墙也不能不动情。我被他深深地吸引了，开始还带着犹疑和焦虑，然后便奋不顾身地跳下，被汹涌的激情淹没。我紧紧地跟在他身边，走在小石子路上，与他呼吸着同样的空气。只要拉米罗在我身边，哪怕江河泛滥、楼宇崩塌、我们行走的街道瞬间从地图上消失，哪怕天崩地裂、全世界都在脚下陷落，我也愿与他一起承担。

伊格纳西奥和母亲开始怀疑我的不正常不只是因为近在眼前的婚礼引起的紧张，但是他们没能查出我情绪激动的原因，也找不到理由来解释我为什么一天到晚神神秘秘鬼鬼祟祟，他们不理解我频繁的出门和时不时难以抑制的大笑。这样的双重生活没过几天就难以维持了，我明显地感觉到内心的天平一点点地失衡，伊格纳西奥那边越来越轻，拉米罗那边越来越重。不到一星期，我就明白必须放弃一切，纵身扑向未知的前程。到了该与过去一刀两断的时候了，让一切到此为止吧。

伊格纳西奥下午下班回家的时候，我把门打开一条小缝，低声说："去广场上等我吧！"

母亲已经在吃饭的时候知道了详情，所以不可能再瞒着他了。五分钟后我下楼了，涂着口红，一手拿着新提包，一手拿着那台雷特拉 35 打字机。他在我们约会的老地方等我，在那张冰冷的石凳上，我们曾一起度过了多少时光，盘算着永远也不会有的将来。

"你跟别人好了，是吗？"当我在他身边坐下时，他问。他没有抬眼看我，只是把目光集中在地面上，鞋尖在地上不停地蹭着，扬起一片尘土。

我没说话，只是肯定地点了点头，沉默却坚决。他问，是谁？我告诉了他。周围还是一如既往的嘈杂：嬉戏的儿童、狗、自行车铃，圣安德雷斯小教堂的钟声在召唤着最后一遍弥撒、车轮在小石子路上拐弯、疲倦的骡子缓缓走过傍晚的小路。伊格纳西奥沉默了很久。也许他从我的语气中推测出了我的坚决，所以没有流露出任何茫然。既没有夸张的反应，也没有要求我作出解释。既没有斥责我，也没有请我再考虑一下他的感受。只是缓缓地，像水滴一样给我留下了最后一句话：

“他永远不会像我一样爱你。”

然后他站起来，拿着那台打字机，带着它一起走向空荡荡的远处。他的背影越来越远，在路边模糊浑浊的灯光下，似乎强忍着没有把打字机狠狠摔到地上。

我呆呆地注视着他，看着他从广场上离开，直到他的身影被秋日的薄暮吞噬。我很希望自己能因为他的离去大哭一场，为这场如此仓促又如此悲伤的告别感到痛心，责备自己亲手葬送了我们美好的未来和人生规划。但是没有。我没有流一滴眼泪，也没有哪怕一丁点儿的自责。他的身影刚刚消失，我就从石凳上站起来走了，就此永远抛弃了我生活的街区、我的故人和我的小小世界。那里留存着我所有的过去，而我即将开始一段新的人生，一段我以为会是光明大道的人生。对当时的我来说，没有比投入拉米罗的怀抱更美好的事了。

3

跟拉米罗在一起，我接触到了另一种生活方式，学会了离开母亲跟一个男人生活在一起，而且有了一个用人，也学会了在任何时候都尽力满足他，我生活的唯一目的就是让他感到幸福。同时，我也认识了另一个马德里，那些充满小资情调的地方，时尚会所、剧院影院、饭店和夜生活场所。我们在内格雷斯科、荷纳尔和巴卡尼克等酒吧喝鸡尾酒，在皇家影院观看电影首映礼，一边欣赏管弦乐队的现场演奏，一边观看大屏幕上玛丽·碧克馥①的表演。拉米罗往我嘴里塞糖果，而我则用双唇轻吻他的指尖，快乐得要被爱融化。我们在冯达尔巴剧院看卡门·阿玛雅②，在马拉维亚剧场看里克尔·梅耶尔③，在玫瑰谷欣赏弗拉明戈，在冰宫夜总会流连忘返。总之，这是一个嘈杂而沸腾的马德里。在这个世界，拉米罗和我每天都醉生梦死，生活中似乎没有昨天也没有明天。好像我们必须每时每刻享受整个世界，不然下一秒钟就不会来临。

拉米罗到底有什么魅力？他凭什么在相识不到两星期就彻底改变我

---

① Mary Pickford（1892-1979），美国早期电影明星，默片时代的巨星，第二届奥斯卡最佳女演员。

② Camen Amaya（1913-1963），当时最知名的弗拉明戈舞蹈家。

③ Raquel Meller（1888-1962），西班牙知名歌手，二三十年代的国际巨星。

的生活？一直到今天，这么多年以后，我仍可以闭着眼睛重演他勾引我的每一幕，我也相信就算重来一百次，我仍会一百次地像当年那样情不自禁地坠入爱河。拉米罗英俊逼人的外表，玩世不恭的姿态，让他的魅力无可抵挡：那向后梳得整整齐齐的栗色短发，那散发着男子汉气概、令人心驰神往的挺拔身躯，还有无时无刻不在的乐观和自信。

他诙谐而感性，完全不受当时辛辣刻薄的政治环境影响，仿佛不食人间烟火，离尘出世。交友甚广却不把任何人真正放在心上，总是怀抱宏图大志，任何时候都能说出最合适的话，做出最到位的表情。精力充沛、神采飞扬、坚定果敢。今天是一家意大利打字机公司的经理，以前是一家德国汽车公司的代表，再以前和以后谁知道会是什么。

而拉米罗在我身上又看到了什么呢？为什么他会心血来潮，要从一个安分守己的公务员手中抢下他马上就要成婚的新娘，一个卑微的裁缝？他曾经向我发誓，我是他生命中的第一次真爱。他以前当然有过其他女人。有过几个？我问。没几个，不过没有任何人能跟你比。然后他会亲吻我，直到我幸福得快要昏厥。今天回想起来，我也不难列出他当时宠我的方式，所有的一切我都记得。他说过，我是一处具有爆发力的宝藏，有着女神般的身体和婴儿一样纯洁天真的心性，是一块未经雕琢的钻石。有时候他把我当作小女孩对待，这种时候我们之间相差的十年就好像是几个世纪。他能预测到我的任性，用最出人意料的点子让我永远充满惊喜。他在莱昂丝绸店给我买长筒袜，送我乳液、香水、古巴冰淇淋，荔枝味的、芒果味的和巧克力味的。他教我很多事情：如何使用整套餐具，如何驾驶他的莫里斯汽车，如何在餐厅点餐，如何在吸烟时把烟雾吞下。他给我讲他过去遇到的一些人、结识的一些艺术家。他总是回忆起一些老朋友，还会畅想也许未来的某一时刻在地球的某一个角落有光辉的岁月在等待着我们。他会画世界地图，并教我成长。但有时候那个小女孩消失不见了，我对他来说就是一个完完全全的女人。他不在乎我知识和人生经验的匮乏，他需要我，崇拜我的肉体，总是紧紧地抱住我，就好像在剧烈的运动中我的身体是他存在的唯一理由。

从一开始，我就跟他一起住在他那栋位于萨雷萨广场旁的单身公寓里。我几乎什么都没带，仿佛人生重新开始，又好像脱胎换骨，重新托生。唯一带去他家的就是那颗被俘获的心和身上穿着的一套衣裳。有时候我会回去看看母亲，那时候她在家里接一些零活，非常少，挣的钱都不够糊口。她不肯接受拉米罗，很反感他对待我的方式，痛恨他利用年龄和金钱欺骗我，把我推向人生的边缘，强迫我放弃美好的前途。她不喜欢我们俩未婚同居，恨我抛弃了伊格纳西奥，我也不再是原来的我。虽然努力过很多次，我却始终不能让她相信并不是拉米罗强迫我作出的选择，也不能让她相信只是单纯的不可抑制的爱情让我走到了这一步。我们之间的争论越来越激烈，一次又一次地用最刻薄最恶毒的语言互相伤害。她的每一次责备都令我报以越来越粗暴的回击，她的每一句咒骂都加深了我的轻蔑与不屑。几乎没有哪次见面不以眼泪、大喊大叫和摔门而去收场。每次见面的时间越来越短，拜访的间隔越来越长，我和母亲，一天比一天疏远。

直到有一天她主动来找我，为了带来我父亲的口信。这件简单的事情再次改变了我们的命运航向。

那天她来到拉米罗家，那是上午十一点钟左右，拉米罗已经走了，我还在睡觉。前一天晚上我们先去克梅地亚剧院看玛格丽特·希尔古的演出，然后去了库克酒吧，大约凌晨四点才回家。我已经筋疲力尽了，连卸妆的力气都没有，当然，我是最近才开始学着化妆的。十点钟左右，半梦半醒的我听见拉米罗出门的声音，然后听见普鲁登西亚来了。她每天负责收拾我们凌乱的房子。我迷迷糊糊听见她出去买面包和牛奶，不久又迷迷糊糊听见有人敲门。开始很轻柔，而后很坚决。我以为又是普鲁登西亚忘带钥匙了，不是第一次发生这种事。我气急败坏地仓皇起身，对着坚持不懈的敲门声大喊：来啦来啦！甚至都没想过穿上点衣服，这个蠢货不值得我这么费事。我睡眼惺忪地打开门，但门口站着的不是普鲁登西亚，而是母亲。我不知道该说什么好，她也不知道。我们就这样沉默地对峙了一会儿。她只是上上下下打量着我，盯着我披散的头发、浓重的睫毛膏、眼线、眼袋和嘴唇上残留的口红，以及身上那件极度暴露的睡衣，以她的道德标准那是绝对无法容忍的。我受不了她的目光，不敢正视她。也许是因为我还没有从宿醉中清醒，也许是因为她严肃冷峻的态度让我毫无招架之力。

“进来吧，别在门口站着了。”我说，努力掩饰着她的不期而至给我带来的不安。

“不，我不想进去，我着急走。只是来给你带个口信。”

当时的情形紧张又荒唐，我做梦也没有想过这样的事情会发生在我身上。母亲和我，一起经历了这么多，在很多事情上曾经如此相似，现在竟变成了两个互相猜疑的陌生人，像街上的流浪狗一样虎视眈眈地推算着彼此之间的距离。

她一直站在门口，严肃、挺拔，梳着高高的发髻，鬓角已经隐现斑白。她紧皱的双眉下，眼神正直而高傲，目光中充满了谴责。当她停止了冷冷的检视后，终于开口了。然而，虽然我怕得要命，她要说的话却没有丝毫谴责的意思。

“我只是来给你捎个口信，不是我要找你。至于接不接受是你的事，你自己决定。但我认为你应该接受。你好好考虑吧，晚到总比不到强。”

她甚至没有踩一下门槛，除了给我一个地址，约定当天下午的见面时间，一分钟都不曾停留，直接转身离去，毫无告辞之意。我正在惊讶她没有对我作出任何指责或评论，她冰冷的话已扔过来了，就在她准备下楼梯的时候。

“好好洗洗脸，梳梳头，穿上点衣服，别弄得像个妓女似的。”

午饭的时候我把这个出人意料的消息告诉拉米罗。我不明白父亲是什么意思，不明白这个突如其来的要求背后隐藏着什么，我不信任他。我恳求拉米罗陪我一起去。去哪儿？去认识我的父亲。为什么？因为他要我去。要你去干吗？我不知道，怎么也想不出他要见我的原因。

我跟母亲约好时间下午在那个地址会合：埃尔默西亚大街十九号。

漂亮的街道，豪华的庄园，跟以前我负责送货的时候拜访的那些豪宅一样。为这次见面我精心打扮了一下，选了一件蓝色羊毛衫，一件便装大衣和一顶左耳上方优雅地斜插着三根羽毛的精致小巧的帽子。当然，这些都是拉米罗给我买的，这是我第一次穿上不是我母亲或我自己亲手缝制的衣服。我穿着高跟鞋，头发披散在背上，几乎没有化妆，因为不希望下午又遭到批评。出门前我在镜中从上到下打量着自己。镜子照出我身后的拉米罗，他微笑着，双手插兜欣赏着我的身姿。

“你简直美极了，你会让他震惊的。”

我想用一个微笑来感谢他的赞美，却怎么也笑不出来。是的，镜中的人很美，却很陌生，跟几个月前的我完全不是同一个人，像个老鼠一样怕得要命，后悔自己怎么会接受这个非同寻常的请求。到达那里时，从母亲的眼神中，我看出来她对拉米罗和我一起出现非常反感。当她发现我们俩想一块儿进门时，看也没看我就拦住了。

“这是家事，如果您不介意的话，请留步。”

她没有停下来等待拉米罗回答，而是直接转身穿过铸铁和玻璃建成的威严的门厅。我很希望拉米罗能陪在我身边，因为我需要他的支持和陪伴，但我又不敢面对母亲，无奈只好悄悄跟他说他先走，然后快步跟上了母亲。

“我们来找阿尔瓦拉多先生，他在等我们。”她对看门人说。看门人点点头没说话，准备送我们去楼梯。

“不用了，谢谢。”

我们穿过宽敞的大厅，开始爬楼梯。母亲走在前面，步伐坚定，几乎不用扶锃亮的木质扶手。她穿着一件我没见过的外套。我战战兢兢地走在后面，紧紧地抓住栏杆，就像在暴风雨的夜里抓住一个救生圈一样。没有人说话，我的思绪就像一级级台阶向上蔓延，如潮水般越来越汹涌。第一个平台。为什么母亲在这个陌生的地方如此轻车熟路？第二个平台。将要去见的那个人，他长什么模样？为什么时隔多年后心血来潮要见我？主楼层。我用力把纷乱的思绪推到一边，没有时间多想了，已经到了。右手边的大门。母亲冷静地按了一下门铃，毫无胆怯之意。门很快开了，一个上了年纪的女仆出现在门口，她穿着黑色制服，戴着顶纯白色压发帽。

“下午好，赛尔万达。我们来见老爷，我想他应该在书房。”

赛尔万达半张着嘴，一句话都说不出来，好像面前站着一对幽灵。当她终于反应过来，准备说些什么的时候，屋里传来一个男人的声音，沙哑、有力，从房间最深处传出来。一定是他的声音了。

“请她们进来！”

女仆让到一边，依旧惊惶不知所措。我们根本不需要引导，母亲似乎了如指掌。穿过一道宽阔的走廊，路过几个贴着墙纸、铺着地毯、挂着家族成员肖像的大房间，我们来到一扇对开的大门前。左边的那扇门开着，母亲和我走了进去。一进门就看到一个身材魁梧的男人在房间中央等着我们。威严的嗓音再次响起：

“请进！”

庞大的体型，巨大的办公室。宽阔的办公桌上堆满了文件。高高的书架上摆满了书。这个魁梧的人注视着我，先是盯着我的眼睛，然后往下看，又往上看，反反复复打量着我，探究着我。他咽了口唾沫，我也咽了一口唾沫。他朝我们走近几步，把手放在我的胳膊上，轻轻地拍了拍，仿佛是为了确认我真实存在。然后他扬起一侧的嘴角，笑中饱含着岁月沉淀的忧伤。

“你跟你母亲二十五年前一模一样。”

他紧紧地抓住我的胳膊，与我对视，一秒、两秒、十秒。然后，虽然没有松开我，却把目光转移到母亲身上，他的脸上又浮现出那种苦涩的笑容。

“多少年过去了，多洛雷斯。”

她没有回答，但也没有回避他的目光。于是他放开我的胳膊，把手伸向她。并不是想握手问候，只是想寻找一点接触，一个轻轻的触摸，仿佛希望她能伸手回应。但她只是站着不动，毫不理会他的请求，直到他仿佛突然从梦魇中惊醒一样，清了清嗓子，然后努力用平静的语调礼貌地请我们坐下。

我们没有被安排坐在堆满文件的大书桌旁，而是来到了书房的另一个角落。母亲坐在一把软椅上，父亲坐在她对面，我独自坐在一张沙发上，在他们俩中间。三个人都很紧张，很不自在。他点燃了一根哈瓦那雪茄，她则端坐着，双膝并拢、脊背挺直。而我，全神贯注地用无名指挠着沙发酒红色的布套，似乎要抠出一个洞来，好让我像壁虎一样爬进去消失。周围充满了烟雾。他又清了清嗓子，似乎准备说点什么，但还没来得及说出口，母亲就开口了。虽然话是对我说的，但她的眼睛还是盯在他身上。她的话让我不得不抬起目光面对他们。

“好吧，希拉。这就是你的父亲，今天你终于认识他了。他叫冈萨罗·阿尔瓦拉多，是一名工程师，也是一家炼钢厂的老板，一辈子都住在这座房子里，以前是少爷，现在是老爷。时间过得真快啊。很久很久以前，我来这里为他母亲做衣服，然后认识了他，然后……三年后就有了你。不要以为我们之间发生的是恬不知耻的少爷欺骗可怜的小裁缝这样的惊险爱情故事。完全不是那么回事。我们在一起的时候，我二十二岁，他二十四岁，我们俩都很清楚自己是谁，对方是谁，我们在哪里，以及我们将面对什么。他没有欺骗我，我也没有抱什么非分之想。这段感情无疾而终，是因为它原本就不该开始。决定结束一切的人是我，而不是他抛弃了你和我。这么多年来一直坚持不跟他联络的也是我。你父亲曾经试图不放弃我们。开始很坚决，但是随着时间的推移，他不得不面对现实。后来他结婚了，有了两个孩子，是两个男孩。很长一段时间里我都没有他的消息，直到昨天收到他的口信。他没有告诉我为什么今天他想认识你，不过现在我们就要知道了。”

她说话的时候，他一直注视着她，目光中充满了爱意。她停下来后，他又等了几秒钟才接过话茬，似乎在思考，揣摩着如何准确地表达出他真正的意思。趁此机会我细细地观察他。当时脑海里蹦出的第一个念头就是：不可能是这样一个父亲赋予了我生命。我肤色偏黑，母亲也是，在我能记起的有限的几次对父亲的想象中，从来都是把他描绘成跟我们一样的人。深色皮肤、深色头发、身材轻盈。而且我一直都把他的形象和周围那些男性的面貌特征联系起来：邻居诺尔波特、好朋友们的父亲、挤满小区酒馆和大街的那些男人，普通人的普通父亲，也许是邮局办事员、售货员、小职员、咖啡馆服务生，顶多是一个烟草店或小百货店的老板，或是赛巴拉市场某个蔬菜摊的摊主。为马努埃拉女士送货时见到的在马德里最繁华大街上来来往往的先生们，对我来说，是另一个世界的人，是另一种人类，跟我脑海中设定的"父亲"形象格格不入。然而此刻坐在我面前的正是他们中的一个。尽管很胖却仍然衣着时髦，浅色头发已经斑白，蜜色的眼睛有些发红，深灰色的衣服，既是一个大家庭的一家之主，也是一个残缺家庭的父亲，一个跟其他人都不一样的父亲。他终于开口了，一会儿看着母亲，一会儿看着我，有时同时看着两个人，有时谁都不看。

"好吧，不过说来话长。"他终于说。

他深深地吸了一口烟，吐出一大口烟雾，抬头盯住我的眼睛，然后又与母亲对视了一下，再转向我，接着就开始滔滔不绝地讲述。故事很长，他却一口气讲了下来，基本没有停顿。他说完的时候，我发现天已经黑了，屋里的几个人只能看清轮廓。书桌上一盏绿色的郁金香灯罩的台灯，用遥远而微弱的光线陪伴着我们。

"我找你们是因为我担心某天有人会暗杀我，或者我会杀死什么人，然后被监禁，这跟死没什么区别。现在的政治环境非常紧张，一旦战争爆发，只有上帝知道我们会怎么样。"

我偷偷看了母亲一眼，想看她是什么反应。但是她脸上没有任何不安的表情，似乎父亲谈的不是迫在眉睫的生命危险，只是阴天的天气预报而已。他继续倾诉着预感和不安。

"我知道自己来日无多，所以已经准备好清算人生。我这一生都拥有了些什么？钱，我有了；财产，我有了；还有一个有两百多名工人的公司，在那里我奋斗了三十年，最后他们还给我的却是罢工、羞辱、朝我脸上吐痰；有一个妻子，一看到长枪党人烧了几个教堂，就同母亲和姐妹们逃到圣胡安德鲁斯念经去了；有两个我无法理解的儿子，我把他们俩都打发到炼钢厂去了，让他们一天工作十二个小时，看看他们所谓的爱国主义能不能经受住铁砧和锤子的考验。

“这个世界变化太快，你不觉得吗，多洛雷斯？工人们不再像歌里唱的那样，满足于去卡耶塔诺的露天舞会和卡瓦办切的斗牛场消遣娱乐。自行车取代了骡马，工会变得强势，一有不满意的地方，就威胁老板要用子弹取他的性命。也许他们的愤怒不无道理，过着拮据的生活，从一出生开始就起早贪黑地干活，谁也不愿意过那样的生活。但是要改变这种状况需要很多其他的努力。举起拳头、点燃仇恨、高唱国际歌，这改变不了什么。一首赞歌不可能拯救一个国家。当然，他们有足够的理由起来造反，几个世纪以来他们就一直挨饿，我们的国家也有很多不公平不公正的地方，但改变这一切的办法不应该是去反咬一口给你饭碗的人。为了实现国家的现代化，我们需要有进取心、有勇气并且合格的劳动者，有良好的教育体制，以及一个任期足够长、稳定又严肃的政府。而现在呢？全都一团糟。每个人都各顾各地忙着自己的事，没有人正经工作来尽快结束那些不公正的状况。政客们，不管是哪一派的，每天都把时间浪费在互相攻击和议会的唇枪舌剑中。国王还是国王，他早就应该下台了。社会主义者、无政府主义者、还有共产主义者，为了争取各自的利益打得不可开交。但是想要国家进步，一切都应该理智有序地进行，不该心存怨恨，也不该情绪失控。有钱有势的人和保皇党都吓破了胆，纷纷逃到国外去了。唯一的结局就是军人造反，谁也不知道会是哪支部队，因为哪支都有可能，然后实行军事统治。那时候我们就真该哭天抢地了。要不就是把我们卷入一场内战，两派人互相残杀，最后也只能落得手足相残的悲惨结局。”

他滔滔不绝地说着，一点儿也没有停顿，直到仿佛突然回到现实中，发现我和母亲虽然表面上没有什么反应，实际已经完全被说糊涂了，不知道他这番宏篇大论到底想说什么，这些事情到底跟我们有什么关系。

"对不起，让你们听我说这些乱七八糟的事情，因为很久以来我一直在想这些事，而且认为现在是该有所行动的时候了。这个国家正在沦陷，一切都变得疯狂而毫无意义。而我，就像刚才说的，谁知道哪天就一命呜呼了。风水轮流转，我们必须适应。这三十多年来我都像牲口一样辛勤工作，为生意操劳，努力尽到自己的责任。但是，也许是生不逢时，也许是我在什么事情上犯了严重的错误，最终一切都背过身去，生活开始对我翻脸，报复我。儿子们已经脱离了我的控制，妻子弃我而去，公司正在一天天地变成地狱。我现在孑然一身，无依无靠，而且相信以后情况只会变得更坏。所以我正在做准备，整理个人事务、文件、账户。我是在努力实现自己最后的愿望，希望如果有一天我真的一命归西的时候，一切都能井井有条。在处理生意的同时，我也在整理自己的回忆和情感，这是我仅剩的东西了。周围的环境越黑暗，我就越怀念曾经喜爱的人和物，从记忆中找回生命曾经给过我的幸福岁月。如今我来日无多，才终于明白生命中最珍贵的东西是什么。你知道是什么吗，多洛雷斯？是你！还有我们的女儿，她活脱脱是当年那个你的翻版，所以我想见你们。"

冈萨罗·阿尔瓦拉多，我的父亲，终于有了姓名和容貌。现在他说话平静多了。从说话的神情中隐约可以看出，他平时不是这般，而是充满了自信，永远都带着不容置疑的表情，说着不容辩驳的话，习惯了颐指气使，永远都振振有词。对他来说，要下决心安排这次见面一定很不容易，因为要去面对一段逝去的爱情和一个二十五年来素未谋面的陌生女儿。但是到现在他已经完全恢复了稳重和自信，掌控着形势。他的谈话坚定、真诚、坦率，像一个已经失去一切而无所畏惧的人。

"你知道吗？希拉，我是真的爱你的母亲，很爱，非常爱。真希望一切都可以重来，我能有她常伴左右。可是，很遗憾，事实不是这样。"

他从我身上移开目光去寻找她的眼睛，寻找她那双栗色的看了一辈子针线的大眼睛，寻找她那不施粉黛、素面朝天却自然成熟的美。

"我为你付出得太少，是吗，多洛雷斯？我无法面对当时的压力，我没有你那么勇敢、坚强。之后，你已经知道了，我服从了家人早已为我准备好的命运，适应了另一个女人，另一个家庭。”

母亲静静地听着，看上去无动于衷，不知道是在刻意隐藏自己的感情，还是因为父亲的那些话对她来说无关痛痒。她一直保持着面无表情的姿态，让人无法解读她的思想。她脊背挺直，穿着那件我从没见过的做工一流的衣服。这一定是用其他女人做衣服的余料做成的，这些女人不只有比她更多更好的衣服，也有比她更好的运气。而他，一点儿也没有因为她的冷淡泄气，继续说：

“我不知道你们会不会相信我，但是我真的……现在我感到自己来日无多，开始从心底里后悔这么多年来没对你们尽过责任，甚至都不认识你，希拉。我当时应该更坚持，不该轻易放弃，我是那么渴望跟你在一起！可是一切都来不及了，多洛雷斯，你太要强了，你不会同意成为我生活中的影子，让我在正常家庭生活之外来照顾你们。如果你无法拥有全部，那就放弃一切。孩子，你母亲很倔强，既倔强又坚定。而我，也许太懦弱太愚蠢，可是，不论如何，现在怎么叹息怎么后悔都没用了。”

他沉默了几秒钟，没有看我们，像是在思考。然后深深吸了口气，又用力呼出，改变了一下坐姿。他把后背从椅背上抬起来，身体向前倾斜，仿佛想离我们更近，说话更直接，仿佛正在下定决心来谈他想告诉我们的话。看起来他终于准备结束这些苦涩的回忆，从怀旧情绪中挣脱出来，回到现实世界中。

“原谅我，我不想再絮絮叨叨地向你们倾诉忧伤，耽搁更多时间。让我们进入正题吧。叫你们来，是想向你们传达我最后的心愿。请你们理解我的善意，不要误解我的行为。我并不是想要补偿这些年来亏欠你们的一切，也不是为了向你们显示我的悔意，更不是想用金钱收买你们的同情。我唯一的愿望就是在我死的时候，你们能得到你们于情于理于法都应该得到的。”

从我们坐下来开始，这是他第一次从椅子上站起来，走向书桌。我的目光追随着他，那宽阔的背脊，裁剪精致的外套，在庞大体型的相衬下异常敏捷的步伐。然后我的目光集中到最里面的一面墙上悬挂的肖像上，这幅肖像尺寸极大，让人想不注意都难。那是一幅油画，用金色的框镶着，画上是一位优雅的夫人，穿着二十世纪初的时尚衣饰，既不漂亮，也不难看，短短的卷发，带着一顶头冠，表情严厉。他转过身来，抬起下巴指了指这幅肖像。

“这是我母亲，伟大的卡尔洛塔夫人，你的祖母。还记得吗，多洛雷斯？她是七年前去世的；如果她死于二十五年前，希拉，很可能你会在这栋房子里出生。不管怎么样，让死者安息吧。”

他说话时已经不再看我们了，而是在书桌后面忙着什么。打开抽屉，拿出东西，翻动纸张，然后双手捧着朝我们走来。他一边走，一边盯着母亲。

“你还是那么美，多洛雷斯。”他坐下的时候说。这时候他已经不那么紧张了，开始的不自在荡然无存。“对不起，没给你们倒点喝的，你们想喝点什么？我叫赛尔万达来……”他正要再次站起来，母亲把他拦住了。

“我们什么也不喝，冈萨罗，谢谢。还是尽快说完吧。”

“你还记得赛尔万达吗，多洛雷斯？记得当年她是怎么监视我们、跟踪我们，然后去向我母亲告密的吗？”他突然爆发出一阵大笑，沙哑、短暂、苦涩，“你还记得她把我们堵在熨衣室吗？而现在，过了这么多年，现实是多么讽刺。母亲正在坟墓里腐烂，我和赛尔万达在这里，现在她是唯一照顾我的人，这是多么悲伤的结局。母亲死的时候我就该把她辞退，但是这个可怜的女人能去哪里呢？又老，又聋，无家可归。再说，也许她那时候也是没办法，不得不遵从我母亲的命令，虽然卡尔洛塔夫人的脾气令人无法忍受，但她不能因为这个失去工作，她的日子也不好过。不说这个了，如果你们都不喝，我也不用喝了，继续说正事吧。”

他坐在椅子边缘，没有靠在靠背上，两只大手放在他从书桌那儿带过来的一堆东西上。纸张、包裹、盒子。他从外套的内兜里掏出一副金属框眼镜带上。

“好了，现在我们来谈些实际问题。一桩一桩来。”

首先他拿出一个包裹，实际上是两个大信封，非常厚，用一根橡皮筋绑在一起。

“这是给你的，希拉。你可以用它为将来的生活开路。虽然作为我的三个子女之一，你应该合法享有我财产的三分之一，远远不止我手里的这些。但这已经是目前我能拿出来的全部现金了。现在几乎什么都卖不出去，时局不好，做任何交易都很困难。我没有办法给你留下任何其他财产，因为你还没有成为我合法的女儿。要是我这样做的话，世俗偏见就能要你的命，我那两个儿子还会把你卷入无休止的遗产官司中去。但是不管怎么说，这里也有差不多十五万比塞塔。你看起来和你的母亲一样聪明，所以我相信你会用这些钱做出明智的投资。我也希望你能用这些钱照顾你母亲，保证她衣食无忧，并且有一天在她需要时尽心尽力奉养她。事实上，我曾想过把这些钱分成两份，你们俩一人一份，但是我知道多洛雷斯一定不会接受的，所以我把它们全部交给你。”

他把那个包裹递过来。我没有立刻反应过来，不知所措地看看母亲，不知道怎么办才好。她做了一个肯定的表情，很短，很简洁，但表示她同意了。这时候我才伸手接了过来。

“谢谢！”我低声对父亲说。

他在回答之前露出了一个热情的微笑。

“别客气，女儿，这没什么。好吧，我们继续。”

然后他拿出一个蓝色丝绒匣子，打开以后又从里面拿出一个暗红色的小盒子，里面还有更小的盒子，他挨个儿打开，一共五个。他把这些盒子都放在桌上。里面的珠宝并不耀眼夺目，几乎没有什么光芒，但是并不能因为这个就低估它的价值。

“这是我母亲留下的。本来还有其他的，但是玛利亚·路易莎，我的妻子，在逃走的时候都带走了。可能是一时疏忽，她不小心留下了最珍贵的一件。这是给你的，希拉。为了保险起见，你最好永远不要将它示人，你也看到了，这件珠宝十分奢华。如果有一天你走投无路，可以卖掉或者典当掉它，你可以得到一大笔钱。”

我不知道该怎么回答，母亲说：

“不可以，冈萨罗。这属于你的妻子。”

“当然不是，”他坚持说，“所有的这些，多洛雷斯，都不是我妻子的财产，这一切都是我的，而我的愿望就是将它传给我的女儿。”

“不可以，冈萨罗，不可以。”

“没什么不可以。”

“不！”

“当然可以！”

争论到此为止。多洛雷斯用沉默表示了认输。他一个一个地合上盒子，按照体积由大到小摞成一个金字塔，然后把它们推过来，看着这些盒子滑过打蜡后光亮的桌面来到我面前。然后他将注意力转向一些对折的纸，打开后一一展示给我。

“这些是珠宝的鉴定证书，包括描述、评价等。另外还有一份公证书，表明这些珠宝是我的个人财产，我自愿将它们赠送给你。这样如果有一天发生什么意外，你就可以用它来证明这些珠宝是属于你的。当然我希望你永远不需要向别人出示这些证明文件，只是以防万一。”

他把手里的纸折好，放入一个文件夹，然后熟练地用一根红带子系住，也放到我面前。接着他拿起一个信封，从里面抽出一些薄薄的纸，上面贴着印花税票，还有签名和一些很正式的公文。

“现在还有一件事，几乎是最后一件了。让我想想该怎么向你解释。”他停下来，吸气，呼气，接着说：“这个文件是我和我的律师一起撰写的，是一份具有法律效力的公证文件。它的内容用一句话概括就是：我是你的父亲，你是我的女儿。这个东西对你有什么用呢？也许毫无用处，因为如果有一天你想要继承我的遗产，会发现我已经将它全部留给了你那两位同父异母的兄弟，除了今天从这里离开时带走的这些现金，你不可能从这个家里得到更多了。但这份公证书对我来说很有价值，它意味着我公开承认了一件许多年前就该承认的事。这里记录着你和我之间的关系，而你，可以随意处理它，向世人展示或者将它撕成碎片付之一炬。这是你的事。”

他把这份文件对折收进信封里，然后把信封递给我，接着又从桌上拿起另一个信封，最后一个。前一个信封很大，纸张质量很好，信封上还有公证处的落款和秀丽的字迹。而这个信封很小很普通，棕褐色，磨损得厉害，看上去好像在我们看到它之前已经被翻阅了无数遍。

“这是最后一件事了。”他头也不抬地说。

他把信封打开，取出里面的东西简单看了一下，然后一言不发地跳过我直接给了母亲。接着他就站起来走向阳台，沉默不语，背对着我们，双手插在裤兜里，注视着夜色，或者其实什么也没看，我无法猜测。母亲拿到的是一沓照片，陈旧，发黄，质量很差，似乎是花三块钱随便找的街头摄影师拍的。照片上是二十多年前某个春日早晨的两个年轻人，衣着时髦，微笑着紧紧相依，双双陷落在一张巨大而不合时宜的脆弱的爱情之网中，丝毫不曾想到分开多年以后，再次聚首共同面对这昔日的爱情见证时，他走向阳台不敢正视她，而她，则紧紧地捂住嘴巴，只为了不在他面前哭出来。

多洛雷斯一张一张慢慢地翻看着，然后把照片交给我，再也没有看我一眼。我仔细地看这些照片，把它们放回信封。过了一会儿他走回来，在原位坐下并继续我们的谈话。

“照片给你们，事情我就说完了。现在我想给你们一些忠告。并不是到了现在这个地步我还想向你，我的女儿，强加什么道德说教，我没有资格得到你的信任，更没有资格做你的榜样。但是分离这么多年，我想你不会介意再听我多唠叨几分钟的，对吗？”

我点了点头，表示同意。

“好吧，那么，我的建议就是：离开这里，越快越好。你们俩，走得远远的，离马德里越远越好，如果可能的话，离开西班牙。别去欧洲其他国家，那里的局势好不到哪儿去。最好去美洲，如果你们觉得太远，可以去非洲，去摩洛哥，去那里的西班牙保护区。那里适合居住，很平静。自从摩尔人战争结束以后，从来没有发生过动乱。你们可以远离这个疯狂的国家，在新的地方开始新生活，因为不知道什么时候这里就会发生可怕的事情，没人能够幸免。”

我忍不住插嘴问：“您为什么不走？”

他的脸上再次浮现出苦涩的笑容，然后伸出那双温暖的大手紧紧地握住我的手，说话时也没再松开。

“我已经不需要未来了，孩子。你父亲是马上就要落山的夕阳。请你别用‘您’来称呼我。我大限已到，虽然这个结局来得早了点，但是我已经无心也无力去争取新的生活了。因为要想面对一个新的开始，一个人必须有梦想、有希望、有对未来的憧憬。如果没有这些，就不叫新的开始，而叫逃亡。我不想逃到任何地方，所以选择了留在这里，直面将要来临的一切。但是你不一样，希拉，你还年轻，你应该组建一个家庭，并支撑起这个家庭。西班牙的状况越来越糟糕，而这是我作为父亲，也作为朋友给你的建议：离开这里，带上你的母亲，她会帮助你抚养儿女，替我照顾她，答应我！”

他紧紧地盯着我的眼睛直到从中得到肯定的表情。我不知道他希望我如何照顾母亲，但是除了表示同意，我不敢多问别的。

“好吧，那我们今天的事情就谈完了。”他说。

他站起来，我们也跟着站起来。

“带上你的东西。”他说。我服从了，把一切都收进包里，除了最大的那个匣子和那两个装钱的信封。

“现在，让我拥抱你一下。这是第一次，也肯定是最后一次。我想我们不可能再见面了。”

他用伟岸的身躯包裹住我瘦小的身体，用力地抱紧我。然后用手捧起我的脸，亲吻我的额头。

“你和你的母亲一样美丽而珍贵。祝你好运，孩子，愿上帝保佑你。”

我想说些什么作为回答，却说不出来，千言万语都堵在嗓子里。我眼中充满了泪水，不得不转身朝走廊奔去，磕磕绊绊地夺门而出，泪眼迷离，心中只觉无限的遗憾和痛楚。

我在楼梯平台上等母亲。房子临街的门敞开着，我发现母亲出来的时候，赛尔万达像幽灵一样在远处偷偷地看着她。母亲双颊通红，眼里噙着泪水。她的脸上终于露出了感情。我没有看到他们在这短短的五分钟之内做了些什么，也没有听到他们说了些什么，但我相信他们也相互拥抱并道了永别。

下楼的时候跟来时一样，母亲在前面，我在后面，两人都沉默着。我包里揣着珠宝、证书和照片，胳膊下紧紧夹着十五万比塞塔，鞋跟在大理石台阶上敲得嘚嘚响。到达中层平台的时候，我再也无法控制自己，一把抓住母亲的胳膊，强迫她停下并转过身来，跟我面对面站着。我那充满恐惧的声音颤抖地问道：

“妈，他真的会被人杀死吗？”

“我不知道，孩子，我怎么知道呢？”

4

我们来到街上，一言不发地往回走，她的脚步越来越快。虽然脚上新鞋的鞋跟太高，很不舒服，使我几乎难以跟上她的大步子，但我还是努力跟她保持一致。几分钟以后，沮丧的我终于鼓足勇气，像策划什么阴谋一样怯生生地问：

“妈，我该拿这些东西怎么办呢？”

她没有停下脚步，只是简单地回答：“好好保管它们。”

“全部吗？你什么都不要吗？”

“不，这一切全都是你的，你才是他的继承人。而且你已经是成年人了，我不会干涉你，你自己决定怎么处理父亲给你的财产。”

“你确定吗，妈？”

“是的，孩子，我确定。不过，如果可以的话，请给我一张照片吧，随便哪张都行，我只想留个纪念，其他的都是你的。但是，看在上帝的分上，请你，希拉，看在上帝和圣母的分上，孩子，请你听我一句劝。”

她终于停下脚步，在晕黄的路灯下看着我的眼睛。身边的人来来往往，没有人知道刚才的会面在我们两个心中引发的震荡和不安。

“希拉，处处小心。不但要小心，而且要负责任。”她低声快速地说，“不要鲁莽行事，你现在拥有的是一个天文数字，比你梦想到的一辈子所能拥有的金钱还要多。所以，看在上帝的分上，我的孩子，请你三思而后行，谨慎一点，不要做傻事。”

我们继续往前走，依旧沉默，一直到不得不分手。她回到那个已经没有我的空巢，只有聋哑的外公陪伴。外公甚至到现在都不知道究竟是谁给了他这个外孙女，因为多洛雷斯是如此固执而骄傲，始终不肯说出那个男人的名字。而我则回到拉米罗家。他正在等我，一边抽烟一边在半明半暗的客厅里听着收音机，焦急地等我的消息，并准备出去吃晚饭。

我向他详细讲述了见面的情形，在那里看到的、听父亲说的，以及我自己的感受，还有父亲的忠告。我给他看我从那个也许永远也不会再回去的豪宅中带出来的东西。

“小丫头，这个值很多很多钱啊！”他目瞪口呆地看着那些珠宝。

“还有呢。”我说着，拿出那两个装钱的信封。

他一句话也说不出来，只是吹了声口哨。

“现在我们该拿这些东西怎么办，拉米罗？”我担忧地问。

“你应该问‘你’该怎么办，亲爱的。这一切都是你的。当然，如果你愿意的话，我可以负责帮你研究最佳的保管方法，也许应该把这些东西放到我办公室的保险箱里。”

“为什么不存到银行去？”我问。

“现在时局不好，存银行不可靠。”

为了证明保险箱是最佳保存处，他向我解释了一大堆我完全不感兴趣的事，什么纽约股市前几年大跌，政局不稳等等。我几乎没有理会这些。对我来说，他的任何决定都是正确的。此刻我只想尽快给这些烫手的飞来横财找个归宿。

第二天他下班时，带回来一堆纸张和小册子。

“我今天一直在忙你的事，不过我想现在已经找到解决办法了。最好的投资就是你来创办一家贸易公司。”他一进门就说。

我从早上起床以后还没出过门。整个上午我很紧张，焦虑不安，不停地想前一天下午的见面，还沉浸在那种奇怪又莫名的感觉中：这么多年以后终于发现自己原来有一个有名有姓、有血有肉、而且家财万贯的父亲。拉米罗这个出人意料的建议让我感到更加困惑。

“我要一个公司干什么？”我紧张地问。

“因为这样你的钱就会很保险，而且，还有另外一个理由。”

于是他就开始给我讲他的公司面临的问题、他跟意大利老板们之间紧张的关系，以及在如今西班牙的混乱局势下外资公司的渺茫未来，也给我讲了他想到的一些点子，列出一个项目清单，上面都是我从来没有接触过的东西。所有的计划都如此新奇、前景光明，好像他立志要借助国外的先进技术和理念来革新我们的国家，为西班牙的现代化铺路：为卡斯蒂利亚的农村进口英国的电动收割机；代理美国牌子的吸尘器，帮忙把城市家庭收拾得像圣餐碟一样干净；经营一个柏林风格的咖啡馆，甚至已经在沃尔韦德大街选好了地方。然而在所有计划中，有一项比其他所有的都吸引人：皮特曼学院。

“我有这个打算已经好几个月了，有一次我们公司从几个老客户那儿收到了这个学院的宣传册。但我作为公司经理，不方便直接找他们。如果用你的名字注册一个公司，那一切就都顺理成章了。”他说，“皮特曼学院在阿根廷的生意非常好，有二十多个分支机构，几千个学员。他们主要向学员传授一些在公司、银行和行政单位工作的基本技能，比如说打字、速记、现代会计，只要十一个月，学员们就可以拿着学院的文凭去闯荡世界了。这个公司的规模不断壮大，分支机构越来越多，学员也越来越多，因此收入也在不停增加，我们可以做这个，开一个皮特曼学院。如果跟那些阿根廷人说我们有一个正规合法的公司，还有雄厚的资金支持，成功申请的几率会远远高于我个人去申请。”

我完全分辨不出这究竟是一个明智的决定，还是所有计划中最不合情理的一个，但是拉米罗说起来头头是道，信心十足，让我毫不怀疑这是一个绝妙的方案。他继续滔滔不绝地向我讲述细节，每一个字都闻所未闻。

“而且我认为，应该考虑一下你父亲叫你们离开西班牙的建议。他说得很有道理，西班牙的局势太紧张了，随时有可能爆发战争，现在并不是开始一项生意的好时机。因此，我觉得我们应该听从你父亲的建议到非洲去。如果一切顺利，只要这边的局势稳定了，我们就可以回到西班牙把生意扩展到全国。给我一点儿时间，让我以你的名义跟布宜诺斯艾利斯的皮特曼学院联系一下，说服他们支持我们的计划，在摩洛哥开一个大的分支机构。我们可以考虑考虑是开在丹吉尔还是在西班牙保护区。最多一个月，就能收到回音了。等我们收到那边的消息，让他妈的好利获得见鬼去吧，我们就离开这里去大展宏图。”

“但是，那些摩尔人为什么要学习打字之类的技能呢？”

他先是哈哈大笑，然后耐心地解答我这个无知的问题。

“你这小脑袋里想什么呢，亲爱的？我们的目标顾客是居住在摩洛哥的欧洲人。丹吉尔是一个国际化都市，是一个属于法国的港口。那里有来自欧洲所有国家的人，有很多外企、外交使馆，各种各样的银行、金融机构，可选择的工作也非常多，各个机构都需要懂打字、速记和现代会计的合格人才。在得土安情况有些不同，但同样充满了机遇，那里的居民没那么国际化，因为它是西班牙保护区的首府，但那里到处都是公务员和想成为公务员的人，你知道的，甜心，他们都需要皮特曼学院这类机构来对他们进行培训。”

“那如果阿根廷人不给我们授权呢？”

“应该不会，我有一些朋友在布宜诺斯艾利斯颇有些人脉。放心吧，我们一定会成功拿到授权的，他们会向我们传授工作方法和经验，并派代表来指导我们雇员的工作。”

“那到时候你干什么呢？”

“我？我一个人什么都干不了。但我们俩一起，有很多工作要做，我们要管理这个公司，你和我，一起。”

我有点儿紧张地笑了。拉米罗描绘的这一切简直让人难以置信：几个月前那个失业、一贫如洗、因为生活没有出路想要学习打字的小裁缝，现在却要在不知不觉间成为一个有远大前程的女老板了。

“你想让我管理一个公司？可我对此一无所知。”

“你可以的，还需要我告诉你自身的价值吗？你只是从没有机会来展示才能，你的青春都浪费在一个封闭的世界里为别人做衣服，而没有机会去从事更好的事业。你的机遇，你人生最大的机遇，马上就要到了！”

“那要是好利获得公司知道你走了会怎么样呢？”

他又忍不住大笑，然后亲了亲我的鼻尖。

“好利获得？亲爱的，让他们滚一边去吧！”

不管皮特曼学院是不是空中城堡，只要是从拉米罗嘴里说出来的，对我而言就是真的。当他捧着我的双手，深情地与我对视，一边兴致勃勃地解释着他的计划时，当他一遍一遍地重复我的价值，还说如果我们一起赌一把未来，将来的一切都会非常美妙时，不管是皮特曼学院，还是地狱的火炉，他的提议，就是我的真理。

第二天他把皮特曼学院的宣传册带回了家，上面有很长一段介绍文字。该学院由阿鲁阿、斯米尔格隆和简三个人于一九一九年合伙创立，在英国人伊萨克·皮特曼发明的速记法系统基础上，依靠可靠的教育方法、严格的教学人员和高度的责任感，采用一对一单独辅导的形式，确保学员取得学位后能拥有一个辉煌的未来。宣传册上那些微笑的年轻人，仿佛正沉浸在他们美好的未来职业规划中，辅证了学院的承诺真实有效。这本小小的册子有一种让人激动的说服力：“生命之路漫长而崎岖，不是所有人都能到达心中期望的、代表着成绩与财富的终点，很多人都半途而废了。不能持之以恒、性格软弱、粗心大意、愚昧无知的是那些只相信运气的人，他们不知道真正的成功只有通过努力学习、坚韧不拔的精神和良好的心态才能取得。每个人都能选择自己人生的高度，现在就决定吧！”

那天下午我去找母亲。她煮了一大锅咖啡，当我们在又瞎又哑的外公身边坐下来喝咖啡的时候，我请她加入我们的计划，并且建议她，一旦我们在非洲安顿下来，她就去跟我们会合。但是正如我预料的那样，她对计划毫无兴趣，也不同意我们一起去非洲。

“你不需要完全遵从你父亲的建议，也不用完全相信他说的话。他生意上有问题并不意味着我们也会有问题。我越想越觉得他太夸张了。”

“如果他那么恐惧，那一定是有什么事情发生，他不会无中生有……”

“他害怕是因为他已经习惯了颐指气使，谁也不敢指责他，而现在他第一次看到工人们开始大声说话，开始要求权利，就感到不知所措。事实上这段时间我一直在问自己，接受那一大笔钱，尤其是那些珠宝，是不是太疯狂了。”

不管是不是太疯狂，事实是，从那时候开始，我和拉米罗已经很自然地把那些钱、珠宝以及创业计划当作生活的一部分，丝毫不觉得有什么不协调。这些事情一直萦绕在脑海中，成为两人之间最常谈起的话题。我们约好，拉米罗负责开办公司需要的一切手续，而我只需要在他给我的那些文件上签字就行。从此我又回归了这之前的生活，充满激情、纵情享乐、被爱蒙蔽、天真而单纯。

跟父亲见面使我和母亲之间的紧张关系有所缓和，但我们人生的航向仍然无可挽回地分道扬镳。多洛雷斯还是一贫如洗，靠从马努埃拉女士家带回的一些零活勉强维持生计，偶尔为邻居们做些针线活，大部分时候无事可做。而我则生活在另一个世界，这个世界没有样板、衬布，几乎找不到过去那个小裁缝的影子。

去摩洛哥尚需时日，这些日子里，拉米罗与我同进同出，欢笑、抽烟、纵欲狂欢，夜夜热舞到黎明。在我们周围，政治环境依然充满了火药味。罢工、劳工冲突和街头暴力成了家常便饭。二月份左翼联盟的人民阵线赢得了竞选，而作为反击，长枪党的行为更加猖狂。在政治斗争中，手枪与拳头取代了语言，局势紧张到一触即发。然而，这又有什么影响呢？我们马上就要掀开人生的新篇章了。

5

一九三六年三月底我们离开了马德里。有一天早上我出去买长筒袜，回家时发现家里一片狼藉，拉米罗身边堆满了行李箱。

“我们今天下午就走。”

“皮特曼公司回复了吗？”我心里咯噔一下，紧张地问。他一边飞速在衣柜里收拾衣物，一边头也不抬地回答：

“没有直接回复，但是我已经得到消息，他们正在非常认真地研究这个方案，因此我认为现在是时候远走高飞了。”

“那你的工作呢？”

“我辞职了，就在今天。我已经烦透了，他们也知道我早晚都会走。所以，永别了，好利获得。亲爱的，另一个世界在等着我们，勇敢的人才能获得财富，所以你赶紧收拾，准备出发。”

我没有回答。我的沉默让他不得不停下手中疯狂的举动，转过来看着我。发现我的茫然和恍惚时，他笑了，走到我身边，搂住我的腰，只一个吻就把我的恐惧赶到了九霄云外，并为我注入了无限能量，几乎可以马上飞到摩洛哥去。

行程如此仓促，我只有短短几分钟时间去跟母亲告别，无非是站在门口的一个拥抱和简单的一句保重。不过我庆幸没有更多的告别时间，因为那对我们而言都是一种痛苦和折磨。我一路小跑着下楼梯的时候，都没敢再回头看一眼。虽然她强忍着，但我知道她的眼泪也马上要决堤，而现在不是宣泄感情的时候。在潜意识中我总觉得我们不会分开太久，好像非洲和这里只不过隔着几条街道而已，我们的出行也是暂时的，不过几个星期时间。

我们在初春一个大风天的中午登陆丹吉尔，把一个混乱灰暗的马德里留在了身后，开始定居在一个充满了各种颜色、对比强烈、让人目不暇接的奇怪城市里。穿着长袍裹着缠头布的摩尔人深色的脸庞，跟欧洲人的容貌混杂在一起，这些欧洲人有的定居在这里，有的刚从噩梦般的过去逃离，取道这里逃往各种目的地，他们的行李永远是打包好的，随时准备再次出发，连梦中都充满了惊惶不定。丹吉尔，这里有海，有十二面各国旗帜，有郁郁葱葱的棕榈树和蓝桉树，有摩尔人的小胡同和新建的大街上飞驰而过挂着外交牌照的豪车。丹吉尔，这里有敞篷车里的外国美女，清真寺的宣礼塔和各国的领事馆、银行间弥漫着各种香料的味道，高级烟草的味道，免税的巴黎香水的味道。我们在港口温泉酒店的露台上，在海风中飒飒作响的遮阳棚下，远眺着马拉巴塔海角和西班牙的海岸线。欧洲人穿着浅色的轻薄服装，戴着太阳镜和折叠帽，慵懒地架着二郎腿，一边看报纸，一边喝开胃酒。他们中有生意人，有官员，似乎都过着表面平静的悠闲生活。因为动荡紧张的气氛已经蔓延开来，谁也无法预测明天究竟会发生什么事。

在等待皮特曼学院确认期间，我们暂住在大陆酒店。这家酒店就在港口上方，另一侧毗邻摩尔人居住区。拉米罗给阿根廷方面发海底电报告知我们的地址变更，而我则负责每天询问门房有没有回复的电报，因为这标志着未来的开始。一旦收到回信，我们就可以决定是留在丹吉尔还是去西班牙保护区定居。在迟迟得不到答复的等待中，我们开始同一些处境相似、同样漂泊在外的人交往。这群人背景不一，鱼龙混杂，但面对不可预知的未来，所有人都全身心地投入到聊天、喝酒、跳舞、去塞万提斯剧场看演出和打牌中去，谁也无法知道等待着自己的是辉煌的前途，还是目前仍无迹可循的陷阱，或者地狱。

我们很快就被他们同化了，生活里充满了喧嚣。我们在大陆酒店的房间里做爱，白色窗帘在海风吹拂下翻飞起伏，风扇单调的嗡嗡声伴着激情中的气喘吁吁，带着咸味的汗水滑落皮肤，皱巴巴的床单铺散在地板上。我们也常常出去消遣，整日整夜地在街头流连。起初就我们两个人，谁都不认识。风不大的话，我们就去“外交森林”海滩，傍晚在刚刚建成的布勒瓦德散步，或者在弗洛里达或卡比多尔电影院看场美国电影，在小市场的随便哪个咖啡店里坐坐，看着市中心的摩尔人和欧洲人和平共处。

没过几个星期我们就不再孤单了。丹吉尔很小，拉米罗又善于交际，再加上在那种处境中人们仿佛都迫切地想跟其他人交往。很快，我们就有了一批熟面孔，开始相互问候，到哪里都能融入人群。我们常在布雷塔基、罗马公园或者布拉塞列餐厅吃饭，晚上去卢梭酒吧，或是恰丹、法国广场的德确伊特和中央酒吧观看匈牙利舞娘的表演，或者在马萨拉赫音乐厅宏伟的玻璃大厅中看演出，那里坐满了法国人、英国人、西班牙人、摩洛哥人、德国人、俄罗斯人，还有来自不同国家的犹太人，演出之后在管弦乐队的伴奏下跳舞喝酒，用各种语言混杂在一起谈论国际时事。有时我们从酒吧出来就去哈发，在海边的帐篷里一直待到天亮。帐篷的地上铺着厚厚的毯子，富有的摩尔人、有钱的欧洲人，不管是出身豪门还是一夜暴富，都斜靠在垫子上，一边喝茶一边抽大麻。在那段混乱的日子，我们很少在黎明之前睡觉，一边眼巴巴盼着阿根廷那边的回音，一边因为迟迟没有消息无所事事。我们开始习惯在新建的欧洲区转悠，也习惯了穿越摩尔人的小胡同，习惯了来自世界各地背井离乡的人们与当地人混杂的局面，习惯了蜜色皮肤的太太们戴着用珍珠装饰的宽边草帽招摇过市，肤色黝黑的理发师用古老的理发工具设下露天摊点，卖胭脂花粉的小商贩在大街小巷中穿梭，以及外交人员一丝不苟的衣着，大批的羊群，还有穆斯林女人穿着长袍蒙着面纱转瞬即逝的影子，几乎没有面容。

每天都有来自马德里的消息传到这里，有时候我们看一些当地的西班牙语报纸，比如《民主报》、《非洲日报》或者共和党人的《明天报》，有时候听小市场的报贩叫卖就够了，他们用各种语言大声喊出新闻标题，比如意大利语的《丹吉尔瞭望》，法语的《丹吉尔报》。我偶尔会收到母亲的信，很短，很简单，间隔时间却很长。从母亲的信里我知道外公在他的摇椅上安静地去世了。从字里行间我也能猜到她举步维艰，挣扎度日的情形。

那段时间我发现了很多以前不知道的东西。我学会了几个阿拉伯语句子，很少但是很有用。我也开始习惯众多不同的语言，法语、英语，还有西班牙语的其他方言，比如哈克提亚语，这是一种摩洛哥的西班牙犹太人说的、由古西语加上阿拉伯语和希伯来语演化而来的语言。我知道有一种东西可以抽，可以注射或是塞入鼻中，它会让人神魂颠倒，知道有的人在赌桌上甚至敢拿自己的母亲做赌注，知道有一些性欲并不局限于一个男人和一个女人在床上的云雨，而可以有多种组合。我还知道了世界上曾经发生或正在发生、但从来没听说过的事，比如多年前欧洲曾经经历过一场大战，比如德国的统治者叫希特勒，有人很崇拜他，有人很怕他。我发现有些人虽然看起来像是常住客，但也许第二天就人间蒸发了，或是为了保命，或是为了不被棍棒驱赶，或是为了不最终落入比噩梦还可怕的地方。

我还体会到，如果日子太单调乏味，那么所有我们认为稳定的东西，都可能在任何时候毫无理由地不合节拍，出现分歧或改变航向，最终发生变化。跟以前我了解到的怪癖嗜好、欧洲政治或身边那些人所属国家的历史不一样，这个教训不是别人告诉我的，而是我亲身体验到的。我不记得究竟是从什么时候开始，也不记得具体发生了什么，但是从某一时刻起，我和拉米罗之间的关系悄然发生了变化。

最初不过是日常活动流程的改变。我们跟其他人的交往越来越多，也有了一些固定的去处，再也不会不慌不忙地在街上闲逛，也不会像头几天那样无所事事。虽然我更喜欢开始那段时间，两人独处，无人打扰，一切都离我们很遥远。但是我明白拉米罗凭他不可抗拒的魅力，已经在所到之处受到热烈欢迎。而他做的一切对我来说都是对的，所以我一直忍耐着在一群陌生人中间度过仿佛无休无止的时间，尽管绝大多数时候我几乎听不懂他们在说什么。有时候是因为他们说的不是西班牙语，有时候是因为他们在谈论的一些地方或事情我连听都没有听说过，比如割让、纳粹、波兰、布尔什维克、签证、引渡。拉米罗一会儿说法语，一会儿说意大利语，还能讲几句蹩脚的英语，能听懂一些简单的德语。他曾经在几个跨国公司工作，跟很多外国人接触过，当语言表达不清楚时，他会使用恰当的表情、简单的词汇解释，让人心领神会。因为交流完全没有障碍，他很快就在这些漂泊者的圈子中成为极受欢迎的人物。我们去任何一个餐厅都得跟两三桌人打招呼，到民萨赫酒店的吧台或庭西斯露天咖啡馆的时候，也很难不被邀请加入某个群体的热烈谈话。拉米罗跟他们在一起自然得就像认识了一辈子的老朋友，我呢，跟在他后面，变成他的影子，几乎从来不说话，除了感受到他在我身边，对周围的一切都无动于衷。我只是他的附属品，只要有他在身边就心满意足。

有一段时间，大概在春天结束之前，我们把双方的需求结合起来，基本找到了一个平衡。既保留两个人独处的亲密时间，我们称之为“马德里时光”，也接纳新的朋友，逐渐适应当地的生活节奏。但是不知道从什么时候开始，这架天平慢慢失衡。这个过程很慢很轻微，几乎感受不到，却无可逆转。公共生活的时间越来越长，慢慢地侵占着我们的私密空间。那些熟悉的面孔不再只是茶余饭后的谈资，而变成了一些有过去、有未来、有能力介入我们生活的人。他们的身份变得明朗，逐渐在我们的生活中占据一席之地，成为有趣又丰满的形象。我到现在还能记得其中一些人的姓名，还能想起他们如今已成白骨的面容，还有他们的国家，虽然那时我根本无法在地图上找到这些地方。伊万，一个优雅沉默的俄罗斯人，总是拄着一根细手杖，眼神深邃，外套口袋中永远露着一角丝绸手帕，像一朵凋谢的花。那个波兰男人，他的名字我记不起来了，但我能记得他四处宣扬所谓的财富，而所拥有的不过一根带银手柄的手杖和两件领口已经被皮肤和岁月磨得不像样的衬衫。伊萨克斯·普林格，一个奥地利犹太人，大鼻子，拿着金烟盒。还有沃维克夫妇，克罗地亚人，先生很俊美，太太很漂亮，两人非常相像，关系很暧昧，有时候看起来像情人，有时候又像兄妹。还有一个意大利人，总是汗流浃背，用色迷迷的眼神看我，好像叫马里奥，或者是马乌里西欧，不记得了。拉米罗跟他们走得越来越近，甚至也参与到他们的渴望和担忧中去，成为他们计划中的一个活跃分子。我眼睁睁地看着，日复一日，悄无声息，他慢慢地离他们越来越近，离我越来越远。

皮特曼学院的答复似乎永远不会到来，而让我感到惊讶的是，迟迟没有音讯并没让拉米罗产生任何忧虑不安。我们一起在大陆酒店的房间里待着的时间越来越短，窃窃私语也越来越少，他再也不像以前那样赞美我，对我说一些甜言蜜语，也几乎不提起以前赞不绝口的那个我了：有光泽的皮肤、女神才拥有的胯、丝绸般的头发。他再也不注意我甜美的笑容、我的年轻娇嫩。同样，也不会再因为我之前所谓的美妙的无知而发笑。我真真切切地感受到他对我的兴趣越来越少，亲密、柔情都渐渐消失。就是在那些悲伤的日子里，我的状态越来越差，不确定感让我逐渐清醒。不只是精神不好，身体也不好，糟透了，而且越来越糟。也许是我的胃仍无法适应这里的食物，它们跟母亲做的菜太过不同，甚至跟马德里餐馆里的简单菜肴也很不一样。也许我的不适和虚弱也与初夏时节那股浓烈潮湿的味道有关。白天强烈的阳光让我受不了，街上的气味令我恶心想吐，甚至连起床都困难。这种种不适并没有引起我的任何怀疑，我几乎整天都在昏睡。有时候，这种时候很少，拉米罗似乎很担忧，他坐在我身边，把手放在我的额头上，对我说一些甜言蜜语。绝大多数时候，他心不在焉，无视我的存在，完全不理会我，直接弃我而去。

我再也不陪他去参加晚上的活动了，也几乎没有力气没有精神站着。我开始独自待在酒店，那些漫长、厚重、令人窒息的一个又一个小时，那些阴霾密布、没有一丝风、比死亡还寂静的一个又一个小时。我想象着他一如既往地参加那些活动，跟同样的人在一起：喝酒、打台球，除了聊天还是聊天，在咖啡馆的白色大理石台面上，随便拿一张碎纸片画下数字和地图。我想象他做着以前跟我在一起时一样的事，只不过身边没有了我。我还没有能力猜到他已经走得更远，超越了单纯的社交生活界限，而深入到另一个对他来说并不那么陌生的新领域。他有更大的野心，这毫无疑问。他的生活中充斥着一掷千金的豪赌、持续到天明的盛会、炫耀、暗箱交易、夸夸其谈的项目、谎言与虚伪的寒暄。这几个月来他一直隐藏着的另一面已慢慢显现，拉米罗·奥利巴斯，这只老狐狸，用不了多久就会让我领教他的其他面了。

他回来得一天比一天晚，状态也一天比一天差。半个衬衣下摆从裤腰上露出来，领结几乎垂到胸口，身上满是烟味和威士忌的味道，如果发现我还醒着，就结结巴巴地用柔和的嗓音编一些借口。有时候他甚至碰都不碰我，直接像死人一样倒在床上，马上就打着呼噜进入梦乡，直到日上三竿，而我在之后的几个小时都无法入睡。有时候他粗鲁地抱住我，重重的呼吸炙烤着我的脖子，甩掉衣服在我身上发泄一番。我由他摆弄，没有一句斥责，丝毫不能理解我们之间发生的事情，更没有办法为这种冷淡下一个定义。

有些夜晚他根本就不回来。这才是最难熬的：凌晨时分，我看着码头上晕黄的灯光在海湾黑色水面上的倒影，一边擦干脸上的泪水，一边等待天明。我满心苦涩，怀疑也许一切都是错误，一个巨大的错误，却已经无法回头。

我们离结局不远了。我终于决定去确认一下身体不适的根源。因为不想让拉米罗担心，某个早晨我独自来到艾斯塔图多大街的一个诊所。金色的门牌上写着：贝比拉克阿医生，普通医学，各种不适或普通疾病均可上门就诊。他听了听，看了看，又问了问我的情况，连尿检都没让我做，更没有其他检查，就直接确定我怀孕了。虽然早有预感，拉米罗也曾如此猜测，但面对最终确认的这个消息，我还是带着复杂的情绪张皇失措地离开了诊所，有幻想，有焦虑，有开心，有恐惧。我想拉米罗一定还在睡觉，我要把他吻醒，告诉他这个消息。但是我没有这个机会了。我永远也不再有机会亲口告诉他，我们将有一个孩子。当我到达酒店的时候他已经不在了，等待我的只有一地狼藉，衣柜的门敞开着，抽屉被人拽了出来，行李散落一地。

我的第一个念头就是，房间被盗了。

我一下子觉得喘不过气来，跌坐在床上，闭上眼睛，深呼吸。一下，两下，三下。再次睁开眼睛时，我环视房间，脑海里轰然回响着一个名字：拉米罗。拉米罗，拉米罗在哪儿？就在这时，我的目光扫过床头柜，发现上面放着一个信封，就靠在床头灯灯柱上。信封上写着我的名字，那有力的字迹即使到世界末日我也可以一眼认出来。

希拉，我的爱：

在你阅读下面的内容之前，我想让你知道，我爱你，你会永远在我心里直到地老天荒。当你读到这封信的时候我已经走了，去开始一段新的征程。虽然我全心全意地爱你，但恐怕这段征程暂时还容不下你和你腹中的小生命。

请原谅我最后这段时间对你不够好，不够关心。我相信你能理解。皮特曼学院的消息迟迟不来让我太过焦虑，也促使我去寻找通向未来的其他道路。我研究了很多方案并选择了其中一种。这是一场令人神往、前途远大的冒险，但是要求我全身心投入，所以暂时还无法将你卷入其中。

我毫不怀疑现在开始着手的这个项目。它会大获全胜，但是在初始阶段需要一笔巨大的投资，这超出了我财力的承受范围。因此我斗胆借用了你父亲给你的钱和珠宝，来支付前期的费用。我希望将来可以用还贷款的方式将它们全部还给你，这样等你上了年纪，就能像你父亲把它们传给你一样传给你的后代。我也相信你母亲独自抚养你时的那种自我牺牲精神和坚强意志会激励你独自面对接下来的生活。

再见了，我的生命！永远爱你！

拉米罗

另外，我建议你尽快离开丹吉尔，越快越好。这里不是一个适合单身女人待的地方，尤其以你目前这种状况。我还担心有人会来找我，如果找不到我，可能就会来找你。离开酒店的时候，少带行李，尽量假装不经意，虽然我会尽量，但由于走得太匆忙，我不知道等会儿有没有机会去结清这几个月的房费，我可不希望这给你带来什么麻烦。

我不记得当时在想什么了。记忆中总是保存着当时的场景：翻得底朝天的房间，空荡荡的衣柜，打开的窗户中透进来的刺眼的光，我倒在凌乱的床上，一手拿着信，一手抓着刚刚确认怀孕的诊断单，汗珠从太阳穴处滚滚落下。脑海里思绪翻腾，却又似乎什么都没有，或者说没有留下任何痕迹，因为我的回忆丢失了。唯一可以确定的，是接下来我像一部刚下线的机器一样忙碌起来，动作很快却无法思考也无法感受。虽然信里的内容如晴空霹雳，拉米罗也已远走高飞，但是他依然主宰着我的行为和节奏，我只有一味地顺从。我打开一个箱子，捧起手边的东西机械地往里装，根本不考虑哪些该带走，哪些该丢弃。几条连衣裙、一把梳子、几件衬衫、几本过期杂志、一堆内衣、不成对的鞋子、两件没有裙子的上装和三件没有上装的裙子、书桌上一堆凌乱的纸张、卫生间的洗漱杯、一条毛巾。当箱子里装满了这些零碎的衣服和用具后，我使劲关上箱子，摔门而去。

正值喧嚣的中午，餐厅里顾客进进出出，侍者的声音此起彼伏，伴着杂乱的脚步声、我听不懂的各种语言的交谈声，几乎没有人发现我的离去。只有哈米德，那个长着一张娃娃脸年纪却不小的小个子跑堂，跑过来问我要不要帮忙提行李。我没有回答，只是摇着头拒绝。出了门就迈开大步走，脚步既不坚定，也不漂浮，更不沉稳，完全不知道该去哪儿，也完全不担心要去哪儿。我记得我曾走过葡萄牙大街的斜坡，都是些零碎的印象，似乎经过了郊区的露天市场，那儿有人声鼎沸的小摊、牲口、叫卖声、来来往往的长袍。我毫无目的地穿过大街小巷，好几次被身后的汽车喇叭声或是着急的摩洛哥运货人"借过、借过"的喊叫声惊醒，贴墙靠在路边。在这段漫无目的的行程中，我似乎还经过了英国墓地、天主教堂、锡亚琴大街、玛丽娜大街和大清真寺。我一直不停地走，不知道走了多久，丝毫不觉疲倦，也毫无感情，只是被一种奇怪的力量驱使，双腿似乎不属于自己的身体。似乎可以一直这样走下去，走上几小时，几天，几星期，几年，一直到地老天荒。但是我没有继续下去，因为在浅海滩，当我像鬼魂一样经过西班牙学校时，一辆出租车停在了我身边。

"女士，您需要我带您去哪儿吗？"出租车司机的西班牙语混杂着法语。

我当时也许点了点头，或者是我手中的行李让他觉得我要出远门。

"您是要去港口还是火车站，还是要去坐公共汽车？"

"是。"

"是？是什么？"

"是。"

"是去公共汽车站？"

我又点了点头，对我来说去哪儿都一样，不管是公共汽车站、火车站、码头还是万丈深渊。拉米罗已经把我抛弃了，我没有地方可去，所以任何地方对我来说都一样糟糕，甚至更糟糕。

6

一个轻柔的声音试图把我唤醒。努力很久后，我终于把眼睛睁开一条缝，身边有两个模糊不清的人影，过了一会儿才渐渐清晰起来。一个头发斑白的男人，面容虽然还有些模糊，模样却依稀让人觉得熟悉。另一位是穿着一身洁白长袍的修女。我试图弄清楚自己在哪儿，但是视力所及只有高高的天花板和两侧的床铺，屋里弥漫着药味，窗户里照进来大片日光。原来这是一家医院。我还记得自己说的第一句话：

“我要回家。”

“你家在哪儿？我的孩子。”

“马德里。”

两个人影似乎迅速交换了一下眼神。修女捧起我的一只手轻柔地握住。

“我想你暂时回不去了。”

“为什么？”我问。

那个男人回答：

“交通已经中断，政府前几天宣布进入战争状态。”

我并不明白他那些话是什么意思，甚至怀疑自己是否听清，因为我马上坠入虚弱的深井，昏睡了好几天。这之后医生让我卧床静养。在得土安平民医院里动弹不得的那几个星期让我有时间稍稍整理了一下自己的感情，并回顾权衡了这几个月来发生的事情在我的生命中究竟意味着什么。但这也只是在最后几天才做到的，因为最初的那段时间，不管上午还是下午，清晨或是探视时间（虽然从没有人探访过我），甚至护工来送饭我却完全无法进食的时候，我唯一能做的就是哭泣。什么也不想，不反思，甚至不回忆，只是哭。

很多天后，当眼泪终于干涸，再也哭不出来的时候，回忆就如潮水般一寸寸地将我吞噬。我甚至能看见它们在追赶我、纠缠我，排着队从病房尽头的门口进来。病房就像一艘日光下的巨轮，永远都是白昼。鲜活又无法控制的回忆，有的完整，有的零碎，一个接一个冷笑着向我靠近，跳上床垫，爬到我身上。它们无处不在，从耳朵里，从指甲缝里，或者从全身皮肤的毛孔里侵入我的意识，毫不怜悯地用那些我永远也不愿意再想起的形象或片段把我撕碎。

渐渐地，持续不断朝我涌来的回忆大军开始不那么嘈杂，变得安静而犀利。冷静后的剧痛鞭笞着我，让我开始思考这一切，为这八个月来发生的所有事情找一个原因。这才是最痛苦的阶段，折磨、煎熬、令人痛不欲生。虽然我不知道它持续了多久，但记得很清楚，是一位不速之客的到访使这段煎熬的时光戛然而止。

在那之前，我一直跟一群产妇、慈善机构的护工和漆成白色的金属床一起度过。每天穿着白大褂的医生会来查房，其他住院产妇的家属会在特定时间前来探视，他们窃窃私语，爱抚新生婴儿，叹息着安慰不幸流产的病人，比如我。在这个举目无亲的城市，我连一个认识的人都没有。没有人会来探视，当然我也没有奢望过。我甚至都不知道自己为什么会来到这个陌生的地方，待在这群陌生人中间，脑海中只有初到时杂乱的零星记忆，夹着深深的焦虑和不安。这么多天来思绪纠缠交错，只忆得起偶尔出现的修女，还有那份急切又带着些许恐惧的愿望：尽快回到马德里。

直到那个早晨，我的孤寂被意外打破了。在一身素白身材臃肿的维尔德斯修女的指引下，那个男人又出现了，很多天前他似乎说过一些关于一场战争的话。

“孩子，有人来看你了。”修女说。她的嗓音像银铃一样清脆，我却从中分辨出一丝担忧。当这位不速之客做自我介绍时，我明白了她的担忧从何而来。

“女士您好，我是得土安警察局局长克拉乌迪奥·巴斯盖斯，”陌生人问候道，“或者应该称呼您小姐？”

他的头发几乎全白了，穿着一套浅色夏装便服，脸被太阳晒得黝黑，一双深色眼睛十分明亮，透着精明和机智。我那时还有些恍惚，无法辨别他到底是一个上了年纪仍身手敏捷的人，还是本就是年轻人，只不过华发早生。当然，这些都不重要，要紧的是，我得知道他为什么找我。维尔德斯修女请他在墙边的一把椅子上坐下，他却直接把椅子搬到我病床的右侧，然后摘下帽子坐了下来，微笑着请修女离开，彬彬有礼又不容置疑。

病房宽大的窗户使屋里充满了阳光。窗外的花园里，微风轻拂棕榈树和蓝桉树。天蓝得令人炫目。对于任何一个不需要在医院里卧床，也不需要面对陌生警察的人来说，这都是十分美妙的夏日。我身边的两张病床是空的，医院里的大多数病床都这样，一尘不染的床单铺得整整齐齐。修女离开了，因不能见证接下来的谈话而满心不悦。远处有两三个静卧休息的病人，还有一个年轻的修女在病房另一头悄无声息地擦地。我几乎连上身都支不起来，身上的床单一直盖到胸口，只露出两条日益消瘦的胳膊和瘦骨嶙峋的肩膀，头发梳向一边束成黑色的辫子，消瘦的脸颊晦暗无光，我被这突如其来的打击击垮了。

“修女告诉我您的情况有所好转，所以我想我们该谈一谈了，您觉得怎么样？”

我只能点头，因为猜不出来他想跟我谈什么，也不明白为什么我遭遇的不幸和迷茫会跟警察扯上关系。这时警长从外套口袋里掏出一个小本，打开。不过看上去他应该已经看过了，因为他无需翻找，直接就到了要找的那一页，上面记录着关于我的信息。

“好。首先我想问您几个问题，您只需要回答是或不是。您是希拉·西罗嘉·马尔丁，一九一一年六月二十五日出生于马德里，对吗？”

他的话十分有礼貌，问题却很直接，带着审讯的意味。考虑到我目前的状况，他没有用像审犯人一样的口气跟我说话，但是也没有把这种意味完全掩饰掉。我用一个肯定的表情证实了资料的准确。

“您是上个月也就是七月十五日从丹吉尔来到得土安的？”

我再次表示肯定。

“您是从三月二十三日起入住丹吉尔大陆酒店的？”

肯定。

“您是跟……”他看了一眼小本子，“拉米罗·奥利巴斯·盖洛尔一起到达丹吉尔的，他是西班牙维多利亚人，出生于一九〇一年十月二十三日。”

我又点了点头，但这次垂下了目光。这是我离开以来第一次听到他的名字。巴斯盖斯警长似乎没有注意到我的情绪，或者他注意到了，但是不愿意表露出来。他继续质询。

“在大陆酒店您二位留下了一张三千七百八十九法郎的未付账单。”

我没有回答，只是把头转向另一边，不想面对他的目光。

“看着我。”他说。

我没有理他。

“看着我。”他重复了一遍，语调很平静，没有比前一次更坚决或更和蔼，也没有更严厉，完全相同的语气。他很耐心地等着，直到我最终顺从再次把目光投向他，我没有回答这个问题。他再次问道：

“您知道在大陆酒店还有一张三千七百八十九法郎的未付账单吗？”

“我想我知道。”我终于用气若游丝的声音回答，然后再次移开目光，把头转向另一边，开始哭泣。

“看着我。”他第三次要求。

他等了一会儿，终于发现我不愿意，或者说根本没有足够的力气和勇气去面对他。于是我听到他从椅子上站起来，绕过床脚来到病床的另一侧。他迎着我的目光，在旁边的床上坐下，平滑的床单被压出许多褶子。他牢牢地盯着我的眼睛。

“我正试图帮助您，女士。或者该称您小姐，不过对我来说都一样。”他坚定地说，“您被卷入了一个巨大的麻烦，虽然我相信这不是出于您的本意。我想知道发生的一切，但是需要您的协助。如果您不跟我合作，我也就没有办法帮助您，您明白吗？”

我很艰难地说了声明白。

“好吧，那就别哭了，咱们继续。”

我用床单擦干眼泪。警长先生给了我几秒钟平静的时间。一发觉我哽咽得不那么厉害了，就继续他的工作。

“可以了吗？”

“可以了。”我嗫嚅道。

“您看，大陆酒店经理控告您未支付大额账单即离店，这还不是全部。很不幸，您面临的问题要严重得多。我们还接到来自好利获得公司的起诉，控告您诈骗了他们两万四千八百九十比塞塔。”

“可是我，我……”

他做了个手势阻止我申辩，因为他还有更多的消息要告诉我。

“还有一个对您的通缉令，因为您从马德里一家民宅窃取了一批价值不菲的珠宝。”

“我没有……但是……”

听到这些消息，我太过震惊，完全失去了思考能力，开始语无伦次。坐在对面的警长似乎对我的茫然了如指掌，试图让我冷静下来。

“我知道，我知道。别激动，别太使劲。我已经看过了你行李中所有的文件，所以基本上能把发生的事情猜得八九不离十。我也找到了您丈夫留下的信，或许是您的男朋友，或者情人，不管是什么，反正就是那个奥利巴斯，还有一份赠与您珠宝的证明，以及一份公证书，说明那些珠宝的前拥有者正是您的父亲。”

我不记得自己曾随身携带这些文件。事实上自从拉米罗开始负责保管珠宝以后，我完全不知道它们在哪儿。如果它们真的在我的行李里面，那一定是我在匆忙离开大陆酒店时不经意抓进去的。一想到这些东西也许可以挽救我，我松了口气。

“请您去问他，问问我的父亲。”我恳求道，“他在马德里，叫冈萨罗·阿尔瓦拉多，住在埃尔默西亚大街十九号。”

“我们没有办法找到他，这里跟内陆的通信已经基本中断了。马德里现在非常混乱，很多人下落不明，有的被捕了，有的逃走了，有的正在逃，有的藏起来了，还有的死了。再说，您的情况更加复杂，因为这个控告正是来自阿尔瓦拉多先生的儿子恩里克，我记得好像是这个名字，您同父异母的兄弟，对吗？”他低头看了一眼手中的记录，“没错，恩里克·阿尔瓦拉多。似乎是几个月前，一名仆人告诉他您去拜访过，出来的时候神色慌张，还携带着几个包裹。他们推测包裹中就装着这些珠宝，并且认为老阿尔瓦拉多先生可能是一次诈骗事件的受害者，或者是被某种外力胁迫。总之，情节很恶劣，不过这些文件应该可以证明您无罪。”

他从外套口袋中取出几个月前父亲在见面时交给我的文件。

“您还算走运，奥利巴斯没有把这些纸片连同珠宝和现金一起带走，可能他觉得这是一种补偿。他完全可以把它们销毁，断了你的后路。也可能是因为他走得太急，没有这么做。或许您该感谢他，正是这些东西令您免于牢狱之灾。”他有些讽刺地说。但是马上又眨了眨眼睛，似乎想收回最后的那句话。“对不起，我无意冒犯。不过我想在目前的状态下，您一定不会感谢这样一个害您到如此境地的恶棍。”

我没有回应他的道歉，只是虚弱地问了另一个问题：

“他现在在哪儿？”

“奥利巴斯？我们无法确切知道他在哪儿。可能在巴西，可能在布宜诺斯艾利斯，也可能在蒙得维的亚。他登上了一艘阿根廷远洋轮船，但是这艘船会停靠好几个港口。而且他好像不是一个人走的，一起逃走的还有三个人，一个俄罗斯人，一个波兰人和一个意大利人。”

“那你们不会去找他吗？不会去追踪他的线索然后逮捕他吗？”

“恐怕不会。他身上几乎没什么罪名，只有一张未付款账单，还是跟您一起分担的。当然，前提是您不因为他带走你的钱和珠宝指控他。不过说句心里话，我觉得您不值得这么做。虽然事实上这些东西确实是您的，但是它们的来历不是很明确，而您也正因为它们官司缠身。况且我认为我们很难再找到他的下落，这样的人一般都非常聪明狡猾。他们神通广大，很清楚如何从人间蒸发，然后就在地球的另一个地方用最不引人怀疑的方式重生。”

“可是我们正要开始一段新生活，一个新的生意，只不过还在等待对方的确认。”我结结巴巴地说。

“您是说教人打字的生意？”他再次从口袋里掏出一个信封，“恐怕早就没有可能了，因为你们没有得到授权。阿根廷皮特曼学院的董事们对在大西洋彼岸扩展生意完全没有兴趣，而且早在四月份就给出了否定的答复。”他看出了我的一脸茫然，“奥利巴斯从来没告诉过您，对吗？”

我想起自己每天带着希望去前台询问，急切地想要收到那封我以为会改变生活的回信。而拉米罗，几个月来从未跟我提起过他收到的这封回信！想要继续维护他的想法开始慢慢溶解，蒸发……我抱着最后一线希望，用仅存的一点力气说：

“可是他爱我……”

警长笑了，苦涩又充满同情的微笑。

“他这样的人都这么说。您看，小姐，您别再自欺欺人了，像奥利巴斯这样的人只爱他们自己。他们有时候的确充满爱意，慷慨大方，也很有魅力。但是一到关键时刻，关心的就只有自己的利益。见势不妙，马上抽身而退，为了不被人抓住把柄，什么都干得出来。这次您是最大的受害者，的确非常不幸。我不怀疑他曾经爱过您，但是当他看到更好的前程，您就成了他的包袱，他再也不想受您拖累。因此他抛弃了您，不再浪费更多时间。您没有什么错，但事已至此，我们也无力去改变已经发生了的事。”

我不想再听他继续控诉拉米罗的爱有多么虚伪，因为无法承受那种痛苦。我更愿意回到实际的话题上。

“那好利获得公司呢？我跟他们又有什么关系？”

他深深地吸了口气，又用力地呼出来，似乎在下决心提及一件令他非常不快的事。

“这件事更加麻烦。目前还没有什么明确的证据能证明您是无辜的，虽然我个人相信这又是您丈夫或者您男朋友，反正就是那个奥利巴斯导演的一出诡计。目前官方的说法是这样：您是一家公司的法人代表，您的公司从好利获得公司购买了一批打字机，但是没有付款就潜逃了。”

“是拉米罗要以我的名义开一家公司的，但是我不知道……我不了解这个事情……我不知道……”

“我也是这么想的。您不知道他打着您的幌子究竟做了些什么事。我来跟您说说我推测的事情经过。官方的说法您已经知道了，如果我有说错的地方请随时纠正。首先是您的父亲给了您一笔钱和一些珠宝，对吗？”

我点了点头。

“然后，奥利巴斯主动提出要以您的名义开一家公司，并且把这笔现金和珠宝都保存在他工作的那个公司的保险柜里。对吗？”

我又点了点头。

“好。但事实上他并没有这么做。或者更确切地说，他是这么做了，但是并没有简单地用您的名义保存起来。他用这笔钱，以西罗嘉机械进出口公司的名义，向自己的公司购买了一批打字机，当然了，您就是这个进出口公司的法人代表。第一次购买时他准时付款，因此好利获得公司丝毫没有起疑。第二次购买，数额更大，交易依然顺利，准时付款。奥利巴斯把这些机器倒卖了，当然我不知道卖给谁了，怎么卖的。到此为止，从好利获得公司账面的情况来看，一切都没问题，而奥利巴斯也有利可图。没有动用自己的一分钱，却做了一笔好买卖。之后，过了不到几星期，他再次以您的名义订购了一大批机器，这次好利获得公司当然以为又是一笔送上门来的大生意。但对于这笔订单您的公司没有直接支付全款，只付了首付，由于您已经在好利获得公司有了一定信誉，没有人对此怀疑，他们觉得余下的货款一定会在约定期限内补齐。但问题是，这部分货款再也没有到账。奥利巴斯再次倒卖了机器，从中获取利润后，就带着您一起携款潜逃了。他自己的钱不但分文未动，还从倒卖机器和拖欠的货款中获得了巨额利润。这是一次巨大的打击，没错，虽然那时候可能已经有人开始怀疑了，我猜你们离开马德里的时候也很仓促，对吗？”

这一刹那，电光火石般，我想起了那个三月的早晨，从萨莱萨广场回到家里，拉米罗是那般紧张不安，匆匆忙忙地从衣柜里取出衣服塞进行李箱，而且迫使我像他一样仓皇告别，一秒钟都不能耽搁。想起这一切，我再次确认了警长的推测。他继续说：

“就这样，完美的计划。奥利巴斯不但占有了您的钱，而且用这些钱为自己赚取了更多的钱。毫无疑问，他是一个非常聪明的人。”

我的眼里重又噙满了泪水。

“停，停，麻烦您别哭。现在后悔也来不及了，哭无济于事。您看，实际上发生这一切也都是因为现在的时局不好，太复杂。”

我使劲咽了下口水，终于忍住眼泪，开始谈话。

“是因为那天您提到的战争？”

“现在还不知道会不会爆发战争，目前的形势非常微妙复杂。半个西班牙在国民军手中，半个在政府的控制下。形势非常混乱，信息也不通畅，已经无法得到那边的消息。总之，完全是一场灾难。”

“那这里呢？情况怎么样？”

“目前还算平静，前几个星期却是一团糟。这里是暴乱的发源地，您不知道吗？那些部队就是从这里倒戈的。佛朗哥将军从摩洛哥出发，带领部队起事。头几天有一些轰炸，为了平定叛乱，共和国空军袭击了总督府，但是他们运气不好，弄错了目标。一架福克战斗机炸伤了不少平民，炸死了摩尔人小孩，还炸毁了一座清真寺，很多穆斯林因此认为这次军事行动是针对他们的，自动站到了国民军一边。而支持共和国反对国民军的人已被逮捕或枪毙，欧洲监狱已经爆满，据说在蒙哥特还搭起了监禁场。这附近的萨尼亚拉梅尔机场失守，摩洛哥的西班牙保护区就陷落了。目前，整个北非已经被起义的国民军掌握，形势也基本平定下来了。闹得正凶的是伊比利亚半岛。”

他用左手拇指和食指擦了擦眼睛，然后手掌上移，抚过眉毛、额头、发根、头顶、脑后，一直到脖子。他低声说，似乎在自言自语：

“看吧，看看事情能不能一下子都解决掉。”

我把他从沉思中唤醒，因为再也控制不住自己急切的心情：

“但是，我能走吗，还是不能？”

我的问题让他一下子回到了现实中。他斩钉截铁地说：

“不能，绝对不能。您哪儿都不能去，尤其是不能回马德里。目前马德里还由政府控制，而且市民也做好了准备尽一切力量进行抵抗。”

“可是我必须回去。”我毫无底气地坚持着，“那里有我母亲，还有我的家……”

他努力控制着情绪，不让自己失去耐心。虽然鉴于我目前的身体状况他不想刺激我，但是我的坚持也让他越来越不快。如果是在别的情况下，他大概早就不会对我这么客气了。

“您看，我不知道您是支持哪一方的，捍卫政府还是支持国民军。”他的语调又变得平和，在短暂的失态之后完全恢复了之前的状态，也许是前些日子的混乱引发的紧张让他有些疲惫。“我跟您实话实话，自从这几个星期我不得不见证了这么多事情以后，您站在哪一边对我来说完全不重要，我甚至根本不想知道。我只不过是履行职责，努力把政治因素抛在一边而已。专门管这事的大有人在，当然这很不幸。但是运气这东西很讽刺，虽然令人难以相信，但一旦落到你头上就由不得你了。在得土安，在暴乱的中心，您可以完全放心，除了我，没有人会理会您这些涉嫌违法的官司。这些官司够麻烦的，在正常情况下，足以让您蹲相当长时间的大牢。”

我试图抗议，紧张且充满恐慌。但是他举起一只手阻止了我，接着说：

“我想在马德里，除了跟政治有关的案件和一些极端重案，大部分的警务和司法工作都已经瘫痪了。他们正忙着打仗，我不认为会有人跑到摩洛哥来追踪一个被打字机公司起诉的诈骗犯和被自己亲兄弟控告偷父亲财产的盗窃犯。几个星期之前，这些的确是严重的案件，但在今天，跟他们所面临的问题相比，您的官司已经微不足道了。”

“您的意思是……”我犹疑着问。

“您现在应该做的就是待在这里哪儿也别去。不要有任何想要离开得土安的企图，老老实实的，别给我惹麻烦。我的职责是负责西班牙保护区的监管与安全，我不认为您会在这方面构成任何威胁。但是，以防万一，我也不希望您离开我的视线范围。不要把这些话理解成忠告或者建议，它是具有法律效力的命令。您可以认为这是一种特殊的拘捕，我不会把您投进监狱，也不会对您实施寓所监禁，所以您有一定的活动自由。但是没有我的允许，绝对不可以离开这座城市。清楚了吗？”

“到什么时候？”我没有确认他的要求。孤身一人无限期地留在完全陌生的城市，对当时的我来说，是所有选择中最坏的一种。

“一直到西班牙基本稳定，也得看它最终的结局。到那时候我再决定。现在我既没时间，也没办法处理您的案子。而您亟须解决的问题就是丹吉尔酒店的欠款。”

“可是我现在没钱……”我说着，又要掉下眼泪。

“我知道，我已经仔细检查过您的行李，也确认过除了凌乱的衣物和一些纸张，您确实什么都没带。但目前您是我们能找到的唯一嫌疑人，在这个案子里您和奥利巴斯处于同样的不利境地。现在我们找不到他，那您就必须对这个案子负全部责任。而我恐怕没有办法为您开脱，因为丹吉尔那边知道您在我手里，他们完全能找到您。”

“可是他把我的钱都拿走了……”我再次泣不成声。

“这我也知道，请您不要再哭了，可以吗？在他留给您的信里，已经公然承认了他有多么无耻，也表明了他想要置您于困境，让您寸步难行。他带走了您所有的财产，给你留下了一个孩子，但是一到得土安，甚至还没下公共汽车您的孩子就不幸失去了。”

我满脸都是茫然，泪水和痛楚、挫败交杂，让他不得不对此作出说明。

“您不记得了？是我在汽车站接到您的。我们接到丹吉尔警察局的电话，通知您将到达得土安。据说是酒店的一个跑堂向经理报告了您仓促离开的事情，他觉得当时的情形十分蹊跷，值得警惕。发现人去楼空、还拖欠着巨额房费后，他们报了警。警察找到了带您去巴伦西亚那汽车站的出租车司机，并且得知您上了前来得土安的公共汽车。在正常情况下我也许会随便派个手下在那儿等您，但时局混乱，我宁可亲自过问，以免发生任何意外或不幸。我决定亲自到汽车站去等您。刚下车您就晕倒了，是我把您送到这里的。”

我的脑海里渐渐浮现出一些模糊的记忆。那个热得令人窒息的公共汽车站好像是叫巴伦西亚那。车厢内的叫喊声、装着活鸡的篮子、挤在一起的乘客，有摩尔人，也有西班牙人，个个汗流浃背，散发出令人难以忍受的气味。然后我突然觉得大腿间潮湿黏稠。到达得土安刚要下车时又觉极度虚弱，有热乎乎的东西顺着大腿根流下来，顿时又惊又怕。刚要将一只脚踩上这座陌生城市的地面，就听到一个带着大檐帽、半边脸被帽檐挡住的男人问：“您是希拉·西罗嘉吗？我是警察，请跟我走一趟！”就在那个时候，一阵无限的疲惫席卷而来，脑子开始发木，双腿再也无法支撑自己的身体，我失去了知觉。几个星期以后的今天，我再次面对这个人，仍不知道他究竟是把我推向刑场的刽子手，还是我的救世主。

“维尔德斯修女负责向我通报您的恢复情况。几天前我就想来找您了解情况，但是她们一直不允许，说您仍然严重贫血，还有其他一些症状。但无论如何您现在看上去已经好多了，因此他们允许我今天来探视，我想过不了几天您就可以出院了。”

“那……那我去哪儿？”我的焦虑跟恐惧不相上下。我觉得自己没有能力独自面对未知的现实。我这辈子从来没有独自做过什么，一直以来都有人在我身边指引着我，开始是母亲，然后是伊格纳西奥，再后来是拉米罗。如果没有一只坚强有力的手紧紧地抓住我，没有人帮我抉择，没有人在身边让我信任和依赖，我简直就活不下去。

“这件事我正在想办法解决。”他说，“我会给您找个落脚的地。您可别认为这是一件容易的事。不过您先不用担心，关于您的过去，我还有一些遗漏的信息需要补充。如果您觉得有力气，明天我再来找您，麻烦您详细叙述一下整个事件的经过，我们来看看有没有什么细节能帮助我们解决您丈夫或是您男朋友给您带来的无尽麻烦。”

“我丈夫，我男朋友，或者随便我什么人，反正就是那个败类。”我接过话茬，做了个讽刺的鬼脸，既虚弱又苦涩。

“你们结婚了吗？”他问。

我摇了摇头。

“这对您来说是件好事。”他很干脆地下了结论，然后又看了看表，“好了，我不想让您太过劳累。”他一边说一边站起来，“我想今天的内容已经足够了。我明天再来，时间不定，到时咱们再继续。”

他向病房门口走去的时候，我细细打量着他。他走路很快，步伐坚定，很有节奏，一看就是个从来不愿意浪费时间的人。等我好了，迟早会弄清楚他是真的相信我是无辜的，还是只想尽快甩掉我和与我一起在最不合适的时候从天而降的麻烦。我没有力气继续想了，长时间的谈话和过度惊吓已经让我筋疲力尽，只想好好地睡一觉，把一切都忘掉。

巴斯盖斯警长第二天傍晚又来了，大概七点，也可能是八点，因为暑气已经开始消散，日光也没有那么强烈了。一看到他从病房尽头的门口进来，我就用手肘支起上身，费力地拖着身子坐起来。他走到我身边，还坐在头一天那把椅子上。我甚至没有向他问好，只是清了清嗓子，准备向他叙述他希望了解的一切。

7

我跟克拉乌迪奥先生的第二次会面是在八月末的一个周五。紧接着的那个周一，快到中午的时候他又来了，这回是来接我出院的。他已经为我找好了住处，并且负责帮我搬家。如果在其他情况下，这种绅士行为很有可能被理解成一种暧昧的情感，但是此时此地我们俩都十分清楚，为我做的一切只不过是他的职责所在，为了不让我这个已经一团乱麻的案子变得更加复杂。

他到达的时候我已经穿戴整齐。衣服很不合身，因为我瘦了很多。我梳着一个平淡老气的发髻，半坐半倚地靠在已经整理好的病床床头。脚下的行李箱里装满了逃亡时的一点儿幸存物品。瘦骨嶙峋的手指交叉放在膝盖上，努力想积攒些力气。看到他来了，我试图站起来。但是他做了个手势示意我坐着，然后在我对面的床上坐下说：

“稍等，我们还需要谈一谈。”

他那双可以穿透一切的眼睛盯了我一会儿。这时我才发现，他既不是早生华发的年轻人，也不是动作灵活的老人，而是正值壮年。年龄在四十到五十之间，举止很有教养，但是在这份特殊职业的磨砺下又显得十分冷酷，仿佛身心都已经过千锤百炼，准备随时应付任何流氓恶棍。我暗想，在这种人的眼皮底下，在任何时候惹出任何麻烦都难逃他的法眼。

“您看，这不属于我们警察局正常的办案程序。但是鉴于目前的局势和您的实际状况，我给您破例。不过我希望您弄清楚您现在的真实处境。虽然就个人而言，我相信您不过是不慎受了恶人的蒙骗，但您究竟有没有罪，只能由法官说了算，而不是我。不过现在非常混乱，恐怕近期内没有哪个法院能开庭审理您的案子。如果我把您逮捕了扔进监狱，对谁都没有好处，而且天知道要关到什么时候。因此，就像我前几天跟您说的，我会给您一定的自由。但是，注意：只是有限且受控的行动自由。为了避免您产生逃走的念头，我暂时不会把护照还给您。另外，您要享受人身自由还有一个条件，就是一旦身体状况允许，就去找个正经的差事维持生计，而且要节衣缩食来偿还大陆酒店的债务。我已经以您的名义申请了一年的债务偿还宽限期，他们也同意了，所以您暂时可以松一口气。接下来就得努力挣钱了，您得准备好吃苦，因为钱必须来得干干净净，不能做任何违法的事，清楚了吗？”

“清楚了，先生。”我低声回答。

“另外，千万别想骗我，别企图跟我耍什么花招，也别逼我来找您的麻烦，一旦我发现您背着我搞小动作，我会马上公事公办。说不定没等您回过神来，就被送回西班牙了，到时候等待您的将是基尼奥内斯女子监狱的七年大牢。记住了吗？”

在他这番恶狠狠的威胁面前，我连一句完整的话都说不出来，只能连连点头。然后他站了起来，几秒种后我也跟着站起来。他站起来的时候快速敏捷，而我，不得不使出全身力气才能跟上他的节奏。

“好吧，我们走。”他说，“放下吧，我来帮您提行李，您现在的样子估计连自己的影子都提不起来。我的车在门口，您去跟修女们告别吧，谢谢她们这么长时间尽心尽力照顾您。然后我们就出发。”

他开车带着我行驶在得土安的大街小巷，我第一次领略了这座城市的面貌，虽然只是很小的一部分。而我，不知道还要在这里待上多久。平民医院在郊区，我们正慢慢地开往市区。离市中心越近，来往的行人就越多。快到中午了，大街上到处都是人，机动车几乎无法通行，警长先生不得不时常鸣喇叭才能在慢慢悠悠、往来拥挤的人群中开出一条道。街上有穿浅色亚麻套装、戴巴拿马草帽的男人，有穿着短裤疯跑的孩子，有挎菜篮子的西班牙妇女，有穿条纹长袍、裹缠头布的穆斯林男子，还有衣着臃肿、全身上下只露出眼睛和脚的穆斯林女人，有穿制服的士兵，也有穿着花花绿绿夏装的女孩，光着脚的孩子在母鸡群里玩耍。从车窗外传来各种喧哗，有零星的阿拉伯语和西班牙语，还有很多人认出警长的车上来打招呼。看到这样的场景，真的很难相信几个星期前这里曾发生过暴乱，而且即将转化为一场大规模的内战。

一路上谁都没说话。这次搬家并不是一趟令人愉快的旅程，只是警长在一丝不苟地履行职责，把我从一个地方运送到另一个地方。但是偶尔，当他觉得某样东西对我来说比较陌生或者新奇的时候，会抬一抬下巴用一些很简练的词或句子告诉我那是什么，眼睛却依然盯着前方。“里夫地区的女人。”我记得他指着一群摩洛哥的女人说。她们穿着条纹下摆的裙子，戴着巨大的麦秸帽子，上面还挂着五颜六色的穗。不过十到十五分钟，我们便到达了目的地。这点时间已经足够让我认识那些形态各异的新事物，闻到陌生的味道，并学会一些东西的名字。在下一阶段的人生中，我就要每天与它们朝夕相处了。比如说总督府、仙人掌果、哈里发的宫殿、骑着骡子的运水人、摩尔人社区、帐篷餐厅（巴卡利多）、薄荷草，等等。

我们在西班牙广场下了车。几个摩尔孩子飞奔过来抢着提我的行李，警长也放心地任由他们拿。就这样我们走进了拉鲁内塔街，一边挨着犹太人社区，一边挨着摩尔人社区。拉鲁内塔街，我来到得土安后的第一个住处，狭窄、嘈杂且杂乱无章。到处都是人，随处可见酒馆、咖啡馆和沸腾的市场，里面简直应有尽有。我们来到一处门廊，进去后又上了一段楼梯，警长按响了一层公寓的门铃，一个穿着红衣服的胖女人打开了门。

“早上好，坎德拉利亚。我把上次交代给你的任务带来了，就是她。”警长歪头指了指我。

"什么任务，警长先生？"胖女人双手叉腰，哈哈大笑着让到一边请我们进去。房子朝阳，屋内布置得很寒酸，根本谈不上什么审美情趣。胖女人表面上很自然，却掩饰不住一丝扭捏，一看就知道警察找上门来引起了她极大的不安。

"这是我交代给您的一项特别任务。"他边说边把我的行李箱放在狭小的玄关处一个日历底下，日历上画着一颗圣心，"这位小姐得寄居在你这儿一段时间，目前不许收她一分钱。等她能挣钱了，你们再商量这账该怎么算。"

"可是我的房子已经住满了，我以耶稣的名义发誓。每天至少有半打人找上门来，但我实在是没地方收留了。"

明显在撒谎。这个深色皮肤的胖女人在撒谎，警长也非常清楚。

"别跟我诉苦，坎德拉利亚。我已经告诉过你，不管怎么样你都得收留她。"

"自从暴乱发生，我这里就不断涌进来寻找落脚处的人，克拉乌迪奥先生，现在连地板上都睡满了人！"

"别跟我玩虚的，交通已经中断了好几个星期了，这段时间连只海鸥都飞不过来。不管愿不愿意，都必须照我说的去做。你可以把它记在我的账上。另外，你不但要向她提供食宿，还得提供帮助。她在得土安举目无亲，身上还背着一段极其不光彩的历史，所以你必须给她腾个地方。从现在开始她就得在这儿安家了，明白了吗？"

她无精打采地回答："明白，警察先生，像清水一样明明白白！"

"好，那我就把她留给你了。如果有什么问题，你知道去哪儿找我。说实话，我也不想让她住在这里，因为我担心过不了多久她就让你给带坏了，但不管怎么说……"

胖女人打断了他的话，假装无辜又略带讽刺地说："不管怎么说，现在我没什么可值得怀疑的，就像小葱拌豆腐一样一清二白，对吗，警长先生？"

警长没有被这个安达卢西亚女人的故作滑稽蒙骗。

“我在任何时候对任何事情都心存怀疑，坎德拉利亚，这样我才有饭吃！”

“您要是觉得我那么坏，干吗还把这光荣任务交给我呢？亲爱的警长先生！”

“我已经说过了，时局太坏，我没有其他地方可以安置她，你别以为我愿意把她送你这儿来。不管怎么说，人交给你了，你得给她找点差事干。我不认为短期内她能回西班牙去，但她必须得挣钱，因为还欠着一大笔债。看看能不能给她找个店员、理发店小工之类的活儿。总之，只要是个正经地方就行，你看着办吧。还有，我已经跟你说了一千遍，别再叫我‘亲爱的警长先生’了！”

她这时候才开始打量我，仿佛之前根本就没注意到我的存在。她用目光上上下下扫视着我，一点儿都没表现出好奇，似乎只是在估量这个从天而降的包袱有多重。然后她把目光投向警长，假装忍气吞声地接受了这个任务。

“放心吧，克拉乌迪奥先生，坎德拉利亚会对她负责的！我看看能把她安排在哪儿吧。不过您可以一百个放心，您也知道，包在我身上准没问题的！”

房东太太这番信誓旦旦的保证似乎并没有让警长信服，他还要进一步施加压力，进一步跟她讲条件，以确保我能在这里得到妥善的安置。他压低声音，竖起食指指着她的鼻子，这次的严肃让她再也不敢装疯卖傻。

“给我小心点儿，坎德拉利亚，你最好放聪明些。现在已经够乱了，除非不可抗力，我不想再有任何麻烦。你最好别想着把她卷入非法勾当。你们两个我谁都不信，所以我会派人严密监视。一旦发现有任何异常举动，就把你们带回警局，到时候没有人救得了你们，明白吗？”

我们两个人都低声回答：“明白了，先生。”

“好，那就这样吧。您好好养病，一旦身体允许了，就赶紧出来工作。”

他看着我，用眼神表示告辞，似乎犹豫了一下要不要伸出手来跟我告别。但最终还是没有伸手，只是用很简单的两个词结束了这次见面：“保重，再见。”然后就离开了屋子，一边步履轻快地下楼，一边用手抓住帽顶整理了一下帽子。我和胖房东站在门口，屏息静气目送他离去，直到他的身影消失在视线中。当我们听到他走完最后一级台阶，正要转身回屋的时候，他那充满威胁的声音再次在楼道中响起：

“我会把你们俩一起扔进牢房，到那时候上帝也别想替你们开脱！”

“去死吧，浑蛋！”坎德拉利亚用她硕大的屁股狠狠地关上了门，然后看了看我，勉强笑笑，试图抚慰我的茫然。“这家伙就是个魔鬼，快把我逼疯了。不知道他哪来的神通，什么小动作都逃不过他的法眼，我就跟整天背着个讨债鬼似的。”

然后她重重叹了口气，硕大的胸部随着呼吸一起一伏，像两个鼓鼓囊囊的大气球挤在那件紧巴巴的棉质连衣裙里。

“好了，亲爱的，进来吧，你就在最里面的那些房间里找一间住下吧。唉，该死的暴动，把我们每个人都折腾得四脚朝天。街上到处是争吵，兵营里血流成河。看看什么时候能结束吧，好让我们回到正常的生活。现在我要出去一趟，有些小事要处理。你就在这里收拾收拾准备住下。吃饭的时候我会回来，到时候你再慢慢给我讲到底是怎么回事。”

她用阿拉伯语大喊了几声，一个摩尔小姑娘用抹布擦着手匆匆忙忙地从厨房跑出来，看上去还不到十五岁。她们俩一起腾了个小屋子出来，换上床单。从这天晚上开始，这间连个通风口都没有的小屋就要成为我的栖身之地了。我将在这里安置下来，完全不知道自己会待多久，也不知道未来会驶向何方。

坎德拉利亚·巴耶斯特罗，四十七岁，在得土安大家都叫她走私者坎德拉利亚。据她自己说，她挨过的打比瑞古拉雷斯兵营里的士兵还要多。大家都知道她是个寡妇，但是连她自己也无法确定她的丈夫是否真的死在西班牙了，或许七年前从马拉加寄来的那封声称她丈夫因肺炎死亡的通知信不过是一个卑鄙无耻的谎言，仅仅是为了甩掉她而不让任何人去找他。他们本来是安达卢西亚一个橄榄种植园里一贫如洗的临时工。

一九二六年里夫战争后，夫妻俩搬到了摩洛哥的西班牙保护区。他们做过各种各样的生意，但大多数利润微薄，而那一点儿可怜的收入也都被他拿到酒馆、妓院挥霍掉了。他们没有孩子，自从丈夫弗朗西斯科人间蒸发以后，她就孤身一人，而且因为同西班牙断了联系，也没有办法再继续做各种走私生意了。最后坎德拉利亚决定租一栋房子，开一家低档客栈。但她并没有因此金盆洗手，但凡手中有点东西，就不停地倒买倒卖、交换、讨价还价。钱币、烟盒、印章、自来水笔、丝袜、钟表、打火机，所有的一切来历不明，去向也不明。

她的房子位于拉鲁内塔街，正好在摩尔人社区和西班牙人居住区之间。这里向每一位敲门求宿的人提供食宿，一视同仁。住客一般都穷困潦倒、穷途末路，但是她跟他们，跟任何能碰到的人都能搭上生意：卖给你东西，买你的东西；你欠我的，我欠你的；我让你五毛，你让我一块。她干起这些来十分小心谨慎。别看说话做事像母老虎，做起不明不白的生意时，那股麻利劲儿似乎能摧毁一切，但她可一点儿都不蠢。她很清楚，在巴斯盖斯警长眼皮底下最好别干什么出格的事。偶尔开开玩笑、嘲讽几句不要紧，但要真让他抓到什么非法勾当的把柄，麻烦就大了，不但手头的东西保不住，而且，用她自己的话说："要是让他发现什么龌龊事，他能把我抓回去生生扔油锅里煎了。"

那个可爱的摩尔小姑娘帮我一起收拾房间。我们打开少得可怜的行李，把衣服挂到衣柜里。说是衣柜，其实不过是一个木框，用一块破破烂烂的布帘子挡着。一个衣柜，一个光秃秃的电灯泡，一张破旧的床和一块絮绒床垫就是这个房间里所有的家具了。一本不知何年何月的日历，上面印着夜莺的图案和西格罗理发店的宣传语，是四面石灰墙上唯一的装饰物，除此全是漏雨留下的斑驳印记。屋子一角有一个箱子，上面堆着些平时用不着的家什：一个大草筐、有缺口的脸盆，两三个掉了漆的尿壶，一对锈迹斑斑的笼子。虽然环境很差，处处透出贫困，但很干净。那个黑眼睛的小女孩，一边帮我收拾着乱糟糟皱巴巴的衣服——这些衣服现在是我所有的财产了，一边用轻柔的嗓音不停地说：

“小姐，您别担心，哈米拉帮你洗，哈米拉会帮小姐把衣服都熨平。”

事实上我还是没有力气。搬运行李，把东西都倒腾出来，已经让我体力不支了。我不得不找个地方靠着，以免再次晕倒，然后跌坐在床脚，闭上眼睛，用手蒙住脸，两肘支在膝盖上。几分钟以后眩晕过去了，我又回到了现实中。小姑娘哈米拉还在身边，忧心忡忡地看着我。看看四周，还是那个贫瘠又昏暗、老鼠洞一样的小屋，衣服皱皱巴巴地挂在衣架上，打开的行李散落在地上。明天仍是一处未知的悬崖，我带着几分宽慰想，尽管事情已经糟糕到不能再糟糕的地步，至少我有了一个容身之处。

不到一个小时，坎德拉利亚就回来了。在这之前和之后，为数不多的几个住客也陆续回来了，他们都在这里吃住。其中有一个生发剂推销员、一个邮电局的职员、一个退休教师、一对瘦得像金枪鱼干一样的老姐妹，还有一个胖胖的寡妇带着她的儿子。这个男孩正在变声期，嘴上的绒毛也已经很密了，但他们都叫他小巴格。当坎德拉利亚介绍我的时候，他们都很有礼貌地向我问好，然后静静地围坐在桌子旁边。每个人都有固定的位置：坎德拉利亚坐在长桌的一头，好像在主持会议。其他人坐在两侧。女人们带着小巴格坐一边，男人们坐另一边。“你就坐在我对面吧！”坎德拉利亚对我说。然后她开始上菜，还不停地唠叨诸如肉价涨了许多，今年的瓜特别好特别甜之类的琐事。这些牢骚和评论并不是特意对着哪个人说的，但她极有热情，不停地东拉西扯，不管这些事多么无关紧要，也不管食客们多么心不在焉。没有人插嘴，所有人都在聚精会神地吃午餐，有节奏地拿着叉子在盘子和嘴之间移动。除了坎德拉利亚的絮叨、勺子跟瓷盘的磕碰声以及狼吞虎咽吃饭的声音，再也听不到别的动静。然后，她的一个疏忽让我忽然明白她为什么要这样没完没了地唠叨。就在她停下滔滔不绝的演讲、去厨房找哈米拉的时候，那对老姐妹找到了可乘之机。听了接下来的对话，我才明白了为什么坎德拉利亚要亲自掌控饭桌上的话语权，牢牢把握着谈话的方向。

“据说巴达霍斯已经沦陷了。”老姐妹中妹妹的这句话似乎并没有特意说给任何人听。也许她只是对着水罐说话，或者桌上的盐瓶子、醋瓶子，又或者墙上那幅微微变形的圣塞纳画像。她的语调也很冷淡，就像在谈论第二天的温度或者是菜肴的味道。但是我马上就会知道，这句话简直跟刚刚磨快的刀刃一样锋利。

“那多遗憾！那么多好小伙子为了保卫神圣的共和国政府牺牲了。那么多生机勃勃的鲜活生命就这么挥霍掉了，要不然能给像你这样需索无度的女人带去多少欢乐啊，萨格拉里奥！”

推销员尖酸刻薄的回答在其他男性食客中引起了一阵哄笑。寡妇艾尔米妮亚发现她的小巴格也被逗笑了，便狠狠地朝着儿子的脖子打了一拳，孩子的脖子根都红了。可能是为了帮助男孩摆脱窘境，退休老教师头也不抬地用睿智的口气说：

“别笑，小巴格，据说笑多了会让人变笨。”

他的话音未落，孩子的母亲也开始调停：

“就因为这样他们才不得不造反吧。太多的欢笑、娱乐和放荡正把西班牙变成废墟，他们就是为了结束这一切吧！”

这句话就像宣布禁猎结束一样。一边的三个男人和另一边的三个女人开始提高嗓门你一言我一语地争执起来。六个声音夹杂在一起，乱糟糟得像在鸡窝里，谁也不听谁的，所有人都声嘶力竭地大喊大叫，说着难听的话，互相辱骂。浑蛋、老不正经、撒旦的儿子、老妖婆、异类、恶棍等不计其数的骂名，通通都加到对面的食客身上。空气好像着了火，充满了歇斯底里的狂怒。一直保持沉默的只有小巴格和我。我是新来的，对他们争论的话题一无所知，也没有任何见解。小巴格可能是害怕他母亲暴怒时凶神恶煞的样子。这个时候她正嚼着满嘴土豆，控诉退休教师是令人恶心的共济会[①]成员，是讨厌的桑塔纳斯的崇拜者，一滴油从她的嘴角流到下巴。与此同时，在桌子的另一头，坎德拉利亚的态度正在一点一点发生变化。愤怒让她的声音越来越大，简直像匹母马，刚才还很和善的脸慢慢变红，最后她终于控制不住，用拳头重重地砸了一下桌子，

①共济会，带宗教色彩的兄弟会组织，也是目前世界上最庞大的秘密组织，宣传博爱和慈善思想，以及美德精神，追寻人类生存意义。

力道如此之大，桌上的酒都从杯子里溅了出来，盘子互相碰撞，炖菜汤流在桌布上到处都是。她的声音如同一声惊雷，把其他所有的声音都盖住了：

“再在这个家里谈论他妈的打仗，我就把你们全都赶到大街上去，把你们的行李从阳台上扔出去！”

所有的人都心不甘情不愿，一边愤愤地弃枪缴械不再吭声，一边翻着恶毒的白眼，勉强控制着各自的暴怒吃完了第一道菜。第二道海参，大家几乎是悄无声息地吃完的。饭后甜点是西瓜，吃甜点的时候大家似乎又激动起来，出现了争执的迹象，但是气氛并没有紧张到要爆发的地步。午饭终于平安无事地结束了。要等到晚饭的时候才能再次见面。晚饭时，一切又重演了。开始是开胃酒一样的讽刺和一语双关的笑话，然后双方互相投掷恶毒尖刻的话语，互相谩骂诅咒，最后就是赤裸裸的羞辱，向对方的眼睛扔硬面包。而作为专利，坎德拉利亚高声喊叫着，威胁双方如果继续在饭桌上吵架就立马把所有人都赶走。我这才发现，原来这是一天三顿饭的保留节目，天天如此。所有人一上饭桌就自动进入备战状态，削尖舌头，准备瞄准对面的食客毫不仁慈地开炮，坎德拉利亚却从来没有赶走过这些人中的任何一个。时局如此，暗箱操作的交易日益减少，她不会主动赶走一个每月付钱给她的房客。这些既可恨又可怜的人们，没有家也没有其他牵绊，付了房租才可以在这里吃饭、住宿、每星期洗一次澡。所以，威胁归威胁，基本上没有哪天的饭桌上不出现两边对骂、互扔橄榄核、发表政治演说、香蕉皮乱飞的情形。争吵更激烈的时候甚至互相吐口水、扔勺子。生活本身也慢慢演化成一场内战。

8

我在拉鲁内塔街公寓的头些天就是这么过的。对于住在同一个屋檐下的那些人，除了名字我几乎一无所知，顶多就是大致了解些他们住在这里的原因。退休教师和邮电局职员都上了年纪，孑然一身，是这里的长住居民。那对老姐妹是七月中旬的时候，为了替一位亲属料理后事从索利亚过来的，但是还没来得及回家，两岸的交通就中断了。生发剂推销员的情况也差不多，因为暴乱不得不留在摩洛哥的西班牙保护区内。那对母子在此安身的原因则模糊得多，虽然所有人都推测他们是在寻找她逃跑的丈夫，孩子的父亲。他们原本住在小城托莱多，有一天早晨他去索科多维尔广场买烟，从此一去不回。公寓里每天烽烟四起，吵得不可开交。外面真正的战火也肆虐了整个夏天。这些流离失所、担惊受怕又烦躁易怒的人们，每天都密切关注着战事的每一寸发展。就这样我渐渐适应了这个家，这个小小的世界。同房东坎德拉利亚之间的关系也越来越密切，虽然作为一个住客来说，她能从我身上获取的收入简直微乎其微。

我很少出门，既没有地方可去，也没有人可拜访，总是一个人在房间里待着。有时候跟哈米拉一起，如果坎德拉利亚回来的话，也会跟她一起待会儿，但是她不经常过来。如果她没什么急事，或者没什么生意要做，就会坚持要我和她一起出去看看能不能找点事情做。她总是说，丫头，看你脸色苍白得跟纸似的，整天见不着太阳。有时我不想跟她一起出去，因为没什么力气，但有时我也会让步。她就带着我去这儿去那儿，穿过摩尔人社区那些迷宫一样的小巷，还有西班牙社区方方正正棋盘一样的现代化大街，那里有漂亮的房子和精心打扮的人们。每遇到一个认识的生意人，她都上去问能不能给这女孩找个差事，或者知不知道谁能帮忙找个工作，她非常勤奋，干起活来没日没夜。然而时局不好，生意难做，虽然战火没有蔓延到这里，但是所有人都因为战争的未知走向忧心忡忡，在自己的一亩三分地上关注着得失，关心着亲戚朋友的下落、前线战事的进展，操心活着的人、死去的人和即将出生的人。没有谁想要扩大生意，当然也不想再雇用新伙计。虽然每次出门我们都会以在西班牙广场的某个露天咖啡馆喝一杯阿拉伯茶、点一盘肉串作为结束，但是多日打听都无消息对我来说只会令焦虑的情绪雪上加霜。虽然坎德拉利亚嘴上不说，我也看得出来她越来越担忧。

我的身体跟精神一样，以蜗牛般的速度恢复着，这么长时间了仍骨瘦如柴，气若游丝，同身边那些被夏天的太阳晒得黝黑的人们形成巨大的反差。我的情感依旧迟钝麻木，仿佛灵魂已经枯竭。得知被拉米罗抛弃时那种撕心裂肺的痛无时无刻不在折磨着我。我还怀念那个没有出世就失去了的孩子，从我知道他的存在到失去他仅仅只有几个小时。我也日夜思念着母亲，不知道她在四面楚歌的马德里情况如何。这还不算，身上背着的官司让我整天提心吊胆，克拉乌迪奥先生的警告也让我心惊胆战，一想到如果在规定期限内还不清欠下的钱就真的要去蹲监狱，我完全不知所措。所以我整天面色苍白，难掩心中的剧痛。

疯狂的爱会让人变傻，变盲目。其中一个重要原因就是它会让人丧失对周围事情的感知，让人的感觉变得迟钝，进而失去观察和感受的能力。它让你不得不把全部注意力集中到一个人身上，离周围的世界越来越远。它使你躲进爱情的小天地，即使事情发生在眼前，也会浑然不觉。当一切都烟消云散，我才发觉同拉米罗在一起的那八个月，我对他的爱如此单纯而浓烈，以至于除了他，我没有接触过其他任何人。我这才醒悟到在这个世界上我有多么孤单。在丹吉尔我从来没有想过要跟别人交往，除了拉米罗，我对谁都不感兴趣，顶多会陪他见见他想见的人。而在得土安，他已经不在了，我的生命支柱随之倒塌，感情无处寄托。因此我必须挣扎着学习独自生活，为自己打算，并且一天天淡忘他的绝情抛弃给我带来的无尽伤痛。就像皮特曼学院的宣传册上写的那样：生命之路漫长而崎岖。

八月过去了。九月的白天越来越短，早晚也更凉了。虽然拉鲁内塔街上一片忙忙碌碌，我的日子却依然十分缓慢。人们在商店、咖啡馆和市场内进进出出，在街上来来往往，在橱窗前驻足观望，或者在街头同熟人聊天。而我躲在公寓这个堡垒中，一边感受时日的变化，一边观察那些精力充沛的人们，心里非常清楚该是有所行动的时候了，这种需要日益迫切。我必须干点儿什么，不能一直依靠坎德拉利亚的慈悲生活下去，更何况我还得攒钱偿还一笔巨额债务。但是我实在不知道该从哪儿入手。整天病恹恹的，完全没有能力在经济上做出任何贡献。作为补偿，我努力去分担一些力所能及的家务，比如削土豆皮、摆桌子、晾衣服，帮哈米拉掸灰、擦玻璃。我不想成为一个毫无用处的包袱，就像没用的旧家什一样。我不但醉心于哈米拉惯常的甜美笑容，还从她那里学到了几句阿拉伯语。我帮着浇花、清理地毯，抢着做一些早晚都得做的琐碎家务。天气慢慢转凉，公寓里也开始做迎接秋天的准备，我就帮着一起做。比如重新更换所有房间的床品：拿开床单，换下夏天的床罩，换上堆得像小山一样的冬天的床罩。发现大部分床品都已经破旧不堪时，我找了个大篮子，把它们都拿到阳台上，缝补那些撕裂的口子、散开的褶子，或者修补好磨损的毛边。

这时候，奇妙的事情发生了。我真的没有想到再次捏起小小的银针时，心里居然充满了快乐。这些粗糙的床罩和廉价的粗棉床单完全无法与马努埃拉女士店里的丝绸和薄洋纱相提并论，缝补的补丁也不能和给马德里那些阔太太做衣服时的精细针线活儿媲美，坎德拉利亚这栋贫寒的屋子更是与马努埃拉女士的作坊毫无相似之处，身边的摩尔女孩和其他闹哄哄斗鸡一样的住客，永远无法和作坊里的伙伴、挑剔的顾客一一对应。但是手腕的动作是一样的，小小的针在眼前上下翻飞，我的手指还是一样灵巧，缝出了细密的完美针脚。当然，这是因为过去多少年我曾在另一个地方日复一日地做着同一件事。这种满足感是如此强烈，以至在那几个小时里我似乎又回到了生命最快乐的时光，暂时忘却了自己的不幸遭遇和身上沉重的压力，就像回到了过去一样。

当坎德拉利亚像往常一样回到公寓的时候，已经是黄昏了，天也暗了下来。当她看见我坐在一堆刚刚缝补完的床罩堆里，手里还拿着最后一条毛巾时，惊讶地叫起来：

“这不是真的吧，丫头。你会做针线活儿？”

这么长时间以来第一次，我对她的问题报以肯定的微笑，几乎称得上得意的微笑。坎德拉利亚几乎是长舒了一口气，因为她终于发现我这个日益沉重的包袱也有可用之处。她把我带到她的房间，将衣柜里的东西全翻到了床上。

“这件连衣裙需要放下卷边，大衣得重新弄一下领子，衬衫有点开线了，还有这条裙子，屁股那儿小了，得放出几寸来。最近我又胖了几斤，怎么也穿不下了。”

她交给我一堆旧衣服，多到几乎抱不下。不过，我只用了一个上午就把它们全改好了。坎德拉利亚对我的高效十分满意，决定再考验一下我的能力，当天下午她带回来一块用来做外套的切维尔特山羊绒。

“这是最高档的英国羊毛料，还没开始打仗的时候我们从直布罗陀海峡弄过来的，只不过现在很难出手。你敢做吗？”

“你给我找一把好的剪刀，两米衬布，半打好点儿的纽扣，一卷棕色的丝线。我现在就给你量尺寸，明天一早就能做好。”

利用这些有限的资源，我拿餐桌当工作台，晚饭的时候已经做出了大概的样子让她试穿。第二天早饭前衣服全部完工了。那时候坎德拉利亚还没怎么睡醒，眼角沾着眼屎，头上还带着发网。她直接把新衣服套在睡衣外面，在镜子前反复比量，对衣服的上身效果简直无法置信。肩膀的位置无可挑剔，跟她的身形贴合得十分完美。精确对称的翻领很好地修饰了她过于丰满的胸部。一条宽宽的腰带使腰部显得纤细，而精心设计的下摆巧妙地掩盖了她那母马一样宽大的臀部。袖口宽大优雅的花边更是锦上添花。她简直满意得无以复加。正面、侧面、背面、半侧面，照了一遍又一遍。一会儿扣上扣子，一会儿解开，一会儿竖起领子，一会儿放下。平时喋喋不休的她现在却一句话也没说，全神贯注地看着我的作品。正面再照一遍，侧面再照一遍，最后终于说话了：

“你是从哪个娘肚子里爬出来的，丫头？你怎么从来没告诉过我你还有这能耐，亲爱的？”

从此她的衣柜里不停地添置新的衣物。两条新裙子，三件衬衫，一条衬衫式连衣裙，两件外套，一件大衣，一件冬天的长袍。她不停地从外面以最低的价格带回各种新的布料。

“这是中国丝绸，你摸摸看。南边集市上那个印度人要了我两个美国打火机，我操他娘。不过幸好我还剩两个这种玩意儿，那个王八蛋现在只收德国硬货。现在疯传共和国的货币要被取消了，要发行新的钞票。这世道真是乱了，你说是不是，丫头？”她激动地说着，打开包裹取出一块几米长的火红的布。

有一天她带回来半块华达呢，“这可是块好料子，丫头，你看这料子！”第二天她又带回来一块有珍珠光泽的缎子，绘声绘色地给我讲述她获得这块布料的曲折经历，还不时咬牙切齿地问候一下卖给她布料的那个犹太人的母亲。一小块驼色的羊毛料、一块羊驼毛织物、七寸印花贡缎……通过不断的购买、交换，我给她裁剪缝制了十多件衣物，她对每一件都大加赞赏。直到她获取布料的那股热情终于过去了，又或许她觉得衣柜里的储备已经相当丰富了，该是集中精力干别的事情的时候了。

“你给我做的这些衣服已经可以把你欠的房费结清了。”她宣布。我还没来得及感到轻松，她又继续说：“现在我们要讨论一下将来。你很有天赋，孩子，咱们必须把这个天赋利用起来，尤其是现在你还欠着一屁股债，急需一大笔钱来解决这个大麻烦。你也看到了，现在想找个差事几乎不可能，所以我认为最好的办法就是从外面接一些针线活。但是就目前的情况看，人们很难一下子打开家门接受你，你最好找个地方，开个自己的作坊。就算是这样，要找到顾客也并不容易。我们得好好打算打算。”

走私者坎德拉利亚几乎认识得土安的每一个活物。但为了确切地了解目前缝纫行业的现状，准确地定位这一职业的地位和前途，她也不得不到处去打听。这儿问问，那儿聊聊，还做了好几次理性的实地调查。几天以后，我们已经对这个职业的未来有了百分之百的信心。我了解到在得土安有两三个实力雄厚、声名远扬的裁缝店，那些军官、医生和有钱的企业家的妻女经常去那儿做衣服。稍微低一等级的，有四五个比较像样的裁缝，给家境富裕的官员家属们做些套装和周末弥撒用的大衣。最后还有些普通的小裁缝，就在街坊四邻那儿接些零活。比如，裁剪粗棉长袍、改改衣服、做几件下装或者补补袜子。当然了，情形也并非那么乐观，竞争非常激烈，我必须想方设法在这些人中间找个安身之处。虽然据坎德拉利亚说，这些裁缝里没有哪个人真的做出过什么让人眼花缭乱的复杂衣物，大部分都是家常衣物，但是并不能因此小看她们，如果做得好，有的裁缝能获得一辈子忠心耿耿的老客户。

想到有机会重新开始工作，我心里真是五味陈杂。我开始对未来萌生幻想和希望，这是长久以来都没有的感受。能够挣钱养活自己，偿还沉重的债务，而且是从事自己喜欢又擅长的工作，对那时的我来说，简直是可以想象到的最美的事。可仔细一掂量这个计划，那种不安和空空落落的未知感就像黑夜中的狼群一样把我吞噬了。要开一家自己的作坊，不管多小多简陋，也需要一笔启动资金，而这对现在的我来说简直是个天文数字，更何况我完全没有人脉关系。我需要运气，而这正是我最近生命里最缺少的东西。即便开了作坊，想要在这么多裁缝中闯出一条自己的路也并不容易，要吸引生意、培养忠实的顾客，我就必须充满创意，得拿出些跟别人不一样的东西才行。

就在我和坎德拉利亚努力寻找路子，使我的作坊能走上正轨时，她的一些朋友和熟人已经开始到公寓来找我做零活了，“丫头，麻烦你给做件衬衣吧！”“在天冷下来之前给孩子们做几件大衣吧。”大部分都是贫苦的普通人，经济能力十分有限。她们总是带着孩子，带些布料零头坐着跟坎德拉利亚聊天，而我则在一边缝衣服。她们一起叹息着战争，为居住在西班牙的亲人的不幸遭遇掉眼泪，然后从袖子里拽出手帕擦干眼角。她们抱怨这动乱年代里艰难的生计，发愁要是战事进一步蔓延或者万一丈夫在前线阵亡，自己该如何养活一大堆孩子。她们一般给不了几个钱，而且常常要拖很久，有时甚至就不了了之，她们只能这样。不管怎么说，虽然顾客很少，活计也都很小很琐碎，可单是能拿起针线做衣服，就足以帮助我平复心中的悲伤。生活中密布的阴云已微微散开，露出一条小小的缝，透进来一缕虽然微弱却令人振奋的阳光。

9

到了九月底就开始一场接一场下雨，几乎每天傍晚都有一场。有时候连续三天看不到太阳。打雷、闪电、狂风，潮湿的地面落满了树叶。我还是继续接街坊邻居的零活。这些衣服既不好看，也无品味可言。布料很粗糙，纯粹是为了满足严冬季节人体基本的御寒需要，根本不考虑是否美观。直到有一天，我刚给一个邻居的孙子做完外套，正要给门房的女儿做条褶裙时，坎德拉利亚风风火火地跑了过来。

“有了有了，丫头，我有办法了，这回全妥了。”

她刚从外面回来，穿着那件新的切尔维特山羊绒大衣，腰带捆得紧紧的，头上扎着一块头巾，脚上那双旧鞋子的鞋跟都扭曲了，沾满了泥。她脱下外套，迫不及待地给我讲她了不起的大发现。因为跑得上气不接下气，硕大的胸部随着呼吸有节奏地上下起伏。她开始讲述事情的经过，像是在一层层地剥洋葱。

“刚才我去了一家发廊，我姐们儿瑞梅迪奥斯在那儿干活，因为有点儿小事要找她办。到那儿的时候，她正在给一个法国鬼子烫头发……”

“一个什么？”我打断了她的话。

“一个法国鬼子，就是一个法国佬，一个法国阔太太。”她匆匆解释了一下，“不过这是我猜的。我开始以为她是个法国鬼子，后来才发现原来是个我不认识的德国女人。其他的德国女人我几乎都认识，领事的老婆、古恩波特、贝恩哈德，还有兰根赫姆，这个兰根不是德国人，是意大利人，这些人我都很熟，跟她们做过一些小生意。扯远了，当时在理发店里，瑞梅一边给那人做头发，一边问我身上这件衣服是哪儿买的，怎么这么合身这么好看。我当然就说是一个朋友给做的。这时候那个法国佬，哦不，我刚才跟你说了，那是个德国人，她朝我看了又看，也加入了我们的谈话。她的口音听起来怪怪的，不像在说话，倒像是随时要上来对着脖子咬你一口似的。她说想找个人给她做衣服，但得是个手艺高超的裁缝，了解高档时装，就是那种质地和做工都很超群的高级礼服。她刚来得土安没多久，但是要在这里待一段时间，总之她就是想找人做衣服。所以我就跟她说……”

“你就让她来这儿找我？”我问。

“你说什么傻话，丫头，你疯了吧！我怎么可能让一个阔太太到我这儿来？这些人平时都是跟将军少校之类的人一起混的，她们只习惯另外一种地方，另外一种生活。你都想象不到那些德国女人是如何的挥霍无度，更想象不到她们多有钱。”

“那你是怎么说的？”

“我呀，谁知道我当时怎么就灵机一动，我跟她说，我知道这附近很快要开一家高级定制服装店。”

我努力咽了一下口水。

“你的意思是要我开一家这样的店？”

“当然了，亲爱的，不是你还能是谁？”

我又想咽口水，但这次没有咽成，因为嗓子突然干得像粗糙的砾石。

“我……我怎么可能开一家高级定制服装店，坎德拉利亚？”我有点儿被吓住了。

她先是哈哈大笑，然后不假思索、极其干脆肯定地回答：

“跟我一起啊，孩子，当然是跟我一起！”

吃晚饭的时候我的心怦怦直跳，好像有千军万马在里面跳舞。晚饭前坎德拉利亚没能跟我说更多细节，因为她刚说完要跟我一起做生意，那对老姐妹就欣喜若狂地进了餐厅，欢呼着托莱多城堡的光荣解放。很快其他住客也陆续来了。餐桌的一边欢天喜地，另一边却大为光火。哈米拉开始摆桌子，坎德拉利亚不得不去厨房安排晚餐：炖菜花和煎鸡蛋。饭菜不但很简朴，而且都是烂软的东西，免得那些食客在饭桌交锋最激烈的时候一怒之下互扔肉骨头。

晚餐的口味很重，餐桌上的火药味也很浓。吃完饭食客们陆续撤退了。女人们带着小巴格钻进老姐妹的房间，去收听每天晚上塞维利亚[①]电台盖博德亚诺鼓动人心的演说。而男人们则前往联合市场去喝今天的最后一杯咖啡，顺便跟认识的、不认识的聊一聊战事的进展。哈米拉收拾桌子，正当我准备帮她一起刷盘子的时候，坎德拉利亚朝我使了个眼色，示意我到走廊说话。她黝黑的脸上写满了严肃。

“你回你的房间等着我，我马上来找你。”

没过两分钟她就来了。这两分钟里，她匆匆忙忙换上了睡衣和长袍，到阳台上去看了看，确认男人们已经走远了，都快走到因特顿西亚胡同了，又去看了看那几个女人，她们已经完全被无线电波里那个造反将军吸引住了：“女士们，先生们，晚上好！我们伟大的民族之心……”我在房间里紧张不安地等着，屁股都没在床沿上坐稳，听到她进来，我松了一口气。

“我们得谈谈，丫头。你，跟我，我们得严肃地谈一谈。”她坐到我身边，低声说，“我先问你，你真的准备好自己开一家服装店了？真的准备好成为得土安最棒的裁缝，做一些这里从来没有人做过的衣服？”

“我当然准备好了，坎德拉利亚，可是……”

“没有什么可是！现在你好好听我说，别打断我。你知道吗，自从在我姐们儿的理发店碰见那个德国女人以后，我又去别的地方打探了一下。原来最近得土安来了不少以前不住这儿的人。就像你一样，或者说

---

①西班牙第四大城市，安达卢西亚自治区和塞维利亚省的首府。内战时被国民军控制。

像那对行事乖张的老姐妹、小巴格和他的肥妈，还有推销生发剂的马蒂亚斯一样，都因为战争爆发不得不留在这里，像被笼子困住的老鼠，没有办法穿越海峡回到各自的家。有同样遭遇的当然不只你们这些人，但不是所有人都像你们一样穷困潦倒，连肚皮都填不饱。我说的是一些有钱有势的人，以前他们肯定不屑于待在这里，但是现在，他们也不得不在这里安置下来。你明白我的意思吗，孩子？比如有一个很有名的女演员跟着剧团一起来这里演出，结果不得不留了下来。有一些外国女人，尤其是德国人，听说她们的丈夫来这里帮着佛朗哥把军队弄到伊比利亚半岛去，也便跟着一起来了。是有一些，虽然不多。但是如果你能成功地吸引她们，这些人也够你忙活好一阵子了。要知道，她们都不是本地人，是新来的，在这里还没有固定的裁缝。另外，最重要的是她们有钱！而且作为外国人，这场战争对她们来说没什么利害关系，她们唯一要做的就是尽情狂欢，不会因为在打仗就穿得破破烂烂，更不会操心谁赢谁输。你明白我的意思了吗，亲爱的？”

“我明白了，坎德拉利亚，我当然明白，可是……”

“嘘——我都说了没什么可是，你听我把话说完！你看，目前你需要的，我是说现在、马上，就这一两天，是一个带门铃的高档门面，在那里你可以为顾客提供超一流的服务和超一流的产品。我以亡者的名义发誓，我这辈子从来没见过谁的针线活儿做得像你这么好，所以我们必须马上着手开始这项生意。不错，我知道，你一毛钱都没有，但是我坎德拉利亚不就是派这个用场的吗！”

“可是你不是也没钱吗？你总说都快没钱填饱我们这几张嘴了。”

“不错，我最近是运道不好，踩着了狗屎。这世道太烂，几乎都弄不到什么货。边境线那边到处是荷枪实弹全副武装的士兵，要是没有那些手续复杂的通行证，想去丹吉尔搞些货，简直连门儿都没有！而且就我这样的名声，谁也不会给我开通行证。想去直布罗陀就更难了，现在海路交通已经中断了，轰炸机来来回回地飞，随时准备着把那里夷为平地。不过我手里有件东西，这东西能换足够的钱让我们开一家高级服装店。这是我他娘的这辈子第一次坐在家里门儿都没出，自己找上门来的玩意儿。你过来，我给你看。”

她站起来走向堆着破烂家什的那个墙角。

“你先去走廊，看看那帮娘们儿是不是还在听收音机。”她小声地命令我。

等我确认完回来的时候，她已经把笼子、大筐、尿壶和脸盆什么的都挪开了，只剩下最下面那个大箱子。

“把门关好了，插上门闩，把灯打开，然后到我这儿来。”她还是尽量压低声音，但是口气不容置疑。

光秃秃的电灯泡让屋里一下子充满了昏黄微弱的光。我到她身边的时候她正好揭开了盖子，箱子底部只有一块皱巴巴脏兮兮的毯子。她小心翼翼地掀开毯子，好像掀开什么极其重要的东西一样。

“你好好看着。”

看到毯子下的东西，我一下子目瞪口呆，几乎都停止了呼吸，快要晕死过去。一堆黑色的手枪！十支，或者十二支，甚至可能是十五支、二十支，横七竖八地躺在木头箱底，黑洞洞的枪口，像一群沉睡的杀手。

“看到了吗？”她压低声音，“好了，我关上了。把那堆破烂家什递给我，我把它们放回箱子上。然后再把灯关掉。”

坎德拉利亚的声音虽小，语调却很正常。而我，我不知道，因为刚才看到的东西让我如此震惊，好半天都说不出一句话。我们重新坐回床上，她伏在我耳边悄悄地说：

“还有人以为这次暴乱是场意外，其实完全是那帮浑蛋骗人的。消息稍微灵通点儿的人早就知道要出事。他们已经酝酿好久了，做着各种造反的准备，不只是在军营里，也不只是在阿玛里约平原。据说连西班牙俱乐部的吧台里头都藏着一整个大军火库，谁知道真的假的。七月的头两个星期我这儿来了一个海关警察，据他自己说是因为还没确定到底分配到哪儿，所以暂时住在我这儿，就在这个房间。不瞒你说，我当时就觉得蹊跷。我看那男的根本就不是什么海关警察，也根本就不像干这行的人。不过我也没问他，他肯定不乐意说，就像我也不希望别人过问我的生意一样。我给他收拾出房间，做了份热气腾腾的饭，然后就该干嘛干嘛去了。可是从七月十八号开始他再没回来过，我也再没见过他。谁知道是投奔起义了，还是从卡比拉徒步偷渡到法国保护区去了，或是被人逮住带到阿切山半夜枪毙了，我根本没得到一点消息，不过我也没兴趣知道。事实上，这个人失踪四五天以后，我接到命令说把这人的财物交给一个中尉。我没多问，只是把他柜子里那点东西收拾收拾交上去了，心里说了句'祝您老人家早日升入天堂'，这事儿就算完了。后来哈米拉打扫房间准备给下一个客人住，当她弯腰打扫床底的时候，我听见她突然惊叫了一声，好像撞见恶煞的凶神一样，或者是她们穆斯林的什么魔鬼，反正就是吓得够戗。我过来一看，就在那儿，在最里面的墙角，她的笤帚碰到了一堆手枪。"

"你发现后就把它们留下了？"我的声音几乎低不可闻。

"那我还能怎么办？眼看世道这么乱，我还能去找那个军官自己将它们送上门去？"

"你可以把它们交给警官。"

"你是说克拉乌迪奥？你真是丢了魂了，丫头。"

这回是我大声嘘了一声，让她安静点，小声说话。

"我怎么可能把手枪交给克拉乌迪奥？你想让他把我关上一辈子？我落在他手里的把柄已经够多了！这些玩意儿在我家里，那就是我的。而且，住在这儿的那个所谓的海关警察半途跑了，还欠我半个月的房钱呢，就当这是他还的债，我完全有理由把它们留下。这些东西可值大钱了，姑娘，尤其是时局这么乱，更能卖个好价钱。这些手枪现在就是我的，我想拿它们干什么都行！"

"你想把它们卖掉？可是这太危险了！"

"他娘的咱不是被逼到这份儿上了吗？我当然知道危险，可我们现在需要钱，要给你开店！"

"你不会吧，坎德拉利亚，你别告诉我你冒这么大的险都是为了我……”

“不，孩子，当然不是！”她打断我的话，“你听我说，不是我一个人去冒险，而是你和我，我们两人一块儿冒险。我负责找买家、谈价钱，然后一起开店，你来负责以后的事情。”

“你为什么不把它们卖掉，然后独享这笔钱，为什么要拿来给我开店呢？”

“因为这样做不是长远之计，有今天没明天。我更想找个能持续带来利润的长远生意。要是我自己把它们卖了，换来的钱也许在两三个月内可以让我衣食无忧，可是万一战争无休无止，等这点钱花完了，到时候我还不是干瞪眼？”

“可是要是被人抓到呢？”

“我会告诉克拉乌迪奥，这是我们两个人的事，这样他就会把我们俩一起捆喽。”

“关进监狱？”

“或者直接送进公墓！天知道他会把我们弄到哪儿去！”

虽然她说最后那句话的时候充满嘲讽地挤了挤眼睛，但我还是一下子充满了恐惧。巴斯盖斯警长那钢铁一样的目光还像钉子般钉在我心上，那充满威胁的提醒犹在耳边：“别沾染任何非法勾当！别想跟我玩花样！正正经经地做事！”从他嘴里出来的全是令人不寒而栗的东西：警察局、女子监狱、盗窃、诈骗、债务、起诉、法庭。而现在，仿佛这些还不够，又加上一条：倒卖军火。

“不要找这个麻烦，坎德拉利亚，这太危险了！”我恳求道，害怕得要命。

“那我们怎么办？”她沮丧地低声反问，“我们靠空气活着？吃什么，吃狗屎？你现在身上一分钱都没有，而我呢？我也断了生计，没地方去赚钱了。现在住在这儿的人里，只有小巴格他妈、退休教师和那个电报员还在付房钱，但也不知道他们那点钱能维持到什么时候。另外那三个丧门星，还有你，连一分钱的影子都见不到。可是我能把你们赶到大街上去吗？对他们是因为怜悯，对你呢，我可不想让克拉乌迪奥天天追在我屁股后面找我麻烦。所以，你告诉我，我该怎么办？怎么养活这一大家子人？”

“我可以继续给街坊邻居们做衣服，可以干更多的活，需要的话我可以熬通宵。挣的钱我们两人分……”

“那才几块钱？你以为给那些穷邻居缝几块破布能挣几个钱？往多了说能有四块钱一件？你忘了你在丹吉尔欠的债了？难道你想一辈子待在这个小破屋子里？”她滔滔不绝地说着，不断加重语气，令我更加惶惑不安，“你看，丫头，你这双手就是一个宝藏，连吉普赛人都偷不走，如果你不遵从上帝的旨意好好利用它们，那就是造孽！我知道你吃了不少苦，你那个死鬼男友对你做了丧尽天良的事，我也知道你现在不得不待在一个你不愿意待的城市，远离家乡，远离亲人。可是这一切都已经无法改变了，孩子，过去的都过去了。时光是永远不会倒流的，希拉，你得振作起来朝前走。你得学着勇敢，不怕冒险，为自己抗争。就你现在惹下的这些麻烦，还有身上背的官司和债务，没有哪个有钱人家的公子会找上门来给你一套房子。再说，你有过这么不幸的经历，我想很长一段时间内你都不会再想依靠男人了。你还这么年轻，还有希望重新塑造自己的生活。你不能把生命中最好的岁月白白浪费在这破屋子里，一边缝着那些破布，一边哀叹着自己失去的东西。”

“可是手枪，坎德拉利亚，要卖手枪……”我胆怯地说。

“这是现在我们手头唯一拥有的东西了，孩子，这是我们的，而且我以亡者的名义发誓，我会尽全力把它们卖个好价钱！你以为呢？你以为我愿意干这么危险的勾当？你以为我不希望他们留下的不是手枪而是一堆瑞士手表或者一批水晶丝袜？我当然想！可现在事实就是如此，我们唯一拥有的就是这些武器，事实就是我们现在正在经历一场战争，也许真的有人会对这些武器感兴趣！”

“可是，如果被抓住了呢？”我又回到了那个令人绝望的问题上。

“这不是又绕回来了吗？如果我被抓了，那就祈求上帝让克拉乌迪奥发发慈悲，让我们在牢里待一段时间就算了。再说，你要知道，还有不到十个月的时间那笔债务就要到期了，照目前的情况，光靠给那些穷街坊干活就是干二十年也还不清。所以，不管你多想成为清白正直的人，如果再继续固执己见，最终还是得进监狱，谁都救不了你。要么进监狱，要么进妓院，供那些从前线回来的大兵们发泄兽欲，当然了，这也是一条出路。”

“我不知道，坎德拉利亚，我不知道，我好害怕……”

“我也怕，我也怕死，难道你以为我是那么铁石心肠的人？在战争时期倒卖十八九支左轮手枪，这跟我平时那些小打小闹的下三滥勾当可完全是两码事。可是咱们没有别的出路了，孩子！”

“那你打算怎么做？”

“这个你不用担心，我会通过我那些关系找到买家。我相信用不了几天这批货就能出手。到时候我们就在得土安最好的地段找个门面，好好装修一下，你就可以开始大干了。”

“为什么说我就可以开始了？那你呢？你不会跟我一起经营那个时装店？”

她无声地笑了，摇了摇头。

“不，孩子，我不能。我只负责想办法搞到一笔钱支付头几个月的租金，购买你做生意需要的设备。等一切就绪了，你就去那边干活，而我会留在这里，这是我的家。每个月底我们来分服装店挣的钱。另外，你以后最好少跟我来往，我在得土安没什么好名声，跟那些阔太太完全是两路人，而她们才是我们的目标。总而言之，我负责筹集初始资金，而你贡献这双手就行了，然后我们平分利润。这就叫做投资。”

这些话似曾相识。皮特曼学院、拉米罗的那些宏伟计划，好像突然侵入了这黑暗的房间，恍惚间我仿佛又重新回到了根本不愿意回忆的过去。这种看不见摸不着却实实在在的感觉吓了我一跳，我强迫自己回到现实，寻找进一步的确认。

“那如果我挣不着钱呢？如果我们吸引不到顾客呢？”

“那就只能怪我们不走运，命该绝。不过事情还没开始，你别给我乌鸦嘴乱说话。我们不需要那么悲观，做人就得往好处想，把什么事情都看开了。没有人会来替你和我解决生计，我们已经遭受了那么多不幸，如果不为自己抗争，就无法摆脱饿肚子的命运。”

“可是我已经答应过警长不卷入任何麻烦了。”

坎德拉利亚几乎是强忍着才没有笑出声来。

“那我的死鬼丈夫弗朗西斯科还在家乡的神父面前发过誓，要一辈子对我好呢。结果呢？那婊子养的拿棍子打我比打席子还勤，那个臭浑蛋。也许你不愿意相信，姑娘，你知道你为什么遭受这些不幸吗？就是因为你太单纯了！想想自己，希拉，要为你自己着想，忘记周围所有的人。我们不幸生活在这样的年代，自己不努力找饭吃，就吃不上饭。再说，事情其实没有我们想象的那么严重。我们俩又不是拿枪去打死谁，只不过是把多余的东西卖出去，卖给谁就听上帝的安排了，愿圣佩德罗保佑那个买枪的人。如果一切顺利，克拉乌迪奥看到的只会是你的新时装店，干干净净，生机勃勃。如果有一天他问你哪儿来的本钱，你就告诉他是我把毕生的积蓄都借给了你。如果他不相信或者不喜欢这主意，他当时就该把你留在医院里让那些修女照顾你，而不是带你到我这儿来，让我负责给你找活干。他一天到晚有数不清的破事，乱得不得了，当然不希望你给他添任何麻烦。所以，只要我们神不知鬼不觉地把这事儿干成了，他不会有兴趣刨根问底的。告诉你吧，我很了解他，我们俩较量了这么多年，这点你就放一百个心。”

虽然她简直是胆大包天，并且有一套听上去很另类的人生哲学，但我知道她说得有道理。这件事情，不管我们再怎么来回兜圈子，再怎么左思右想七上八下地拿不定主意，也不过是两个可怜的女人为了脱离悲惨命运所面临的不二之选。我们都孤身一人，身处一个混乱动荡的年代，背负着黑暗绝望的过去，无依无靠。清白、正直，确实是美好的理想，可是光靠理想吃不上饭，还不清债务，在冬夜里也无法御寒。道德标准和无可指责的行为规范只适用于另一种人，而不适用这动乱年代里我们这样两个连灵魂都有残缺的不幸的人。我的沉默不语让坎德拉利亚以为我答应了。

“那么，怎么说？明天我们就开始处理这些东西？”

我感觉自己正蒙着眼睛在悬崖边跳舞。远处传来无线电的声音，在电波的干扰声中盖博德亚诺依然在塞维利亚慷慨陈词。我重重地叹了口气，语气低沉而肯定，或者至少比之前平静得多。

“好吧，就这么办。”

我未来的合伙人对这个回答十分满意。她亲昵地掐了一把我的脸颊，微笑着整理了一下长袍，站起身来，把肥胖身躯的全部重量都压在了那双已不堪重负的呢绒鞋子上。估计那双鞋已经陪伴她度过了颠沛流离在生存线上挣扎的大半生。走私者坎德拉利亚，投机、好斗、无耻却又真挚。她刚要出门进走廊，我突然小声提出了最后一个问题。事实上，这个问题跟我们当天晚上的谈论几乎完全没有关系，但是我突然很想知道她的答案。

“坎德拉利亚，在这场战争里你是支持哪一方的？”

她惊讶地回过头来，但是一秒钟也没犹豫，压低嗓音却掷地有声地回答：

“我？当然是支持赢的一方，亲爱的。”

10

接下来的几天我几乎度日如年。坎德拉利亚不停地进进出出，像一条庞大不安的蛇一样到处游走，一言不发地从她的房间跑到我的房间，从餐厅跑到街上，又从街上跑进厨房，永远都风风火火，嘴里还一直在嘟嘟囔囔地说着谁也听不懂的话。我没有打扰她的忙碌，也没有询问交易进行得怎么样了，因为知道一旦就绪，她就会把详细的情况告诉我。

过了将近一个星期，事情总算有了消息。那天晚上她九点多才回到家，我们所有人都已经围坐在餐桌旁，对着一桌餐具等着她回来。晚餐一如既往地针锋相对，狼烟四起。吃过晚饭，所有的食客四散而去，干自己该干的事儿去了。我和坎德拉利亚一起在桌子旁边收拾残局。她一边把锅盖、脏盘子和餐巾收进厨房，一边小声地告诉我她的计划马上就要实现了。“今天晚上就把这桩事情给了了，丫头，所有的鱼都卖出去了。明天一早我们就开始办你的事。我都急死了，亲爱的，真恨不得立刻结束这该死的一切。”

一干完家务，我们俩一句话也没说，各自钻进自己的房间。这时候其他人都在例行公事地结束这一天：有的在洗漱，有的在听收音机，有的在对着镜子夹卷发夹，还有的正在去咖啡馆的路上。我强作镇定对自己道了声晚安就上床睡觉了，却一直睡不着，直到公寓里各种各样的声音逐渐安静下来。我最后听到的是坎德拉利亚走出她的房间，几乎悄无声息地关上了大门。

她走后没几分钟我就睡着了。这么多天以来头一次，我没有在床上辗转反侧整夜难以入睡，也没有像前几天那样，一闭上眼睛脑海里就浮现出各种各样阴森恐怖的形象：监狱、警察局、逮捕、死亡。一知道那该死的交易马上就要完成，紧张情绪似乎也终于向我宣布停战了。我蜷缩着身子，带着美好的预感沉沉地进入了梦乡，第二天早上我们就可以摆脱笼罩在头上的阴影，开始筹划光明的未来了。

但是美梦没能持续多久。不知道什么时候，可能是两点，或者三点，一只手抓住我的肩膀使劲把我摇醒。

"醒醒，丫头，快醒醒！"

我半梦半醒地欠起身子，不知道发生了什么事。

"怎么了？坎德拉利亚，你怎么在这儿？你已经回来了吗？"我结结巴巴地问。

"倒霉透了，丫头，这真是一场灾难。"她低声回答。

她站在床边，我睡眼惺忪地看着她，突然觉得她原本就肥硕的身体此时显得愈发庞大。她穿着一件我没见过的大衣，很宽大很长，一直扣到脖子。她一边匆匆忙忙地解扣子，一边给我讲事情的经过。

"所有通到得土安的公路全都被军队严密监控了，从拉朗切来取货的那些人不敢进来。我在那儿等到快凌晨三点，连个鬼影子都没来。最后他们从卡比拉找了个摩尔小孩来告诉我，道路管控比他们想象的还要严得多，他们担心一旦进来就没法再活着出去了。"

"你们约在哪儿见面？"我得努力消化一下才能明白她到底在说什么。

"在下苏伊卡街，一个煤场后面。"

我不知道她说的是什么地方，也不想多问。那一瞬间我的脑袋里只有一个念头：我们失败了，再见了，生意，再见了，高级时装店。那种不知道将来会怎么样的不安全感又回来了。

“就是说我们一切都完了。”我一边说，一边使劲擦了擦眼睛，想驱除最后一丝睡意。

“没完，丫头！”她一边脱大衣一边斩钉截铁地说，“计划有一些变化，但是我敢以我老娘的名义发誓，今天晚上这些该死的手枪通通都会从咱们家滚出去的。所以你赶紧的，快从床上起来，我们不能再浪费时间了。”

我一时间没有明白她的意思，而是被眼前的景象惊呆了。坎德拉利亚脱下大衣，里面穿了一件极其宽松的粗羊毛大袍子，宽松到几乎看不出她身体的轮廓。我看着她把衣服一件一件地脱掉，几乎被吓住了，不明白她为什么要这么做，也不敢问她为什么要在我的床前着急忙慌地脱光衣服。直到她连裙子都脱了下来，开始从像一堆堆猪油一样肥厚的肉褶子里往外拿东西，我才明白过来。袜带里藏着四支手枪，束腹带里藏着六支，胸罩吊带上绑了两支，腋下藏了两支。其余的五支用一块布裹着。一共十九支。十九个沉甸甸的枪托，十九根黑洞洞的枪管，还带着她身上的余温，被一点点地解了下来。我突然预感到了什么，充满恐惧地颤声问道：

“你想要我干什么？”

“把这些武器送到火车站去，在早上六点之前交给对方，然后把货款带回来。一共是九千五百比塞塔，这是我们谈好的价钱。你知道火车站在哪儿吧？穿过塞乌塔公路，就在格尔盖斯山脚下。在那里那些人可以直接取货，而不用到得土安来。他们会从山上下来，在天亮前直接到达火车站，一只脚都不用踏进这个城市。”

“可是，为什么让我去？”我的眼睛瞪得比铜铃还大，这突如其来的惊吓让我一下子清醒了。

“因为我刚从下苏伊卡街出来，正准备往火车站去的时候，狗娘养的帕洛马雷斯正好从安达卢西亚酒吧出来，那时候酒吧都要打烊了。就在因特登西亚街那个大门口他把我叫住了，说他今天兴致好，正好要到我的公寓来搜查。”

“帕洛马雷斯是谁？”

“整个摩洛哥西班牙保护区里最坏的警察，一肚子坏水。”

“是克拉乌迪奥先生的手下吗？”

“对，他是听命于克拉乌迪奥。在长官面前他很会来事儿，极尽奉承。上司一走，这浑蛋就原形毕露，像只流着口水的狼，整个得土安都没人敢惹他。”

“那他今晚为什么要把你拦下？”

“为什么？因为他高兴！因为那孙子就那样！他最喜欢故意找茬吓唬人玩，尤其是对女人。这么多年来他一直都这样，现在世道这么乱，更是肆意妄为了。”

“可是他没有起疑心吗？你身上藏了这么多手枪？”

“没有，孩子，一点儿都没有。还算走运，他没让我打开包袱，也没敢碰我。只是用恶心的语气问我，这么晚了上哪儿去啊，走私婆娘，是不是又去干什么见不得人的勾当了，贱货？我回答说阿尔弗雷德先生，我刚从一个亲戚家出来，她得了肾结石，我去看看。那兔崽子说，我才不相信呢，臭婆娘，你比猪还肮脏，比狐狸都狡猾。我把牙都咬碎了才忍着没顶撞他，要搁平时我早把他全家人都操了个遍。我只是夹紧了胳膊底下的包袱，一边加快步子，一边求圣母马利亚保佑我身上绑的手枪千万别露馅。等我把他甩到后面了，又听见他那让人直起鸡皮疙瘩的声音在背后喊：老狐狸，你跑也没用，我一会儿就到你公寓去搜查，看看我能找到什么好东西！”

“那你觉得他真的会来吗？”

“天知道他会不会来。”她耸了耸肩，“如果他在那儿找到一个半个可怜的妓女让他发泄一番，可能就把我忘了。不过现在夜已经深了，他未必能碰上，所以很可能一会儿就来敲门，把所有的住客都赶到楼梯上，再把我这里翻个底朝天。这也不是第一次了。”

“所以，你现在整晚都不能离开公寓了，怕他万一过来，是吗？”我慢慢地说。

“就是这样，亲爱的。”她确认了我的恐惧。

“而这些手枪必须马上消失，不能被帕洛马雷斯发现。”我补充道。

“没错！”

“而且我们今天必须按时交货，因为买家正等着这批武器，如果他们来得土安的话就很可能丢掉性命。”

“你说得很清楚了，我的公主！”

我们两个人都沉默了几秒钟，大眼瞪小眼，紧张而心酸。她站在地上半裸着身体，身上的赘肉被束腹带和胸罩勒出一道一道的沟。我蜷着腿坐在床上，穿着睡衣，身上还盖着床单，披头散发，心缩成一团。陪伴我们的只有那些失去了庇护的黑洞洞的手枪。

最后她终于开口了，语气坚定，再也没有丝毫犹豫。

“所以这件事必须得你来干，希拉，没别的办法了！”

“我不能，不，我不能……”我口吃得几乎说不出话来。

“你必须得这么做，丫头！”她压低嗓子重复了一遍，“要不然我们就真的完了。”

“可是，坎德拉利亚，你想想我身上已经背了多少罪名了，酒店的债、诈骗打字机、偷窃珠宝……要是这次被人抓到，那我就真的没救了。”

“不用等到你被人抓住，等会儿帕洛马雷斯一来，咱们就都没救了。这些东西在家里，他就能抓个现行。”她说着，把目光投向地上的那些手枪。

“可是，坎德拉利亚，你听我说……”我还想抗议。

“不，你听我说！姑娘，你好好地听我说，”她不容置疑地说，口气很重，眼睛瞪得像盘子一样。我还是在床上坐着不动，她弯下腰看着我，用力抓住我的胳膊，强迫我正视她。“我已经尽力了，差点把命都搭上，可是老天不帮忙，我没能完成这件事。”她说，“这就是运气不好。有时候老天让你白捡个便宜，有时候又让你触尽霉头得不偿失，今天晚上我恰恰走了霉运。现在我已经毫无办法了，希拉，已经完全没法脱身了。可是你不一样。你现在是唯一一个能拯救我们的人，唯一一个能把货带到指定地方然后把钱带回来的人。老天作证，要不是万不得已，我是不会让你去的。可是现在我们没有别的办法了，孩子，你必须得行动起来。你现在已经跟我一样被深深卷入了，这是我们两个人的事，没有办法脱身，这关系到我们的未来，姑娘，我们整个未来。要是弄不到这笔钱，我们就永远都抬不起头。现在这一切都掌握在你的手里，所以你必须这么做。为了我，也为了你自己，希拉，为了我们俩！”

我还想拒绝。我知道自己有足够的理由说不，绝不，提都别提。可是我又清楚地知道坎德拉利亚说得有道理。是我自愿加入这场交易的，没有人强迫我。我们俩已经是一条绳上的蚂蚱，只不过各有分工。坎德拉利亚先把武器卖掉，然后我来开店。但是我们都很清楚，有时候事情的界线是有弹性的，它很模糊，随时都可以改变，可以重新描绘，或者像墨迹一样溶化在水中直到了无痕迹。她已经履行了她的义务，虽然因为不走运没能成功，至少她已经尽力了。而现在希望还没有完全破灭，我们还没有走到绝路。于情于理，该冒险一试的只有我了。

我迟疑了几秒钟没有说话。因为在回答之前我必须得努力赶走脑海中那些快要让我窒息的悲观想象：警察局、牢房、不知面目的帕洛马雷斯……

“你想过我该怎么做吗？”我怯生生地问。

坎德拉利亚长出了一口气，她又恢复了劲头。

“很简单，很简单，你等我一下，我马上就告诉你怎么做。”

她半裸着身子跑了出去，不到半分钟就回来了，两手抱着一堆白色的亚麻织物。

“你可以穿上长袍打扮成摩尔女孩。”她一边关门一边说，“长袍里头什么都装得下。”

毫无疑问，是这样的。我每天都看到那些摩尔女人裹在毫无形状可言的宽大袍子里，一层一层地把头、胳膊和整个身体前后全都包起来。这个大袍子里确实可以藏下任何东西。不但如此，她们还经常用一块布把脸都盖住，只露出一双眼睛、两只脚和脚踝。我真的想不出有比这更好的办法，能随身携带着一个小型军火库在街上走。

“不过在穿上这个之前我们得先做另外一件事。快从床上起来，得赶快行动了。”

我一言不发地顺从了，任由她掌握形势。她看也不看抓起床单就放到嘴边，用牙齿撕出个口子，然后把床单撕成布条。

“照我的样子把下面那层也撕开。”她命令我。牙齿和手并用，没几分钟我们已经把床上所有的单子变成了二十多条长布带子。“好了，现在我们要用这些带子把手枪固定在你身上。举起胳膊，我来绑第一个。”

就这样，连睡衣都没脱，那十九支手枪就被一一固定在我身上，被用床单做成的布条绑得紧紧的。每根布条绑一支手枪，先将布条对折，把手枪夹在中间，然后贴住我的身体，用带子在我身上缠两三圈，最后用力将两端打结。

“你都瘦得皮包骨头了，丫头，剩下那些都没地方绑了。”等到我身前身后都绑满了手枪时，坎德拉利亚说。

“绑大腿上。”我建议。

她照做了。最后那十九支手枪分散在我的乳下、肋骨前、腰上、肩上、后背上、胳膊上、胯上、还有大腿上。我就像一个浑身缠满了白色绷带的木乃伊，绷带下藏着一座不可告人的小型军火库。这些家伙实在是太沉了，压得我几乎动弹不得。但是我必须立刻活动起来。

“穿上这双拖鞋，哈米拉的。”她边说边把一双破旧的棕褐色皮拖鞋扔到我脚下。“现在穿上这件长袍。”她双手举起那层巨大的白布。“对，就是这样，连脑袋一起包住，让我看看怎么样。”

她打量着我，脸上露出一丝笑意。

“太完美了，活脱脱一个摩尔小姑娘。出门之前，别忘了蒙上面纱，把鼻子和嘴巴都盖住。加油，我们出去吧，现在让我以最快的速度告诉你该怎么走。”

我开始艰难地迈步，几乎没有办法让身体保持正常的运动节奏。那些手枪像铅块一样沉，我不得不叉开腿走路，两只胳膊也没法贴在身侧。我们来到走廊，坎德拉利亚走前面，我在后面笨拙地移动着，像一个体积巨大的包裹，不停地碰到墙、家具和门轴。更糟糕的是，我不小心撞到了一个架子，上面的东西全都掉了下来：一个瓷盘子、一盏熄灭了的煤油灯、房东家某个亲戚的黑色画像。陶瓷、相框上的玻璃和煤油灯的灯罩全都在地砖上摔得稀烂。这声巨响惊扰了房客的美梦，邻近几个房间的床架吱嘎作响。

“发生什么事了？”小巴格的胖妈在屋里大声问。

“没事，我不小心把水杯掉地上了。都继续睡吧！”坎德拉利亚毫不迟疑地说。

我试图低头去收拾这一堆东西，可是根本没有办法弯腰。

“好了好了别管了，一会儿我来收拾。”她边说边用脚踢开了几块碎玻璃。

就在这个时候，出人意料地，离我们不到三米远的一扇门突然打开了，那对老姐妹中的妹妹，费尔南达，顶着一头卷发棒探出了脑袋。她还没来得及张口问深更半夜一个摩尔女人在公寓的走廊上干什么。坎德拉利亚抢先放了一句狠话，让她一下子哑口无言。

“你要是不马上回去睡觉，明天一早我就告诉你的姐姐每星期五你都去跟诊所的实习生幽会。”

担心古板姐姐知道自己风流韵事的恐惧感战胜了好奇心，她一言不发，像鳗鱼一样悄无声息地溜回了房间。

“好了，丫头，努力往前走。我们没时间了。”她在我耳边低声说，“最好别让任何人看见你从这里出去。万一帕洛马雷斯就在这附近，还没开始就被他抓住那就太冤了。我们从后面出去。”

我们来到后院。夜色沉沉，院子里只有一株扭曲的葡萄藤，一堆杂物，还有电报员的一辆破自行车。我们躲在墙角，继续低声交谈。

“现在呢，我该怎么做？”我问。

她好像经过深思熟虑一样，说起话来既坚决又平静。

“你爬到这个石凳上去，翻过围墙，但是你得加倍小心，别被这大袍子绊住脚，摔个狗啃泥。”

我观察了一下这面围墙，约有两米高，我必须先爬上旁边那个栏杆的最高处，才能翻到对面去。我不想问自己带着这一身累赘，裹着大袍子，能不能做到，只是继续询问下一步该怎么办。

“从这儿出去以后呢？”

“跳过去以后就到了莱昂德罗先生食品店的后院，你可以踩着他那些没用的盒子和木桶，很轻松地翻到下一个院子。那边是犹太人麦纳罕的蛋糕店。院子最里面有一扇小木门，从木门出去以后就是一条横向的小胡同，那是他给蛋糕店进面粉的专用门。你得忘记自己是谁，盖严实了，尽量别引人注意，然后朝犹太人社区方向走，从犹太人社区可以直接进摩尔人社区。但是要加倍小心，孩子，走路不要太急，贴着墙，拖着点儿脚，装成一个老太太，别让任何人看出你是个年轻女孩，免得有哪个无赖起贼心想占你便宜，这里有不少西班牙小流氓对穆斯林女人垂涎欲滴。”

“然后呢？”

“等你到了摩尔人社区，就在那儿的胡同里多转几圈，确认一下没人注意你，也没人跟踪你。如果你碰上什么人，就假装走错了换个方向或者尽快躲开，躲得越远越好。过一会儿你再从拉鲁内塔大门出去往下走一直走到公园，你知道我说的是哪儿吗？”

“大概知道吧。”我一边说，一边努力凭空想象着线路。

“到了公园你就已经到了火车站对面了，然后穿过塞乌塔公路，看见有入口就可以直接进去了，千万别忘了慢慢地走，把自己捂严实。很可能车站里只有几个半梦半醒的士兵，他们根本不会理你的。你肯定也会遇到等待去往塞乌塔方向的火车的摩洛哥人。欧洲人要晚点才会来。”

“那趟火车几点发车？”

“七点半。不过你也知道，摩尔人的生活节奏跟我们不一样，所以如果你在早上六点以前进火车站，谁也不会觉得奇怪的。”

“那我是该上车呢，还是干什么？”

她迟疑了几秒钟才回答，我猜她得到的信息也就这么多，几乎没有再进一步的计划了。

“不，开始你不需要上火车。你到火车站以后，在列车时刻表那块大牌子底下的长凳上坐一会儿，让他们看到你来了，这样他们就知道是你带着东西来交货了。”

“谁会看到我？”

“这无关紧要，谁需要看到你，谁就会注意到你。坐上个二十分钟，你就站起来，去车站的小酒馆，尽量隐晦地向那个老板打听你该把这些手枪放到哪儿。”

“就这样？没别的了？”我紧张地问，“如果那个酒馆老板不在或者他根本就不理我，又或者我根本就没法跟他说上话，那怎么办？”

“嘘！小点声，别让人听见了。你不用担心，总会有办法知道该怎么做的。”她不耐烦地说。她的语气并不肯定，因为她也无法确定。最后她终于跟我实话实说：“好吧，丫头，今天晚上情况真是糟透了，我手里只有这些信息：首先货必须在早上六点以前送到火车站，然后送货人必须在列车时刻表底下的凳子上坐二十分钟，最后那个酒馆老板会告诉送货人怎么交货。别的我就不知道了，孩子，真的很遗憾。但是你别着急，亲爱的，到了那儿事情全都会解决的。”

我想跟她说我不相信，但是她脸上写满的焦虑和担忧让我把话咽了回去。从我认识她以来，第一次看到她有这样的表情。走私者坎德拉利亚，从来都那么果敢坚毅，不惧面对世界上最艰巨的难关，可是这次她的劲似乎也用完了。但是我知道，如果是她自己下决心要做，绝对不会退缩的，也许现在已经成功到达了火车站，哪怕是不择手段也要把这个任务完成。但问题是她已经被束住了手脚，因为警察威胁要搜查而被迫困在家里动弹不得，至于他到底会不会来还是未知数。我知道，如果我反应不够灵敏，不能牢牢地抓住事情的缰绳，我们俩就都完了。也不知哪儿来的力量，我一下子鼓足了勇气。

“你说得有道理，坎德拉利亚。我总会找到办法的，你放心吧。不过，出发前我有一个问题。”

“你随便问，孩子，但是赶紧的，现在离六点只剩不到两个小时了。”看到我终于下定决心奋力一搏，她努力掩饰着自己一下子放松下来的神情。

“这些武器会用在哪儿？从拉朗切来的那些到底是什么人？”

“这跟你没什么关系，丫头。重要的是货在约定的时间准时到达。你只管在他们指定的地点卸货，然后拿回他们该付给你的钱，九千五百比塞塔。别记差了，而且要一张一张地数好。然后你就回来，我在这里睁大眼睛等你。”

“我的要求并不过分，坎德拉利亚，”我坚持说，“至少让我知道咱们是在跟谁玩这场游戏。”

她重重地叹了口气，胸部随着呼吸一起一伏，好像在打气。半裸的身上只有匆忙套上的一件皱巴巴的晨衣。

“他们是共济会的。”她凑到我耳边，似乎很害怕说出这个词，“他们打算今天晚上搭车从拉朗切过来，我想他们一定已经藏身在布塞尔玛湖畔，或者是马尔丁河滩地的某个果园里。他们是从卡比拉过来的，不敢走公路。很可能从你卸货的地方拿走手枪后，也不会上火车，而是直接从车站重返卡比拉回到他们的城市，绕开得土安。他们之前没有被发现，那是上帝保佑。但总而言之，这也不过是我的推测，因为我真的完全不知道那些人到底想干什么。”

她又用力叹了口气，目光投向无尽的黑夜，继续嘟囔着说：

“但我知道，孩子，因为全世界都知道，叛乱的部队正在到处镇压所有跟共济会有关的人。有些人就在聚会的地方被枪杀了，走运一点儿的没命地逃向丹吉尔或者法国保护区。还有一些人被带到蒙哥特，不知道哪天就被枪毙了，尸骨无存。也有些人可能还藏在地窖、阁楼或者哪个小过道里，提心吊胆地害怕万一有一天被人告发了，就会被从藏身之地揪出来一枪结果了性命。就因为这样，我没有找到任何敢买这些手枪的人，但是通过一些关系我联络上了拉朗切，所以才知道这些手枪将会流向那里。”

她看着我的眼睛。我从来没见过她这么严肃，这么深沉。

“这太残酷了，丫头，残酷到超出任何人的想象。”她咬牙切齿地说，“这里没有任何怜悯，也没有任何尊重，只要谁身上有一丝嫌疑，连声‘阿门’都来不及说就被送上西天。很多人死了，很多不幸的可怜虫，他们都是好人，连一只苍蝇都没打死过，也从来没有伤害过别人。千万要小心，丫头，不要成为下一个牺牲品。”

我尽力振作了一下精神，好让我们两个人愿意努力去相信连我自己都不相信的事。

“别担心，坎德拉利亚，你等着瞧吧，我们一定会有办法的。”

说完这句话，我转身走向靠墙的石凳，准备带着身上绑得紧紧的这些该死的负担一起爬上去。坎德拉利亚站在我身后，从葡萄架下看着我，一边喃喃地在胸前划着十字：以圣父的名义，以圣子圣灵的名义，愿奇迹女神陪伴你，我亲爱的。我最后听到的是她祈祷完毕后对着自己交叉的十指响亮地一吻。一秒钟以后我就从围墙上消失了，像一个包裹一样掉进了食品店的后院。

11

不过五分钟我就到了麦纳罕蛋糕店的小门口。一路上我多次被钉子勾住，因为天黑看不见路踩到各种杂物。我的手腕蹭破了，还经常踩到长袍的下摆，也滑倒过，在爬墙角那堆杂乱无章的盒子时差点儿失去平衡摔个四脚朝天。到了小门口，我做的第一件事就是整理好身上的衣服，只露出两只眼睛，然后我拉开锈迹斑斑的门闩，深吸了一口气，去了。

胡同里连鬼影子都没有，也没有任何声响。只有月亮任性地在乌云里进进出出，跟我做伴。我贴着左边的墙慢慢地走，很快就来到了拉鲁内塔街。我先躲在街角观察了一下周围的地形。横跨街道的电线上挂着几盏昏黄的路灯。我左右看看，认出了几家店铺，以前散步时来过。白天这里总是人声鼎沸，现在却似乎都在沉睡。维多利亚宾馆、苏里塔药店、经常有弗拉明戈表演的莱文特酒吧、加林多烟草店，还有一个盐仓；剧院、印度人集市、四五个我不知道名字的酒馆、科恩兄弟的佩尔拉珠宝店，还有我们每天早上买面包的食品店。所有的商店都门户紧闭，寂静无声，像死人一样沉默。

我进了拉鲁内塔大门，在重负下努力保持动作协调，走了一段路后就拐向美雅赫，也就是犹太人社区。这些极其狭窄的小巷里笔直的线条让我重新振奋起来，犹太人社区就是一张精确的棋盘，所有的街道都方方正正，完全不用担心迷路。然后我进入了摩尔人社区。开始一切都很顺利。穿过弯弯曲曲的胡同，路过很多熟悉的地方：面包市场、禽肉市场，一路上谁也没碰到，连一条狗都没看见，白天到处乞讨的瞎眼乞丐也不见了踪影，只能听到自己的拖鞋在石子路上拖行的声音，还有远处不知道从哪儿传来的一些动静。渐渐地，我发现身上的包袱似乎没那么沉重了，身体慢慢习惯了这额外的重量。虽然我还是没有办法放松下来，精神仍高度紧张，不时地摸摸后背、胳膊和胯部，但至少我已经可以比较平静地行走在昏暗又曲折的小巷里，看两旁全是抹着白灰的墙和钉满大头钉的木门。

为了不让自己焦虑，我努力想象着这些人家会是什么样。我曾听说过穆斯林家庭一般都很干净美丽，有院子，有喷泉，有铺满了马赛克和瓷砖的走廊，木制的天花板上压满了花纹，屋顶平台上沐浴着阳光。但是从街边这些白墙上实在难以想象里面有这么美好。我带着这些乱七八糟的想法不知道走了多久，直到自认为转得差不多了，而且百分之百地肯定没有引起任何人的怀疑，于是决定朝拉鲁内塔大门走去。可是就在这当口，恰恰就在这个时候，我发现巷子尽头有两个人影朝我走来。两个军人，两个穿着马裤的军官。他们的脚步坚定有力，长靴在石子路面上咔咔作响，还在紧张地低声交谈。我脑袋里轰的一声巨响，一下子塞满了无数可怕的念头。我不得不屏住呼吸，身上所有手枪似乎都在使劲挣脱带子，马上就要噼里啪啦掉满一地。我想象着他们中的一个会突发奇想掀开我的面纱看看我长什么样，或者会跟我说话，然后发现原来我是一个假扮成摩尔人的西班牙人，而且身上绑满了武器。

他们从我身边走过。我尽可能地把身子贴在墙上。可是巷子实在太窄了，我们几乎擦肩而过。然而他们根本就没理会我，好像我是个隐形人，根本不存在一样。他们只是快速交谈着急匆匆地赶路，说的是什么分遣队和军需物资，还有一些我不懂也根本不想懂的东西。“两百个，最多两百五十个。”其中一个经过我身边的时候说。“不可能，小子，我跟你说这不可能！”另外一个激烈地反驳。我没看到他们的脸，因为一直都没敢抬起眼睛。听到他们的脚步声逐渐消失在远处，我长出了一口气，加快了脚步。

没过几秒钟我就发现不该高兴得那么早，因为自己根本不知道身在何方。之前为了不迷失方向，我一直是遇到路口就往右转，大概转过了三四个街角。但是那两个军官的意外出现让我慌了阵脚，忘了在路口转弯。我明白自己迷路了，顿觉全身冰凉。摩尔人社区我来过很多次，但是它像迷宫一样的街道我却从来都没搞清楚。夜里漆黑一片，再加上缺少日常场景和嘈杂的声音，我完全没有办法辨认自己所处的位置。

我决定往回走，按记忆把刚才的路线重新走一遍，但是完全做不到。当我觉得出去以后应该是一个认识的小广场，结果却发现外面是一个拱门；当我认为前面该是一个小胡同，却迎面撞见了一座清真寺或者一段台阶。我笨拙地在这些蜿蜒曲折的小巷子里前行，试图将每一个角落与那些日常场景联系起来好辨别方向，却越走越糊涂，完全迷失了。站在错综复杂的巷子里，我几乎崩溃了。所有的手工艺人都已经入睡，他们的小店也早就关了门，我无法弄清楚自己是在锅匠家门口，还是在白铁匠们聚居的地方。或者我已经走到了那些纺织工人、编织工人和裁缝工作的地方。如果是在白天，这里到处都是蜂蜜甜点、金黄色的面包和蛋糕、一堆堆的香料、刚砍下的罗勒树枝，我很容易辨别方位。可是现在，所有的门都紧闭着，有的还插上了门闩。没有了商贩和顾客的嘈杂人语，没有了成排的驮着大筐的驴子，没有了那些坐在地上叫卖也许永远都卖不出去的蔬菜和橘子的里夫妇女，时间好像停滞了，街道像一个空荡荡的舞台。我越来越紧张，不知道现在几点了，但是显然离六点越来越近。我加快了脚步，从一个胡同出来又进了一个，下一个，再下一个。退回来，换个方向。没有用。找不到任何线索，更找不到任何标志物。这里已经变成了一个巨大的被诅咒的迷宫，无论如何也无法逃离。

这种毫无目标的横冲直撞最终把我带到一栋房子附近，那家门上挂着一盏巨大的灯。我突然听见混乱的笑声，还有人在一架走调的钢琴伴奏下齐声合唱《我的爱人》。我决定朝那边走，看看能不能找到一点儿线索，帮助我重新辨出方向。走到离那房子几米远的地方时，里面跌跌撞撞走出来一对说着西班牙语的男女。那男人看起来喝醉了，紧紧地抓住身边的女人。女人一头金发，看起来年纪不小，正在哈哈大笑。我这才发现这是一家妓院，但已经太迟了，来不及重新假装成一个年迈的摩尔老太太，而这两个人离我仅几步之遥。“摩尔小姑娘，跟我来吧，小姑娘，美女，过来我给你看样东西，来呀，来呀，美女！”那个男人流着口水朝我伸长了胳膊，另一只手猥亵地抓着裤裆。旁边的女人一边笑一边试图拦住他。我吓了一跳闪身躲开了他的手，发疯一样用尽全身力气拖着磕磕绊绊的长袍狂奔起来。

我渐渐把妓院抛在了身后。那里到处都是士兵，有的在打牌，有的在唱歌，有的在疯狂地揉搓身下的肉体，所有的人都暂时忘却了现实，过不了几天他们就要穿越海峡去面对残酷的战争。就在我趿拉着拖鞋用最快的速度远离了那肮脏之所后，好运终于降临到我头上了，我发现自己正站在福克市场的街角。

我松了一口气。终于找到了方向，终于知道该如何离开这个笼子一样的摩尔人社区。时间过得飞快，我得抓紧了，在长袍允许的范围内尽可能地迈开大步。没几分钟我就到了拉鲁内塔大门。不过等待我的是又一场虚惊。一个军事哨卡正监视着从拉朗切通往得土安的道路。几个士兵、一个哨台和几辆汽车，足以吓倒那些动机不纯想偷偷混进城里的人。我的嗓子开始发干。但是我明白自己不得不从他们眼皮底下走过去，没有时间让我停下来思索该怎么办。我再次低下头盯着地面，决定按照坎德拉利亚教我的步子继续往前走。经过哨卡的时候，我感觉浑身的血液都在往上涌，大气也不敢出，生怕有人会突然把我叫住，问我去哪儿，从哪儿来，身上藏着什么。万幸的是，他们几乎没正眼看我，直接忽略了我，就像之前那个狭窄胡同里的两个军官一样。一个像影子一样在凌晨的街道上拖着腿、没有什么力气的老女人，能对伟大的革命构成什么威胁呢？

我顺着台阶往下走向公园的开阔地带，并强迫自己平静下来，故作镇静地穿过到处都是黑影、寂静无声的花园。没有了在阳光下穿梭于喷泉和棕榈树之间的嬉闹孩童、亲密恋人和老人，这里显得格外怪异。火车站越来越清晰。跟摩尔人社区那些低矮的房子相比，它显得气势恢弘：半阿拉伯半安达卢西亚风格，四角的塔尖，绿色的瓦片和瓷砖，还有入口处巨大的拱门。车站正面挂着几盏昏黄的灯，使它在背后的格尔盖斯山上投下黑色的剪影。从拉朗切来的人一定就是从这座乱石嶙峋的山上下来的。我只见过火车站一次，在警长开车载我从医院搬家的路上。其他时候只能从拉鲁内塔街远远地看看，根本不知道它有多大。那天晚上，当我独自站在它对面时，才发现它是如此咄咄逼人，让我立刻开始想念摩尔人社区那些窄小的巷子。

现在不是害怕的时候，我不能再次被胆怯压倒，所以重又鼓足勇气准备穿越塞乌塔公路。这个时间路上连一粒灰尘都没有。我计算着时间给自己打气。这一切都快要结束了，我已经完成了大半征程。一想到很快就能摆脱身上这些让人喘不过气来的布带、把我磕得遍体鳞伤的手枪，还有让我极不自在的大袍子，我一下子振作起来。快了，还剩最后一点儿了。

我从敞开的正门进了火车站。跟刚刚走过的那些黑暗街道完全不同，迎接我的是车站清冷的灯光和空旷的大厅。第一眼看到的就是一个巨大的钟，上面指着五点三刻。我在面纱下松了口气，还好，不算太晚。我故意慢慢地走过大厅，藏在帽子下的眼睛却迅速扫视着周围的情形。售票口关着，一个年迈的摩尔人蜷缩在一把凳子上，脚下放着个小包袱。尽头处有两扇巨大的门通往火车站台。左边还有一扇门，精致的指示牌上写着通往酒馆。我用眼睛搜寻着列车时刻表，发现它在右边，便直接走过去，坐到它下面的一张凳子上，开始等待。屁股一挨到凳子，我就感觉从头到脚一阵舒畅。这时候我才知道自己有多累，身上带着这些比铅块还沉的家伙一直不停地走，究竟耗费了我多少体力！

我在凳子上一动不动地坐着，没有任何人再出现在大厅。但是耳边不断传来的人声让我知道周围并不平静。有些声音来自外面的站台。脚步声，男人低低的说话声，偶尔有一两句大声的。听嗓音都很年轻，我想可能是负责监视火车站的那些士兵。我强迫自己不去想他们是否得到了特殊授权，对任何可疑人员都可以直接开枪。酒馆那边也传来一些声音，这让我多少放心了一些，至少知道酒馆老板醒着，而且在他该在的地方。我在那里坐了十分钟，这十分钟是如此漫长，几乎要让我失去耐心了。没有时间像坎德拉利亚说的那样坐满二十分钟了。当大钟的指针指向六点差五分的时候，我用尽力气艰难地站了起来，朝酒馆走去。

酒馆很大，至少有十多张桌子，大部分是空的，一张桌子上有一个男人在睡觉，头埋在臂弯里，身旁放着一只空酒瓶。我趿拉着拖鞋走向柜台，完全不知道该说什么，也不知道别人会对我说什么。柜台后面，一个肤色偏黑的干瘦男人叼着一根烟头，正忙着把盘子和杯子摆成整齐的一摞，似乎一点儿也没有注意到这个马上就要走到他面前的蒙面女人。等他看见我来到柜台后，嘴里仍然叼着烟头，大声说道："七点半，列车七点半才开。"然后他压低了声音，用阿拉伯语说了一串我听不懂的话。"我听不懂，我是西班牙人。"我在面纱后面小声说。他难以置信地张大了嘴巴，连嘴里的烟头都掉到了地上，匆匆忙忙地给我传递了交货信息："去站台的洗手间，关上门，他们在等您。"

我慢慢往回走，回到大厅，向黑暗的站台走去。在这之前，我又重新整理了一下长袍，把身体裹严，将面纱往上拉了拉，几乎要盖到睫毛了。宽阔的站台似乎空无一人，对面是乱石嶙峋的格尔盖斯山，黑压压地一眼望不到边际。负责监视火车站的士兵有四个，聚在一处，在通往铁轨的大拱门下一边抽烟，一边低声聊天。当他们感觉到有个黑影进来的时候吓了一跳。我注意到他们一下子紧张起来，军靴啪的一声碰在一起，挺直身躯，摸了摸肩膀上的枪。

"站住，别动！"其中一个见到我就喊。我感觉自己的身体一下子在那一堆冰冷的手枪里僵硬了。

"别管她，丘卢卡，没看到她是个摩尔女人吗？"另一个紧接着说。

我站在那里一动不动，既没有再往前走，也没有往后退。他们站在原地没有向我靠近，在离我大约二十到三十米远的地方商量着该怎么办。

“我不管她是摩尔女人还是西班牙女人。长官说了，任何人都要出示证件。”

“我操，丘卢卡，你这个蠢货，都跟你说了多少遍了，长官说的是所有西班牙人，不是这些摩尔人。你真是什么都不懂，笨蛋！”另一个士兵说。

“什么都不懂的是你们！好了，女士，请您出示证件。”

我感觉两腿发软，几乎要昏厥在地。这下肯定完了，没救了。我屏住呼吸，全身都被冷汗浸透了。

“你怎么那么蠢，丘卢卡。”另一名同伴在他背后说，“本地的摩尔女人出门从来就不带什么证件。你到底要到什么时候才能明白这里是非洲，不是你们村里的广场！”

但是这番话已经晚了。这个一丝不苟的士兵离我也就两步远。他伸手等着我交出证件，在一层层的布缝里寻找我的目光。但他不可能找得到。我一直低着头，直勾勾地盯着他那双满是泥点的军靴和我自己脚上破旧的拖鞋，还有两双鞋之间那不到半米的距离。

“要是长官知道你去骚扰一个丝毫不该被怀疑的摩洛哥人，他肯定会把你逮起来，至少去阿尔萨巴关上三天禁闭！”

面临严厉惩罚的可能性终于让那个丘卢卡恢复了一点儿理性。我看不到谁是我的拯救者，因为目光依然集中在地面上。但是这个关禁闭的威胁终于起了作用，那个敏感固执的士兵焦虑地思索了几秒钟，终于缩回手，转身离去了。

愿上帝保佑阻止他的士兵！我在心里说。等到他们又一起回到拱门下，我转过身拖着腿慢慢地在站台上转悠，努力让自己恢复镇定。平静了一会儿后，终于能集中精力朝卫生间走去。这时候我才注意周围的环境：两个摩尔人背靠着墙席地而睡，一条干瘦的野狗正在穿过铁轨。我几乎没费工夫就找到了目标。幸运的是，卫生间在站台的尽头处，正好跟士兵们相反的方向。我屏住呼吸，推开镶着磨砂玻璃的门，进到一个类似门厅的地方。里面几乎伸手不见五指，但是我不想寻找电灯开关，宁愿让眼睛慢慢适应黑暗。我隐约分辨出了男厕的标志和女厕的标志。而且我发现在房间的最里面，靠着墙，有一堆布开始缓慢地动了起来。一个带着斗篷的脑袋从那里谨慎地抬了起来，我们的目光在黑暗中相遇了。

“货带来了吗？”听口音是西班牙人。他嗓音很低，语速很快。

我点了点头。那个模糊的物体慢慢变成了一个像我一样穿着摩尔人服装的男人。

“在哪儿？”

为了更方便说话，我拉下了面纱，然后解开长袍，给他看我身上绑着的手枪。

“在这儿。”

“我的天啊。”他低低地惊叫了一声。这短短的几个字里包含了无数的感情：惊讶、焦虑、急切。听起来他很有修养，像是一个受过良好教育的人。

“您自己能解下来吗？”他问。

“可能比较费时间。”我小声说。

他指了指女厕所，我们两人一起进去了。里面的空间极其狭窄，旁边一个小窗户里透进来一丝微弱的月光，但是对我们来说已经足够了，不需要别的照明。

“我们得快点儿，一分钟也不能浪费。早晨的预备队马上就要到了，在火车发车之前他们会把这里检查个遍。所以我必须帮您一起解。”他一边关上门一边说。

我脱下长袍任它滑落到地上，然后抱着胳膊以便那个陌生人在我周身忙活，解开绳结，松开绷带，把我的身体从沉重的套子里面解脱出来。

在开始解带子之前，他摘掉了斗篷的帽子，呈现在我面前的是一张严肃秀气的西班牙中年男子的脸，看上去好几天没刮胡子了。他有一头栗色的鬈发，可能因为已经连续几天穿着这身摩尔人的伪装显得有些凌乱。他的手指动了起来，但是这项工作并不轻松。坎德拉利亚刻意绑得死死的，到现在为止都没有一把手枪松动，绳结也打得很紧，而且布带太长了，从我身上解开布带花的时间远远超过了预期。我们一直保持着沉默。周围是白色的瓷砖，地上铺着土耳其地板。空气中只有我们急促的呼吸和低声的只言片语：这个好了，现在解那个，请稍微动一下，这样可以，请抬起这支胳膊，小心。虽然时间紧迫，这个来自拉朗切的男子动作却非常小心，几乎有些羞怯。除非无法避免，他尽量不靠近我身体最私密的部位，也不接触我裸露的皮肤。仿佛担心自己的手会玷污我的圣洁，仿佛我身上绑的这些是一层脆弱的丝绸外壳，而不是一堆冰冷黑暗的杀人武器。跟一个陌生男人如此近距离的身体接触没有让我感到丝毫地不自在，哪怕两具身体几乎贴在一起，毫无疑问，这是整个晚上最愉快的时光，不是因为我已经很长时间没有被异性抚摸过，而是因为我相信只要完成了这一步，一切就都结束了。

一切都很顺利。手枪一支接一支地从我身上卸下，渐渐在地上堆成一堆。没剩多少了，最多三四支吧，我想再有五分钟，顶多十分钟，一切都可以结束了。就在这时，平静被打破了。我们不得不屏住呼吸，停下手中的动作。外面远远地传来一阵骚动，似乎开始了什么新的行动。

那个男子深吸了一口气，从口袋中掏出手表看了看。

“接岗的小分队，他们提前了。”他说。从他颤抖的声音里我听出了焦虑不安，但是他尽力掩饰自己的情绪。

“我们现在怎么办？”我小声问。

“尽快从这儿出去。”他马上说，“快穿上衣服！”

“那剩下的这些手枪呢？”

“没关系。现在要做的就是马上逃走，那些士兵们马上就要进来检查了。”

我颤抖着穿上长袍，他从腰上解下一个满是泥污的布袋子，大把大把地把手枪装了进去。

“我们从哪儿出去？”我低声问。

“这儿。”他说着，抬起头用下巴指了指窗户，“您先跳出去，我把手枪扔出去后，我再跳出去。但是请您听好了，如果我没能跟您会合，请您带着这袋手枪顺着铁轨往前跑，把它们放在你到达的第一个车站或火车站的告示牌那里，会有人去找的。不要往后看，也别等我，一出去就跑，赶快逃走。来吧，准备爬上去，把脚踩在我的手上。”

我看了看那个窗口，又高又窄，我觉得我们根本不可能从那儿出去，但是我没说。我已经吓坏了，除了顺从什么都做不了，只好盲目地相信这个萍水相逢的共济会成员的决定，虽然我连他的名字都不可能知道。

“等一下。”他好像忽然想起了什么，一下子扯开衬衣从里面掏出一个小布包，看上去像一个腰包。

“你把这个收好，这是约定的货款。万一出去以后没有机会给你。”

“可是我身上还有手枪……”我结结巴巴地说。

“没关系。您已经尽了义务，这是您应得的。”他一边说一边把袋子挂在我的脖子上。我一动不动地任他挂上，像被麻醉了一样。“来吧，我们一秒钟也不能耽误了。”

我终于反应了过来，把一只脚踩在他交叠的双手上，他把我使劲往上推，直到我抓住窗户的边缘。

“快把窗户打开。”他说，“探出身子，然后告诉我你看见了什么，听见了什么。”

窗外是漆黑的旷野，我看不到另一边的情形。只听到汽车马达声、车轮压过石子路面的吱嘎声、整齐坚定的脚步声、问候声、命令声，威严的嗓音在分配任务。这声音坚决果断，仿佛在这个明天还没来临的时候世界马上就要毁灭了。

“皮萨罗和加尔西亚，你们俩去酒馆。鲁斯和阿尔瓦达，你们去售票口。你们俩去办公室，你们俩去厕所。走，各就各位吧。”有个人威严地说。

“一个人也看不到，但是他们朝这边来了。”我说着，头还伸在外面。

“快跳！”他说。

我没有跳。窗户太高了，我需要先把身子探出去。而且，我不自觉地拒绝独自逃走，而是想让那个从拉朗切来的男子保证他会跟我一起走，保证会带着我跑到我们必须去的地方。

外面的嘈杂声越来越近。军靴在地上咔咔作响，一个有力的嗓音在分配着任务。秦特洛，你去女厕所，比亚尔塔，你去男厕所。回答的声音并不是我来的时候遇到的那些懒散的老兵，而是一群摩拳擦掌跃跃欲试、想一上班就大干一场的新兵。

“快跳出去，快跑！”他有力地重复了一遍，抓住我的腿使劲往上一推。

我跳了出去。跳下去，掉在地上，那个装着手枪的袋子掉在了我身上。身子还没有落地，我就听见厕所门被一脚踹开的巨响。最后传入耳中的是刺耳的叫喊声，士兵们在严厉训斥那个我再也见不到的人。

“你在女厕所干什么？你往外扔什么东西了？比亚尔塔，快去看看外面有没有什么东西。”

我开始狂奔，盲目而不顾一切。在夜色的掩护下，拖着装满武器的袋子不停地奔跑，疯狂、麻木，不知道是不是有人在追我，也不愿意去想那个从拉朗切来的男子在士兵的枪口下到底怎么样了。一只拖鞋跑掉了，身上剩的那些手枪里有一支松了掉到了地上，但是我没有停下来捡，只是顺着铁轨在黑暗中一刻不停地跑，光着一只脚，不敢停下来，不敢思考。我穿过平坦的旷野、果园、甘蔗田和小小的种植园，绊倒了，爬起来，来不及喘口气又继续跑。不知道到底跑了多远。路上一个人都没有碰到，也没有任何意外打断我中了邪一样疯狂的脚步，直到影影绰绰地看到一个写满了字的牌子：马拉连火车站。这就是我要去的地方了。

车站距离标牌大约有一百米远，只有一盏昏黄的灯照着。我没有到火车站去，在指示牌下止住了发疯般的脚步，迅速在周围寻找，看是不是已经有人在那里等候，这样我就可以把武器直接交给他。我的心好像马上就要爆裂了，干巴巴的嘴里全是尘土和煤灰，再也无法控制自己上气不接下气的喘息声。没有人出来迎接我。没有人在等候这些货物。也许他们会晚点儿来，也许永远都不会来。

我在一分钟之内作出了决定。把袋子放在地上，拍扁，让它看上去尽可能地小。然后飞快地在上面堆上小石块，用手指抠出路边的土块、石块，拔出旁边的灌木，直到基本把那个袋子盖住。觉得这堆东西不会再引起怀疑的时候，我离开了。

几乎没有时间停下来歇口气，我又开始了狂奔，这次是朝着灯火阑珊的得土安，而且身上少了来时的重负。我决定把最后的几支手枪都拆掉，于是一边跑一边松开长袍，很困难地一点点解开最后的几个绳结。最后的三支手枪陆续掉在路上，一支，两支，最后一支。当我接近市区的时候，身上已经只剩下疲惫、悲伤和累累伤痕，还有一个挂在脖子上装满了钞票的布袋。武器早已无影无踪。

我再次穿过塞乌塔公路，放慢了脚步，这时候另一只鞋也丢了。我重新蒙上面纱，装成赤脚的摩尔女人，疲惫地走进了拉鲁内塔大门。现在不需要努力装出走不动路的样子了，因为我的两条腿已经真的没有一丝力气了，只是机械地向前移动。我感到身体所有的部位都麻木了，很多地方起了水泡，沾满污垢，全身的骨骼都感到无尽的疲惫。

进城的时候，天色开始亮了。附近的一座清真寺开始敲钟，呼唤穆斯林们开始当天的第一次祈祷。因特登西亚军营里的军号也吹响了。从非洲学报社里送出了刚出厂的报纸，拉鲁内塔街上第一批勤劳的擦鞋人一边走路一边打着哈欠。麦纳罕蛋糕店已经点上了灯，拉昂德罗先生腰间系着围裙，正忙着把店里的货物堆放整齐。

眼前这些熟悉的生活场景忽然让我觉得那般陌生，既不感到亲切，也没有其他任何感觉。我知道，坎德拉利亚一定会非常高兴，并且认为我完成了一件值得纪念的丰功伟绩。可我的心里却没有丝毫的愉快，有的只是阴霾和烦恼。

当我在旷野中狂奔时，脑海里像放电影一样一幕一幕交织着无数的镜头，而所有的场景都有同一个主角：拉朗切来的男子。有一个镜头是士兵们发现他没有往窗外扔任何东西，只不过是个睡眼朦胧不小心走错了厕所的摩尔男人。于是就把他放了。军队不是有规定，没有什么可疑不可以打扰本地的摩尔人吗？可是另一个镜头却截然相反，那个士兵一打开厕所门就发现他是一个伪装的西班牙人，于是一边用步枪指着他的脸把他逼到角落，一边高声叫来援兵。等其他士兵都来了以后，他们审问他，也许认出了他的身份，也许把他押回了军营，也许他试图逃走，就在跳下铁轨的时候背后中了一枪死了。当然还有很多其他的可能。然而，我知道，我永远也没有机会弄清楚到底哪种更接近事实。

我筋疲力尽满怀恐惧地走进门廊。摩洛哥的太阳正缓缓升起。

12

公寓大门敞开着，所有的房客都在餐厅挤作一团。老姐妹俩坐在平时唇枪舌剑、互相辱骂的餐桌旁，穿着睡衣，戴着一头卷发棒，一边哭一边擤鼻子。退休教师安塞尔莫先生正在低声安慰她们，听不清他究竟在说什么。小巴格和推销员正从地上捡起圣塞纳的画框，试图把它挂回原来的地方。电报员穿着睡衣睡裤站在墙角紧张地抽烟，小巴格的母亲正轻轻地吹一杯水想让它凉下来。一切都混乱无序，地上有玻璃和花盆的碎片，甚至连窗帘都被扯了下来。

这个时候公寓里出现一个摩尔女人，谁也没觉得奇怪，他们肯定以为是哈米拉。我蒙着脸站了一会儿，看着这混乱的场景，听见走廊里传来一声惊呼。转过头去，是坎德拉利亚疯了似的朝我挥舞着胳膊，手里还拿着笤帚和铁铲。

“快进来，丫头。”她激动地说，“快进来，告诉我事情进行得怎么样，我在家里心急如焚，不知道到底发生了什么。”

我已经决定对那些最危险最曲折的经过守口如瓶，只跟她分享最后的结果：手枪都已经不在了，钱拿回来了。这是坎德拉利亚希望听到的，也是我想告诉她的。故事的其他部分将永远沉睡在我心里。

我一边摘下头巾一边小声说：“一切都很顺利。”

“天啊，亲爱的。过来让我抱抱你！我的希拉，你比秘鲁的金子还要珍贵！我的宝贝，你比征战沙场的将军还要伟大！”坎德拉利亚尖叫着把手里的笤帚铲子往地上一扔，紧紧地抱着我，像吸盘一样响亮地亲吻我的脸颊。

“小点儿声，看在上帝的分上，小点儿声，会被人听见的！”我觉得全身发紧，提心吊胆地说。但她根本就没理会我的警告，一边语无伦次地表达着她的狂喜，一边对当天夜里把家翻了个底朝天的警察骂骂咧咧。

“我怕什么？我不怕谁听到什么！狗娘养的帕洛马雷斯，你不得好死，你们全家都不得好死！狗娘养的，你没抓到我吧！”

我知道她憋了一晚上的情绪一旦爆发出来，就不会很快停止，所以使劲抓着她的胳膊把她拽进我的房间，她一边走一边还在大声叫骂。

“你会被乱棍打死的！婊子养的！我操你妈，帕洛马雷斯！你把我家挖地三尺也找不出什么来吧！”

“好了好了，坎德拉利亚，快闭嘴！”我再次提醒她，“忘了那个该死的帕洛马雷斯，别那么激动，让我告诉你事情的经过。”

“对，孩子，对，快把一切都告诉我。”她勉强平静下来，喘着粗气，睡袍的扣子都扣错了，发网里掉出几绺凌乱的头发，看起来有些滑稽可笑。“那畜生早上五点来敲门，把所有人都赶到了街上，那个丧门星……杂种……好了，让这个该死的杂种见鬼去吧，过去的就过去了。你说吧，我的心肝儿，告诉我你那边怎么样？”

我简练地向她讲述了事情的经过，然后摘下那个拉朗切男子挂在我脖子上的钱袋，没有说我是从窗户里爬出来的，也没有提起士兵威胁的叫喊，更没有告诉她那些埋在马拉连火车站指示牌下的手枪。只是把袋子里的钱给她，然后开始脱长袍和里面的睡衣。

“去死吧，帕洛马雷斯！”她哈哈大笑往空中扬着钞票，高声叫骂着，“去死吧，下地狱吧，看你能把我怎么样！”

突然，她停止了喊叫，不是因为恢复了理智，而是眼前的景象让她无法高兴。

“可是孩子，难道你被虐待了吗？看上去像刚刚被狠揍了一顿，我的上帝！”她对着我赤裸的身体惊呼，“很疼吧，孩子？”

“有一点儿。”我嘟囔了一句，便像死人一样倒在床上。这不是真的，实际上我痛得说不出话来。

“你脏得好像刚在泥塘里打过滚儿。”她终于完全恢复了理智，“我去生火烧一锅水，让你洗个热水澡，再在伤口上贴几块膏药，然后……”

剩下的话我全都听不见了，因为她还没有说完，我已经睡着了。

13

收拾完一片狼藉的公寓，所有人又恢复了正常的生活，坎德拉利亚开始在西班牙社区寻找合适的房子以进行我们的生意。

得土安的西班牙社区跟摩尔人社区截然相反，是为了适应西班牙保护区的需要，按照欧洲标准建设的，用于容纳西班牙的各种军用和民用设施，并为那些长住摩洛哥的西班牙家庭提供住房和生活便利。楼房都是新建的，白色的墙面和精心装饰的阳台，既现代又具有北非风情，街道宽阔，还有巨大的广场，所有这些组成了一个和谐的整体。来来往往的都是云鬓香肩的女士、戴礼帽的男士、穿制服的军官、身着欧洲服饰的小孩，还有衣冠楚楚的情侣手挽手并肩散步。无轨电车、高级汽车、糖果店和豪华的咖啡馆，还有很多时尚精致的门面。一切井然有序，平静祥和，跟摩尔人社区集市上的气味和嘈杂的声音完全是两个世界。相比之下，摩尔人社区显得如此古老，被围在城墙里，只通过七个门与外面的世界交往。拉鲁内塔街就在西班牙和摩尔人两个社区的中间，和分界线一样。而我，马上就要离开这里了。

一旦坎德拉利亚找到开服装店的地方，我的生活就要开始新的转折，而我必须适应它。我决定改变自己：抛开过去的一切，从零开始，铸造一个全新的自我。仅仅几个月前，我毅然同过去的自己决裂了——从一个卑微的小裁缝，变成了千面女人，先后或者同时扮演着各种女性角色：公务员考生，巨额财产继承人，花花公子的情人，充满希望的阿根廷学院女老板，半途而废的准妈妈，身负诈骗、盗窃和巨额欠款多重罪名的嫌疑犯，伪装成无辜的摩尔女人的军火贩子。而现在，我又将变成另一个全新的角色，而且跟以往任何一个都不同。我的故乡正经历战火，爱情已经与我所有的财产和梦想一同化为乌有，我未出世的孩子，在我走下公共汽车的时候已经化成一摊血水，记载着我所有资料的档案，在两个国家三个城市的警察局里传了个遍，而我随身携带的那座小型军火库，说不定已经要了一些人的命。我想要抛弃所有沉重的过去，戴上一个坚定、勇敢的面具去面对未来，再也不让人看出面具背后隐藏着的恐惧、悲惨的过去和至今还深深刻在灵魂上的伤痛。

我决定从外在开始改变，把自己装扮成一个世故而独立的女子，不让人发现我的单纯胆小，并且好好掩盖将要开始的生意不可告人的背景。为此我必须粉饰过去，编造一个虚假而辉煌的现在和未来。得赶快行动起来，现在。再也不流泪，再也不伤悲，再也不对自己的过去回眸嗟叹，我只关心现在，努力地活在今天。我要像魔术师从袖子里凭空掏出一条手帕或者一个骰子一样，变出一个全新的自己，一个外表坚定、果敢、历经世事的女人。我必须用清高和淡漠来掩饰无知，用甜美的慵懒来掩盖对未来的不安。把恐惧深深地藏在高跟鞋坚定的步伐和冷峻刚强的外表下，不让任何人起疑心并看出我每天需要多努力才能一点点地战胜自己的悲伤。

第一步是要改变风格。这段时间的焦虑不安、流产和缓慢的康复让我瘦了至少六七公斤。身体的病痛和心里的苦涩让我臀围变小、胸围缩水、大腿变细，连腰上曾经有过的一点赘肉都无影无踪了。我无意恢复原来的体型，因为已经开始习惯并且满意现在的身材，这也是前进的一步。我在记忆中搜寻着在丹吉尔时看到的一些外国人的衣着，决定照着它们的样子对自己的服装进行修改和装饰。既不像我的西班牙同胞那样刻板，也不像外国女人们那样开放暴露。色调更鲜艳，布料更轻薄，上衣的领口稍稍低一些，裙子的长度短一些。在坎德拉利亚公寓的那个小房间里，我对着裂了一条缝的镜子，反反复复地回忆、练习，以前在露台上喝开胃酒时看到的那些优雅架起的双腿，在布勒瓦尔大街宽阔的人行道上款款而行的曼妙身姿，还有那些刚刚修过指甲的双手捧着法国时尚杂志，端着金菲士鸡尾酒或夹着带象牙烟嘴的土耳其香烟时款款的手势，一直到它们变成我的，在我身上也一样自然动人为止。

这三个多月以来我第一次开始注意自己的仪容，发现自己全身上下都急需一次紧急的修护。一位邻居帮我修了眉毛，另一位帮我保养了双手。素面朝天好几个月后，我又开始化妆了：用唇线笔勾画嘴唇的轮廓，然后用唇膏填满，还有各色眼影、腮红、眼线笔、睫毛膏。我让哈米拉照着行李中那本残缺的《Vogue》杂志上的一张照片，用裁衣服的剪刀帮我修剪头发。一头乌黑浓密的披肩长发一绺一绺地掉在厨房的地上，像死去的乌鸦的翅膀，最后留下一头长度只到脖子的直发，头缝稍稍偏向一边，不驯的刘海时不时地盖住右边的眼睛。曾让拉米罗痴迷不已的一头瀑布般的长发见鬼去吧！我还说不好这个新发型是不是更适合，但至少让我感到更清新更自由，焕然一新地永远告别在大陆酒店的那些傍晚，在风扇下，我曾经赤裸着身体躲在他的怀抱里，一头长发像大披巾一样铺散在床单上。

坎德拉利亚没过几天就把她的事办妥了。首先她在西班牙社区找到了三栋可以立即出租的房子，然后详细地描述给我听。我们俩一起研究每一处的优势和劣势，共同作出了决定。

她向我描述的第一套房子听上去堪称完美，宽敞、现代、刚刚落成，离邮局和西班牙剧院都很近。“那里还有一个可移动的淋浴喷头，跟电话一模一样，丫头。只要听到有人跟你说话的声音，就会自动喷出一股水流，你想往哪儿喷就往哪儿喷。”坎德拉利亚对这件稀罕事儿啧啧称奇。但最后我们还是放弃了，原因是它旁边有一块空地基，有一群干瘦的野猫横行霸道，还有很多垃圾没有清理。虽然西班牙居住区日益扩大，但还有一些地方没有开发出来。这样的环境可能会给挑剔的目标客户留下不好的印象，于是这个有着神奇的电话淋浴喷头的房子被否定了。

第二个选择位于得土安的主干道共和国大街上，是一栋四角装饰着尖塔的美丽建筑，离穆雷麦迪广场很近，这个广场很快就要更名为普里莫德利维拉广场。听上去它也满足我们所有的要求：宽敞、有情调，旁边没有闲置的空地，而且本身就在两条主干道的交叉点上。但是它的一位邻居把我们吓跑了。隔壁的楼里住着这座城市最好的裁缝之一，经营着一家年代久远且声名远扬的服装店。我们掂量了一下形势，最后决定放弃，还是不要一上来就挑起面对面的竞争。

只剩下最后一个选择了，就是那套最终将成为我工作和生活之所的大房子，位于西迪曼德利大街，在一栋蓝色的建筑里，距西班牙俱乐部、班纳洛奇大街和国家酒店很近，离西班牙广场、总督府和哈里发的宫殿也不远。哈里发的宫殿门口，永远都有威严的卫兵在站岗，一色的雪白缠头布，豪华的斗篷随风招展，充满了异域风情。

坎德拉利亚同犹太人贾科博本齐默尔签了租房合同。从那时候开始，这个精明的犹太人就成了我的房东，条件是每月按时支付三百七十五比塞塔房租。三天以后，我，一个全新的希拉·西罗嘉，伪装成一个我从来都不是，但也许将来有一天能够做到的人，成为这里的主人。命运再次向我敞开了一扇通往新生活的大门。

“你先去吧。”坎德拉利亚把钥匙递给我，“以后最好别让人看到我们俩经常在一块儿。我过一会儿再去。”

行走在杂乱的拉鲁内塔街上，我感觉到很多异性投来目光。前几个月的回头率加起来也不到今天的四分之一。那时候的我是一个紧张羞涩的年轻女孩，梳着一个普普通通毫无生气的发髻，走起路来轻飘飘的，拖着宽大的衣服和满心的伤痕，想努力忘掉沉重的过去。而现在，我假装走得坚定洒脱，努力从脚步间释放出自信和高傲，这在几个星期前还是无法想象的。

我刻意放慢了脚步，但还是不到十分钟就到达了目的地。虽然这栋建筑距离西班牙社区的主干道仅几步之遥，但我从来没有注意过。看到它的第一眼我就很满意，它几乎符合我的所有要求：绝佳的地理位置，大门外的浮夸装饰，蓝色墙面带着些许阿拉伯风情，内部格局却又完全是肃穆的欧洲气质。公用的入口布置得整洁大方。楼梯不是很宽，但是有一个非常漂亮的铸铁栏杆，在拐弯处形成一个秀气的圆弧。

房子的门廊敞开着，那个年代所有的建筑都如此。我想一定是有个看门人，只不过没有露面。我小心翼翼地上楼，几乎踮着脚尖，试图不被自己的脚步声惊扰。表面上我开朗自信，但内心一如既往的羞怯，希望自己缩起来，完全不引人注意。来到主楼层，一个人也没遇到。这个楼层有两扇完全相同的门，一左一右，都紧闭着。第一扇通往我未来的邻居家，第二扇通往我未来的家。我从包里掏出钥匙，紧张地把它插进锁孔，转动，轻轻推开门。那一瞬间我几乎不敢进去，只是用目光扫视着能看到的一切。一个宽敞的客厅，浅色的墙面十分洁净明朗，地上铺着红白相间的几何形地砖。尽头是一个走廊。右手边有个巨大的起居室。

这些年来有过很多时刻，生活给我创造了转折，有惊喜，有不可预知的挫折，让我一路不得不随时去面对。有时候是有准备的，大多数时候则猝不及防。但是从来没有哪一次像那年十月的那个中午一样，当我终于鼓足勇气跨过门槛，听到脚步声在空空荡荡的房子里回响时，清醒地认识到自己走进了人生新的篇章。错综复杂的过去永远地留在了身后，就像眼前空空如也的房子一样，我面对的是一望无际的空白未来，时间会一点儿一点儿将它填满。填什么呢？各种事物和爱。一个又一个定格的瞬间、各类情感，很多人。还有生活。

我走向明暗交接的起居室。三个阳台都关着，刷成绿色的木质百叶窗低垂，挡住了窗外的阳光。我打开其中一扇，摩洛哥的秋日一下子倾泻进来，使阳台充满了梦幻与甜美的气息。

我静静地站了几分钟，细细体会着这份寂静与孤独。这几分钟我什么都没做，只是沉浸在一片空旷沉寂中，贪婪地品味着我在这个世界又一个容身之处。直到突然意识到该从自己的迷幻中醒来，于是下了很大的决心，行动起来。拿马努埃拉女士的服装店当参照，我一边在房子里转悠，一边在脑海里勾画分区。起居室可以作一个大的接待室，顾客在这里提出衣服的初步设想，查阅服装图样，挑选布料和款式，然后下订单。离起居室最近的那个房间，类似餐厅，角落里有一面镜子，可以当试衣间。在走廊的中间拉一道帘子，就可以把接待室和试衣间同其他空间隔开。走廊两边的房间可以作为工作空间：车间、仓库、熨烫间，以及存放完成的服装或者一些待试样衣的储存间。第三部分，在房子的最里面，最暗，空间最小的那部分，是我的地方。那里将住着一个真正的我，一个满心伤痛、筋疲力尽的女人，背着一身债务，对未来充满疑虑和不安。这个女人所有的财产不过是一个半空的箱子和在遥远的家乡挣扎着生存的孤苦母亲。为了开这个店，她不得不冒着生命危险，背着一堆手枪去换回一笔本钱。这里将是藏身之处，最私密的空间。而除了这里，如果我终于不再继续走霉运，外面那些都将是属于一个来自西班牙首都的著名时装师的公共空间，她来到这个西班牙保护区，要开一家这里从没有过的高级定制时装店。

我回到门口听到有人在敲门。我知道是谁，于是赶紧开门。坎德拉利亚像一条巨大的毛毛虫滑了进来。

“你觉得怎么样？孩子，喜欢吗？”她急切地问。为了这个时刻，她也精心打扮了一番，穿了件我给她做的新衣服，一双我送她的鞋子，虽然有些挤脚，她的好姐妹瑞梅还匆匆给她梳了一个夸张的发型。在香艳俗气的眼影下，她深色眼睛放出的喜悦光芒，让人情不自禁地受到感染。对她来说，这也是特别的一天，一个意料之外的新开始。这是她命运多舛的一生中，第一次，也是唯一的一次，把全部赌注押在了我们即将开启的新事业上。也许下一段生命的旅途可以补偿她童年时的忍饥挨饿，年轻时的棍棒之痛和这些年来不时遭受的警察的骚扰和威胁。她的前半辈子充满了挣扎、狡辩，不断地往前逃离，不断地同悲惨的命运斗争，也许现在，该是她休息一下的时候了。

我没有马上回答她的问题，而是与她对视了几秒钟。我在想，自巴斯盖斯警长把我带到她家，像卸下一个沉重的包袱一样将我交代给她，这个女人，对我来说究竟意味着什么？

我沉默地看着她，出乎意料，她的影子跟我母亲的形象交织在一起。多洛雷斯和坎德拉利亚，两人几乎没有任何相似之处。我的母亲矜持温和，坎德拉利亚却是个火爆脾气。她们的道德观和面对命运安排的态度截然相反。可是，我第一次从她们身上看到了某些共同的东西：都以自己的方式，在各自的世界努力拼搏。她们都是勇敢的女人，虽然命运并未垂青，却披荆斩棘开辟出一条前进的路，为我，为她们自己，为大家。为了把我们的事业之舟推向大海，我们必须拼搏。

“我非常喜欢。”我终于微笑着回答，“简直太完美了，坎德拉利亚，我想象不出有比这更好的地方了。”

她也回报我一个微笑，还掐了一把我的脸颊，这些细微的动作充满了爱意，也充满了同时间一样古老的智慧。我们两人都知道，从现在开始，一切都将不同。我们当然还会时不时地见面，但是更谨慎小心。再也不能同住在一个屋檐下，一起见证餐桌上的争吵，一起在晚餐后收拾桌子，也不会再躲进我那小小的屋子在黑暗中窃窃私语。脚下的路要通向两个不同的方向，我们马上就要分道扬镳，但是我们也知道，会有某种从不被提起的东西将我们紧紧相连，直到地老天荒。

14

不到一个星期我们就开始着手装修了。在坎德拉利亚的鼓励下，我一边对屋内的空间进行设计和安排，一边列出需要添置的家具、器械和工具。她则负责寻找一切可能的渠道去购买一切，全身心地扑在这份前途未卜的事业上。

“亲爱的，需要什么你尽管开口，我这一辈子都没见过像样的服装店，所以根本不知道需要置办的东西。如果没有这场该死的战争，我们可以一起去丹吉尔，到家具宫挑选法国家具，顺便去苏尔塔纳买上半打丝绸内衣。可惜我们被困在得土安哪儿也去不了，况且我也不想让你跟我有太多牵连，所以这样吧，你来开单子，我通过各种关系想办法。丫头，你就说吧，我们都需要些什么，从哪儿开始。”

“首先是起居室。这代表着时装店的形象，应该给人大方、有品位的感觉。”我一边说一边回想马努埃拉女士的服装店，还有以前送货时见过的豪宅。虽然西迪曼德利大街上的这栋房子也像得土安一样空间有限，比马德里那些豪华家庭要小得多，装饰上也逊色不少，但是所有旧时回忆都可以作为今日构建的参考。

“那这里要放些什么？”

“一张豪华沙发，两对高档的扶手软椅，中间摆一张大桌子，旁边放两三张小一点的桌子作为辅助。阳台需要锦缎大窗帘，还要一盏大吊灯。暂时这些就够了。不需要太多东西,但一定要精致优雅,质量一流。”

“我真不知道怎么弄到它们,丫头,咱们得土安没有这么阔绰的商店。让我想想。我有一个朋友在运输公司工作，看看他能不能帮我从外面运过来……不过你不用担心，总会有办法解决的，如果能弄到二手或三手的东西，但是质量特别好的，我觉得也行吧？你说是不？这样看起来会更有世家的感觉。你接着说吧，丫头。”

“还需要一些服装图样和外国的时尚杂志。马努埃拉女士那儿大概有十多本。等翻旧了她就会送给我们，我会带回家去，总是百看不厌。”

“这个也不太好弄，你知道战争一开始边境线就封锁了，现在基本没什么东西能从外面进来了。不过，我知道谁有去丹吉尔的通行证，我看看他能不能帮个忙给带些回来。他肯定会狠狠敲我一竹杠，那也没有办法……”

“看看我们运气怎么样吧。而且得买那些最好的。”我回忆起在丹吉尔的最后那段日子，当拉米罗开始冷落我的时候，我常常整夜整夜地在这些杂志中寻找安慰。“美国的《时尚芭莎》《服饰与美容》《名利场》，法国的《费加罗夫人》。”我补充道，“所有能找到的这些杂志。”

“好！还有呢？”

“试衣间需要一个三面的镜子，一对扶手软椅，还有一张铺毯子的凳子，用来放衣服。”

“还有呢？”

“布料。找最好的布料，每种买三四寸就行，做样品。在走上正轨之前我们不需要买整匹的。”

“最好的布料拉卡拉盖尼亚店里有。摩尔人在市场旁边卖的那些就不用考虑了，质量差得太多。我还可以去拉鲁内塔的印度人那里看看，他们有些神通,仓库里总藏着些好东西。而且他们跟法国保护区来往也很多，也许从那边能找到一些有趣的东西。你接着说吧，丫头。”

“一台缝纫机，如果可能的话弄一台美国的 Singer 牌。虽然大部分缝纫都是手工的，但是一台机器也是必不可少的。一个高级的熨斗和熨烫台。一对模特儿。其他那些缝纫工具待会儿我自己去买，你只要告诉我最好的百货商店在哪儿就行。”

就这样我们陆续开始准备。我在明处，她在暗处，在后方不知疲倦地利用各种手段弄到我们需要的一切。有时候会有脸色蜡黄的工人趁人不注意时送来一些带着伪装的或是盖着毯子的东西，有时候也会大张旗鼓地送东西来，让街上来来往往的人都看到。家具陆续运到了，油漆工和电工进进出出。我不断地收到包裹、缝纫工具，还有其他一些订购的东西。我化着精致的妆，留着精心修剪的发型，戴着光彩照人又精明能干的面具，踩着高跟鞋，从头到尾监督整个装修过程，同时不失时机地制造一些与邻居们的不期而遇。渐渐地，左邻右舍都认识我了。每次在门廊或楼梯上擦肩而过时，他们都会礼貌地跟我打招呼。楼下是一家帽子店和烟草店。同一层的对门住着一位阴郁的老太太，还有个戴着眼镜、身材矮胖的年轻男子，我猜是那个老妇人的儿子。楼上两家都有好几个孩子，整天在门口打探这位新来的邻居是谁。

几天以后一切都准备就绪，只差开工了。第一天在那里过夜时的情景如今仍历历在目。我独自一人，充满了恐惧，几乎一分钟都没有睡着。刚开始还能听到从左邻右舍传来的各种杂乱的声音：谁家的孩子在哭，谁家的收音机开着，对门的母子俩高声争吵，谁家晚饭吃得晚，还在刷盘子，瓷器碰撞发出叮叮当当的声音，还有水龙头的声响。渐渐地，夜越来越深，四周慢慢地安静下来，但是各种想象中的声音开始占据整个空间。我似乎听见家具在吱嘎作响，走廊的地砖上响起了脚步声，刚刚刷完的墙上像是埋伏着一些黑影在窥探我。天没亮我就起床了，因为没办法控制自己的焦虑，所以一分钟也躺不住了。我来到起居室，打开百叶窗，站在那里静静地等待日出。清真寺尖塔上的钟敲响了，召唤穆斯林开始当天的第一次祈祷。街上空无一人，远处的格尔盖斯山在黑暗中几乎看不出轮廓，但伴随着清晨的第一丝光线，越来越显巍峨。渐渐地，这座城市以懒散的节奏活动起来。帮佣的摩尔女孩陆续到了，穿着长袍，裹着巨大的头巾。在跟她们相反的方向，一些男人开始出门上班。戴着黑色面纱的妇女，三三两两，急匆匆赶去做早间弥撒。我没有看到孩子们跑着去上学的情景，也没看到商店和机关开门营业或办公，甚至没看到用人出门去买早点、家庭主妇去市场挑选需要的东西，然后等摩尔小孩背着大筐给她们送上门。在这一切发生之前，我又重新回到了起居室，坐在罩着暗红色塔夫绸套的豪华沙发上。干什么？等待。等待我的命运转变航向。

哈米拉很早就到了。我们相视一笑，都有些紧张，这是全新的一天。坎德拉利亚把她让给了我，对此我十分感激，因为我和哈米拉之间已经建立了很亲密的关系，对我来说她就像亲人，是我的小妹妹。“我再随便找一个很容易，你把哈米拉带过去吧，她是个好姑娘，会帮得上忙的。”就这样，可爱的哈米拉跟我一起过来了。她也很高兴能摆脱公寓里繁重的家务活，跟她的“小姐”一起开始一份新的工作，这样，就不用在繁重的体力劳动中日复一日地消磨掉她的青春了。

哈米拉是来了，可是在她之后再也没有人上门。第一天，第二天，第三天。每天早上我都在天亮之前醒来，精心梳妆打扮。无可挑剔的衣着和发型，一尘不染的房间。光彩亮丽的时尚杂志，封面上优雅的女士绽开如花的微笑。缝纫工具在工作间里摆得整整齐齐。所有的一切都完美无缺，等待着有人来接受服务。然而，似乎没有人想这么做。

有时候楼梯处会传来嘈杂声，脚步声，人语声。每当这时我都会蹑手蹑脚地走到门口，透过猫眼焦急地向外张望，但每次都失望地发现并不是来找我的。我把眼睛凑在圆圆的洞口上，看到孩子们吵吵嚷嚷地经过，女士们匆匆忙忙地上下楼，戴着礼帽的父亲们、跑腿的用人、送货的搬运工、系着围裙的门房、一边走路一边咳嗽的邮递员，还有其他各种各样的人。可就是没有人来到我的门口请我为她的衣橱添置一件衣服。

我犹豫着是去通知坎德拉利亚，还是继续耐心等候。犹豫了一天、两天、三天，直到都快忘了是第几天。最后我终于决定去拉鲁内塔找她，请她加紧各处的宣传活动，通过各种渠道让可能成为我们顾客的女士们知道，一家高级定制时装店已经开张了。否则照目前的情形，我们合资的这家店估计还没开张就得夭折。但是我并没有机会走出这一步，因为就在那天早晨，门铃响了。

“早上好！”来客用德语打了个招呼，然后用西班牙语说，“我是海恩兹太太，刚到得土安不久，我需要一些衣服。”

那天我穿着一套自己刚刚缝制完的衣服，带着金属光泽的蓝色，窄窄的铅笔裙，合身的上衣，里面没穿衬衣，第一颗扣子正好在领口结束的地方，非常大方优雅。全身的装饰只有脖子上挂的一串长长的银链，用一把古老的银剪刀作为吊坠。这把剪刀已经老得完全不能用了，但是我去古董市场买灯的时候偶然看到了它，一见钟情，马上决定把它变成我新形象的一部分。

第一位顾客做自我介绍的时候几乎没有看我，目光更关注店里的陈设与氛围，一定是在心里估量这里是否够档次，能否达到她的期望。接待她对我来说毫无困难，只要把自己想象成一位马努埃拉女士那样技艺高超又富有魅力的外国女子就行了。我们坐在起居室里，一人占了一把扶手软椅。她的姿势带些男人气，而我，就像千万次演练过的那样，优雅地架起双腿。她用半生不熟的西班牙语告诉我需要的衣服：两套分体套装，两套晚礼服，还有一套网球服。

“没问题。”我假装自信地说。

其实我根本就不知道那见鬼的网球服是什么样子，不过当然，就算是被枪口顶着我也不会承认自己的无知。我们一起翻阅杂志，查看衣服的款式。她选了当年两位大师马尔塞尔·罗洽斯和妮娜瑞希的设计作品做晚礼服的款式，是从一本法国杂志中挑出来的，这本杂志汇集了一九三六年秋冬季所有的高级时装。日常套装的款式是从美国杂志《时尚芭莎》上选的，来自哈瑞·安赫罗品牌的两个模特儿。这个牌子我从来没有听说过，但是我非常小心地没让她看出来。那个德国女人对我拥有这么多时尚杂志感到非常羡慕，用磕磕巴巴的西班牙语问我是从哪儿弄来的，但我假装听不懂她的话。要是她知道这些东西都是我的合伙人坎德拉利亚通过各种不可告人的手段得来的话，一定会站起来摔门而去，再也不会光临。接着她开始挑选布料。我拿出从不同商店里购买的各种样品摆在她面前，详细地向她介绍这些布料的颜色和质地。

选择布料相对要快得多。雪纺纱、丝绒和欧根纱用于晚礼服，法兰绒和开司米用于日常套装。网球服的样式和质地我们都没有谈起，只能到时候由我自己想办法解决了。她待了约一个小时。这中间哈米拉穿着一件绿松石色的阿拉伯长袍，用黑色的炭笔描了眼线，悄无声息地出现在我们身边，用一个擦得锃亮的银托盘送来了摩洛哥糕点和薄荷甜茶。那个德国女人很高兴地接受了。我偷偷地朝哈米拉挤挤眼睛，向她表示感谢。最后一项任务是量尺寸。我把数据记在一本皮面记事本上。这对我来说太容易了，作为马努埃拉女士在国外的翻版，量尺寸简直易如反掌。我们约好五天以后进行第一次试穿，然后用最客套的礼仪相互道别。再见，海恩兹太太，非常感谢您的光临。再见，西罗嘉小姐，下次再见。一关上门，我就用手捂住嘴巴，以防自己尖叫出声，然后使劲地按住双腿，生怕自己会像出笼的小鸟一样在地板上乱蹦乱跳。我终于可以把紧张暂放到一边，尽情地沉浸在激动中，第一个顾客终于盼到了，从现在起，再也没有回头路可走了。

接下来的几天我没日没夜地工作。这是我第一次不依靠母亲和马努埃拉女士的指导和帮助独立裁剪所有的服装部位。因此在做这些衣服的时候，内心五味杂陈，时时刻刻都在担心万一失败了怎么办。我先在脑海中勾画出杂志上那些衣服各个部位的样子，画面上呈现不出来的东西和看不到的部位，则只能靠想象来推测。我用肥皂头在布料上做上记号，然后小心翼翼，几乎是心惊胆战地剪下来。装上、拆下，再装。在模特身上比量，锁边，缝制，拆开，重新缝制，一直到对效果满意为止。和我刚开始学习缝纫的时候相比，这个针线与布料的世界已经潮流变幻。二十年代中期我刚进入马努埃拉女士的时装店时，服装的线条很宽松，腰线靠下，日装的长度比较短，晚装则是保守的长裙，剪裁干净利落，简洁精致。三十年代的潮流是长度变长了，腰线适中，斜线裁剪，突出肩部，更强调身体的曲线。时间在变，时尚在变，顾客的要求和时装师的工艺也都在变。但是我知道如何去适应这种变化：我很高兴已经在自己身上实现了这种变化，这样就很容易紧跟巴黎时尚界统治下任何突发奇想的潮流。

15

头几天极为忙碌，我夜以继日地工作，很少出门，只是偶尔在傍晚来临的时候出去散会儿步，也经常碰到一些邻居。比如对门的母子俩每天都手挽手一起散步，楼上的两三个孩子飞奔着下楼，或者某位女士急匆匆地赶回家准备全家的晚饭。在最开始的一周，只有一件事一直困扰着我，就是那该死的网球服。最后我决定让哈米拉给坎德拉利亚送去一张便条：我需要有网球服模特的杂志，旧的也没关系。

哈米拉回来说："坎德拉利亚女士让我明天再过去。"

于是第二天哈米拉又回了一趟公寓，带回来一大包杂志，几乎都抱不下了。

"坎德拉利亚女士说让希拉小姐看看这些。"她用甜美的嗓音说着磕磕绊绊的西班牙语。

因为走得急，她脸上浮现出两朵红云，充满活力，洋溢着青春梦想。从她身上我看到了曾经的我。在祖尔巴诺街那个时装店里的头几年，我的任务就是简单的跑腿，捎个口信、送点货物，轻快地穿行于大街小巷，毫无心事，像一只活泼的小猫，在回时装店的途中总是东张西望，任何有趣的小东西都能让我恋恋不舍地耽误几分钟，尽可能地推迟禁闭在四面墙之内的生活。思乡之情像鞭子一样抽打着我的心，但是我及时止住了汹涌而来的乡愁，假装盈盈一弯腰，控制住了自己的感情。我已经学会了在每一次忧伤来袭的时候，巧妙地让自己逃走。

我迫不及待地翻看起这些杂志来。所有的都很旧，很多快被翻烂了，有些甚至连封面都掉了。关于时尚的很少，大多数是综合类杂志。有一些是法国的，还有些是西班牙甚至西班牙保护区内部的，比如《视界》《黑与白》《新世界》《摩洛哥地理》《凯塔玛》。有的页脚被折起来了，很可能是坎德拉利亚已经事先扫了一遍，给我做上了相关内容的记号。我翻开这些记号页，第一页没有我要找的东西，只有一幅照片，上面两个涂着发蜡、全身穿着白色衣服的男士越过一张球网握手，左手都握着球拍。另一张照片上，一群美丽的女士正在为一名接受颁奖的男选手鼓掌欢呼。我这才想起来，给坎德拉利亚的那个简短口信里没有特别说明要找的是女式网球服。我正要让哈米拉再去一趟拉鲁内塔，突然情不自禁地发出狂喜的惊呼。第三张做记号的书页上出现的正是我需要的东西。这是篇报道，篇幅很长，配着一位网球女选手的插图，上身一件浅色的球衣，下身一条很特别的裙裤：一半是普通的半裙，一半是阔腿短裤。我这辈子从来没见过这样的衣服，而且我敢肯定，这本杂志的大多数读者也都没见过，要不杂志不会花那么大的篇幅用照片如此详尽地展示这位女选手的装束。

报道是用法语写的，我几乎完全看不懂，但是有一些词语在文中反复出现：女子网球选手利利德·阿尔瓦雷斯，设计师艾尔萨·夏帕瑞丽，有一个地方叫温布尔登。虽然找到这些能帮助开展工作的参考词让我又惊又喜，但很快另一种不安又袭上心头。我合上杂志，细细地审视。这本杂志很旧了，有些发黄，衬页缺失，书页边缘有很多受潮的污渍，有几页都已经撕坏了。最后我找到了它的出版日期：一九三一年。我又开始焦虑起来。怎么可能把这样一本又老又破的杂志拿给那个德国女人看，并征求她对这套衣服的意见呢？她一定会当场拆穿我这个所谓最前沿最新潮的高级时装师的谎言。我紧张不安地在屋里走来走去，试图找到一个出口，一种解决办法，或者任何可以帮助我解决这个意料之外的问题的东西。在走廊的地砖上来回转了好几十圈，我唯一想出来的办法是照着书上的模特画一个，试着把它当做自己的创意。可是我根本不会画画，画出来的图会大大降低这个高级定制服装店的档次。我没有办法平静下来，只好再次求助坎德拉利亚。

哈米拉出去了。这个家基本没什么家务活，所以她能经常出去转转，这在公寓生活时期简直是不可想象的。仿佛是为了追回那些失去的时间，这个年轻女孩抓住一切机会到街上去，随便找一个借口或事由，比如“小姐想让哈米拉去买瓜子吧，对吗？”我还没来得及回答，她已经一路小跑着下楼去买瓜子了，或者面包，或者水果，或者纯粹是为了呼吸新鲜空气，享受一下自由。我把杂志上的那几页撕下来装进包里，决定亲自去一趟拉鲁内塔。不巧的是，坎德拉利亚没在家，只有新来的用人在厨房里忙活，还有因为得了重感冒不得不呆坐在窗边的退休教师。看到我去了，他很和蔼地跟我打招呼。

“啊呀，看上去搬家以后的小日子过得不错嘛！”他拿我的新形象开着玩笑。

我心急如焚，几乎没有理会他的话。

“您不知道在哪儿能找到坎德拉利亚吗，安塞尔莫先生？”

“完全不知道，姑娘。你也知道她整天到处跑，像蜥蜴尾巴一样神出鬼没。”

我紧张地拧着手指。我需要找到她，需要一个解决的办法。安塞尔莫先生看出了我的不安。

“你有事儿吗？姑娘？”

绝望中我不得不向他求助。

“您会画画吗？”

“我？我连个圆都画不好。我只知道等边三角形，除了数学我啥都不会。”

我完全不知道等边三角形是什么东西，看起来公寓的老邻居也帮不上忙。我又开始拧手指，从阳台探出身去看看坎德拉利亚会不会正往回走。街上到处是人。我不自觉地用鞋跟烦躁地敲击着地板。安塞尔莫先生，这位老共和党人在我身后说：

“告诉我你在找什么，也许我能帮你。”

我转过身去。

“我需要找个人照着杂志上的模特画几幅画。”

“你去贝尔图奇的学校。”

“谁的学校？”

“贝尔图奇，那个画家。”我脸上的表情让他看出了我的无知。“你来得土安三个月了，居然不知道谁是贝尔图奇？马里亚诺·贝尔图奇，摩洛哥的伟大画家。”

我不知道谁是贝尔图奇，也完全没有兴趣知道。我现在唯一关心的是眼前的难题能不能尽快找到解决的办法。

“他可以帮我画我需要的东西？”我焦急地问。

安塞尔莫先生哈哈大笑，引起了一阵剧烈的咳嗽。每天三包托莱多香烟已经让他的身体每况愈下。

“你在想什么呢，小希拉，我的孩子？贝尔图奇怎么可能亲自给你画模特儿？马里亚诺先生是一个艺术家，一心扑在绘画创作上，致力于保护这片土地上的传统艺术，对外宣传摩洛哥形象，但他不是商业画家。不过你可以在他的学校里找到很多能帮助你的人，整天无所事事的年轻画家，或者来上美术课的男孩女孩们。”

“那个学校在哪儿？”我一边问，一边戴上帽子，匆匆地抓起手包。

“就在女王门那里。”

我的一脸茫然一定又让他吃了一惊，他再次哈哈大笑，又再次引发了剧烈的咳嗽。然后他费力地从椅子上站起来说：

“来吧，我陪你去。”

我们出了拉鲁内塔，来到犹太人社区美雅赫，穿行在窄小却井井有条的巷子里。沉默中我想起了背着一身武器的那天晚上盲目飞奔的脚步。然而在白天的日光下，一切都显得截然不同，小商店迎来送往，货币兑换点也敞着大门。然后我们到了摩尔人社区，像迷宫一样的木结构房屋还是让我晕头转向。虽然鞋跟很高，窄窄的筒裙下摆很小，但我几乎是在石子路面上一路小跑。安塞尔莫先生却因为年纪大了，又咳嗽得厉害，快要跟不上我的步子。当然，还因为他一路喋喋不休地聊天，不停地说着贝尔图奇画作的色彩和光泽，他的油画、水彩画和钢笔画，他为推广土著艺术学校和美术预科所作的贡献等等。

“你有没有从得土安给西班牙那边写过信？”他问。

我当然写过，给我的母亲。但是我很怀疑在现在的形势下，这些信能不能到达马德里。

“几乎所有西班牙保护区的邮票都是根据他的画作印制的。关于阿鲁赛马斯、阿尔卡萨奇维、萨翁、拉朗切、得土安的主题画作，风光啦、人物啦、日常生活场景啦，所有的一切都出自他的笔下。”

我们继续往前走，他边走边说，我边听边努力快步前进。

“还有那些明信片和旅游纪念品，你也没见过吧？虽然在这种倒霉时候，我想没有人会有兴趣到摩洛哥来旅行，但是贝尔图奇仍尽力推广这片土地上富饶的文化。”

我知道他说的那些明信片，挂在很多地方，几乎每天都能看见，上面印着得土安、凯塔玛、阿尔斯拉和其他一些地方的风景，下面有一行字写着“摩洛哥的西班牙共和国保护区”。不过，这些明信片上的“西班牙共和国”很快也要改名了。

走了很长一段时间我们才到达目的地，一路上路过了无数人、无数市场、羊、小孩，有的穿着外套，有的穿着长袍，到处都是讨价还价的声音，蒙着面纱的女人，狗，水坑，母鸡，空气中弥漫着芫荽和薄荷的味道，还有烤面包和菜油的味道。总之，就是各种各样的生活。美术学校在城市的边缘，这栋建筑是一个古老城堡的一部分，悬在半山腰上。但它并不萧条，有很多年轻人进进出出，有的孤身一人，有的成群结队，有的胳膊下还夹着一个巨大的画板。

“我们到了。我就陪你到这儿吧，我也顺道去跟住在附近的几个老朋友喝杯酒。最近我很少出门，所以得充分利用每次上街的机会。”

“那我怎么回去呢？”我不安地问。来的时候我根本没有注意到是怎么拐着弯过来的，因为一直以为他会跟我一块儿回去。

“别担心，这里的任何一个男孩都会很乐意为你效劳。祝你好运，希望你能找到帮你画画的人，有了好消息别忘了告诉我一声！”

我谢过安塞尔莫先生，顺着台阶往上走，进入校园，注意到很多路人都在看着我。现在这种时候，一定很少有我这样的女性出现在校园里。因此我上了一半台阶就停下了，感觉很不自在，既不知道该干什么，也不知道该向谁打听。我还没来得及想好该怎么办，突然听到身后有人在说：

“咦，这不是我那美丽的邻居吗？”

我实在想不出在这里会遇到哪个把我称做邻居的人，于是转过身去。是住在对门的那个年轻人，这次是独自一人。他可能还不到三十岁，但是对于这个年龄来说，有些过于肥胖，头发也太少了点。他甚至没给我说话的机会。不过这样正好，我本来就不知道该说些什么。

“您看上去有些无所适从，我能帮您吗？”

这是他第一次跟我说话。虽然自我搬进去以后我们见过很多次，但每次都是跟他和他的母亲一起碰面。我们三个人相遇的时候最多礼节性地互相说声下午好。当然，我也知道他不怎么友善的另一面：几乎每天晚上我都会在家里听到这对母子激烈的争吵。最后我决定对他实话实说，因为事先没有准备任何托辞，一时间也找不到什么借口。

“我想找人帮我画几幅画。”

“我能知道是什么样的画吗？”

他彬彬有礼，但是充满了好奇。好奇，直接，还有一些矫揉造作。没有母亲在身边，他看上去勇敢多了。

“我有一些几年前的旧照片，想找人照着给我画几个模特儿。您也知道，我是个时装师。这些模特儿是为了给一位顾客缝衣服用的，在动手之前我得先让她看看，征求一下她的意见。”

“您带了吗，那些旧照片？”

我轻轻地点了点头。

“能给我看看吗？也许我能帮您。”

我看了看四周。人不是很多，但也不少。让我在这么多人面前拿出那些杂志上撕下来的插图，还是有些难为情。不过不用我开口，他就看出了我的不自在。

“要不我们出去看？”

我们一起来到外面的街上。我从包里拿出那几页陈旧的杂志，一言不发地递给他，他聚精会神地看着。

“夏帕瑞丽，超现实主义的缪斯，很有意思！我非常喜欢超现实主义，您呢？”

我完全不知道他问的是什么，满心只想着解决眼前的麻烦，所以直接忽略了他的问题，重新把话题转移到实际问题上来。

“您知道谁能帮我吗？”

他透过厚厚的近视镜片看着我，微微露出一丝笑意。

“如果您不嫌弃的话，我可以帮您画。”

当天晚上他就把草图给我送过来了，我没想到会这么快。那会儿我已经收拾东西准备上床睡觉了，换上了睡衣和一件丝绒长袍，这件长袍是头几天在百无聊赖地等待顾客的时候，为了消磨时间给自己缝制的。我刚刚在客厅吃完简单的晚餐：一串葡萄、一块奶酪、一杯牛奶和几片饼干，托盘上还留着剩下的一点儿残羹冷炙。四周已经一片寂静，我把屋里的灯都关了，只留下墙角的一盏落地灯。半夜十一点钟有人敲门着实把我吓了一跳，我赶紧凑到猫眼上，既好奇又害怕地向外张望。等发现是他，便拔掉门闩打开了门。

“晚上好，亲爱的。希望我没有打扰到您。”

“没关系，我还没睡呢。”

“我给您带了点儿小东西。”他一边说一边朝我晃了一下藏在背后的几张卡片纸。

他没有把它们递给我，却一直半藏半掖地等着我的反应。我犹豫了一下要不要请他进来，毕竟已经是半夜了。而他若无其事地站在门口，脸上浮现出调皮的微笑。

我明白了他的意思。如果不让他进去，他是不会把作品给我看的。

“请进吧。”我终于让步了。

“谢谢，谢谢！”他小声地道谢，毫不掩饰诡计得逞后的得意。他穿着衬衣长裤，外面套了件毛衣外套，戴着眼镜，一脸孩子气。在神情自若地细细审视了一下门厅后，没等我开口邀请就自己走进了客厅。

“我非常喜欢您家，布置得很有品位！”

“谢谢，我还在陆续添置。现在您可以给我看看您带来的东西了吗？”

不必多说，他完全明白我这么晚了开门让他进来，可不是为了听他夸奖家里的装饰。

“这儿呢，您交给我的任务。”他说着拿出一直藏在身后的东西。

是三张卡片纸，上面用铅笔和蜡笔画着一个美丽得像童话一样的模特儿，正从不同的角度以不同的姿势展示着那件看似半裙，实则短裤的服装。那一瞬间，我的脸上一定写满了惊喜。

“我想您应该还满意吧？”他毫不掩饰自己的骄傲。

“太完美了！”

“那您就留着它们啰？”

“当然！您真是帮了我的大忙！告诉我，该怎么报答您呢？”

“一声感谢就足够了，就当是欢迎您入住的见面礼吧。我妈说了，对待邻居要有教养，虽然她一点儿也不喜欢你，可能觉得你太自立，还有点轻浮。”他有些讽刺地说。

我笑了。刹那间有一种默契像一股极其微弱的电流把我们俩连接起来。但是这种感觉像一阵风一样稍纵即逝，因为我们立刻就听到他母亲从半开的门缝里大声喊着儿子的名字：

“菲——利克斯！”就像把弹弓上的橡皮筋拉到极限，她把第一个元音拉长到极限才发出第二个音节。“菲——利克斯！”又来一声。于是他翻了翻白眼，做出一个夸张的绝望表情。

“没有我她就活不下去，可怜的女人。我走了。”

他母亲像鹤一样高亢的声音再次响起，同样是那个标志性的拉长的元音。

“有需要的话随时找我，我非常愿意帮您画更多的图样，因为我喜欢一切来自巴黎的东西。好了，我回地狱了。晚安，亲爱的。”

我关上门，长时间欣赏着这几幅画。它们真的很美，我想象不出有比这更好的结果了，即便它不是自己的作品。那夜我睡得特别香甜。

第二天我很早就起床了。虽然跟顾客约了十一点钟第一次试穿，但是我想在她来之前把所有的细节再检查一遍。哈米拉去市场了，不过应该马上就回来了。十点四十的时候门铃响了，我想也许是那个德国女人提前来了。这次我还是穿着那身海蓝色套装，我决定以后都穿着它接待顾客，就像工作制服一样，极简中散发着优雅。这样既可以展示我专业的一面，又可以不让人发现我的衣橱中几乎没有秋天的衣服。精心梳理的发型，完美的妆容，脖子上挂着那把古老的小银剪刀。唯一还没到位的就是一种微妙的气质：把自己伪装成一个久经世故的女人。我定了定神，调整了一下自己的神情气势，然后很自然地打开了门。可是那一瞬间仿佛天塌地陷。

“早上好，小姐。”来客一边打招呼一边摘下礼帽，“我可以进来吗？”

我咽了一下口水。

“早上好，警长先生。当然了，请进。”

我把他带到客厅，请他坐下。他从容地走向一把扶手椅，装作漫不经心地观察着周围的陈设。他锐利的目光从天花板上精致的石膏线，转到锦缎大窗帘、摆满了外国杂志的桃花心木大桌子，然后是古老却美丽豪华的吊灯。谁知道这灯是坎德拉利亚什么时候通过什么见不得人的勾当从哪儿弄来的。我感到自己心跳加速，胃里开始翻腾。

最后他终于坐下了，我默默地坐到他的对面，等着他开口，极力掩饰着他的不期而至给我带来的不安。

“不错嘛，看起来您的事业一帆风顺啊。”

“我尽力了。我已经开始工作了，现在正在等一位顾客。”

“那，您现在究竟是在做什么？”他问。他当然很清楚这个问题的答案，但是出于某些原因他非要我亲口说出来。

我努力让自己的声音保持平静。我不想被他吓住，表现出有罪的样子。但是我也不想在他面前装成一个过度自信的女人，因为他比谁都清楚我不是。

“做衣服，我是一个时装师。”我说。

他没有回答，只是用那双可以穿透一切的眼睛看着我，等待我进一步作出解释。我不得不对他全盘托出，直挺挺地坐在沙发边缘，没有任何矫揉造作的动作，虽然为了塑造自己的新形象我已经演练了无数遍，但是这一次我既没有优雅地架起双腿，也没有漫不经心地整理头发，更没有挤眉弄眼。我努力传达的只有谨慎和平静。

“我在马德里时就是个裁缝，做衣服十多年了，以前在西班牙一家很有名的服装店工作，我母亲是那里的高级职员。我在那里学到了很多，它非常优秀，专门为马德里的达官贵人服务。”

“明白了，这是一份值得尊敬的职业。不过我能不能知道，您现在是在为谁工作？”

我再次咽了一下口水。

“谁也不为，为我自己。”

他抬了抬眉毛假装十分惊讶。

“那，我能不能问一下，您是如何做到独自经营这门生意的呢？”

巴斯盖斯警长可以打破砂锅问到底，也可以像钢铁一样强硬。但是作为一名绅士，他提问的时候非常有礼貌。在这种彬彬有礼的提问中他毫不掩饰自己不达目的不罢休的韧劲。他看上去比去医院探望我的时候要放松得多，没有那么紧张，那么严肃。不过很可惜我没能给他一个跟他的优雅相配的高尚回答。

“别人借给我的钱。”我简单地回答。

“哦，您的运气真不错。”他讽刺地说，“您可不可以向我透露一下究竟是谁对您这么慷慨呢？”

我以为自己会没有勇气回答，但嘴里却不自觉地给出了回答，迅速而肯定。

“坎德拉利亚。”

“走私者坎德拉利亚？”他问，脸上带着一丝笑意，充满了讽刺和怀疑。

“是的，就是她。”

“好吧，这非常有趣。我还真不知道她这段时间的小打小闹能弄来这么多钱。”

他那双像钻头一样的眼睛又落到我身上。我知道这是紧要关头，摆在面前的要么是幸存，要么就是无尽的沉沦。就像一枚被抛向空中的硬币，正面或反面向上的几率完全一样。我像一个笨拙的空中飞人走在钢丝上，有一半的可能会摔下万劫不复的深渊，另一半的可能则是风度翩翩地停留在高空中。就像邻居画的那个穿着夏帕瑞丽网球服、身材纤细的模特发出来的网球一样，并不是一个已经落地的状态，而是在像永恒一样漫长的几秒钟之内，悬停在球网上空，不知道会落在球网的哪一边，犹豫着该把胜利给纸上那位寥寥几笔却美丽传神的网球手，还是那不知名的对手。一边是救赎，一边是沉沦，而我，就在两者的正中间。那个秋日的早晨，坐在巴斯盖斯警长面前的就是这样的我，等待着他的宣判。我闭上眼睛，深吸了一口气，然后睁开，说：

“您看，克拉乌迪奥先生。您曾经建议我找个工作，现在我已经遵从并开始工作了。这是一个正当的生意，不是一时的消遣，也不是什么肮脏交易的掩体。您对我的近况一定非常了解，知道我为什么在这里，为什么落到那种境地，也知道我为什么不能离开得土安。但是您不知道我从哪儿来，想到哪儿去。现在，如果您容许，我想把这一切都告诉您。我来自一个卑微的家庭，母亲独自把我抚养长大，一直未婚。而父亲，就是后来给了我钱和珠宝的那位，我一直到几个月前才认识他。当然从某种程度上说，是他给的这些东西造成了这一切不幸。我以前从来不知道父亲是谁，直到有一天他觉得自己很可能因为政治原因被人暗杀，便开始盘点过去，并决定承认我，给我一部分家产。在那之前我甚至都不知道他叫什么，也从来没有用过他一分钱。因此从很小的时候我就开始工作，最初只是干一些跑腿、扫地之类的杂活，每天挣四毛钱。那时我还是个孩子，就跟刚才从街上经过的那些穿着米拉格罗萨校服的小女孩们同龄。也许这中间也有您的女儿，正走在上学的路上，准备在修女们的指导下学习拉丁语的书法和语法变位。可我从来没有机会享受这些，因为在那样的家庭里我需要学一门手艺，挣出自己的口粮。但也许您不相信，我很喜欢缝纫，手指也还算灵巧，所以学得很快。通过努力和坚持，几年后我成了一名优秀的裁缝。我放弃这个职业并不是一时突发奇想，而是因为马德里的时局越来越糟糕。随着政治形势的恶化，很多顾客都逃到了国外，服装店倒闭了，而且我也没有可能找到其他的工作。

“我从来没有主动找过麻烦，警长先生。近一年来在我身上发生的所有事情，所有我涉嫌犯下的罪行，都不是我有意引起的，而是因为我在人生道路上不幸遇到了恶人，这点您很清楚。您不知道我有多么希望把他进入我生活的那一瞬间抹掉，但是事已至此，再也不可能回头了。他制造的麻烦就是我现在的麻烦，我也知道，无论如何我得把它们解决掉，这是我的责任，我也会担负起这些责任。但您要知道，我能找到的解决这一切的办法只有重操旧业，因为我没有别的技艺。如果您把我的这扇门关掉，折断我的这双翅膀，无异于亲手将我扼杀。我已经努力过了，但是谁也不想雇用我，因为除此之外我什么都不会做。所以现在，我对您有一事相求，只有一件，那就是让我继续经营这个时装店，不要再疑神疑鬼。相信我，不要让我陷入泥淖。这座房子的租金和所有的家具都是光明正大花钱买来的，我没有为此欺骗过任何人，也没有为此欠下任何债。这个生意唯一需要的就是有人干活，所以我今天才会在这里，准备好夜以继日地工作。只希望您能让我平平静静地工作，我不会给您添任何麻烦的。我可以以我母亲的名义发誓，她是我在这个世界上唯一的亲人。一旦我筹齐了在丹吉尔欠下的那笔钱，还清所有的债务，战争一结束，我就会马上回西班牙去跟她团聚，绝对不会再来麻烦您。但是现在，我请求您，警长先生，不要让我做更多的解释，请您高抬贵手让我继续前行。这是我唯一的请求，请不要时时刻刻束缚着我，让我还没有开始做事就窒息而死。那样，不但对您自己完全没有好处，而且会让我失去一切。”

他没有回答，我也没再多说一句。我们只是静静地对视着。跟我预料的完全相反，我自始至终都保持着坚定的语气和平静的神情，没有任何情绪上的崩溃。终于把要说的都说了出来，把这么长时间以来一直困扰我、折磨我的全都倒了出来。这时候我才感觉到疲惫。我厌倦了被那些毫无必要的恐惧折磨，几个月来的担惊受怕，让我觉得头上悬着一把利剑。我厌倦了一直背负着那些沉重的罪名，像经常在路上看见的可怜的摩尔女人一样，蜷缩着身体，穿着肥大的长袍，弯着腰，拖着腿，背着沉重的包袱或柴火、海枣、孩子、陶罐和石灰袋子，脚步迟缓。我也厌倦了永远感到害怕，抬不起头，厌倦了在异国他乡这样悲惨地生活。疲惫、厌倦、筋疲力尽。现在我终于要挺起腰板，向生活发出挑战，把自己从废墟中拯救出来。

最后是警长先生打破了沉默。他先站起来，我也跟着站起来，把裙子拉平，小心翼翼地抚着每一个褶皱。他拿起帽子，在手上转了几圈，似乎在专注地观察它。这回不是几个月前我见过的夏日凉帽，而是一顶深色的冬季礼帽，一顶上好的巧克力色毛料帽子。他把玩着帽子，似乎把思绪都集中在上面。等终于停下的时候，他说：

“好吧，我让步了。如果没有人来向我告发什么，我不会再来调查你是怎么想办法开了这家店的。从现在开始，我会让你安心工作，好好打理你的生意。我会让你平静地生活。看看我们是不是足够走运，看看这个生意能不能让你和我都从麻烦里解脱出来。”

他没有再说什么，也没有等我的回答。那简短的结束语一说完，他就轻轻抬了抬下巴，做了一个告辞的表情，朝门口走去。五分钟以后，海恩兹太太来了。我怎么也记不起来在警长走了以后，她还没到的这段时间里，我到底想了些什么。只记得，当门铃再次响起，我赶去开门的时候，觉得心里搬走了一座大山。

第二部分

16

秋天的时候顾客更多了，大部分是有钱的外国人，看来我的合伙人坎德拉利亚很有先见之明。有德国人，意大利人，当然也有西班牙人，不过基本都是企业家的妻子，因为现在官员和军人的日子都不太好过。偶尔有几个富有美丽的犹太人，是伊比利亚半岛犹太人的后代，说起西班牙语来非常柔和，带着古老的节奏和好听的旋律，还常常使用一些现在已经很少听到的古语：非常完美，我的女王，上帝给了我们一个好的星期，喏，就像我说的这样。

我们的生意越来越好，名气越来越大，收入自然滚滚而来，有比塞塔、法国法郎和摩洛哥法郎，也有摩洛哥当地的哈桑币。我把所有的钱都存在一个小盒子里，用七把钥匙锁上，放在床头柜的第二个抽屉里。每个月的三十号，我都会把当月的总收入交给坎德拉利亚。除了拿出一把比塞塔当日常的零用钱，一眨眼的工夫她就把剩下的那部分胡乱卷成一卷塞到乳沟里。这些货币在她的肥肉堆里吸收着身体的温度，跟着她一路小跑着去犹太人那里找开价最高的人兑换。很快她就上气不接下气地回到公寓，用同样的方法带回一卷卷英镑。她一边气喘吁吁地从胸口拿出战利品，一边说："这样最保险了，丫头，这样才保险。我觉得最聪明的就是那些英国佬。佛朗哥的比塞塔咱们一分都不用存，万一等到战争结束时国民军打了败仗，这些钞票拿来擦屁股都嫌麻烦。我们俩平分，一半给我，一半给你。希望我们永远都财源滚滚，亲爱的。”

我开始习惯一个人生活，很平静，没有恐惧。为了对时装店也对自己负责，我努力工作，很少有消遣的时间。目前的订单还不需要更多的人手，我一直独自承担，所以几乎没有闲着的时候，永远都在穿针引线、裁剪布料、构思式样还有熨烫。有时候我会出门去寻找布料，包几个扣子或者挑选一些线轴和封领钩。我最喜欢的是每个星期五到附近的西班牙广场去观看哈里发从宫殿里出发前往清真寺的仪式，那些摩尔人称之为“费德丹”，他骑着一匹白马，头顶上罩着一顶绿色的阳伞，被一群穿着帅气制服的摩尔士兵护卫着。真是一场壮观的演出。之后我会沿着他们以前称为“大将军街”的路散步，一直到穆雷麦迪广场，从维多利亚教堂门口经过。这是一个天主教教堂，因为战争，总是挤满了哀悼和祈祷的人。

战争如此遥远，又近在咫尺。通过电波、报纸和口口相传，海峡对岸的消息不断地传来。人们在家里用五颜六色的大头针钉满了墙上的地图，标记着战事的进展。我独自一人，也时刻关心着自己国家的现状。这几个月里，我唯一一笔小小的奢侈支出就是购买了一台收音机。从电波里我得知，共和国政府在年底之前已经迁到了巴伦西亚，只留下平民百姓还在为保卫马德里浴血奋战。国际纵队赶来帮助保卫共和国，希特勒和墨索里尼承认了佛朗哥政权，何塞·安东尼奥[①]在阿利坎特的监狱里被枪毙了，而我，在圣诞节到来的时候已经攒了一百八十英镑。

我在拉鲁内塔的公寓里度过了在非洲的第一个平安夜。虽然一开始并不想接受邀请，但是坎德拉利亚再次以她席卷一切的热情说服了我。

“你到拉鲁内塔来吃晚饭，这没什么可商量的，只要我坎德拉利亚的桌上还有位置，谁都不会孤孤单单地过节。”

我没有办法拒绝，但是也真的很难接受。随着节日的临近，悲伤的

---

① José Antonio Primo de Rivera（1903-1936），西班牙长枪党的创始人。1937 年，佛朗哥成为该党领袖。

气氛渐渐在屋里弥漫，好像从没关严的窗户里吹进来的风，又像从门缝里钻进来的味道，让整个屋子塞满了忧伤。母亲现在会是什么样呢？没有我的消息她是怎样艰难度日的？在这样的乱世中她又怎么维持生计？这些找不到答案的问题时时刻刻都在折磨我，让烦恼与日俱增。周围的环境也没有能让人乐观振奋起来的，虽然有一些商店挂起了圣诞装饰品，人们互相交换着祝愿，邻居家的孩子们在楼梯上跑来跑去，哼唱着圣诞歌谣，但是西班牙正在遭受的现实是如此的严酷黑暗，似乎谁都没有兴致来庆祝节日。

晚上八点多我到了公寓，街上几乎一个人都没有。坎德拉利亚已经烤了一对火鸡。随着生意的好转，公寓的伙食也相应有所改善。我带来了两瓶香槟酒和一块球形荷兰奶酪，是从丹吉尔天价倒卖过来的。所有的房客都无精打采，神情苦涩，看上去非常悲伤。而坎德拉利亚则努力地想把家里的气氛调动起来，一边准备晚饭，一边大声唱着歌。

“我来了，坎德拉利亚。”我走进厨房说。

她停止了唱歌，翻了翻锅。

“那你这是怎么啦？能告诉我怎么回事吗？哭丧着脸，好像马上要被送到屠宰场似的。”

“没有啊，我能有什么事。”我一边说，一边琢磨着把那两瓶酒放哪儿，故意避开她的目光。

她用抹布擦了擦手，抓住我的胳膊，迫使我转过来面对她。

“别想骗我，丫头。你是想念母亲了，对吗？”

我不看她，也不回答。

“鸟儿离巢以后的第一个平安夜是挺难受的，但是你必须把这苦涩消化掉。我到现在还记得自己在外过的第一个平安夜。虽然我们家当时穷得像老鼠窝，除了整夜整夜地唱歌、跳舞、鼓掌没有什么别的庆祝活动，吃不上什么好东西，也穿不上什么好衣服，但血缘和亲情是无法割舍的，哪怕你跟家人一起分享的只不过是疲惫和贫穷。”

我还是不敢看她，继续假装全神贯注地在桌面上那一堆乱七八糟的东西里——一个研钵、一个汤锅、一个奶油蛋糕、一个装满了油的小盆、三头大蒜、一枝月桂——找个空地放下手中的酒瓶。她在我身边用肯定的语气继续说：

“慢慢地一切都会过去，你看着吧。你母亲一定还好好的，今天晚上一定也在跟邻居们一起吃饭，虽然她想你，时刻惦记着你，但是至少会庆幸你不在马德里，远离战争。”

也许她说得有道理。我不在身边对母亲来说安慰多于遗憾。很可能她以为我还跟拉米罗一起在丹吉尔，也许还想象着我们俩在某个豪华餐厅里享用平安夜大餐，周围是一群无忧无虑的外国人，歌舞升平，毫不理会海峡另一边的战火。虽然我经常写信告诉她我的近况，但是全世界都知道摩洛哥的邮件根本到不了马德里，很可能那些信根本就没有离开过得土安。

“也许你说得对。”我嗫嚅着，几乎没张开嘴，手里还拿着那两瓶酒，眼睛直直地盯着桌子，找不到地方放下。我也没有勇气正视她，怕控制不住眼泪。

“我说得当然对，丫头，别再想那么多了。就算她再想你，但光是知道你远离炸弹和机枪的威胁就已经是一个很好的值得高兴的理由了。所以，来吧，高兴点儿，高兴点儿！”她一边说一边从我手里抢过一瓶酒，“你看着吧，我们很快就会好起来的，我的心肝。”她打开瓶盖，把酒瓶高高地举起来，“为你的母亲干杯！”我还没来得及回答，她已经咕咚喝了一大口。“该你了！”她用手背擦了擦嘴。我完全没有喝酒的兴致，但还是顺从了，这是为母亲的健康干杯，为了她，什么事情我都会去做。

晚餐开始了。虽然坎德拉利亚努力营造欢乐的气氛，但是其他人几乎都不说话，连争吵的意愿都没有。退休教师安塞尔莫先生咳得肺都要炸了。那对干瘦的老姐妹，看上去比任何时候都憔悴，不停地流眼泪。胖女人不住地叹气，擤鼻子。小巴格喝了点儿酒，开始说傻话，电报员跟他一唱一和，终于把大家逗笑了。这时候坎德拉利亚站起来，高高举起她满满的酒杯：“为了在的人，为了不在的人，为了我们，为了别人，干杯！”我们相互拥抱，一同哭泣，这天晚上，所有的家庭里都充满了像我们一样不幸的人。

新年的头几个月过得很平静，我一直在不停地工作。在这些日子里，我的邻居菲利克斯·阿兰达成了我家的常客。除了作为对门邻居的地缘优势，还有一种不能用空间距离测量的东西把我们联系在了一起。他有些特立独行，而我时不时地需要帮助，就这样我们在战乱的年代建立起深厚的友谊，这份友谊穿越了那些动荡不安充满变数的时代。除了最开始的几幅草图帮我解决了网球服样式陈旧的问题，之后他还多次向我施以援手，帮助我轻松克服那些看起来似乎难以逾越的困难。跟夏帕瑞丽的裙裤不同，逼得我不得不再次向他求助的困难发生在安顿下来以后不久，不是艺术方面的，纯粹因为我对财务知识一窍不通。对于任何一个受过一定教育的人来说，这点儿小事完全不是什么问题。但是在马德里简陋社区小学里的短短几年根本没有教给我这些东西。因此，在约好了向顾客提交本店第一张账单的前一个晚上，十一点了我仍在抓耳挠腮手足无措，无法把与我所做的这些衣服等值的劳动转化成书面上的条款和金额。

那是十一月份的时候。傍晚时分，天空就出现了鱼肚白，待到夜幕降临下起了大雨，预告着一场来自附近地中海的暴风雨即将来临，这种暴风雨足以把树连根拔起，摧毁路边的电线。下暴雨时，人们只能蜷缩在毯子里小声向圣芭芭拉祈祷。就在天气变坏之前，哈米拉刚把做完的衣服送到海恩兹太太家里去。两套晚礼服，两套套装还有一套网球服，我的第一批作品。它们一直挂在衣架上等待着最后一遍熨烫，烫完以后装到亚麻袋子里，哈米拉跑了三趟才把它们都送到目的地。最后一趟回来时她带回了口信：

“海恩兹太太让哈米拉明天上午送去德国马克的账单。”

似乎怕口信表达不清似的，哈米拉还带回一个信封，里面装了一张卡片，上面写着跟口信同样的内容。于是我开始想这该死的账单到底是什么样。可是这一次，回忆没有像以前那样帮我脱离困境。自从开了这家时装店动手制作第一批衣服，心中珍藏的那些在马努埃拉女士时装店里工作的回忆一直是我摸索着向前的灵感源泉。我对一个高级时装店内部的运作了如指掌，也会量尺寸、剪衣样、打摺、装袖子、装翻领，这些都没问题。但是无论我怎么在记忆里一遍遍搜寻，都找不到任何参考可以帮助我开出一张账单。当然那时候我曾经手过很多账单，负责把它们送到顾客家里，有时候甚至会直接把顾客付的钱揣在口袋里带回去，然而却从来没有想到过要停下来打开哪个信封看看账单到底是什么样子。

我想再次去向坎德拉利亚求助，但是看看外面，天黑得伸手不见五指，呼呼的大风伴着越来越密集的大雨，黑暗中还不时地电闪雷鸣。在这样的情况下，徒步去往公寓的路在我看来比走向地狱的小路还要可怕，所以我只好决定自己编一张。我拿着纸和笔，坐在厨房的小桌子前开始创作。但是一个半小时后我还是在那里一动不动，身边扔满了揉成一团的纸，铅笔已经用小刀削了五回，可还是不知道跟那个德国女人约好的二百七十五比塞塔到底该折算成多少德国马克。就在这个时候，深更半夜的，有什么东西在窗玻璃上发出一声巨响。我吓得跳了起来，把椅子都弄倒了。马上我就发现对面的厨房亮着灯，在黑夜的大雨中又看到了菲利克斯那圆滚滚的身体，戴着眼镜，稀疏的鬈发，举着一只胳膊，随时准备对着玻璃再来一拳。我气冲冲地打开窗户，想质问他这是在干吗。但是我还没有来得及开口，他的声音就从那边传了过来，猛烈的雨点打在院子里的地砖上发出的声音让他的嗓音有些断断续续，但是传递的信息却非常明确。

“我需要庇护！我不喜欢暴风雨！”

我当时可以责问他是不是疯了，可以责怪他差点儿把我吓死，朝他大骂一声蠢货然后直接关上窗户。但是脑子里灵光一闪，我并没有那么做，也许在这个时候，这个有些荒唐的行为能帮我解决问题。

“你只要帮我个忙我就让你进来！”我想都没想就直接用第二人称

来称呼他。

“快开门，我快被骂死啦！”

他当然知道比塞塔兑换德国马克的汇率。而且他表示，一张体面的账单不能用这种廉价本子上撕下来的纸，也不能随便拿根破铅笔写，所以他又回了趟家，拿回来几张象牙色的英国纸和一支惠特曼钢笔。深紫色的墨水，优美的书法，他施展浑身解数，把自己的艺术才能发挥得淋漓尽致。不到半个小时，在阵阵雷声中，还穿着睡衣睡裤的他不但完成了一张整个北非的欧洲时装师做梦都想象不出来的精致优雅的账单，还给我的时装店取了个名字：希拉赫之家。

菲利克斯·阿兰达是一个很奇特的人。他风趣幽默，富有想象力，学识渊博，又很好奇，喜欢打探别人的事情，还有一点儿古怪和特立独行。从那以后，他几乎每天晚上都到我家来报到。也许不是每天，但真的非常频繁。有时候会隔三四天不见，但有时候一星期有五个晚上他都会来，或者六个，甚至七个。我们是否见面取决于另一件跟我们俩都无关的事情：他母亲是不是喝醉了。对门这对母子的关系多么奇怪，家庭环境多么黑暗啊。自从几年前父亲去世以后，菲利克斯和他的母亲因卡尔纳女士相依为命。表面上两人非常融洽，每天傍晚六七点钟的时候手挽手一起散步，一起去做弥撒和九日祭，一起出现在本纳塔尔药店里，彬彬有礼地向熟人问好，一起在坎帕那商店里吃点心。他永远都小心翼翼地关照她，保护她，事事为她着想：当心，妈妈，别绊着了，走这边，妈妈。而她呢，为儿子骄傲，到处宣扬儿子的好处：我的菲利克斯说，我的菲利克斯是这样做的，我的菲利克斯觉得……哦，我的菲利克斯，要是没有他我怎么活得下去！

然而，一回到家这个私密空间，这对殷勤的小鸡和年迈的母鸡马上就变成了两个小型魔鬼。刚进门还没穿过门厅，老太太就成了暴君，用无形的鞭子对儿子极尽侮辱。“快给我揉揉腿，菲利克斯，我腿肚子抽筋了。不是这儿，往上点儿，看你多没用，死小子，我怎么会生出你这样的怪胎。去把桌布铺好，都有点歪了。不是这样，这样更糟糕，你还是把它摆回原来的样子吧。你碰过的东西都没什么好下场，窝囊废，当初生下你来的时候我怎么没把你给扔了。给我看看嘴巴里的溃疡怎么样了。把卡门水拿来，我胃胀气难受。给我用药酒按摩一下后背。给我锉锉骨痂。来给我把脚趾甲剪了，小心点儿，肥猪，你差点把我的脚趾头剪下来。把纸巾递给我，我要吐口痰。我腰疼，给我贴块维尔吉尼亚膏药。给我洗洗头，夹上卷发夹。轻点儿，畜生，你差点把我弄秃了。”

菲利克斯就是这样成长起来的，同时过着两种截然相反又同样不幸的生活。因为父亲的去世，他一夜之间就不再是受尽百般宠爱的孩子。正值成长的年龄，在旁人羡慕的和睦中，他变成了母亲私底下发泄暴怒和沮丧的出气筒。就像在砧板上被一刀切断了一样，所有的梦想也在同一时间结束了：离开得土安去塞维利亚或者马德里学习美术，确认自己模糊的性别意识，结识像他一样的人，那些有着不安分的灵魂、渴望自由飞翔的人们。但事与愿违，他不得不永远地生活在因卡尔纳女士的黑色翅膀下。他从比拉尔教会学校大学毕业，成绩优异。但这根本没什么用，因为他的母亲已经利用饱受苦难的寡妇身份托关系给他找了个工作，在市政府里给各种印刷品盖章。若是用来断送他那些天才的创造力，这真是一个绝妙的办法，让他不得不像一只宠物狗一样被拴在家里，高兴的时候给一块大肥肉，不高兴的时候踢一脚，足以让他肚皮爆裂。

他以令人难以置信的耐心忍受着一切。就这样，他们一直过着失衡的生活。她暴虐无度，他温顺忍耐、消极反抗。没有人知道她想在他身上寻找什么，为什么要这样对待他，除了儿子一直以来给她的一切，她还想要什么。爱？尊重？同情？不，这些原本就是她享有的，他从不吝啬他的感情，向来是个模范儿子。因卡尔纳女士想要的更多：崇拜，无条件的服从、容忍并关注她所有的荒唐任性，谦卑，屈从。这正是她丈夫曾向她索求的。丈夫的死对她是一种解脱。菲利克斯从来没有直接跟我说过这些，但是从他谈话中的点点滴滴我可以推测并得出这样的结论。死去的尼卡西奥先生很可能是被妻子杀死的，就像也许将来哪个月黑风高的夜晚，菲利克斯再也忍耐不住一刀结果了他的母亲一样。

如果不是某天他不经意间发现了一个绝妙的解决办法，这样悲惨的日子不知道要忍受到何时。因为在单位解决了一件麻烦事，有人送了他一根大香肠和两瓶茴香酒作为谢礼。我们来尝尝吧，妈妈，来吧，就喝一杯，润润嘴唇就行。但是甜甜的酒味不但征服了因卡尔纳女士的嘴唇，也征服了她的舌头、喉咙和五脏六腑。于是那天晚上她喝醉了，菲利克斯也意外地在这两瓶酒中找到了出路。从那以后，酒就成了他的盟友、救世主和通往两点一线之外另一个地方的路。他不再只是公众面前那个模范儿子和家里一件令人厌烦的摆件，还是一位受欢迎的夜游客，每晚逃出去寻找家里稀缺的氧气。

“再来点儿酒，妈妈？”每日晚餐后必不可少的问题。

“好吧，来吧，再给我倒上一点点儿。让我润润嗓子，今天傍晚在教堂里我好像着凉了。”

四指高浓稠的液体被因卡尔纳女士一饮而尽。

“你看我不是跟你说了吗，妈妈，你得多穿点儿。”他亲热地说，又把母亲的酒杯倒满，“来吧，快点喝下去，酒喝快了就会让人感到暖和。”三杯茴香酒下肚，十分钟以后因卡尔纳女士就已经鼾声震天，毫无知觉了。她的儿子则像出笼的麻雀一样飞出这个死气沉沉的家，去跟那帮白天跟母亲在一起的时候连招呼都不敢打的人们厮混去了。

后来我来到了西迪曼德利，自那个暴风雨之夜以后，我家也成了他的固定庇护所之一。他在那里翻翻杂志，给我出主意，画一些图样，绘声绘色地讲世界上稀奇古怪的事，聊聊我的那些顾客和我天天都碰见但不认识的人。就这样，日复一日，我逐渐开始了解得土安和这里的人。比如，旁边这些家庭都是从哪里来的，为什么在异国他乡定居了下来；来找我做衣服的那些贵妇都是谁；谁最有权，谁最有钱，谁是做什么的，为什么，什么时候，怎么干的，等等。

给因卡尔纳女士灌酒并非永远都能奏效，如果没能让她镇静下来睡着，那么很不幸，一切都将乱套。我用酒满足你，你让我消停一会儿，这样的定理有时候也会出人意料地失效。如果茴香酒没有把她灌倒，她的酒疯就会把家里变成地狱。这样的夜晚是最糟糕的，因为他的母亲不会因此变成一具温顺的木乃伊，而是一个暴怒的雷神，她鬼哭狼嚎的叫声足以摧毁任何坚强的意志。畜生、小丑、丧门星、娘娘腔，这些算是从她嘴里出来的最文明的词语了。而他，因为知道隔天早上酒醒了以后她什么都不会记得，所以就针锋相对地将最难听的话送给她。恶心的老巫婆、老狐狸、婊子。这不可能吧！白天在糖果店、药店和教堂的板凳上看到他们相亲相爱场面的那些人，如果听到这样的对骂一定会目瞪口呆。然而第二天，他们仿佛又忘记了前一晚的一切，亲亲热热地一起在黄昏时散步，好像从来没有过任何隔阂。“今天的下午茶您想吃点儿什么，妈妈？一块瑞士蛋糕，还是来点儿肉？”“你看吧，菲利克斯，亲爱的，只要是你选的我都喜欢。”“来，我们快点儿，得去参加玛利亚·安古斯提亚家的吊唁，听说她的侄子在哈拉玛战役中阵亡了。”“唉，真是不幸啊，我的天使，幸好你是寡妇的儿子，才不用去服兵役……圣母啊，要是儿子去了前线，我孤身一人该怎么办啊！”

菲利克斯很聪明，他完全明白他们之间的关系很不正常，但是他不够勇敢，没有勇气与她抗争。也许就是因为这样，他用把母亲灌醉的方式来逃避不幸的现实，像吸血鬼一样深更半夜地在外面游荡，或者找各种各样荒诞不经的理由来解释这种不正常的生活，甚至相信起各种稀奇古怪的偏方来。他的日常消遣之一就是窝在我家的沙发里，从报纸的广告栏里寻找各种奇闻和偏方。而我则一边听一边把当天的活儿赶完，有时候是装袖口，有时候是最后几个扣眼。

他会跟我说：

“你觉得我妈那种难以根治的脾气是不是因为神经有问题。可能这个能治好她，你听着：‘内尔维纳尔，开胃、助消化、调理肠胃。拒绝反常，远离沮丧。还在等什么？快服用内尔维纳尔吧！’”

或者这个：

“我觉得她是不是得了某种疝气，我想过给她买条矫形带，看看能不能治好她的暴脾气。你听这个：‘疝气净全自动压缩机，安全、无痛；

创新科技，难以超越；无需绑带，不用拉伸，一台完美的高科技仪器就可以轻松为您解除病痛’。这也是一样的功能，你觉得怎么样？我要不要给她买一台？”

或者另一个：

“要不可能是血液的问题，你看这里说的：‘瑞切莱特净血剂，专门治疗高风险疾病，如静脉曲张，恶性溃疡。净化血液，治疗尿毒症有奇效。’”

或者任何一句类似的傻话：

“你说会不会是痔疮，或者眼睛有问题。要不，我从摩尔人那里找个僧人给她驱驱邪？不过说实话，我觉得我也不用那么操心，因为她那个‘达尔文嗜好’正在一点点儿地腐蚀她的肝脏，用不了多久她就要完蛋了。现在一瓶酒几乎都喝不了两天,这老女人快把我的钱包都掏空了。”他停下长篇大论，似乎在等待我的回答。但是我没有回应他，至少没有说话。于是他说：“喂，你干吗这样看着我？”

“因为我根本不知道你在说什么，菲利克斯。”

“你不知道我说的‘达尔文嗜好’是指什么，还是说你根本就不知道谁是达尔文？就是那个崇拜猴子的学者，他说人类是由猿人变来的。我说我妈有‘达尔文嗜好’，是在讽刺她，就像猴子爱吃茴香一样爱喝茴香酒，明白了吗？我说，你看上去像个仙子，做起针线活像个十足的天使，但是一涉及文化知识，你真的有点儿傻，知道吗？”

正是这样。我知道我学东西很快，记忆力很好，但也知道自己受过的教育太少，这是个严重的障碍。对百科全书里的那些东西，我实在知之甚少，只知道几个歌谣里出现过的国王的名字，知道西班牙北边是坎塔布连海和比利牛斯山，再过去是法国。我对乘法表倒背如流，在实际生活中运用四则运算也游刃有余，但在二十多年的生命里从来没有看过任何书，对历史、地理、艺术或政治，除了跟拉米罗在一起时听到的只言片语，以及住在拉鲁内塔公寓在餐桌上见证两派互相攻击时听到的一些话题以外,几乎一无所知。表面上我可以装成一个时尚有型的女青年，一个高级时装师，但是我心里很清楚，只要有人掀开外面的伪装，就能轻而易举地发现我这层外衣有多么脆弱。因此，在得土安度过的第一个冬天，菲利克斯送了我一份特殊的礼物：给我上课。

这对我们两个人来说都是件好事。我能学到东西，净化灵魂，又让他填补了空虚和寂寞，有所寄托与陪伴。虽然出发点是好的，但他远远不是一个循规蹈矩的好老师。菲利克斯·阿兰达是个非常渴望精神自由的人，却偏偏生活在双重压迫中，一边是专横霸道的母亲，另一边是最官僚最无味最令人厌烦的工作。所以，在有限的自由时间内，永远也别指望他规规矩矩、庄重谦恭。如果想要那样的教育，我可以回拉鲁内塔，请退休教师安塞尔莫先生根据我的知识水平制订一个教学计划。即便如此，这个没有条理和技巧的老师，还是通过断断续续毫无章法的教学，运用各种稀奇古怪的方法，教给了我很多今后能赖以生存的东西。在他的帮助下，我认识了意大利画家莫迪里亚尼、美国作家司各特·菲茨杰拉德、法国歌手何塞芬娜·贝克这类人物，学会了识别立体主义和达达主义，知道了什么是爵士乐，学会了在地图上标识欧洲各国的首都，记住了欧洲最好的酒店和酒吧的名字，还学会了用英语、法语和德语从一数到一百。

同样是得益于他，我了解了西班牙同胞为什么会来到这片遥远的土地上，知道了从一九一二年开始，西班牙在摩洛哥建立了保护区，就是和法国签订阿尔赫西拉斯协议之后的几年。在富有的法国人面前，西班牙得到的是摩洛哥最差的一部分，贫穷，不招人待见。那时候摩洛哥被称为“非洲大肥肉”。在这块土地上西班牙寻找着很多东西：重温帝国梦想，同欧洲列强一起参与瓜分非洲殖民地。虽然得到的只是强大的邻居施舍的一点儿面包屑，但还是幻想着在古巴和菲律宾已经脱离控制的情况下，能勉力追赶国富民强的英法，尽管当时它已羸弱如蟑螂。

虽然西班牙从阿尔赫西拉斯协议中得到的这部分摩洛哥领地很小，人烟稀少，而且土地崎岖贫瘠，但是想要牢牢地控制住也并非易事。西班牙国内就曾出现过很多抗议和混乱，而在突然爆发的里夫战争中，成千上万的西班牙人和北非人埋骨沙场。最终，他们在这里建立了牢固的统治。保护区成立近二十五年后，所有的内部抵抗都被镇压了。我的同胞就在这里扎下根来，并把首府牢牢地安在了得土安，使这个城市不断发展壮大。各部队的军人，邮局、海关和其他公共事业的公务员，审计员，银行职员，企业家和他们的太太，教师，药剂师，店员，商人，泥瓦匠，医生，修女，擦鞋人，酒店老板，还有漂洋过海来寻找新生活的整个家庭，受其吸引的更多家庭，一起开创一个同其他文化和宗教共存的未来。我，也是他们中的一个。西班牙虽然强行统治了这里，但作为交换，也在二十五年间给摩洛哥带来了先进的设备、卫生设施和建筑，奠定了其蓬勃发展的农业基础，建立了艺术和传统手工艺学校，还有很多其他设施。虽然本意是满足保护区殖民者的需要，但当地人也获益匪浅。比如电线、饮用水、学校和学术机构、商业、公共交通、诊所和医院，连接得土安和塞乌塔的火车，通往马尔丁河滩的火车……相反，从物质上来说，西班牙从摩洛哥得到的却很少，因为这里几乎没有任何可开发的资源。只是在人力上获益良多，西班牙内战中的一方得到了这里的鼎力支持，成千上万摩洛哥士兵开赴西班牙，征战在海峡另一边，为了跟自己毫不相关的事业浴血奋战，支援西班牙国民军。

除了这些知识，菲利克斯给我带来的还有陪伴、友谊和层出不穷的创意。有些创意非常出色，有些却荒谬无稽，但也至少能在一天快要结束的时候，让我们这两个孤独的人开怀大笑。他常试图说服我把时装店变成一个超现实主义的实验室，比如将帽子做成鞋子的形状，或者在服装图样上画一些帽子上带电话机的模特儿，当然从未得逞。他还试图劝我用海螺或者小块的针茅来代替腰带上的小玻璃珠，或者把哪位他认为毫无品味的阔太太拒之门外。不过，在其他很多事情上我还是采纳了他的建议。

比如说，在他的提议下，我改变了自己的说话方式，抛弃了一些土里土气的发音和方言，重新创造了一种更文雅世故的语言风格。我开始在说话时不时地蹦出法语词汇，有的是在丹吉尔的各种高级场所经常听到的，也有的是在那些我几乎从不参与的谈话中偶尔飘进耳朵，或者是偶然遇见什么人的时候听来的，虽然我跟这些人说过的话加起来都不超过三句。这些零星的单词，也就十来个，在菲利克斯帮助我纠正发音、告诉我在什么样的情况下最适合使用后，都被我用于接待顾客，现在的和将来的。“请允许我”用于在开始做一件事情之前征求同意，“当然没问题”表示肯定，“太美妙了”则是对事情的结果非常满意。谈论“高级时装”时，人们会猜测也许我曾是这些高级时装主人的朋友，而那些“世界人民”，也许是我在周游世界的时候认识的。所有为她们建议的风格、模特儿和饰品，我都会贴上“来自法国”的标签，所有的顾客都被称呼为“尊贵的女士”。而针对在漂泊的西班牙人中盛行的思乡之情，我们决定不失时机地提起以前我在马德里“最好的时装店”工作时认识的那些人和地方。假装不经意地从嘴里蹦出一些名字和职务，就像不小心掉下一块丝巾一样，低调、随意、轻描淡写。比如，这件衣服的灵感来自于几年前我为我的朋友普嘉女伯爵做的一套礼服，她当时穿着在依埃罗大门宴会上艳惊四座；这个料子跟我给因西纳尔公爵的大女儿用的一模一样，她就是穿着它在维拉斯凯斯大街的别墅里开始进入社交场合。

按照菲利克斯的建议，我让人做了一块金色的牌子挂在门口，上面用英文字母写着“Chez Sirah（希拉赫之家）”。在非洲纸张店里我定制了一个小小的名片盒子，里面装着象牙白的名片，印着时装店的名字和地址。据他说，法国顶级的时装店都是这么命名的。最后那个字母“h”是他的另一项创意，为了赋予这个店一种国际气息。我也就随他去了，有何不可呢？不管怎么说，这点小小的自吹自擂无伤大雅，不会伤害任何人。在这件事情，还有其他很多细节上我都采纳了他的建议。得益于这些改进，我就像马戏团的小丑一样，不但越来越自信地走向未来，而且也慢慢地把自己从过去的泥淖中解救了出来。我不需要刻意宣扬，只需几个不经意的动作，一些轻描淡写却恰到好处的描述，引证了所谓特殊经历的推荐，就让那有限的几个顾客在几个月内完整地描绘出我的人生背景。

对于我的顾客，也就是那些高傲挑剔的贵妇来说，我俨然一个年轻又资深的高级时装师，一个破产的百万富翁的女儿，一个英俊诱人又爱冒险的贵族的未婚妻。她们推测我们曾在好几个国家居住过，为马德里的政治形势所迫，不得不关闭了在那边的生意。我的未婚夫正在阿根廷，而我则在西班牙保护区的首府等他回来，因为我体弱多病，而这里气候温和，对健康很有益处。我的生活一直动荡、忙碌而丰富多彩，实在受不了无事可做、白白消磨时光，所以决定在得土安开一家小小的时装店，基本上是为了消遣。我不会开出天价，也不会拒绝任何种类的服装订单。

对于在菲利克斯的建议下，成功地让别人勾画出的那个“我”的形象，我从来不做任何澄清。当然也不做任何渲染，只是尽量保持神秘感，半遮半掩似是而非的过去，让一切都不那么具体而确定，让神秘变成无穷的魅力，像诱饵一样吸引更多的顾客。如果马努埃拉女士时装店里的其他裁缝看到现在的我，如果当年巴哈广场旁边的那些邻居看到现在的我，或者如果母亲看到现在的我，唉，母亲。我试着尽量不让自己想起她，但是她的影子却时时刻刻浮现在心头。我知道她很坚强很有毅力，也知道她懂得坚忍和反抗，但即使是这样，我仍然希望能得到她的消息，知道她在什么样的困境中挣扎，孤身一人既无陪伴又无生活来源时，怎么把日子过下去。我多么想让她知道我现在很好，单身，开始做针线活。我每天都不错过收音机里关于西班牙的一切消息，哈米拉也会每天早上去阿尔卡拉斯烟草店旁边买《非洲学报》。现在报纸的版面上已经全是“佛朗哥领导下的第二个胜利之年”这样的内容。虽然所有的时政消息都经过了国民军的过滤，但是我能大致知道马德里的形势和抵抗情况。当然，依旧无法得到任何关于母亲的直接消息。我想她，想她跟我一起在这座奇怪而五光十色的城市经营时装店，想再尝一尝她做的菜，想再听一听她永远简洁精辟的话。可是她不在这里，只有我，独自在一群陌生人中间，哪儿也去不了，为了生存奋斗，还要编造出一套虚假的身世，每天早上一起床就把自己装进套子里。谁也不知道我曾经被一个无耻的花花公子伤害到无以复加的地步，谁也不知道为了开始这个生意我曾背着一身的手枪在黑夜里奔走，而现在，这个时装店是我维持生计的唯一出路。

我也常常想起伊格纳西奥，我的第一个男朋友。其实我并不是思念他，因为拉米罗给我留下的感觉太过强烈，所以伊格纳西奥那甜蜜轻柔的爱，对我来说遥远又模糊，几乎成了一个快要消失的影子。但是无可避免地，带着些许乡愁，我常常想起他的忠诚、他的温柔，还有那种只要在他身边就不会受到任何伤害的安全感。虽然根本不愿意想起，拉米罗的影子还是常常会突如其来地浮上心头，让我的内心像被针猛地扎了一下。很疼，真的很疼，令人难以忍受。我慢慢地开始习惯这种突如其来的鞭笞，就像那些扛着大包的人肩负着沉重的痛苦，有时候会不得不放慢脚步、付出加倍的努力才能克服，但是向前的脚步却从未停止。

所有这些看不见摸不着的形象：拉米罗，伊格纳西奥，我的母亲，失去的一切，逝去的时光，渐渐成为我生活中的一部分，我不得不学着同它共处。当我独自一人的时候，当我在寂静的傍晚坐在样板堆里穿针引线的时候，当我在床上辗转反侧的时候，或者在那些没有菲利克斯和他的奇闻逸事陪伴的夜晚，在客厅幽暗的光线中，他们就像潮水一样向我袭来。其他时候，则让我平静地度过，也许是因为太忙了，没有时间停下来去想。我有太多的事情要做：不断地向前推进生意，继续假扮成另一个人。

17

春天来了，店里的活也多了起来。到了换季的时候，顾客们纷纷订购轻薄的衣物，用于晴朗的上午以及即将到来的摩洛哥夏夜。店里也出现了一些新面孔，有两个德国人，更多的是犹太人。由于菲利克斯消息灵通，我对她们的情况也有所了解。他经常在门厅、楼道、楼梯平台和街上碰见她们在店里进进出出。通常他都能认出她们，而且清楚她们各自的身份。如果有什么细节不太明了，他会到处去打听，最后几乎可以写出一份完整的人物传记：她们是谁，她们的家人是谁，她们从哪里来，要往哪里去，等等。然后，等他把母亲灌倒在椅子上，看着她翻着白眼，满嘴酒气，流着口水后，就跑过来给我讲述他的每一个新发现。

我从他那里知道了兰根赫姆太太的背景。她是店里最早的一批常客之一，父亲是意大利驻丹吉尔的大使，母亲是个英国人。兰根赫姆是她丈夫的姓，他是一个矿业工程师，很高，秃顶，在得土安这一小撮德国人里面声名显赫。“他是个纳粹，”菲利克斯告诉我，“暴动发生没几天，共和党人还没反应过来，国民军就出人意料地从希特勒那里得到了第一笔外部援助。”直到很久以后我才知道，兰根赫姆太太那个总是面无表情的丈夫对西班牙内战的走向有多大的影响。正是得益于兰根赫姆和本哈尔德（另一位居住在得土安的德国人，我也曾为他的太太做过一些衣服）的穿针引线，佛朗哥的部队才神不知鬼不觉搬来了大部队救兵，把自己的人马闪电般地运送到了伊比利亚半岛。几个月后，为了感谢与表彰兰根赫姆的卓越贡献，兰根赫姆太太从哈里发手中接过了西班牙保护区最高勋章，为了出席那个活动，我还为她做了一身真丝薄纱礼服。

当然这些都是后话。一个四月的早晨，兰根赫姆太太来到店里，带来一个我从没见过的客人。门铃响的时候哈米拉赶去开门，我则在客厅里，对着阳台上倾泻而入的阳光，假装观察着一块布料的质地。其实我根本什么都没看，只是摆出这个姿势，让自己在顾客面前看上去更加专业。

“我给您带来了一位英国朋友，她也想见识一下您的手艺。”这位德国人的太太说着端庄地走入客厅。

她身边出现了一位白皮肤的金发女郎，非常瘦，一看就知道是个外国人。我猜测她跟我年龄相仿，但是从言谈举止的老练上可以判断她的阅历非常丰富。她清新自然的气质一下子吸引了我的注意，浑身上下散发着自信，同我握手问好时款款地拂开了遮住脸庞的一绺金发，显出低调沉着的优雅。她叫罗萨琳达，皮肤又白又细腻，好像包花边的玻璃纸。但说话的方式很奇怪，不同的语言混杂在一起，一顿一顿地往外蹦，有时候甚至令人费解。

“我需要一些衣服，紧急地，So... I believe（所以……我相信）您和我注定……呃……to understand each other, I mean（相互理解，我是说）我们能很好地沟通。”说完她轻笑起来。

兰根赫姆太太一分钟都不肯多待，只说了一句：我有点急事，亲爱的，我得走了。虽然嫁了个德国人，自己的血统也比较复杂，但是她的西班牙语非常流利。

“罗萨琳达，亲爱的，我们下午在莱昂尼尼领事的鸡尾酒会上再见吧。”她向朋友告别，“再见，甜心，再见。”

罗萨琳达和我一起坐下。我又开始了每次接待新客人时的固定流程：

摆出各种练习过一万遍的姿势和表情，跟她一起翻阅杂志，浏览布料。我提建议，她来挑选。然后她重新考虑了一下，修改了决定，重新挑选了料子。她的言谈举止优雅自然，自始至终都让我感觉很舒服。有时候我会对自己做作的言行感到不自在，尤其面对特别挑剔的顾客时。但这次完全不一样，一切都轻松自然。

我们来到试衣间量尺寸。她的骨架小得像猫一样，是我量过的最小尺寸。接着我们聊了聊料子和款式、袖子、领子之类的细节，又重新检查了一遍挑选好的款式，确认无疑后，我才拿笔记了下来。一件真丝印花衬衫、一套珊瑚红羊毛套裙，还有一件从法国浪凡最新一季的设计中挑选的晚礼服。我跟她约了十天以后来试穿，以为第一次见面会就此结束。但是这位新客人却完全没有离开的意思，仍然坐在沙发里，从包里掏出一个玳瑁烟盒，递给我一支烟。我们悠闲地抽烟，谈论时装，她用半生不熟的西班牙语给我讲她的喜好，指着那些服装图样问我西班牙语的“绣花”怎么说，“肩部”怎么说，“皮带卡子”怎么说。那磕磕绊绊的发音把我们俩都逗笑了。几支烟过后她终于决定告辞，不慌不忙地站起来，好像根本没有什么事可做，也没有人在等她。走之前她又从容地掏出香粉盒，漫不经心地对着里面的小镜子照了照，补了补妆，重新整理了一下金色的大波浪鬈发，然后才拿起帽子、包、手套。所有的东西都非常精致高雅，但我也注意到全都是崭新的。我在门口跟她告别，听着她下楼的脚步声。之后很多天我都没有得到任何关于她的消息。傍晚散步的时候从来没有碰到过她，也没有在其他地方见过，没有人向我提起过她，我也从来没有想过要去打听那个似乎有着大把无聊时光需要打发的英国女人。

那些日子我依然忙碌，顾客越来越多，店里的活仿佛永远都干不完。但因为我精确地计算好了每一个订单的完成速度和节奏，加上经常通宵达旦地加班，尚能保证每一件衣物按时交付。第一次见面的十天后，罗萨琳达定制的三套衣服都已经做完了，挂在模特身上等待第一次试穿。但是她没有出现。第二天没来，第三天也没来。既没有打电话，也没有托人送个口信或找个借口搪塞她的缺席。这是我第一次遇到这种事情。我想也许她不会再回来了。她只不过是得土安的一名匆匆过客，拥有特权，可以随心所欲，自由地穿梭在各国边境。她是真正周游世界的人，不像我，徒有一层虚假的伪装。因为无法为这种行为找到一个合理的解释，我决定把那三套衣服放在一边，专注地完成其他订单。但是五天以后她来了，仿佛从天而降一般。那时我还没有吃完饭，当天上午一直在干活，直到下午三点多才腾出一点儿时间。听到有人敲门，哈米拉跑了过去，我赶忙在厨房把手里的香蕉吃完。听到她的声音在走廊的另一头响起，我去水池洗了手，穿上高跟鞋，用舌头舔净牙齿，一手整理头发，一手整理上衣和裙子，匆匆赶出去迎接她。她进门就说了一长串的话。

"真的非常非常抱歉，之前我没能按时过来，今天又突出造访。是这么说的吗？"

"突然造访。"我纠正她。

"突然造访，对不起。我出去了几天，到直布罗陀，有点事，不过恐怕也没办成。希望我没有打扰您。"

"当然没有。"我连忙说，"请进吧。"

我把她带到试衣间，给她看完成的那三套衣服。她一边啧啧称赞，一边脱掉身上的外衣。里面是一件有缎子光泽的衬裙，在当时应该非常昂贵，但看上去比较陈旧了，不像新的那样熠熠生辉。真丝长筒袜看上去也不像是新的，虽然同样流露着华贵超凡的品质。脱到只剩下内衣的时候，她把那些新衣服一件一件地套在单薄消瘦的身体上。她的肌肤细腻透明，几乎可以看到皮肤下青蓝色的血管。我嘴里咬着大头针，一寸一寸地在她的身侧调整尺寸，在需要改动的地方弄出折痕。她看起来很满意，任我摆布，也很少对我提出的各种建议表示异议。试穿完后，我向她保证一切都会改得非常完美，然后就去客厅等着她穿好衣服。她很快就出来了。从悠闲的神情中我推测出，虽然来得比较突然，但这次她还是不急着走。所以我问她要不要喝杯茶。

"我非常想喝一杯大吉岭茶，放一点儿牛奶。但是我想这里应该只有薄荷绿茶吧？”

我根本没有听说过什么大吉岭茶，但是并没有表现出来。

“是的，摩尔茶。”我镇定地说，然后请她坐下，叫哈米拉备茶。

“虽然我是个英国人，”她说，“但是我过去的大部分时间都是在印度度过的。很可能这辈子都不会再回去了，可还是有很多东西让我怀念。比如说阿萨姆茶。”

“我非常理解您的感受。我也一样，有些东西适应起来很困难，所以就会经常想念以前待过的地方。”

“您以前住在哪儿？”她问。

“马德里。”

“再之前呢？”

听到她的问题我差点儿笑出来，一时之间竟忘记了那层虚假的身世，几乎要公开承认自己其实一步也没迈出过出生的城市，直到那个无赖把我骗出来然后像丢烟头一样把我抛弃。但是我忍住了，再次含糊其辞。

“嗯，好几个地方，这儿那儿的，您知道，居无定所。不过我在马德里待的时间最长。您呢？”

“Let’s see（这可得数数）。”她做了个好玩的表情，“我出生在英国，不过很快就被家人带到了加尔各答。十岁的时候父母又把我接回英国读书，呃……十六岁的时候我回到印度，二十岁再次来到西方。先是在伦敦待了一段时间，然后在瑞士住了很久……呃……之后在葡萄牙生活了一年，所以有时候我会搞不清楚这些语言，葡萄牙语和西班牙语。现在，我终于在非洲安定下来，开始在丹吉尔，前几天到了这里，得土安。”

“听上去很有趣。”我说，虽然我不太能跟得上她说的国家和城市，也不能完全理解她那些不太准确的表达。

“嗯，看你怎么看了。”她耸了耸肩，小心翼翼地喝了一口哈米拉刚刚送来的茶，生怕烫嘴。“其实我一点儿也不介意住在印度，但是有一些东西突出发生了，我不得不搬走。有时候我们自己真的决定不了命运，对吗？ After all, err... that’s life（不管怎么说，呃……这就是生活），你说呢？”

虽然她有些语无伦次，发音也不太准确，而且我们生活在两个完全不同的世界，但是我完全明白她的意思。我们喝着茶，聊着那件印花真丝衬衫裙的袖口上需要做的一些细微修改、下次试穿的时间等琐事。突然她看了看表，好像想起了什么。

“我得走了。”她一边说一边站起来，“我忘了我还得去……have some shopping（去买点儿东西），然后回去打扮一下。我被邀请去参加比利时公使家的鸡尾酒会。”

她没有看我，套上手套，戴好帽子。我好奇地看着她，心里在想，会是谁跟这样的女人一起出席宴会？她为什么会有这样进进出出的自由？带着孩子般的无忧无虑，还常常从世界的这个角落跑到那个角落，说着各地的语言，品着各国的香茗。想想她悠哉游哉的闲适生活，再想想自己日复一日的辛勤劳作，心里似乎生出了丝丝嫉妒。

“您知道哪里能买到游泳衣吗？”她突然问。

“您穿的吗？”

“不是，是给小儿的。”

“对不起，我没听清楚，给谁的？”

“给我的son，对不起，那是英语，我的儿子？”

“您的儿子？”我难以置信地问。

“我的儿子，对，就是这么说的。他叫约翰尼，五岁了，非常非常可爱……就是一个小天使。”

“我在得土安待的时间也不长，很抱歉帮不上您。”我极力掩饰着心中的困惑。这个富有活力又带着孩子气的女人，在我刚刚在心中为她勾画的诗意生活里，有朋友，有追求者，有香槟酒，有周游世界的旅行，有丝绸衬裙，有夜夜笙歌，有高级定制晚礼服，也许最多会有一个跟她一样充满活力又魅力十足的年轻丈夫。但是我从来没有想过她有一个儿子，她看起来完全不像个母亲。然而事实上她确实是母亲。

“好吧，没关系。别担心，我会找到地方的。”她说着就告辞了。

“祝您好运！别忘了五天以后再来。”

“放心吧，I promise（我一定会来的）！”

她走了，但是再次失约了。不是来晚了，而是来早了。第四天她就来了，没有提前约，急匆匆地直接找上门来。那是临近中午的时候，哈米拉跑进来通报她的光临的时候，我正在为埃尔维拉·科恩试衣服，她是我原来住的拉鲁内塔街上那个国家剧院的老板的女儿，也是我一生中见过的最漂亮的女人之一。

“罗萨琳达女士说需要见希拉小姐。”

“告诉她稍等片刻，我马上就去。”

不过我耽搁了很久，可能有二十分钟，因为得给那位皮肤光洁的犹太美女试的衣服调整几处细节，她要穿着这身衣服去参加某个重要的社交活动。她用像唱歌一样的犹太西班牙语不紧不慢地对我说：这里稍稍往上一点儿，我的女王，这样真美，亲爱的，就这样吧。

同样得益于菲利克斯，我知道了这些西班牙犹太人在得土安的情况。有些人有钱有势，有些人贫穷卑微，但是所有人都非常谨慎。他们都是很优秀的商人，几个世纪前被驱逐出伊比利亚半岛，在北非定居下来，几年前终于得到了共和国政府的正式承认，宣布他们是西班牙人，享有西班牙公民的一切权利。那个时候犹太人占得土安的人口比例大约是十分之一，但是他们手中掌握着这座城市的绝大部分财产。他们承建了西班牙社区中绝大多数的建筑，经营着这里最好的商店：珠宝店、鞋店、布店和成衣店。他们的财力体现在自己的教育中心“以色列联盟”、自己的俱乐部，以及用来做祈祷和庆祝的几座犹太教堂上。很可能埃尔维拉·科恩正在试的这件罗缎衣服，就是为了在这些地方炫耀的。

罗萨琳达正焦急不安地在客厅等候，靠近阳台附近。我的两位顾客远远地打了个招呼，但是态度截然不同，英国女人心不在焉，犹太女人既惊讶又好奇。

“我有一个麻烦。”一听到埃尔维拉出门的声音，她就急急地走到我身边。

“您说来听听。请坐吧。”

“请给我来杯酒吧。”

“很抱歉，我这儿只有茶、咖啡或者白水。”

“依云？”

我摇了摇头，心想这里是不是该做一个小小的吧台，用来在需要的时候帮助顾客振作精神。

“Never mind（没关系）。”她小声说，闷闷不乐地坐下了。我坐到她的对面，很自然地架起双腿，等着她告诉我这次突然拜访的原因。她先拿出烟盒，点燃一支烟，然后把烟盒很随意地扔在沙发上，深吸了一口，发现忘了给我一根后，赶紧说了声对不起，拿起烟盒想要给我补上。我及时阻止了她，不用了，谢谢！很快就会有另一个顾客来试衣服，我不希望在试衣间那么私密的空间里让她闻到我手指上有烟味。于是她又合上烟盒，终于开口了。

“我需要一件，呃……an evening gown（一件晚礼服），今天晚上就要。我今天晚上有个突然的活动，我必须得穿得……like a princess。”

“像个公主？”

“没错，像个公主。当然了，这只是个比方。但我确实需要一件非常优雅的衣服。”

“您的衣服已经可以进行第二次试穿了。”

“今天能做完吗？”

“绝对不可能！”

“没有别的办法了吗？”

“很抱歉，恐怕我帮不上您的忙。我这里没有什么可以让您马上穿上的，没有成衣，所有的衣服都是定制的。”

她又深吸了一口烟，但这次不是独自发愁，而是透过烟雾定定地看着我。前几次表现出来的那种无忧无虑的小女孩神色已经荡然无存，此时此刻她的目光里透露出的是一个焦急紧张，但是不肯被轻易说服的女人。

“我需要一个解决办法。我从丹吉尔搬到得土安的时候，打包了几个箱子，又将一些没用的东西给我母亲寄过去了。但是不小心弄错了，装晚礼服的箱子，没想到也一起寄过去了。我正在等着她寄回来给我。但是我刚刚知道今天晚上我被邀请参加一个酒会，一个招待会，by the German Consul(是德国公使办的)。呃……It’s the first time(这是第一次)，我要参加一个公开活动，跟……跟……跟一个对我来说关系非常特殊的人一起。”

她说话很快，但是语气谨慎，努力用半生不熟的西班牙语让我明白事情的经过。可能是因为紧张，与前几次见面的时候不同，这段话说得有些语无伦次，里面夹杂了很多葡萄牙语和她的母语。

“Well, it is mmm...(嗯，这个……嗯)，这个非常重要，for...for...for him（对……对……对他来说)，对他和对我来说都很重要。我必须得在那群德国人，在得土安的德国人，中间，留下好印象。到目前为止，兰根赫姆太太已经介绍我私下认识了他们中的一些人，因为她自己也是……half English（半个英国人)。呃……但是这个晚上，是我第一次公开，跟那个人，一起出现，所以我需要一件……非常非常漂亮，嗯……而且……”

我打断了她。她不需要继续付出那么大的努力然后发现根本没有办法得到自己想要的东西。

“我真的很抱歉，我发誓，真的。我很希望能帮助您，但是目前没有办法做到。我刚刚跟您说了，这里一件成衣也没有，而且我也没有办法在几个小时之内把您的衣服做完，这至少需要三到四天。”

她沉默了，掐灭香烟，好像在思索什么。她咬了咬嘴唇，想了几秒钟，然后抬起目光问了一个令我极不自在的问题。

“或者，也许您可以借我一件您的晚礼服？”

我轻轻地摇了摇头，迅速地盘算着该怎么编造一个听起来可信的借口，来掩盖其实我的衣橱里一件晚礼服都没有这个可悲的事实。

“很抱歉。战争爆发的时候我所有的衣服都留在了马德里，再也没有可能找回来了。这里只有几件家常衣服，根本没有什么晚礼服。我在这里很少参加社交活动，因为我未婚夫远在阿根廷，而我……”

她迅速地打断了我，让我松了一口气。

“I see（我明白了）。”

我们两人沉默地度过了漫长的几秒钟，一个看着阳台，一个看着客厅与门厅之间的拱门，掩饰着那份尴尬。最后还是她打破了沉默：

“I think I must leave now（我想我该走了）。”

“请相信我真的很遗憾。如果时间能稍微再宽限一点儿的话……”

我没有把话说完，因为突然发现再怎么想挽回都于事无补。我试图改变话题，宽慰她一下，让她不要一直想着悲伤的现实和将要到来的漫长又沮丧的夜晚，而且无疑是跟那位与她坠入爱河的人在一起。我还在猜测她的生活，前几次见面时表现得优雅随意的女人，此刻一脸专注，收拾起自己的东西朝门口走去。

“明天一早那些衣服就能准备好第二次试穿了，这样可以吗？”明知无用，我还在努力地宽慰她。

她勉强笑了一下，一言不发地走了。我独自一人站着，一动不动，因为没有办法帮助一位顾客脱离困境而万分沮丧，又因为通过这样奇怪的方式慢慢勾勒出罗萨琳达的生活而感觉像在窥探他人的隐私。这个女人，年轻的母亲，曾经周游世界，丢失了满满一箱晚礼服，就像在下雨天的傍晚急着离去不小心把皮夹丢在公园的长凳或者露天咖啡馆的桌上一样随意。

我躲在百叶窗后朝阳台探出身去，看着她来到街上，不紧不慢地走向停在门口的一辆深红色汽车。我想也许有人在里面等她，或许就是那个让她费尽心机共度夜晚的男人。我无法抑制自己的好奇心，努力想看到他的面容，还在脑海里勾勒着种种场景。也许是一个德国男人，所以她才那么想在那些德国人中留下一个好印象。我想他一定年轻活泼又有魅力，而且像她一样阅历丰富、坚定果敢。但是我还没有来得及想象得更多，她已经走到车前，打开了右侧车门。我本以为右边是副驾驶的座位，但是马上就惊讶地看到方向盘在右边，看来是她自己开车。在那辆右侧驾驶的英国车里，没有任何人在等她。她点燃发动机，就像来时一样独自离去。没有男人陪伴，没有当天晚上可以穿的礼服，而且，很可能整个下午也没有希望找到什么补救的办法。

刚才的见面带来的烦恼在心头挥之不去，于是我开始收拾罗萨琳达来了以后动过的东西。摆好烟灰缸，吹掉落在茶几上的烟灰，用脚尖捋直翻起一角的地毯，拍松刚才靠过的靠垫，然后放好我在给埃尔维拉·科恩试衣服的时候，她在客厅翻阅的杂志。我先合上一本《时尚芭莎》，这本杂志被翻到赫莲娜的唇膏广告那一页。正当我要合上《费加罗女士》的春季合集时，翻开那页上的模特儿让我觉得似曾相识。就像突然间飞过一群小鸟一样，我的脑海中一下子涌现出无数回忆。我几乎是下意识地，没有经过任何思考就高声喊起哈米拉来。哈米拉像一阵风似的飞奔过来。

“你快跑去兰根赫姆太太的家，让她务必找到福克斯女士，并请她马上来找我，就说是一件十万火急的事情。”

18

“这件服装的设计者，我亲爱的无知小姐，是马里亚诺·福图尼·依马德拉索，伟大的马里亚诺·福图尼的儿子，老福图尼可以说是继戈雅之后十九世纪最棒的画家。他非常了不起，而且跟摩洛哥很有渊源。他在非洲战争期间来到这里，被这片土地上五彩斑斓的颜色和异国风情深深吸引，这在他之后很多的作品中都有所体现。事实上，他最知名的代表作之一就是《得土安战役》。如果说老福图尼是位德高望重的画家，他的儿子则是个真正的天才。他也画画，他在威尼斯的工作室还为戏剧作品进行舞台设计。此外，他是一位摄影师、发明家、传统工艺学者，以及布料和时装设计师，比如那个神话般的‘德尔菲斯’，就是你这个小裁缝刚刚抄袭过来并加以发挥的那件衣服，也是他最成功的作品之一。”

菲利克斯窝在沙发里，手里捧着那本杂志，上面正是触发我万千回忆的那副照片。而我，一动不动地坐在沙发里听着。一下午紧张的工作让我筋疲力尽，晚上几乎连拿针的力气都没有了。我刚刚把下午发生的事都告诉了菲利克斯。一切都从我的顾客罗萨琳达返回时装店开始。她的一脚急刹车让所有的邻居都探出身子观望，以为发生了什么事。然后她一路小跑着上楼，急促的脚步声在楼道里回荡。我开门等着她，一见面连招呼都没来得及打，就提出了我的设想。

“我们试着赶紧做一件‘德尔菲斯’礼服,您知道我说的是什么吗？”

“一件福图尼的德尔菲斯礼服？”她不敢相信自己的耳朵。

“一件假的德尔菲斯。”

“您觉得这可能吗？”

我们对视了一会儿。她的目光中好像一下子又有了希望。而我的，我不知道。也许是坚决无畏、迫切想要表现自己，想要在那个紧要关头作点儿贡献的目光。也许深藏着一丝对失败的恐惧，但是我极力掩饰不让她察觉。

“我以前做过，我觉得我们能做到。”

我给她看了事先挑好的布料。一大块光滑的灰蓝色丝绸，是坎德拉利亚最近不知道从哪儿用什么手段交换来的。当然，我没有提起布料的来历。

“您今天晚上要参加的宴会是几点的？”

“八点。”

我看了看表。

“好，我来告诉您下面我们要干什么。马上就要一点了。再过不到十分钟我有一个客人要来试衣服。等她走了我就把这块布料弄湿，然后再晾干，这大概需要四到五个小时，差不多到下午六点钟。然后我还需要大约一个半小时用来缝制，虽然只是一些最简单的直线针脚，而且我有您所有的尺寸，不需要您再试穿。即便如此，我也需要一点时间以防有需要调整的地方，并对细节进行收尾。这样就几乎要到最后时限了。您住在哪儿？对不起这个问题不太合适，但我绝不是出于好奇……”

“在帕尔梅拉斯大街。”

我早就应该想到了，得土安最好的房子大部分都在那里。那是城南一个偏远隐蔽的地区，离公园很近，几乎就在巍峨的格尔盖斯山脚下，巨大的房子周围环绕着花园。再往南边去就是大菜园和甘蔗田。

“那么我几乎不可能按时把衣服送到您家里。”

她看着我，仿佛在问怎么办。

“你必须到这里来换衣服。”我说，“最好七点半左右到，化好妆，做好发型，穿上您晚上要穿的鞋，戴上首饰，总之把一切都准备好。我建议您不要戴太多配饰，颜色也不要太鲜艳，这件礼服不需要太多点缀，装扮越简洁，看起来会越优雅。您明白我说的了吗？”

她完全明白。不但明白，还松了一口气，千恩万谢地走了。半个小时后，在哈米拉的帮助下，我开始着手处理这项突如其来的任务，虽然就我有限的独立缝纫经验来说，这个任务有些令人恐惧。但是我很清楚我在做什么，因为在马努埃拉女士的时装店里我参与过同样的工作。我们曾经为一个叫埃莱娜·巴莱阿的顾客做过这样的衣服，她行事独特，经济也不太稳定。手头宽裕的时候，她会来定制一些用最高级的布料做的奢华时装。但是跟周围同样状况的其他女士不同，那些人在经济状况不好的时候会编出各种各样的借口，比如出门旅行，有重要事情或者病了，来掩饰她们没有能力订购新衣服。但她从来不这样遮遮掩掩。在她丈夫生意不景气的时候，埃莱娜·巴莱阿也从没停止过光顾我们的时装店。每次来的时候都毫不介意地自嘲自己财运不济，然后跟马努埃拉女士两人把以前的旧衣服巧妙地改造成最新潮的时装，改变几处裁剪、添加一些装饰或者在最不起眼的地方重新组装。她甚至会精打细算地选择便宜一些的布料和相对简单的手工，这样就能以最小的代价获得最大的效益，丝毫无损她的美丽。“饥饿让人产生灵感。”她总是笑着说。当她有一天来店里订购一件最离奇的时装时，我的母亲，马努埃拉女士，还有我，我们谁都不相信自己的眼睛。

“我想要复制一件这个。”她一边说一边从一个小盒子里拿出一样东西，看上去像是一捆卷成筒状的大红色布料。看到我们惊讶的表情她哈哈大笑。“这个，女士们，叫做‘德尔菲斯’，是一件独一无二的礼服。这是艺术家福图尼的作品，制作于威尼斯，只在欧洲一些大城市最高级的商店里才有售。看这颜色多美，褶子多么精细。这件礼服的制造过程是设计者的秘密，自然不能外泄。而我，亲爱的马努埃拉女士，我想要一件。当然了，一件仿品。”

她用手指捏起布的一端，就像变魔术一样，出现在我们眼前的是一件光滑的红色丝绸连衣裙，奢华、炫目，长及地面，下垂的曲线无可挑剔，下摆呈圆形散开。这种收摆我们一般称为“轮形”。这是一种长袍，全身布满了极其细微的竖褶。古典，简约，精致。这件事已经过去四五年了，但在我的脑海中一直原原本本地保留着制作它的全过程，因为当年我也积极参与了所有步骤。从埃莱娜·巴莱阿到罗萨琳达·福克斯，制作技巧是一样的，唯一的问题就是我们的时间太紧，必须得抓紧每一秒钟。哈米拉一直在全力帮助我，用锅把水烧开倒进浴盆，然后把布料放入滚烫的水中，让它充分浸泡，做这一步的时候我的手都烫伤了。卫生间一下子充满了蒸气，而我们紧张地观察着这个试验，额头的汗珠滚滚而下，镜子上一片模糊，连人影都照不见。过了一会儿我觉得可以把布料拿出来了，因为已经变成深色，几乎无法辨认。我们把水倒掉，一人握起一头，用尽全身力气拧它。在拧的过程中，还不时地从不同的方向拍打，就像之前在拉鲁内塔的公寓里无数次拍打床单一样，直到拧干所有的水分，才把它放到太阳底下去晾晒。不是把它完全展开，恰恰相反，我们的目的是在晾晒过程中尽可能地扭曲，使它在干了以后也能保持所有褶皱。我们把这块拧成一团的布料放进大盆，一起抬到屋顶平台，再次各抓一头，朝相反的方向用力，直到把它拧得像一股粗绳子，最后变成了一根巨大的松紧带。接着在地上铺一块大毛巾，把布料盘成蛇状放在上面。就是这块皱皱巴巴的布，几个小时后要变成礼服，让我那位英国客人穿上，去跟她生命中的神秘男子手挽着手第一次公开亮相。

布料在平台上晾晒的同时，我们两人回到家里，往小小的炉灶里填煤，烧至最大火力，直到厨房达到一个小锅炉房的温度。等屋子变得像蒸笼一样闷热，外面的太阳光也不那么强烈了，我们回到屋顶平台把布料取回来。将一块大毛巾铺在厨房滚烫的铁架上，把仍旧压成一团的布料围成一圈放在上面。每隔十分钟我就会给它翻面，以保证均匀受热，当然，自始至终都没有把它展开。拿着剩下的一点儿边角料，利用从厨房进进出出的间隙，我做出了一条简洁笔挺的丝绸腰带，加了三层衬布。

到五点钟的时候，我把那团皱皱巴巴的布料从铁架上拿下来，带到了工作间。这东西看上去就像一条热乎的猪血肠。谁也想象不到一个小时以后它将变成什么样子。

我把它展开铺到裁剪桌上，小心翼翼地一点儿一点儿把布卷打开。我们都紧张地注视着，直到面前奇迹般地出现了一块带褶皱的丝绸，熠熠生辉。哈米拉惊呆了。因为既没有设备也不懂技术，我们没有办法做到像福图尼的大作中那样永久性的褶皱，但是至少可以让相似的效果保持一个晚上，一个对某个女人来说非常特别的晚上，她必须穿得像个公主。我把布料整块展开，让它慢慢冷却下来，然后剪成四块，按照罗萨琳达的尺寸做成了一件圆筒形紧身长裙，她穿上一定会像第二层皮肤一样合身。我先缝制了一个简洁的领口，然后缝制袖口。没有时间添加更多的装饰了，大约一个小时以后，这件仿造的德尔菲斯礼服完成了。这是一件匆忙赶制出来的，高级时装界革命性作品“德尔菲斯”的家庭简版。虽然只是仿造，但已足以让所有人过目难忘，半小时以后我的顾客就要穿着它艳压群芳。

门铃响起的时候，我正在衣服上比画腰带的效果。这时候我才发现自己的形象有多狼狈。为了把衣服烤干，我们把屋里弄得像个蒸笼，瀑布般的汗水已经把我的妆全弄花了，头发也乱七八糟。闷热、拧布料时所费的力气、于家和屋顶平台之间的上下奔波，以及后来紧张的缝制，已经让我像刚刚被骑兵团飞驰着碾过一样衣冠不整、头发凌乱。哈米拉跑去开门的时候，我赶紧跑回房间，匆匆换上衣服，梳头、补妆。我努力创造出来的作品如此美妙，我的形象绝不能让它掉价。

我出去迎接罗萨琳达，以为她会在客厅等我。但是当我路过工作间的时候，发现她正站在模特儿面前，模特儿身上穿着她的那件礼服。她背对着我，我看不到她的表情，只是站在门口简单地问：

“您喜欢吗？”

她马上转过身来，但是没有回答我，只是迈着轻快的步子走到我身边，抓起我的一只手，使劲地握着。

“谢谢，谢谢，我真的不知道该怎么感谢您！”

她梳了一个低低的发髻，自然的鬈发比平时更明显。只在眼睛和颧骨处化了淡妆，但是唇上的口红却十分艳丽。细高跟鞋让她比平时高出近一个手掌。全身上下所有的首饰就是一对白金耳环，闪闪发光，很长，很美。身上散发着一股甜美的香水味。她脱下便装，我帮她一起穿上崭新的礼服。长裙不规则的褶皱泛出蓝色的光泽，随着她身体的凹凸起伏有致，非常性感，恰到好处地突出了她纤细的骨架和精致的身体部位，使她美丽的曲线展露无余，相当优雅奢华。我给她系上宽腰带，在背后打了个结。然后在镜子里观察这令人震惊的效果，说不出话来。

“等一下，别动。”我说。

我跑到走廊里去叫哈米拉，让她进了工作室。看到穿着礼服的罗萨琳达，她一下子捂住了嘴巴，差点儿发出惊讶与羡艳的惊呼。

“转一圈让她好好看看。这里有很大一部分是她的功劳。没有她我不可能做得到。”

罗萨琳达向哈米拉微笑着表示感谢，然后轻巧优雅地原地转了几圈。这个摩尔小女孩有些羞怯地看着她，充满了快乐。

“好了，现在赶快上路吧，再过不到十分钟就八点了。”

哈米拉和我手拉着手站在阳台上默默地看着她离开，为了不让街上的人看到，几乎是躲在一个角落。夜已经降临了。我往下看，以为会再次看到她那辆红色的小车，但这次是一辆大车，乌黑发亮，充满威严，车前部还竖着一些小旗，因为距离太远天太黑，无法辨认旗子的颜色。当那个穿着蓝色丝绸的身影出现在门口时，车灯立刻亮了，一个穿着制服的男子从副驾驶座上下来，迅速打开后车门。他毕恭毕敬地等在车门口，直到她款款地来到街上，迈着优雅的步子走向汽车。她走得不紧不慢，仿佛在骄傲与自信地炫耀身上的礼服。我没能看到车后座上是不是还有别人，因为她一坐进去，那个穿制服的男子就关上车门飞快地回到自己的位置上。车开动了，在黑夜中疾驰，里面坐着一位满怀梦想的女人，穿着这家伪装的高级定制时装店有史以来最虚假的礼服。

19

第二天，生活又恢复了正常。下午的时候有人敲门。我觉得很奇怪，因为这个时间没有约任何人。原来是菲利克斯。他一言不发地闪身进来，随即关上了门。他的行为让我很惊讶，一般不到半夜他是不会出现在我家的。一脱离了他母亲在猫眼后面狐疑的目光，他就用嘲讽的口气跟我说：

“这下咱们可有着落了，你要做大生意了。”

“为什么这么说？”我奇怪地问。

“因为我刚刚在门口碰到的那位伟大的夫人。”

“你是说罗萨琳达·福克斯？她是来试穿的。另外今天早上她派人给我送了一束花作为感谢。昨天我就是帮她解决了麻烦。”

“不会吧！我刚才看到的金发瘦女人就是那位‘德尔菲斯’小姐？”

“就是她。”

他停了几秒钟，似乎在回味听到的话，然后继续戏谑道：

“见鬼，这太有趣了。你居然有能力帮助一位非常非常非常特殊的女士解决难题。”

“有什么特殊的？”

“特殊在，亲爱的，特殊在你那位顾客可能是目前整个西班牙保护区最有权势最无所不能的女人了。当然，除了她自己的衣服，做衣服她还得来找你，我的模仿女王！”

“我不明白，菲利克斯。”

“你别告诉我你不知道这位罗萨琳达·福克斯是谁，你昨天还花了一下午拼命给她做了件衣服！”

“不就是一个英国人吗，大部分时间都在印度度过，有一个五岁的儿子。”

“她还有一个情人。”

“一个德国人？”

“不对不对。”

“不是德国人吗？”

“不是，亲爱的。你完完全全弄错了。”

“你怎么知道的？”

他一脸坏笑。

“因为全得土安都知道了。她的情人是另外一个。”

“谁？”

“一个重要人物。”

“到底是谁？”我好奇心大作，忍不住拉了拉他的袖子。

他又坏笑了一下，夸张地捂住嘴巴，仿佛要告诉我一个惊天的秘密，然后凑到我耳边悄悄地说：

“你那个朋友就是西班牙保护区总督的情人。”

“什么？巴斯盖斯警长？”我简直不相信自己的耳朵。

我的猜测让他哈哈大笑，他耐心地解释：

“不对，小傻瓜，不是的。克拉乌迪奥·巴斯盖斯是警察局长，他只负责这里的治安，管着手下一群乌合之众。我不相信他有时间去搞婚外恋或者结交固定的女性朋友，并能给她在帕尔梅拉斯大街买一栋带游泳池的别墅。你的顾客，亲爱的，她的情人是胡安·路易斯·贝格贝尔上校，摩洛哥西班牙保护区的总督，军队的总将领。说得更明白一点儿，他就是西班牙保护区军事和行政的最高负责人。”

“你说的是真的吗？”我小声问。

“我要是骗你，就让我母亲健康活到八十岁！谁也不知道他们是从什么时候开始好上的，因为她来得土安也就一个月。不过这一个月已经足以让全世界都知道她是谁，他们俩是什么关系。他前一阵子刚刚被任命为总督，虽然从战争一开始他就掌握了实际权力。据说佛朗哥对他非常满意，因为他不停地招兵买马，把这里的摩尔士兵送到西班牙前线去。”

虽然曾经在脑海中想象过无数遍她的生活，但是我从来没有想过罗萨琳达爱上的竟然是一个国民军的上校。

“这个人长什么样啊？”

我好奇的语气又让他开怀大笑。

“贝格贝尔，你不认识他？不过最近他确实出来得少了，估计整天关在总督府里头。但是以前，当他还是土著事务代表的时候，我们随时随地都能在街上碰见他。他不怎么引人注目，就是一个普通的军官，比较严肃，很少参加社会活动，几乎一直孤身一人，很少出席依皮卡、国家酒店或象牙派对这些地方的宴会，也不像其他人那样整天打牌，比如那个淡定的萨内斯上校，在暴动的当天还在赌场里头发号施令。总之，这个贝格贝尔是一个有些孤僻的谨慎家伙。”

“很有魅力吗？”

“对我来说当然一点儿吸引力都没有。但是对于你们这些女人来说有些魅力吧，女人都是难以捉摸的。”

“给我描述一下吧。”

“高高的，瘦瘦的，很严肃。深色皮肤，秃顶。带着圆圆的眼镜，小胡子，还有些书卷气。虽然他现在职位很高，时局又很乱，但一直都是平民打扮，总是穿着一身沉闷至极的深色西服。”

“结婚了吗？”

“可能，虽然看上去他一直是一个人住。但是很多军人都不会带家属一起上任的，这很正常。”

“多大年纪？”

“足够当她爸爸了。”

“真让人难以置信！”

他又笑了。

“你看你，要是你少干点儿活，多出去转转，说不定哪天就能碰见他，到时候你可以亲眼看看我说得到底对不对。他有时候还会出来散步，不过身边总是跟着两个保镖。据说他非常博学，会说好几种语言，在国外生活了很多年。虽然从目前的职位来看，他跟救国派一伙儿，得土安也已经是国民军的天下，但是一开始他跟他们毫无瓜葛。也许你的顾客是跟他在国外认识的，看看将来她会不会跟你说这些吧，到时候你可得告诉我啊，你也知道我最喜欢这些风流韵事罗曼史之类的。好了，就这样吧，我得走了，得带那个老巫婆去看电影。下午有两部电影，《圣苏庇修斯妹妹》和《苦难的秦町先生》，这一下午可有我受的了。因为这该死的战争，几乎有一年多没进口过一部像样的影片了。我多么想听到一首新的美国歌曲。你还记得《礼帽》[①]中的舞王弗雷德·阿斯泰尔和金格尔·罗杰斯吗？‘I just got an invitation through the mail，your presence is requested this evening，it's formal，top hat，white tie and tails……（我刚刚收到了一份邀请函，今晚你也将出席。这是一个正装舞会，礼帽，白色领结，燕尾服……）’”

他哼着歌走了，关上了门。这次不是他的母亲，而是我，躲在门口通过猫眼向外张望。我看见他嘴里还哼着歌，叮叮当当地从口袋里掏出一串钥匙，找到大门的那一把把它塞进了锁孔。等他的身影消失不见，我又回到工作室，重新拿起针线，对刚才听到的那些话还是半信半疑。我努力静下心来再干一会儿活，但是发现真的干不下去了。不知是没有心情，还是没有力气，或许是既没有心情也没有力气。想起前一天超负荷的工作量，我决定这天下午给自己放个假。我想像菲利克斯和他母亲

① 1935 年出品的美国歌舞片。

那样去看场电影，确实应该放松一下了。虽然心里是这么想的，但出了门，我的脚步却不自觉地朝着相反的方向走去，最后来到了西班牙广场。

广场上的花坛、棕榈树、彩色的鹅卵石路和周围一栋栋白色的建筑都在迎接客人。跟每天下午一样，石凳上坐满了一对对情侣和成群结队的朋友。附近的露天咖啡座传来一股诱人的肉串香味。我穿过广场，走向总督府。自从搬到这里，我经常路过总督府，但是它从来没有像今天这样引起过我的好奇心。总督府离哈里发的宫殿很近，是一栋白色的西班牙风格建筑，周围环绕着郁郁葱葱的花园。西班牙管理当局的大部分机构都在这里。透过树林可以看到它的两个主楼层和面积较小的第三层，还有屋角上的炮塔、绿色的百叶窗和橘红色的屋顶。摩尔士兵在大铁栏杆里面站岗，威严肃穆，身上的长斗篷随风飘动。西班牙驻非军队的军官们穿着绿色制服从旁边的小门进进出出，笔挺的马裤和油光发亮的高筒靴让他们看起来英气逼人。里面也穿梭着摩尔士兵，穿着欧式军上衣，宽大的裤子，腿上绑着棕褐色的绷带。双色的国旗在蓝天下迎风招展，万里无云的天气似乎已经在宣告夏日的来临。我呆呆地看着这些穿着制服的人来来往往，直到发现很多人朝我投来惊讶疑惑的目光。我感到很不自在，有些惊慌地转身离开，重新向广场走去。我在总督府面前寻找些什么？期望找到什么？我为什么要走到这里？也许没有原因。至少除了近距离地看看我的新客人那位出人意料的情人所在地外，没有什么具体的原因。

20

春天在慢慢地向夏天过渡，夜晚又变得五彩斑斓。我一如既往地跟坎德拉利亚平分时装店的收益。抽屉里那捆英镑越来越厚，几乎够支付大陆酒店的欠款了。离约定的偿还日期越来越近，一想到自己有能力偿还这笔债务我就感到很振奋，终于可以赎回自由了。无线电和报纸依然每天传来战争的消息。莫拉将军阵亡了，布鲁内特战役开始了。菲利克斯还是经常来夜游，哈米拉也一直在我身边帮忙，她那甜美而柔和的西班牙语已经大有进步，也开始帮我做一些最简单的针线活，比如松松地绷线、钉个纽扣、上个纽襻之类的。时装店里的日子平平淡淡，波澜不惊，几乎没什么事打乱我的生活。只有左邻右舍做家务的声音，或者交谈时的零星句子从朝前院开的窗户里飘进来。还有楼上那些已经放暑假的孩子们时不时跑出去玩的脚步声，有时候纷沓杂乱，有时候鱼贯而行。不过所有这些都并不令我厌烦，反而感到亲切，它们陪伴着我，让我不那么孤单。

七月的一个下午，周围突然嘈杂起来，人们说话更大声，上下楼梯的脚步也更加急促了。

“他们到了，他们到了！”有一个声音喊，接着传来更多人的说话声、叫喊声、关门声，然后是失声痛哭，不停地重复的几个名字。“贡恰，贡恰！

卡尔梅拉，我的妹妹！终于来了，艾斯裴伦萨，终于来了！”

我听见楼上的家具被拖动的响声，楼道里匆匆忙忙地上上下下。笑声，哭声和命令声。把浴盆装满水，再拿点儿毛巾来，把衣服拿来、把床垫准备好！孩子，快给孩子喂点儿吃的！之后又是哭声、激动的叫喊声和笑声。然后是锅碗瓢盆的声音，窗户里飘进饭菜的香味。“卡尔梅拉，我的上帝，贡恰，贡恰！”一直到后半夜楼上还在忙碌着。这时候菲利克斯来了，我终于能问他：

“艾莱拉家里发生什么事了？怎么今天这么乱？”

“你还不知道吧？何塞菲娜的姐妹们来了，她设法把她们从沦陷区弄了出来。”

第二天早上我又听到了杂乱的语声和激动不安的来来往往，虽然已经比前一天平静了很多。就算是这样，这一天也没消停过：不停地进进出出、门铃、电话铃、孩子们在楼梯上跑来跑去。也听到了哭泣，笑声，痛哭声，更多的笑声。下午的时候有人敲门，我以为是楼上的邻居需要什么帮助或者借什么东西，比如鸡蛋啦，床单啦，罐子啦。但是我错了，敲门的又是一个出乎意料的来客。

“坎德拉利亚女士请您尽快回拉鲁内塔，退休教师安塞尔莫先生去世了。”

小巴格，那个胖女人的胖儿子，汗流浃背地给我带来了一个口信。

“你先回去，告诉她我马上就来。”

我把这个消息告诉了哈米拉，她伤心地哭了。我没掉一滴眼泪，却感到心里一阵剧痛。住在公寓里的时候，在同一屋檐下的那些躁动不安的人中，他是跟我走得最近的一个，始终给我亲密和友爱。我穿上了能找到的颜色最深的衣服，因为我的衣柜里根本没有丧服。我和哈米拉急匆匆地出门，来到公寓门口，爬上楼梯，就再也无法继续往前走了。门口密密麻麻聚集着一群人，都是安塞尔莫先生生前的朋友和熟人，带着敬畏的神情等着进去跟他做最后的告别。我和哈米拉好不容易从人群中挤了进去。

公寓的门开着，刚到门厅我就闻到一股大蜡烛燃烧的味道，听到一群女人齐声祈祷的嗡嗡声。坎德拉利亚早迎了上来。她紧紧地裹在一件明显小一号的黑色套装里，壮观的胸脯前挂着一枚圣母像吊坠。在饭厅中央的饭桌上，安塞尔莫先生灰色的尸体穿着寿衣躺在棺材里。看到这个情景我打了个寒战，并注意到哈米拉的手紧紧地抓住了我的胳膊。我在坎德拉利亚的脸颊上亲吻了两下，她在我的耳边留下了两行热泪。

“他就在那儿，就倒在他们每天的战场上。”

我又回想起自己亲眼见证的那日复一日的餐桌大战。鳀鱼的鱼刺和非洲獴粗糙发黄的肉皮满桌乱飞。尖酸刻薄的讽刺和辱骂，像箭一样到处乱扔的叉子，此起彼伏的叫喊，还有坎德拉利亚从来没有兑现过的把他们都赶出去的威胁。的确，餐桌已经变成了他们真正的战场。我努力挤出一个悲伤的笑容。干瘦的老姐妹、胖寡妇和几个女邻居坐在窗前，全身缟素，正在念令人费解的《玫瑰经》，她们的声音单调而带着哭音。一瞬间我竟然在想，安塞尔莫先生如果活过来，一定会叼着他那托莱多牌的香烟，一边剧烈地咳嗽，一边愤怒地大喊，要求她们马上停止为他祈祷。但是他已经死了，而她们还活着。所以尽管他尸骨未寒，她们已可以为所欲为了。我和坎德拉利亚坐到她们旁边，她加入了她们的合唱，我也假装张开嘴念经，但是心思已经不知道跑到哪儿去了。

圣灵，请怜悯我们。

基督，请怜悯我们。

“我有件事要问你，坎德拉利亚。”我在她耳边小声说。

基督，请眷顾。

基督，请倾听。

“说吧，亲爱的。”她也用很小的声音回答。

圣父，请怜悯我们。

圣子，我们的救世主。

“我听说有人能设法把人从沦陷区弄出来。”

万能的圣灵！

圣特立尼达，我们的神明。

“这我也听说了……”

圣马利亚，请为我们祈求。

万能的圣母。

贞洁的圣母。

“你知道他们是怎么弄的吗？”

基督之母。

教廷之母。

“你为什么想知道这个？”

神圣的幸运之母。

纯洁的母亲。

贞洁的母亲。

“为了把我母亲从马德里救出来，带到这儿。”

圣洁的母亲。

无瑕的母亲。

“这我得去打听打听……”

仁慈的母亲。

可敬的母亲。

“明天一早行吗？”

给予我们忠告的母亲。

造物主的母亲。

救世主的母亲。

“我尽快吧。现在你闭上嘴，跟我们一块儿祈祷。看看咱们能不能努力让安塞尔莫先生上天堂。”

守灵仪式一直持续到次日凌晨。第二天我们安葬了安塞尔莫先生。墓地选在天主教区，葬礼上念着庄重的悼亡经，一切都照着最虔诚的天主教仪式进行。我们陪着棺木来到了陵园。得土安的风一如既往地肆虐，吹开女人们的面纱，吹得裙裾飞扬，吹得蓝桉树的叶子在地上不停地翻腾，漫天飞舞。神父正用拉丁文念诵着最后的告别祈祷，我凑到坎德拉利亚耳边好奇地问：

“我听那对老姐妹说，安塞尔莫先生是个无神论者啊，为什么大家要给他弄这样一个教会葬礼？”

“打住，打住，你算了吧，这么说会让安塞尔莫先生的灵魂下地狱的，等我们睡着了他的冤魂就要来找我们算账了……”

我好不容易才忍住没笑出来。

“看在上帝的分上，坎德拉利亚，别这么迷信了！”

“你可别跟我说这个，我是个老脑筋，我知道自己在说什么！”

她再也不说话了，全神贯注地投入到宗教仪式中，再也没看我一眼，直到念完最后一句祷告词“息止安所”。尸体被放入墓穴，安葬者往上洒了第一铲土，人群慢慢散开。我们排着队走向陵园栏杆处的出口。坎德拉利亚弯下腰假装系鞋带，让老姐妹、胖女人和其他邻居先走了。我们俩落在后面，看着她们的背影缓缓前行，像一群乌鸦，黑色的面纱长及腰际，这种面纱被称为半披风。

“来吧，为了纪念可怜的安塞尔莫先生，咱们去吃点儿东西，亲爱的，我这两天太伤心了，现在都饿得不行。”

我们一路走到好味道餐厅，各自挑了点心，然后坐在教堂广场的长凳上吃。广场上到处都是棕榈树和花坛。最后我终于忍不住了，提出了那个从早上开始就在舌尖上滚动的问题：

“昨天我跟你说的事，你打听到什么了吗？”

她点了点头，嘴里塞满了蛋白酥。

“事情很复杂，而且需要一大笔钱。”

“快给我讲讲。”

“在得土安有人参与过这样的事。我没打听出具体的细节，但似乎西班牙那边是通过国际红十字会来操作的。先找到身在沦陷区的那个人，然后通过某种方法把他转移到莱文特的某个港口，别问我是怎么转移过去的，我一点儿也不知道。乔装打扮，用车运，还是徒步，只有上帝清楚。反正就是在那些港口把人送上船。那些想去解放区的人会被送往法国，然后从巴斯贡加达斯穿越边境线。想来摩洛哥的人，他们会尽可能送到直布罗陀海峡，不过大多数情况下直接到那儿比较难，一般会先到地中海的其他港口，然后到达丹吉尔，最后是得土安。”

我感觉自己的心跳开始加速。

“那你知不知道我应该去找谁？”

她有些悲伤地笑了，轻轻地抚摸了一下我的腿，我的裙子就沾上了一块糖渍。

“在找人之前，你得先弄到一大笔钱，而且是英镑。我跟你说过吧？英国佬的钱是最值钱的。”

“这段时间来存下来的钱我分文未动。”我没有理会她的得意。

“可是你还有大陆酒店的债没还呢。”

“也许我存的钱够支付这两件事了吧。”

“不可能，亲爱的。要办成这件事起码得二百五十英镑。”

我的嗓子一下子干了，嘴里的千层饼像糨糊一样卡在喉咙里。我忍不住咳嗽起来，坎德拉利亚轻轻地拍着我的背。等我终于把这口饼咽了下去，擤了擤鼻子，然后问道：

“你不能借给我吗？坎德拉利亚。”

“我？我现在一分钱都没有。”

“时装店的收入呢？我不是每月都给你吗？”

“都花光了。”

“花哪儿了？”

她重重地叹了口气。

“用来办这次葬礼了，还有他最后那段时间的药费，以及在别处欠下的账单。还好马戴医生是他的朋友，不会来跟我要出诊费。”

我难以置信地看着她。

“可是他不是有退休金吗？应该有些积蓄啊？”

“他一分钱都没有了。”

“这不可能，他已经好几个月没怎么出过门了，根本就没什么开销。”

她笑了，笑容里充满了同情、悲伤和讽刺。

“不知道这个该死的老家伙怎么弄的，把所有的积蓄都捐赠给红十字会了。”

即使不需要还债，我的积蓄也远远不够托人把母亲从马德里带到摩洛哥。即便如此，这个念头还是一直在我脑海中萦绕。那天晚上我几乎没有睡着。我设想了无数种荒谬的可能，把抽屉里存下的钱数了又数。可是不管多么渴望，不管数多少遍，它们的数目仍然没有变化。一直到天光大亮，我想到了另一个办法。

21

交谈声、大笑声，还有噼里啪啦的键盘敲击声一下子都停了下来，四双眼睛齐刷刷地盯着我。屋子是灰色的，烟雾弥漫，烟味和长时间受潮的霉味扑鼻而来。除了苍蝇飞来飞去的嗡嗡声和头顶上木制电扇慵懒的旋转，屋里寂静无声。几秒钟以后有人经过走廊时看到我站在那里，吹了一声惊艳的口哨。那天我穿着最好的套装，站在四张桌子中间，桌子后面是四个穿着衬衫汗流浃背的男人，正在努力工作。或者说，看上去在工作。

“我来找巴斯盖斯警长。”我说。

“他不在。”胖胖的警员说。

“但是他很快就会回来。”最年轻的那个说。

“您可以等他一会儿。”最瘦的那个说。

“愿意的话您可以先坐一会儿。”年纪最大的那个说。

我在一张橡胶面的椅子上坐下，就在那儿一动不动地等了一个半小时。在这漫长的九十分钟内，屋里那几个人假装继续工作，但实际上谁也没在干活。有的假装埋头做事，却恬不知耻地偷偷看我，有的假装用四折的报纸打苍蝇，然后交换几个暧昧的表情，或者传递些字迹潦草的纸条，估计上面写满了对我的胸、臀、腿的猜测和描述。要是我的态度稍微亲热一点儿的话，还不知道他们能干出什么事来。克拉乌迪奥先生终于回来了，像个乐队指挥一样走进来，步子又快又大。他一边摘帽子脱外套，一边发号施令，还看着手里一堆别人刚刚递给他的纸条。

“胡安雷斯，我要你马上去一趟商业街，有人被刺伤了。科尔德斯，我数到十，你要是不把火柴厂那个案子的资料整理好放到我桌上，我就一脚把你踢到地狱里去。巴乌迪萨，老虎市场的盗窃案怎么样了？卡尼艾特……”

他停住了，因为看见了我。于是那个卡尼艾特，就是那个瘦瘦的警员，没有被指派到任何任务。

“请进。”他简单地说，指了指屋子尽头的办公室，又把脱了一半的外套穿上。“科尔德斯，火柴厂的材料等会儿再给我吧。你们，该干嘛干嘛去。”他对其他人说。

他关上了办公室的玻璃门，并请我坐下。这个房间稍微小一些，但是比外面大办公室的环境要好得多。他把帽子挂在衣架上，在办公桌后面坐好，桌上摆满了各种纸张和文件夹。接着他打开了一个塑料电扇，凉爽的风吹到脸上，简直像在沙漠里遇到了绿洲。

“好了，您有什么事。”他的语气并没有特别和蔼，也没有特别严厉，神色介于头几次见面时的紧张担心和上次来到时装店走访并决定不再过问时的严肃之间。就像去年夏天一样，他的脸庞又被太阳晒得黝黑，可能是跟大多数得土安人一样，经常去附近的马尔丁河滩，但也许只是因为成天在太阳底下奔波，解决各种各样的问题。

我对他的工作方式已经很了解，所以直接提出了请求，并且准备好应对他将要打破砂锅问到底的无数问题。

“我需要我的护照。”

“我能知道为什么吗？”

“为了去一趟丹吉尔。”

“我能知道您去干什么吗？”

“为了去商量一下我的欠款。”

“商量？商量什么？”

“我需要他们再宽限我一段时间。”

“我以为您的生意很兴隆，已经攒够能还清欠款的钱了呢。我知道您有一些非常有钱的顾客，她们对您的评价很不错。”

“是的，生意的确还不错。我也一直省吃俭用。”

“您现在存了多少钱？”

“足够支付大陆酒店的欠款了。”

“那……”

“我有别的事情，急需用钱。”

“哪方面的？”

“家庭事务。”

他假装惊奇地看着我。

“我以为您的家人都在马德里。”

“是的，正是因为这个。”

“麻烦您说清楚点儿。”

“对我来说，世界上唯一的家人就是我的母亲，她还在马德里。我想找人把她接到得土安来。”

“那您的父亲呢？”

“我已经告诉过您，我几乎不认识他。我只想找到母亲。”

“明白。您打算怎么把她接过来？”

我把坎德拉利亚告诉我的话原原本本地转述给他，当然没有提到她的名字。他还像以前一样，紧紧盯着我的眼睛，看上去好像在全神贯注地听我的话。其实我几乎敢肯定，他了解这类暗箱操作的全部细节。

“您打算什么时候去丹吉尔？”

“尽快，如果您允许的话。”

他往椅背上一靠，定定地看着我，左手的手指在桌面上有节奏地敲击。如果我有透视的特异功能，一定能看到他的大脑是如何启动，然后快速运行的：考虑一下我的请求，排除其他选择，下决心，然后作出决定。

过了一会儿，应该只是短短的一会儿，但是对我来说却无比漫长，他停下手指的动作重重拍了一下桌面。于是我知道他已经有了决定。但是他没有直接向我宣布，而是走到门口探出身去大声喊：

“卡尼艾特，为希拉·西罗嘉小姐准备一张博奇哨所的过境通行证，现在就要。”

听到这个命令，我深深地吸了一口气，但是没有说话，直到他回到座位并且直接告诉我这个决定。

“我会把您的护照还给您，另外给您开一张通行证，明天您有十二个小时的时间往返丹吉尔。去跟大陆酒店的经理谈一谈，看看结果怎么样吧。说句实话，我觉得希望不大。但是去试试吧，总比待着傻等强。请您随时跟我保持联络。另外，记住：别跟我耍任何花招！”

他打开一个抽屉，在里面翻了一会儿，拿出了我的护照。卡尼艾特进来，把一张纸放在桌上，然后在一旁色迷迷地看着我。警长一边在文件上签字，一边头也不抬地对这个开小差的下属喝道：“快滚，卡尼艾特。”接着他把纸对折，夹在我的护照里，一言不发地递给我，然后站起身来，打开门，握着把手等在那里请我离开。我进来时遇到的四双眼睛现在变成了七双。七个男人垂手站立等着我离开，好像在迎接圣驾，似乎他们一辈子都没在警察局里见过略微平头正脸的女人。

“今天怎么了？全都在度假吗？”克拉乌迪奥先生对他们吼道。

所有人立即行动起来，从文件夹里拿出文件，聚在一起谈论听上去很重要的案子，把键盘敲得噼啪作响，其实可能是翻来覆去在敲同一个词。

我出了门，走上人行道，路过打开的窗户时，看到警长又回到了办公室。

“我操，头儿，这妞真不赖。”一个不认识的声音说。

“你给我闭嘴，帕洛马雷斯，要不我让你到猴子峰上去站岗。”

22

得土安与丹吉尔相距约七十公里，据说在战争爆发前，每天都有很多趟公共汽车往来于两个城市。然而现在班次大大减少，发车时间也经常改变，所以谁也说不准什么时候有车。为此我非常紧张，第二天一大早就来到瓦伦西亚那车站，做好了忍受一路煎熬的心理准备，只求这些红色的大车中有一辆能把我送到丹吉尔。既然前一天我已经在警察局那帮饿狼一样的男人们中间忍受了一个半小时，一定也可以忍受在闲极无聊的司机和满身油污的修理工中间等车。我又穿上了最好的衣服，头上包了一块丝绸头巾，戴了一副巨大的太阳镜，掩盖住眼中的焦虑。还不到九点我就快要到达位于郊区的公交公司车站了。我走得很快，一边走一边专注地在脑海中想象跟大陆酒店经理见面的情形，反复演习着打算跟他说的话。除了对债务的忧心，还有一种感觉更让我难受。这是我离开丹吉尔以后第一次回去，那个城市的所有角落都充满了对拉米罗的回忆。这对我来说是一种巨大的折磨，回忆会活生生地浮现在眼前，这将是非常难熬的一天。

天色尚早，一路上都没碰到几个人，汽车就更少了。因此当一辆车停到我旁边时，我非常惊讶。一辆全新的黑色道奇，中等大小。这车我完全不认识，但是从车里传出来的声音却很熟悉。

“Morning, dear（早上好，亲爱的）。能在这儿碰见你，真是个惊喜。我能捎你一段吗？”

“不用啦，谢谢。我这就到了。”我说着指了指瓦伦西亚那车站。

我一边说话，一边偷瞄到这位英国顾客穿着前几个星期我刚给她做的一件衣服，而且跟我一样，她也用一块浅色的头巾包住了头发。

“你要去坐公共汽车？”她问，语气中带着一丝不相信。

“对，没错。我要去丹吉尔。但还是谢谢你的好意。”

就好像听到一个特别好玩的笑话，罗萨琳达·福克斯发出了一阵银铃般的笑声。

“No way, sweetie（不可以，亲爱的），别提什么公共汽车。我也去丹吉尔，快上来！还有以后别用‘您’称呼我了。我们已经是朋友了，aren’t we（对吗）？”

我迅速考虑了一下这个建议，觉得它跟克拉乌迪奥先生的命令并无抵触，便接受了。感谢这个突如其来的邀请，我可以不用在公共汽车里带着悲伤的回忆，忍受一路难熬的旅程。再说，有人陪我一起，我会比较容易忘记自己的焦虑和不安。

她沿着帕尔梅拉斯大街往前开，把公共汽车站远远地抛在身后，路边全是高大美丽的豪宅，掩映在各自郁郁葱葱的花园后面。她指了指其中的一栋。

“那就是我家，虽然也住不了几天。我很可能又要搬家。”

“离开得土安？”

她笑得好像刚刚听到一个最荒谬的笑话。

“No, no, no（不，不，不）！除了得土安我哪儿也不去。我只不过是想搬到一个舒服一点儿的房子里去。这栋房子看起来很不错，但是太久没人住了，需要很多改造。里面的管道简直可以用恐怖来形容，几乎没有饮用水，我实在无法想象在这样的条件下该怎么过冬天。我已经跟胡安·路易斯说了，他正在另找一个更舒服些的地方。”

她非常自然地提起自己的情人，一脸自信，完全没有上次参加德国人晚宴那天的支吾和含糊其辞。我一点儿反应都没有，似乎已经完全了解他们之间的关系，似乎用这样亲昵的名字称呼总督对我来说也是日常工作中非常熟悉的事情一样。

“我爱得土安，it’s so, so beautiful（它是如此如此的美丽）。而且在某种程度上它让我想起了加尔各答的英国区，因为它们有相似的植被和殖民建筑风格。不过这已经是过去的事了。”

“你不想回去吗？”

“不，不，绝对不会再回去了。一切都已经过去，那里发生了一些让人不愉快的事情，有人做出了对不起我的事。再说，我也喜欢在新的地方开始新的生活，之前在葡萄牙，现在在摩洛哥，明天，who knows（谁知道呢）？我在葡萄牙住了一年多，开始在埃斯托里尔，之后在卡斯凯斯。后来那边的环境也变了，我就决定再换一个地方。”

她滔滔不绝地说着，眼睛一直盯着前方的路。我感觉她的西班牙语已经比我们初次见面时好了很多，基本上听不出葡萄牙语的痕迹了，虽然还是会时不时地在语句中插入些母语中的词语和表达。我们的车篷敞开着，发动机的声音震耳欲聋，几乎得喊着说话才能让对方听见。

“不久以前在埃斯托里尔和卡斯凯斯有一群非常好的英国人，还有很多来自其他国家的人，外交官、欧洲贵族、酒商，美国石油商……经常举办各种各样的宴会，那里一切都很便宜：酒啊，租金啊，家政服务什么的。我们成天打桥牌，那时候的生活真有趣啊。但几乎是一夜之间，一切都变了。好像整个世界都想搬到葡萄牙。那些英国人，他们在艾斯多里尔住了一阵子之后，就再也不想回阴雨连绵的祖国过退休生活，而是选择了葡萄牙海岸的温和气候。西班牙皇族们预感大事不妙，也纷纷逃到邻国。犹太人在各自国家的境况越来越差，都看中了葡萄牙的无限商机。一下子涌入那么多人，导致物价飞涨。”她像孩子一样耸了耸肩，补充道，“我想那里已经失去了它的魅力。”

一路上都是苍凉的土黄色，偶尔有一小块一小块的仙人掌或甘蔗田。我们走过一段长满了松树的山路，又重新回到平地的旱田，头上系的丝巾在风中飘扬，在阳光下显得格外艳丽。她一路上都在讲自己来到摩洛哥的传奇经历。

“在葡萄牙的时候就常常听人说起摩洛哥，尤其是得土安。那时候我跟桑胡尔霍将军是非常好的朋友，还有他那可爱的太太卡门，她真是so sweet（太甜美了），你知道吗？她原来是个舞蹈演员。我的儿子约翰尼经常跟他们的小儿子贝贝一起玩。何塞·桑胡尔霍在那次飞机失事中不幸遇难，我真的非常悲痛，那是一次可怕的事故。他是一个非常有魅力的人，虽然说老实话，从外表上看实在是其貌不扬。但是他人那么好，那么开朗。他经常开玩笑地叫我大——美人。我最先会的那些西班牙语单词就是从他那里学的，也是他在柏林把我介绍给胡安·路易斯的。那是去年二月份冬季运动会的时候，我对他一见倾心。我是从葡萄牙过去的，跟朋友聂莎一起，两个单身女人，开着一辆奔驰，穿越了大半个欧洲一直开到柏林，你能想象吗？当时我们住在安德伦酒店，你应该知道吧？”

我做了个似是而非的表情，既没有表示知道，也没有表示不知道。她则继续滔滔不绝地讲述，没有太注意我的反应。

“柏林，我的上帝，那真是个美妙的城市。那些酒吧、宴会、夜店，所有的一切都充满生气，充满活力。我在英国上教会学校时的那个嬷嬷，要是在那儿看见我一定会吓死的。有一个晚上，非常凑巧，我碰到他们正在酒店里喝酒。桑胡尔霍是去德国访问兵工厂的，而胡安·路易斯已经在那儿待了好几年，他当时是西班牙驻德国大使馆的武官，所以全程陪同桑胡尔霍访问。我们聊了一会儿。开始的时候胡安·路易斯非常谨慎，在我面前不对时事做任何评论。但是何塞知道在我面前可以畅所欲言。他哈哈大笑着说，我们是来看冬季运动会的，不过我们也是为了准备战争运动会而来的。我亲爱的何塞，如果不是那场可怕的事故，现在可能是他，而不是佛朗哥主宰着国民军，so sad（太悲哀了）。不管怎么样，后来回到葡萄牙以后，桑胡尔霍经常跟我提起那次见面，也经常跟我提起他的朋友贝格贝尔，说他当时对我的印象有多么多么好，还说起他在摩洛哥西班牙保护区的美好生活。你知道吗？二十年代的时候何塞也曾是得土安的总督。总督府前面那些花园就是他亲自设计的，so beautiful（那么美丽）。阿方索十三世国王曾授予他里夫侯爵的封号，所以他以前有个绰号叫里夫雄狮，poor dear Jose（可怜的，亲爱的何塞）。”

我们继续在荒漠里穿行。罗萨琳达打开了话匣子便一发不可收拾。她从一个话题谈到另一个话题，不停地转换着领域和时空，也不理会是不是能跟上她杂乱无序的叙述思路。突然，她猛踩一脚刹车停住了，掀起一股灰尘和干土。前方一个牧羊人正赶着一群饥饿的羔羊路过，头上裹着满是油污的缠头布，穿着破烂的棕褐色带帽长袍。等最后一只羊走过，牧羊人举起他那棕褐色的放羊棍示意我们可以继续走了，嘴里还嘟嘟囔囔说了些什么，我们一句也没有听懂，只看见他嘴里满是黑洞的牙齿。于是罗萨琳达又继续开车，继续聊天。

“几个月以后西班牙就爆发了内战，也就是去年的七月份。当时我刚刚离开葡萄牙回到伦敦，正准备搬到摩洛哥来。胡安·路易斯告诉正值暴乱，搬到得土安来可能有点儿困难，因为有些地方遇到了反抗，有枪击和爆炸，连亲爱的桑胡尔霍的花园里都血流成河。但最终暴乱士兵达到了目的，胡安·路易斯在其中也起到了很大的作用。是他向哈里发穆雷·哈桑、大臣还有其他穆斯林重要人物告知正在发生的事情。你知道，他的阿拉伯语说得相当好，他曾经在巴黎的东方语言学院学习，然后又在非洲生活了很多年。他是摩洛哥人民的好朋友，对摩洛哥文化非常着迷，管摩洛哥人民叫‘我的兄弟’，他说连西班牙人都是摩尔人的后代。他真的很有趣。”

我没有打断她，但是脑海中却浮现出一幅模糊的景象：忍饥挨饿的摩尔人在一片陌生的土地上浴血奋战，为了一项与自己毫不相关的事业奉献鲜血与生命，据说换来的只是微薄的薪水、几斤糖和面粉。军队会给在前线战斗的士兵的家属分发一些钱物。菲利克斯告诉过我，负责招募这些可怜的摩洛哥士兵的，正是他们的“好朋友”贝格贝尔。

“Anyway（不管怎么样），”她继续说，“当天晚上他就成功地说服了摩洛哥当局支持起义军队，这可以说是军事行动取得成功的基础。后来，为了肯定他的贡献，佛朗哥任命他为西班牙保护区总督。虽然他们之前就认识，而且曾经在同一个地方服役，但是他们俩并不是好朋友，完全不是。事实上，虽然胡安·路易斯几个月前曾经陪桑胡尔霍一起访问德国，但是他一开始完全是置身事外的。叛乱的策划者们，不知道为什么没有料到他会参与进来。当时他是土著事务副代表，一个偏行政管理的职位，跟部队没有太多联系，跟策划叛乱也毫无关系，一直生活在自己的小天地里。You know what I mean(你明白我的意思吧)，他喜欢阅读、聊天、辩论、学习其他语言……亲爱的胡安·路易斯，他非常非常的浪漫。"

对我来说，实在很难把罗萨琳达描述的又浪漫又有魅力的男人，跟一个起义部队的高级将领联系在一起。不过当然我永远不会让她知道我的真实想法。这时候我们来到了一个关卡，全副武装、荷枪实弹的本地士兵在那里站岗。

"把你的护照给我。"

我从包里取出护照和头一天克拉乌迪奥先生给我开的过境许可证，一起递给她。她拿起护照，看也没看就把过境许可证扔一边了，然后把我的护照和她的放在一起，还有一张对折的纸，可能是个无所不能的通行证，如果她愿意，甚至可以用它去天涯海角。她满脸微笑地把这些一起递给站岗士兵，士兵把证件送进了一间石灰墙的小平房。马上，里面就出来一位西班牙军官，走到我们面前立正，毕恭毕敬地行了个军礼，然后一言不发地示意我们继续通行。于是她继续着独白，不过因为忘记之前说到哪儿了，所以又重新开始了一个话题。而我这个时候却在努力保持镇定。虽然知道完全没什么可紧张的，所有的手续都正当合法，但一走到卡哨前我就不由自主地觉得焦躁不安，浑身不自在。

"去年十月份我在利物浦登上了一艘开往西印度群岛的咖啡商船，中途靠岸时来到丹吉尔，然后按照原计划住了下来。我下船的时候简直都要疯了，因为丹吉尔的码头实在是太 awful（吓人）了。你知道的，是吗？”

这次我确信无疑地点了点头。怎么可能忘记呢？一年多以前跟拉米罗一起到达丹吉尔码头，那里的灯光、船、海滩、从绿色的山上绵延下来一直到海滨的白色房子；汽笛声、咸咸的海的味道和沥青的味道。我努力集中精力倾听罗萨琳达的传奇经历，现在还不是打开忧伤的记忆口袋的时候。

“你想象一下，我带着儿子约翰尼还有霍克，我的西班牙猎犬，带着汽车和十六只大箱子，装满了衣服、地毯、瓷器、吉普林和伊夫林·沃的书、相册、高尔夫球杆，还有我的 HMV 手持留声机，我所有的唱片，保罗·惠特曼和他的管弦乐队、平·克劳斯贝、路易斯·阿姆斯特朗……当然了，我还带了一大堆推荐信。这是我父亲在我还是个小女孩的时候，教会我的除了骑马和打桥牌之外最重要的事情。他总是说，出门时千万要带着推荐信！可怜的父亲，几年前他因为 heart attack 去世了，西班牙语怎么说？”她用一只手指指左边的胸口。

“心脏病？”

“That’s it（对），就是心脏病。因为这些推荐信，我很快就在丹吉尔结交了一些英国朋友，比如从殖民地退休的老公务员、军队的军官、外交人员，you know（你知道），又是那些人。To tell you the truth（说实话），大部分人都很无聊，不过通过他们我也认识了一些有趣的人。我在丹麦大使馆旁边租了一栋非常棒的房子，找了个用人，在那里住了好几个月。”

道路两边零零散散地出现了一些小小的白色房子，说明我们马上就要到达丹吉尔了。公路边的行人也多了起来，成群结队背着大包的妇女，穿着短裤光着腿追逐嬉戏的儿童，戴着缠头布穿着长袍的男子，动物，驮着水罐的骡马，瘦弱的羊群，有时也会出现一群乱跑的母鸡。渐渐地，丹吉尔出现了。罗萨琳达一边熟门熟路地穿过一个又一个路口，飞速向市中心驶去，口中仍在向我描述她有多么喜欢不久前刚刚搬出来的那栋丹吉尔的房子。与此同时，我慢慢认出了那些熟悉的地方，努力强迫自己不去回想在我自认为幸福的日子里，曾跟谁一起流连。最后她在法国广场停下了，那一脚急刹车让很多行人都回头观望。她却毫不理会路人的目光，摘掉头巾，对着后视镜重新描了一下口红。

“我特别想去明萨赫酒吧喝一杯早间鸡尾酒，不过我要先去办点儿小事情。你陪我去吗？”

“去哪儿？”

“去伦敦和南美银行。我要去看看我那个死鬼丈夫有没有寄生活费来。”

我也摘下了头巾，心里暗想这个女人什么时候才能显得不那么神秘和捉摸不透。当我以为她是一个为爱疯狂的年轻女孩时，却发现她是一个坠入情网的母亲；当我以为她的衣柜里装满了国际知名设计师的奢侈时装时，她却跑来找我借衣服去参加德国纳粹分子的宴会；当我以为她爱上的是一个年轻轻浮的外国人时，却发现原来她的心上人是一个比她年长一倍的位高权重的军人。所有这一切也没能让我完全了解她，怎么可能完全了解呢？此时此刻她又突然宣布她有一个丈夫，虽然不在身边，但确实还活着，而且似乎不太愿意继续出钱维持她的生活。

“很抱歉我没法陪你，因为我也有点儿事情要办。”我拒绝了她的邀请，“不过我们可以晚一点儿再见面。”

“All right（没问题）。”她看了看表，“一点钟怎么样？”

我同意了。现在还不到十一点，我有足够的时间去办自己的事情。也许不够走运，但至少时间充裕。

23

明萨赫酒店的酒吧跟一年前别无二致。一群群热烈交谈的欧洲人，男男女女都衣着入时，在桌边或吧台上喝着威士忌、雪利酒或者鸡尾酒，谈话中各种语言来回切换，就像换手绢一样随心所欲。在酒吧的正中间，一名钢琴师正在弹奏动听的音乐，为周围的顾客助兴。所有的人看上去都很悠闲，跟一九三六年的夏天完全一样，唯一不同的是，在吧台等候我的，不再是那个跟酒保说着西班牙语的男人，而是一个说一口英语，手里还拿着一杯酒的英国女人。

“希拉，亲爱的！”一看到我出现在门口，她就大声地喊我的名字，“来杯粉红杜松子酒？”她一边问一边举起酒杯。

对当时的我来说，喝什么都一样，一杯杜松子酒跟一杯松节油也没什么区别。所以我接受了，努力装出一个微笑。

“你认识提姆吗？他是我的老朋友。提姆，这位是希拉·西罗嘉，我的时装师。”

我看着那个酒保，马上就认出了他。瘦瘦的身材，青黄色的面容，一双眼睛永远那么深邃神秘。我想起了自己和拉米罗经常来这里的时候，他总是跟很多不同的人相谈甚欢。无论是要托关系找人，还是要征求意见，或是打听什么捕风捉影的消息，人们都会去找他。我注意到他的目光从我身上扫过，他认出了我，同时观察着我的变化，好把我同拉米罗身边的那个小女孩联系起来。他比我先开口。

“我记得您以前来过这里，很久以前，对吗？”

“是的，很久以前。”我简单地回答。

“对，我记得您。从那时候到现在，已经是沧海桑田了，您说呢？您经常光顾我们这里的时候，还没有这么多西班牙人儿，但是现在多了很多。”

是的，的确是沧海桑田。成千上万的西班牙人为了躲避战乱来到了丹吉尔，而拉米罗和我，则分道扬镳。我的生活变了，我的国家变了，我的身体，我的感情，一切都变了。而我，宁可不去想这一切。于是我没有回答，假装全神贯注地在包里翻找什么东西。他们俩继续聊天，交换着一些看法和秘密，一会儿说英语，一会儿说西班牙语，有时候还试图把我拉进那些家长里短的谈话中，可是我丝毫提不起兴趣，我连自己的事情都没理清思绪。顾客们在酒吧里进进出出，外表光鲜靓丽，悠闲而从容。罗萨琳达总用一个表情或者最简单的客套话表达问候，似乎除了必要的礼节完全不想与他们展开任何交谈。刚开始她做到了，但不一会儿来了两位女士，一看到她，就决定不把话题局限在“你好，亲爱的，很高兴见到你”之类的客套话上。这两个女人非常漂亮，金发碧眼，身材苗条，风情万种，分不清到底是哪国的美女，但跟以前我模仿过的外国女人一样。在坎德拉利亚公寓的小屋里，我对着有裂缝的镜子，无数次地演练她们的表情和动作，直到化为已有，娴熟自然。她们俩用飞吻问候罗萨琳达，嘴巴高高地噘起，手指几乎都没有触碰到涂脂抹粉的脸颊，然后迅速地坐到我们中间，也不管有没有人邀请。酒保为她们准备了开胃酒，她们拿出烟盒、象牙烟嘴和银质打火机，然后提到一堆名字、职务、宴会、还有很多人的分分合合：你还记得在哈里斯庄园的那个晚上吗？你肯定想不到，露西亚·达颂跟她那个新任男朋友发生了什么事！对了，你知道贝尔提·斯德沃特破产了吗？就这样聊了一连串的是是非非，终于她们中的一个，年纪比较大也更珠光宝气的那一个，向罗萨琳达提出了估计从进门的时候就一直在她们脑海里盘旋的问题。

“哦，亲爱的，你在得土安过得怎么样？你突然离开让我们所有人都非常惊讶，一切都太……太突然了。”

罗萨琳达老练地笑了笑。

“哦，我在得土安的生活相当美妙。我找到了一座童话般的房子，认识了一群超级棒的朋友，就像我亲爱的希拉，她经营着整个北非最好的高级定制时装店。”

她们好奇地看着我，我用手轻拂长发，报以一个比犹大还虚假的微笑。

“嗯，也许有一天我们能去拜访她。我们很喜欢时尚，而且都有点儿厌倦丹吉尔的这些裁缝了，你说是吗，米尔德？”

年轻的那个热烈地附和着，然后重新捡起话题。

“我们真希望能去得土安看你，亲爱的罗萨琳达，但是自从西班牙内战爆发以来，边境就封锁了，真是非常令人讨厌。”

“不过，你这么神通广大，也许能帮我们弄几张通行证，这样我们就可以来看你们了。也许还能有机会认识一些你的新朋友呢……”

两个金发女人开始一步步地接近她们的目标。酒保提姆在吧台后面毫无表情地静观事态发展，罗萨琳达则一直保持着僵硬的微笑。她们俩继续说着，互相抢着话头。

“那简直太美妙了，现在丹吉尔所有的人，亲爱的，都非常渴望能认识你的新朋友。”

“好了，我们干吗不直说呢？这才像真正的朋友嘛，是不是？我们真的很希望认识你那位特殊的朋友，听说他是一个非常非常特别的人。”

“也许哪天你可以邀请我们去参加他的宴会，这样也可以让他认识一下你在丹吉尔的老朋友。我们真的非常愿意参加，对吗，奥利维亚？”

“当然了！在这里看来看去都是同样的面孔，都快烦死了。要是能认识一些西班牙新政权的代表，那真是太令人向往了。”

“是啊，是啊，那真是太美好了……另外，我丈夫的那家公司有一些新产品可能会让西班牙国民军非常感兴趣的。要是你肯帮忙的话，也许就能进入摩洛哥西班牙保护区的市场。”

“还有我可怜的阿尔诺德，他已经厌倦了在英国西非银行的职位了，也许在得土安，在你的圈子里，他能找到一个更适合的工作……”

罗萨琳达脸上的微笑一点儿一点儿地消失了，她都懒得再装出一丁点儿笑颜。等她听够了蠢话，便决定直接忽略这两个金发女人，径直对我和酒保说：

“希拉，亲爱的，我们去罗马公园吃饭吧？提姆，把这两杯酒记在我的账上。”

提姆摇了摇头。

“这两杯酒我们酒吧请了。”

“我们的也是吗？”奥利维亚马上问，或者是米尔德，我分不清楚。

酒保还没来得及开口，罗萨琳达抢着替他回答：

“不，你们的得自己付账。”

“为什么？”米尔德做了一个惊讶的表情，或者是奥利维亚。

“因为你们是一对 bitches。希拉，亲爱的，西班牙语怎么说的？”

“一对贱货。”我想也没想脱口而出。

“没错，一对贱货。”

我们头也不回地离开了明萨赫酒吧，身后跟着很多异样的目光。即使是在丹吉尔这样一个汇集了世界各地的人、开明包容的城市，一个已婚的年轻英国女人和一个成熟、有权有势的西班牙起义将领之间的风流韵事，也依然是人们茶余饭后津津乐道的话题。

24

“我想我跟胡安·路易斯的关系对很多人来说都非常意外，但对我来说，我们之间的缘分就像是前世注定。”

的确有很多人因为这对恋人的曝光大跌眼镜。当然，我也是其中之一。我真的很难想象我面前这个浑身上下散发着历经世事后老练而洒脱的气质、言行举止又那么年轻充满活力的女人，会死心塌地地爱上一个严肃的高级军官，而且年纪还比她大那么多。我们在罗马公园的平台上点了鱼和白酒，大海近在咫尺，头顶上蓝白条纹的遮阳棚在海风吹拂下沙沙作响。伴随着咸咸的海的味道，悲伤的记忆像潮水一样涌来，我不得不努力抵挡，把全部注意力都集中在跟罗萨琳达的谈话上。她似乎非常想跟我谈论她跟那位总督的关系，想要同人分享最真实、完整、私密的版本，远离那些歪曲的传言，毫不理会正在丹吉尔和得土安传得沸沸扬扬的绯闻。但是，为什么要跟我说？我跟她几乎不算熟识。虽然我伪装成了一个光鲜靓丽的高级时装师，但我们的地位仍有天壤之别。她来自有钱有闲的豪门，而我，只不过是普普通通的劳动者，一个卑微的单身母亲的女儿，一个在马德里最乡土的地方成长起来的女人。她正在与一个军队的高级将领爱得死去活来，正是这个人参与引起了这场让我的国家与世隔绝的战争，而我，却只能废寝忘食、没日没夜地干活，只为了能让自己活下去。她信任我。也许她觉得这是一种感谢方式，因为我做了那件“德尔菲斯”。也许她觉得我是一个独立的女人，又跟她年龄相仿，应该能更好地理解她。又也许这些不过是她感到孤独，急切地需要人同她一起承担压力。而在那个夏日的中午，在那座北非海岸城市，这个人恰好是我。

“在遇难之前，桑胡尔霍一直坚持，要我一旦在丹吉尔安定下来，就去得土安找他的朋友胡安·路易斯·贝格贝尔。他不停地提起我们在柏林安德伦酒店的相遇，并说他如果能再见到我一定会非常开心。说实话，我也一样，我也很想再见到他，因为我觉得他是一个非常有魅力的男人，很有趣，很博学，非常非常绅士。所以，我在丹吉尔待了几个月以后，就觉得是时候去西班牙保护区的首府得土安见见他了。不过情况已经完全不一样了，很明显，他已经不再是象征意义多于实际权力的土著事务代表，而是保护区的最高领导了。我开着我的奥斯汀 7 去了。My God（我的天啊），那天真让人难以忘怀。我到达得土安，第一件事就是去找那里的英国领事，蒙克马森。你认识他吧？我叫他 old monkey（老猴子）。他是一个特别特别无趣的人，poor thing（可怜的家伙）。”

这时候我正端起杯子，假装喝了一口酒，做了一个含糊的表情。我不认识这个蒙克马森，只是听顾客提到过几次，但是我不想在罗萨琳达面前承认。

“当时我告诉他，我想去拜访贝格贝尔，他感到非常震惊。因为你知道，他那个伟大的政府，就是我们英国政府，跟德国和意大利政府不一样，他们与西班牙国民军当局基本没有任何联系，甚至还在继续承认西班牙共和国政府的合法地位，所以蒙克马森认为如果我去拜访胡安·路易斯的话，可能会对英国十分有利。所以，中午之前我就开着车，带着我的猎狗霍克来到了总督府。在入口处我出示了桑胡尔霍去世前给我写的推荐信，然后就有人把我带到了胡安·路易斯的私人秘书处，一路上穿过了很多站满军人、到处都是痰渍的走廊。真是恶心！他的秘书希梅内斯马上把我带进了他的办公室。因为是战争时期，而且他位高权重，我以为这位新任总督会穿着威严的军装，身上挂满奖牌和勋章，但是我完全错了。恰恰相反，跟那个柏林之夜一样，胡安·路易斯穿着一套很随意的深色西服，看起来完全不像一个军队将领。我的到来给他带来了巨大的惊喜，他还是那么魅力四射，我们聊了一会儿，他邀请我一起吃饭，但是我已经接受了蒙克马森的邀请，所以我们就约了第二天见面。”

周围的桌子慢慢地坐满了前来就餐的顾客。罗萨琳达时不时以一个简单的表情或微微一笑跟认识的人打招呼，完全没有停下叙述的意思，继续描述着她跟贝格贝尔的头几次见面。我也认出了几个熟悉的面孔，是通过拉米罗认识的，所以我也不愿意去理会他们。于是我们两人继续把注意力集中在对方身上，她讲，我听，一边吃着鱼，一边喝着酒，对周围的一切都置之不理。

“第二天我来到了总督府，我以为等待我的将是一场跟周围的气氛相符的隆重晚宴，巨大的餐桌、繁杂的礼节程序、来来往往的侍者……但是胡安·路易斯却让人准备了一张简单的二人桌，在朝向花园的窗户旁边。那真是一次难忘的午餐，他一直在倾诉，关于摩洛哥，关于他‘幸福的摩洛哥岁月’，这是他的原话。他谈到摩洛哥的魅力、这里的秘密，还有它令人沉迷的文化。午饭后他决定带我在得土安转一转，so beauitful（真美啊）！我们坐着他的公车出门，你想象一下，后面跟着一群开着摩托车的随从和助理，so embarrassing（真让人尴尬）！最后我们来到了海滩，坐在海边聊天，其他人在公路上等候，can you believe it（你能相信吗）？”

她笑了，我也微笑了。她描述的场景确实很特别，西班牙保护区的最高长官，和一个年龄可以当他女儿的外国女人，在得土安的海边，在众目睽睽之下卿卿我我，而那些骑着摩托车的随从则在远处毫无顾忌地看着他们。

“他拿起两块小石子，一块白的，一块黑的，藏到身后，然后握在拳头里伸出来。你选吧，他说。选什么？我问。选一个手。如果你选中的手里握的是黑色的石头，从今天起你就可以从我生命中消失，我再也不会去找你。如果你选中的是白色的石头，说明上天注定要你留在我身边。”

“你选中了白色的石头。”

“没错，我选中了白色的石头。”她一脸灿烂的笑容，“两天以后他派了两辆车去丹吉尔接我，一辆皇家克莱斯勒用来装我的东西，另一辆道奇越野车用来接我，就是我今天开的这辆，这是得土安哈桑银行行长送的礼物，胡安·路易斯决定转送给我。从那时候开始我们就再也没分开过，除非他不得不出差。现在我跟儿子约翰尼一起住在帕尔梅拉斯大街的房子里。那座房子非常气派，浴室豪华得像印度王子的宫殿，连厕所都有皇家风范，但是墙壁已经斑驳得往下掉灰了，而且连饮用水都没有。胡安·路易斯还是住在总督府，那是他的职责所在。我们不打算住在一起，但是他也决定不对我们的关系遮遮掩掩，虽然这有可能导致对他很不利的局面。”

“是因为他已经结婚了吧？”我说。

她满不在乎地噘了噘嘴，用手拂开脸上的一绺头发。

“不不，这并非问题所在，我也已经结婚了，这是我们两个人自己的问题，是我们的私人问题。问题在于一些更加公众的事情，或者说政治上的事情。有人认为一个英国女人会对他产生一些他们不希望看到的影响，而且他们已经公开表示了这种担忧。”

“谁会这么想？”她一直用信任的口气对我叙述，以至于当我不明白她的意思时，都没停下来想一想，就很自然地说出这个问题，要求她进一步解释清楚。

“西班牙保护区的那些德国纳粹分子，主要是兰根赫姆和本哈尔德。他们认为保护区总督在任何方面都应该是完全亲德的，百分之百地忠诚于德国人，因为是他们帮助国民军逐渐赢得战争，一直就是德国人在提供战斗机和武器。事实上，在刚开始的时候胡安·路易斯曾从得土安去往德国，在拜罗伊特跟希特勒直接会面，希特勒正在那里参加一年一度的瓦格纳节。希特勒咨询了海军上将卡纳里斯，卡纳里斯建议他同意胡安·路易斯的请求，向西班牙国民军提供援助。因为这样，希特勒才下令向摩洛哥西班牙保护区提供一切需要的物资。否则，非洲的西班牙军队就不可能穿越海峡。所以，德国人的支持对他们来说至关重要。显然从那时候起，这两方军队的关系就已经非常密切了。但是得土安的纳粹成员们认为我的出现和胡安·路易斯对我的爱可能会导致他采取一种更加亲英的姿态，而不再对德国人那么忠诚。”

我想起了菲利克斯提起兰根赫姆太太的丈夫和他的同胞本哈尔德时的评论，他说过德国势力在叛乱早期就已经介入，到了后期这种干预不但没有停止，反而在伊比利亚半岛愈演愈烈。我也想起了罗萨琳达第一次与她的情人手挽手出现在那些德国人面前时，多么渴望给他们留下一个好印象。我尽力轻描淡写地安慰她：

“这些事情你不用太操心吧。他继续忠诚于德国人和跟你在一起，这毫不相关啊，一件是公事，一件是私事。我觉得这么想的人毫无道理。”

“有关系的，当然有关系。”

“我不明白。”

她把目光转向已经空了一大半的平台。我们的谈话时间太长了，只剩下两三桌客人还在继续用餐。风已经停了，遮阳棚一动不动。几个穿着白色上衣，带着塔布什帽[1]的侍者正在安静地收拾餐巾和桌布。罗萨琳达放低了声音，用一种几乎是窃窃私语的音量跟我说话，而即使是这么小的声音，我也能从那不容置疑的语气中听出她的决心。

“他们担心得很有道理，因为，亲爱的，我正是想要用尽一切办法让胡安·路易斯跟我的同胞们建立起良好的关系。我真的不希望你们的战争最后是国民军获胜，因为这样德国就会成为西班牙的坚固同盟，而英国，则会成为西班牙的潜在敌人。我有两个理由要这么做：第一，完

①一种红色的摩洛哥毡帽。

全是出于爱国主义感情，我希望所爱的男人，他的国家也是我自己国家的朋友；第二个理由，更加实际和明确：我们英国人不信任那些纳粹分子，欧洲的形势已经变得越来越复杂。也许现在说将来可能会爆发欧洲大战还有些信口雌黄，但是天有不测风云，如果爆发了战争，我们希望西班牙会站在英国一边。”

我差点忍不住跟她说，可怜的西班牙已经没有能力谈及将来的任何一场战争了，我们现在遭受的事情已经够不幸了。然而我们的内战对她来说似乎无足轻重，虽然她的情人是战争双方其中一派的重要人物和活跃人物。不过我最终还是选择了继续聆听，让谈话的焦点集中在一场也许永远不会到来的战争上，而不是转移到正在发生的悲剧上来。我的生活已经充满了苦涩，不想再为自己增加痛苦。

“那，你打算怎么做？”我只是接着问。

“你可别以为我跟‘怀特霍尔①’有什么私人交情，not at all（完全没有）。”她轻笑着说。我的脑子自动记录下“怀特霍尔”这个词，以便问问菲利克斯这是个什么人物。但是我专注的表情没有让她看出我的无知。她继续说：“但是你也知道这些事情都是怎么运作的，熟人的关系网、环环相扣的交情……所以开始的时候，我想通过在丹吉尔的一些朋友来操作，比如霍尔·杜兰德上校，诺尔曼·贝侬将军和他的太太玛丽，他们都跟英国外交部有着良好的关系。他们现在都在伦敦，不过之后我会跟他们见面，并介绍给胡安·路易斯认识，努力让他们聊得投机。”

“可是你觉得他会同意吗？他会让你这样干预他的公务吗？”

“亲爱的，当然了。”她毫不犹豫地肯定道，优雅地甩了甩头，把盖住左眼的一绺秀发甩到脑后。“胡安·路易斯是一个非常聪明的人。他非常了解德国人，他曾经在德国生活过很多年，他担心西班牙以后会为现在正在接受的帮助付出多倍的代价来偿还。另外，他对英国人很信任，因为英国从来没有输掉过任何一场战争，别忘了，他是个军人，这些事

① White hall，伦敦的一条街，为英国政府机关所在地。

情对他来说是非常重要的。而且，我亲爱的希拉，最重要的原因是，他爱我。他每天都在说，为了他的罗萨琳达，他可以做任何事情，甚至不怕下地狱。”

我们起身离开的时候，平台上的桌子已经收拾好等待晚餐的客人了，天色渐渐地暗下来。罗萨琳达坚持要付账。

“我那死鬼丈夫终于给我打生活费了，让我请你吧。”

我们不紧不慢地走到她的车前，踏上回得土安的路，时间也几乎到了巴斯盖斯警长授权给我的十二个小时的极限。但这次不仅方向相反，我们的谈话也转变了方向。在来时的路上和整个白天都是罗萨琳达在掌握谈话的主动权，此刻我们俩交换了角色。

“你肯定觉得我特别无聊，一直在说自己的那点儿事情。说说你吧，你今天早上的事情办得顺利吗？”

“不顺利。”我简单地说。

“不顺利？”

“是的，很糟糕，相当糟糕。”

“I'm sorry, really（我很难过）。是什么重要的事情吗？”

我完全可以说不。跟她的担心比起来，我的问题没有任何能引起她兴趣的元素，既不涉及高级军官、领事或者什么部长，也不涉及政治利益，跟国家大事、跟什么未来的欧洲大战没有任何关系，甚至跟她平时参加的那些社交活动也毫不相关。我那小小的卑微的忧虑，只包含一些屈指可数的新近的悲惨遭遇：一个背信弃义的恋人、一张未缴的账单、一个无情的酒店经理、一份每日辛勤劳作维持的生意、一个想回回不去的血流成河的祖国，还有杳无音讯的母亲。我可以说不，可以说我这些小小的悲伤完全不是什么大事，可以对自己的事情闭口不谈，把它们全部深藏起来，回到我那空荡荡的家里跟黑暗与孤独一起分享。我可以那么做，但却没有。

“事实上对我来说是一件很重要的事情。我想把我的母亲从马德里转移出来，接到摩洛哥，但是需要一大笔钱。我现在凑不够这些钱，因为我得先把所有的积蓄用来支付另一张账单。今天早上我试图去请求把那笔欠款再宽限一段时间，但是没有成功。所以，恐怕目前我母亲的事已经不可能办到了。而最糟糕的是，据说这样的转移越来越难了。”

“她一个人在马德里？”她问道，表情看上去很焦急。

“是的，一个人。除了我她再也没有别的亲人。”

“那你的父亲？”

“我的父亲……唉，那就说来话长了。他们现在不在一块儿。”

“真遗憾，希拉，亲爱的。知道她孤身一人在沦陷区，在那些人中间什么事都有可能发生，你一定非常难过。”

我悲伤地看着她。怎样才能让她明白她以前不明白的东西，怎样才能让她那个长着一头金发的美丽脑袋想象出我的国家正在发生的那些悲惨的事实。

“那些人都是她的同胞，罗萨琳达。我母亲，她跟她的同胞在一起，在她的家里，在她的社区里，在她的邻居们中间。她属于那个世界，属于马德里的那个村子。我想把她接到得土安，不是怕那里会发生什么事情，而是因为，她已经是我在这个世界上唯一的亲人。日复一日没有她的消息，我越来越难以承受。我从一年前起就再也没有收到过她的信，完全不知道她现在怎么样，不知道她如何维持生计，不知道她靠什么活着，也不知道她怎么忍受战争。”

就像被刺破的气球一样，我那些虚假动人的过去在一瞬间凭空消失了，但是很奇怪，我居然对此毫不在意。

“可是……我曾听说……你的家庭是……”

我没有让她说完。她对我那么真诚，把她的故事毫无保留地告诉了我，现在该是我坦诚的时候了。也许她不会喜欢我将要告诉她的故事版本，也许跟她已经习惯了的传奇色彩相比，她会认为我不再那么有光彩，会从此跟我一刀两断，不会跟我一起喝粉色杜松子酒，也不会用她的敞篷道奇带我一起去丹吉尔。但是我不由自主地把自己的经历原原本本地告诉她，毕竟，那是我唯一的经历。

“我的家庭里只有我和母亲。我们俩都是裁缝，除了自己的双手没有任何财产。自我出生以来，父亲从未跟我们有过任何联系。他属于另一个阶层，另一个世界：他有钱，有企业，有人脉，有一个我不认识的妻子，还有两个他无法沟通的儿子。这些是他拥有的东西，或者说是曾经拥有的，我不知道。我第一次也是最后一次见到他的时候，战争还没开始，但是他预感到自己会被人暗杀。而我的未婚夫，那个英俊又上进，据说在阿根廷经营生意、处理财务的男朋友，根本就不存在。是有过一个男人，我们曾经疯狂热恋，而且他现在也许就在阿根廷做生意，但是已经跟我没有任何关系了。他不过是一个欺骗我、抛弃我、还偷走了我全部财产的负心人。我不想再提起他。这就是我的生活，罗萨琳达，你看，这跟你的生活完全不同。”

我倾诉完了。作为回答，她说了一长串英语，而我只听懂了“摩洛哥”这个单词。

“我一点儿也听不懂。”我困惑地说。

她重新用西班牙语说了一遍：

“我说，你是全摩洛哥最好的时装师，见鬼的，谁会在乎你从哪儿来。关于你的母亲，好吧，就像你们西班牙人说的，上帝会让你喘不上气但是不会让你窒息。你看着吧，一切都会解决的。”

25

第二天一大早我就去了警察局找克拉乌迪奥先生，想告诉他昨天我无功而返。办公室里的四个警员只有两个在，年纪大的和那个瘦的。

“头儿还没来呢。”他们俩异口同声地说。

“他一般几点到？”我问。

“九点半。”一个说。

“或者十点半。”另一个说。

“或者明天。”

“或者永远都不来了。”

他们都笑了，一边笑一边色迷迷地流着口水。我感觉自己完全没有力气去忍受那两个畜生的目光，一分钟都受不了。

“麻烦你们转告他，我来找过他。我已经从丹吉尔回来了，事情没有办成。”

“没问题，你吩咐就是，摩尔女王！”不是卡尼艾特的那个人说。

我一言不发地走向门口，刚要出门就听见卡尼艾特的声音：

“需要的时候我可以再给你开通行证，我的心肝儿。”

我停也没停，只是用力地握紧拳头，然后几乎是不自觉地，又产生了跟前一天一样的发泄冲动。于是我微微转过头去，清晰有力地回应他：

“你最好给你那婊子娘开一张。”

不过很凑巧，我在街上碰见了警长先生，而且离警察局很远，让他没法要求我再跟他回去。其实在得土安想要碰到一个人并不难，西班牙社区里方方正正的格子范围有限，所有人都有可能在任何时候经过这里。他一如既往地穿着浅色亚麻套装，闻起来像是刚刚刮过胡子，准备去上班。

“你看上去脸色不太好。”他一见到我就说，“我想大陆酒店的事情并不顺利吧。”他看了看表，“来吧，我们去喝杯咖啡。”

他带我进了西班牙俱乐部，这是街角的一栋美丽建筑，有石砌的白色阳台，大大的窗户朝着主街。一个摩尔侍者正摇着铁棒放下遮阳棚，另外两三个侍者在遮阳棚下的人行道上摆桌椅。新的一天开始了。风格清新的房子里一个人都没有，正对着大门是一个大理石的楼梯，两边是两个大厅。他邀请我进了左边的大厅。

“早上好，克拉乌迪奥先生。”

“早上好，阿卜杜尔。两杯咖啡加奶，谢谢。”他一边点餐一边做了个征求我意见的表情，我表示了同意。于是他说：“跟我说说吧。”

“他们没有同意。经理是新来的，不是去年那个，但是他非常了解这件事情。他没有给我任何商量的余地，只说现在的约定就已经是格外开恩了。还说如果我不在约定期限内付清账单，他们就会提起诉讼。”

“明白。我很遗憾，真的。不过恐怕我也帮不了您。”

“没事的，您已经帮我很多了，尤其是帮我争取到这一年的宽限期。”

“那您现在打算怎么办？”

“立即付款。”

“那您母亲的事呢？”

我耸了耸肩。

“没办法。我会继续工作，继续攒钱，虽然也许等我攒够了钱也已经晚了，再没有可能从马德里往外转移了。但是目前，就像我刚才说的那样，我会先把债务还清。这点儿钱我有，没问题的。我正是为了这件事来找您的。我需要另一张过境通行证，另外请您允许我把护照在手里放几天。”

“您留着吧，不用再把护照交给我了。”然后他伸手从外套的内口袋里掏出一个皮夹和一支自来水笔，“至于通行证，这个就行。”他边说边从里面拿出一张卡片，拔下笔帽，在卡片上写了几个潦草的字，并签下了他的名字。“拿着这个。”

我没有看上面的内容，直接把卡片收进包里。

“您打算从瓦伦西亚那车站坐车去？”

“是的，我是这么打算的。”

“昨天也是吗？”

在他质询的目光下，我迟疑了几秒钟才回答：

“没有，昨天我不是在那儿坐的车。”

“那您是怎么去的丹吉尔？”

我知道他完全了解事情的经过，也知道他想要听我自己说出来。我们俩各自喝了一口咖啡。

“一个朋友开车带我去的。”

“什么朋友？”

“罗萨琳达·福克斯，一位英国顾客。”

又一口咖啡。

“您知道她是谁，是吗？”他说。

“是的，我知道。”

“那么你要多加小心。”

“为什么？”

“没有为什么，小心就是了。”

“请您告诉我为什么。”我坚持说。

“因为有人不太喜欢她在这里，跟那个人在一起。”

“这我知道。”

“您知道什么？”

“知道她这份感情引起了某些人的不快。”

“哪些人？”

没有人像警长这样，永远都在不停地施压，永远都在不停地追问，一直到榨出最后一滴信息。我们已经越来越了解了。

“某些人。请您不要逼我说出来，您心里跟明镜似的，克拉乌迪奥先生。不要就为了从我嘴里听到那些您已经了然于胸的名字，而让我背叛我的顾客。”

“好吧。您只要向我证实一件事。”

“什么事？”

“这些人的姓氏。是西班牙人吗？”

“不是。”

“很好。”他简单地说。然后他喝干了咖啡，再次看了看表，“我得走了，我还得工作。”

“我也是。”

“哦，对，我差点忘了您是一位勤奋的劳动妇女。知道吗，你现在的名声非常好。”

“您对一切都了如指掌，所以您得相信我。”

他第一次笑了，笑起来好像一下子年轻了好几岁。

“我只知道我该知道的。另外，我敢肯定你也知道得不少，女人们都喜欢谈论是非，而且经常光顾你时装店的那些太太，可能有很多人都有不少有趣的事情要讲。”

没错，我的那些顾客是说得不少。谈论她们的丈夫、丈夫的生意和交往的人，谈论她们去过的那些人家，谈论这些人那些人都干些什么、想些什么或者说些什么。但是我没有接他的茬，既没有肯定，也没有否定，而是直接站起来忽略了他的话。他叫来侍者，在空中画了个签名，阿卜杜尔就明白了：没问题，这两杯咖啡记在克拉乌迪奥先生的账上。

还清丹吉尔的欠款对我来说是一种解脱，就像之前脖子上一直绑着一条绳子，随时会被人牵着走，而现在绳子一下子被解开了。虽然在马德里还有些悬而未决的官司，但是我远在非洲，它们显得那么遥远。付清大陆酒店的账单让我终于可以了结那份沉重的记忆，彻底忘却跟拉米罗一起在摩洛哥的日子，也让我得以以另一种方式呼吸：平静，自由，坚定地主宰自己的命运。

夏天已经过去了大半，顾客们似乎还是懒得盘算秋装。哈米拉依然在我身边，帮着料理家务，也帮着做一些零碎的针线活。菲利克斯几乎每天晚上都来找我，我也会时不时地去拉鲁内塔找坎德拉利亚。一切都很平静，很正常，直到那次我得了重感冒，既没力气出门，也没力气做针线。第一天我萎靡不振地缩在沙发上。第二天躺在床上。第三天如果不是罗萨琳达意外出现，我可能还会在床上度过。她又像以前一样出人意料地从天而降。

“罗萨琳达女士说希拉小姐马上从床上起来。”

我穿着长袍出去迎接她，既没穿我那件作为制服的套装，也没挂上那把小银剪刀，甚至都没收拾一下披散的头发。但是就算她对我的邋遢形象感到惊讶，也没有表现出来，她来这里有更重要的事。

“我们去丹吉尔。”

“谁？”我一边问，一边用手帕挡着鼻涕。

“你和我。”

“去干什么？”

“去看看能不能解决你母亲的事情。”

我目瞪口呆地看着她，将信将疑，顶着纷乱的丝绪，傻傻地问：

“是通过你的……”

话没说完我就打了个喷嚏。不过这喷嚏来得正是时候，因为我正在犹豫到底该怎么称呼那位总督，她一直都叫他的昵称。

“不，我不想把胡安·路易斯牵扯进来，他有太多的事情要操心。这是我的事情，所以他的那些交情关系我都没动，我有其他的渠道。”

“什么渠道？”

“通过得土安的英国领事，我想问问我们英国大使馆是不是可以帮助转移，结果并不令人满意。领事告诉我，我们在马德里的大使馆一向都拒绝向难民提供庇护，而自从共和国政府迁到瓦伦西亚以后，英国的外交部门也迁过去了，在马德里只剩下一座空房子，留了一些低级官员在那里料理事情。”

“那……”

“我又去了丹吉尔的圣安德鲁天主教堂询问，他们也爱莫能助。后来我突然想到也许哪个私营企业家至少知道一点儿内幕，所以我到处打听，最后终于得到一丁点儿线索。虽然没有什么太重要的消息，但是可以碰碰运气，看看他们是否能提供更多的信息。伦敦和南美银行丹吉尔支行的行长莱昂·马尔丁告诉我，他上次回伦敦的时候，在他们银行总部听说马德里支行有个人有门路，可以找人帮着转移难民。其他的我就不知道了，我得到的消息很模糊，很不确切，只是有人说起这事，而他正好听到了。但是他答应帮我们进一步打听。”

“什么时候？”

“Right now（现在，马上）。所以你赶紧去穿衣服，我们一会儿去丹吉尔见他。前几天我去过一趟，他告诉我今天再去，我想这几天他那边应该有所进展。”

我试图在一连串的咳嗽和喷嚏中，为她付出的努力表示感谢。但是她毫不理会，只是一个劲儿地催促我赶快去梳洗穿戴。路上她开得飞快。公路、旱田、松林、羊群。穿着条纹下摆衬衣和拖鞋的女人头戴大草帽，背着沉重的包袱。羊群、仙人掌、更多的旱田，光脚的孩子们在我们经过的时候朝我们笑，还举着手喊，再见，朋友，再见。灰尘，还是灰尘，一边是黄色的荒野，另一边还是黄色的荒野。哨卡，公路，更多的仙人掌，棕榈树和甘蔗田，不到一小时我们就到了丹吉尔。她仍然把车停在法国广场，迎接我们的还是宽阔的街道和现代化的市区里那些气派的大楼。伦敦和南美银行就在其中，它代表着一种奇异的金融利益的组合，就像我和罗萨琳达·福克斯一样。

“希拉，我给你介绍一下，这位是莱昂·马尔丁。莱昂，这位是我的朋友西罗嘉小姐。”

莱昂·马尔丁，如果出生地再往西挪几公里，他的名字就有可能是莱昂西欧·马尔丁内斯。很矮，肤色黝黑，若没刮胡子也没戴领带，看上去完全就是一个西班牙农民。但是他的面容干净得连一丝胡茬都没有，胸前挂着素净的条纹领带。他不是西班牙人，更不是农民，一个真正的大不列颠公民，直布罗陀人，安达卢西亚西班牙语说得就如英语般流畅自如。他伸出一只汗毛丛生的手向我们问好，并请我们坐下，然后吩咐像老喜鹊一样啰嗦的秘书不要让任何人打扰，似乎要使劲浑身解数给我们展示他打听到的成果，仿佛我们俩是他们银行最慷慨的客户。我这辈子从来没有开过任何银行账户，罗萨琳达呢，就算她丈夫想起来给她汇生活费，账户里肯定也是常年分文不剩。但是我这位朋友的浪漫情事一定早就传到了这个语言能力超强的小个子男人的耳朵里。在那个动乱的年代，一个跨国银行的高层当然不能错过这个机会，为邻近地区的最高长官的情人送上一份人情。

“好了，女士们，我有一些消息要告诉你们。我联系上了艾瑞克·高登，一个曾在马德里支行工作的同事，战争爆发后没多久他就离开了西班牙，现在已经定居伦敦了。他认识一个住在马德里的英国人，参与过这些活动，当时在一家西班牙公司工作。坏消息是，现在没有办法联系上这个人，最近几个月他几乎销声匿迹了。好消息是，他向我提供了另一个人的资料，这个人对这类人员转移非常熟悉，因为他一直居住在马德里。他是一名记者，最近因为遇到些麻烦才回了英国，我想大概是受伤了，他没有细说。从这个人身上我们也许能找到办法，他可以给我们提供门路，直接找到负责疏散难民的人。但是，他想要一些东西。”

“什么？”我和罗萨琳达异口同声地问。

“他想跟您单独谈谈，福克斯太太。”他对罗萨琳达说，“越快越好。我希望您别怪罪我的冒失，但是在现在这样的形势下，我认为，提前跟他说清楚是谁想要从他那儿获得信息比较恰当。”

罗萨琳达没有回答，只是皱着眉头紧盯着他，等着他说下去。莱昂很不自在地清了清嗓子，他一定以为他的这番张罗会得到非常热情的回应。

“你们也知道那些记者，不是吗？他们就像食腐的鸟儿一样，时刻都在等着得到点儿什么。”

罗萨琳达思索了几秒钟才接过话茬。

“不只是他们，莱昂，不是只有他们是这样。”她的话里隐隐带着一丝尖刻，“不管怎么样，帮我联系上他，让我们看看他到底想要什么。”

我在椅子上变换着姿势，试图掩饰自己的紧张，然后又擤了擤鼻子。其间这个大腹便便、说话像机关枪一样的英国人拨通电话，让接线员接伦敦。我们等了很久，秘书送上咖啡，罗萨琳达的心情好了起来，马尔丁也松了口气。电话终于通了。谈话进行了不到三分钟，她说的是英语，我一句话也没听懂。但是我听出来她的语气严肃而尖锐。

“好了。”结束的时候她简单地说。于是我们向行长告辞，感谢他的帮助，接着又经过了那个忙忙碌碌长得像鹤一样的秘书。

“他想要什么？”我一出办公室就焦急地问。

“A bit of blackmail. 我不知道西班牙语怎么说。就是一个人说他会为你做一件事，但你也得做些什么作为交换。”

“敲诈！”我说。

“敲——诈——”她用极其糟糕的发音重复着，有点太生硬了。

“什么样的敲诈？”

“对胡安·路易斯的独家专访，还有几个星期内在得土安参与社交生活的特权。作为交换，他承诺会帮我们联系上要找的那个在马德里的人。”

在提出问题之前我咽了下口水。我真的很担心她会说，想要对摩洛哥西班牙保护区的最高长官强加什么条件，没门！更何况对方是一个陌生的投机记者，而接受帮助的只是一个卑微的裁缝。

“那你怎么跟他说的？”我终于壮着胆子问道。

她耸了耸肩，做出一个还能怎么办的表情。

“我让他给我发一封海底电报，告诉我他预计到达丹吉尔的时间。”

26

马库斯·洛根到达的时候拖着一条伤腿，一边的耳朵几乎聋了，一个胳膊吊着绷带。所有的伤都在左侧身体上，那是当时离炮弹较近的一边。爆炸发生的时候他正在马德里报道国民军的一次进攻，差点儿把命丢掉。罗萨琳达替他安排好了一切，派了一辆公车在丹吉尔码头迎接，直接送到得土安的国家酒店。

我坐在酒店内院的一张竹椅上，周围都是花盆和阿拉伯风格的瓷砖。安着百叶窗的墙上爬满了绿色的藤萝，天花板上挂着巨大的阿拉伯式吊灯。四下里的交谈声和一个小喷泉的汩汩水声陪伴着我一起等待。

当落日的最后一丝余晖透过玻璃窗照射进来时，罗萨琳达到了。十分钟以后那个记者也到了。这些天来我的脑子里一直萦绕着一个唐突、粗暴的男人形象，他尖酸刻薄，脾气暴躁，为了换取自己的利益，不管谁站在面前，都会凶神恶煞地把人吓倒。但是我错了。就像每次通过一个简单的行为或者几句话就给一个人定性，但每次都会弄错一样，我又错了，第一眼看到他时我就知道。这位敲诈我们的记者穿过内院的拱门走进来，领带结已经松了，浅色的亚麻西装也皱皱巴巴的。

他一下子就认出了我们。只需用目光扫一眼庭院，就能发现我们是唯一一对落单的年轻女子，一个是金发碧眼，明显的外国人，另一个是深色皮肤，地地道道的西班牙人。我们之前一直没打算站起来迎接他，心里暗暗准备着战斧以备不时之需：万一来客是那种最令人不快的类型呢？直到发现完全没必要草木皆兵，因为在那个非洲的夏日黄昏，出现在我们面前的马库斯·洛根完全没有让人觉得恐惧。他很高，看上去大约三十岁，栗色的头发有些凌乱，拄着一根竹拐杖一瘸一拐地朝我们走来，左半边脸上布满了伤痕和淤血。凭他的外貌已经没有办法推断在那场差点儿令他丧命的不幸事件发生之前，他究竟是个什么样的人。这个时候他只不过是一具被病痛折磨的躯体，在糟糕的身体状况允许的范围内，尽可能用最礼貌的方式向我们问好，接着就跌坐在椅子上，徒劳地掩饰着身体的疼痛以及这趟长途旅行带来的疲惫。

“我想你们就是福克斯太太和西罗嘉小姐。”这是他的第一句话。

“是的。”罗萨琳达也用英语回答，“很高兴见到您，洛根先生。如果您不介意的话，我想我们应该用西班牙语交谈，否则我的朋友恐怕没有办法加入谈话。”

“哦，当然可以，对不起！”他用非常流利的西班牙语对我说。

他看起来完全不像一个肆无忌惮的恶棍流氓，只是一个努力向上的职业人士，当机遇从天而降的时候能敏锐地察觉到并抓住不放。其实罗萨琳达也是这样，我也是，那个年代的人都是。他并没有直接向罗萨琳达求证她承诺的事情是否能兑现，在切入正题之前，先向我们出示了他的证件和介绍信。他在一家英国通讯社工作，被委派报道西班牙内战，发布关于内战双方的消息。虽然驻地在马德里，但是常年奔波各地，直到意外发生。当时他被紧急送往马德里的一家医院，并立即做了手术，之后一有条件马上被遣送回了伦敦。在伦敦的皇家医院住了好几个星期，一直卧床不起，行动不便，忍受着疼痛和各种治疗，热切地渴望回到以前那种充实的生活中。

当他听说某位跟摩洛哥西班牙保护区总督有密切关系的人需要一些信息，而自己恰好可以提供时，天空好像一下子云开雾散了。他很清楚自己的身体条件已经不允许他再回到伊比利亚半岛并投入那种四处奔波的工作了，但是去一趟西班牙保护区却有可能让他在之后的康复期内重拾一部分职业信心。在成行前，为了获得允许，他不得不同医院的医生、他的上司，以及所有来医院看他、试图说服他留在医院不要乱跑的人们展开顽强的斗争，因为就目前的身体状况来说，这趟旅程很可能让他命悬一线。讲述完这些，他又为之前在电话交谈中的唐突向罗萨琳达道歉。他的腿蜷起，放下，又蜷起，掩饰不住痛苦的表情，最后终于提出了自己最紧迫的需求。

“我从早上开始就没吃东西，如果不介意的话，我能不能请你们一起吃饭，咱们边吃边聊？”

我们接受了。事实上，只要能跟他说上话，什么要求我都会同意，哪怕让我去便坑进食或者在猪圈里用嘴拱地，哪怕是大嚼蟑螂，然后就着老鼠药把它吞下。只要能获得这么多天来一直焦急等待的消息，什么事我都愿意做。于是洛根很麻利地叫来一个在庭院中忙忙碌碌的摩尔侍应生，让他在酒店的餐厅里准备一张餐桌。

“稍等，先生！”侍者出去了，很快一位西班牙餐厅总管就飞一般地来到我们身边，身上满是油污，态度毕恭毕敬。“马上就好，马上就好，麻烦女士们跟我走，麻烦这位先生跟我走。”就差说“福克斯太太和她的朋友们，绝对不会再多等一分钟”这样的话了。

洛根侧身请我们进入餐厅，餐厅总管指着大厅中央一个醒目的台子，上面摆了一张豪华的餐桌，似乎生怕当天晚上有人没法近距离地观察这位贝格贝尔先生心爱的女人。洛根很有礼貌地拒绝了他，并指定了最里面的一张相对僻静的桌子。一切都布置得无可挑剔。一尘不染的桌布，水杯和酒杯，洁白的餐巾叠好了放在瓷盘子里。不过因为时间尚早，只有十来个客人零零散散地坐着。

我们点了菜，在等待期间侍者送来了雪利酒。罗萨琳达似乎担当起了女主人的角色，先开始了谈话。之前在庭院里的简短交谈虽然只是序幕，但让气氛轻松了不少，我们甚至还聊起了关于摩洛哥西班牙保护区的生活等一些轻松话题。然而我们三个人心里都很清楚，这不是一次纯粹为了认识新朋友、谈论病情或者描绘北非美景的礼节性会面，而完全是为了完成一次谈判和讨价还价。双方早已把各自的要求和条件说清楚了，现在是时候将它们都拿到台面上来，通过谈判决定双方各自能往前推进到什么程度。

“我希望您知道，那天您在电话里提出的要求我都已经安排好了。”等侍者拿着菜单一走远，罗萨琳达马上摊牌。

“好极了。”记者回答。

“您可以采访总督，独家专访，而且会保证充足的访问时间。我们还会给您摩洛哥西班牙保护区的临时居住证，”罗萨琳达继续说，“此外，几星期内这里举行的所有官方活动都会给您发邀请函，其中有一个，我可以提前向您透露，是非常重要的活动。”

他扬了扬脸上那边完好的眉毛，做了个询问的表情。

“拉蒙·塞拉诺·苏聂尔先生很快就要访问这里，他是佛朗哥的连襟，我想您应该知道我说的是谁。”

“当然。”他表示肯定。

“他会来摩洛哥参加起义一周年的纪念活动，访问持续三天。现在正为此组织一系列的欢迎活动。就在昨天，宣传部长迪奥尼修·瑞德鲁艾霍已经先行抵达，来和总督府秘书处一起协调各项准备工作。我们会邀请您参加所有向社会人士开放的官方活动。”

“非常感谢，也请您向总督先生转达我的谢意。”

“我们很荣幸接待您。”罗萨琳达摆足了女主人的姿态，用一个优雅的表情亮出了剑锋，“不过希望您明白，我们也有一些条件。”

“当然，愿闻其详。”洛根喝了一口雪莉酒。

“所有您想要对外发布的消息都必须先通过总督府新闻办公室的审核。”

“没问题。”

侍者端着盘子过来上菜，我一下子觉得松了口气。虽然双方的谈判客气礼貌，不紧不慢，但我一直感到不舒服，非常不自在，就好像没有被邀请就私自溜进某个宴会一样。他们谈论着我完全不熟悉的话题，涉及的内容虽然不太可能包含什么重大的国家秘密，但肯定也不是一个卑微的小裁缝应该听到的。我在心里不停地对自己说，我并不是局外人，而是谈话中的一方，因为这次晚餐的主题是为了把我的母亲转移出来。即使是这样，我还是没有办法彻底说服自己。

侍应生来上菜暂时打断了双方的攻守。“女士们的鳎鱼，这位先生的烩鸡肉。”他一边上菜一边宣布。我们顺势评论了一下这些食物，地中海沿岸的鱼真新鲜啊，马尔丁河流域的肥沃平原种出的蔬菜非常鲜美，等等。等侍应生一走，谈话马上又从几分钟前中断时的话题继续下去。

“还有什么条件吗？”洛根问，随即用叉子往嘴里送了一口食物。

“有，不过我认为严格来说这不算是什么条件，只是一种对双方来说都比较有利的处理方式。”

“那么应该比较容易接受了？”他咽下第一口食物，说道。

“希望如此。”罗萨琳达说，“您看，洛根先生，您和我生活在两个完全不同的世界里，但我们是同胞，而且都很清楚，从整体上来讲，国民军几乎是完全偏向于德国和意大利的，对英国人很排斥。”

“没错，是这样的。”他表示同意。

“那好。因为这个原因，我们希望您以我朋友的名义出现。当然，您不用掩饰您的记者身份，不过是一个和我交情很好的记者，所以也跟总督有所来往。这样，有些人接受起来会没那么困难。”

“哪些人？”

“所有的人，西班牙当局和摩洛哥当局、各外国领事、媒体，等等。我可以坦率地说，在所有人中间我都没有什么热情的支持者，但是至少表面上，他们还是会因为我跟总督的关系而有所忌惮。将您介绍为我的朋友，也许可以迫使他们对您也保持一定的尊重。”

“贝格贝尔上校是怎么看的？”

“他完全同意我的想法。”

“那没有什么可说的，我认为这是个不错的主意。就像您说的，这样对所有人都有好处。还有其他的条件吗？”

“我们这方面没有了。”罗萨琳达说着举起酒杯做了个小小的干杯动作。

“好极了，那么一切都清楚了。我想现在该轮到我向你们通报我这方面的进展了。”

我突然觉得胃里一阵翻腾，终于到了最期待的那一刻。食物和酒似乎为马库斯·洛根注入了不少活力，他看起来精神多了。虽然在谈判过程中神情冷峻，但态度很积极，而且明显不愿意给罗萨琳达和贝格贝尔添任何不必要的麻烦。我想这种性格大概与他的职业有关系，但是我无法证实，因为不管怎么说，他是我这辈子认识的第一位记者。

“首先我希望两位知道，我的那位联系人已经接到了通知，也已经准备好在下一次疏散行动开始时把您的母亲从马德里转移到沿海城市去。”

我不得不死死地抓住桌边，要不然一定会跳起来拥抱他。国家酒店的餐厅里已经坐满了就餐的客人，而我们这一桌，由于罗萨琳达的存在，成为了当天晚上万众瞩目的焦点。要是我再情不自禁地跳起来疯狂拥抱这位陌生的外国人，那周围的目光和窃窃私语估计能立刻把我们淹死。鉴于形势，我用一个微笑和轻轻的一声“谢谢”表达了复杂的心情。

“您得给我提供一些资料，我会通过电报发往伦敦总部，总部会跟克里斯托弗·兰斯联系，由他来经手所有具体流程。”

“他是什么人？”罗萨琳达问。

“一个英国工程师，也是个参加过一战的老兵，已经在马德里很多年了。起义之前他在一家英西合资的西班牙企业工作，西内斯·纳瓦罗民用工程公司，总部在普拉多大街，在瓦伦西亚和阿里坎特都有分公司。他曾跟公司一起参与过一些公路和桥梁的建设，还有索利亚大型水库、格拉纳达附近的一座水电站，以及塞维利亚一座齐柏林硬式飞艇的起降场建设。战争爆发后，纳瓦罗一家不知去向，不知道是逃走了还是被劫持了。工人们自发成立了一个委员会，自主经营起这家公司。当时兰斯完全可以一走了之，但是他留了下来。”

“为什么？”我们俩异口同声地问。

他耸了耸肩，又喝了一大口酒。

“这个有助于止痛。”他略带歉意地举了举酒杯，似乎为了向我们证明它的医疗作用。“事实上，”他继续说，“我不知道为什么兰斯没有回英国，我一直没有从他那里得到令人信服的答案。在战争爆发之前，住在马德里的英国人跟所有的外国人一样，没有把西班牙的政治党派之争看得太严重，他们对局势冷眼旁观，甚至带着一丝幸灾乐祸。他们当然了解左派与右派之间的紧张关系，但是更倾向于把它看作一种西班牙特有的现象，西班牙风俗传统的一部分，就像斗牛、午睡、大蒜、橄榄油，还有兄弟纷争一样，很有特色，很‘西班牙’。直到战争真的爆发，他们才发现这次动了真格，纷纷逃离了马德里。但是也有一些例外，兰斯就是其中之一，他选择把妻子送回家，自己独自留在西班牙。”

“有点儿荒唐，不是吗？”我壮着胆子问。

“是，他可能是有点疯了。”他半开玩笑地说，“但他是好人，知道自己面对的是什么。他不是冒险家，也不是投机者，虽然在战乱年代投机者遍地都是。”

“他在那儿究竟做些什么？”罗萨琳达问。

“为需要的人提供帮助。尽可能地帮助别人离开马德里，把人带到地中海的某一个港口，然后在那儿送上任何一艘英国轮船，不管是战舰、邮轮，还是运柠檬的商船。”

“他收钱吗？”我问。

“不，完全不收。他不收取任何报酬。是有人从这样的事情里牟利，但他不是。”

他正要进一步解释，一位年轻的军官来到我们桌前，穿着马裤、乌黑发亮的军靴，胳膊下夹着军帽。他一脸严肃地向我们行了个军礼，然后交给罗萨琳达一个信封。她从里面取出一张折叠的信纸，读了内容，然后笑了。

“I’m truly very sorry（真的非常非常抱歉），但是我想你们会原谅我的。”她一边说一边匆忙收拾起自己的东西，烟盒、手套，还有那张纸条。“发生了一点儿小小的意思，不，意外，对不起！”她补充道，然后凑到我耳边，“胡安·路易斯提前从塞维利亚回来了。”她兴高采烈地说。

虽然鼓膜还没有恢复，但是很可能那位记者先生也听到了。

“你们继续聊，以后再讲给我听吧。”她大声补充道，“希拉，再见！洛根先生，明天请您提前准备好。一点钟左右我会派车来这儿来接您。您在我家跟总督一起用午餐，然后可以对他进行整个下午的采访。”

陪伴她出门的除了那个年轻的军官，还有一大片交织着各种复杂眼神的目光。等她消失在我们的视线里，我催促洛根继续刚才的话题。

“如果兰斯从中得不到任何好处，又跟政治无关，他为什么要这么做呢？”

他再次耸耸肩，表示自己没有办法给出一个合理的解释。

“确实有这样的人，他们被称为‘小地榆’。兰斯有些特立独行，是个仍在坚持公益事业的十字军。据他自己说，他的所作所为跟政治毫无关系，完全是出于人道主义。如果有共和党人被困在国民军区，他很可能也会那么做。也许因为他父亲是一位威尔士大教堂的牧师，所以他认为那是他的责任。谁知道呢？实际情况是，当起义爆发时，英国大使亨利·切尔顿和他的大部分手下都在圣塞巴斯蒂安避暑，只剩下一个无关紧要的公务员在马德里，完全不能掌控当时的形势。由于兰斯在英国侨民中德高望重，所以他在一定程度上掌握了局面，不过这是完全自发的。就像你们西班牙人说的，既没有上帝的授意，也没有魔鬼的指使，他打开了大使馆的大门，供英国公民避难。据我所知，那时候马德里的英国侨民一共也不到三百人，而且没有任何人与政治直接相关，但大部分都是同情右派的保守分子，所以他们一发现大事不妙，就纷纷寻求外交保护。后来事情的发展超出了预料，前来大使馆避难的比预计的多了好几百人。他们纷纷证明自己出生在直布罗陀，或者出生在某艘英国轮船上，不是在大不列颠有亲戚，就是与英国大使馆的商务处做过生意，反正千方百计找理由，只为能躲在英国国旗的庇护之下。”

“为什么一定要在英国大使馆？”

“不只是英国大使馆，其他很多大使馆也这样。事实上，英国大使馆还是最不愿意提供难民保护的大使馆之一。几乎所有大使馆在最初的时候都做着同样的事情：接纳自己的公民和一些需要保护的西班牙人。”

“然后呢？”

“有一些大使馆继续积极地提供收容，直接或间接地进行疏散难民的工作。尤其是智利、法国、阿根廷和挪威大使馆。而有些大使馆从战争走势渐渐趋于明朗开始就拒绝继续提供保护。然而兰斯并不是以英国政府代表的名义进行这些运作的，完全是他的个人行为。英国，就像我刚才说的，是那些拒绝再提供收容，也不愿意为疏散难民提供便利的国家之一。从真正的意义上来说，兰斯并不是在帮助国民军，而是以个人名义向那些急需离开马德里的人提供帮助。可能是意识形态的原因，也可能是家庭的原因，不管是什么，这些人不得不离开马德里。在战争初期，他的确是在大使馆里安置难民，而且不知道通过什么方式还让英国大使馆给了他一个名誉参赞的职务。但是到了后期，他开始冒着巨大的风险独立运作。为了镇住公路哨卡上的民兵和哨兵，他总是施展出浑身解数，充分利用手里掌握的各种外交工具，比如在胳膊上贴红蓝白三色臂章标明自己的外交身份，在汽车上插小国旗，在一张巨大的通行证上面盖满各种各样的大使馆印章，还有六七个工会和国防部的大印，反正只要能搞到的全都用上。兰斯是一个很特别的人，和蔼健谈，永远都穿着特别醒目的衣服，尤其上衣和领带，几乎让人觉得刺眼。有时候我认为他故意让自己显得荒诞夸张，是为了让人觉得他没有什么正经事，以免遭人怀疑。”

“他怎么把人转移到港口去呢？”

“我知道得不是很确切，他不肯透露细节。我想开始的时候他是用大使馆的车和公司的货车进行运输的，后来这些车都被征用了。最近他用的似乎是一辆苏格兰教会拨给共和国使用的救护车。另外他一般都会跟马格瑞·希尔在一起，她是安格鲁·阿美莉卡医院的护士。您知道这个医院吗？”

“好像没听说过。”

“在胡安蒙塔尔沃街上，就在大学城旁边，确切地说是在它对面。我刚受伤的时候他们就把我送到了那里，后来为了做手术，又把我转移到了皇宫酒店里的那个医院里。”

“皇宫酒店里有一个医院？”我简直不敢相信自己的耳朵。

“是的，一个战地医院。您不知道？”

“完全不知道。我离开马德里的时候，皇宫酒店跟丽兹酒店一样，是马德里最豪华的地方。”

“您看，现在它已经被挪作他用了。很多事情都变了。我在那儿住了几天，后来他们决定把我疏散到伦敦去。其实在进安格鲁·阿美莉卡医院之前我就认识兰斯，因为那时候马德里已经没剩几个英国人了。后来他来皇宫酒店看过我几次。因为他给自己规定的任务当中，有一项就是尽可能地为所有处于危难中的英国同胞提供帮助。我这才对疏散的过程有了一点儿了解，但也只限于那些他愿意公开的细节。难民们一般会通过他进入医院，有时候他们不得不假装成病人在医院里待一段时间，直到准备好下一次疏散。他们常常两人一起，兰斯和希尔护士，全程协作。看上去她似乎很擅长在不利的情况下避开关卡的官员和哨兵。另外，他们还经常从英国皇家海军的船上把所有能弄到的物资带回马德里，药品、治疗用品、香皂、罐头食品等等。”

“他们是怎么通过那些关卡的？”

我希望能在脑海里大致描绘母亲转移的情形，提前想象一下她这趟冒险的旅程会是什么样子。

“我知道他们会在凌晨时分出发，有时候整个行程超过十二个小时。兰斯认识所有的哨卡，大概有三十多个。他还是一个对哨兵心理了如指掌的专家，他从车上下来，跟他们聊天，叫他们‘同志’，并出示他那张惊人的通行证，给他们点烟，和他们开玩笑，反正只要能顺利通行，他可以用尽各种手段。他从来不做的只有一件事，那就是贿赂。那是他给自己规定的原则和底线，而且据我所知，他从来没有违背过这个原则。同时，他也一丝不苟地遵守共和国的法律，从来不做任何违法的事，当然他自始至终小心翼翼，不惹出任何麻烦，以免对大使馆造成不良影响。虽然他只是名誉参赞，但却始终严格遵守各种外交纪律和礼节。”

他还没有说完，我已经准备好下一个问题了。看起来我真是深得巴斯盖斯警长的真传，在询问技巧上进步神速。

“他会把难民带到哪个港口？”

“瓦伦西亚、阿利坎特、德尼亚，看情况。他会研究形势，然后设计出行程方案，最后，通过这样那样的办法，把人带到港口登上船。”

“但是这些人有证件吗，或者是许可、通行证之类的？”

“只在西班牙境内通行的话，一般都能弄到许可。但是要去往国外，我估计没有。所以，通常说来登船是整个过程中最复杂的一步。兰斯需要避开关卡，进入码头，然后躲过哨兵的视线，跟船上的官员协商，最后把难民送到船上，还要藏起来以防搜查。所有这一切都必须加倍小心，不能引起任何人的怀疑。这是一件非常危险的事情，弄不好就会进监狱。但是就目前而言，他还从未失手过。”

我们吃完了晚饭。他用起餐具来还比较费劲，因为左手没有百分之百地恢复。即便如此，他仍吃了大半只鸡、两大盘牛奶鸡蛋糊，还喝了几杯酒。而我因为一直专注于听他的谈话，盘中的鱼几乎没动几口，也没有要饭后甜点。

“您想来杯咖啡吗？”他问。

“好的，谢谢。”

其实除非晚上必须熬夜加班，我晚饭后一般不喝咖啡。但是那天我有两个很好的理由接受这个邀请，一是尽可能地延长谈话的时间，二是让自己加倍清醒，不要漏掉任何微小的细节。

“给我讲讲马德里的情况吧。”我请求他。我的声音里有些怯意，也许是因为已经预料到自己将要听到的不会是什么令人高兴的事。

他没有马上回答，而是盯着我看了一会儿。

“您什么都不知道，是吗？”

我垂下目光看着桌布，摇了摇头。知道了母亲将被如何转移的细节，我已经放松很多，不再那么紧张了。马库斯·洛根，虽然他遍体鳞伤，但是那坚定又充满信心的态度让我平静了下来。然而涌上心头的却不是愉快，而是一种深沉的悲哀，因为刚刚听到的一切，因为我的母亲，因为马德里，因为我的祖国。我突然感到鼻子发酸，眼泪已经在眼眶里打转了。

“马德里每况愈下，基本的生活物资都很匮乏。情况十分糟糕，但是每个人都竭尽全力活下去。”他的回答很笼统，但那是事实。“如果您不介意，我可以问您一个问题吗？”他补充道。

“您尽管问吧。”我的目光仍然停留在桌上。母亲的未来就掌握在这个人手中，我怎么能拒绝？

“您看，我这边的事情已经是板上钉钉了，我可以向您保证，他们一定会履行承诺尽快把您的母亲转移出来，您尽管放心。”他的声音更低，更近，“但是，为了促成这件事，我不得不编造了一个虚假的背景，尽管我也不知道它跟实际情形到底有几分相符。我说她目前的情况十分危急，需要进行紧急疏散。他们没有再问我更多的细节。但是我想知道，这个情况是否属实，或者说我编的谎言到底虚假到什么程度。您的回答不会对这件事情的结果产生任何影响，只不过是我个人想知道真相。所以，如果您不介意，麻烦您告诉我，您母亲现在的真实状况如何，您真的认为她在马德里有危险吗？”

一个侍者端着咖啡来了，我们加了糖，小勺子在瓷杯和瓷盘上磕出叮叮当当的声音。几秒钟以后，我抬起头，直视着他。

“您想知道真相吗？真相就是，我相信她不会有生命危险。但是我是她在这个世界上唯一的亲人，而她也是我的唯一。我们一直相依为命，一起挣扎着活着。可是有一天，我走错了路，辜负了她。而现在我唯一想做的就是尽力去挽回。之前您跟我说，您的朋友兰斯先生并不是因为政治原因而完全是出于人道主义在做这些事。那么您可以自己判断，让一个无依无靠又没有任何生活来源的母亲跟她唯一的女儿团聚，算不算一个人道主义的理由。我不知道。”

我再也说不下去了，眼泪马上就要决堤。

“我得走了，明天还得早起，我有很多工作要做。谢谢您的晚餐，谢谢您做的一切……”

说这些话的时候我已泣不成声，语无伦次了，慌忙抓起手包站起来。我试图不抬起头来，怕他看到我脸上滂沱的泪水。

“我送您。”他边说边忍痛站了起来。

“不用了，谢谢。我就住在旁边，路口拐角的地方。”

我转过身朝门口走去。但是没走两步就感觉到他抓住了我的手肘。

“我很庆幸您就住在附近，这样我可以少走几步路。我们走吧。”

他做了个手势示意餐厅总管把账记在他的房间，然后就跟着我离开了。他没有跟我说话，也没有试图安慰我，甚至没有对刚才我说的话做任何评论，只是默默地陪在我身边。刚走到街上，他突然停下了，拄着拐杖，抬头仰望星空，深深地吸了一口气。

“摩洛哥的味道真好。”

“这附近有山，又有海。”我稍稍平静了一些，“也许是因为这个吧，我想。”

我们慢慢地走着，他问我在西班牙保护区待了多久了，在这片异国的土地上生活得怎么样。

“我们下次再见吧，一旦有新的消息我会马上告诉您。”当我告诉他我到家了的时候，他说，“您也别太担心，我相信他们一定会尽最大的努力帮助您。”

“非常感谢，真的，请原谅我的失态。有时候我真的很难控制自己。世道很艰难，您知道吗？”我有些难为情地说。

他想微笑，但是受伤的脸只能扯出半个笑容。

“我完全理解，您不用担心。”

这次我没有流泪，情绪的波动已经渐渐平息。我们对视了几秒钟，互相道了晚安，然后我就转身上楼，心里想这个马库斯·洛根原来并非我和罗萨琳达预想的那样是个咄咄逼人的投机分子。

27

贝格贝尔和罗萨琳达对第二天的采访都十分满意。我后来听说，整个采访过程都在轻松愉快的气氛中进行，两人坐在帕尔梅拉斯大街那栋古老别墅的平台上，喝着苏打白兰地，面对着肥沃的马尔丁平原和远处巍峨耸立的格尔盖斯山，那里正是里夫的边境。在这之前他们三个人共进午餐。罗萨琳达必须用她那挑剔的眼光先审查一下这位同胞到底可信到什么程度，才能决定是不是放心让他与她心爱的胡安·路易斯单独相处。贝多依，他们的摩尔厨师，准备了罐焖羊肉配布尔戈尼特级红葡萄酒。在用过餐后甜点和咖啡以后，罗萨琳达就离开了。他们两个则一人一把竹椅，抽着哈瓦那雪茄，开始深入长谈。

我还知道采访结束以后，洛根大约在晚上八点回到酒店，而且没有吃晚饭，只是让人送了些水果到房间去。我也知道那天早晨他吃完早饭就去了总督府，知道他走过了哪些街道，什么时候回来的。总之那一天他所有的进进出出我都了如指掌，第二天也是，第三天也是。他吃了什么，喝了什么，看了什么报纸，戴了什么颜色的领带，我全都知道得一清二楚。虽然整天忙于工作，但得益于我那几个合作者谨慎而高效的劳动，我始终能获得最新的第一手消息。哈米拉负责全天跟踪他。在每天一块钱的收买下，酒店里一个年轻的跑堂每天详尽地向我汇报洛根几点回来。再多给一点儿，他甚至能回忆起他晚饭都吃的什么，送去洗衣房的都有什么衣服，晚上几点钟关灯。

我像热锅上的蚂蚁一样坐立不安地等了三天，时刻关注着他最细微的一举一动，热切盼望着有什么关于转移进展的消息。到了第四天，还是没有什么动静，我开始胡思乱想了。我甚至都怀疑他早就打算好了，一旦达到目的，采访到贝格贝尔，并收集齐他工作需要的关于西班牙保护区的信息后，他就会一走了之，根本不管我这边还有事情没解决。为了避免这些不祥的推测有可能变成现实，我决定最好主动出击。所以，第二天早上，天刚蒙蒙亮，听到清真寺召唤穆斯林做第一次礼拜的钟声，我就起床细细地梳妆打扮，出了门来到国家酒店的庭院里，挑了个角落坐下来。我穿着一件新的酒红色套装，胳膊底下还夹着本时尚杂志。脊背挺直，架着双腿，警惕地监视着进进出出的人，以防万一。

我知道自己正在做的是一件非常荒唐的事。罗萨琳达已经说过了，她给洛根办了一张在西班牙保护区的临时居住许可，也已经向我保证过一定会帮助我，这一切实施起来都需要时间。如果冷静下来分析一下形势，我就会很清楚自己没有什么可担心的，所有的恐惧都显得毫无根据，今天在这里无谓的等待只不过反映了我内心的不安全感。我知道，这一切我都明白，但是即使是这样，我也不打算离开。

九点一刻的时候他下楼了。那时候，透过玻璃顶棚，早晨的太阳已经在庭院里洒满了明媚的阳光。刚刚起床的住客、忙忙碌碌的侍者，还有年轻的跑堂们来来往往地运送着杂物和行李。他走起路来还微微有点跛，胳膊也还用一块蓝色的布吊着，但是青紫的半边脸已经好了很多，尤其在经过了充足的睡眠之后。干净的衣服、梳得整整齐齐的头发，让他的模样已经跟刚刚到达得土安那天有了天壤之别。看到他我有些尴尬，但还是拢了下长发，优雅地架起双腿，掩饰了过去。他立刻看到了我，走过来打招呼。

“咦，我真不知道原来非洲的女性都起得这么早。”

“您也知道那句谚语，早起的鸟儿有虫吃。”

“那您想吃掉什么虫子呢？如果您不介意告诉我的话。”他一边说，一边在我旁边的椅子上坐下。

“为了吃掉我心里的担忧，怕您不告诉我事情的进展就一走了之，虽然您说事情已经在进行之中了。”

“我没有给您任何消息是因为我也没打听到任何进展。”他说，然后从椅背上抬起身子靠近我，“您还没有完全信任我，对吗？”

他的声音既肯定又亲切，带着几分私密的口气。我没有立刻回答他的问题，迅速在心里盘算着找个什么借口，但是脑子里一片空白。我决定实话实说。

“很抱歉，但是最近我对谁都信不过。”

“我很理解，您不用担心。”他一边说，一边努力地微笑，“现在时局不好，没有什么忠诚和信任可言。”

我耸了耸肩，做了一个赞同的表情。

“您吃过早饭了吗？”他问。

“吃过了，谢谢。”我不想说实话。其实我根本就没吃早饭，而且也完全没有心情吃。我现在最需要的就是确认他不会说话不算数，过河拆桥。

“那好吧，那我们可以……”

他话还没说完，一个穿着长袍的人影像一阵风一样跑到面前打断了我们的交谈，哈米拉上气不接下气地说：

“兰根赫姆太太在等您。她要去丹吉尔，去买布。她需要希拉小姐告诉她买多少。”

“告诉她稍等两分钟，我马上回去。让她坐一会儿，翻翻前几天坎德拉利亚刚拿来的那些新的服装图样。”

哈米拉转身跑了，我也向洛根告辞。

“这是我的用人。有一位顾客在等我，我得走了。”

“既然是这样，我就不打扰您了。您不用担心，一切都在进行中，我们迟早会得到确认的。但是您得做好心理准备，这可能需要几天，甚至几个星期的时间，也许会超过一个月，这些都没有办法预知。”他边说边站起来，动作也比前几天灵活多了，看上去不再那么痛苦。

“我真的不知道该怎么感谢您才好。”我回答道，“不过现在，如果您不介意的话，我得走了，店里还有一大堆工作等着我，我几乎没有一分钟空闲时间。最近这里要举办很多社交活动，我的顾客们都赶着要新礼服。”

“那您呢？”

“我……”我没有明白他的问题。

“您会参加这些活动吗？比如说，您会参加塞拉诺·苏聂尔的招待会吗？”

“我？”我轻笑起来，从脸上拂开一绺头发，“不，我不会参加这些活动。”

“为什么不？”

我的第一反应是哈哈大笑，但是我忍住了，因为发现他是认真的，确实是感到好奇。那时候我们都已经站了起来，而且站得很近。我能分辨出他外套上亚麻的纹理，还有领带上的条纹。他身上有一种好闻的味道，说不出来是高档香皂的气味，还是干净清新的男性气息。我手里还抱着那本杂志，而他一只手还拄着拐棍。我看着他，张开嘴想回答他的问题。我有足够的理由来说明我为什么不参加那些与我全然无关的庆祝活动，因为没有人邀请我，因为那根本就不是我的世界，因为我跟那些人根本没什么关系……但是最后，我还是决定不向他做任何解释，只是耸了耸肩说：

“我必须得走了。”

“等一下。”他一边说一边轻轻地抓住了我的胳膊，“跟我一起参加塞拉诺·苏聂尔的招待会，做我那天晚上的女伴。”

这个邀请来得如此突然，我站在那里几乎不知所措，努力想找个借口拒绝，嘴里却什么也说不出来。

“您刚刚还说不知道怎么感谢我。那好，现在您有一个很好的方式向我表达谢意，陪我去参加这个活动。您可以帮助我认识些人，这对我的工作非常有帮助。”

“我……我几乎不认识什么人，我在这儿的时间也不长。”

“那将是一个有趣的夜晚，我们一定会过得很愉快。”他坚持说。

这简直荒谬之极。一个为欢迎佛朗哥的连襟举行的庆典，我去干什么呢？站在一群高级军官、当地的活跃分子、有权有势的贵族和外国代表的中间？这个提议真的很可笑，但是他现在就站在我面前等待着我的回答。这个人正在全权处理我在这世界上最亲的人从马德里撤离的事情，这个陌生的外国人，刚刚还在请我相信他。我的脑海里刹那间掠过无数想法，有的在催促我拒绝：那完全是一个没头没脑、荒诞不经的邀请，而另一个声音却在不停地对我说那句我常常从母亲嘴里听到的古语：滴水之恩，当涌泉相报。

“好吧，”我使劲咽了一下口水，“我跟您去。”

这时候哈米拉的身影再次出现在大堂里，做着夸张的手势示意我赶快出去，别让那个挑剔的兰根赫姆太太等得太久。

“好极了。等我收到邀请，我会告诉您确切的日期和时间。”

我跟他握手道别，加快脚步穿过大厅。到门口的时候，我忍不住回头张望。马库斯·洛根仍旧站在庭院里拄着拐杖看着我，待在刚才我们谈话的地方没动。虽然在强烈的阳光下他看上去像是逆光中的剪影，但是他的声音却清晰有力：

“我很高兴您能接受我的邀请。请您放心，我不会着急离开摩洛哥的！”

28

刚出门我就后悔了，一下子觉得心里没底。也许自己对洛根的邀请接受得太仓促了，应该先征求一下罗萨琳达的意见，也许她对这位毛遂自荐的来宾有另外的安排。不过我心中的疑虑很快就被打消了。那天下午，她风风火火地跑来试衣服。

“我只有半个小时的时间。”她一边说一边用灵活的手指解开丝绸衬衫的扣子，“胡安·路易斯正在等我。为了接待塞拉诺·苏聂尔，还有好多事情要准备。”

我本来打算说一番经过深思熟虑的话，委婉地把这件事告诉她。但最后还是决定趁这个机会速战速决。

“马库斯·洛根想让我和他一起参加那个招待会。”

我没有看她，假装专注地把她的衣服从模特儿身上脱下来。

“But that’s wonderful, darling!”

我没有听懂她的话，但从语气中我知道这个消息让她非常惊喜。

“你觉得我应该跟他去吗？”我还是有些犹豫。

“当然了！你能去真是太好了，甜心。到时候胡安·路易斯肯定得忙前忙后地招呼客人，所以我应该能跟你们一起待会儿。那你穿什么呢？”

“我还不知道呢，得好好想想。也许我会用那个料子做一件礼服。”我指了指墙边靠着的一卷布料。

“天啊，你一定会让所有人都惊艳的！”

“如果我到时候没累死的话。”我嘴里咬着大头针含糊地说。

事实确实如此，这段时间我非常辛苦。前一段时间订单很少，现在那些伤脑筋的事情和雪片般飞来的订单一下子压得我喘不过气来，让我觉得自己随时都可能崩溃。我不得不像公鸡一样每天天亮即起，晚上很少能在凌晨三点前睡觉。门铃不停地响，顾客不停地进进出出。不过，我并没有觉得有多么难以忍受，甚至为此感到庆幸：这样我就没有那么多时间去想在那个该死的招待会上我能干点儿什么了，那时候离正日子也就一星期了。

顺利通过罗萨琳达这一关后，第二个得知这一突如其来的邀请的人，毫无疑问，是菲利克斯。

“是真的吗？你这狡猾的女人，运气太好了！我都嫉妒死了。”

“我很愿意跟你换！”我由衷地说，“我对那个活动一点儿兴趣都没有。我一定会觉得特别不自在的，陪着一个几乎不认识的人，周围都是那些奇奇怪怪的人，军人、政客，就因为他们，我的故乡陷于水深火热，我也没有办法回去了。”

“别说傻话了。你将成为一个历史性时刻的一部分，虽然这里只是非洲地图上的一个小小角落。再说，你的男伴看起来也相当不赖。”

“你怎么知道的？你又不认识他。”

“我怎么不知道，你以为我今天下午带那个母狼去哪儿吃的点心？”

“国家酒店？”我不相信地问。

“正是！那个老狐狸，喝茶吃英国点心，一直到实在吃不下为止，害得我比平时在坎帕那多花了三倍的钱。不过，这趟也算值了。”

“所以你看到他了？”

“岂止是看到。我们说话了，他还给我点了根烟。”

“你脸皮可真厚。”我一边说一边忍不住笑了，“你觉得他怎么样？”

“等他身上那些零件都修好了以后应该还挺帅的。虽然现在还有点儿瘸，半边脸面目全非，但是气质不错，言谈举止也相当绅士。”

“你觉得他可靠吗，菲利克斯？”我忧心忡忡地问道。虽然洛根已经拍着胸脯要求我相信他，但是我还是没有办法完全放心。作为回答，我这位可爱的邻居哈哈大笑。

“我觉得未必靠得住，不过这对你来说有什么关系呢？你这位记者朋友只不过是个匆匆过客，跟全心全意爱着总督的那个女人有一个公平交易。所以，就凭吸引他来的这些条件，还有如果他不想比来的时候更狼狈地离开这里，就得好好对你。”

菲利克斯的这番话启发了我从另一个角度看待这件事。跟拉米罗在一起的那段痛苦经历让我变成了一个过度谨慎多疑的人，但是现在我跟马库斯·洛根之间并不存在忠诚与否的问题，完全是一种利益交换的关系。你给我好处，我拿同等的好处跟你交换。如果谁也不肯先付出，那么交易就无从谈起，这是游戏规则。所以我完全没有必要整天着了魔似的纠结于他究竟有几分可靠。是他主动要跟总督建立良好的关系，所以没有理由对我的事置之不理。

当天晚上菲利克斯还详细给我解释了塞拉诺·苏聂尔究竟是何许人也。我经常在收音机里听到人们谈起他，他的名字也常见诸报端，但是对于名字背后的这个人，我几乎是一无所知。菲利克斯像往常一样，向我提供了最完整的信息。

“我想你应该已经知道了，亲爱的，塞拉诺是佛朗哥的连襟，他老婆姬达是佛朗哥的老婆卡门·保罗的妹妹，顺便说一句，通过一些媒体发布的照片看，这位女士可比她姐姐年轻得多，漂亮得多，也没那么盛气凌人。据说塞拉诺是一个很有能力的家伙，知识水平比我们的‘领袖’高得多，‘领袖’为此也相当不爽。在战争开始之前他是一位检查官，也是萨拉戈萨的议员。”

“是右派的？”

“当然了。但是起义爆发的时候他正在马德里，而且因为政治履历被逮捕，关押在模范监狱，不过最后他成功地让人把他送到了一家医院，据说是得了溃疡之类的病。听说那时候，在马拉尼洪医生的帮助下，他化妆成女人才逃出了医院，带着假发、帽子，挽起裤腿，穿着大衣。简直惟妙惟肖。”

我们俩想象着当时的情形，乐不可支。

“最后他成功逃出了马德里，到达了阿里坎特，然后再次乔装改扮，把自己打扮成阿根廷水手，登上一艘轮船离开了伊比利亚半岛。”

“离开西班牙了？”我问。

“没有。他在法国下了船，然后从陆路回到西班牙的国民军统治区，带着老婆，还有一大群孩子，我记得有四五个呢。再想方设法从伊伦到达了萨拉曼卡，战争初期国民军的总指挥部在那儿。”

“那应该很容易吧，他是佛朗哥的亲戚啊。”

他不怀好意地笑了。

“你以为呢，据说佛朗哥连根手指头都没为他动一下。塞拉诺被扣押的时候，他完全可以提出交换人质，这是很常见的，但是他没有那么做。塞拉诺好不容易来到萨拉曼卡后，好像也没有受到多么隆重的欢迎。据说那时候佛朗哥和家人住在主教宫殿里，却把塞拉诺全家老小安置在一个小阁楼里，里面只有几张破破烂烂的简易床，佛朗哥的女儿却独自拥有一间巨大的带独立卫生间的卧室。不过事实上，除了这些口口相传的流言飞语，关于塞拉诺·苏聂尔的私人生活，我也没能打听到更多，很抱歉，亲爱的。不过我知道他有两个关系非常亲密的兄弟，平素跟政治毫无瓜葛，却在马德里被杀害了，看上去这件事情对他打击很大，也促使他积极地投身到所谓的‘新西班牙’的建设中去。现在他已经成了佛朗哥的左膀右臂，人们都叫他‘裙带领袖’，跟佛朗哥的‘将军领袖’相对应。据说他能爬到今天这个位置上，那位强势的卡门女士功不可没，她早就烦透了佛朗哥的另一位连襟尼古拉斯，嫌他蠢笨、毫无头脑，而且对她丈夫有很大的影响。所以，塞拉诺一跟他们会合，她就说得很清楚：‘从现在开始，小佛朗哥，多跟拉蒙·塞拉诺混，少跟尼古拉斯搭界。’”

他模仿佛朗哥老婆的声音又把我们两人逗笑了。

“听说塞拉诺是一个非常聪明的家伙，”菲利克斯继续说，“非常精明，在政治上比佛朗哥成熟得多，学识也比他丰富，为人处事更圆滑老练。他不但野心勃勃，而且是个不知疲倦的工作狂。据说他废寝忘食地想要搞出一个法律基础，好让国民军和他连襟那个至高无上的统治权合法化。换句话说，就是他努力想让一个完全军事化的管理结构看上去像是一种合理合法的民事组织机构。你明白吗？”

“那也得等他们打赢了战争吧？”我说。

“没错，等他们赢了。”

“那塞拉诺得人心吗？人们拥护他吗？”

“一般吧。佛朗哥的死党，就是那些高级军官，对他简直是烦透了。他们把他看做一个横插一杠的外来者，跟他也没什么共同语言，互相不理解。军官们觉得一个完全军事化管理的国家挺好的，但是塞拉诺比他们所有人都要深谋远虑，他努力想让他们明白，这完全是荒谬不可行的，也永远得不到合法地位和国际社会认可。而佛朗哥虽然对政治一窍不通，在这一点上却对他信任有加。所以，虽然心不甘情不愿，军官们也敢怒不敢言。但塞拉诺仍没能让那些资深的长枪党人信服。他似乎是何塞·安东尼奥·普利莫·德里维拉的密友，他们一块儿上的大学，但是在战前他从来也没加入过长枪党。现在当然已经是了，不但加入了，而且比教皇还有权威。不过那些老资格的长枪党人都把他看作野心家，一个刚刚皈依的投机分子。”

“那，谁支持他呢？只有佛朗哥吗？”

“还有佛朗哥的神仙老婆啊，她可不是省油的灯。不过走着瞧吧，看她能宠幸他多久。”

此外，菲利克斯还是我为参加活动做准备时的救命稻草。自从我告诉他那个消息，他用夸张的表情咬着指甲表示嫉妒以后，几乎没有哪天晚上不来我家给我提供一些关于庆祝活动的有趣消息。都是他四处打听来的零头碎片。不过我们没有像往常一样在客厅里夜谈，因为我手头的活实在是太多了，不得不把聊天的地点搬到了工作室。看起来他对地点的变动也很满意，他喜欢那些丝线、布料，还有那些细密的针脚，而且总是会根据我手中正在做的衣服出各种各样的点子。有些很好，但大部分都很离奇。

“你刚才说这块漂亮的丝绒面料是要给大法官的老婆做衣服的？你给她臀部开个洞，看看有没有人会注意。真是暴殄天物啊，那个丑八怪老乌鸦。”他边说边用手指摸了摸堆在模特儿身上的布料。

“别碰！”我头也没抬便喝住他，全部注意力都集中在手里的针线活上。

“对不起，这些布有种光泽，让人忍不住……”

“就是因为这个，所以要小心，别在上面留下指印。来吧，我们继续，菲利克斯，告诉我，今天你都打听到什么了？”

塞拉诺·苏聂尔的到访是这些天来得土安街头巷尾的不二话题。在商店里、报亭里、理发店里，甚至诊所里、咖啡馆里、人行道上、市场的摊位上，还有做完弥撒后的教堂出口处，大家都在谈论着这件事。但是我实在是太忙了，几乎每天都大门不出二门不迈，所以可爱的菲利克斯这次帮上了大忙。

“听说谁也不会错过这次盛会，所有有头有脸的人物都会聚集在那里欢迎我们的‘裙带领袖’。哈里发和他庞大的随从队伍、朝廷大臣和他们的智囊团，反正是倾巢出动。所有西班牙当局的高官、被授予勋章的军人、高级律师和大法官，摩洛哥各个政治派别的代表、犹太人代表、所有的外交人员、银行行长、高级官员、有钱有势的企业家、著名的医生，总之是所有有地位的西班牙人、摩尔人和犹太人。当然了，还有一些偶然撞进来的，就像你，小厚脸皮，你要挽着你那个跛脚的英国佬排队走进那扇金碧辉煌的大门了。”

但是罗萨琳达跟我说，这次的活动不会有太夸张的排场，相对简朴。贝格贝尔虽然想竭尽全力风风光光地欢迎这位来客，但是他也没有忘记现在还是战时。所以招待会上不会有盛大的表演，也没有歌舞，音乐方面也只请了哈里发的乐队。但就算是这样，也已经是很长时间以来总督府组织的活动中最隆重的一次了，现在西班牙保护区的整个首府都在为此进行着紧张的准备。

菲利克斯还对我进行了一些宴会礼节方面的培训。我也不知道他都是从哪儿学来的，以他的社会地位还不够格参加这些活动，而且他也没几个朋友，几乎跟我一样少。他生活的全部重心就是那个物资供应局的无聊差事、他母亲，还有跟母亲在一起时的悲惨生活，偶尔趁夜里去几趟地下场所，加上在战争开始以前去过几次丹吉尔，这就是全部了。他一辈子都没去过西班牙。但是他非常喜欢电影，对所有的美国电影都了如指掌，而且非常痴迷外国杂志，再加上孜孜不倦的探索精神和无可比拟的好奇心、狐狸一样的聪明伶俐，他毫不费劲地就准备好了给我上课的所有内容，努力把我变成一个即使不是名门望族之后，也在气质上毫不逊色的优雅贵宾。

他的有些建议显然没有多大必要。我跟拉米罗这个恶棍在一起的时候，认识了些各种身份各种来历的人，我也仔细观察过他们。我们一起参加过许许多多宴会，也经常在马德里和丹吉尔出入高级场所和高档餐厅。拜这一切所赐，我对那些细微的礼节程式很熟悉，尚能在社交场合应付自如。但是菲利克斯却决定从最基本的知识开始对我进行教育。

“吃东西的时候不要说话，不要发出声音，不要用袖子擦嘴巴，也不要把叉子一下子伸到嗓子眼，不要把酒一饮而尽，不要举起酒杯朝服务生喊，让他给你添酒。随时把‘劳驾’和‘非常感谢’挂在嘴边，但是只需要嘴也不张的小声说就行了，不要显得过分热情。还有，你知道，当你被介绍给别人时，简单地说一声‘幸会’就行了，千万不要说什么‘这真是我的荣幸’或者诸如此类的俗气话。如果有人跟你谈论什么你不知道或者听不懂的事情，就给他们一个最灿烂的微笑并保持沉默，只要时不时地点头表示同意就可以。如果你不得不开口说话，一定记住尽量别说假话，最好一句都没有，因为你很可能会被抓住把柄。一是因为你之前已经散布过些小小的谎言，把自己伪装成了一个高级时装师，二是因为你这次是主动把自己送进了虎口，那些老狐狸都久经沙场、见多识广，你要是存心炫耀，他们能一眼识破。如果有什么东西让你感到惊奇或者高兴，你只需要淡淡地说一声‘值得赞美’‘令人惊讶’或者类似的形容词，任何时候都不要大惊小怪地表现出情绪来，千万不能拍着大腿说‘这简直是个奇迹’‘哎呀我的妈呀’或者‘这简直让我都傻了’这样的话。即使谁的评论让你觉得好笑，也不能张着嘴哈哈大笑，把牙龈都露出来，更不能笑得弯腰捂肚子。保持微笑，眨眨眼睛，不要作任何评论。别人没征求你意见的时候不要主动发表评论，也不要冒冒失失地插话，说什么‘好家伙，您是谁？’或者‘您别告诉我那个胖女人就是您太太’之类的话。”

“这些我都知道，亲爱的菲利克斯。”我一边笑一边说，“我虽然只是个小裁缝，但也不是从山洞里来的！给我讲些更有趣的吧，求你了。”

“好吧，小东西，随你的便，我只是希望这些东西对你有用，怕你万一漏掉什么细节。下面我们来谈谈正经事。”

就这样，在那几天晚上，菲利克斯挨个儿给我介绍了宴会当天最重要的宾客，我则一个一个地把他们的名字、职务、职责记在心里，并通过菲利克斯带来的报纸、杂志、画片和广告记住了他们的容貌。于是我知道了他们住在哪儿、是干什么的、到底有多大权势，还有在当地的地位如何。事实上，我对这些东西毫无兴趣，但是马库斯·洛根说过，他需要我帮他认识宴会上最重要的来宾，所以我需要提前做些功课。

“我想，因为你那个男伴不是本地人，所以你们大部分时间都会跟外国人在一起。”他说，“据我推测，除了那些当地的精英人士，丹吉尔也会赶来一批人，因为我们‘裙带领袖’的行程中没有去丹吉尔的计划，所以，你知道，如果他不去，他们就得过来。”

这个消息让我振奋了一些。混在那群从来没见过、而且以后很可能也不会再见的外国人里面，总比被包围在一堆我每天在任何地方都会遇到的当地人中间自在得多。菲利克斯还告诉我庆祝活动的主题安排，各种问候礼节怎么进行，还有整个宴会流程。我一边听一边默默地记在心里，手中还是片刻不停地干活，这辈子从来没有这么紧张工作过。

那个重要的日子终于来了。整个上午哈米拉一直在往外送最后一批成衣。到中午的时候所有的订单都完成了，我终于可以平静一下。我猜想，其他那些受邀参加晚会的女宾这时候都该吃完饭了，有的正准备在光线昏暗的卧室里小睡一会儿，有的正在米盖尔高级理发店等着做头发。我真的很嫉妒她们。我连吃口饭的时间都没有，还得利用午睡时间来缝制自己的衣服。开始动手的时候已经是下午两点四十五分了。晚会将在晚上八点开始，而马库斯·洛根给我捎来的口信说，他七点半的时候来接我。我有一大堆事情要做，却只剩不到五个小时的时间。

29

烫完衣服的时候我看了看表，六点二十。衣服已经准备好了，只差把自己收拾整齐。

我把自己泡在浴盆里，脑袋放空。等一会儿再去紧张那个离我越来越近的宴会吧，现在，先让我好好休息。在热水和温柔的泡泡中，我感觉到自己疲倦的身体一点儿一点儿地放松下来，已经厌倦了缝纫的手指慢慢恢复了灵活柔软，脖子也不那么僵硬了。我打起了瞌睡，仿佛整个世界都要融化在陶瓷浴缸里。我已好几个月没有过这么惬意的时刻了，舒服的感觉没有持续多久，卫生间的门突然打开了，我的享受被打断了。

“喂，你在想什么呢，丫头？”坎德拉利亚冲我大喊，“六点半多了，你还跟鹰嘴豆似的泡在水里。马上就要来不及了，小丫头，你打算几点钟开始收拾打扮啊？”

坎德拉利亚把她认为必不可少的救急团队带来了，她的好姐妹瑞梅是发型师，还有安赫利塔，一个会做美甲的邻居。之前我让哈米拉去拉鲁内塔那边买几个发卡，半路上遇到了坎德拉利亚，于是她得知我一直在给别人做衣服，自己的衣服还没准备好，也没有一分钟空闲做什么准备。

“快点儿，姑娘，快从浴缸里出来，我们有好多事儿要做，没多少时间了。”

我任她摆布，因为她那不容置疑的口气完全不容我反抗。而且毫无疑问，我是打心眼儿里感激她的。还有不到三刻钟，我那位记者男伴就要来了，而我，用她的话说，还在浴缸里跟个笤帚似的。所以，我刚把浴巾裹上身，大家就开始忙活起来。

安赫利塔全神贯注地帮我修指甲，先用油按摩，然后去掉粗糙的死皮，把指甲锉平。瑞梅则负责给我做头发。因为知道下午没有时间，早上起床的时候我就洗了头发，现在只需要做个好看的发型就行了。坎德拉利亚则在一旁打下手，递个镊子、剪子、卷发棒或者棉花团什么的，嘴里还絮絮叨叨地讲着这几天在得土安流传的关于塞拉诺·苏聂尔的小道消息。他是两天前到达得土安的，贝格贝尔陪他走遍了所有的地方，从阿尔卡萨奇维到萨温再到达尔丽芬，拜访了所有北非的重要人物，从哈里发到重要的大臣。从上个星期开始我就没见过罗萨琳达，但是这些消息已经满城皆知了。

“据说昨天他们在凯塔玛吃摩洛哥饭，在一片松林里，地上铺块毯子就坐下。当那个‘裙带领袖’看到所有人都用手抓着饭吃，就像见了鬼一样目瞪口呆。他自己没等把手抓饭送到嘴里已经掉了一半……”

“咱们的总督却很享受这种生活，像个天经地义的主人一样，还一根接一根地抽土烟！”门口另一个声音接着说道。当然是菲利克斯。

“这个时候你怎么会在这儿？”我惊讶地问。每天傍晚跟他母亲的散步几乎是雷打不动的，更何况那天全城的人都跑到街上去了。他用拇指指着嘴，做了一个形象的姿势：埃尔维拉女士在家呢，已经很合时宜地提前醉倒了。

“今天晚上你都要抛弃我跟一个外国记者走了，至少我不想错过准备工作！我能帮什么忙吗，女士们？”

“你就是画画特棒的那个男孩子吗？”坎德拉利亚突然问。他们两人都知道对方是谁，但是从来没有交谈过。

“没错，正是我。”

“那正好，你看看能不能给她化上眼妆。”她一边说一边递给他一盒化妆品，真不知道她是从哪儿弄来的。

菲利克斯从来没有给谁化过妆，但是他没有因此退缩。相反，接到坎德拉利亚指派的任务,他就像收到了一份大礼一样。在查阅了几本《名利场》上的模特儿照片并找到灵感以后，他就把我的脸当成画布一样用心描画。

七点一刻，我还裹在浴巾里，伸着两只胳膊。坎德拉利亚和安赫利塔忙着把我手上的指甲油吹干。七点二十，菲利克斯完成了他在我眉间的作品。七点二十五的时候瑞梅在我头上别上了最后一个发卡。也就几秒钟以后，哈米拉从阳台上风一样地冲过来尖叫着宣布我的男伴刚刚出现在街头的拐角处。

“好了，现在只差几样小东西了。”我的合伙人宣布道。

“一切都很完美了，坎德拉利亚，我没有时间再弄别的了。”我一边说一边半裸着去找衣服。

“不行。”她在我背后说。

“我一分钟都不能耽搁了，坎德拉利亚，真的。”我紧张地坚持道。

“闭嘴，我都说了不行。”她在走廊里抓住我的胳膊，递过来一个扁扁的包裹，外面的纸皱皱巴巴的。

我急忙打开，因为知道自己不能再坚持拒绝，这样下去什么都做不成了。

“我的上帝，坎德拉利亚，真不敢相信！”我打开一双丝绸长筒袜，“你怎么弄到的？你不是说从好几个月前就一双都找不到了吗？”

“行了，闭嘴吧。再打开这个看看。”她没给我表达谢意的机会，又递过来另一个包裹。

在粗糙的包装纸里，我看到的是一个亮晶晶的美丽贝壳，边缘还镀成了金色。

“这是一个粉盒。”她骄傲地说，“这样你就能在那里装模作样地补妆了，我倒要看看你比那些跟你肩并肩站在一起的贵妇人阔太太差在哪儿。”

“这太美了。”我抚摸着粉盒小声说。打开粉盒，里面有一小块粉饼，一个小镜子，还有一个白色的粉扑。“太感谢你了，坎德拉利亚，我本来不想麻烦你的，你已经为我做得够多了……”

我再也说不下去了，我马上要哭出来了，可就在这时候门铃响了。叮零零的声音让我立刻反应过来，现在不是表达感情的时候。

“哈米拉，赶快去开门。”我吩咐道，“菲利克斯，去把床上的衣服给我拿来；坎德拉利亚，帮我一块儿穿丝袜，太着急了我自己穿不上；瑞梅，麻烦帮我把鞋拿来；安赫利塔，请把走廊的帘子拉上。好了，都去工作室吧，别让人听到我们的动静。”

我用那块生丝料子给自己做了一件两片式礼服，大大的翻领，紧身收腰，宽大的裙摆。因为没有什么首饰可戴，我全身上下的装饰就是在肩头别了一朵烟草色的布花，跟脚上那双鞋跟高得令人头晕的鞋上下呼应，这是摩尔人社区里的一个鞋匠给我做的。瑞梅把我的头发梳成了一个蓬松优雅的发髻，跟菲利克斯为我化的自然妆容搭配在一起显得格外优雅。菲利克斯虽然毫无经验，但是他的作品令人惊讶：我的眼睛神采飞扬，双唇润泽饱满，完全遮盖了脸上的疲惫。

大家帮着我穿上衣服，穿上鞋，重新整理了一下发型和口红。几乎都没有时间照镜子，一收拾好我就跑出房间，踮着脚尖匆匆忙忙地往外跑。走到门口时我停住了，装出一副从容的样子走进客厅。马库斯·洛根背对着我，正在阳台上往下看街道。听到我踩在地砖上的脚步声，他转过身来。

距离我们上一次见面已经九天，他初到时身上的累累伤痕已经好得差不多了。这天他穿了一身深色西服，左手插兜，现在已经不需要绷带了。脸上除了一些浅浅的疤痕，也几乎看不出来前一段时间曾经伤到血肉模糊。他的皮肤在摩洛哥阳光的炙烤下已经变成了古铜色，跟身上那件一尘不染的白衬衫形成了鲜明的对比。他现在很容易就能站住了，宽阔的肩膀，笔挺的腰身。看到我他笑了，这一次他不用再费劲就可以完全展开笑颜。

“我们的‘裙带领袖’今天晚上见到你以后，肯定不愿意再回布尔格斯了。”他用一句含蓄的赞美作为开场白。

我也想找些跟他一样有创意的话来回答，但是我身后有人抢着说：“好一个帅哥啊。”是躲在客厅门口的菲利克斯粗声粗气的声音。

我使劲忍住笑。

“我们走吧。”我对洛根说。

他也没有机会立即回答我。就在他要张口的时候，一个人像龙卷风一样跑过来。

“等一下，马库斯先生！”坎德拉利亚朝他挥了挥手，“没别的事，在你们出发之前，我想给您一个小小的忠告，如果您允许的话。”

洛根有些困惑地看了看我。

“一个朋友。”我说。

“既然是这样，您尽管说。”

坎德拉利亚走到他身边，一边说话一边假装帮他掸掸外套。

“你给我小心点儿，小伙子，这丫头过去已经吃过不少苦头了。你别以为你是个有钱的外国人就可以打她的主意，让她再死去活来地受一茬罪。要是哪天你敢犯浑欺负她，只要动她一根汗毛，我那表兄可不是吃素的，我们会找人来教训你。你就等着哪天晚上上街的时候被人用大刀砍了吧，把你现在好端端的那半边皮囊也给你揍开花，给你做些记号，让你一辈子走哪儿都带着。听明白了吗？”

我的记者朋友张口结舌完全无法回答，虽然他的西班牙语无可挑剔，不幸的是他几乎完全没有听懂我这位好朋友的威胁。

“她说什么？”他一脸无辜地回头问我。

“没什么要紧的。我们走吧，快要迟到了。”

出门的时候我几乎没有办法掩饰自己的骄傲。不是因为自己光彩照人的外表，也不是因为自己臂弯里挽着的这位英俊逼人的男士，更不是因为即将要参加的那个盛大的活动，而是因为我身后那些朋友深厚真挚的爱。

街上到处都装点着小红旗和木犀草，挂着花环和向尊贵的来宾致意的大幅海报，还有他的连襟，那位伟大领袖的画像。成群结队的摩尔人和西班牙人在街上挤来挤去，看上去也没有什么固定的方向。街边的阳台都装饰上了国旗的颜色，站满了人，连屋顶平台上都是。年轻一点儿的甚至爬到了更让人难以置信的地方：柱子上、铁栅栏上，还有路灯上。他们寻找着最佳位置，准备观赏一会儿要经过这里的车队。女孩子都手挽着手，红红的嘴唇抹了又抹。小孩子则成群结队地到处乱跑，在人群里乱窜。西班牙男孩梳着整整齐齐的头型，穿着欧式服装，戴着小小的领带，女孩的辫子上系着各种颜色的发饰。而摩尔小孩穿着长袍，戴着毡帽，很多都光着脚。

我们往西班牙广场方向走，一路上人越来越多，声音也越来越大。外面很热，太阳光仍然很强烈。远远地可以听到乐队在为乐器调音。路两旁铺设了可移动的木制台阶。所有地方都被挤得水泄不通。马库斯·洛根不得不三番五次地出示他的邀请函，以便我们能通过层层的安全围栏，这些围栏把人群隔离在达官贵人和政要们将要通过的区域之外。一路上我们几乎都没说话，周围的嘈杂声和不时需要左闪右避的人群让我们根本无法交谈。有时候我不得不紧紧抓住他的胳膊，免得人群把我们俩冲散，有时候他不得不扶着我的双肩，怕我被周围混乱的人群淹没。路上花了很长时间，但是终于到达了。穿过铁门进入总督府的那一瞬间，我心里一阵绞痛，但我选择不去想它。

几个摩尔士兵在门口站岗，穿着威风凛凛的仪仗礼服，带着巨大的缠头布，斗篷随风飘扬。穿过插满了国旗和彩旗的花园，一名服务人员把我们带到了专为活动准备的白色帐篷旁，帐篷下已经聚集了一大批宾客，等待着庆典的开始。这里晃动着各种各样的军帽、手套、珠宝、领带、扇子，蓝色的衬衫，白色的外套，胸前线绣的长枪党标志，当然还有很多由我一针一线缝制出来的服装。我谨慎地同几个顾客打了招呼，假装没有注意到从四面八方向我们投来的目光和遮遮掩掩的窃窃私语。

“她是谁，他是谁。”我从他们嘴唇的运动中读出了交谈的内容。接着我认出了更多的面孔，有很多人我只在前几天菲利克斯带来的照片上见过，但是有一些我却有过私人接触，比如说巴斯盖斯警长。他看到我出现在这种场合，很老练地掩饰住了自己的惊讶。

“看呀，这真是一个令人愉快的惊喜。”他离开身边的人群朝我们走来。

“晚上好，克拉乌迪奥先生。”我努力让自己的声音听起来自然，但是不知道有没有做到这一点，“很高兴见到您。”

“真的吗？”他做了个讽刺的表情。

我还呆在那里没来得及回答，他就转向了我的男伴。

“晚上好，洛根先生。看上去您已经非常适应这里的生活了。”

“我一只脚刚踏进丹吉尔，警长先生就让我去他办公室报到了。”洛根一边跟他握手一边向我解释，“对外国人入境真是戒备森严。”

“暂时您还没有什么值得怀疑的，不过，希拉小姐，如果您发现他有什么异常举动，请马上向我报告。”警长开玩笑道，“而您呢，洛根先生，您得好好照顾您身边的这位小姐，她这一年来日夜辛勤劳作，非常辛苦。”

我们告别了警长继续往前走。身边的记者男伴始终显得放松而专注。我却努力地压制心头的不快，抑制自己像鱼离开了水一样的不自在。他跟我一样谁都不认识，但是他似乎不介意这一点，始终保持着稳重和令人嫉妒的自信，这也许是职业习惯使然。我一边回忆着菲利克斯传授的知识，一边悄悄地指给他看那些宾客都是谁：那个穿深色衣服的是何塞·伊格纳西奥·托莱达诺，一个有钱的犹太人，也是哈桑银行的行长；边上戴着羽毛头饰、叼着烟嘴儿抽烟的优雅女士是吉萨女公爵，一个法国贵族，住在拉朗切；那边魁梧的男人，就是侍应生正倒酒的那个，是画家马里亚诺·贝尔图奇。一切都按照预定的程序进行，更多的嘉宾入场了，然后是西班牙政府官员，接着是高级军官，最后是穿着本国服饰的摩洛哥人。从清新的花园里传来街上的呼喊声、叫声、欢呼声和掌声。他来了！他已经到了！外面不停地喊。但是那位受到顶礼膜拜的人物还得过一会儿才能出现，首先他得在人群里停留一会儿，像斗牛士或者菲利克斯最喜欢的美国影星们一样接受欢呼。

最后，万人期待万众瞩目的那个人，伟大领袖的连襟终于出现了。西班牙万岁！他穿着一身黑色三件套，严肃而僵硬，非常瘦，但是出奇地英俊。他的头发几乎全白了，整整齐齐地向后梳。他始终保持着同样的姿势，好像在唱着长枪党的赞歌，眼睛像猫一样狡黠。虽然只有三十七岁，但是看上去要显老一些。

我应该是现场完全不在乎近距离看他，也不热衷于跟他握手的少数人之一，即便是这样，我也一直望着他的那个方向。引起我巨大兴趣的不是塞拉诺，而是跟他紧挨着、而且我到现在还不认识的那个人：胡安·路易斯·贝格贝尔。我的顾客和朋友的情人，原来是一个个子很高、略微偏瘦的五十来岁的男人。他穿着一件典礼用的制服，腰间紧紧系着一条很宽的绶带，戴着军帽，拄着一根轻便的拐杖，类似于一种鞭子。他的鼻子又尖又挺，下面有一撮深色的胡子，鼻子上面架着一副圆框眼镜。透过圆圆的镜片可以看到一双机智的眼睛，无时无刻不在观察着周围发生的一切。他给我的感觉很特别，有些唯美。虽然他穿着华丽的军装，但是完全没有武官的气质，相反，给人一种稍稍有些夸张但又毫不做作的感觉。他的表情有时候很凝重，有时又很丰富，笑起来显得非常坦诚，语速很快，声音洪亮。他不停地在人群中穿梭，热情地跟各种各样的人打招呼、拥抱、拍拍肩背或者长时间地握手。他一直保持着微笑，跟不同的人交谈，阿拉伯人、西班牙人、犹太人，来回转换。也许在闲暇时光，他会释放出那个内在的自己，就像罗萨琳达说的那样浪漫而学富五车，但是现在，他唯一展现在我们面前的就是他在公共关系中左右逢源的天赋。

就好像有一根无形的线把他绑在塞拉诺·苏聂尔身边一样。有时候他会让塞拉诺离开一会儿，给他一定的活动自由，让他自己去跟别人问候交谈，也让他去享受别人的奉承。但是不一会儿，他就收起了线轴，再次把他拖到自己的身边，或者是向他解释什么，或者为他介绍别人，或者拍拍他的肩膀跟他耳语几句，哈哈大笑一阵，然后再放他离开。

我一遍一遍地寻找罗萨琳达，但是没有找到。她既不在她心爱的胡安·路易斯身边，也不在人群中。

“您看到福克斯太太了吗？”我问洛根。他刚刚用英语和一个从丹吉尔来的人交谈了几句，也给我介绍了一下，但是那些名字和职务我转头就忘了。

“没有，没看到。”他简单地回答，注意力全部集中在正朝塞拉诺围拢过来的那群人上。“您知道他们是什么人吗？”他谨慎地用下巴指了指那边。

“德国人。”我回答。

那里有挑剔的兰根赫姆太太，穿着我给她做的那件极其漂亮的紫色山东丝绸礼服；还有海恩兹太太，我的第一位顾客，这次穿了一件像小丑一样的黑白相间的衣服；本哈尔德那位有着阿根廷口音的太太，这次没有穿新衣服；还有一个我不认识的女人。她们都陪在自己丈夫身边，所有人都在极力奉承“裙带领袖”，让他笑得简直要融化在这群德国人中间。出人意料的是，这次贝格贝尔并没有打断他们的谈话，而是让他一直在那里聊了很久。

30

夜幕渐渐降临，周围点起了灯，像一场狂欢舞会。活动的气氛热烈而不喧哗，音乐很柔和，罗萨琳达也还是没来。那群德国人团团围在尊贵的嘉宾身边，但是不知道从什么时候起太太们都悄悄撤退了，只剩下五个外国男人和一个西班牙男人。他们似乎正谈得兴起，而且好像在传阅什么。几个脑袋靠在一起，指指点点，还不时发表一些评论。我发现我的男伴不停地偷偷向那边张望。

“你似乎对德国人很感兴趣？”

“我为之疯狂。”他讽刺地说，“但是我被捆住了手脚。”

我扬了扬眉毛，对他做了个疑问的表情，表示不明白他在说什么。但是他没有向我做更多解释，而是把谈话转到了另一个看上去似乎完全无关的话题上去。

“如果我再请您帮我一个忙的话，会不会显得很无耻？”

他似乎漫不经心地提出这个问题，就像几分钟之前问我要不要一根烟，或者要不要一杯水果酒一样随意。

“那得看是什么忙了。”我回答，同样也装出不经意的样子，内心却万分焦急。虽然这个夜晚的气氛相对放松，但是我依然找不到愉快的感觉，没有办法让自己投入地享受这场与我无关的盛宴。此外，罗萨琳达的缺席让我非常担心。她一直没有出现，这实在是太奇怪了。现在，这位无耻的记者居然又不识时务地让我帮他一个忙，同意来参加这个宴会就已经是很大的让步了！

“是一件很简单的事。”他说，“我很好奇，想知道那些德国人在给塞拉诺看什么东西，为什么所有人都看得那么专注。”

“是您个人的好奇还是职业需要？”

“都有。但是我没办法靠近他们，您知道，他们不喜欢英国人。”

“您的意思是说让我到他们身边去看一眼？”我简直难以置信。

“而且尽可能地别让他们发现。”

我几乎要哈哈大笑。

“您不是在开玩笑吧？”

“当然不是。这就是我的工作，找到信息，并且想方设法利用一切手段得到它。”

“那现在，因为您自己无法去获取信息，我就是那个手段，对吗？”

“我发誓，我并不想强迫您，这不过是个提议而已，您完全没有义务必须接受。只是希望您考虑一下。”

我看着他，说不出话来。他看上去真诚可信，但是也许就像菲利克斯说的，事实并非如此。不管怎么说，这一切都只不过是一场利益交换。

“好吧，我去。”

他正要张口说什么，也许是一句感谢的话，但是我没有给他机会。

“但是作为交换您也得为我做一件事。”我补充道。

“什么？”他惊讶地问，没有想到让我做这件事还要付出代价。

“去调查一下福克斯太太在哪儿？”

“怎么调查？”

“您会有办法的，毕竟您是个记者，不是吗？”

我没有等待他的回答，随即转身离开，同时暗想，见鬼，我怎么才能靠近那帮德国人，又不显得那么唐突呢。

最后还是出门前坎德拉利亚送的那个粉盒让我有了主意。我把它从包里拿出来，一边走路一边假装在镜子里观察自己的仪容，朝卫生间的方向走去。只不过因为自我欣赏得太专注了，方向稍稍走偏了一点儿，没能从人群缝里穿过去，而且，真糟糕，不小心撞到了德国领事的背上。

这一小小的事故让这群人的交谈突然停顿了下来，香粉盒也哐的一声掉在了地上。

“真是非常非常抱歉，真不知道该怎么表达我的歉意，我走路太不小心了……”我假装惊慌失措地说。

面前有四个男子立刻弯下腰去帮我捡粉盒，动作最迅速的那位捡到了。就是所有人中最瘦的那位，花白的头发向后梳着的那位，唯一的西班牙人，那个有着猫一样眼睛的男子。

“我想镜子已经打碎了。”他站起来说，“看。”

我看了看镜子。但是在把目光投向那块裂了好多缝的镜子之前，我试图迅速地判断出他那双极瘦的手里拿着的另外一样东西。

“是的，好像是碎了。”我一边小声说，一边用无名指轻轻抚过那个已经碎成小块的镜面，粉盒依然被他拿在手里，我那刚刚修饰过的指甲在镜子里反射出无数个影子。

我们几乎肩并着肩，头靠着头。他脸上白皙的皮肤离我似乎只有几公分的距离，我能清清楚楚地看到他精致的五官，鬓角的白发，浓黑的眉毛，还有修剪精致的胡子。

“小心，别把手划伤了。”他低声说。

我又在那儿拖延了一会儿，看看里面的那块粉饼完好无损，粉扑也没有掉。同时我又假装不经意地看看他手里的另一样东西，就是几分钟前在他们之间互相传阅的。照片。是一沓照片。我只能看到最上面的一张，一群不认识的人紧紧地围在一起，一张张陌生的脸孔，一个个陌生的躯体。

“谢谢，我想最好是把它合上。”我终于说。

“那您拿着吧。”

我把粉盒啪的一声合上了。

“真遗憾，这个粉盒非常漂亮，几乎像它的主人一样美。”他补充说。

听到他的恭维，我做了一个卖弄风情的噘嘴表情，然后给了他一个最灿烂的微笑。

“没关系的，您不用担心，真的没事。”

“很高兴认识您，小姐。”他一边说一边向我伸出手。他的手几乎没有分量。

“我也很高兴认识您，塞拉诺先生。”我朝他眨了眨眼睛，“再次向你们表达歉意，很抱歉打扰了你们的谈话。祝你们愉快，先生们。”我用目光扫视了一遍其他人，他们的领口都带着一个小小的卐字标记。

“祝您愉快！”他们异口同声地说。

我换了个方向继续往前走，努力释放出款款风情。等我觉得他们应该已经看不见我了，便从旁边侍者的托盘上拿起一杯酒，一饮而尽，然后把空杯子扔到了玫瑰园里。

我诅咒着马库斯·洛根，他居然派我去冒这样的险，我也诅咒自己为什么要接受这个请求。刚才我比任何一位宾客都更靠近塞拉诺·苏聂尔，我们几乎脸贴着脸，手指相触，他的声音就在我耳边响起，像是亲密的窃窃私语。我在他面前像一个张皇不知所措的轻浮女子，因为暂时成为他关注的焦点而喜不自禁，虽然事实上我一点儿也没兴趣认识他。而所有这一切都是为了什么？只不过是为了去证实那群人看得起劲的是一沓照片，而且照片上一个我认识的人都没有。

我一路发泄着心里的愤怒，一直走到总督府主楼的门口。我需要去趟洗手间，上个厕所、洗洗手，远离这一切，哪怕是几分钟，在回去找那个记者之前让自己平静一下。我照着某人告诉我的路线往前寻找，从那个墙上挂着花饰和很多穿制服的军官画像的走廊往右转，然后进一个更宽阔的走廊，左边的第三个门。但是我还没有走到门口，就听到有人在惊叫着抱怨卫生间的状况，我很快就看到了里面的情形。卫生间地上已是一片汪洋，似乎里面某个地方正不停地往外冒水，可能是哪根水管爆裂了。两位女士正怒气冲冲地抱怨着她们的鞋子被弄得乱七八糟，三个士兵跪在地上忙着用抹布和毛巾擦地，试图挡住不停往外涌的水流，那时候水已经漫到走廊的地砖上了。我在旁边有些不知所措。接着增援部队赶到了，所有人都在地上忙碌，似乎连床单都用上了。那两位女客人嘟囔着走远了，有人上来主动要求陪我去另一个洗手间。

我跟着那个士兵穿过走廊，跟来时的方向相反，重新穿过大厅，然后进入另一条走廊，这条走廊比较寂静，灯光也很幽暗。我们拐了好几个弯，先向左，再向右，然后又向左，大概是这样。

“女士，您需要我在这儿等您吗？”到达的时候那个士兵问。

“不用了，谢谢。我想我能自己找回去。”

其实我心里没底，但是一想到外面有个人在等着我，心里就很不舒服。所以，把士兵打发走后，我先上了个厕所，重新整理了一下衣服和头发，准备离开。但是又觉得沮丧无力，完全没有勇气回去面对现实。所以我决定让自己放松一会儿，享受几分钟的孤独。我打开窗户，非洲的夜从窗外弥漫进来，带着好闻的茉莉花香味。我坐在窗台上，观察着外面棕榈树的影子，远处传来前院里的一些交谈声。我坐在那里什么也不做，只是独自品味着独处的寂静，让心中的焦虑逐渐消散。但是在脑海中某个遥远的角落里，我听到一个声音在召唤：快，快，你该回去了。我叹了口气，站起来，关上窗户。必须得回到现实，必须得跟那些与我毫无关系的人们待在一起，必须得陪伴在那个把我拉进这个无聊荒谬的宴会、又向我提出各种稀奇古怪要求的记者身边。最后我照了照镜子，关上灯离开了。

我在黑暗的走廊里朝前走，拐了一个弯，又拐了一个弯，觉得自己并没有认错路。但这时候我突然迎面撞见一扇似乎没见过的对开大门，打开门，看到的是一间空荡荡的黑暗大厅。看来我找错了。我换了一个方向。又是走廊，我记得好像该往左转，但是又错了，我似乎走进了一个没那么豪华的区域，两边既没有光亮的木制护板，墙上也没有将军的油画，很可能是走进了一片服务区。镇静，镇静，我没什么底气地对自己说。那个穿着长袍带着一身手枪的晚上，在摩尔人社区迷宫一样的小巷子里迷失方向的情景突然浮上心头。我努力让自己不去想它，把全部精力集中到眼前的难题上，再次改变了方向。突然间我又重新回到了刚才出发的地方，就在第一个卫生间的旁边。虚惊一场，这回不会再迷路了。我回忆着那个士兵带我来的时候经过的线路。好了，一切都解决了，我一边想一边往出口走去。周围的一切果然渐渐变得熟悉起来：放着古代武器的玻璃橱窗，镶着相框的照片，悬挂的国旗。所有这些我都见过，现在又都认出来了。我甚至听到了前面拐弯处传来几个人说话的声音，正是在荒唐的粉盒事故中听到的那些嗓音。

“在这儿我们会更舒服一些，塞拉诺朋友，说话也更方便。这是贝格贝尔上校平时接见我们的房间。”一个操着浓重德国口音的人说。

“好极了。”他的交谈对象简单地回答。

我站在那里一动不动，大气都不敢出。塞拉诺和至少一个德国人就在离我几米远的地方，正走向与我所在的走廊垂直的拐角处，只要我们其中一方走过拐角，就会迎面碰上。一想到这个，我感觉自己的腿都在发抖。事实上，我没有什么好遮遮掩掩的，更没有什么理由去惧怕这个会面，但是我真的没有力气再把自己假装成一个惊慌失措的傻女人，哀怨地解释因为卫生间水管爆裂了，满地都是水，所以我才会一个人深更半夜在总督府的走廊上闲逛。几乎一秒钟之内我就作出了决定。已经没有时间逃回去了，而且我必须不惜一切代价避免跟他们面对面，现在既不能后退，也不能前进了。在这样的情形下，我唯一的选择就是水平移动，身边是一扇紧闭的门，我想都没想就推开门闪身而入。

屋里一片漆黑，只有从窗户缝里射进来的几丝月光。我背靠着门，等着塞拉诺和他的朋友从外面经过，然后消失，这样我就能出去继续往前走了。那个花园，亮着狂欢舞会一样的灯光、回荡着鸽子一样咕咕叫的交谈声，里面还有沉着冷静的马库斯·洛根，突然间让我觉得它比天堂还要美好。但不幸的是，似乎还不到回去的时候。我喘着粗气，就好像随着一口一口呼出的空气，可以把身体里所有的焦虑都驱走似的。我观察了一下自己的藏身之所，在黑暗中分辨出了椅子、沙发，还有墙边一个玻璃门书柜。屋里还有其他家具，但是没有时间去辨别了，因为就在这时候，另一件事情吸引了我的注意。就在我的旁边，在门外。

“我们到了。”一个德国口音说，随之而来的是转动门把的声音。

就在门合页慢慢打开的时候，我飞快地跑到了房间的另一边。

“开关在哪儿？”他们问，这时候我已经躲到了一张沙发的后面。就在灯打开的一霎那，我趴到了地上。

“好了，就在这里吧，请坐，朋友。”

我趴在地上，左半边脸贴着冰冷的地砖，屏住呼吸，眼睛瞪得像盘子一样，内心充满了恐惧。不敢呼吸，不敢咽口水，甚至不敢眨眼睛。

那个德国人似乎扮演着主人的角色，他的对话者也只有一个。我知道这个是因为只听到两个人的声音，而且从沙发底下，从我那个谁都想不到的藏身之处，穿过家具的腿，只看到两双脚。

“总督先生知道我们在这儿吗？”塞拉诺问道。

“他正忙着招呼宾客，如果您觉得有必要的话，咱们稍后再告诉他吧。”德国人含糊其词地说。

我听到他们坐了下来，沙发弹簧被压得吱嘎作响。塞拉诺坐在一把单人软椅上，我看到他深色西裤的裤边，裤缝烫得笔直，黑色的袜子包着消瘦的脚踝，下面是一双擦得锃亮的皮鞋。德国人坐在他对面，就在我藏身的那张沙发的右端。他的腿比较粗，袜子也没有那么精致。如果我伸出胳膊，几乎可以挠他痒痒了。

他们谈了很长时间。我无法准确地估计到底有多久，但是漫长到足以让我的脖子疼得像要断掉，让我疯狂地想要抓挠自己，而且几乎要控制不住地大声叫喊、痛哭，甚至跑出去。我听到打火机的声音，屋里充满了烟味。从地上可以看到塞拉诺的腿不停地架起，放下，又架起，变换了无数次。而那个德国人却几乎没有动过。我试图控制住内心的恐惧，找到一个相对不那么难受的姿势，祈求上天让这两个谈话者不要迫使我调整位置。

我的视野很窄，几乎没有活动空间，唯一能接收到的信息就是他们谈论的内容。它们飘在空气中，然后进入我的耳朵。于是我努力把注意力集中到谈话的主题上，既然在粉盒事故中没有得到任何有价值的信息，也许在这里能找到什么让那个记者感兴趣的东西。或者，至少可以让我稍微转移一下注意力，不至于让脑子麻木掉。

我听他们谈到了设备和运输、船舰和飞机、金子的数量、德国马克、比塞塔、银行账号；签名与付款期、供应、后续跟踪；权力砝码；公司的名字、港口，还有忠诚。我知道了这个德国人是约翰内斯·本哈尔德，塞拉诺打着佛朗哥的幌子给他施加更多的压力，或者是避免被迫接受某些条件。虽然我完全不知道他们谈话的背景，也不了解当时的形势，但可以推测出两个人都很希望促成他们正在谈论的这件事情。

最终他们成功了，终于达成了一致。于是他们站起来，互相击掌表示成交。我只听见声音，没有看到他们的动作，但是我看到他们的脚在向门口移动，德国人再次摆出主人的态度让西班牙人先行。在出门之前，本哈尔德提了一个问题。

“您会跟贝格贝尔上校谈这件事吗，还是您认为应该由我来谈？”

塞拉诺没有马上回答，我听见他先点了一支烟。已经数不清是第几支了。

“您认为这是必须的吗？”他吐出一口烟，然后说。

“这些设备都将安装在西班牙保护区，所以我觉得他应该对此有所了解。”

“那这件事由我来负责吧。领袖会直接告诉他的。而且，关于这项协议的内容，最好不要泄露任何细节。只有你知我知。”他一边说，一边关上了灯。

我继续在原地等了几分钟，直到推测他们应该已经离开了这栋楼才小心翼翼地站起来。刚才的会谈痕迹已经荡然无存，屋里只剩下浓烈的烟草味，以及直觉中茶几上装满了烟头的烟灰缸。但我还是无法放松警惕。我整理了一下裙子和上衣，然后踮着脚尖蹑手蹑脚地走到门口，慢慢地把手伸向圆形的把手，好像害怕上面有什么机关一样，不敢走出去。

但是我还没有来得及碰到那个圆球，就发现有人正在屋外旋转把手。我几乎是下意识地往后一倒，然后用尽全身的力量贴在墙上，好像要跟它融为一体。门被猛地推开了，差点打到我脸上，紧接着灯也打开了。我看不到来人是谁，但是听到他在咬牙切齿地咒骂。

“看看那个变态到底把烟盒扔到他妈的哪儿了。”

虽然看不见，但是我想那只不过是一个士兵在不情不愿地执行任务，来寻找塞拉诺或者本哈尔德落下的东西，我不知道他说的变态指的是他们中的谁。很快，屋里又恢复了黑暗和寂静，但是我已经没有足够的勇气去走廊里冒险了。平生第二次，我从窗户中跳了出去，把自己解救了出来。

我回到了花园，惊讶地看到马库斯·洛根正在与贝格贝尔热烈地交谈。我正想转身走开，但已经太晚了，他看见了我，并招呼我过去。我缓缓地朝他们走去，努力掩饰着自己的紧张不安。经历了刚才发生的一切，似乎我只差没跟这位总督先生亲密接触了。

“那么，您就是我亲爱的罗萨琳达那位美丽的朋友了？”他微笑着问候我。一只手端着一杯白酒，另一只手很自然地搭在我的肩头。

“真的非常高兴，今天终于认识您了，亲爱的。很遗憾我们的罗萨琳达不太舒服，没能跟我们在一起。”

“她怎么了？”

他手里拿着雪茄，吸了一大口。

“可能是一些肠胃上的问题。每次她在非常紧张的时候就会发作。这些天她一直忙着接待我们的客人。我的小可怜，连一分钟的休息时间都没有。”

他做了个表情，示意我和马库斯把脑袋凑过去，然后压低声音，用同谋犯的口吻说：

“感谢上帝，这位连襟同志明天就要离开了，我觉得我再也忍受不了了，多一天都不行。”

说完他哈哈大笑起来，我们也跟着笑了。

“好了，两位，我得走了。”他说着看了下表，“跟你们在一起我感到非常开心，但是职责在召唤我，马上要奏赞歌，发表演讲，还有其他诸如此类的程序。毫无疑问这将是最无聊的部分。希拉，您有空的时候就来看罗萨琳达吧，她一定会很高兴的。洛根，您也可以一起过来，有祖国同胞的探望她也会非常欢迎的。过一阵子，等所有人都稍稍松弛一些，咱们四个人找一个晚上一块儿吃个饭吧。天佑吾王！”他做了一个夸张的手势向我们告别，然后就转身离去了。

我和洛根沉默了一会儿，目送着他离开，找不到一个合适的词来形容这个男人有多么特别。

“我找了您将近一个小时，您跑到哪儿去了？”他终于问，眼睛还一直盯着总督的背影。

“当然是去解决问题了，不是您交给我的任务吗？”

“您的意思是您看到了他们传阅的东西？”

“没什么重要的，是一些家庭合影。”

“哦，看来咱们运气不好。”

我们说话的时候没有看对方，目光都集中在贝格贝尔身上。

“但是，我知道了另外一些事情，也许您会感兴趣。”我说。

“比如说？”

“协议。交换。交易。”

“关于什么？”

“天线。”我说，“巨大的天线。三个。大约有一百米高，孔索尔系统，Electro-Sonner 牌的。德国人想把它们装在西班牙保护区，用以拦截海峡的航空和航运交通，打击英国人在直布罗陀的势力。他们商量要把这些天线安在塔姆达废墟，离这里大约有几公里远。为了取得佛朗哥的授权和支持，德国政府将向国民军提供无偿贷款。所有这些交易都将通过 HISMA 公司进行，这家公司是约翰内斯·本哈尔德的主要客户，而这个约翰内斯正是跟塞拉诺谈交易的人。他们不想让贝格贝尔知道这件事，试图瞒着他。”

“My goodness！”他用母语小声地惊呼，“您是怎么打听到的？”

我们还是没有看对方，表面上似乎都还在专注地望着总督。他正在欢呼声中走向一个精心布置的讲台，上面还摆了一个麦克风。

“因为，我当时正好就在他们谈判的那个房间。”

“他们当着您的面完成的交易？”他难以置信地问。

“不不，不用担心，他们没看见我。这件事说来话长，下次再跟您细说吧。”

“好吧。那再给我讲详细点儿，他们谈到日期了吗？”

台上麦克风的尖厉响声让人觉得很不舒服，有一个声音在说：测试中，测试中。

“零部件都已经准备好了，在汉堡港口。只要佛朗哥一签字，它们就将被运到塞乌塔港口，开始安装。”

远处，贝格贝尔上校正神采奕奕地登上讲台，并用夸张的表情叫塞拉诺一起登台演讲。他仍微笑着充满自信地跟下面的人打招呼。于是我向洛根提了好几个问题。

“您觉得贝格贝尔应该知道他们瞒着他做交易吗？您觉得我应该把这件事告诉罗萨琳达吗？”

在给我回答之前，他思考了一下，目光仍然集中在那两个男人身上，他们俩正一起接受人群雷鸣般的掌声。

“我觉得他需要知道这些，但是最好不要通过您，也不要通过福克斯太太。因为这样会连累她。把这件事交给我吧，我会找个最适当的方式向他传递这个信息。您不要向您的朋友提起这件事，我会找到适当的时机。”

我们之间又出现了一阵沉默，他似乎还在回味刚才听到的一切。

“您知道吗？希拉，”他终于转过身来面对着我，“我还不知道您是怎么做到的，但是您得到了一个非常有价值的信息，远远超出了我最初的想象，在这样的招待会上一般很难有什么大的消息。我真的不知道该怎样感谢您……”

“有一个非常简单的办法。”我打断他的话。

“什么？”

就在这时，哈里发的乐队奏起了洪亮的《向着太阳》，立刻，不计其数的手臂高高举起，就像绑着弹簧一样。我踮起脚尖，凑到他耳边说：

“带我离开。”

他一句话也没说，只是向我伸出了手。我用力抓住它，然后一起悄悄地走向花园深处。等估计已经没人能看到了，我们就在黑暗里飞奔起来。

31

从第二天早上开始，生活的节奏一下子变了。几个星期来第一次，我不用凌晨即起，也不用匆匆忙忙喝杯咖啡就赶快钻进工作室，身边永远围着一堆干不完的活。我庆幸着不用再回到前几天那些片刻不停的劳作中去，舒舒服服地泡了个澡，以补偿前一天被打断的极享受的时光。然后，我悠闲地散着步，来到了罗萨琳达家。

从贝格贝尔的话里，我猜测她的不适应该比较轻微，很快就能好，也许是因为过度操劳而有些疲惫。我期望看到一个一如既往的她，正等着我给她讲她错过的那个活动的所有细节，急切地要听我评论现场女宾的穿着打扮，谁穿得最美，谁打扮得最糟糕。

一个用人把我带进了她的房间，她还在床上躺着，靠在一堆大枕头里，百叶窗紧闭着，屋里有一股浓烈的烟味、药味，还有不通风的味道。房子很大很漂亮，阿拉伯式的建筑，英式的家具，但是屋里却一片狼藉。地毯上、沙发上到处扔着唱片和唱片套子、航空信的信封、被遗忘的软绸手帕，还有斯塔夫陶瓷杯，杯子里还有没喝完的已经冰凉的茶。

那天早晨，出乎我的意料，罗萨琳达没精打采的，完全失去了往日的光彩。

“你感觉怎么样？”我努力让自己的声音听起来不那么担心。事实上她现在的样子让我有足够的理由担心：面色苍白，眼圈发黑，头发蓬乱，像死人一样窝在凌乱的床上，床罩有一大半都拖在地上。

“糟透了。”她的情绪相当低落，“我真的是糟透了，但是你坐这儿吧，坐近些。”她拍了拍床边，“我这病不传染。”

“昨天晚上胡安·路易斯告诉我你肠胃不舒服。”我说着在床边坐下。不过在坐下来之前，我不得不从那里拿开了几条皱皱巴巴的手帕，一个装满了半截烟头的烟灰缸，一些黄油饼干的残渣，还有好多面包屑。

“没错，不过这不是最糟糕的。胡安·路易斯还不知道事情的全部。我打算今天下午再告诉他，因为不想在塞拉诺访问的最后一天打扰他。”

“那最糟糕的事是什么？”

“这个。”她怒气冲冲地抓着一张看上去像电报一样的纸，纤细的手指紧握着，像铁钩一样。“这个才是让我生病的罪魁祸首，而不是招待会的准备工作。这是世界上最糟糕的事情。”

我困惑地看着她。

“这封电报是我昨天收到的。六个星期后皮特要来。”

“皮特是谁？”我不记得她的朋友中有谁叫这个名字。

她好像听到了一个全世界最荒唐的问题。

“还能是谁？希拉，我的上帝，皮特是我丈夫！”

皮特·福克斯将乘坐 P&O 公司的轮船到达丹吉尔，准备跟他的妻子和儿子共同生活很长一段时间，虽然他们已经有将近五年时间音信不通。他仍然住在加尔各答，但是突然决定要来西方住一段时间。据罗萨琳达推测，也许是为了考察一下其他地方是否宜居，因为印度独立运动越来越激烈，他可能想从英属印度地区撤出来。对他来说，既然正在打算大规模迁徙，难道还有比搬到妻子的新世界里全家团圆更好的选择吗？

“那他会住在这里吗？住在你家？”我不相信地问。

她点了一支烟，急切地吸了一大口，重重地点了点头。

“当然了。他是我丈夫，完全有这个权利。”

“可是我以为你们已经分开了。”

“事实上是这样，但是法律上不是。”

“那你从来没有提出过离婚？”

她又深深地吸了一口烟。

“我提过一万次，但是他都拒绝了。”

于是她就向我讲述了这段不和谐婚姻的前因后果，我突然发现原来罗萨琳达也有脆弱无助的一面。她不再是不食人间烟火、超然世外的仙子，跟我们平凡人一样挣扎在人世间的爱恨情仇中。

“我十六岁就结婚了，他三十四岁。那时我刚刚在英国连着上了五年寄宿学校。我离开印度的时候还是个孩子，但是回去的时候已经变成了一个几乎到适婚年龄的年轻女孩，痴迷于英属加尔各答各种各样的宴会和狂欢，一场都不肯错过。在第一场宴会上有人介绍我认识了皮特，他是我父亲的朋友。我那时候觉得他是我这一辈子认识的男人中最有魅力的一个，其实很显然，如果说我那时候一个男人都不认识的话有点儿夸张，但确实没认识几个。他很幽默，有常人难以想象的奇特经历，在任何聚会中都能把气氛推向高潮，而且成熟、活泼，来自于一个三代以前就已经在印度立足的英国资产阶级家庭。我疯狂地爱上了他，或者至少当时我是这么认为的。五个月以后我们就结婚了，住在一个神话般的庄园里，有农场、网球场，光是服务人员住的房间就有十四个，我们甚至还雇了四个印度小孩，整天穿着制服，就为了在我们哪天突发奇想打比赛的时候替我们捡球！你想象一下。我们全部的生活内容就是参加各种各样的活动：我喜欢跳舞和骑马，那时候我打枪就像打高尔夫一样熟练。我们的生活就是一场接着一场的宴会和招待会。加上约翰尼的降生，我们的世界既奢华又田园。但是很快我就开始发觉，这一切都不过是黄粱一梦。”

她停下了独白，目光投向远处的虚空，似乎在反省。过了一会儿她在烟灰缸里掐灭了烟头，继续说：

“生完孩子以后没几个月，我觉得胃不舒服。医生给我做了检查，告诉我完全不用担心，不过是我们这些外来的人不适应印度的热带气候。但是我的身体越来越差，不但疼痛有增无减，而且开始持续发烧。于是他们决定给我做手术，但还是没有发现任何不正常，手术以后我也没有任何好转。四个月后，看到我的状况日益恶化，他们又对我进行了细致的检查，最后终于找到了病根：胃结核，而且是所有类型中最严重的一种。因为生完约翰尼以后，为了让我尽快恢复，我们买了一头牛，用来供应鲜牛奶。但其实这头牛已被感染了，所以也传染给了我。在得出诊断结果之前，那头牛就已经不治而亡，但兽医为它检查的时候没能发现任何不正常，就像医生们没能在我身上查出什么毛病一样。因为胃结核是一种特别难诊断的病，它会形成结核，有点像那种小结节、小疙瘩一样长在肠胃里，然后让你的肠胃不断地缩小。

“然后呢？”

“然后就会变成一种慢性病。”

“然后？”

“然后每天早上一睁开眼睛，你就得感谢上帝又让你多活了一天。”

我努力掩饰自己的茫然，又提了另一个问题。

“那你的丈夫有什么反应？”

“妙极了。”她讽刺地说，“给我看病的医生们建议我回英国，他们觉得虽然希望不大，但也许英国的医院能有什么良方。皮特呢，简直是举双手双脚赞成。”

“也许他是为了你好……”

她悲凉的笑声让我没有办法说下去。

“皮特，亲爱的，他从来不会为除了他自己以外的人着想。把我打发得远远的，也许是他最好的选择，但不是为了我的健康，而是为了他自己的逍遥。他已经对我厌倦了，希拉，我已经不再让他觉得有趣，也不再是那个可以让他带到各个俱乐部，带去参加各种宴会或狩猎活动，到处去炫耀的女人了。那个年轻漂亮又讨人喜欢的妻子，已经变成了一个难以忍受的包袱，必须尽快甩掉。就这样，一等到我能下地，他就给我和约翰尼收拾行李把我们打发回了英国，甚至都没有送我们一程。他借口说希望妻子能够得到最好的治疗，便把一个不到二十岁重病在身的女人，和一个还不会走路的孩子扔到了船上，就好像我们不过是两件行李一样。永别了，亲爱的。”

两行热泪从她的脸颊上滚落，她用手背擦了擦，继续说：

“他把我们从他身边赶走了，希拉，他把我们抛弃了。他把我打发到英国去，只不过为了解脱他自己。”

一阵悲伤的沉默。直到她又攒够力气继续说：

“在旅途中，约翰尼发烧了，还出现了高烧痉挛。最后发现是一种很厉害的疟疾，他在医院里住了两个月才恢复过来。这期间我们一直住在我父母家，他们也在印度居住了很长时间，但是前一年回到了英国。头几个月我们过得相对平静，气候的改变似乎对我的健康有些好处。但是没过多久我又开始恶化，医生检查发现我的肠道已经收缩到极小的程度。他们放弃了外科手术，并认为只有绝对的静卧疗法才有可能起到治疗的作用，才不会让结核病菌侵入我身体的其他部分。你知道他们说的静卧疗法第一阶段是什么样的吗？”

我不知道，也根本无法想象。

“六个月，我一直被绑在一块木板上，皮带紧紧捆在肩膀和大腿处，让我丝毫不能动弹。整整六个月，整整一百八十个日日夜夜。”

“那你好一些了吗？”

“一点点。于是医生们决定让我去一家结核病疗养院，在瑞士的莱森。就像托马斯·曼写的《魔山》里的汉斯·卡斯托普一样。”

我猜想那应该是一本书，所以在她问我有没有读过之前，便抢着继续她的话题。

“那这时候皮特在干什么？”

“他替我出医药费，并且每个月汇三十英镑以维持生活，就这些。没有别的接触，没有信，没有电报，也没有让认识的人带个口信，当然更没有要来看我们的意思。什么都没有，希拉，什么都没有。从那时候开始我完全没有他的音信，直到昨天。”

“那这些年约翰尼是怎么过的？这对他来说一定很难接受。”

“在疗养院的那段时间他一直跟我在一起。我父母坚持认为约翰尼应该跟他们在一起，但是我不肯接受。我雇了一个德国保姆，带他玩，带他散步。但是他平时吃饭睡觉都在我的房间里。对于这么小的孩子来说，这似乎是一段太过悲伤的经历，但是我不想因为任何理由跟他分开。他已经在一定程度上失去了父亲，如果生活中再没有母亲的陪伴，那对他来说太残忍了。”

“那个治疗有效吗？”

她脸上闪过一丝苦涩的笑意。

“他们建议我在疗养院里待上八年，但是我只能忍受八个月。他们都说这太不明智了，会让我送命的。我不得不签了无数的文件，来保证疗养院对我日后的健康完全免责。我母亲到巴黎来接我回家。就是那时候，在回家的路上，我作了两个决定。第一，我永远不会再提起自己的病痛。事实上，近几年中只有你和胡安·路易斯知道我得了这个病。我想也许结核病能击垮我的身体，但是不能打败我的精神，所以我决定永远不把自己当成一个病人。”

“那第二个决定呢？”

“开始一段新的生活，就像完全健康的人一样。离开英国，离开我的家庭，离开所有会自动把我跟皮特联系在一起、而且知道我患有慢性病的朋友和熟人，开始一段完全不同的人生。在这段人生里，最初只有我和我的儿子。”

“所以你那时候决定去葡萄牙……”

“医生建议我居住在气候温和的地方，法国南部、西班牙、葡萄牙，或者是摩洛哥北部，气候介于印度那种热带酷暑和英国的阴冷之间。他们为我设计了一个治疗食谱，还建议我多吃鱼，少吃肉，尽可能多晒太阳，不要进行体育运动，也不要有大的情绪波动。有人跟我提起英国在埃斯托里尔的殖民地，我觉得那也许是开始一段新生活的理想之地，所以就去了。”

罗萨琳达的人生轨迹在我的脑海里慢慢地清晰起来。她的故事碎片渐渐地拼合在一起，她的生活对我来说不再是一些相互独立又似乎相互矛盾的支离破碎的信息，一切都变得清晰而有意义。我真心诚意地希望她的生活越来越好，因为现在我已经知道了。她的生命也是一路荆棘，并非全是玫瑰，而她值得拥有一个幸福的归宿。

32

第二天我陪马库斯·洛根一起去看望罗萨琳达。就像招待会那天晚上一样，他先到我家来接我，然后漫步街头。我们之间的关系有了一些微妙的变化。从总督府的宴会上仓皇逃走，穿越花园狂奔，又在凌晨时分城市的暗影中并肩而行，这一切似乎让我跟他之间的隔阂逐渐消除。也许是一种信任感，也许不是，也许我永远都不知道究竟是什么。但是从某种意义上来说，这已经不再重要了。重要的是我知道他正在努力营救我的母亲，也知道他对我真挚而热情，知道他很喜欢在得土安的生活。这些就足够了，关于他，我不需要知道得更多，也不需要在任何方面与他更进一步，因为他离开的日子已经近在咫尺。

我们去的时候她还待在床上，但是看上去状态好了很多。屋里有人收拾过了，她也洗了澡，百叶窗都开着，大把的阳光从窗外的花园里倾泻进来。第三天她从床上搬到了沙发上。第四天她把丝绸睡衣换成了印花连衣裙，去做了头发，开始重新主宰自己的生活。

虽然健康状况还不尽如人意，但她决定在丈夫到达之前抓紧一切时间寻找快乐，仿佛这几个星期将是她生命的最后时光。她又重新扮演起称职的女主人角色，为贝格贝尔创造一个理想的氛围，使他能在轻松而安全的环境里投入到各种公共关系中去，并全身心地信任和依赖这位情人的能力。所有的聚会都由一位英国女人来主持，而这位亲德派的总督却在其中泰然处之，就像在自己家里一样。我从来不知道参加聚会的宾客是如何看待这件事的。但是罗萨琳达想要把贝格贝尔拉拢到英国人那边，一直都没变，很多不那么正式的招待会都是出于这个目的举行的。

就像以前做过的和以后将要继续做的一样，她在好几次宴会中都邀请了丹吉尔的英国朋友，或者是外交人员，或者是远离德意轴心国的武官，还有那些在主流社会比较有影响力的跨国公司代表。她也为直布罗陀当局和一艘停靠在丹吉尔港口的英国军舰上的官员组织过宴会。在所有的活动上，胡安·路易斯·贝格贝尔和罗萨琳达·福克斯一手端着鸡尾酒，一手拿着烟，穿梭在宾客中间，舒适、轻松、热情而亲密。就好像什么事都没有发生，西班牙没有陷入自相残杀中，欧洲也没有一步步走向它最糟糕的噩梦。

我有几次近距离地接触贝格贝尔的机会，再次见证了他独特的个性。他经常穿着摩洛哥服饰，有时候是一双拖鞋，有时候是一件长袍。他很和蔼，平易近人，有一点儿古怪。然而最重要的是，他爱罗萨琳达，用情至深，而且在任何人面前都毫不掩饰地表达这种爱。洛根和我还是经常见面，尽管我每天都在努力克制，但仍无法阻挡我们之间慢慢产生的好感和一种情趣相投的关系，两颗心越走越近。如果不是我刻意地回避与克制，这种暧昧的友谊可能很快就会泛滥成一种更加深刻更加冲动的感情。但是我努力不让它发生，一直坚持着自己的立场，以免我们走得太远。拉米罗给我造成的伤害还没有愈合，我知道马库斯·洛根也很快就要离我而去，我不想再受一次煎熬。尽管如此，我们还是常常一起出现在帕尔梅拉斯大街那栋别墅的宴会上，有时候甚至会带上欢呼雀跃的菲利克斯，他为能进入这个对他来说陌生又充满诱惑的世界欢欣鼓舞。有几次我们一群人浩浩荡荡地开往丹吉尔，贝格贝尔邀请我们去参加《西班牙日报》的开幕式，这份报纸是为了向世界传递他崇高事业的战斗伙伴们想要传递的信息。还有几次，我们四个人一起出游：马库斯、菲利克斯、罗萨琳达和我，罗萨琳达用她那辆道奇带着我们到处游玩：去撒肯安斯皮特商店找找有没有爱尔兰牛肉、培根和杜松子酒卖，去哈里斯庄园跳舞，去坎普顿电影院看一场美国电影，或者是到玛丽姬达的帽子店订购几个异想天开的头饰。

有时候我们会漫步在得土安白色的摩尔人社区，吃着手抓饭、豆子肉汤和蜂蜜杏仁甜点，爬德尔萨和格尔盖斯山，我们也去马尔丁河滩，去凯塔玛帐篷客栈，徜徉在尚未被白雪覆盖的松林之间。一直到时间耗尽，最不愿意看到的事情终于来了。直到那时候我们才再次意识到，现实有可能比最悲观的预测更残酷。罗萨琳达的丈夫到达后不到一星期，我就明白了这一点。

"比我想象得还要糟糕得多。"她一进门就瘫倒在一把软椅上。

但这次她看起来并没有意志消沉，也不像刚接到消息时那么愤怒了，只是显得悲伤，疲惫，沮丧，一种深沉而黑暗的沮丧。因为皮特，因为他们现在的处境，因为她自己。在这个世界上独自行走了六年之后，她以为已经准备好承受一切，以为积累了那么多年的生活经验已经给予了她足够的勇气去面对任何困境。但是皮特比她想象得要难缠得多。在她面前，他依然扮演着支配一切的父亲和丈夫的角色，似乎他们从来没有分开生活过这么多年，似乎罗萨琳达跟他结婚后生活从来没发生过变化，她还是从前那个小女孩。他责备她对约翰尼的教育太过松散，抱怨约翰尼没有上一个好学校，约翰尼出去跟邻居小孩玩的时候没有一个保姆在旁边跟着，唯一的体育运动就是扔石子，扔得跟得土安的那些摩尔小孩一样准。他还抱怨这里没有他喜爱的广播节目，没有一个俱乐部能让他跟英国同胞们聚会，身边也没有人说英语，在这个与世隔绝的城市甚至买不到英国报纸。

但也并不是所有的一切都让这位挑剔的皮特不满。他最最满意的就是坦克拉瑞杜松子酒和约翰尼·沃克黑标酒，那时候在丹吉尔，这些酒都是要花天价才能买到的。他每天至少喝一瓶威士忌，每顿饭前一两杯杜松子鸡尾酒。他的酒量十分惊人，对家中仆人的粗暴态度也同样令人咋舌。他态度蛮横地跟他们说英语，根本不考虑他们是否能听懂。到最后发现他们无法理解时，就用印度土语向他们大喊大叫，他似乎觉得天底下的仆人都说同一种话。让他十分惊讶的是，所有的人慢慢地都不在他们家出现了。所有的人，从他妻子的朋友到家里最卑微的仆人，很快就都知道皮特·福克斯是个什么样的人了。自私、不讲理、任性、酗酒、傲慢、暴躁，简直没有办法找到比他缺点更多的人。

贝格贝尔显然不再像以前一样在罗萨琳达家里度过大部分时间，但是他们还是每天在其他地方见面，有时候在总督府，有时候去周边的地方。让很多人也包括我都感到惊讶的是，贝格贝尔始终对情人的丈夫照顾有加。为他安排去斯米尔河口钓鱼，去黑密斯森林狩猎野猪。为他提供交通工具去直布罗陀，以便他能喝到英国啤酒，同英国同胞们聊聊马球和板球。总之，竭尽全力把他当成一个特殊的外国贵宾来招待。而他们两人的个性几乎正好是两个极端，奇怪的是，这两个截然相反的男人，却在同一个女人的生命中扮演着同样影响深远的角色。也许正因为如此，他们从来没有起过冲突。

“皮特认为胡安·路易斯是一个迟钝又骄傲的西班牙人，就像从黄金世纪的油画中走出来的古代骑士。”罗萨琳达跟我说，“而胡安·路易斯则认为皮特是一个势利小人，一个不可理解又荒唐可笑的小丑。他们俩就像两条平行线，永远不可能出现冲突，因为永远也找不到一个交点。但是他们俩唯一的区别就是，作为男人，对我来说皮特还不及胡安·路易斯的脚后跟。”

“那没有人跟你丈夫说起你们之间的事？”

“你是说我跟胡安·路易斯的关系？”她点了一支烟，然后从眼前拂开一绺头发，“我想有吧，肯定有好事者在他耳边说些难听的话，但是对他来说这无所谓。”

“我不明白他怎么会无所谓。”

她耸了耸肩。

“我也不明白。但是如果他既不用付房租，身边又总有人服侍，有喝不完的酒，有热饭热菜，有刺激的运动，我想他对其他的一切都不在乎了。当然，如果我们还住在加尔各答，那一切都会不一样的。如果在那儿，我猜他会尽一切努力去维护这个表面上的婚姻。但是在这里，谁都不认识他，这不是他的世界。所以，不管谁跟他说关于我的任何事情，他都只当耳边风。”

“我还是不明白。”

“但有一点可以肯定，亲爱的，就是对他来说我根本就不重要。”她的话中夹杂着讽刺和悲伤，“对他来说任何事情都比我重要：一上午的钓鱼、一瓶杜松子酒或者一场牌局。以前他从来没有在乎过我，所以也不可能从现在开始在乎。”

正当罗萨琳达在地狱中与魔鬼斗争的时候，我也终于要开始面对生活的另一次颠覆。那是一个星期二，风很大，马库斯·洛根在中午时分来到了我家。

我们一直保持着朋友关系，很好的朋友，仅此而已。两个人都很清楚不知道哪天他就得离开，知道他在我的世界里只不过是一个匆匆过客。虽然我已经努力地去遗忘，拉米罗留下的创伤还是如此鲜活，我还没准备好再次承受因为失去而产生的撕心裂肺的痛。没错，马库斯和我，我们互相吸引，为对方着迷，也不是没有过进一步升华这种好感的机会。我们之间有过同谋关系，有过平常交往，有过深情凝望，有过彻夜长谈，彼此敬重，却又彼此渴望。有过靠近，有过柔情，但是我努力紧紧地拴住自己的感情，拒绝再往前发展，而他也接受了。要控制住自己真的好难，需要我经历无数次的犹疑、茫然和彻夜无眠。但是一想到又要面对被抛弃的痛苦，我宁愿选择留住那些混乱而忙碌的日子里一起度过的值得纪念的时刻和回忆。那些充满了欢笑、举杯畅饮的夜晚，抽烟、吵吵闹闹的牌局，去丹吉尔的出游、散步、长谈，那些永远不会再回来的时刻，我将永远珍藏在记忆中，把它当作一个时期的结束，新的人生旅程的开始。

马库斯突然造访我在西迪曼德利大街的服装店，意味着在那个上午我的一段人生终于走到了尽头，而另一段也随即开启。一扇门关上了，另一扇门正在打开。而我，就在它们中间，无力留住即将逝去的，渴望拥抱即将到来的。

“你的母亲已经在路上了。昨天晚上她从阿利坎特登上了一艘开往奥兰的英国商船，将在三天后到达直布罗陀。罗萨琳达会负责安排她穿越海峡，不会有问题的，她会告诉你之后的行程将如何操作。”

我打心眼儿里想向他表示感谢，但是这简简单单的两个字还没来得及说出口，眼泪已经滚滚而下。我失声痛哭，一句话也说不出来，唯一能做的就是用尽全身力气紧紧地抱住他，眼泪浸湿了他外套的领口。

“而我，也到了重新上路的时候了。”他停顿了几秒钟，补充道。

我抽抽搭搭地看着他。他拿出一条白手帕递给我。

“通讯社要求我回去。我在摩洛哥的任务已经完成了，必须得回去。”

“回马德里？”

他耸了耸肩。

“暂时先回伦敦，然后，去他们派我去的地方。”

我又抱住了他，又开始哭。最后我终于抑制住自己汹涌的感情，控制住交织着最大快乐与最深切悲伤的混乱情绪。我泣不成声地说：

“不要走，马库斯。”

“我真希望自己可以做主。但是我不能再留在这里了，希拉，他们需要我去另一个地方。”

我再次泪眼朦胧地看着他的面容，这张脸已经变得如此亲近，虽然还残留着一些疤痕，但是那个夏天的夜晚来到国家酒店、伤势严重的男人已经了无痕迹。那一天我带着紧张和恐惧迎来一位陌生人，现在却不得不面对这令人心痛的离别，送走这个已经如此亲密的人，也许比我自己敢于承认的还要亲密。

我用力吸了吸鼻子。

“如果有一天你想要送女朋友一件衣服，你知道我在哪里。”

“如果有一天我想要一个女朋友，我会回来找你。”他说着，把手伸向我的脸庞。他试图用手指帮我擦掉眼泪，那轻柔的抚摸让我浑身颤抖，我多么希望这一天永远都不要到来。

“你骗人。”我小声说。

“你真美。”

他的手指抚过我的脸一直到发根，然后穿过浓密的黑发来到我的脖子后。我们的脸在慢慢地靠近，慢慢地，好像害怕激化在空气中漂浮了这么久的情绪。

突然，一阵钥匙在锁孔里旋转的声音让我们分开了，哈米拉气喘吁吁地跑进来，用磕磕巴巴的西班牙语带来了一个紧急口信。

“福克斯太太请希拉小姐跑着去帕尔梅拉斯大街。”

一切都已经开始运转，最后的时刻到了。马库斯拿起他的帽子，我忍不住再次抱住了他。没有语言，没有更多可说的了。几秒钟以后，我的身边已经没有了坚定而亲密的他，只留下头发上那个轻轻的吻，他的背影，还有他身后让人痛彻心扉的关门声。

第三部分

33

马库斯走了，母亲来了，我的生活又迎来了一个大的转折。她是在一个阴天的下午到达的，瘦得皮包骨头，两手空空，精神萎靡，除一个破旧的包、身上穿的衣服和一份用别针别在胸衣吊带上的假护照，没有任何行李。她看上去好像老了二十岁，形容消瘦，眼窝深陷，锁骨高高地突起。我记忆中偶尔几丝花白的头发，现在已经变成了整绺整绺的灰发。她走进服装店时，就像一个在睡梦中突然被叫醒的孩子，茫然、困惑、陌生。似乎完全不明白她的女儿住在这里，而且从那时候开始，她也将住在这里。

我本以为那么焦灼急切地盼望来的重逢时刻，一定充满了难以抑制的狂喜。但事实并非如此。如果一定要找一个词来形容那个场景，就是悲伤。她几乎不说话，也不对任何事情表露出任何感情，只是用力地抱住我，然后一直紧紧地拉着我的手，好像生怕我再次从她身边逃走。没有笑，没有泪，也很少说话。这就是全部了。坎德拉利亚、哈米拉和我精心为她准备的菜，她几乎一口没动。鸡肉、鸡蛋饼、西红柿、欧洲鳀鱼、摩洛哥面包，全部都是我们认为在马德里早就已经吃不到的东西。她没有对我的服装店做任何评论，也没有对她的房间发表任何看法。在她的房间里，我特意放了一张橡木大床，还亲手缝制了一条印花床单。她没有问我拉米罗怎么样了，也没有对我在得土安定居下来表现出任何好奇。当然，她也绝口不提从马德里到达北非的一路坎坷，更不提起此前经历的那些恐怖岁月。

她对新的环境适应起来很慢，我从来没有想过会看到母亲有这么一天。那个坚决果敢的多洛雷斯，那个永远会在最合适的时候做出最佳决定的母亲，已经变成了一个沉默畏缩的女人，几乎让我不敢相认。我全身心地投入到有益于她身体和心理恢复的事情中去，基本停止了工作。不过暂时也没有什么可预见的重要活动，所以我的顾客们应该可以接受多等几天。每天早上我都把早餐送到她床前：小面包、油条、糖蘸烤面包，所有一切我觉得可以让她尽快增长体重的东西。我帮她洗澡，给她剪头发，为她做新衣服。最初她怎么也不肯走出家门，但是慢慢地，每天早晨的散步成了日常惯例。我们手挽着手走在将军街上，一直走到教堂广场。如果时间允许的话，我会陪她一起做弥撒。我带她走遍了这里的每个角落，强迫她帮我挑选布料，强迫她听收音机里的歌谣，还让她来决定晚餐吃什么。慢慢地，一点一点地，她开始变回从前的自己。

我从来没有问过她，在那段漫长的、似乎永远没有尽头的恢复期里，她究竟在想些什么。我一直希望有一天她能主动告诉我，但是她没有这么做，我也没有坚持。当然，我并没有那么好奇。我想那只不过是在面对突如其来的解脱时产生的一种不真实感，是心酸痛苦过后下意识产生的反应。因此，我耐心地等待她自然地适应，没有给她任何压力，时时刻刻陪伴在她身边，准备着在她需要支持的时候扶她一把，而且随身带着手帕随时准备为她擦拭眼泪，但是她一滴泪也没有流过。

终于我看到了她的好转，因为她开始自己做一些小小的决定了：今天我想十点钟去做弥撒；我想跟哈米拉一起去市场买些做米饭的材料，你觉得怎么样？慢慢地，当她听到东西掉下来的声音或者某架飞越城市的飞机引擎声时，不再显得那么害怕。弥撒和市场成了她日常生活的一部分，然后，慢慢地她又开始参与其他活动。其中最重要的一件事就是重新开始缝纫。虽然我一直十分努力地引导她，但是从到来的那一刻起，她就没有对缝纫表现出任何兴趣，似乎那不是一件她做了三十多年赖以为生的工作。我给她看从丹吉尔买来的外国服装图样，给她讲我的顾客和她们的各种奇怪想法，试图能用以前我们一起缝制任何一件衣服时的琐碎记忆唤回她对针线活的兴趣。但是我并没有成功，就好像我说的是一种她不能理解的语言。直到某一天早晨，她突然往工作间里探进身子问："需要我帮忙吗？"于是我知道，我的母亲重生了。

她来了三四个月以后，我们终于过上了平静的生活。有了她的加入，我的日子也不再那么忙碌。店里的生意发展得不错，我们可以每月按时给坎德拉利亚分红，剩下的钱维持两人的生活已绰绰有余。现在的我再也不用那么紧张了。我们之间重新互相理解，虽然谁也不再是过去的那个人，而且也都知道自己面对的是一个不同的母亲和女儿。那个勇敢坚强的多洛雷斯变得脆弱，而她的小希拉已经成了一个独立的女人。但是我们相互接受，相互欣赏，各自扮演着最适合自己的角色，再也没有出现过任何紧张的关系。

在得土安第一阶段的生活中那种忙碌和紧张渐渐变成了某种遥远的回忆，甚至恍若隔世。现在我已经把迷茫、奔波、通宵达旦的外出和毫无理由的生活全都远远抛在了脑后。一切都已经过去了，我拥有的只有平静的生活，最自然的状态。然而，回忆仍然时时在我心头纠缠。马库斯的离去带来的伤痛正一点一滴地消退，但关于他的回忆还时刻萦绕，就像一个看不见摸不着的伙伴，只有我自己能感觉到它的存在。有多少次，我后悔没有把两人之间的关系更进一步，有多少次我暗暗自责当时为什么要坚持拒人于千里的态度，现在我多么想念他啊！尽管如此，在内心的最深处，我还是庆幸当时没有被感情冲昏头脑。否则，他的离去可能会让我更加痛苦。

我跟菲利克斯一直保持着联系，但是母亲的到来适时地终结了他的夜游。从此他不再每天晚上跑到我家，给我上那些稀奇古怪的文化课，我也失去了他那真挚而有趣的陪伴。

我跟罗萨琳达的关系也发生了变化。她丈夫停留的时间比预想的要长得多，像吸血鬼一样侵占着她的时间，磨损着她的健康。不过幸好，差不多七个月以后，皮特·福克斯终于想清楚了，决定回到印度去。没人知道这个一天到晚满身酒气醉醺醺的人怎么会在突然间恢复了一丝良知，但事实确实如此，他在某一天早晨作出了这个决定，那时候他的妻子已经濒临崩溃。然而，除了暂时的解脱，他的离去并未带来更多的好处。他从来不认为最明智的选择就是痛痛快快地离婚，尽快结束这段闹剧般的婚姻。相反，我们都觉得他可能是要回加尔各答结束生意，再回来同妻儿永久地居住在一起，提前在和平又物价低廉的西班牙保护区享受退休生活。不过，为了不让妻儿那么早就习惯优越的生活，他决定，既然多年来都没有调整过，那么这一次他也不会给他们增加哪怕一英磅的抚养费。

“如果有什么周转不开，你那位亲爱的朋友贝格贝尔会帮你的。”他走的时候说。

令所有人都庆幸的是，他再也没有回到摩洛哥来。罗萨琳达，在经受了长时间的折磨和煎熬之后，几乎花了半年时间才逐渐恢复过来。皮特走后那几个月，她一直卧床不起，一共也就出过三四次门。而总督先生基本上把办公地点安在了她的卧室，他们常常一起度过很长的时间，她靠在枕头里阅读，他则在窗边的一张小桌子上处理公文。

医生叮嘱她，在恢复到正常状态之前要绝对卧床休息，这虽然没有让她彻底断绝社会交往，但是也已经尽可能地减少了各种活动。不管怎么样，她刚开始感觉到身体恢复的征兆，就挣扎着向朋友们开放她的家，坐在床上开一些小型的派对。这些派对我几乎都参加了。我跟罗萨琳达依然亲密无间，但已然沧海桑田，物是人非了。

34

一九三九年四月，西班牙内战进入尾声。从那时候开始，我们的国家不会再因为党派斗争、金钱利益或者势力割据而分裂。至少，胜利的人们是这么说的。母亲和我听到这个消息心中五味杂陈，不知道这次的和平会带来什么样的未来。

“妈，你说现在马德里会是什么样子？我们怎么办？”

我们几乎是在不安地窃窃私语，从阳台上俯视着街上成群结队的嘈杂人群，那里不时传来叫喊声，人们尽情地释放着压抑已久的情绪。

“我也很想知道。”她阴郁地回答。

各种各样的消息铺天盖地。据说海峡两岸的客轮又要通航了，半岛上的火车也都准备好再次通往马德里了。回到过去的路变得越来越明朗，我们已经没有什么必须留在非洲的理由了。

“你想回去吗？”她终于问我。

“我不知道。”

我真的不知道。马德里留存着我无数的乡愁：童年和青春时期的印迹、各种各样的味道、街道的名字，还有那些挥之不去的回忆。但是在内心深处，我不知道这些是否足以让我放弃现在拥有的东西。要回到过去，我必须放弃在得土安付出了无数心血才建立起来的一切，放弃这座白色的城市，这里有我的母亲，我的新朋友，还有赖以生存的时装店。

“也许，一开始我们还是留在这里比较好。”我说。

她没有回答我，只是点了点头离开阳台回去工作。只有在飞针走线中她才能找到慰藉，不去想这个决定是对还是错。

一个新的国家诞生了。一个井然有序的新西班牙，他们说。一些人迎来了和平和胜利。但是对于另外一些人来说，迎面而来的却是绝望的深渊。绝大部分的外国政府都认可了国民军赢得胜利的合法性，而且立刻就宣布承认这个新政权。战争的各种设施被陆续拆毁，新的权力机构也陆续告别布尔戈斯，准备返回首都。他们开始筹划新的行政管理机构，重建满目疮痍的城市。当然，清除异己的步伐也加快了，而对胜利做出过贡献的人，则可以排着队去领取应得的那份蛋糕。战时政府还会继续行使几个月的权力，来清算一些法令、措施并维持秩序，政府的重组至少要等到夏天以后。但是早在七月份，消息还没传到摩洛哥的时候，我就已经隐约知道了重组的情况。那时候总督府周围还没有什么传言，更没有小道消息在得土安的大街小巷流传。很久以后贝格贝尔的名字和照片才出现在了大大小小的报纸上，全世界都想知道这个戴着圆眼镜、深色皮肤的黑胡子男人到底是谁。在这一切发生之前，我已经知道了谁将被佛朗哥任命为新的外交部长，并在第一届和平时期的内阁会议中坐在他的右边。那就是胡安·路易斯·贝格贝尔·阿蒂恩扎。他也是新一届内阁中除了佛朗哥外唯一的一位军人。

罗萨琳达得知这一令人意外的消息后喜忧参半。喜的是这一职位对他来说前途更广阔，忧的是他们将要永久性地离开摩洛哥。在那些日子里她的情绪十分混乱，总督先生则不停地往来穿梭于半岛和保护区之间，那边开始一个项目，这边了结一桩公务。为三年内战期间的临时政府向永久性政府过渡而操劳，并且开始为自己的国家搭建第一批新的对外关系。

八月十日，正式的任命通知下达。八月十一日，政府通过媒体公布了内阁成员，这些人将要在佛朗哥将军的英明领导下完成新的历史使命。

我到现在还保存着从当天的《ABC》日报上撕下来的几页内容，上面有所有部长的照片、履历和传记，虽然它们全都已经发黄，甚至用手拿起来就会碎成小片。第一页的正中间，就像红日当空一样，有一张圆形的照片，是大腹便便的佛朗哥。他的左右两边，也就是左上角和右上角，则是贝格贝尔和塞拉诺·苏聂尔，分别担任外交部长和内政部长。第二页上详细地介绍了他们的履历，并且用那个时代特有的吹捧方式赞颂了这些新任部长的品质。他们把贝格贝尔描述成一位杰出的非洲学家，对伊斯兰教有深入的理解，表扬他说一口流利的阿拉伯语，有坚实的文化知识基础，长时间与穆斯林民族和谐共处，以及他在柏林当武官时的出色工作。“一场战争让公众们认识了贝格贝尔上校的名字，”《ABC》写道，“他一直以佛朗哥的名义管理着西班牙保护区，并在领袖的领导与协调下，成功地获取了摩洛哥的全面支持，这对战争的胜利有着极其重要的意义。”于是，作为回报，他得到了最重要的部委。对塞拉诺·苏聂尔，他们则高度评价他的谨慎和充沛的精力，他孜孜不倦的工作精神，还有广为传颂的威望。他累积的这些功绩所得到的回报就是内政部，负责国家在新时期所有的内部事务。

后来我们知道，寂寂无名的贝格贝尔之所以能出人意料地进入内阁，得益于塞拉诺的保荐。在访问摩洛哥期间，他被贝格贝尔的言行举止震撼，他对待穆斯林民族是如此亲厚，阿拉伯语说得如此流利，对摩洛哥文化如此狂热，还有他招募士兵时的高效工作，以及不可思议地对摩洛哥民族独立运动的同情。“裙带领袖”一定认为贝格贝尔是一个勤奋而狂热的人，会多种语言，善于跟外国人打交道，对事业十分忠诚，而这样的人不会给新政权惹麻烦。得知这个消息的时候，我的脑海中电光火石般闪现出招待会的那个晚上，我躲在沙发后面听到的那次谈话中的最后一个问题。我从来没有问过马库斯是不是已经把我听到的那些事情转告给了总督先生，但是为了罗萨琳达和她深爱的男人，我真的希望塞拉诺此时对他的信任可以历久弥坚。

在名字出现在各种报纸和广播中的第二天，贝格贝尔搬到了布尔戈斯，从此永远告别了他的摩洛哥幸福岁月。得土安所有的居民都来为他送行，摩尔人、西班牙人和犹太人，无一例外。西迪·安倍德哈拉克·托雷斯代表摩洛哥各个政治党派发表了热情洋溢的演说，并授予他一张镶在纯银边框里的羊皮纸证书，上面写着“贝格贝尔是穆斯林真诚的兄弟”。他看上去也非常激动，说了一番充满友爱与感谢的话。罗萨琳达还洒了几滴眼泪，但是没等他的专机起飞就已经干了。他的专机从萨尼亚拉梅尔机场起飞，在得土安上空低空盘旋了几圈作为告别，很快就消失在远处穿越了海峡。罗萨琳达虽然因为心爱的胡安·路易斯的离去非常难过，但是为了早日跟他团聚，她不得不马上着手准备各种各样的搬迁事务。

之后的一段日子里，贝格贝尔在布尔戈斯从前赫尔达纳伯爵手中接过了部长委任书，加入了新政府，开始了一系列的礼节性拜访。罗萨琳达则飞到马德里寻找新的住所，来为她即将要面对的新生活安营扎寨。革命胜利那一年的八月末就这样过去了，他在各个使节、主教、武官、市长和将军们中间接受祝贺，她则签下了新的租约，拆掉得土安那个美丽的家，组织运输不计其数的家什，还有五个阿拉伯仆人、十多只下蛋的母鸡，以及她在丹吉尔能搜集到的所有的大米、糖、茶叶和咖啡。

罗萨琳达选中的住宅位于卡萨多·德拉丽萨大街，在瑞提罗公园和普拉多博物馆中间，离赫罗尼莫斯教堂几步之遥。毫无疑问，这栋房子跟她的身份是相衬的：所有新部长中最令人意外的那一位的情人。这栋房子的月租将近一千个比塞塔，这价格对罗萨琳达来说低得离谱，但是对战后的马德里来说已是天价。因为大部分人连肚子都填不饱，为了这笔钱他们甚至愿意被砍掉三个手指。

他们在马德里的生活将跟在得土安一样，各自住自己的房子。他住在外交部旁边一栋乱七八糟的别墅里，她则搬进了新居。但他们仍然尽可能地在一起度过大多数时光。在最终离开之前，在那栋已经空空荡荡、说话都有回声的房子里，罗萨琳达组织了最后一场派对，参加的有少数几个西班牙人、很多欧洲人，还有一些重要的摩尔人，大家都来向她道别。这个女人虽然看起来十分脆弱，却像飓风一样深入到我们所有人的生活中。虽然还不知道摆在她面前的究竟是一条什么样的路，而且从欧洲传来的消息也一天比一天令人不安，但是她努力不让自己去想这些。她不希望带着遗憾离开摩洛哥，因为在这里她曾经那么幸福。她一边跟我们干杯一边承诺，一等她安定下来就邀请我们去马德里，还保证她一定会经常回得土安来看我们。

那天晚上我是最后一个离开的。她在我的非洲生活中如此重要，我必须单独跟她告别。

"在走之前我有东西要送给你。"我说。我为她准备了一个小小的阿拉伯银盒子，锻造成缝纫桌的形状。"以后我不在你身边，每当你需要钉扣子的时候就会想起我。"

她高兴地打开盒子。她喜欢一切礼物，不管礼物本身的价值有多么微小。各色细小的线轴、一个极细的别针和小小的针盒，一把看上去像玩具一样的剪刀，还有各种花色的珍珠、骨质和玻璃纽扣，这就是盒子里的内容。

"我更希望你永远在我身边，帮我解决这些问题。不过我非常喜欢这个精致的礼物。"她紧紧地拥抱我，"就像那个神奇的阿拉丁神灯，只要一打开盒子，你就会从里面出来。"

我们都笑了。面对离别我们选择了用欢笑掩饰忧伤，因为我们的友谊不应该有一个苦涩的结局。第二天她振作精神，强迫自己保持微笑，带着儿子一起登上了飞向马德里的飞机，而她的那些仆人和家什，正乘坐着一辆军车，在橄榄绿的车篷下一路颠簸着穿过西班牙南部的旷野。但是这种乐观并没能维持多久。就在她离开后的第二天，一九三九年九月三日，由于德国拒绝从波兰撤军，英国对德国宣战，罗萨琳达·福克斯的祖国正式加入了后来所谓的第二次世界大战，也是历史上最血腥的战争之一。

西班牙政府终于在马德里安定下来，各国的外交机构也纷纷回到首都，清洗已经落满灰尘的大使馆大楼，这些建筑因为战火和长期闲置而锈迹斑斑。正当贝格贝尔还在熟悉外交部大楼，也就是以前的圣克鲁斯宫里一个一个黑洞洞的房间时，罗萨琳达一秒钟也没有浪费，在精心装饰新家的同时，一头扎进了马德里最高级最时髦的社交圈。这里的奢华与讲究令人惊讶，如果说陷落以后的马德里像一片荒芜的黑色海洋，那这个小小的圈子就像是漂浮在海上的指甲般大小的孤岛。

若换做另一个性格稍稍不同的女人，也许会选择谨慎地等待，等到她那个位高权重的情人跟身边的权贵们建立起联系后再开始行动。但是罗萨琳达完全不是这样的人，尽管深爱着她的胡安·路易斯，她也绝不愿意成为一个隐匿在他权势背后默默无闻的情人。她不到二十岁就开始独自面对光怪陆离的世界，因此，尽管情人的各种关系完全可以为她开启无数的大门，她也毅然决然地再次选择了只身闯荡。她还是采用了对她来说已经轻车熟路的战略：从旧时异地的老熟人入手，通过他们，通过他们的朋友，通过朋友的朋友，她认识了新面孔、新的职务和官衔，有的是外国人，有的是名字很长的西班牙人。各种各样的邀请信很快就雪片般地飞到她的信箱里来了：招待会、舞会、午宴、鸡尾酒会和狩猎。当贝格贝尔成天待在他那阴冷的办公室里，还没来得及从成堆的公文和积攒下来的繁重事务中抬起头来时，罗萨琳达已经开始深入到当地的社会关系网中，让自己的生活像从前一样忙碌而丰富。

然而，在马德里的头几个月里，并非所有的事情都如此顺利。充满讽刺意味的是，尽管她天生在公共关系中游刃有余，但是唯一没能和她建立起任何友好关系的群体正是她的同胞们。当时的英国驻西班牙大使莫里斯·佩特森，是第一个拒绝与她交往的人。在他的要求下，马德里的整个英国外交圈子的成员都拒绝接受她。他们没有或者是不愿意把她看成一个源源不断的消息源，提供的全部都是来自西班牙政府成员的第一手资料，甚至都不愿意把她当成一个普通的英国同胞，礼节性地邀请她参加活动或庆祝仪式。他们只把她当做一个令人不快的存在，她跟西班牙亲德政府的部长同居似乎令他们蒙羞，因为对于这个亲德政府，他们伟大的英国政府完全没有半点儿要亲近的意思。

那段时间对贝格贝尔来说也是一路荆棘。因为在战争期间一直远离政治阴谋，面对其他久经沙场又有深厚背景的政要时，他处于完全的弱势地位。比如说，塞拉诺·苏聂尔。对这位玩弄权柄的塞拉诺，所有人都持怀疑态度，很少有人真心地对他报以同情。马德里有句俗语就是讽刺他的："在西班牙有三样东西让我绝望，津贴、长枪党，还有伟大领袖的连襟。"而在塞维利亚，据说人们开玩笑地唱着这样的歌谣："从下街道走来权力至高无上的先生，以前是纳萨莱诺，现在是塞拉诺。"

随着西班牙和德国的关系越来越密切，再加上希特勒的扩张欲望在整个欧洲迅速蔓延，那位在访问摩洛哥时对贝格贝尔印象极佳的塞拉诺先生，现在却成了他最大最残酷的敌人。没过多久这位"裙带领袖"就开始煽风点火。英国刚刚对德国宣战，他就知道自己向佛朗哥提名贝格贝尔为外交部长是一个绝对的错误。他开始觉得，这个外交部从一开始就应该是他的，而不该属于那个从非洲来的籍籍无名的陌生人。尽管在跨文化交流方面有着极高的天赋，尽管多国语言都说得很流利，但在他看来，贝格贝尔实在不是外交部长的适当人选，因为他并非完全忠实于德国的事业，反而极力主张西班牙在欧洲战争中保持中立，完全无意盲目屈从于来自内政部的任何压力和要求。此外，他还有一个英国情人，那个年轻而活跃的金发女人，自己在得土安的时候曾亲眼见过。反正一句话，他对自己毫无用处。因此，新内阁组建后不到一个月，这位政府中资历最老、最有权势的部长就开始蠢蠢欲动，把自己的触角伸向别的部门，像一条贪吃蛇，霸占一切，肆意妄为，随心所欲地插手外交部的事务，不但不征询外交部长的意见，还抓住一切机会对他横加指责，到处宣称他的婚外情会极大地破坏西班牙跟友邦之间的关系。

就在塞拉诺的想法前后矛盾、态度发生一百八十度大转弯的时候，似乎没有人完全了解那位保护区前总督的真实状况。在塞拉诺的阴谋设计下，西班牙人和德国人都对他是一位亲英分子深信不疑，因为他对纳粹的态度始终不冷不热，而且还把全部感情都放在一个轻浮又善于操纵的英国女人身上。但是那些英国人也同样对他冷嘲热讽，认为他是一个亲德分子，因为他属于一个狂热地支持第三帝国的政府。罗萨琳达，一如既往的理想主义，认为他有巨大的潜力去成为改变西班牙政治方向的催化剂，似乎只要他努力，就可以像变魔术一样改变西班牙政府的外交方向。而他，对自己所处的可悲环境了然于胸，却用令人钦佩的心态，把自己看成一个卑微的商人，并且试图让罗萨琳达明白他的真实处境。

“你以为在这个政府中我有多大的能量，可以带着它向你的国家靠拢？微乎其微，亲爱的，几乎没有。内阁中几乎所有的成员都支持德国，支持西班牙参与欧洲大战，并站在德国一边，我在里面是孤掌难鸣。我们欠德国钱和人情。国家的外交政策走向早在战争结束之前就已经决定了，远远早于他们选择我来做这个外交部长。你认为我有什么能力可以把这个国家的外交关系引向另一个方向？不，亲爱的罗萨琳达，我完全无能为力。在这个新西班牙，我作为外交部长，既不是一个战略家，也不是一个外交上的谈判员，只是一个舶来品的商贩，或者面包市场的小店主。我的职责就是获取贷款、在商业协议中讨价还价，向其他国家提供橄榄油、橘子和葡萄，以换取小麦和石油。就算是这样，就算只为了这些事情，我还得成天在内阁斗争，跟长枪党人斗争，只求他们放我一马，让我能做成这些事。也许我能想方设法弄到足够的物资，让西班牙的人民在这个冬天不会饿死、冻死。但是要想改变政府对于这场战争的态度，我完全没有一点儿办法。”

贝格贝尔的头几个月就是这样度过的，被责任压得喘不过气来，时刻面对着内部的和外部的斗争，还要提防那位弄权者的暗箭，他在内阁中越来越孤立。为了不让自己在无尽的烦恼中迷失，在那些黑暗的日子里，对已经成为过去的摩洛哥的回忆和乡愁成了他唯一的慰藉。他是如此想念那个世界，以至于在他外交部的办公桌上，永远放着一本打开的《古兰经》，他会不时地用阿拉伯语大声朗诵里面的一些章节，这经常让身边的人愕然。他是多么渴望回到那片故土。部长官邸里堆满了阿拉伯服饰。每天傍晚一下班，他就脱去沉闷至极的灰色三件套西服，换上一件丝绒长袍。有时候他会用摩洛哥人的方式直接用三个手指抓取食物，而且不停地对身边的人说摩洛哥人和西班牙人都是兄弟。有时候，在结束了一天的勾心斗角和繁重公务后，他终于有了一些独处的时间，于是从那些挤满了人的有轨电车穿过肮脏的街道时发出的吱吱嘎嘎声中，听到了竖笛和手鼓的韵律，在马德里灰蒙蒙的早晨，在下水道散发出的恶臭中，他甚至又闻到了柑橘花、茉莉花和薄荷草的香味，仿佛自己又行走在得土安的摩尔人社区那些抹着石灰的白墙之间，阳光透过细密的藤萝洒下一地碎金，远处传来喷泉的汩汩水声，风吹过甘蔗田，叶子像波浪一样起伏。

他固执地守望着这份乡愁，就像船舶失事时在暴风雨中紧紧地抓住一块小木板，但是塞拉诺的尖刻言辞却阴魂不散地在他身后追赶，随时把他从梦境中惊醒：

“看在上帝的分上，贝格贝尔，别再提什么见鬼的西班牙人都是摩尔人了。难道我长得像摩尔人吗？难道领袖长得像摩尔人吗？别再一遍遍重复你那些胡言乱语了，他妈的我都烦透了！整天都是同样的废话。”

那的确是一段艰难的日子，对他们两人来说都是。罗萨琳达虽然锲而不舍地想要赢得佩特森大使的好感，但是在后面的几个月中情况也并没有好转。胜利之年的年底，她在英国同胞中受邀参加的唯一一个活动就是跟其他妈妈一起，陪着自己的孩子围着大使馆的钢琴唱歌。一直到一九四〇年的五月，事情才出现转机。丘吉尔被任命为英国首相，随即决定大规模撤换英国在西班牙的外交人员。情况开始发生了变化。对所有人来说，这都是一个决定性的变化。

35

一九四〇年五月底，塞缪尔·霍尔先生来到了马德里，他的头衔十分惊人，全权英国特使。在此之前他从来没到过西班牙，一句西班牙语也不会说，对佛朗哥和他的新政权更是一点儿好感也没有。但是丘吉尔赋予了他百分之百的信任，并一再要求他接受这个任命：对欧洲大战的走向来说，西班牙是一枚关键的棋子，他需要一个坚定的支持者，立场鲜明、态度强硬地在这里坐镇。西班牙政府在战争中保持中立，对英国的利益至关重要，这样才能保证直布罗陀海峡不受侵扰，避免大西洋上的港口落到德国人手中。为了获得极其微小的合作，英国已经通过对外贸易向饥肠辘辘的西班牙施加了不少压力，限制对它的石油供应，用大棒和胡萝卜政策将它打压得奄奄一息。然而随着德国军队横扫欧洲，这些措施显得远远不够了，他们需要以一种更加积极有效的方式来给马德里施加影响。这位个子矮小、上了年纪又其貌不扬的大使先生就是带着这个任务来到西班牙首都的。他的密切合作者们称他塞姆先生，后来所交的为数不多的几个西班牙朋友则称他为塞缪尔先生。

霍尔接受这一职务的时候情况并不乐观。他不喜欢马德里，跟西班牙国民性情格格不入，而且在这片荒芜且满目疮痍的土地上，几乎一个认识的人都没有。他知道自己不会受到欢迎，也知道佛朗哥政府公然表示反对英国。为了给他来个下马威，让他一开始就更真切地了解这一点，长枪党人在他到任的那天早上，在英国大使馆门口举行了气势汹汹的示威，高呼："直布罗陀属于西班牙！"

在向领袖佛朗哥递交国书和委任信以后，这位大使先生就走上了为期四年的坎坷赴难路。他无数次地后悔当初接受了委任。在这个充满敌意的环境里他感到极其难受，类似的情形在他以前的多个任期中从来没有出现过。马德里焦躁不安，气候炎热得令人难以忍受。长枪党人对英国大使馆的骚扰成了家常便饭：向窗户里扔石头、拔掉大使馆公车上的小旗子和徽章，甚至对大使馆成员进行辱骂和人身攻击，而西班牙当局对所有的一切睁一眼闭一眼，置若罔闻。西班牙的媒体大肆攻击，指责英国是导致西班牙饥饿的罪魁祸首。新大使的就任只在少数几个保守的保皇党人中赢得了好感，但他们不过是一群效忠于维多利亚·尤金妮王后的怀旧老臣，在政府中毫无权势，只是固执地紧抓着永远也无法回去的过往不放。

他感到孤独，独自一人被遗弃在黑暗中，只能摸索着向前。马德里的环境让他感到窒息：西班牙行政机构极其拖沓缓慢的办事效率令人忍无可忍，大街小巷站满了荷枪实弹全副武装的警察和长枪党人，到处可以见到趾高气扬的德国人肆无忌惮为所欲为。为了履行自己的职责和义务，他几乎是横下了一条心，还没有完全安顿下来，就硬着头皮开始跟西班牙政府建立关系，尤其是跟政府中三位最主要的人物：佛朗哥将军、塞拉诺·苏聂尔部长和贝格贝尔部长。他分别同三个人会晤、打探底细，接收到了截然相反的信息。

一个阳光灿烂的夏日，佛朗哥将军在帕尔多皇宫接见了他。虽然外面阳光明媚，佛朗哥却拉上了窗帘，点着灯，坐在一张办公桌后面，桌上还骄傲地竖着希特勒和墨索里尼的巨幅照片。在那次气氛僵硬的会见中，双方通过翻译轮流发言，没有进行任何直接对话。尽管如此，霍尔还是被这位国家元首的盲目自信震惊了：佛朗哥深信不疑地认为自己就是那个拯救国家、开创新世界的救世主。

如果说跟佛朗哥的见面很糟糕的话，那么跟塞拉诺·苏聂尔的见面则有过之而无不及，场面更加令人难堪。这位“裙带领袖”的权势正如日中天，整个国家都在他的一手掌握之下：长枪党、新闻媒体、警察，他还有跟领袖私人接触的特权，虽然很多人都猜测他打心眼儿里看不起领袖的知识水平。那时候佛朗哥已经半隐居在帕尔多皇宫，很少露面。相反，塞拉诺似乎无处不在，就像欧芹可以用于任何配菜中一样，与战争期间访问西班牙保护区的那位谨慎的塞拉诺完全不同。当年正是他弯腰帮我捡起粉盒，而我也躲在沙发下面长时间地观察过他的脚踝。好像随着新政权的建立，一个新的塞拉诺·苏聂尔诞生了：暴躁，骄傲，说话做事急不可耐，猫一样的眼睛永远保持警觉。他永远处于紧张状态，对任何一位所谓的“财阀民主体制”代表都那么挑剔而刻薄。霍尔和塞拉诺，在他们的第一次见面，以及之后不可避免的很多次见面中，从未获得过对方的任何好感。

而在这三个大人物中，唯一能跟霍尔相互理解的就是贝格贝尔。从在圣克鲁斯宫的第一次见面开始，两人之间的交流就很通畅。这位外交部长时而倾听，时而回应，努力修正各种不合理的事务，并试图理清一团乱麻似的对外关系。他在霍尔面前斩钉截铁地表明自己不主张加入战争，也毫不遮掩地承认饥饿的西班牙人民急需援助，而且竭尽全力通过订立各种合同和协议来减轻人民的苦难。事实上，从一开始他的个性就让这位新大使觉得有些特别，甚至是古怪。他的感性、文化素养、行为方式和嘲讽的语气，跟马德里当时的严酷氛围，还有他位高权重的身份毫不相符。在霍尔的眼中，贝格贝尔因为德国人的气势汹汹、长枪党人的嚣张气焰、政府的专横跋扈，还有首都人民的悲惨生活而忧心忡忡。也许正因为这样，正因为贝格贝尔在这个疯狂的世界中显得格格不入，所以霍尔觉得，他是一个如此和蔼的人，用在非洲养成的好脾气来化解各种怨恨，舔舐心中因为其他同僚的攻击而留下的累累伤痕。当然，他们也有不一致的地方，有一些意见分歧，有一些值得商榷的外交事件，或者是要求与抱怨，还有很多期待共同解决的危机。比如西班牙军队在六月份大举侵入丹吉尔，一下子终结了它的国际城市地位。比如西班牙政府授权德国军队在圣塞巴斯蒂安大街上举行阅兵。比如在那个混乱而仓促的年代里关系紧张的时刻。虽然这一切都无法避免，但贝格贝尔和霍尔却日益亲密，对这位新任大使来说，在动荡的马德里，面对那些像杂草一样不停冒出来的麻烦，这份友谊成了他唯一的慰藉。

随着霍尔逐渐融入这个国家，他也开始明白德国人的势力在西班牙的日常生活中无处不在，几乎渗入了公共事业的每个角落。企业家、高级管理人员、商业代表、电影导演……这些人从事的工作虽然各有不同，但都和西班牙的管理部门有着良好的人脉关系，而且都成为了纳粹的代理人。很快他也知道了这里对新闻媒体的管制有多么严格。德国大使馆的新闻办公室，在塞拉诺·苏聂尔的完全授权下，可以决定西班牙的所有报纸每天如何报道关于第三帝国的消息，如何发布、使用什么样的字眼儿，并随心所欲地在西班牙报纸中插入对纳粹的宣传和鼓吹。而更无耻更令人愤慨的是，在那个物资匮乏的年代，《万岁》日报，也就是长枪党的宣传机构，垄断了用于报纸印刷的绝大部分纸张。针对英国人的舆论攻击接连不断且十分残酷，充满了谎言、辱骂和阴谋操纵。丘吉尔的形象是那些最恶毒的漫画的灵感来源，而大英帝国，则是他们一贯嘲笑的对象。随便哪个西班牙省份发生的工厂事故，或者是邮政火车的事故，都被毫无廉耻地归咎于背信弃义的英国人的破坏。面对这一切践踏和欺辱，英国大使馆的抗议都毫无例外地石沉大海。

正当塞缪尔先生无可奈何地适应了他的新工作时，西班牙内政部和外交部之间的敌对状态也日益明显。塞拉诺站在权倾朝野的位置上，设计组织了一场战略性的战役：散布关于贝格贝尔的恶毒谣言，并借此宣传只有他才能挽救大局的观念。除了我们这位昔日的总督、如今人微言轻的外交部长，佛朗哥与塞拉诺，塞拉诺与佛朗哥，他们中的任何一个都不了解什么是国际政治，也从来没有真正见识过外面的世界。就像两只井底之蛙一样，坐在帕尔多皇宫里，一边喝着热巧克力，一边吃着煎面包片，并就着点心桌子肩并肩地设计出一个新的世界秩序，因为无知和狂妄而表现出令人惊愕的大胆。

贝格贝尔终于爆发了。他们想要把他赶走，他对这一切早就心知肚明。他们将会把他赶出内阁，狠狠地踹他一脚，把他踢到街上去，因为光荣的圣战已经不再需要他。他们把他从摩洛哥的幸福岁月中连根拔起，放到一个人人渴求的位置上，就为了捆住他的手脚，给他的嘴里塞上块破抹布。他们几乎从来没有重视过他的看法，或者说，事实上从来没有征求过他的意见。他从来没有能实施什么动议或设立什么标准。他们只不过是想用他的名字来填补一个部长职位，想让他成为一个温顺、怯懦又沉默的附庸者。但就算是这样，就算对当前的形势心怀不满，他也尽忠职守，为了担负起责任孜孜不倦地工作，默默地忍受着塞拉诺在这几个月内对他发起的一系列攻击。开始的时候只是踩一脚、推一下，你让开，让我来。但是很快推推搡搡就变成了凌辱的勒颈绳，最初的踢打也最终变成了对准要害的砍杀。当贝格贝尔猜想接下来要发生的就是踩住他的脑袋时，他爆发了。

他已经很疲惫了，厌倦了塞拉诺的傲慢与不可一世，也厌倦了佛朗哥的闪烁其词和不明朗的态度，厌倦了独自逆流而上，跟周围的一切格格不入，也厌倦了驾驶一艘从起航开始就已经走错了方向的大船。因此，他似乎要再次模仿他亲爱的穆斯林朋友，像一个冲动的摩洛哥人一样掀掉头巾。是时候把他与霍尔那始终小心翼翼的友谊公之于世了，他们的交往将不再局限于平素常常见面的官邸、办公室和各种沙龙。抱着这样的理念，他们的友情赤裸裸毫无遮掩地暴露在大庭广众之下，暴露在空气中，暴露在夏日那隐藏不下一丝阴暗的炙热阳光下。他们几乎每天都在最知名的餐厅里、最醒目的桌子上一起进餐。然后，就像两个穿梭在得土安摩尔人社区狭窄巷子里的摩尔人一样，贝格贝尔挽着这位大使先生的胳膊，称他为“塞缪尔兄弟”，故意在马德里的大街上招摇。贝格贝尔变得挑衅、咄咄逼人，甚至有些堂吉诃德式的疯狂。日复一日，他与那位来自敌国的使者亲密交谈，骄傲地表明自己对德国人，以及亲日耳曼派不屑一顾的态度。他们一起大摇大摆地走过阿尔卡拉大街上的革命总指挥部，走过《万岁》报社，走过卡斯特亚纳大街上的德国大使馆，还走过皇宫和丽兹酒店的大门口。那里正是纳粹的老巢。他们好像生怕别人不知道佛朗哥的外交部长和那个恶棍国家的大使是如何亲厚有加。而这时候的塞拉诺紧张到濒临崩溃，焦躁不安地在办公室里来回踱步，揪着自己的头发大声问这个神经错乱的贝格贝尔做出这么疯狂的举动到底想干什么。

虽然罗萨琳达的努力在一定程度上唤起了他对英国的好感，但这位外交部长还没有冲动到那样的程度，可以只因为个人感情就不顾一切地一头扎进他国的怀抱中，就像每天晚上投入情人的怀抱一样。因为罗萨琳达，他对英国有一些主观上的偏好，这是事实。但是他把全部的筹码都压在霍尔身上，为了他切断了自己的所有后路，这其中另有原因。也许因为他是一个乌托邦主义者，因看到新西班牙的运转并不像他想象的那样而灰心丧气。也许因为这是他唯一能找到的用来公开表示反对西班牙介入战争、反对西班牙站在轴心国一边的方法。也可能这是他对所受到的侮辱和伤害的一种回应，而那些用尽手段侮辱他的人，他本以为可以跟他们一起为重建废墟般的祖国并肩战斗，而且他也曾经热情洋溢地参与到拆毁那个旧国家的行动中去。也有可能，他接近霍尔主要是因为孤独，在那样一个苦涩而充满敌意的环境里感受到的极端孤独。

这一切都不是我亲身经历的，而是罗萨琳达在那漫长的一年中一直坚持给我写信，让我知晓的。在得土安读到这些信时，我都像久旱逢甘霖一样如饥似渴。虽然她的社交活动仍然很频繁，但病情的恶化让她不得不长时间卧床静养，于是她用这些时间来给朋友们写信，或者阅读朋友们的来信。就这样，我们形成了通信的习惯，在任何时候任何地方，信件都像一条看不见的线把我们联接在一起。一九四〇年八月末，她在最后几封信中，向我提起马德里的报纸已经开始叫嚣让外交部部长立即辞职。但是贝格贝尔真正下野还在一段时间之后，大约是六个或七个星期。在这几个星期里，再次发生了一些事情，永远地改变了我人生的航向。

36

自从母亲来了以后，我的日常生活中增加了一项新的活动，就是阅读。她仍保持着晚上早睡的习惯，菲利克斯也不再来串门了，于是我每天晚上都有了大把不知道如何打发的空闲时间。直到有一天菲利克斯再次突发奇想，给我找到了一个解闷的好办法。他带来了一本双层封皮的书，以两个女人的名字命名：《福尔图纳达和哈辛达》。从那时候开始，我所有的空闲时间都用来阅读这位天才邻居家里的那些长篇小说。几个月以后我已经把它们看了个遍，开始从得土安图书馆的书架上寻找目标。一九四〇年的夏天快要过去的时候，我读完了那座小图书馆里的二三十本小说，正发愁以后拿什么来消遣。有人出乎意料地给我送来了一页纸。这次不是小说，而是一封蓝色的电报。也不是为了让我享受阅读的内容，而是让我照着上面的指示去做。“私人邀请函。丹吉尔私人派对。马德里的朋友在那儿等你。九月一日晚上七点。提姆酒吧。”

我感到内心一阵翻腾，不过还是忍不住哈哈大笑。不用看签名我就知道这是谁发来的电报。我的脑海中一下子浮现出各种各样的回忆：音乐、欢笑、鸡尾酒、各种突如其来的状况、听不懂的外国词、小小的冒险、敞篷车里的远足，还有生活的欲望。我把过去的日子跟现在平静的生活做了个比较。现在，时间几乎都是在单调的缝纫和试衣中、在广播的长篇故事中、在每天傍晚跟母亲的散步中不知不觉流过的。这些日子以来，情感上唯一的波动，也就是菲利克斯偶尔拉我去看的某一场电影，还有每天晚上无所事事时，囫囵吞枣看的小说里那些主人公的奇遇和爱情故事。知道罗萨琳达在丹吉尔等我，我欣喜万分，虽然只是短暂相逢，但生活又有了希望。

我按照约定的日期和时间准时到达，却没在明萨赫酒店的吧台前找到任何派对，大厅里只有四五桌不认识的人，吧台前有两个孤独的饮者，吧台后也不见提姆的踪影。也许是因为钢琴师还没来，酒吧里的气氛显得十分寥落，跟以前那些热闹的夜晚完全不同。我谨慎地坐在一张桌子旁边等待，拒绝了走过来服务的侍者。七点十分，七点十五，七点二十，可是派对还是没有开始的迹象。到七点半的时候我终于忍不住去吧台询问提姆的去向。他们告诉我他已经不在这儿工作了，自己开了一家“提姆酒吧”。在哪儿？南美大街。我飞奔而去。两分钟以后就到达了目的地，其实两家酒吧相距不过几百米。提姆一如既往的消瘦、黝黑，我的身影一出现在门口，他就在吧台后面看到了。他的吧台比刚才那个热闹一些，虽然没有太多的顾客，但是交谈的声音比较大，语调更放松，还不时传来笑声。他没有跟我打招呼，而是用那双黑炭一样的眼睛示意我去酒吧最里面，那里挂着一块布帘。我走向那块沉甸甸的绿色丝绒帘子，揭开走了进去。

“亲爱的，你迟到了。”

虽然周围是脏兮兮的墙面，头顶只有一个昏黄暗淡的电灯泡，四周到处放着装饮料的盒子，墙角还堆着整袋整袋的咖啡豆，但这些一点儿也不影响我这位好朋友的魅力。也许是她，也许是提姆，也许是他们俩一起，在当天下午酒吧开业之前，把这个小小的仓库临时改建成了一个私人会见的场所。真的很私人，因为里面只有两把椅子，中间隔着一个铺着白色桌布的大木桶。木桶上放着两杯酒，一个鸡尾酒瓶，一个装着土耳其烟的烟盒，还有一个烟灰缸。屋子的角落里有一堆盒子，上面颤颤巍巍地放着一个手持留声机，里面传来比莉·哈乐黛的《夏日》。

自从她去了马德里，我们已经有整整一年没见了。她还是那么瘦，皮肤还是那么透明，还是一头随时都会挡住眼睛的金色长鬈发。但是她的表情已经不是以前的无忧无虑，也不是跟她丈夫艰难共处时或者后来恢复阶段的模样。我没有办法说清楚到底是哪儿发生了变化，她整个人好像都已经稍稍不同，看上去成熟了些，或许还有些疲惫。从她的信里我已经得知了贝格贝尔的艰难处境，以及她在马德里的举步维艰。但是她从来没有提到过要回趟摩洛哥。

我们拥抱着，像小学生一样开怀大笑，互相夸奖着对方的服饰，然后又是一阵大笑。我是多么地想念她啊。没错，我身边有母亲的陪伴，有菲利克斯，有坎德拉利亚，有服装店，还有新爱好阅读。但是她的出现仍让我激动。她从来都是不期而至。她跟任何人都不一样的看问题的角度，她的异想天开，她那些小小的任性，特立独行和混乱的语言，我是多么想念这一切，多么想知道她这一年来的境况，所以一坐下来就问了她一连串的问题：在马德里过得怎么样？约翰尼怎么样？贝格贝尔呢？为什么会到非洲来？而她则用些模棱两可的话和生活趣事回答我，直到我的好奇心被充分地满足，不再向她追问更多的事情，她才一边把桌上的酒杯倒满，一边切入正题。

"我来是为了给你一份工作。"

我笑了。

"我已经有一份了。"

"我向你推荐另外一份。"

我又笑了，喝了一口酒，跟以前一样，粉红杜松子鸡尾酒。

"什么样的工作？"我放下酒杯。

"跟你现在的一样，但是在马德里。"

这时候我才发现她是认真的，于是收起了笑容，换了一种严肃的语调。

"我在得土安过得很开心。一切都很顺利，而且越来越好。我母亲也很喜欢生活在这里。服装店欣欣向荣，事实上我们正在考虑请一个学徒来帮忙，还不打算回马德里去。”

“我没有说你的母亲，希拉，只有你。而且你们不用关闭得土安的服装店，马德里的生意只是临时的，至少我们希望是这样。等一切都结束的时候，你就可以回来。”

“结束？什么结束？”

“战争。”

“可是战争早在一年前就结束了。”

“西班牙的内战是结束了，但是现在又有另外一场战争。”

她站起来，换了一张唱片，调高了音量。这次是爵士，只有音乐没有歌词。她不想让我们的交谈飘向帘外。

“现在有另外一场可怕的战争。我的国家已经被卷进去了，你的国家也随时可能加入。胡安·路易斯已经竭尽所能让西班牙置身事外，但是照目前的形势看，这相当困难。因此我们希望能尽一切办法来帮助减轻德国对西班牙施加的压力。如果能实现这一目标，你的国家就可以独善其身，而我的国家也就多了一分胜算。”

我还是不明白这一切跟我的工作有什么关系，但是并没有打断她。

“胡安·路易斯和我，”她接着说，“我们正在试图说服一些朋友通力合作。他没能通过外交部向政府有效地施加压力，但是我们从外部也可以做一些事情。”

“什么样的事情？”我极小声地问，完全不明白她脑子里在想什么。我脸上的表情一定让她觉得有趣，因为她终于笑了。

“别害怕，亲爱的。我们说的不是往德国大使馆扔炸弹，也不是去捣毁什么军事设施。我指的是一些谨慎的抵抗运动。比如观察、渗透，从一些小小的漏洞里获取一些信息。胡安·路易斯和我，在这件事情上并不是孤军作战。我们不是一对理想主义者，随手抓一些不谨慎的朋友，把他们卷入这些耸人听闻的阴谋中。”

她再次倒满酒杯，把音乐的音量调高了些。我们又点上了两支烟。她重新坐下，紧紧地盯住我的眼睛。她的眼周有两圈以前从来没有过的灰色的黑眼圈。

“我们正在帮助他们在马德里建立一个跟英国情报局直接相关的地下工作网。合作者都是与政治、外交或军事不沾边的人，而且大多数不为人知。他们表面上过着正常的生活，暗地里获取信息并传递给 SOE。”

“什么是 SOE？”我小声问。

“英国特别行动小组。这是丘吉尔刚刚在英国情报局内部设立的组织，专门负责跟战争有关的事情，特意跟日常工作区别开来。他们正在全欧洲寻找合适的人。简单地说，就是非正式的间谍服务，非常时期的非常工作。”

“我不明白。”我的声音细若游丝。

我真的什么都不明白。地下工作。秘密协作者。行动。间谍。渗透。我一辈子也没有听说过这些东西。

“好吧，你别以为我对这些名词很熟悉。对我来说，这些也完全是新东西，我不得不努力学习。胡安·路易斯，就像我在信上跟你说过的一样，最近跟我们的霍尔大使关系很密切。而现在，他能留在外交部的日子屈指可数，所以他们两人决定加强合作。虽然霍尔并不直接控制英国在马德里的地下工作，但是他会对此进行监督。或者说，他虽然不直接参与合作，但他是最终的负责人。”

“那是谁在操作？”

我以为她会告诉我是她自己，然后告诉我这一切不过是个玩笑，我们会哈哈大笑，最后一起去哈里斯庄园吃晚饭、跳舞，就像以前经常做的那样。但是她没有。

“艾伦·希尔加斯，英国大使馆的海军参赞，他来负责一切具体运作。他是一个非常特别的人，出生于海军世家，自己也加入了海军，他的太太是个大资产阶级家庭的小姐，也跟他一起参与这些情报工作。他跟霍尔一起到达马德里，在公开身份的掩护下，负责秘密协调 SOE 和 SIS 的活动，SIS 就是秘密情报局。”

SOE，特别行动小组。SIS，秘密情报局。对我来说都一样陌生。

我坚持要求她向我解释清楚。

“SIS，秘密情报局，也被称为MI6，就是Directorate of Military Intelligence，Section 6，军事情报局第六分部，简称军情六处。这个机构专门负责在英国以外的地方开展情报工作。或者说是在英国的领土之外开展间谍活动，这样更好理解一些。早在一战前这个部门就成立了，大多数时候都伪装成外交或军事机构，谨慎地进行一些暗箱操作。一般都是通过已经建立的权力结构，对目标国家中有影响力的人物或高级官员进行渗透。相反，SOE则是个新生事物。由于它不仅依靠职业间谍，而且依靠很多临时人员，所以风险更大。但相应的，灵活性也更大。如果一定要给它一个定义，可以说这是一种战时的应急行动机制。它向所有能提供有用情报的合作者开放。由于这个机构刚刚成立，所以西班牙的负责人希尔加斯正在招兵买马，而且非常紧急。为此他也向身边信得过的人求助，看是不是能帮他联系到可以直接提供帮助的人。可以说，胡安·路易斯和我就是这样的中间人。霍尔刚来不久，几乎谁都不认识。希尔加斯整个内战期间都在马约尔卡当副领事，对马德里也不熟悉，还没有完全掌握这边的形势。而胡安·路易斯和我，一个是公然表示亲英的外交部部长，一个是英国公民，所以希尔加斯没有要求我们直接介入情报工作，因为他知道我们名气太大，容易引起怀疑。但是他向我们求助，请我们帮他找一些合适的人。就这样我们想到了几个朋友，其中也包括你。”

我不知道她究竟想让我干什么，但我宁愿不问。其实不管我问不问，她都会说出来，而我心中的恐惧也不会因为问了就有所减少。所以我决定集中精力再次把酒倒满。但是调酒瓶已经空了。于是我站起来，在墙角那一堆盒子里寻找。刚刚听到的这一切对我来说实在太突然，没有办法生生地消化掉。我从一个盒子里拿出一瓶酒，是威士忌。我拔掉盖子，直接对着瓶子喝了一大口，然后把它递给罗萨琳达。她也像我一样喝了一口，然后还给我。就在她接着往下说的时候，我又喝了一口。

“我们想过，你可以在马德里开一家时装店，为纳粹高官的太太们做衣服。”

我觉得嗓子眼一下子被堵住了，刚刚喝下的那口威士忌呛在那里，忍不住一口喷了出来，溅得到处都是。我用手背擦了擦脸，等到终于能说出话来的时候，脑海中蹦出来的只有一句话：

“你们俩都疯了。”

她毫不在意我的嘲讽，继续说：

“以前她们都在巴黎做衣服，但是自从五月份德国军队入侵法国以后，大部分高级时装店都关门了，很少有人愿意在沦陷的巴黎继续工作。薇欧芮高级定制、康朋街上的香奈儿高级时装店、凡登广场上的夏帕瑞丽时装店，几乎所有的顶级时装店都搬走了。”

也许是因为太紧张，也许是因为刚刚喝下去的那些鸡尾酒和威士忌起了作用，罗萨琳达提到的这些巴黎时装品牌让我哑着嗓子哈哈大笑。

“你是想让我在马德里替代所有这些时装大师？”

她没有被我的笑感染，严肃地说：

“你可以用你的方式试着这么做，当然是小规模的。现在是最好的时机，因为她们没有更多的选择。巴黎已经不用考虑了，柏林又太远，她们要么就在马德里找人做衣服，要么就选择不要在即将开始的社交季上秀新装。而后者对她们来说无疑是个悲剧，因为在这个时候，她们生存的意义就在于密集的社交活动了。我调查过了，马德里现在已经有一些服装店重新开张，正在准备秋季的衣服。之前曾经传言说巴伦西亚卡今年会重新开始营业，但是最后也没有开。我这儿有那些的确准备营业的服装店名单。”说着她从外套口袋里掏出一张对折的纸，“芙罗拉·比亚拉艾尔；布里希达，圣和罗尼莫街三十七号；纳塔里奥，拉佳斯卡大街十八号；拉格特夫人，巴尔巴拉大街二号；佩德罗·罗德里格斯，阿尔卡拉大街六十二号；科特瑞特，费尔南多六世大街八号。”

其中有一些我觉得熟悉，另一些则很陌生。马努埃拉女士的时装店应该也在其中，但是罗萨琳达没有提到。她念完后，把手里的纸撕成碎片，放进已经装满了烟头的烟灰缸里。

“虽然她们努力想要推出新的系列，提供最好的设计，但是所有人都面临同一个问题，或者说是局限。所以她们谁也没有办法轻易胜出。”

“什么局限？”

“缺少布料，绝对的紧缺。不管是西班牙还是法国，各种时装布料都已经停产了。而那些没有关闭的工厂，要么用来生产满足国民基本需求的布料，要么就在生产战争物资。棉布都用于制造军装，棉线用来制造绷带，反正任何布料都不可能被用到时装上。而这个问题你可以解决，你可以把布料带去丹吉尔。这里的贸易还是很发达，不像伊比利亚半岛，进口货物几乎成了不可能。这里有很多美国和阿根廷的产品，还有法国布料和英国毛呢的存货，还有前几年的印度产中国产丝绸，你可以把这一切都带去。如果你需要更多的供应，我们也能想办法。你带着布料、带着创意去马德里，而我则负责在上层社会关系网中做好宣传，那么毫无疑问，你将是下一季最抢眼的时装师，没有人能跟你抗衡。希拉，你将是唯一有能力为她们提供她们想要的东西的人：炫耀，奢华，绝对的光芒四射，就好像这个世界不过是一座舞池，而不是一个他们自己一手造成的血流成河的战场。所有的德国女人都会争先恐后地来找你。”

“但是她们会把我跟你联系起来……”我试图抓住什么借口，让自己不被卷进那个疯狂的旋涡。

“绝对不会，没有人有理由这样想。马德里的德国女人大部分都是新来的，跟摩洛哥没有任何联系。没有人知道你跟我认识。不过当然，你在得土安为德国人做衣服的经历会给你很大帮助，因为你了解她们的品味，知道该怎么对待她们，如何跟她们交往。”

她还在滔滔不绝，而我则闭上眼睛拼命摇头。一霎那，我的脑海中又浮现出自己刚到得土安的日子，浮现出坎德拉利亚给我看手枪、并提议卖掉手枪开服装店的那个夜晚。那种恐慌是一样的，场景也似曾相识：两个女人躲在简陋的小屋里，一个正在提出一项深思熟虑却危险万分的计划，而另一个，满怀恐惧地拒绝接受。不过二者显然有区别，很大的区别。罗萨琳达正在向我谈起的这个计划已经完全不是个人层面上的事情了。

她的声音把我从过去拉回了现实，从拉鲁内塔公寓的那间简陋小屋拉回了现实中提姆酒吧吧台后面这个小小的仓库。

“我们会为你制造名气，也完全有办法做到这一点。在马德里那些有可能对你感兴趣的圈子里，我有很好的人脉关系，可以通过口口相传的方式让大家认识你，而且不让任何人把我们俩联系起来。SOE 会负责所有的前期开支：支付店铺的租金、店内的装修布置，还有布料和其他材料的投资。胡安·路易斯会负责解决海关手续，给你办理一切从丹吉尔往西班牙运送货物的必要许可。我们得订购一批数量相当可观的材料，因为一旦胡安·路易斯离开了外交部，这些事情操作起来会非常困难。时装店所有的收入都归你所有。你只需要做跟在摩洛哥一样的事情，但是留心收集从那些德国顾客嘴里听到的消息，甚至还有一些既与政府高官有关系又与纳粹有联系的西班牙女人。如果你能吸引她们的光顾，那也会很有意思。那些德国女人整日无所事事，挥金如土，你的时装店完全可以变成她们日常聚会的场所之一。然后你就能知道，她们的丈夫都去哪些地方，跟什么人见面，有什么计划，接待了哪些从德国来的客人，等等。”

“可是我几乎不会说德语。”

“你完全有能力跟她们很好地沟通，并让她们感到满意。这就足够了。”

“我也就会数数、基本的打招呼，能说出颜色、星期几，还有一些零星的句子。”我坚持说。

“没关系的，这点我们已经考虑过了。我们可以找人给你帮忙。你只需要把信息都汇集起来，然后传递给某个目标。”

“怎么传递？”

她耸了耸肩。

“这个得由希尔加斯来告诉你，如果你最终接受了这个任务的话。我不知道这些行动具体是怎么操作的，不过我想他们会专门为你设计一套方案。”

我再次摇了摇头，这次态度更加坚决。

“我不会接受的，罗萨琳达。”

她点了根烟，用力吸了一口，透过烟雾问：

“为什么？”

“没有为什么。”我斩钉截铁地说。我有一千个理由让自己不要参与这件荒唐事，但是却宁可把这些理由都归结为一个坚决的否定。不。我不会接受的。绝对不会。我对着瓶子又喝了一口威士忌，但是这丝毫没有缓解我的紧张。

“为什么不？亲爱的，因为害怕，对吗？”她的声音很低，但是语气很肯定。音乐已经停止了，屋里只有留声机的指针刮过唱片的沙沙声，还有从帘子外面传来的隐约的人语声和笑声。“我们都很害怕，所有的人都怕得要命。”她小声说，“但这不是理由。我们必须参与进来。希拉，我们必须帮助他们。你，我，我们所有人，每个人都得在能力范围内尽自己的绵薄之力，来阻止这场疯狂的战争继续往前发展。”

“再说，我不能回马德里，我在那里还有些没了结的官司，你知道的。”

跟拉米罗在一起的时候惹下的那些麻烦还是没有解决。在战争结束前，我就已经不止一次地跟巴斯盖斯警长谈过这件事。他也曾试图打听马德里的情况，但是没有得到任何有价值的消息。现在一切都还非常混乱，我们再等一段时间吧，等到事情都平静下来再说，他这么跟我说。而我，因为根本不打算回马德里，所以也就安心等候消息。罗萨琳达知道这个情况，我曾经亲口告诉过她。

“这个我们也考虑过。想过这个，也想过要帮你隐匿身份，以防出现任何不测。如果出现什么问题的话，英国大使馆没有办法对你负责，而在现在的形势下，一个西班牙公民介入这些事情会非常危险。所以胡安·路易斯想了一个办法。”

我想问她是什么办法，却说不出话来。不过我也没有提问的必要，因为她马上就公布了答案。

“他能给你办一个摩洛哥护照。”

“一个假护照？”我问。

“不，甜心，一个真护照。他在摩洛哥还有一些非常好的朋友。用不上几个小时你就可以变成摩洛哥公民。当然了，用另一个名字。”

我站起来，发现自己几乎无法保持平衡。我的脑子里除了杜松子酒和威士忌引起的醉意，还充满了那些陌生混乱的名词：情报工作、间谍、装置、假名字、摩洛哥护照。我把身子靠在墙上，努力让自己恢复平静。

“不，罗萨琳达，请不要再说了，我不能接受。”

“你不需要马上作决定，可以好好考虑一下。”

“没什么可考虑的。现在几点了？”

她看了看表。我也试图看看自己的表，但是上面的数字好像都在我眼前熔化了。

“九点四十五。”

“我得回得土安了。”

“我本来预定了一辆车，十点钟来接你。但是我想你现在的状态不太适合赶路，就在丹吉尔过夜吧，我负责叫人给你在明萨赫酒店订个房间，然后通知你的母亲。”

找一张床睡一觉，彻底忘记这场令人绝望的谈话，对我来说，突然变成了世界上最诱人的事情。一张大床，白色的床单，在一个美丽的房间里好好睡一觉，第二天醒来的时候发现和罗萨琳达的见面不过是一场噩梦，一场毫无来由的奇怪噩梦。但是脑海中某个遥远的角落突然闪现出一丝清醒。

“他们肯定没办法通知我母亲，我家里没有电话，你知道的。”

“我会让人给菲利克斯·阿兰达打电话，让他去跟你母亲说一声。另外我会叫人明天早上来接你，并送你回得土安。”

“那你住哪儿？”

“我住在几个英国朋友的家里，在贺兰德大街。我不想让任何人知道自己在丹吉尔。他们直接从家里把我送到这儿，我一只脚都没踩到过街上。”

她沉默了几秒钟，然后用更低更阴郁的声音说：

“他们对胡安·路易斯和我用的手段很卑鄙，希拉，他们无时无刻不在监视我们。”

“谁？”我哑着嗓子问。

她浅笑了一下，笑容里充满了悲伤。

“所有人。警察，盖世太保，长枪党。”

我满心恐惧，用几乎听不见的声音问：

“那我呢？他们也会监视我吗？”

“我不知道，亲爱的，我不知道。”

她又笑了，这次咧开了嘴，却没有笑出来，唇边挂着一丝苦涩和无奈。

37

有人在敲门，还没有得到我的允许就进来了。我的眼睛没怎么睁开，透过房间里昏暗的光线，我认出那是一个穿着制服的女服务员，手里还捧着个托盘。她把托盘放在我视线不及的某个地方，然后拉开了窗帘。房间里一下子充满了阳光，我立刻用枕头蒙住脑袋。虽然她刻意放轻手脚，但是耳朵里听到的各种声音还是能让我时刻了解她在做什么。陶瓷杯子磕碰盘子的声音，热咖啡从壶中倒出来时的咕咚声，给面包片涂黄油时的刷刷声。等一切都准备好了，她来到了我的床前。

“早上好，小姐，早餐已经准备好了。您必须起来了，一个小时后会有车在门口等您。”

作为回答，我嘟囔了几句。我想说谢谢，知道了，让我清静一下吧。但是那个女孩好像并没有明白我还想继续睡觉，直接忽略了我的回答。

“他们要求我不要离开，直到您起床为止。”

她的西班牙语很纯正。现在的丹吉尔到处都是战争结束时逃出来的共和党人。这个女孩很可能就来自其中的某个家庭。我又嘟囔了几句，翻了个身。

“小姐，麻烦您起床吧，咖啡和面包片马上就要凉了。”

“谁派你来的？”我把脸埋在枕头里，声音像是从洞穴中传出来的一样，也许是因为隔着枕芯，也许是因为前一天晚上的宿醉未醒。话一出口我就发现这个问题有多么可笑。她怎么会知道是谁把她派到我这儿来的？相反，我对这个问题却一清二楚。

“是大堂经理叫我来的，我是这一层的服务员。”

“那你可以走了。”

“只有等小姐您起床以后我才能走。”

这个年轻的女孩很固执，坚持要遵循上司的指示。我终于把脑袋露出来，拂开脸上的头发。掀开被子的时候我才发现自己身上穿着一件杏色的睡衣，这不是我的衣服。而床边那个女孩手里还拿着一件晨衣等着给我穿上。我决定不问她这两件衣服的来历，她上哪儿去知道呢。一定是罗萨琳达通过什么方法让他们送到我房间来的。但是屋里没有拖鞋。于是我光着脚来到那个放着早餐的小圆桌旁，肚子立马开始咕咕叫。

“小姐，需要我给您的咖啡加入牛奶吗？”我坐下的时候她问。

我点了点头，已经没法用语言回答她了，因为我嘴里塞满了面包片。我饿得不行了，这时候才想起来前一天晚上没有吃晚饭。

“如果您允许的话，我去给您放热水洗澡。”

我一边咀嚼一边点了点头，接着就听到卫生间里传来强劲的水流声。女孩又回到了房间。

“现在你可以走了，谢谢！可以告诉给你下命令那个人我已经起来了。”

“他们还让我在您用早餐的时候把您的衣服带去熨烫。”

我又咬了一大口面包，再次点了点头。于是她拿起我那堆凌乱地散在椅子上的衣服。

“小姐，您还有别的需要吗？”她出门之前问。

我嘴里还塞着满满的食物，只能用手指了指太阳穴，一点儿没发现这看上去像是一个举枪自尽的姿势。她惊恐地看着我，这时候我才看出她还很小。

“给我拿一些治头疼的药。”我咽下食物解释说。

她使劲点了点头表示明白了，然后一句话也不说就跑了出去，似乎想尽快逃离这个看上去像疯子一样的女人的房间。

我吃完了面包片，喝了一杯橙汁，又吃了两个羊角面包，还有一个瑞士小面包。然后给自己倒了第二杯咖啡。拿起牛奶罐的时候，我的手背碰到了一个信封，靠在小小的瓷花瓶上，还插着几支白玫瑰。我觉得自己似乎抽搐了一下，但是并没有把它拿起来。上面什么也没写，一个字都没有，但是我知道这是给我的，也知道是谁写的。喝完咖啡，我走进充满蒸气的卫生间，关上水龙头，试图在镜子中照出自己的容颜。但是镜子上蒙着厚厚一层水雾，我不得不用一条毛巾把它擦干。当我在镜子中看到自己时，脑海里唯一浮现的词就是“憔悴”。接着我脱掉衣服进了浴缸。

等我出来的时候，残余的早餐已经被收拾走了，阳台敞开着。花园里的棕榈树、大海和海峡上方湛蓝的天空，似乎都要挤进房间里来。我没有理会这些美景，因为有更着急的事。衣服已经熨好了放在床尾：套装、内衣、丝袜。床头柜上有一个小小的银托盘，里面放着一瓶凉水，一个水杯，还有一管止疼片。我一口吞下两片，想了想，又加服了一片。然后回到卫生间，把湿漉漉的头发梳成一个低低的发髻，稍稍化了点妆，因为我随身带着的只有一个粉盒和一支口红。接着我穿上衣服。一切就绪了，我对着空气小声说。不，一切马上要就绪了，我又改口说，还差一个小小的细节。就是半个小时前吃早餐的时候在桌上等着我的那个东西，那个没有写明收信人的乳白色信封。我叹了一口气，用两根手指捏起它，看也没看一眼就放进了包里。

我走了。留下了那件陌生的睡衣，被子里还有我身体的形状。但是恐惧不愿意被留下，如影随形地跟着我。

“女士，您房间的账单已经付过了，门口有一辆车正在等您。”接待经理谨慎地对我说。那辆车，那个司机，我都不认识，但是我没有问这是谁的车，谁派来的司机，直接坐到后座上，一句话也没说，任由陌生的司机和陌生的车送我回家。

母亲没有问我派对怎么样，也没问我在哪儿过的夜。我想一定是昨天晚上传递信息的那个人说得很确切，没有让她产生任何担忧。就算她注意到了我脸色不好，也没有表现出丝毫疑虑。她只是从手里正在缝制的衣服上抬起眼跟我说了声早上好，既不兴奋也不烦恼，没有流露出情绪。

“我们的丝带快要用完了。”她说，“阿拉卡玛女士希望我们能在星期四或者星期五让她试衣服，兰根赫姆太太想让我们给她改一下那件山东丝绸礼服的下摆。”

她一边飞针走线，一边跟我说着昨天的事情，我搬了把椅子，坐在她对面。我们离得那么近，我的膝盖几乎蹭到了她的膝盖。这时她开始谈起我们上星期订购的一批贡缎的交货情况，但是我没有让她说完。

“他们想让我回到马德里，去替英国人办事，向他们提供关于德国人的信息。妈，他们想让我从德国女人那里刺探消息。”

她的右手停在了半空中，手里的针插在针脚与针脚之间。她的话刚说了一半，还张着嘴。我的话让她的姿势和表情瞬间凝固了，她抬起目光从缝衣服的眼镜上方盯着我，目光里充满了茫然。

我没有马上说下去，而是深深地吸了口气，又重重地呼出来，用力地深呼吸，大口地喘气，就像缺少氧气一样。

“据说现在西班牙到处都是纳粹。”我接着说，“英国人需要人帮忙，向他们提供关于德国人所作所为的信息：跟谁见面、在哪儿、什么时候、谈了些什么。他们考虑在马德里给我开一家时装店，让我去给那些纳粹的太太做衣服，然后告诉他们我的所见所闻。”

“那你呢，你是怎么回答的？”

她的声音跟我一样，几乎是窃窃私语。

“我说不，我不能去，也不想去。我在这里很好，跟你在一起。我完全没有兴趣回马德里，但是他们要我考虑一下。”

屋里一片寂静。在布料和模特儿之间，在无数的线轴周围，在我们的工作台上，爬满了沉默。

“这对避免西班牙再次卷入战争有帮助吗？”最后她终于问道。

我耸了耸肩膀。

“应该会有帮助，至少他们是这么认为的。”我不太确信地说，“他们正试图建立一个地下情报网。英国人希望西班牙人不要介入现在欧洲正在发生的事情，不要跟德国人结盟，也不要出兵干涉。他们说这样对大家都有好处。”

她低下头，聚精会神地看着手中的布料，一边用拇指肚轻轻摩挲着，很长时间都没有说话，只是陷入了沉思。最后她抬起目光，慢慢地摘下了眼镜。

“你想要听我的意见吗，女儿？”她问。

我重重地点了点头。当然，我当然想听她的意见，我需要她来确认我拒绝这件事是明智的，我多么想听到她说那个计划是彻头彻尾的无稽之谈。我希望她变回原来的那个母亲，来责问我以为自己是谁，能参与到那些间谍游戏中去。我希望再次找回童年时那个坚定的多洛雷斯，永远谨慎果断，永远都知道什么是好的，什么是坏的。那个曾为我铺设了一条康庄大道却被我无情辜负的母亲。但是并不是只有我的世界变了，母亲也不再是从前的母亲了。

“跟他们一起去吧，孩子。帮助他们，跟他们合作。我们可怜的西班牙不能再被卷入另一场战争了，西班牙已经一点儿力气都没有了。”

“但是，妈……”

她没让我说下去。

“你不知道生活在战火中是什么滋味，希拉。你没有经历过每天都在机关枪的扫射和迫击炮的爆炸声中醒来，每天都用长满了虫子的宾豆充饥，度过一个没有面包、没有煤炭、窗户上也没有玻璃的冬天。你没有跟那些破碎的家庭和饥饿的孩子一起生活过。你没有见过充满了仇恨或是恐惧，或是同时充满仇恨和恐惧的眼睛。西班牙已经被夷为平地，谁也没有力气去再次承受同样的噩梦。我们的国家唯一能做的就是为死去的人们哭泣，用仅存的资源挣扎着活下去。”

“可是……”我还想坚持。

她再次打断了我的话。虽然没有提高音量，但是语气很坚决。

“如果我是你，我会帮助英国人，去做他们要求我做的事。他们当然是为了自己的利益，这一点毫无疑问，他们做的一切都是为了他们的国家，而不是为了西班牙。但是如果他们的利益能使我们大家都受益，那就是上帝的慈悲。我想这件事一定是你的朋友罗萨琳达向你提出来的。”

“昨天晚上我们聊了好几个小时。今天早上她给我留了一封信，不过我还没有看。我想应该是告诉我接下来该怎么做。”

“现在到处都是传言，说她的贝格贝尔在外交部待不了几天了。好像他们要把他赶出去，正是因为他跟英国人交朋友。我想他肯定也跟这件事脱不了关系。”

“这是他们两个人的主意。”我承认。

“看来他也努力想让西班牙免于被卷入另一场战争，虽然正是他们自己制造了内战，但那已经是过去的事了，没有办法挽回，现在我们要做的就是向前看。你自己决定吧，孩子。既然你问我的意见，我就把我的想法跟你说清楚了，虽然我内心也很痛苦，但是我明白这样才是负责任的做法。如果你走了，我又将孤身一人，又要失去你的音信，在煎熬中苦苦等待。但我还是觉得你应该接受，应该去马德里。我留在这里把这个服装店经营下去。我会找人来帮我，这一点你不用担心。等到一切结束的时候，上帝会有安排的。”

我无法回答。我再也没有任何借口拒绝。我决定出去，到街上透透气。我需要好好想一想。

38

九月中旬的一个中午，我走进了皇宫酒店，脚步稳健而自信，仿佛生来就习惯踩着高跟鞋穿梭于世界上最高级的酒店之间。我穿了一身暗红色细羊毛呢套装，一头披肩长发刚刚经过细致的修剪，头上还戴着一顶做工考究的带羽毛的毡帽，这是丹吉尔的博伊森阿特女士的手笔，据她说，那时候法国的贵妇们都把这样的帽子称为“重头戏”。跟衣服搭配的是一双从巴斯德大道最好的鞋店中购买的超高跟鳄鱼皮鞋。我手里拿着一个小手包和一副珍珠灰色的小牛皮手套。好几个人都回头向我张望，我假装不动声色。

在我身后，一个门童正推着一个化妆箱、两个戈雅牌行李箱，还有一堆帽盒。其他的行李、家具和订购的布料第二天会从海峡那边畅通无阻地运过来，通过陆路到达马德里。怎么可能不是一路绿灯呢？所有的海关手续都由世界上最正式的部门——西班牙外交部盖了一道又一道的章。我是坐飞机过来的，这也是我平生第一次飞行，从萨尼亚拉梅尔机场到塞维利亚的塔布拉达机场，然后从塔布拉达到马德里的巴拉哈斯机场。离开得土安的时候我用的是希拉·西罗嘉的西班牙护照，但是有人负责在旅客名单里做了手脚，这个名字不会出现在名单上。在飞行过程中，我用随身携带的应急针线盒里的剪刀把那张旧护照剪得粉碎，包在了一块手帕里。不管怎么说，这是共和国时期的护照，在如今的新西班牙也完全无用了。在马德里降落时，我出示的已经是崭新的摩洛哥护照了。照片下面写着我在丹吉尔的住址，还有我的新名字：艾瑞斯·阿格瑞克。这名字奇怪吗？并不奇怪，只不过是我原来姓名字母的倒序[①]，而名字最后的字母 h，也是跟菲利克斯学的。我刚在得土安开店的时候，他帮我在店名后加上了这个字母，用来体现摩洛哥风情。这不是一个正宗的阿拉伯名字，但是听起来比较奇怪，在马德里不会引起怀疑，因为谁也不了解在阿拉伯国家人们到底是怎么取名字的，就像帕索多布莱歌唱的那样，在那片非洲的土地上。

出发的前几天，我一字不差地遵循着罗萨琳达留下的那封信里的线索，联系她指定的人获取新的身份证明；在她推荐的店里挑选最好的布料，并把账单一起寄到当地的一个地址，虽然我一直不知道那到底是谁的地址。我再次来到提姆酒吧，点了一杯血腥玛丽。如果我最终决定给出否定答复的话，应该只点一杯廉价的柠檬汽水。店里的酒保面无表情地送来了酒，好像心情欠佳，有一搭没一搭地聊着一些听上去毫无意义的话题：昨天晚上的暴雨打坏了一个遮阳棚；下个星期五早上十点会有一艘叫杰森的美国船到来，船上装着英国货物。但是从这些无关紧要的话里我获得了我需要的信息。那个星期五在指定的时间，我来到了丹吉尔的美国大使馆。那是一栋位于摩尔人社区、极其摩洛哥风格的小宫殿。我向守门的士兵表示我想见杰森先生。他拿起一个沉重的内部电话，用英语通知约见的客人到了。得到指示后他挂上电话，把我带进了一个四周全是石灰拱门的阿拉伯式庭院。一位官员把我接了过去，一言不发地迈着敏捷的脚步，带我走过一连串迷宫一样的通道、楼梯、走廊，直到建筑最高处的一个白色平台。

“那就是杰森先生。”他指了指平台尽头的一个男人，接着就一路小跑着下楼了。

---

①希拉·西罗嘉即 Sira Quiroga，艾瑞斯·阿格瑞克是 Arish Agoriuq。

这个人的眉毛异常浓密。他的真名不叫杰森，而叫希尔加斯。艾伦·希尔加斯，英国驻马德里大使馆海军参赞，也是英国在西班牙开展情报工作的总协调人。方脸，前额宽阔，深色的头发用发蜡整整齐齐地向后梳起，中间还有一条笔直的头缝。他穿着一件灰色羊驼西装，远远地我就能分辨出那优良的质地，迈着稳健的步子朝我走来，左手拿着一个黑色皮质公文包，先是做了个简短的自我介绍，跟我握了握手，然后邀请我欣赏丹吉尔的全景。的确很令人震撼：港口、海湾、整个海峡，还有最远处那一线陆地。

“西班牙，”他指着地平线说，“那么近，又那么远。咱们坐下说？”

他指了指一张铁铸的长凳，我们坐了下来。他从外套口袋里掏出一个金属烟盒，递给我一根黑猫香烟。我接受了。我们一边抽烟一边看着大海。周围几乎没有什么声音，只有偶尔从附近的街道上传来的遥远的叫喊，还有不时从海滩上传来的海鸥刺耳的叫声。

“马德里那边已经准备好，就等您去了。”他先开口说。

他的西班牙语说得非常好。但我没有回答，因为我没什么可说的，只需要听他的指令。

“我们在努涅斯德巴尔博阿大街租了一栋房子，你知道在哪儿吗？”

“知道，我以前在那附近工作过一段时间。”

“福克斯太太正在负责进行装修和其他的准备工作。不过当然是通过其他人来操作的。”

“我明白。”

“我知道她已跟您说过详细的情况，但是我认为有必要再跟您重复一下。贝格贝尔上校和福克斯太太正处于一个非常微妙的境地，所有人都在眼睁睁地等着上校离职的那一天，却束手无策，而且看上去已经为时不远了，这对英国政府来说是一个巨大的损失。目前，内政部长塞拉诺·苏聂尔先生正动身前往柏林，他会先和德国外交部长冯·里宾特洛甫会晤，然后跟希特勒见面。西班牙的外交部长没有参与这次出访，而是待在马德里，这件事本身就说明了他的职务岌岌可危。同时，上校先生和福克斯太太都在跟我们合作，提供了很多有用的联系人。不过当然，一切都在秘密操作中。他们两人都被敌对势力的密探们严密监视。敌对势力已经是很委婉的说法了。”

“盖世太保和长枪党。”我想起了罗萨琳达的话。

“看来您对情况已经很了解。正是这些人。我们不希望这样的事也发生在您身上，虽然也没有办法保证能绝对避免。但是您不需要过于担心。今日的马德里，基本上人人都在监视别人，人人也都在被别人监视，所有的人都被怀疑，谁都不相信谁。但幸运的是，他们似乎没有多少耐心，好像所有人都急于发现什么，如果几天之内在一个人身上找不到可疑的地方，就会马上放弃转向下一个。如果您感觉自己被监视，请务必马上让我们知道，我们会负责调查到底是哪方面的人。最重要的是，永远不要惊慌。一切行动如常，不要打草惊蛇，也不要自乱阵脚。明白了吗？”

“我想我明白了。”我的声音听起来不是那么确定。

“福克斯太太，”他换了个话题，“正在趁您到达之前在她的关系网中穿针引线，我想她已经为您联络了一批潜在客户。秋季马上就要到了，我们认为您最好尽快在马德里安顿下来。您觉得您什么时候能过去？”

“听您的吩咐。”

“非常感谢您的配合。我们已经擅自做主为您订了一张下星期二的机票，您觉得可以吗？”

我偷偷地把手放在膝头，担心自己会发抖。

“我会准备好的。”

“好极了。我想福克斯太太已经跟您大致交代过任务了。”

“是的。”

“好，现在我向您介绍更详细的工作内容。最开始我们只需要您定期提供几位德国女士和几位西班牙女士的信息，我们有理由相信她们很快就会成为您的顾客。就像您的朋友福克斯太太告诉您的那样，布料的匮乏是马德里那些高级时装店面临的最头疼的问题。我们亲身接触到一些居住在马德里的女士，她们非常希望能找到一个服装师，既有创意，又有布料。所以您可以从这儿入手加入到游戏当中。如果我们预料得没错，您的合作将对我们有很大的帮助，因为我们和在马德里的德国政要几乎没有任何联系，和西班牙当局也没有任何交往。当然，贝格贝尔上校除外，但是恐怕他在这个位置上也待不长久了。我们希望通过您获取的信息主要集中在住在马德里的纳粹分子的动向，以及与他们有关的西班牙人的情况这一方面。我们暂时还没有能力挨个追踪，所以只能通过他们的妻子或者情人获得一些信息，比如人际交往、社会关系和各种活动。到这里为止，一切都清楚吗？”

“清楚。”

“我们主要想提前了解马德里的那些德国人的社交日程：他们组织什么活动，跟哪些西班牙人或者德国人有来往，在什么地方聚会，见面的频率如何。他们的很多交易都是通过这些私人社交活动完成的，而不是我们所说的办公室程序。所以我们希望能有可以百分之百信任的人渗透进去。在这些场合中，纳粹分子一般都会携太太或情人一起参加，而这些女士就必须有合适的衣着打扮。所以我们希望您可以提前获得一些信息，比如顾客将在什么场合炫耀您的作品。您认为这可能吗？”

“应该没问题，因为一般顾客都会谈到这些。问题是我基本上不懂德语。”

“我们已经考虑到了。在这方面我们将向您提供一个小小的帮助。您应该知道，贝格贝尔上校曾在柏林当了好几年武官。当时有一对西班牙夫妇在他的大使馆当厨师，他们有两个女儿。上校先生似乎对他们非常好，帮他们解决了一些问题，还替他们操心孩子的教育，总之跟他们的关系非常亲密，直到后来他被调往摩洛哥。不久前，已经在前几年回到西班牙的这家人又跟他取得了联系，并寻求新的帮助。孩子的母亲已经在内战前去世了，父亲得了慢性哮喘，很少出门。他们没有任何政治倾向，这一点对我们来说很有利。那位父亲请求贝格贝尔替他两个女儿找个工作。所以，如果您同意，我们会请这两位女孩来时装店帮忙。她们一个十六岁，一个十九岁，德语听说都完全没问题。我不认识她们，但是福克斯太太几天前面试过，感到非常满意。她要我转告您，有她们帮忙您就不会想念哈米拉了。我不知道哈米拉是谁，但是我希望您能理解我传递的信息。”

谈话开始后我第一次微笑了。

“我明白了。如果福克斯太太认为她们不错，我也一定会满意的。她们会缝纫吗？”

“我想不会。但是她们可以帮您操持店里的生意，您也可以教她们一些基本的缝纫知识。不管怎么样，有一点非常重要，您必须明白，绝对不能让这两个女孩知道您究竟在做什么事情，所以您一方面必须想方设法让她们帮忙翻译您不理解的内容，另一方面不能让她们猜出您的真实目的。再来一支烟吗？”

他又拿出了黑猫烟盒，我接受了。

“我会想办法的，您放心吧。”我慢慢地吐出一口烟说。

“那好，我们继续。正如我刚才提到的，我们的基本要求是随时了解马德里那些纳粹分子的社交生活，但是我们也希望知道他们在德国的行动和联系人。比如，如果他回国，为什么要回去；如果接待客人，客人是谁，打算怎么接待……总之，任何可能令我们感兴趣的相关信息。”

“那如果我得到了这些信息，又该怎么做呢？”

“关于您获取了信息以后怎么向我们传递，我们考虑了很久，我想现在已经找到了一个比较容易入手的方法。虽然也许不是最终的联络方式，但是至少值得一试。SOE 采用好几种不同安全等级的密码，但是早晚都会被德国人破译出来。现在普遍使用基于文学作品的密码，尤其是诗歌。叶芝、弥尔顿、拜伦、丁尼生，等等。但是我们将尝试一种新的形式，一种更简单，同时也更符合您身份和环境的方法。您知道莫尔斯密码吗？”

“是电报用的那种？”

“没错。这是一种采用间断的信号来表示字母和数字的密码，一般来说都是听觉密码。然而这些听觉密码也可以用非常简单的视觉图像来表示，通过一种很简单的点和短横线的系统。您看。”

他从公文包里拿出一个中等大小的信封，从里面掏出一块纸板。上面有字母表和一到九的数字，分为两列。每个字母或者数字旁都写着相对应的点横符号。

“您可以试一下。我们现在要把一个词转化成密码符号，随便一个词，比如说‘丹吉尔’。请您大声地表达一遍。”

我查了一下密码表，然后说出了转化成密码的“丹吉尔”。

“横。点横。横点。横横点。点。点横点。”

“好极了。现在我们把它转化成视觉图像，不，最好还是把它画到纸上更直观一些。拿着，用这个。”说着他从衣服内袋中掏出一支银笔，“就写在这个信封上吧。”

我照着密码表把这几个字写了下来：_._ _ _._ _ _..._.

“非常好。现在请注意看这些图形，让您想到了什么？您觉得眼熟吗？”

我仔细观察着这些点横，然后笑了。当然了，我当然觉得眼熟。我做了一辈子的东西，怎么能不眼熟呢？

“就像针脚一样。”我低声说。

“没错。”他表示确认，“这正是我想说的。您看，我们希望您向我们传递的所有信息都通过这个系统进行转换。显然您需要训练一下自己的概括能力，以便能用最少的字数来表达您想传递的信息。否则，每个句子都会耗费大量的精力。而且我希望您给它们做一些伪装，做成一个样板，一个草图，或者诸如此类的东西，反正是跟一个普通的时装师有关而不会引起任何怀疑的东西。不一定是真的，只要看起来像就可以了。明白了吗？”

“我想我明白了。”

“好，那我们来试验一下。”

他从公文包里拿出一个装满了白纸的文件夹，抽出一页后合上夹子，把纸放在文件夹上面。

“假设我们现在要传递的信息是‘二月五日晚上八点将在佩德里诺男爵夫人家里举行晚宴，西亚诺女伯爵和她的丈夫都会参加。’稍后我会向您介绍这些人是谁，不用着急。首先我们要做的就是去掉句子中任何多余的词，比如冠词、介词等。这样，我们就能大大地缩短这条信息。您看：‘二月五日晚八点佩德里诺家晚宴，西亚诺携夫参加’，从三十九个字压缩到二十一个字，节省了将近一半。现在，在对多余的字眼儿进行过滤之后，下一步就是要颠倒语序。跟如今普遍采用的从左到右的书写顺序相反，我们将按照从右到左的顺序书写密码，每次都从工作面的右下角开始，往上书写。你可以想象一个指着四点二十的时钟，然后想象分针开始倒转，明白了吗？”

“明白了，请让我试试。”

他把文件夹递给我，我把它放在腿上，然后拿起他的银笔在上面画了一个看上去似乎完全不规则的图形，占据了大部分纸面。一边是圆形的，两端是直线。在外行人看来完全无法理解。

“这是什么？”

“稍等。”我头也没抬地说。

等画完那个图形，我把笔挪到图形右下角的内侧，然后沿着图形的周边，把那些字母都转化成莫尔斯符号，用一些短横来代替点。长横、短横、长横、两个短横……等我画完的时候，整个图形的内侧仿佛绣满了一圈无辜而纯洁的针脚。

“好了吗？”他问。

“还没有。”我从随身携带的小针线盒里取出一把剪刀，沿着图形边缘剪了下来，外侧只留出了大约一厘米的边距。

“您不是说想要伪装成一些跟时装师相关的东西吗？”我说着把纸片递给他，“这个就是，一个灯笼袖的样板，上面缝着所有的信息。”

他那紧闭的双唇慢慢浮现出一个令人不易觉察的微笑。

“太棒了。”他小声说。

“每次向你们传递消息的时候我都可以准备几块样板，袖子、前襟、领口、腰部、袖口、侧面，究竟用哪一种将取决于句子的长度。需要传递多少信息，我就可以做出多少种形状。”

“太棒了，太棒了。”他用单一的语调重复着，手里还捧着那块剪下来的纸。

“现在您得告诉我怎么样才能把它们交到您手中。”

他还在观察我的作品，带着一丝惊讶的表情，最后终于把它放进了公文包。

“好的，我们继续吧。如果没有突发情况，您每星期向我们传递两次信息。星期三下午和星期六上午。这两次交接应该在不同的地方进行，而且都得是公共场所。注意，在任何情况下都尽量避免您和取货的人接触。”

“不是您去取吗？”

“不，不到万不得已我不会出面。尤其是为星期三的交接指定的地方，我很难有机会进去，因为我们选择的是罗萨萨瓦拉美容院，就在皇宫酒店旁边。目前它是马德里同类场所中最好的，至少在外国人和西班牙最显贵的女士中名声最响亮。您必须成为那里的常客，定期去拜访。事实上，我们强烈建议您在生活中建立起一种常态化的流程，让您的一举一动都完全可预见，而且看上去非常自然。美容院一进门的右手边有一个空间，用来存放客人的包、帽子和大衣。一整面墙上都覆盖着小小的独立衣柜，女士们可以把东西寄存在这里。您就一直用最后一个柜子，就是最里面靠墙的那个。入口处一般都会有一个年轻的女孩子，不是特别机灵的那种，她的工作就是帮助客人们寄存物品，但是很多顾客宁可拒绝她的帮助，自己存放。所以如果您拒绝她帮忙的话，也没有什么不正常的。给一笔丰厚的小费，她就会很开心了。当您打开柜门准备往里放东西的时候，柜门几乎会把您的身体完全遮挡住，这样人们只能猜测您的行为，谁也没法真正看到您在里面做些什么。这时候您只需拿出传递给我们的东西，卷成一卷放在柜子顶上的隔层里，动作要快。一定要确保将它推到最里面，从外面看永远都不可能发现它。”

“谁会来取？”

“我们信得过的人，您不用担心。当天下午就会有人去，很可能就跟您前后脚到，她会像您一样去那里做头发，而且跟您使用同一个柜子。”

“要是那个柜子被占用了呢？”

“一般不会，因为那是最后一个。但是如果出现这样的情况，你就使用倒数第二个，如果这个也被占了，那就用再前面一个，以此类推。清楚了吗？麻烦您把整个过程重复一遍。”

“星期三下午第一时间去美容院，使用最后一个柜子，打开柜门，趁着放东西的时候，从包里或者其他地方拿出一卷需要交给您的样本。”

“要用丝带或者橡皮筋把它们系好。不好意思打断您了，您继续。”

“把这卷东西放在衣柜顶层的架子上，并推到最里面。然后关上门去做头发。”

“非常好。现在我们来说说星期六的交接。地点在普拉多博物馆。我们有一位线人已经渗透到博物馆衣帽间的工作人员当中了。在这次交接中，您最好带上一块画家们常用的画夹，您知道我说的是哪种吗？”

我想起了菲利克斯去贝尔图奇学校上美术课时用的那个画夹。

“知道，没问题，我可以找一个。”

“好极了。您带着画夹，在里面装上一些基本的绘画用品：本子、铅笔等等，反正是正常的东西，可以在任何地方找到的东西。您得把要交给我的东西跟它们放在一起，装进一个四开纸大小的开口信封里。为了方便辨认，您可以用大头针在上面别一块颜色鲜艳的布头。每星期六上午十点钟左右去博物馆，这是居住在马德里的外国人中一个很普遍的活动。带上您的画夹和里面的东西，为了防止有人监视，您可以再放上一些跟您的身份相符的东西，比如未完成的画、衣服的草图等等，总之还得跟您的日常工作相关。”

“好的。到了那里我该怎么做？”

“你把画夹交给衣帽间。但是每次都必须把它跟别的什么东西一起交过去，可以是大衣、华达呢外套或者刚买的小东西，否则单个画夹太过显眼。然后您可以去各个展馆转转，从容不迫地欣赏里面的画作。大概半个小时后，您回到衣帽间，找他们要回那个画夹，然后带着画夹到某一个展厅，坐下来画画，至少待上半个小时。可以仔细观察画中的服饰，假装正为以后的设计寻找灵感。总之，因时因势选择最佳行为。但是首先您必须确认那个信封已经被取走了。如果没有的话，您得在星期日同样的时间过来，重复一次同样的操作，虽然我认为不会出现这样的情况。美容院的联络是最近刚开始的，但是普拉多博物馆这个途径我们以前用过，而且从未失手。”

“在这里我也不会知道是谁取走了这些样板？”

“肯定是百分之百可以信任的人。我们在博物馆衣帽间的联系人只负责把这个信封从您的画夹中转移到同一天上午我们另一个联络人寄存在那里的衣物里，这是一件很容易做到的事。您饿吗？”

我看了看时间，已经中午一点多了。我也不知道自己饿不饿，我太投入了，努力一字不落地消化着他的指示，几乎没有感受到时间的流逝。我看了看大海，海水的颜色似乎发生了一点儿变化，而其他的东西则别无二致：照在白色墙上的阳光，飞翔的海鸥，从街上传来的阿拉伯语的交谈声。希尔加斯没有等我的回答。

“一定饿了，麻烦跟我来吧。”

39

我们就在大使馆的一个房间里用餐，从屋顶平台走到这里又穿过了很多走廊和台阶。路上他向我解释，这座建筑是由一栋古老的主楼多次改造扩建而成的，所以风格才会那么不统一。我们所处的这个房间不是真正的餐厅，而是个小小的客厅，几乎没什么家具，墙上挂着很多表现古代战役的画，镶在金色的相框里。虽然外面天气很好，但是窗户紧闭，窗外是一个小小的院子。房间中央已经摆上了餐桌，上面有为我们准备的小牛肉。一个梳着军人发型的侍者给我们端上了五分熟的牛肉、烤土豆和沙拉。旁边的一张桌子上有两盘切好的水果和一壶咖啡。侍者在倒满了酒杯和水杯以后，悄无声息地走了，并关上了门。于是我们的谈话又回到了正题上。

“您到达马德里以后先在皇宫酒店住一星期，我们已经以您的名字预订了房间，当然，我指的是您的新名字。到了那儿您最好不时地进进出出，尽可能让别人看到你。去逛逛街，到新住宅去熟悉一下环境。散步、看电影，可以随意活动。但是有两条禁忌。”

“哪两条？”

“第一条，不要走出马德里最高档的区域。一步也不能离开那里的富人区，不能跟不属于这个阶层的任何人接触。”

"您的意思是叫我不要回到以前的社区，也不要见老朋友或老熟人，是吗？"

"没错。谁都不能把您跟您的过去联系起来。您是一位刚到马德里的外国人，不认识任何人，也没有人认识您。如果偶然有人认出了您，得想方设法否认。有必要的话您可以表现得傲慢无礼，采取任何策略，但是永远不要让人知道您不是真正的艾瑞斯。"

"我会注意的，您放心。另外一条呢？"

"绝对避免跟任何英国籍公民接触。"

"您的意思是我不能见罗萨琳达·福克斯？"我难以掩饰心中的不快。虽然早就知道我们的关系不能公开，但是我一直以为可以私下里依赖她，遇到困难的时候可以向她求助，借助她的经验和直觉来帮助我。

希尔加斯吃了一口烤土豆，然后用餐巾擦了擦嘴，端起水杯送到嘴边。

"恐怕是这样，我很抱歉。不能见她，也不能见其他英国人，除了我。跟我见面也是在迫不得已的情况下。福克斯太太很清楚这一点。如果你们偶然相遇，她知道不能靠近您。另外，您还需要尽可能地避免跟美国公民有任何接触，因为美国人是我们的朋友，您很快就会看到我们两国的关系有多么密切。"他边说边做了一个两手打开又用力合上的动作，"非常遗憾他们不是西班牙和轴心国的朋友，所以您也要尽量同他们保持距离。"

"好吧。"我表示同意。不能常常见到罗萨琳达让我很不高兴，但是我知道，除了服从没有别的选择。

"说到公共场所，我想推荐一些比较适合您常去的地方。"

"请讲。"

"您住的酒店，皇宫酒店，那里全是德国人，所以即使您以后不住那儿了，也可以经常找理由过去。可以去吃烤肉，这在如今的马德里十分风行。可以去喝杯酒或者跟某位顾客见面。在新西班牙，如果女士单独出门、抽烟，或者穿一些惹人注目的衣服，会让人有看法。但是您得记住，您现在已经不是西班牙人了，而是刚刚从邻邦过来的外国人，所以您的言谈举止都得照着另一种样子去做。您也得常常去丽兹酒店，那是纳粹的另一个聚集地。另外还有一个重要的地方就是 Embassy，卡斯蒂利亚那大街上的茶馆，您认识吗？”

“当然。”我说。但是我没有告诉他，我年轻的时候曾经好几次把脸贴在它的玻璃橱窗上，对里面展示的美味甜点垂涎欲滴。点缀着草莓的奶油蛋糕、巧克力奶油做的俄式点心、黄油蛋糕。我做梦也没想过有一天我能跨进它的门槛。生活有时候真的很讽刺，不过数年，我竟然被要求尽可能多地出现在那里。

“茶馆的老板叫玛格丽特·泰勒，是爱尔兰人，也是我们忠实的朋友。可能就目前而言，Embassy 是马德里最有趣的地方，因为在那不到六十平米的地方，轴心国的人和同盟国的人表面上毫无嫌隙地聚在一起。当然了，各顾各的，每个人都跟自己的小群体在一起。但是经常会出现德国大使凡·司徒赫乐男爵跟英国外交官员面对面喝着柠檬茶的情形，或者我自己跟德国大使馆的武官肩并肩坐在吧台。德国大使馆就在茶馆的对面，我们的大使馆也在附近，在费尔南多艾尔桑托大街跟蒙特爱斯琴撒大街的街角。另外，除了接待外国人，Embassy 也是很多西班牙贵族聚会的场所。在开胃酒时间，整个西班牙都很难找到能聚集这么多贵族的地方。他们大多数是保皇派，也是亲英的。换句话说，基本都站在我们这一边。因此，在获取信息上，这些人对我们来说没有太大价值。但是如果您能在那里找到几个客户的话也不错，因为这些贵族妇女是德国女人们羡艳、效仿的对象。西班牙新政权里那些高官的妻子一般都不属于这一类，她们几乎很少跟外界联络，非常封闭，不穿高级时装，也很少出来娱乐，当然，更不会在正餐之前来 Embassy 喝杯香槟鸡尾酒。您明白我的意思了吗？”

“基本上明白了。”

“如果不太走运，您遇到什么严重的问题，或者是您认为有信息需要紧急传递的话，任何一天的中午一点钟您去 Embassy 都能找到我。可以说那里是我跟几位情报员的秘密会面场所，因为它是一个完全公开的地方，不大会引起怀疑。我们将采用一种非常简单的暗号，如果您需要跟我见面，进门时把包拿在左手；如果一切正常，您只是来喝杯开胃酒，在公众面前露个脸，那就把包拿在右手。记住：左边，有问题；右边，一切正常。如果情况非常危急，您一进门就假装把包掉在地上，就像是纯粹的不慎或者意外。”

“您说的非常危急是指什么？”我问。虽然我不能完全理解这句话，但是直觉告诉我，里面一定隐藏着非常糟糕的信息。

“直接的威胁。劫持或强迫。身体侵犯。住所骚扰。”

“如果出现这样的情况，你们会怎么做？”我好不容易吞下了喉咙口的食物。

“视情况而定。我们会分析形势，然后按照风险等级来开展行动。如果情况非常危险，我们会中断行动，把您带到安全的地方保护起来，然后尽早安排您撤离。如果情况一般，我们会研究几种保护您的方式。不管怎么样，请您确信，我们一直跟您在一起，永远不会让你孤军作战。”

“谢谢。”

“您不必致谢，这是我们的工作。”他专注地切开盘子里的最后一点肉。“我们相信一切都会很顺利，因为我们设计的方案非常安全，而且您向我们传递的信息也不属于高风险等级，至少目前来看是这样。你要甜点吗？”

这次他还是没有等我回答，就直接站起身来，把我们桌上的盘子收到旁边桌上，然后拿回来两盘切好的水果。我观察着他的动作，迅速而精准，一看就是视效率如生命的人，从来不愿意在琐事或含糊其辞上浪费一秒钟或是被分散注意力。他重新坐下，叉起一块菠萝，接着说下去，好像根本就没有被打断过一样。

“如果我们想要找您，一般会通过两个渠道。一个是阿尔玛克罗大街的布尔吉格诺花店。这家花店的老板是一个荷兰人，也是我们的朋友。我们会给您送花，白色的或者黄色的，反正肯定是浅色。红色的花我们会留给您的追求者来送。”

“你们考虑得真是体贴周到。”我讽刺道。

“仔细检查花束，”他毫不理会我的嘲笑，“里面会有我们的信息。如果是一般的信息，我们会写在一张卡片上，您多读几遍，体会一下表面上无关紧要的话里隐含的双重含义。如果是更加复杂的事情，我们会使用跟您一样的密码，就是在系花束的丝带上写上倒序的莫尔斯密码，您只要解开丝带，按照您写密码的方式来破译就可以，从右到左。”

“好的。第二个渠道呢？”

“还是 Embassy，但不是在它的大厅，而是通过它家的糖果。如果您意外地收到一盒巧克力，就知道那是我们送来的。我们会负责让它从店里送出的时候就携带有相应的信息，您也可以用同样的方法破译。仔细观察盒子和包装纸。”

“真的非常殷勤。”我带着一丝嘲讽说道。他仍然没有理会，或者注意到了，但是没有表现出来。

“就是这样。用尽一切令人难以置信的方法来传递信息。来杯咖啡吗？”

我的水果还没有吃完，不过我接受了。他拧开一个金属容器的上部，倒了两杯咖啡。神奇的是，从里面倒出来的液体是热的。我完全不能理解这是什么东西，可以倒出液体，而且就像刚刚煮出来的一样，这壶咖啡放在这儿至少有一个小时了。

“保温壶，这是个了不起的发明。”他似乎意识到了我的好奇，然后从公文包里拿出几个薄薄的浅色卡纸文件夹，在面前堆成一堆。“下面我会逐个向您介绍我们最感兴趣的人物。随着时间的推移，我们对于这些女士的兴趣有可能会增加，也有可能会减少，甚至完全消失，虽然我个人认为不太可能。我们也可能随时加进新的名字，或者要求您特别加强对其中某一个的追踪，刻意留心某些具体的信息。总之，我们会根据事情的进展随时通知您。暂时来讲，这几个人的活动日程是我们目前最希望了解的。”

他打开第一个文件夹，从里面拿出几页打满了字的纸，左上角用订书机钉着一张照片。

“佩德利诺男爵夫人，原籍罗马尼亚。结婚前的名字叫伊莲娜·波尔科沃斯卡。她的丈夫叫汉斯·拉萨尔，是德国大使馆的新闻宣传官员。她丈夫是首要的信息目标，因为他影响力很大，权势无限。他跟西班牙政权高官关系相当好，尤其是那些最有权力的长枪党人。此外他还有着在公共关系中游刃有余的天赋，经常在位于卡斯蒂利亚那大街的别墅中组织奢华的派对，用直接从德国带来的源源不断的美酒佳肴收买了十多个记者和企业家。就目前西班牙的悲惨境地来说，他的生活可谓醉生梦死，不但骄奢淫逸，而且热衷于收藏古董，常常强行低价购买定价极高的藏品。很有讽刺意义的是，他似乎是个犹太人，出生于土耳其，不过他一直试图掩盖这个事实。他的妻子也完全融入了他马不停蹄的社交生活，每次公开露面都跟他一样奢华，所以我们毫不怀疑她会成为您的第一批顾客。我们希望以后她将是您最重要的顾客之一，无论是在定制服装方面还是在提供信息方面。”

我都没有来得及看看照片，他就合上文件夹把它推向我这一侧的桌面。我正想打开看看，他把我拦住了。

“以后再看吧，您今天可以把所有的文件夹都带走，因为您得把所有的资料都记在脑子里，一旦认为已经完全掌握了，请马上销毁，全部。这些绝对不可以带到马德里去，除了您，也不能有第二个人了解其中的内容，清楚了吗？”

我还没来得及点头表示同意，他就打开了第二个文件夹继续说：

“格罗利亚·凡·弗斯登伯格。虽然她的名字看起来像德国人，但事实上她是个墨西哥人，所以在她面前说话一定要当心，因为她什么都能听懂。这位女士非常漂亮优雅，是一个德国贵族的遗孀。她有两个儿子，都比较小，目前的经济状况十分糟糕，所以她一直在捕猎一个有钱的新丈夫，或者退而求其次，任何一个富有的花花公子，能给她足够的金钱继续挥霍。因此她总是跟各种权贵有联系，同时拥有好几个情人，其中就有埃及大使和百万富翁胡安·马切。她的社会活动非常频繁，而且都是跟纳粹团伙一起。毫无疑问她也会给您带来不少生意，虽然有时候可能会拖欠账单。”

他又合上材料，递给我。我没有再打开，直接把它放在第一个文件夹上面。他打开了第三个。

“艾尔萨·布鲁克曼，也就是希腊的坎塔库塞诺公主，百万富婆，希特勒的情妇，虽然年纪比他大得多。据说就是她把希特勒带进柏林社交圈的，还曾向纳粹事业捐赠了一笔巨额款项。最近她一直居住在马德里，在大使宅邸，不知道为什么。但是看上去她似乎住得还挺愉快，社会活动一场不落。她为人有些古怪，而且是出了名的大嘴巴，说起相关的事来有可能就像本打开的书一样毫无保留。再来一杯咖啡吗？”

“好的，不过让我来吧，您继续说，我听着呢。”

“好吧，谢谢。最后一位德国人：米切尔德·伯德维尔斯伯爵夫人，个子很高，很漂亮，大约三十来岁，独居，跟阿尔诺德关系非常密切。阿尔诺德是马德里最活跃的间谍之一，在SS中职位很高，他姓沃夫，她提到他的时候经常会用他的昵称‘小狼’。这位女士跟德国人和西班牙人关系都很好，这里的西班牙人指的是一些贵族和政府官员，其中包括米盖尔·普利莫·德里维拉和萨恩斯·德艾瑞迪亚，也就是长枪党的创始人何塞·安东尼奥的弟弟。毫无疑问她是纳粹的耳目，虽然也许她自己也蒙在鼓里。据她说自己完全不懂政治也不懂情报，但是德国人每个月给她一千五百比塞塔，就为了听她汇报所见所闻，这在今天的西班牙算得上是一大笔钱了。”

“这毫无疑问。”

“现在我们来看看西班牙人。皮艾达尔·伊图尔贝·凡·斯格尔兹，在朋友中间一般被称为皮艾迪塔[①]。她是贝尔维斯·德拉斯纳瓦斯女侯爵，她的丈夫是马克斯·德霍恩洛赫·兰根布格，一名奥地利的贵族和富翁，

---

①皮艾迪塔（Piedita）是皮艾达尔（Piedad）的指小词。西语中用指小词称呼某人或某物来表达亲昵的感情。

也是欧洲王室的正统成员，不过在西班牙生活了大半辈子。开始的时候他支持纳粹事业，因为那也是他们国家的事业，但是他跟我们还有美国人也一直保持着联系，我们都是他的生意伙伴。夫妇俩去过很多国家，似乎也很不喜欢他们元首的胡作非为。事实上在西班牙，他们是一对非常受欢迎和尊重的夫妇，但是正脚踩两只船。我们监视他们的目的是为了了解他们是不是更偏向德国人一些，明白吗？”他一边问一边合上了文件夹。

“明白。”

“最后一个主要目标，松索雷斯·德伊卡萨，也就是昂索尔女侯爵。我们对她感兴趣不是因为她的丈夫，她丈夫是个比她大三十岁的军人和贵族，而是她的情人，拉蒙·塞拉诺·苏聂尔，西班牙内政部长及革命军总参谋长。我们管他叫‘轴心部长’。”

“就是佛朗哥的连襟？”我惊讶地问。

“就是他。他们俩一直保持着关系，尤其是女方，大肆炫耀她跟当今西班牙一人之下万人之上的重臣之间的罗曼情事。这是一位既漂亮又高傲的女士，性子很强，你要当心。不过，如果您能通过她获取一些关于塞拉诺·苏聂尔不为人知的行动或者联系人之类的信息，那对我们将具有不可估量的价值。”

我努力掩饰着他这番话给我带来的震惊。我知道塞拉诺是一个很有魅力的男人，从那次帮我捡起掉在他脚下的粉盒就能看出来，但当时他给我的印象是一个非常谨慎而节制的人，真的不敢相信他会是一桩婚外恋的主角，而且对方还是一位门第很高的太太。

“现在我们只剩最后一个文件夹了，里面是关于好几个人的信息。”希尔加斯继续说，“根据我们掌握的材料，这里提到的人，他们的妻子不太可能在您的高级时装店刚开业时就急不可待地赶去做衣服，但是以防万一，您还是要提防着点儿，只需要记住他们的名字就行了。尤其是要好好了解她们的丈夫，因为他们才是我们真正的目标。而且他们也很有可能在其他顾客的谈话中被提及，那时候您就得注意了。现在开始吧，我念得比较快，之后您可以慢慢复习。保罗·温瑟，马德里盖世太保的强势人物，非常危险，甚至连很多德国人都对他又恨又怕。他是德国情报头子希姆莱在西班牙的爪牙，还不到四十岁，但是个精明的老狐狸。目光深邃，戴着圆圆的眼镜。他有几十个密探，分布在整个马德里，所以一定要当心。下一位，沃尔特·胡汉斯，这也是我们的噩梦之一。他是西班牙水果向英国出口的最大破坏者，他扔下的炸弹炸死过好几个工人。下一个，卡尔·恩斯特·凡·默克，这是盖世太保中一位表现突出的成员，在纳粹分子中也有很大的影响力。下一位，约翰内斯·弗朗兹·本哈尔德，企业家……”

“我认识他。”

“什么？”

“他还在得土安的时候我认识他。”

“您认识他。熟吗？”他缓缓地问。

“不熟，完全不熟。从来没有跟他说过话，但是贝格贝尔在当总督的时候，我们都参加过几次他组织的活动。”

“他认识您吗？在公共场合能认出您来吗？”

“应该不认识。我们从来没有交谈过，而且我觉得他不会记得那几次见面。”

“您怎么知道的？”

“就是知道。我们女人可以清楚地分辨出一个男人是饶有兴致地看你，还是把你当成家具一样无动于衷。”

他沉默了一会儿，好像在反思刚刚听到的话。

“我想，这是一种女性直觉吧。”最后他带着一丝怀疑说。

“您不用怀疑。”

“那他的妻子呢？”

“我给她做过一件外套。您说得没错，她从来就不属于那些非常在意时尚的人。有的人完全不能接受在新一季的活动中穿上一季的服装，但她不是那样的人，她毫不在意。”

“如果你们在什么地方遇到了，您觉得她能想起您吗？会认出您吗？”

“我不知道。我觉得不能，但是不敢保证。不过不管怎么说，就算她认出我，应该也没什么问题。我在得土安的生活跟从现在开始要做的事情也没什么不一样的。”

“不能那么想。在这儿您是福克斯太太的朋友，当然也就是贝格贝尔上校的朋友。而在马德里不能有任何人知道这一点。”

“但是在那些公共活动中，我从来没有跟他们在一起过，而我们的私人会面，本哈尔德和他的妻子没有理由知道。您不用担心，我认为不会有问题的。”

“希望如此。不管怎么说，本哈尔德跟情报也不太沾边，他只关心生意上的事。他被纳粹政府派到一些在西班牙开展业务、关系错综复杂的公司里去的，涉及运输业、银行业、保险业……”

“跟 HISMA 公司有关系吗？”

“HISMA，西班牙摩洛哥运输公司，这个公司的规模已经大大缩减了，因为主要业务都转移到伊比利亚半岛去了。现在他们通过另一个规模更大、实力更强的公司来运作，SOFINDUS。不过麻烦您告诉我，您怎么会知道 HISMA？”

“内战期间我在得土安听人说起过。”我含糊地回答。现在没有必要详细解释本哈尔德跟塞拉诺·苏聂尔之间的交易，那已经是很久以前的事了。

“本哈尔德，”他接着说，“收买了一群告密者，但是他搜寻的一般都是有商业价值的信息。我相信你们永远不会碰见。事实上，他们也不住在马德里，在莱文特海岸，据说是塞拉诺为了感谢他的帮助，花钱替他们购置的房子。我们也不知道这个消息可靠与否。好了，关于这个人，还有最后一件非常重要的事情。”

“您尽管说。”

“沃夫拉米欧。”

“什么？”

“沃夫拉米欧，”他重复道，“这是一种矿产的名字，这种矿产对于战争来说至关重要，因为它包含用于制造炮弹的成分。我们相信本哈尔德正在进行一些谈判和交易，为了让西班牙政府让出加利西亚和埃斯特拉马杜拉两座矿山，并把它们分解成多个小矿，这样他们就可以直接向矿主购买产品。我觉得在您的服装店里不太可能会谈起这些，但是万一您听到什么与此相关的消息请立即通知我们。记住：沃夫拉米欧，有时候也被称作‘钨’。这里有备注，在本哈尔德的部分。”他一边说一边用手指了指文件。

“我会注意的。”

我们又点上了一根烟。

“好了，现在该谈一谈那些需要尽量避免的事。您累吗？”

“一点儿也不累，您继续说吧。”

“在顾客方面，有一群人是您要尽量避免招揽的，就是纳粹集团里的一些女官员。她们很好认，抢眼而骄傲，一般都化着浓妆，洒着浓重的香水，穿得也很招摇。事实上她们没有什么社会背景，职位也相当低，但是她们的薪水在现今的西班牙算得上是天文数字了，所以大多极尽奢华挥金如土。有权有势的纳粹太太们都瞧不起她们，而她们虽然表面上傲慢自负，在那些太太们面前却连大气都不敢出。所以如果她们出现在您的店里，您可以想都不想就把她们打发走。她们不但对您没有任何好处，而且会把那些我们真正想招揽的顾客吓跑。”

“我会照您说的去做，请放心。”

“至于公共场所，我们不建议您出现在像奇科特、瑞斯卡尔、卡萨布兰卡或帕萨波加之类的地方化场所，那里到处都是暴发户、黑市贩子、政府新贵和演艺界人士。就您目前的处境来说不太适宜交往。尽可能将活动范围局限于之前我提到的那些酒店、美容会所、Embassy，还有其他比较可靠的地方，比如依埃罗城门俱乐部或者赌场。当然，如果能有某位顾客邀请您参加有德国人参与的私人聚会，您应该毫不犹豫地接受。”

“好的。”我说。但我心里觉得不可能有人邀请我去他刚才说的那些地方。

他看了看表，我也看了看表。光线已经很暗了，黄昏来临前的暮色将我们包围。周围寂静无声，只有一股浓重的缺少通风的味道。已经是晚上七点多了，我们从早上十点开始一直谈到现在。希尔加斯像一个滔滔不绝的自来水管一样，不停地传输着信息，我则张开全身的毛孔努力吸收他的每一句话，试图让身体的每一寸皮肤都充分理解。咖啡早就喝完了，烟灰缸里的烟头也快满了。

“好了，我们马上就要结束了。”他宣布，“最后我还有一些建议。第一个建议来自福克斯太太的一条口信。她要我转告您，不管是在外表上还是在制衣风格上，都要力求大胆泼辣，要不就是极简主义的优雅。不管怎么样，她鼓励您不要墨守陈规，尤其是不要走中庸路线，否则的话，您的服装店里可能会塞满西班牙政府官员的太太们，来找您做点正经衣服，好穿着它们休息日跟丈夫和孩子们一起去做弥撒。”

我笑了。罗萨琳达，哪怕人不在，传达的口信都那么与众不同，富有创意。

“只要是她的忠告，我一定会不假思索盲目遵从的。”我说。

“好，下面是我们的一些建议。首先，坚持每天看报，第一时间了解国内外政治形势。不过得注意，报纸上能出现的消息都是对德国人有利的。第二，无论遇到什么情况都要保持镇定。全心地投入您的角色，让自己相信您就是所扮演的那个人。您尽可以放心大胆地行动，我们虽然不能给您外交豁免，但是在任何情况下都会尽一切努力保护您。第三点也是最后一点，您在私生活方面必须非常谨慎。一个单身女人，年轻漂亮，又是外国人，对很多花花公子和投机分子来说都非常具有吸引力。您也许无法想象，在一些疏忽大意的情报员感情冲动的时候，有多少机密消息会被不负责任地泄露出去。您必须得时刻保持警惕，不要向任何人透露任何信息，尤其是今天在这里听到的这些，绝对不行。”

“我不会的，我可以保证。”

“好极了，我们相信您，也希望您能圆满完成任务。”

于是他开始收拾那些纸片，整理公文包。终于到了这个我害怕了一整天的时刻了，他准备走了，而我得努力控制自己才能忍住不开口求他陪在我身边，求他继续说下去，再给我更多指点，不要这么快就让我独自飞翔。但是他根本就没有看我，所以可能完全没有注意到我的反应。他一直不急不缓地保持着一贯的节奏，就像之前给我上课的时候那样，迅速、直接、有条不紊。每个问题都谈到最深处而且绝不浪费一句口舌。他收着最后几样东西，给了我最后一个忠告。

“请记住我说过的关于这些卷宗的处理方式：仔细研读，然后立刻销毁。现在有人会陪您从一个边门出去，那里有辆车在等您，司机会直接把您送回家。这是您的机票，还有用于前期开支的钱。”

他交给我两个信封。第一个信封很薄，里面装着能让我飞到马德里去的票据。第二个信封很厚，里面装着一大捆钞票。他熟练地扣上公文包的扣子，继续说道：

“这笔钱用于支付您前期的开支。皇宫酒店的房间和新服装店的租金都由我们来支付，已经办妥了，那两个给您帮忙的女孩子也由我们来开工资。店里的收入都归您所有。但是，如果您需要更多的资金，请立即通知我们，在这些行动上我们有特别授权，资金完全没有问题。”

我也已经收拾好了。所有的文件夹都抱在胸前，紧紧地搂在臂弯里，好像是几年前失去的那个孩子，而不是马蜂窝一样的一堆坏蛋的资料。我努力保持正常的心跳速度，不让它提到嗓子眼儿，逼得我喘不过气来。最后我们终于站了起来，桌子上只留下了那些长谈的遗迹，看起来很无辜：两个空杯子、一个装得满满的烟灰缸，两把拉开的椅子。好像不过是两个老朋友进行了一场愉快的聊天，抽着香烟，神情轻松，各自聊着自己的生活近况。但是希尔加斯不是我的朋友，我们对对方的过去或者现在没有任何兴趣。我们两个人，只是在共同担心未来。

“最后一个细节。”他突然说。

这时候我们正准备出门，他的手已经放在了门把手上。他缩回手，那双浓密眉毛下的眼睛紧紧地盯着我。虽然已经谈了这么长时间，但是他跟早晨给我的第一印象别无二致：领结整整齐齐，西服外露出的衬衫袖口一尘不染，头发一丝不乱，脸上也依然毫无表情，既不是很紧张，也不是很放松，一看就是在任何情况下都绝对有能力自制的人。他放低了声音，就像是略带沙哑的窃窃私语。

“您不认识我，我也不认识您，我们从来没见过面。根据英国情报局的安排，从现在开始，对我们来说您不再是西班牙公民希拉·西罗嘉，或者是摩洛哥公民艾瑞斯·阿格瑞克。您只是我们 SOE 代号为西迪的特殊情报员，行动地点在西班牙。虽然在所有这些新近招募的情报员中您是最特别的一个，但毫无疑问，您也是我们的一分子。”

他向我伸出手，坚定、冰凉、自信。是我一生中握过的最坚定、最冰凉、也最自信的手。

“祝您好运，西迪情报员。保持联络。”

40

除了母亲，谁也不知道我突然离去的真正原因。不管是顾客，还是菲利克斯和坎德拉利亚，我对所有人都借口说我要去趟马德里，腾归原来的房子，顺道处理些别的事情。之后母亲会负责编造一些小小的谎言，来解释为什么我迟迟不归，可能是有些生意的机会，可能是身体不适，或者有了新男朋友。我们并不担心被人怀疑，或者这些谎话被拆穿，因为虽然海峡两岸的交通运输渠道都已经正常运作了，西班牙首都跟北非这边的联络还是十分有限的。

但是我必须跟我的朋友们告个别，默默地请他们为我祝福。为此，在最后一个星期日，我们组织了一次聚餐。坎德拉利亚穿得非常隆重，完全是她概念中的贵妇人打扮，梳着一个用发胶定型的“西班牙万岁”的发髻，戴了一串假的珍珠项链，穿着几个星期前我们给她做的新衣服。菲利克斯带着母亲一起来了，因为实在没有办法把她支开。哈米拉也跟我们在一起，我一直像对待小妹妹一样对她爱护有加。我们用酒和饮料干杯，用响亮的吻和真诚的祝福道别。等他们都走了，在门关上的一刹那，我才明白我将会多么想念他们。

对巴斯克斯警长，我也用了同样的伎俩，但是我马上就知道，这个小小的谎言根本没有让他信服。怎么可能瞒得住他呢？他完全了解我在马德里还遗留着无尽的官司和麻烦，也很清楚我有多么害怕去面对那一切。他是唯一的那个人，猜出我这次看似简单的出行背后藏着一些更复杂的原因，一些不能说的原因。不能跟他说，也不能跟任何人说。也许正因为这样，他选择了不去探究。他没说几句话，像往常一样，用质询的目光看着我，嘱咐我保重，然后就把我送到办公室门口，替我挡住下属们饿狼般的目光和口水。在警察局的门口我们说了再见。什么时候再见？谁也不知道。也许很快，也许永别。

除了布料和缝纫用品，我还买了一大堆杂志，以及一些摩洛哥工艺品，因为我希望能把我在马德里的时装店布置成一个具有异国情调的场所，跟我的新名字和所谓的“丹吉尔著名时装师”的身份相符。压纹的铜盘子、五光十色的玻璃灯、银茶壶、一些瓷器，还有三块巨大的摩洛哥地毯。我的新家，将是满目疮痍的西班牙地图上一块小小的非洲乐土。

当我第一次走进努涅斯德巴尔博阿大街上那套巨大的房子里时，一切都已经准备就绪了，只等待着我的入住。刷成白色的墙壁泛着锦缎一样的光泽，橡木地板刚刚打过蜡。室内的格局、布置和安放顺序完全是我在西迪曼德利时装店的放大版。第一个空间是三个互通的客厅，比原来店里的面积大了两倍。层高也高了很多，阳台更加气派。我打开一扇阳台的窗户探出身去，但是映入眼帘的不是德尔萨山峰，也不是格尔盖斯山脉，空气中没有一点儿柑橘花或茉莉花的香味，既看不到邻居家刷着白灰的墙，也听不到清真寺传来的钟声。我一下子关上窗户，生怕再次陷入忧伤。继续往前走，三个客厅的最后一间堆放着从丹吉尔带来的布料，梦幻般美丽的双宫茧丝、蕾丝花边、薄纱、雪纺，各种各样能想象出来的颜色，从沙滩白到火红色、玫红色、珊瑚色，还有各种数不清的蓝色，从夏日清晨天空的湛蓝到暴风雨之夜咆哮的大海的深蓝，应有尽有。试衣间有两个，都装着三面环绕的镜子，边缘还镶着金色的细木边框。因为镜子的效果，空间看起来扩大了一倍。工作室跟在得土安一样，位于房子的中央，只不过比原来那个大得多。巨大的裁剪桌、熨烫台、赤裸的模特儿、丝线、工具，一应俱全。最里面是我的空间，有些过大了，比生活必需的空间要大上十倍。我立刻想到这一切都是罗萨琳达安排的，因为只有她知道我怎么工作，我的房子怎么安排，还有我的喜好，我的生活。

在寂静的新家里，我的心头又浮现出那些几个星期前就开始在脑海里百转千回的问题。为什么我接受了这一切？为什么我要投入到这场陌生而不确定的冒险中来？为什么？我没有找到答案，或者说，没有找到一个确切的答案。也许只是为了对罗萨琳达忠诚而让步，也许是我觉得我亏欠母亲、亏欠祖国，也许这样做并不是为了别人，只是为了自己。但不管怎么样，是我自己亲口说的：好吧，来吧！是我自己在完全清醒的情况下答应接受这个任务的，下定决心，不再犹疑，不再害怕，不再提心吊胆。而现在，我已经在这里，扮演着那个根本不存在的艾瑞斯·阿格瑞克，在她新的生活圈子里频频出现，踩着高跟鞋步履稳健地上下台阶，穿着全世界最华丽的衣裳，准备变成整个马德里最虚伪的时装师。我害怕吗？是的，巨大的恐惧一直紧紧地根植在我的心中。但是我能控制住，它们会乖乖地待着，听从我的命令。

看门人给我送来了第一个口信：给我帮忙的两个女孩儿第二天就会来报道。朵拉和玛尔提娜一起出现了，她们差两岁，很相像，又很互补。朵拉身材更好，但是玛尔提娜容貌更精致。朵拉看起来很聪明，玛尔提娜则很甜美。她们两个我都喜欢，但不喜欢她们身上破旧的衣服、因为饥饿而萎靡的脸色和心中掩饰不住的慌张与躲闪。但幸运的是，这三个问题很快就解决了。我给她们量了尺寸，一人做了一套优雅的制服。可以说，她们是从丹吉尔带去的布料库的头两位用户。我从希尔加斯给的信封里拿出几张钞票，派她们去拉帕斯市场买点儿东西。

“可是买什么呀，小姐？”她们的眼睛睁得大大的。

“看到什么买什么吧，听说那里也没太多东西。你们不是说会做饭吗？那就买点儿菜吧。”

她们身上的畏缩和怯懦没有办法马上拔除，但是总算在慢慢消失。

她们怕什么呢？是什么让她们缩手缩脚？所有的一切。为一个所谓的从非洲来的外国人工作，为我的新住所所在的这栋豪华气派的大楼，为不知道在一个高级时装店里该说什么做什么。但是，她们一天天地适应了新生活，适应了这栋房子，适应了时装店里的日常工作，也适应了我。姐姐朵拉有一双灵巧的双手，很快就能帮我做一些简单的活儿。妹妹玛尔提娜则更像哈米拉和年轻时候的我，喜欢外出，喜欢送货，经常进进出出。她们共同分担店里的杂务，既高效又谨慎，就像那时候人们常说的，是一对好女孩。偶尔她们会提到贝格贝尔，但我从来没有表示过我认识他。她们叫他胡安先生，充满感情地回忆起他，回忆起柏林，回忆起那段在她们的记忆中还依稀留存的过去时光，正是在那个时候她们掌握了德语。

一切都照着希尔加斯预料的那样发展。基本上是。我迎来了第一批顾客，其中有一些是我们预见到的，有一些不是。第一个来订购秋季服装的正是格罗利亚·凡·弗斯登伯格，非常漂亮，非常迷人，深栗色的头发梳成粗粗的辫子，在脖子上围成一圈，像是阿兹特克女神的皇冠。当她看到我的布料时，立刻眼前一亮。她细细地观察、触摸、品鉴、询问价格，很快排除掉一些，把其他的放在身上比照效果。她非常专业地挑选了那些最适合她、价钱又不是特别离谱的布料。翻看杂志的时候也很熟练，在翻到跟她的体型气质比较相似的模特儿时就会停下来研究一番。这位挂着德国姓氏的墨西哥女人非常清楚地知道自己想要什么，所以并没有向我征求任何建议，我也没有主动提。最后她定制了一条巧克力色金属光泽丝质筒裙、一件粗花呢礼服大衣。头一次见面她是一个人来的，我们用西班牙语交谈。第一次试穿的时候她带来了一个朋友，安卡·凡·弗雷斯，她定制了一件戈尔盖特绉布长礼服裙，一件用鸵鸟羽毛装饰的红宝石色丝绒斗篷。我听到她们在用德语交谈，就把朵拉叫了出来。穿着合身得体的衣服，梳着精致的发型，再加上丰盛食物的滋养，她已经不再是几个星期前跟妹妹一起、像受了惊吓的小麻雀一样来到这里的年轻女孩，而是一位美丽安静的助手，把听到的一切默默地记在心里，然后时不时悄悄地出去把记下来的谈话内容写到一个小本子上。

“我要给所有的顾客做一个非常详尽的记录，”我跟她们说，“我想通过她们的谈话了解她们去哪儿，跟谁交往，有什么活动计划。这样也许就能找到新的顾客。她们说西班牙语的时候我自己可以记录，但是如果说德语，那就交代给你们了。”

不知对顾客这样严密的追踪是否让朵拉感到奇怪，至少她没有表现出来。也可能她认为这是一种合理的做法，在对她来说那么陌生的行业中很普遍。但其实不是的，完全不是。一字一句地记录下从顾客嘴里说出来的每一个名字、职务、地点和日期，完全不是正常工作。但是我们每天都在做，认真而细致，就像两个小学生一样。每天夜里我都会浏览一遍当天我和朵拉的笔记，从中提取出我认为可能有用的信息，并把它们概括成简单的句子，最后转化成莫尔斯密码，用倒序的长横和短横缝制在一些样板的周围，这些样板有的是直线的，有的是曲线的，而且永远也不会被拼装成一件完整的衣服。做笔记的小本子则在每天凌晨时分用一根细蜡烛烧成灰烬。第二天早上，头天写下的字已经完全没有踪迹，但是多了一些暗藏的信息，隐匿在一个领子、一条腰带或者一片前襟的周围。

佩德利诺女男爵也成了我的顾客，就是那位权势无限的新闻官拉萨尔的妻子。虽然相貌比那个墨西哥女人差很多，但是经济条件相当优越，专门挑最贵的布料买，也从来不讨价还价。她还带来了更多的顾客，两个德国人，一个匈牙利人。很多个早晨，我的客厅变成了她们社交聚会的场所，混杂着各种语言的交谈。我教玛尔提娜沏阿拉伯茶，里面用的薄荷是我们在厨房的阳台上用陶盆种的。我教她怎么端茶壶，怎么把滚烫的茶优雅地倒进那些金丝掐花的小银杯子里，甚至还教她用木炭描画眼睛，为她量身定做了一件栀子花色的缎子长裙，好让她看起来富有异国情调。在异国他乡的另一个哈米拉，这样她就能常伴我左右。

一切都很顺利，出人意料的顺利。我在新生活中自信而游刃有余，迈着稳健的脚步进出各种高档场所。在顾客面前我表现得冷静果断，用伪装的异国风情把自己全副武装起来。在谈话中还会假装自然地不时冒出几句法语或阿拉伯语，虽然很可能那些阿拉伯语都是没什么意义的蠢话，因为那都是我在得土安和丹吉尔街头听到人们常常重复的一些简单表达，而且根本不清楚它们的具体含义和用法。为了假装通晓多国语言，我很努力地回想起从罗萨琳达那里学来的几句英文，不放过只言片语。这个新来的外国人身份很好地掩盖了我的弱点，避免了很多不必要的麻烦。但是似乎谁也不在意我的来历：她们只关心我的布料，以及用这些布料可以做出什么衣服。顾客们都在店里聊天，看上去对环境很满意。她们聊都干了些什么，将要干什么，聊她们共同的朋友，她们的丈夫，她们的情人，有时候我也会加入到交谈中去。在此期间我和朵拉一刻不停地工作：表面上忙着裁剪布料、查询图样、测量尺寸，暗地里则忙着记录下我们听到的一切。我也不知道每天收集的这些材料是不是对希尔加斯和他的机构有所帮助，但是万一有用呢？所以我尽可能地在这份工作上保持严谨。每星期三的下午，在进入美容院做头发之前，我把卷成一卷的样板放进指定的衣柜。每星期六上午我也会准时到达普拉多博物馆。博物馆里的一切都让我惊喜而沉醉，有时候差点儿都忘记自己还有重要的事情要做，不能光顾着陶醉在美术作品里。那些装着密码样板的信封在交接时也没遇到任何麻烦，一切自然顺利，没有哪一次会让我紧张到把心提到嗓子眼里。每次都是同一个人接过我的画夹，一个秃顶瘦瘦的工作人员，很可能就是他负责把我的信息传递出去，虽然他从来没有向我传递过任何同谋的表情。

我也会出门，但不频繁。有时候在喝开胃酒的时间我会去Embassy。第一天去的时候我就看到了希尔加斯，远远地坐在一群英国同胞中间，喝着加冰块的威士忌。他也看到了我，怎么可能看不到呢。但是只有我知道这一点，因为看到我进去，他完全没有任何表情或反应。我把包紧紧地抓在右手中，假装与他互不相识，跟几位顾客打了招呼。她们正在其他女士面前大肆赞赏我的手艺。我会跟她们一起喝杯鸡尾酒，接受身旁异性欣赏的目光，然后一面继续伪装见多识广、沉稳老练，一面偷偷地观察周围的人。所有的人看上去都出身名门，优雅、富有，分散在吧台和桌旁。桌子都摆放在一个小小的角落里，装饰得十分素雅。有穿着高级羊毛、羊驼或斜纹软呢西服的男士，有胳膊上戴着卐字形标记的军人，还有一些穿着外国制服的人，我不知道他们的身份，只看到他们的袖口上都绣有条纹和很多小点组成的图案。有一些非常优雅的女士，穿着两片式裁剪的服装，戴三层珍珠项链，每颗珍珠几乎都有榛子那么大，涂着精致完美的口红，精心修剪的头发上戴着头饰、头巾或者端庄的帽子。空气中飘着淡淡的巴杜或者娇兰香水味，还有无数支白色卷烟的烟雾，营造出一种浮华人世的感觉。刚刚结束的西班牙内战和突然爆发的横扫欧洲的战争，仿佛是另一个星球上的轶事，丝毫没有影响这个小小世界里的情调和氛围。

吧台的一角，有一个挺拔端庄的女人，一边热情地跟顾客打招呼，一边指挥着来来往往不停忙碌的服务生。我想她一定就是这里的老板，玛格丽特·泰勒。希尔加斯没有向我说明他们跟她之间的合作到底密切到什么程度，但是我确信他们之间的交往绝不仅仅是茶馆老板和常客之间互送人情那么简单。那时候她正在给一个穿着黑色制服，戴着卐字形臂章，靴子擦得像镜子一样发亮的纳粹军官结账。我细细地打量着她。这个外国女人看上去既朴实又与众不同，应该有四十多将近五十岁的模样。毫无疑问，这里是希尔加斯安插在西班牙的另一个地下情报点。我没有发现希尔加斯跟她之间有过任何的眼神交流，也没看到他们偷偷地交换过什么信息。在离开前我又注意看了一下他们俩。她正在低声地和一个穿着白色制服的年轻服务生说话，像是在指点什么。而他继续坐在那张桌子旁，饶有兴致地听着他一个朋友的讲述，那是个年轻人，也是那群人中最面善的一个，他身边所有人似乎都在聚精会神地聆听着。远远地我看到那个人做着一些夸张的手势，可能是在模仿什么人。最后所有人都哈哈大笑，我也听到希尔加斯愉快的笑声。也许只不过是我自己的想象，但是我感觉有那么一刹那，他似乎把目光集中到我身上，对我眨了眨眼睛。

马德里慢慢进入了深秋，时装店里的顾客在不停地增加。我还没有收到任何鲜花或者糖果，没有希尔加斯的，也没有其他人的。我完全没有跟别人交往的愿望，也没有时间。如果说那段时间里我缺什么的话，那就是时间。我的时装店很快就广受欢迎，店里有多种美丽布料的消息不胫而走。订单每天都在增加，有些供不应求了。我不得不尽量推迟交付订单或延长试衣的间隔。我很努力地工作，非常努力，比以前任何时候都要努力。每天很晚睡觉很早起床，几乎不眠不休。有几天我脖子上几乎从早到晚都挂着皮尺。钱源源不断地流进那小小的钱盒，但是我对它们毫无兴趣，都懒得数一数有多少。这跟我原来开店的时候多么不一样啊。有时候我会带着一丝乡愁回想起以前在得土安的日子。多少个夜晚，我躲在西迪曼德利那小小的房间里把盒子里的钞票数了又数，焦急地计算着什么时候能还清那笔债务；坎德拉利亚每次从街上犹太人的兑换点回来，都把一卷英镑藏在胸口，我们俩分钱的时候几乎带着孩子般的快乐，“你一半，我一半，希望我们财源滚滚，亲爱的。”坎德拉利亚每个月都这么说。那段日子已经恍如隔世，但其实只过了四年。四年，就像四个世纪。以前的那个希拉在哪里？那时候一个摩洛哥小姑娘还拿着裁缝剪子在拉鲁内塔公寓的厨房里给她剪头发。那时候她在那个小屋里对着裂了缝的镜子一遍一遍演练姿势，如今一切都去哪儿了？似乎都在一页一页的时间褶皱里迷失了。现在，我在马德里最好的美容院做头发，而当年那些做作的姿势如今在我身上已经比自己的肢体还要自然。

我努力工作，挣的钱越来越多。我做梦也没有想过靠自己的双手能换回这么多钱。我的定价很高，常常会收到印着哥伦布头像的百元钞票，还有印着奥地利的唐·胡安头像的五百元大钞。没错，我挣得很多。但是终于有一天我再也支撑不住了，不得不在一片肩部的样板上向希尔加斯传递了这个信息。那个星期六下着雨，我沉迷在普拉多博物馆维拉斯凯斯和苏尔巴朗的画作里，衣帽间那个面无表情的工作人员接过了我的画夹，里面装着一个信封，信封里的十一条信息将一如既往地被送到那位海军参赞的手里。其中十条信息是常规性的，根据句意进行了缩减："塞拉诺街沃尔特·巴斯蒂安家十四日晚宴，拉萨尔夫妇参加。伯德姆·艾耶尔夫妇下星期去圣塞巴斯蒂安。拉萨尔妻恶评夫助理阿尔什尔。格罗利亚·福尔斯登伯格和安卡·弗雷尔十月底见塞维利亚德国领事。一些年轻人上星期从柏林来，住丽兹，弗雷德里克·卡佩接待。汉姆太太的丈夫厌恶库茨曼。希姆莱十月二十一日到西班牙，政府和德国人接待。克拉拉·斯塔乌福尔在伽利略街宅邸接收德军物资。依埃罗门俱乐部晚宴，日期不详，阿尔西约公爵参加。哈波尔林在托莱多庄园午宴塞拉诺·苏聂尔和昂索尔侯爵夫人。"但是最后一条信息却不一样，传递了我的私人请求："工作太多，无法顾及全部。减少顾客或寻找外援。请指示。"

第二天早上我收到了一束美丽的白色菖蒲花。送花来的小伙子穿着灰色制服，帽子上绣着花店名字：布尔吉格诺。我先看了一下卡片，上面写着"我会随时满足您的愿望"，然后是一个潦草的签名。我笑了，真的想象不出那个冷峻的希尔加斯会写出这么可笑的甜言蜜语。我把花拿到厨房，解开花束上的带子，请玛尔提娜把它们放到水里，然后把自己关进了房间。在那一串长长短短的横线中间，我立刻读出了丝带上的信息：找个百分之百可靠的人帮忙，没有恶迹也没有政治牵连。

指示收到了。但是我该怎么做呢？

41

她打开门的时候我没有说话，只是静静地望着她，努力忍住冲上去拥抱她的冲动。她困惑地看着我，上上下下地打量着，然后用她的目光寻找我的目光。但是也许我帽子上的面纱挡住了她的视线。

“女士，您有何贵干？”最后她问。

她比以前更瘦了，明显能看到岁月的痕迹。虽然还像以前一样娇小，但是更干瘦，更显老。我笑了，她还是没有认出我。

“我给您带来母亲的口信，马努埃拉女士，她现在在摩洛哥，又开始做针线活了。”

她奇怪地看着我，似乎没有听懂。她还是一如既往地干净整洁、精心打扮，但是头发已经好久没染了，深色的衣服也磨得很破旧，一看就是穿了好几个冬天的。

“我是希拉，马努埃拉女士。小希拉，您的雇员多洛雷斯的女儿。”

她再次上上下下地打量我。于是我弯下腰跟她保持在同一个高度，拉开帽子上的网眼面纱，好让她看清我的脸。

“是我，马努埃拉女士，我是希拉。您不记得我了？”我小声说。

“上帝啊，我的圣母啊！希拉，孩子，真高兴啊！”她终于反应了过来。

她抱住我哭了起来，我努力忍住不跟着一起掉眼泪。

“快进来，孩子，快进来，别站在门口。”她稍稍平静了一点儿，“不过你现在真漂亮啊，丫头，我都没认出来。进来，到客厅来，告诉我你到马德里干吗来了，你过得怎么样，你母亲怎么样？”

她把我带到了客厅，旧日的回忆又丝丝缕缕地涌上心头。我小时候度过的无数个三王节[1]里，都由母亲牵着手来到这个房间，每次我都会激动地猜测马努埃拉女士给我准备了什么礼物。这栋位于圣塔因格拉西亚大街的房子，在我的印象中是一套很大很气派的公寓，虽然没有她在祖尔巴诺街上的时装店豪华，但是比我们在瑞登迪亚街上的家胜过百倍。但这次我才发现，童年的回忆跟现实原来差得很远。马努埃拉女士终身未嫁，一直住在这栋既不大也不豪华的房子里。这不过是套中等大小的公寓，布局也不够合理，阴冷、黑暗，装满了沉重的家具，厚厚的丝绒窗帘几乎透不过一丝光线。一栋普通的房子，屋顶上有好多漏雨的缝隙，墙上的画也已经失去了颜色，角落里铺着破旧的钩花呢绒。

“坐吧，孩子，坐吧。你要喝点儿什么吗？我给你弄杯咖啡？不，其实不是真正的咖啡，而是烤的苦菊茶，你也知道现在这时候弄点吃的太难了，不过加上牛奶味道也差不多。虽然各种饮料越来越多，但是我们也弄不到。糖我没有，我已经把定量配给本给了一个邻居，她家有孩子。到了我这个岁数，都无所谓了……”

我抓起她的手，打断了她的话。

“我什么都不喝，马努埃拉阿姨，您不用担心。我来只是为了问您一件事。”

“好，你尽管问。”

“您还在做缝纫活儿吗？”

“不，孩子，不做了。从一九三五年关闭时装店以来，再也没有做过。顶多也就是给一些邻居或朋友做些零碎的小东西。如果没记错的话，我做的最后一件大的衣服就是你的婚纱，可你看你后来……”

---

①在西班牙，每年1月6日是传说中东方三王向圣婴献礼的日子，所以这一天父母要向未成年子女赠送礼品。

我不想听到由这个话题引发的评论，所以没有让她说完。

“那您现在愿意跟我一起做吗？”

她好半天没有回答，呆呆地看着我。

“你是说，重新开始工作？重新开始做衣服，就像咱们以前做的那样？”

我微笑着点了点头，希望能让茫然的她感染上一丝乐观。但是她没有立即回答我，而是转移了话题。

“那你母亲呢？为什么你不跟她一起做，而来找我？”

“我刚才说了，她还留在摩洛哥呢。内战期间她就过去了，我不知道您知不知道这件事。”

“我知道，我知道。”她低声说，好像害怕墙外有人会听见然后去告发，“有一天下午，她突然来找我，很突然，毫无预兆，就像你今天来一样。她告诉我有人给她准备好了一切让她去非洲，说你已经在那儿安顿下来了，还找了人要把她带出马德里。她不知道该怎么办，她吓坏了。她来问我的意见，问我怎么看这件事。”

我脸上的妆也许能掩盖她这番话在我心中引起的震动，因为我根本没有想到当时母亲会在走还是不走这件事情上犹豫。

“我跟她说，走吧，越快越好。”她继续说，“马德里是个地狱。我们都受了很多苦，孩子，我们所有人。那些左派分子，日夜抗战不让国民军打进来。而右派分子却日思夜想盼着早日攻下马德里。只有既不是左派也不是右派的人，比如我和你母亲，苦苦煎熬，盼望着这场噩梦早日结束，可以继续在和平中生活。那段时间根本没有哪个政府来管理城市，也没有任何人能在混乱的局面里维持秩序。所以我给了她肯定的建议，劝她走，离开这个地狱，不要错过跟你团聚的机会。”

虽然我有些困惑，但还是决定不再追问关于几年前那次见面的更多细节。我今天来是为了解决眼前的难题，所以又把话题转移了回去。

“您做得很对，真不知道我该怎么感谢您，马努埃拉女士。”我说，“她现在非常好，很开心，又开始工作了。我在得土安开了一家时装店，就在战争开始之后几个月。那边比较平静，虽然那儿的西班牙人也都没心情开派对、穿高级时装，但是有一些对西班牙内战毫不关心的外国女人，成了我的顾客。我母亲来了以后，我们一起经营着那家店。现在，我决定回到马德里，再开一家。”

“你是一个人回来的？”

“我一直都是一个人，马努埃拉女士，如果您是想问拉米罗的话，我可以告诉您，没过多久我们就分手了。”

“那，多洛雷斯一个人留在那里了？”她惊讶地问，“可是她去那里就是为了跟你团聚……”

“她很喜欢摩洛哥，那里的气候、环境，还有平静的生活……我们有一些很好的顾客，她也交了些朋友，所以她选择留下来。反而是我很想念马德里。”我撒了个谎，“所以我们决定，我先回来把时装店开起来，等两边的店都走上正轨以后，再考虑怎么办。”

她盯着我，虽然只是几秒钟，我却觉得如此漫长。她的眼皮已经有些耷拉了，脸上满是皱纹。她应该已经有六十来岁，甚至接近七十岁了。背微微有点儿驼，手指上的茧子仿佛在无声地诉说她在针线与布料之间度过的一生。最开始是个小裁缝，然后是时装店的高级时装师，再然后创建了自己的生意，最终却像个丢了船的水手失去了用武之地。但是她并没有沉沦，完全没有。她那小小的眼睛，还是那么灵活，像油橄榄一样乌黑发亮，折射出善于思考的睿智光芒。

“你有事瞒着我，对吗，孩子？”她终于说。

姜还是老的辣，我佩服地想。我居然忘了她有多聪明。

“是的，马努埃拉女士，我还有一些事情没告诉您。”我承认。我没有告诉她是因为我不能，但是也许可以告诉她一部分。“您看，我在得土安认识了一些重要人物，这些人到目前为止仍在发挥着重要影响力。他们鼓励我来马德里开一家服装店，为一群特殊的高层顾客做衣服。不是那些跟西班牙新政权有关的太太们，主要是些外国人，还有西班牙贵族和皇族的女士们，也就是那些认为佛朗哥篡夺了国王权位的人。”

“为什么？”

“什么为什么？”

“你的朋友为什么要你给那些太太做衣服？”

“我不能告诉您。但是现在我需要您的帮助。我从摩洛哥带来了一批非常棒的布料，因为马德里布料稀缺，这使得时装店很受欢迎。但是因为顾客比我预想的多得多，所以我一个人忙不过来。”

“为了什么，希拉？”她缓缓地重复了一遍，“你为什么要为她们做衣服，你和你的朋友想从她们那里得到什么？”

我用力抿紧了嘴唇，打算不透露哪怕一个字。我不能，不应该说。但是有种奇怪的力量似乎正把话从我的胃里推到嗓子眼儿，就好像又回到了马努埃拉女士发号施令的那个时候，而我只是个年轻的学徒，就好像那时候我去朋特广场买几颗珍珠扣子花了整整一上午，她完全有权利要求我作出解释。我感觉是过去的我在说话，而不是现在的我。

“我给她们做衣服是为了知道德国人在西班牙都做些什么，然后把信息传递给英国人。”

话刚说完我就咬住了下嘴唇，意识到了自己的大意。我很遗憾违背了自己对希尔加斯的诺言：不向任何人泄露任务。可是话已经说出去，再也收不回来了。于是我想解释一下时局，补充说明这件事对帮助西班牙保持中立有好处，因为我们没有能力再去面对另外一场战争，总之就是别人一直在跟我重复的那些。但是这似乎完全没有必要，我还没来得及开口补充什么，就发现马努埃拉女士眼睛一亮，闪烁着异样的光彩，唇边还露出一丝淡淡的微笑。

“跟维多利亚王后[①]的同胞并肩作战，孩子，就是赴汤蹈火我也在所不惜。你就告诉我什么时候开始上班吧。”

那天我们聊了一下午，讨论将来的工作分工。第二天上午九点她准时出现了，而且很乐意扮演时装店里的助手角色。对她来说，不用直接

①指出生于英国的前西班牙王后维多利亚·尤金妮·朱莉娅·埃约，阿方索十三世的妻子。

面对顾客几乎是一种解脱。我们配合得十分默契，就好像多年前她跟我母亲那样，只不过现在交换了角色。她带着大师的谦逊全身心地投入到这份工作中，努力适应我的生活和节奏，跟朵拉和玛尔提娜相处也很融洽，毫无保留地奉献出她的经验。她充沛的精力让很多比她年轻三十岁的女人都自叹弗如。对我的指挥和管理她也丝毫没有心存芥蒂，不但支持我那些常常脱离常规的设计和理念，还担负起了很多繁杂琐碎的工作，而这些工作以前都是由她指示那些最底层的裁缝完成的。在痛苦地沉寂了几年之后，能重操旧业，对她来说就是上帝的恩赐。她就像四月里得到雨水滋润的一畦虞美人，从暗淡悲凉中走出来，重生。

有马努埃拉女士在后方坐镇，我的日常工作节奏缓和了许多。虽然每天还是工作很长时间，但是终于可以不再那么匆匆忙忙，偶尔也能有些小小的闲暇，社会活动也多了起来。顾客们纷纷鼓励我参加各种各样的活动，急着把我当成本季最大的新发现展示给别人。我接受了一些邀请，其中有一场在瑞提罗剧院演出的德国军乐团音乐会，一场在土耳其大使馆举办的鸡尾酒会，一场在奥地利大使馆举办的晚宴，还有其他几次在时尚场所举办的午宴。我身边也开始出现各种各样的追求者：偶遇的未婚男子、大腹便便却能同时养得起三四个情人的已婚男人，还有一些从遥远的国家来的多情外交官们。两杯酒，一首舞曲，我就会干净利落地把他们甩开。我现在最不想做的事就是让自己的生活里多一个男人的存在。

但是生活中也并不全是派对和娱乐，或者说大部分都不是。马努埃拉女士的加入让我的日常工作轻松了很多，但是随之而来的并不是放松。刚从肩头卸下繁重的工作没多久，我的面前又出现了一大片乌云。现在我上街的时候不再步履匆匆，可以偶尔在某个橱窗前驻足，或者随意地进进出出。但就在这时候，我发现了以前从没有注意过的事情，也是希尔加斯和我在丹吉尔长谈时提到的一个现象。没错，我发现有人在跟踪我。也许我已经被跟踪了很久，是一直太匆忙所以没有注意到。也许这是刚刚出现的新情况，恰巧跟马努埃拉女士加入切丝·艾瑞斯高级时装店差不多时间。我的生活中出现了一个阴影。它并非如影随形，而我甚至不那么确定它真的存在。也许正因为这样，我很难发现他的靠近。最开始我以为这一切不过是自己的想象。正是秋天，马德里到处都是戴着帽子、穿着华达呢大衣、把领子竖得高高的男人。事实上，这几乎是战后那段时间最典型的男性装束，街上、办公室里和咖啡馆中，都几乎是一模一样的人影。在穿越卡斯特亚纳大街的时候，在我身后停下并背过脸去的那个身影，跟几天后我在一家商店看鞋子时那个假装停下来给一个衣衫褴褛的盲人乞丐扔钱的男人，也许并不是同一个人。星期六一直跟着我到普拉多博物馆门口、穿着华达呢大衣的人也并不一定就是那个人。同样，我无法证明当我跟顾客阿加莎·拉汀伯格，一个出身很值得怀疑的所谓的欧洲王室后裔，在丽兹酒店吃烤肉的时候，是那个人转过身去偷偷躲在一根柱子后面。虽然我确实无法断定在这么多地方这么多时间，那些穿华达呢大衣的身影都属于同一个人，但是直觉却给出了肯定的答案。

这个星期准备要放到美容院里的样板包含着七条一般长度的常规信息，另外还有一条只有四个字的私人信息：有人跟踪。那天晚上我很晚才把它们准备好，因为当天来试衣服的人很多，缝纫活也很多。马努埃拉女士和那两个女孩子八点多就回家了。在这之后我又整理了几张第二天一早就要发出去的账单，然后洗了个澡，穿着那件暗红色丝绒长袍站在厨房的水池边吃了两个苹果，喝了一杯牛奶，这就是我的晚餐了。我太疲惫了，几乎感觉不到饥饿。一吃完饭我就开始缝制那些密码样板，等终于缝完并把笔记烧干净以后，就准备关了灯上床睡觉。但是刚走到走廊中间，我就停了下来。似乎有一声隐约的敲击声，两声，三声，四声。之后沉寂了，但是不一会儿又开始敲。声音的来源很清楚：有人在敲门，是用指关节在敲门的木板，而不是按门铃。敲门声越来越急，越来越密，最后变成了连续不断的敲击声。我吓坏了，站在那里一动不动，既不敢往前走，也不敢向后退。

但是敲门声一直不肯停，它的坚持让我终于反应了过来，不管是谁在外面，不见到我他肯定不会走的。我用力系紧长袍的腰带，慢慢走向门口，使劲咽了一下口水，把身体靠向大门。我怀着满心恐惧悄无声息地打开了猫眼。

“请进，我的上帝，请进，请进。”这是我打开门后唯一能小声说出来的话。

他快步走了进来，看上去十分紧张，情绪激动。

“终于来了，终于发生了，我已经被赶出来了，一切都完了。”

他都没有看我一眼，说话的时候似乎有些错乱，像是在对自己说，在对空气说，或者什么也没对着。我赶紧把他带到了客厅，几乎是推着他进去的，我很害怕楼里有谁会看到他。屋里很黑，在打开灯之前，我试图先让他坐下，稍稍平静一下。但是他拒绝了，不停地从房间的一头走到另一头，不停地重复着同一句话。

“完了，就这样了，一切都结束了，一切都完了。”

我打开墙角一盏很小的灯，没有征询他的意见就倒了一大杯白兰地。

“拿着。”我把杯子塞进他的右手，“喝吧。”我说。他顺从了，双手颤抖着。“现在，请坐吧，放松一下，然后再告诉我发生了什么事。”

我完全不知道他为什么要半夜三更到我家来，虽然我相信他行动起来会小心谨慎，但是他突然的态度变化让我觉得也许对他来说，一切都无所谓了。我已经有一年半没见过他了，自从那次在得土安的告别仪式之后。我宁愿什么都不问，不给他任何压力。很显然这不是一次礼节性的拜访，但是我决定最好还是等他自己平静下来，也许到时候他会主动告诉我为什么来找我。他坐下来，手里还捧着酒杯，又喝了一口，他穿着普通的便装：深色西服，白色衬衫，条纹领带，没有了在正式场合出现的军帽、军衔和绶带。他看上去平静了些，点了一根烟，目光空洞，被烟雾包围着沉浸在自己的思绪里。我什么也没说，只是在旁边的一把椅子上坐下，架起腿等待着。他抽完一根烟，欠身在烟灰缸里掐灭了烟头，终于抬起目光对我说：

“我已经被停职了，明天公布这个消息。消息已经发到国家新闻办公室和各大媒体了，七八个小时以后就会满城皆知。您知道他们用了几个字就把我踢出去了？十九个字！我数过了，您看。”

他从外套口袋里拿出一张手写的条子递给我，上面只有短短的两行字，他都能背下来。

“‘免去胡安·路易斯·贝格贝尔·阿蒂恩扎先生外交部长职务，向他的工作表示感谢。’如果不算我的名字，一共就十九个字，而且‘先生’两字在发表的时候很可能也会被压缩掉，那就是十七个字。然后元首对我做的工作表示礼节性感谢，这事儿就算完了。”

他把手里的酒一饮而尽，我又给他倒了一杯。

“好几个月以前我就知道自己已经岌岌可危，但是没有想到会来得这么突然，也没想到会以这样侮辱人的方式。”

他点了一根烟，大口大口地吐着烟雾说：

“昨天下午我跟佛朗哥在帕尔多皇宫见面了，面谈时间很长，气氛也很放松，他根本没有表现出任何不满，也没有暗示我有可能被撤职。不过您也知道从很久以前开始，形势就变得非常紧张，就是从我跟霍尔大使公开交往以来。事实上，昨天我从他那儿离开的时候感觉还不错，以为我走了以后他会考虑一下我的想法，以为也许他终于决定接受哪怕是一点点的意见。我怎么会想到就在我出门的时候，他正在准备武器并在第二天给我背后一枪。我求见他是为了谈一谈他即将与希特勒在昂代进行的会晤，虽然明知道他没有让我陪他一起出访对我来说是一种公然的蔑视，但我还是想要跟他谈谈，向他传达我从海军上将卡纳里斯那里获得的一些重要信息。卡纳里斯是德国军事情报机关的负责人，您知道我说的是谁吗？”

“知道，我听说过他的名字。”

“虽然职位看起来令人生畏，卡纳里斯却是一个非常和蔼又有魅力的人，我跟他的关系相当好。我们俩都属于军人当中比较特殊的那种，有些多愁善感，不喜欢制服、勋章和军营。从理论上来说他应该听从希特勒的命令，但是他不想屈服于他的淫威，一直我行我素。据说他也因此同我这几个月一样，头顶上悬着达摩斯之剑。”

他站起身来走了几步，来到一个阳台前面。阳台的窗帘都拉开着。

“最好不要靠近。”我提醒道，“不然会被街上的人看到。”

于是他只能一边说话一边在客厅里转来转去。

“卡纳里斯的西班牙语说得非常好，因为他在智利住过一段时间。不久前我们一起在伯丁之家吃饭，因为他很喜欢吃烤乳猪，我注意到他比任何时候都不理会希勒特的指令，如果说他正跟英国人一起密谋陷害他们的领袖我都不会觉得奇怪。我们一直认为西班牙不参与战争、不站在轴心国一边绝对是一桩对各方都有利的事情，所以，我们一边吃饭一边商量，并就佛朗哥应该向希特勒提出哪些要求来作为西班牙参战的条件，列出了一个清单。我非常了解我们的战略需要，而卡纳里斯也很清楚德国的弱点，所以我们整理出的参战必要条件，德国根本没有办法满足其中的一半。比如占有摩洛哥法国保护区和奥兰，比如数量巨大的粮食和武器供应，比如要求西班牙军队独占直布罗陀海峡。所有这一切，就像我说的那样，都是完全不可能做到的。卡纳里斯还向我建议，不要急于重建在西班牙内战中被摧毁的铁路、桥梁和公路，就让它们保留原样，这样更能向德国人证明西班牙现在的情况非常糟糕，德国军队想要穿越它都十分困难。”

他重新坐下，又喝了一口白兰地。幸运的是，杯中的酒终于让他慢慢地放松下来。而我却依然茫然无措，不明白他为什么在这个时候来找我，而且还要跟我说起他跟佛朗哥的见面、跟德国军官的交往这些跟我毫不相关的事情。

“我带着所有的信息去了帕尔多皇宫，详细地向元首解释了这些情况。”他继续说，“他听得非常专注，不但留下了我带去的资料，还对我的工作表示感谢。他当时对我很亲热，甚至还提起了很久以前我们一起在非洲时的一些私人关系。您知道吗？大元首和我早在很多年前就认识了。事实上，除了他那位不可理喻的连襟，我想我是，对不起，我曾经是他的内阁中唯一一个对他以‘你’相称的人。谁能想到呢？当年的小佛朗哥最后竟然成了光荣伟大的国民革命军领袖。我们从来都不是很要好的朋友，这是事实。实际上我觉得他一直都很反感我，不理解我为什么缺乏军人气概，为什么喜欢各种不同的城市、不同的人，甚至不同的国家。而我也并不欣赏他。他总是那么严肃，那么直接又那么无趣，喜欢跟人竞争，一心想着升迁，说心里话，是个非常讨厌的家伙。我们一块儿在得土安服役，那时候他已经是少校，而我还只是个上尉。您想听我讲个小插曲吗？我们这些军官每天傍晚都聚在西班牙广场的咖啡馆喝茶，您还记得那些咖啡馆吗？”

“当然记得。”我说。怎么可能把它们从我的记忆中抹掉呢？棕榈树下那些铁铸的长椅，烤肉串的香味和薄荷茶的味道，穿长袍和穿西服的人们从容地在广场中间的亭子周围散步，亭子上铺着陶瓦，旁边还有刷着石灰的阿拉伯式拱门。

他第一次微笑了，因为乡愁的缘故，然后又点上一支烟靠在沙发背上。我们几乎是在黑暗中谈话，客厅一角那盏小灯是唯一的照明。我仍然穿着长袍，因为找不到什么机会换衣服，在他没有恢复镇静之前我不想把他一个人留在这里。

“但是从某一天傍晚开始他就不再出现了，所有人都猜测他为什么缺席。最后大家一致认为他是坠入了爱河，决定展开调查。您知道，一群闲得发慌的年轻军官，也没什么正经事干，尽做些傻事。经过抓阄，刺探消息的任务落到了我身上。第二天我就弄清了谜团。我偷偷地跟在他后面，一直到了摩尔人社区，看到他走进了一栋房子，是一栋典型的阿拉伯民居。虽然我不敢相信，但是开始我真的以为他跟哪个摩尔女孩儿有私情。我找了个借口进了那家的大门。谁知道是什么借口来着，根本记不起来了。您知道我发现了什么？他正在上阿拉伯语课，在学习阿拉伯语！我们这位伟大的非洲将领，杰出的常胜将军，我们祖国的救世主，虽然很努力，却怎么也学不会阿拉伯语。因为他既不理解摩洛哥民族，也丝毫不把他们放在心上。而我在乎他们。对我来说他们很重要，非常重要。我跟他们相互理解，因为我们是兄弟。我通晓书面阿拉伯语，还有切尔哈语，它是里夫地区卡比拉人的方言，反正通用的我都懂。而这一点让那位全西班牙最年轻的少校大为光火，他可是非洲军队的骄傲。而且碰巧又是我发现了他正努力克服自己的短处，这更是让他心存怨恨。总之，那都是年轻时的蠢事。”

他说了几句我听不懂的阿拉伯语，仿佛是在向我展示他的语言能力，就好像我不知道这一点似的。他又喝了一口酒，我第三次给他倒满酒杯。

“您知道当塞拉诺提名我当外交部长的时候，佛朗哥怎么说吗？他说：‘你是说要提名小胡安·贝格贝尔当外交部长？可他是个疯子！’我不知道他为什么会把我归结为疯子，很可能是因为对他那像铁一样冰冷的灵魂来说，任何稍稍带有激情的行为都像是精神错乱。不过也许我真的疯了。”

他又喝了一口酒，说话的时候几乎都不看我，只是在如流水般的自言自语中倾吐着内心的苦涩。说话，喝酒，说话，抽烟。愤愤不平，滔滔不绝。而我默默地听着，还是无法理解他为什么要跟我说这一切。我们以前几乎没有单独相处过，如果没有罗萨琳达在场，他几乎都没跟我说过几句话，我知道的他的一切基本上都是从罗萨琳达那里听来的。然而，在这个人生和职业的特殊时刻，在标志着一个时代戛然而止的时刻，不知道出于什么原因，他决定把信任投注在我身上。

“佛朗哥和塞拉诺说我精神错乱，还说我受了一个女人的毒害和蛊惑。在这样的形势下居然还能听到这种愚蠢的话！我们的‘裙带领袖’甚至还想给我上道德课，可他自己在家里跟夫人生了六七个孩子，却整天往一个侯爵夫人的床上跑，还开车带着她去斗牛场。他们居然还想把通奸罪写进刑法，真是天大的玩笑。我当然喜欢女人，怎么可能不喜欢？但是我跟我夫人已经分居很多年，没有必要向任何人解释自己的感情，也没有必要向谁交代我每天跟谁同宿同起，我有这个权利。不瞒您说，我有过一些罗曼史，所有我能得到的爱情。那又怎么样呢？难道我在军队中或在政府中是一个罕有的败类吗？不，我跟所有人一样。但是他们很尽职地为我贴上了一个被英国女人迷住的花花公子的标签。他们想要拿我的脑袋去向德国人表忠心，就像希律·安提帕斯要施洗者约翰[①]的脑袋一样。那就拿去好了，我等着呢，即便如此也不该这样践踏我啊！”

“他们对您做什么了？”我问。

“他们到处散布关于我的谣言，给我编造了一段不光彩的过去，还给我扣上邪恶的花花公子的名声，说我为了一个女人出卖自己的国家。他们放出风声，说罗萨琳达勾引我还强迫我背叛西班牙，说霍尔拿重金收买我，还说我从得土安的犹太人那里勒索巨额钱财，条件就是保持反对德国的姿态。他们派人日夜监视我，我甚至开始担心起自己的人身安全了，您别以为我在杞人忧天。而这一切只不过是因为我作为外交部长，想尽量作出明智的决定，并且努力表达我的想法。我跟他们说了，我们不能断绝跟英国人和美国人的关系，因为还得靠他们提供必要的小麦和石油，这样可怜的西班牙人民才不至于饿死。我也坚持在内部事务上不能让德国人插手，应该坚决反对那些干涉内政的做法；卷入战争并站在德国人一边对我们一点儿好处也没有，就算我们认为可以从中获得海外殖民地。但是您觉得他们会考虑我的建议哪怕是一丝一毫吗？完全不会。不但没有理会我的意见，还指责我精神错乱，就因为我认为不应该在一支横扫欧洲的军队面前屈服。您知道我们伟大的塞拉诺先生最近的天才创举吗？您知道他最近老说什么话吗？‘有没有面包都要参战！’您觉得怎么样？到最后被认为疯了的人居然是我，简直荒唐至极！抵抗让我失去了这个位置，谁知道最后会不会要了我的命。我现在孤身一人，希拉，独自承受这一切。部长的职位、军人生涯，还有各种私人关系，所有的一切，所有的一切都毁于一旦。现在他们把我发配到隆达接受住所监禁，谁知道是不是想哪一天给我一张军事判决书，然后随便找个墙根一枪把我解决掉。”

他摘下眼镜，用手蹭着眼睛，看上去筋疲力尽，非常苍老。

“我很困惑，也已经独木难支了。”他低声说，然后重重地叹了口气，

---

①希律·安提帕斯是古代犹太统治者，大希律王之子。《新约》记载，他因为施洗者约翰批评他，所以将他逮捕处死。

“我多么希望一切都能重来，希望我从来没有放弃过我的摩洛哥幸福岁月。多么希望这场噩梦从来就没有开始过。我只能从罗萨琳达那里得到一些慰藉，但是她已经走了。所以我才来找您，请求您帮我把消息传到她那里。”

“她现在在哪儿？”

这几个星期我一直在暗暗地问自己这个问题，却不知道去哪儿寻找答案。

“里斯本。她不得不匆忙离开了。”

“为什么？”我警觉地问。

“因为盖世太保要对她下手，所以她不得不离开西班牙。”

“可是您作为部长难道没有任何办法吗？”

“我？对那些盖世太保？我没办法，谁也没办法，亲爱的。最近我跟所有德国代表的关系都很紧张。他们政府中有人专门通知大使馆人员，说我反对西班牙参与战争，反对西班牙跟德国过度亲密。不过就算我跟他们关系很好也不见得管用，盖世太保横行霸道，肆意妄为，根本不受政府机构的管辖。我们了解到罗萨琳达在他们的暗杀名单内，所以一天晚上她简单收拾了一下就飞到了葡萄牙，其他的东西都是我们后来寄过去的。本·沃特，美国大使馆的海军参赞是唯一一个送我们去机场的人，他是一位出色的朋友。其他人谁也不知道她在哪儿，或者说其他人都不应该知道。但是现在，我想把这件事情告诉您。很抱歉在这种时间和这样的情况下闯到您家里来，但是明天他们就要把我送往隆达，我不知道要有多长时间不能跟她联络。”

“您想让我做什么？”我问，终于明白这次突如其来的拜访的原因。

“请您想办法把这些信件通过英国大使馆的外交邮件系统送到里斯本去。麻烦您交给艾伦·希尔加斯，我知道她跟他有联络。”他一边说一边从衣服内袋中掏出三个厚厚的信封，“这都是我这几个星期写的，但是我被监视得太严密了，不敢通过任何一个渠道把它们发出去，您也知道，他们对我已经完全失去了信任。而今天，因为这份正式的停职通知，他们像是宣布了停战，降低了警戒等级，所以我才能到达您这里而没被跟踪。”

“您确定吗？”

“百分之百确定,您不用担心。”他肯定地说,这让我的恐惧稍稍缓解。“我叫了辆出租车,因为不想用公车。后面没有任何车辆跟着,我确认过。而且他们也不可能徒步跟踪我。我一直待在出租车里，直到看到门房出去扔垃圾，才偷偷溜进来，没有人看到我，您放心吧。”

“您怎么知道我住在这里？”

“我怎么会不知道？是罗萨琳达选的这个地方，我也一直很清楚事情的进展。她对您的到来和加入他们国家的事业抱有很大的期望。”他又笑了一下,抿着嘴,嘴角几乎都没有动。“我很爱她。您知道吗,希拉,非常爱她。我不知道能不能再见到她,但是如果我们再也没有机会相见,请您转告她，在这个悲伤的夜晚，如果她能陪伴在我身边，我愿意付出生命的代价。您可以再给我倒杯酒吗？”

“当然，您别客气。”

我已经不记得他喝了多少杯了，可能有五六杯。一口一口的酒喝下去，他似乎从忧伤中稍稍解脱了出来，情绪放松多了，但还是没有要走的意思。

“很幸运的是罗萨琳达去了里斯本，总算披荆斩棘闯出一条路。您也了解她，她有一种惊人的能力，可以适应任何环境。”

罗萨琳达·福克斯，没有人能像我这位朋友一样，多少次被绊倒，又多少次从零开始创造自己的人生。她和贝格贝尔是多么奇特的一对啊，两人个性迥异，却又互补得天衣无缝。

“您有机会的话去里斯本看她吧，能跟您一起待几天她一定会非常高兴的。我刚才给您的信上有她的地址，您在转交这些信件之前先把地址抄下来吧。”

“我会的，我保证。您也打算去葡萄牙吗？等到这一切都结束了，您有什么打算吗？”

“您的意思是等我结束被监禁？我也不知道，也许要几年，也许这辈子都别想活着出来了。一切都很不明朗，我甚至不知道他们会给我安上什么样的罪名。反动罪，间谍罪，还是叛国罪？反正欲加之罪何患无辞。但是如果真主能站在我这一边，也许这一切很快就能结束了，到时候我想我会的，会去国外。上帝知道，我不是什么自由分子，但是真的看不惯战争胜利后佛朗哥的集权和自大。我们很多人还曾经为他建立的这个可怕政权添砖加瓦。您都想象不到我有多么后悔，在战争期间居然帮着他在摩洛哥做宣传。我不喜欢这个政权，一点儿也不喜欢。我不喜欢这个整天向我们鼓吹伟大和自由的怪胎。我这一生大部分时间都在国外度过，在这里我感到格格不入，很多东西都很陌生。”

“您以后可以回摩洛哥去，”我说，“跟罗萨琳达一起。”

“不，不。”他断然否决，“摩洛哥已经是过去时了，已经没有我的立足之地。当过那里的总督以后，我不能再担任任何低级的职位了。虽然我的内心隐藏着巨大痛苦，但是恐怕在我的生命中，非洲这个章节已经结束了。当然，我说的是职业生涯。因为只要我活着，我的心就会紧紧地系着那片土地。愿真主保佑，就是这样。”

“那……”

“一切都取决于将来我在军队中的状况。我现在被元首捏在手里，托上帝的福，他是西班牙所有军队的大将军。真的很令人恼火，好像上帝也跟这些折磨人的事情有关系。他有可能一个月之内就解除对我的监禁，也有可能把我判处绞刑并公之于众。二十年前谁能想到，我的生命竟然会掌握在小佛朗哥的手里。”

他再次摘下眼镜，擦了擦眼睛，再次倒满酒，点上一根烟。

“您看上去非常累。”我说，“为什么不回去睡觉呢？”

他看着我，像一个迷路的孩子。可是他的背上却背负着五十多年的人生，背负着摩洛哥西班牙保护区最高行政职位，还有一个轰然倒塌的外交部长职位。他的回答诚实得令人心酸。

“我不想走，我没有办法独自待在那栋凄凉的大房子里，虽然到目前为止那儿还是我的官邸。”

“如果您愿意，就在这儿睡吧。”我建议道。虽然知道邀请他在家里过夜对我来说意味着巨大的风险，但是如果我把他关在门外，把他推出去，让他在马德里的大街上独自游荡，以他现在的状态，他可能什么傻事都干得出来。

“我很担心没有办法闭上眼睛。”他不得不承认，嘴角挂着一丝悲伤的微笑。“但是真的很感谢您让我休息一会儿。我不会打扰您的，请放心。这里对我来说就是暴风雨中的一个避风港，您没有办法想象被抛弃后的孤单有多么苦涩。”

“就当在您自己家里一样。我给您找一条毯子，万一您想躺一会儿。脱掉外套，解开领带，让自己舒服一点儿。”

我去找毯子的时候，他照着我的话做了。我回来的时候他穿着衬衫，再次倒了一杯白兰地。

“最后一杯了。”我说着，不容质疑地收走了酒瓶。

我在桌上放了一个干净的烟灰缸，把一条毯子搭在沙发背上，然后坐到他身边，轻轻地抓住他一边的胳膊。

“一切都会过去，胡安·路易斯，让时间来结束这一切吧。早晚都会过去的。”

我把头轻轻地靠在他的肩膀上，他把手放在我的手上。

“希望上帝能听到您的话，希拉，愿上帝保佑我们。”他小声地说。

我去睡觉了，留下他独自面对满腔悲愤。就在穿过走廊向房间走去的时候，我听到他用阿拉伯语说着什么，但我听不懂。我辗转反侧难以入睡，可能到凌晨四点多才闭了闭眼，做了些古怪不安的梦。他从走廊另一头出去时关门的声音把我惊醒了，我看了看闹钟，七点四十。从那以后我再也没有见过他。

42

被人跟踪的恐惧好像突然消失了。在拿这种没有什么确凿证据的猜测去扰乱希尔加斯之前，我必须马上跟他联系，把这些消息和信件送到他手里。贝格贝尔的状况远比我自己的害怕重要得多，为了他，为了我的朋友罗萨琳达，为了所有人，必须马上行动。所以，那天早上我把那片说自己被跟踪的样板剪得粉碎，取而代之的是一张新样板："昨夜贝格贝尔来。已被赶出外交部。情绪非常紧张。被送往隆达监禁。担心生命危险。交给我信件，望通过大使馆外交邮件转交里斯本福克斯太太。等待紧急指示。"

我考虑了一下要不要在中午的时候去Embassy向希尔加斯发出警报。虽然他肯定一大早就得到了贝格贝尔被停职的消息，但是胡安·路易斯亲口告诉我的那些细节一定会对他非常有帮助。另外，我觉得应该尽早把这些给罗萨琳达的信件转交出去，考虑到写信人所处的环境和状况，我相信它一定不只是卿卿我我的情书，肯定还包含着无数敏感的政治内容，无论如何都不应该由我来保管。但已经是星期三了，就像所有的星期三一样，我会按时去美容院。想来想去我最终还是决定采用常规的交流渠道，而不去动用在紧急情况下才适用的警示方法。因为那样也只是将消息到达的时间提前一到两个小时。一上午我都在努力集中精力工作，接待了两个顾客，毫无胃口地草草吃完午饭。三点三刻的时候我出门走向美容院，将那卷样板紧紧地包在一块丝帕中，藏在包里。外面看起来像是要下雨，但我决定不叫出租车。我需要呼吸新鲜空气，驱走那团让我心神不宁的阴云。我一边走，一边回忆关于昨天晚上那次令我茫然失措的来访的所有细节，试图猜测希尔加斯和他的组织会采取什么措施，处理那些信件。我思考着，同时注意了一下身后，似乎没有人跟踪我。不过也许因为太焦虑,太专注于思考,即便有人跟踪我也发现不了。

隐含着情报的样板被藏在了衣柜里，负责管理衣帽间的那位鬈发女孩在跟我目光交错时没有显露出任何知情的痕迹。她要么是一个完美的老情报员，要么是对眼皮底下发生的事情一无所知。美发师一如既往地热情接待了我。我的头发已经垂到了肩膀以下。烫头发的时候，我一直假装专注地阅读一本当期的杂志。事实上我对这本女性杂志一点儿也不感兴趣，上面全是各种药方、充满伦理教育的甜蜜爱情故事，还有一篇关于哥特式教堂的详尽报道，但是我从头到尾把它读完了，一直没有抬起目光，就为了避免跟其他顾客接触，因为她们的谈话更让我乏味。只要不是碰巧遇到某位顾客，这几乎是常事，我就根本不打算跟任何人聊天。

从美容院出来的时候包里已经没有了那些样板，虽然发型完美得无可挑剔，但我的情绪依然低落。下午的天依然阴郁，我决定不直接回家，先在外面散会儿步。在等待希尔加斯传递消息并下达指令期间，我宁可找些事情分散下注意力，好让自己不去想贝格贝尔的那些信件。我漫无目的地从阿尔卡拉大街走到了中央大街，开始的时候脚步平稳自信，但是渐渐地，越往前走，我就发现路上的人越来越多，那些衣着考究的行人跟擦鞋人、卖艺人和展示着身上的伤残以博取怜悯的残疾乞丐们混杂在一起。那时我才意识到自己正在超越希尔加斯划定的界限，进入高风险区域，还很可能会遇到曾经认识我的人。当然了，他们也许根本不会想到这个穿着优雅的灰色羊毛大衣的女人就是几年前的小裁缝希拉，但是我决定找家电影院度过这个下午，避免过分暴露自己。

我找到一家叫做音乐宫的电影院，正放映《蝴蝶梦》。我到的时候电影已经开始了，但是无所谓，因为我对电影的情节不感兴趣，只想找一个私密的空间打发这段时间，等着有人把行动的指示送到时装店。引导员陪着我走向最后几排座位，银幕上的劳伦斯·奥利弗和琼·芳登正开着一辆敞篷车在弯弯曲曲的公路上飞驰。等视觉适应了环境的黑暗，我才发现巨大的放映厅几乎坐满了，但是我这排和这片区域，因为太偏远，只有零零星星的几位观众。左边有几对，右边则一个人都没有。不过很快，在我坐下后不到两分钟，有个人在这一排最右边的椅子上坐了下来，跟我就隔着十到十二个座位。一个男人。独自一人。一个在黑暗中看不清面容的男人。如果不是穿着浅色的华达呢大衣且把领子竖起来，绝对不会引起我任何注意的男人，跟一个多星期前跟踪我的那个人一模一样。穿着华达呢大衣竖起领子的男人，从他目光的方向来判断，他对我比对电影情节更感兴趣。

我背上立刻冒出了冷汗，突然明白之前的推测并不是毫无根据，而是确有其事。那个人为我而来，也许从美发店出来后就开始跟踪我，甚至有可能从我出家门时就开始了。他跟在我后面走了那么长的路，看着我在电影院入口处的售票口买票，看着我走过大厅，进入放映厅，找到座位坐下来。然而，好像偷偷摸摸的监视还不够似的，一找到我，就在离我仅几米之遥的地方坐了下来，拦住我的去路。而我，因为被贝格贝尔停职的消息弄得心烦意乱，竟然在最后一刻决定不告诉希尔加斯自己被跟踪的消息，虽然这份怀疑随着时间的推移不断加深。我的第一个念头就是逃走。但是马上就发现自己被逼进了死胡同。如果他不侧身让我，我就没有办法进入右边的走廊。如果我从左边出去，就不得不打扰那几个观众，他们一定会因此而抱怨，站起来或者缩起腿让我勉强通过，这样一来，那个陌生人就有足够的时间离开他的座位然后跟上我。这时候我想起了希尔加斯在美国大使馆跟我一起吃饭时的忠告：即使怀疑被跟踪了，也要保持冷静、自信，表面上要表现得一切正常。

但是那个穿着华达呢大衣的陌生人如此嚣张绝不是什么好兆头，之前只是暗地里谨慎的跟踪，现在居然变成了堂而皇之的扬威，似乎在无声地说：我在这儿就是为了让你看到我，为了让你知道我在监视你，我知道你的一举一动，为了让你知道我可以轻而易举地介入你的生活，你看，今天我决定跟着你来到电影院并且挡住你的去路，明天我就可以对你为所欲为。

我假装没有在意他，努力让自己的注意力集中到电影上去，但是我做不到。一幕幕画面在我眼前掠过，既不连贯又毫无意义：一座豪华却凄凉的庄园，一个长得像巫婆一样的管家，一个永远做错事的主角和一个漂浮在空气中的美丽女人的鬼魂。整个放映厅里的观众似乎都被情节征服了，而我却在为另一件更真切的事情心急如焚。时间一分一秒地过去，屏幕上不停地出现黑、白、灰交替变换的图案，我几次故意让刘海垂下来盖住右半边脸，然后透过刘海偷偷地观察那个陌生人。但是遥远的距离和暗淡的光线让我无法分辨出他的容貌。我们之间似乎建立起了一种沉默又紧张的关系，似乎因为我们两个都对电影不感兴趣而有所感应。当那个不知名的主角打破了陶瓷人像的时候，我们俩谁也没有屏住呼吸；当管家试图劝说主角跳楼自尽的时候，我们俩谁也没感觉到恐慌；甚至当知道也许正是马克西姆·德文特自己杀死了那个堕落的妻子时，我们俩谁也没感到心中一凛。

曼德利庄园成为一片火海之后，银幕上出现了“完”的字样，放映厅里逐渐亮起灯光。我下意识地挡住脸。不知道出于什么荒唐的原因，我竟然感觉失去了黑暗的庇护，在那个跟踪者面前会变得更加脆弱。我低下头，让头发遮挡住大半张脸，假装专注地在包里翻找着什么。当我终于偷偷抬起目光往右边看时，那个男人已经消失了。我一直坐着直到屏幕一片空白，恐惧仍然牢牢地盘踞在心头。所有的灯都已经打开了，最后几个观众也正在离开，引导员进来搜寻客人们遗留下的垃圾和遗忘在椅子上的物品。我依然战战兢兢，但鼓起勇气站了起来。

巨大的前厅已经挤满了嘈杂的人群，外面下着暴雨，准备离开的观众和等待观看下一场电影的观众挤作一团。我半躲在一个偏远角落的柱子后面，在人群、讲话声和无数支香烟的烟雾中，获得了一种不会被人认出来的安全感，还有短暂的放松。但是人群很快就四散开去。刚来的人终于进入放映厅，浸入德文特一家的冒险与鬼魂中。其他人，那些最未雨绸缪的举着伞戴着帽子，那些最不谨慎的竖起衣领打开报纸挡在头上，而那些最勇敢的则直接冲进雨里，都渐渐地离开了电影院这个虚幻的世界，回到街上去面对每一天的现实，就像那个秋日的夜晚从天而降的密集暴雨一样无情。

想要找到一辆出租车肯定是不可能的了，所以，就像前面那几百人一样，我鼓起勇气，仅用一块丝帕包住头发，把大衣领子竖起来，就准备冒雨走回家。我的脚步十分匆忙，急切地想要把这场暴雨和那种时刻有人在追赶我的感觉都抛在后面。我不停地回头看，有时候感觉有人在跟着我，有时候似乎又突然没人了。任何一个穿着华达呢大衣的身影都让我不自觉地加快脚步，即便他的体型跟我害怕的那个人毫无相似之处。有个人从我身边匆匆而过，一感觉到他不经意地蹭到我的胳膊，我立刻飞奔到已经关门的药店旁躲了起来。一个乞丐拉了拉我的袖子乞求施舍，得到的却是一声惊恐的大叫。我试图紧跟着几对看上去衣冠楚楚的夫妇的脚步，但是我的过分靠近却让他们起了疑心，慌忙躲避。地上的小水洼把我的丝袜溅得满是泥点，左脚的鞋跟还卡进了一个下水道口。我紧张不安、万分焦急地穿过马路，根本没有注意到路上的交通状况。在一个十字路口，一辆汽车的大灯晃得我头晕眼花。稍微往前一点儿，我又被一辆小汽车的喇叭声吓了一跳，还差点儿被一辆有轨电车轧到；没走出几米远，一辆深色的轿车朝我直冲过来，我本能地一个箭步跳开才没有被撞到。也许是因为雨大，司机看不到我。但也许他看到了。

回到家的时候我已经浑身湿透，几乎都喘不过气来。门房、巡夜人、几个邻居，还有五六个好事者挤在离我家门厅不远的地方，暴雨已经把楼下的地下室淹了，他们正在估计损失情况，谁也没有注意到我的出现。我三步并作两步地爬上楼梯，一边摘下头上湿透的丝帕，一边找钥匙，庆幸终于回到了家，甩掉了那个跟踪者。真想洗个热水澡，驱走体内的寒气和内心的恐惧。但是我没能庆幸多久。一打开门，我就发现屋里有些异样。

家里本应是一片黑暗，客厅里开着一盏灯确实有些反常。但这可以找到合理的解释：虽然马努埃拉女士和两个女孩每天离开的时候都会把所有的灯关掉，但是也许那天下午她们刚好忘记了最后检查一遍。所以异样并不来自灯光，而是我一进门看到的东西。一件华达呢大衣。浅色，男式。挂在衣架上，缓缓地往下滴着水珠。

43

衣服的主人正坐在客厅里等我。很长一段时间内我一句话都说不出来，好像有永远那么漫长。那位不速之客也没有立即开口。我们只是怔怔地对视着，淹没在无数混乱的回忆和感情里。

“你喜欢这部电影吗？”他终于问。

我没有回答。站在面前的就是那个一直跟踪我的人，也是五年前穿着一件相似的华达呢大衣从我生命中离开的那个人，那个得知我爱上了别人即将离他而去时，拖着打字机在昏暗中逐渐远去的背影。伊格纳西奥·蒙特斯，我的第一个男朋友，又再次进入了我的生活。

“我们都变了很多，是吗，小希拉？”他站起身向我走过来。

“你在这儿干什么，伊格纳西奥？”我终于小声问。

我还没有脱掉大衣，水正一滴一滴地聚到脚底下，在地板上形成了一个个极小的水洼。但是我没有动。

“我是来看你的。”他回答，“去把自己擦干，换件衣服，我们得谈谈。”

他笑了，这笑容好像在说：我来找你不怀好意。这时，我意识到自己离刚才进来的门只有两米远，也许我可以试图逃走，跑下楼梯，跑过门厅，然后跑到街上，狂奔。但是我马上就放弃了这个念头。在弄清楚自己面对的究竟是什么状况之前，我不应该表露出过激的反应。所以，我也朝他走去，直面他。

“你想干什么，伊格纳西奥？你怎么进来的？为什么来找我？为什么要监视我？”

“等会儿，希拉，等会儿，一个一个地问吧，别一下子提那么多问题。但首先，如果你不介意，我希望先放松一下。我有点儿累。你知道吗？昨天晚上你让我不知道熬到了几点。你可以给我倒杯酒吗？”

“以前你不喝酒。”我努力保持镇定。

一阵冷冷的笑声像刀刃般锋利地撕裂了客厅的空气。

“你记性真好！看起来这么多年你的生活中产生了很多有趣的故事，但你居然还能记得这样的小事，真让人不敢相信。”

听上去不像是真的，没错。但是我真的记得。不但记得这一点，还记得很多其他的事情。记得我们每天傍晚漫无目的的散步，记得点着小灯笼的狂欢舞会上一场又一场的热舞，记得他那时候的乐观和柔情。记得我自己，一个卑微的小裁缝，除了跟男人结婚以外没有任何其他的前途。而现在，这个男人的出现却让我充满了恐惧和不安。

“你想喝点儿什么？”我终于问道，努力让自己的声音听起来镇定，不要表现出惊慌。

“威士忌，白兰地，都无所谓。你平时招待其他客人的酒就行。”

我把头一天晚上贝格贝尔喝剩的那瓶酒全都倒了出来，总共也没剩多少。回到他身边时，我注意到他穿着一件普通的灰色西服，质地和剪裁都比当年我们在一起时穿的衣服好，但比最近围绕在我身边的那些男人穿得要逊色不少。我把酒杯放在他身边的桌子上，这时我才发现桌上有一个 Embassy 糖果盒，包在银色的包装纸中，用玫瑰色的丝带系着醒目的蝴蝶结。

“某位仰慕者给你送来了一个礼物。”他说着用指尖抚摸着那个盒子。

我没有回答，因为无法回答，几乎连大气都不敢出。我知道这份突然出现的礼物的包装纸上，有某个地方藏着希尔加斯的密码信息，一个除了我谁也不能知道的信息。

我在沙发一角坐了下来，离他远远的，依然浑身湿透，紧张而僵硬。然后假装不理会那些糖果，一边从脸上拂开一绺湿头发，一边默默地打量着伊格纳西奥。他还像以前那么瘦，但是面容已经判若两人。丝丝缕缕的白发爬上双鬓，虽然他还没过三十。眼周有明显的黑眼圈，法令纹很深，面容憔悴，看起来生活并不平静。

“哎呀，希拉，多少年过去了！”

“五年。”我不假思索地说，“现在，麻烦你告诉我，你来干什么。”

“不只一件事。”他说，“不过，首先我希望你去换上干衣服。另外回来的时候，请把你的证件拿过来。若在电影院门口找你查证件，以你现在的身份，我觉得不太合适。”

“我为什么必须给你看我的证件？”

“因为，我听说你现在是个摩洛哥公民。”

“这跟你有什么关系吗？你没有权利干涉我的生活。”

“谁告诉你我没有这个权利？”

“你和我之间已经没有任何关系了，伊格纳西奥，我已经是另外一个人了。我现在不但跟你没有关系，跟我们在一起的时候认识的任何人都没有关系了。这些年我的生活中发生了太多的事情，我早已经不是过去的我了。”

“我们谁也不是过去的自己了，希拉。经历了这样一场战争，谁也不可能保持原样。”

一阵沉默。我的脑中好像有一群乱飞的海鸥，无数回忆的片段涌上心头，无数种复杂的情感在心中交缠，几乎让我无法控制。坐在面前的这个男人，曾经差一点儿成为我孩子们的父亲，全心全意地宠我爱我，而我却狠狠地伤害了他。他有可能成为我最可怕的噩梦，也许这五年他一直都独自咀嚼着怨恨，随时准备找机会报复我的背叛。比如说，告发我，揭露我的真实身份，让我过去欠下的那些债都大白于天下。

“战争期间你在哪儿度过的？”我战战兢兢地问。

“在萨拉曼卡。战争爆发前几天我去看望母亲，然后就被起义军堵在那里了。我加入了国民军，因为没有别的选择。你呢？”

“在得土安。”我不假思索地脱口而出。也许我不应该说得那么确切，但是话已出口，无法收回了。奇怪的是，这个回答似乎让他很满意。他的嘴角浮现出一丝微弱的笑意。

“哦，当然了。”他低声说，“当然了，这样一切都清楚了。”

“什么事情清楚了？”

“是我之前一直想弄明白的一件事。”

“你没有必要弄明白我的事，伊格纳西奥。你现在唯一应该做的就是把我忘记，然后不要再来打扰我。”

“我做不到。”他斩钉截铁地说。

我没有问为什么，因为害怕他会要求我作出解释，害怕他会斥责我的背信弃义，害怕他会把我当年给他造成的伤害全都扔回我的脸上，或者更可怕的事：害怕他会告诉我他还爱我，并求我回到他身边。

“你得走了，伊格纳西奥，你必须忘掉我。”

“我做不到，亲爱的。”他重复道，语气中充满了苦涩，“我最想做的就是忘记那个曾经践踏我的女人，但是我做不到。我如今在内政部安全管理局工作，负责监视和跟踪所有入境的外国人，尤其是那些有意在马德里长期定居的外国人。你是其中之一，而且是其中最值得怀疑的一个。”

我不知道该哭还是该笑。

“你想干什么？”等终于能说出话来的时候，我问。

“你的证件。”他要求说，“护照，以及这座房子里所有从国外过来的物品的海关手续。不过先去换衣服。”

他的声音冷冷的，充满了职业的自信，跟以前那个伊格纳西奥完全不同。记忆中的他永远充满了柔情，甚至可以说是充满了孩子气。

“你能给我看看你的证件吗？”我低声问。虽然觉得他应该不是在说谎，但是我还是需要时间来消化这个事实。

他从外套内袋里拿出一个皮夹，单手打开，动作熟练，一看就是早已习惯了一次又一次地证明自己的身份。没错，证件上有他的照片、姓名、职务和刚刚提到的那个部委。

“稍等。”我小声说。

我走进了自己的房间，迅速地从衣柜里取出一件白色的衬衣和一条蓝色的裙子，然后打开放内衣的抽屉，准备拿干净的内衣。这时我的手指触摸到了贝格贝尔的信，藏在一堆叠好的内衣底下。我犹豫了几秒钟，不知道该怎么处理它们。是让它们保持原样，还是匆忙间找一个更安全的地方放起来？我急切地用目光扫视着房间，衣柜顶上？床垫底下？塞到被子里面？或者梳妆台的镜子后面，还是藏到某个鞋盒子里面？

“麻烦你快点儿。”伊格纳西奥在客厅里喊。

我把那些信使劲推到抽屉最里面，用好几件内衣完全盖住它们，然后一下子关上了抽屉。其他的藏匿之所也未必比这里更安全，听天由命吧。

我把自己擦干，换上衣服，然后从床头柜里拿出护照，回到了客厅。

“艾瑞斯·阿格瑞克。”他慢慢地读着我递给他的护照，“生于丹吉尔，住在丹吉尔。跟你一样的生日，真是巧合啊。”

我没有回答，突然有一种特别强烈的呕吐感，几乎控制不住。

“我可以知道你为什么改变了国籍吗？”

我飞快地在脑子里编了一个谎。我从来没有想过会遇到这样的事情，连希尔加斯都没考虑到。

“在丹吉尔的时候我的护照被偷了，那时候已没有办法向马德里申请新的护照，战争正处于白热化。一个朋友帮我想办法弄了摩洛哥的身份证，这样我就可以自由行动了。这不是一张假护照，你可以去查证。”

“我已经查证过了。那这个名字呢？”

“他们认为最好把名字改了，改得阿拉伯化一些。”

“艾瑞斯·阿格瑞克，这是阿拉伯语？”

“这是切尔哈语。”我骗他说，“是里夫地区卡比拉人的方言。”我一边说，一边想起了贝格贝尔超人的语言能力。

他沉默了一会儿，但是目光始终盯着我。我觉得胃里翻江倒海，但是努力控制着自己，生怕忍不住跑到卫生间去。

“我还需要知道你待在马德里的目的。”最后他终于说。

“工作。做衣服，像以前一样。”我回答说，“这是一家时装店。”

“带我看看。”

我带他走到最里面的客厅，一言不发地指给他看一匹一匹的布料、服装图样和杂志。然后带着他穿过走廊，把所有房间的门都打开。一尘不染的试衣间，客用卫生间。工作室里到处都是裁开的布料、样板和穿在模特身上的半成品。熨烫间还有几件衣服正等待熨烫。最后是仓库。我们一直并肩走着，就像以前多少次携手散步一样。我想起以前他几乎比我高出一个头，但现在我们之间的差距似乎不那么大了。倒不是因为我的记忆出了偏差，而是当我还是个时装店学徒，他还成天梦想着当公务员的时候，我从来不穿带跟的鞋子。五年以后，高跟鞋让我跟他只差了半个脑袋。

“再里面是什么？”他问。

“我的卧室，两个卫生间，四个房间。其中两个是客卧，另外两个空着。还有饭厅、厨房和服务区。”我飞快地说。

“我要去看看。”

“为什么？”

“我没有义务给出解释。”

“好吧。”我低声说。

我带着他一个一个房间地看，还是忍不住阵阵反胃。表面上装得很冷淡很镇定，但是内心就像热锅上的蚂蚁。我努力不让他看出来，在握住门把手、打开开关时，我的手在颤抖。贝格贝尔给罗萨琳达的信就在我的卧室里，藏在一堆内衣下面。一想到他有可能突发奇想打开那个抽屉，然后发现那堆信件，我就忍不住两腿发抖。他进了房间，到处巡视着，我的心揪成一团。他假装饶有兴致地翻了翻床头柜上的小说，又把它放回原位。然后用手指摸了一遍床脚，打开梳妆台的一个抽屉，又探身到阳台上看了一会儿。我多么希望他就此罢休，但他似乎完全没有收手的意思，做出了让我更加害怕的举动：打开一个衣柜，那里装着大衣和外套，他摸了摸一件大衣的袖子，另一件大衣的腰带，然后关上门。接着打开下一个衣柜，我屏住了呼吸，因为一排抽屉出现在我们面前。他打开了第一个，里面装的是手帕，他拎出一条看了看，另一条，又一条。然后关上，打开第二个抽屉。我咽了一下口水。里面是丝袜，他又合上了。当他的手指碰到第三个抽屉的时候，我感到脚下的地板都要塌陷了。就在那里，在那些丝绸内衣下面，藏着那堆用第一人称写的、最详尽最真实的、关于现在整个西班牙都在议论纷纷的更换外交部长这件事的手写文件。

"我想你有点儿太过分了，伊格纳西奥。"我低声说。

他的手在那个抽屉的拉手上停了几秒钟，仿佛在思考接下去该怎么做。我身上忽冷忽热，嗓子发干，心里充满了焦虑，甚至觉得一切都将在这一刻崩塌。直到我注意到他张开嘴准备说些什么。"我们继续吧。"最后他只是简单地说，然后关上了衣柜门。也许是出于对我仅存的一丝尊重，也许不过是因为难为情，或者是在职业操守中有一些他不敢逾越的界限，我永远也无从得知。我松了一口气，那一瞬间我很想哭，但是终于掩饰住了，重又扮演起被迫的导游。他又看了看我洗澡的浴室，吃饭的桌子，放食品的储藏室，还有女孩子们洗衣服的水槽。然后我们一言不发地回到客厅。我在心里暗暗地感谢上天，这次搜查总算逃过一劫。

他重新坐回原来的位置，我坐到了他对面。

"一切正常吗？"

"不。"他断然否认，"一点儿也不正常，完全不正常。"

我使劲闭了一下眼睛，又睁开。

"哪里不正常？"

"哪里都不正常，一切都不像应有的样子。"

我突然觉得脑海中灵光一闪。

"你想找到什么，伊格纳西奥？你想找到什么你没有找到的东西？"

他没有回答。

“你觉得这一切都不过是伪装，对吗？”

他还是没有回答，而是转移了话题，重新控制了谈话的节奏。

“我很清楚是谁布置了这一切。”

“这一切，什么？”我问。

“这个装模作样的时装店。”

“这一切都是真实的，我们在这里辛勤地劳动。我每天都要工作十个小时以上，一星期七天，一天都不休息。”

“我不相信。”他酸酸地说。

我站起来，走近他的椅子，坐在其中一侧的扶手上，然后轻轻地抓起他的右手。他没有反抗，但也没有看我。我抓着他的手指抚摸过我的手掌和手指，缓缓地，让他感受到我手上的每一寸皮肤，感受到我日夜辛勤劳作的这些年，剪子、针和顶针在我手上留下的厚厚的茧子。我感觉到，跟我的肌肤相亲让他浑身发抖。

“这是一双劳动妇女的手，伊格纳西奥。我知道你把我想成了什么人，知道你想象我正在干些什么事。但是我希望你明白，这不是一双被人包养的手。因为当年给你造成的伤害，我从灵魂深处感到深深的内疚，你真的不知道我有多么抱歉。我是对不起你，但是这一切都已经过去了，不可能再回头。你干预我的生活，寻找那些根本不存在的蛛丝马迹，也得不到任何好处。”

我停止了抚摸他的手指，但还是把他的手握在手中。他冰凉的双手，慢慢地有了温度。

“你想知道当年我走了以后都发生了什么吗？”我低声问。

他没说话，只是点了点头，还是没有看我。

“我们去了丹吉尔。我怀孕了，拉米罗抛弃了我，我又失去了孩子。我一个人，孤零零地被遗弃在一片陌生的土地上，奄奄一息，身上背着他以我的名义欠下的沉重债务，连寻死都找不到地方。警察整天找我麻烦，我经历过世界上所有的恐惧，还不得不参与到一些非法的事情中去。

后来，在一个女性朋友的帮助下，我开了一家时装店，重新开始工作。我日日夜夜劳动不辍，也交了些新朋友，是一些完全不同的人。慢慢地，我跟他们越来越亲近，进入了一个全新的世界，但是我从来没有停止过工作。我也认识了一个差点儿相爱的男人，也许能跟他一起找到幸福。但他是一个外国记者，我知道他早晚会离开，所以坚持不肯跟他开始恋情，因为害怕再次遭遇痛苦，害怕重新体验被抛弃时那种撕心裂肺的痛。现在我又回到了马德里，一个人，继续工作。你也看到了这里的一切。至于你和我之间的事情，我犯下的罪孽已经得到了报应，这一点你不必心存疑问。不知道这样你满意了没有，但是你放心吧，因为给你造成的伤害，我已经付出了百倍的代价。我心安了，因为我知道，我对你做出的事情和他对我做出的事情要维持平衡早已绰绰有余。"

我不知道这些话是不是让他受到了震动，是让他平静了一些，还是更加困惑。我们两个人都沉默了很久，他的手依然被我握在手中，我们的身体离得那么近，几乎可以感受到对方的温度。过了一会儿，我离开他，回到了自己的座位上。

"你跟贝格贝尔部长有什么关系？"他问。他的语调已经不再那么尖酸，但是也毫不示弱，介于刚才那一刻的亲密与之前的无限疏远之间。我注意到他努力恢复自己的职业态度，但很可惜，不算太成功。

"胡安·路易斯·贝格贝尔是我在得土安时的一个朋友。"

"什么朋友？"

"他不是我的情人，如果你想的是这个的话。"

"昨天晚上他跟你一起过了夜。"

"他在我家过了夜，但不是跟我一起。我没有必要向你交代我的私生活，但是我愿意向你澄清，免得你心存疑虑。贝格贝尔跟我之间没有任何感情瓜葛。昨天晚上我们没有一起过夜。不止昨天晚上没有，以前从来也没有过。我没有被任何部长包养。"

"那因为什么？"

"为什么我们没一起过夜，还是为什么我没有被部长包养？"

"他为什么来找你，早上八点左右才离开？"

"因为他刚刚知道自己被撤职了，不想一个人待着。"

他站起来，走向一个阳台，双手插在裤兜里，望着外面说：

"贝格贝尔是个白痴，是个投向英国人的叛国贼。被一个英国狐狸精迷住了的疯子。"

我苦笑了一下，站起来，走到他背后。

"你不了解，伊格纳西奥。你在内政部上班就得听内政部的命令，他们给你的任务就是让所有来到马德里的外国人胆战心惊，但是你根本不知道贝格贝尔上校是个什么样的人，为什么他会这样做事。"

"我只知道我必须知道的。"

"什么？"

"他出卖了祖国，是一个叛徒，一个不称职的部长。全世界都这么认为，报纸上都是这么说的。"

"好像报纸上有什么可信的内容……"我讽刺地说。

"不相信报纸还能相信什么？相信你那些新的外国朋友？"

"也许吧。他们比你们知道的多得多。"

他转过身来，朝我走了几步，直到离我不到一掌的距离，正对着我的脸。

"他们知道些什么？"他哑着嗓子问。

我突然意识到自己不该多说什么，所以沉默了，任他继续说下去。

"难道他们知道我可以让你明天一大早就被流放吗？他们知不知道，我可以叫人逮捕你，把你那光鲜亮丽的摩洛哥护照变成一团废纸，而你会被蒙上眼睛神不知鬼不觉地扔出这个国家？你的朋友贝格贝尔已经被人从政府里踢出来了，你没有保护伞了。"

他离我如此之近，以至于我可以清晰地看到他早晨刚刚刮过的胡茬，可以看到他的喉结随着说话声上上下下地滚动，可以观察到他的两片嘴唇的每一寸运动。就是这张嘴，曾经多少次地亲吻过我，现在却向我吐出了如此粗暴的威胁。

我孤注一掷地打出了最后一张牌，一张跟我的身份一样虚假的牌。

“贝格贝尔已经不在了，但是我还有其他的资源，你根本想象不到。时装店的顾客们都有有权有势的丈夫或情人，我与他们很多人都有很深的交情。只要我提出申请，至少有半打的大使馆能给我提供外交保护，首当其冲的就是德国大使馆。当然了，他们跟你们部门也有很深的渊源。只要一个电话，我就能保证自己毫发无伤。如果你坚持要插手不该插手的事情，最后吃不了兜着走的人很可能是你。”

我从来没有这样骄横无理地对人说过谎。很可能就是这个弥天大谎本身让我说起话来如此高傲。我不知道他是不是相信了。也许信了，因为虽然这个谎言跟我的人生轨迹一样令人难以置信，但是他面前站着的昔日恋人，确确实实变成了摩洛哥公民，就像在时时刻刻证明，那些匪夷所思的事情有一天真的会变成现实。

“那我们就走着瞧。”他咬牙切齿地说。

他从我身边离开，又重新坐下。

“我不喜欢你现在这个样子，伊格纳西奥。”我在他背后轻声说。

他哈哈大笑，笑中充满了苦涩。

“你以为你是谁，可以来评判我？难道你在非洲逃过了这场战争，装扮成贵妇人的样子回来，就高人一等了吗？难道你在家里接待了一位离经叛道的部长就比我尊贵吗？你在享受那些马屁精的鲜花糖果的时候，我们其他人却连黑面包和宾豆都要凭票领取！”

“我评价你是因为你对我很重要，我希望你好。”我回答道，声音几乎是从嗓子里飘出来的。

他报之以另一阵大笑，这次更加苦涩，但也更加真诚。

“对你来说，没有人比你自己更重要，希拉。我、为我、对我、跟我……我努力工作，我遭受苦难，我已经得到了报应，我，我，我。除了自己，你不关心任何人。难道你都懒得问一问昔日的那些朋友战后都怎么样了？你有没有想过，哪怕只有一次，穿着那些高级时装去看看他们，看看有没有谁需要你帮上一把？你知不知道原来的那些邻居都怎么样了？还有你年轻时候的那些朋友，这些年都是怎么过的？”

他的问题仿佛晴天霹雳，回荡在我的脑海中，就像眼睛里被出其不意地扬了一把石灰。我不知道该怎么回答，我什么都不知道，是因为我选择了不去了解。我遵从着别人的指令，这对我来说就是纪律。他们告诉我不要离开一定的圈子，我就不离开，努力不去看另一个马德里，真实的马德里，现实的马德里。我把自己的活动集中在这个城市中最美好最诗意的地区，强迫自己不去触摸它的另一面：那些满是炮坑的街道，满目疮痍的建筑，没有玻璃的窗户，干涸的水渠。我宁可不把目光投向那些在垃圾堆里翻找着碎土豆皮的人，那些穿着丧服在街上漫无目的游荡的女人，干瘪的胸前还抱着孩子，还有成群结队光着脚浑身脏兮兮的孩子，满脸都是干了的鼻涕，小小的光脑袋上全是痂子，拉着过路人的袖子苦苦乞求怜悯，先生，行行好吧，给点儿吧，小姐，给点儿施舍吧，上帝会报答您的。我是英国情报系统一位严格守纪又顺从的情报员，顺从到令人作呕，总是一字不差地遵从他们的指示，既不回到我原来的社区，也从不踏上过去的土地，避免知道故人和从小一起长大的密友的情况。我从来没有去寻找过那座小小的广场，从来没有踏进过那些窄窄的街道，也没有走过那里任何一级台阶。我没有敲过邻居的门，不想去了解他们到底怎么样，他们的家庭在战争中和战争后到底经历了些什么；从未试图去了解他们中有多少人已经死了，有多少人正在被监禁，而那些侥幸活下来的又是怎么挣扎着向前；我不希望任何人来告诉我他们的锅里煮着什么破烂菜叶，也不想知道他们的孩子都生着痨病，营养不良，永远光着脚；我也从来没有担心过他们充满了虱子和冻疮的悲惨生活。我已经属于另外一个世界，这个世界充满了国际阴谋、高级酒店、奢侈美发沙龙，还有开胃酒时间的鸡尾酒会。我跟那个到处飘散着尿骚味和煮甜菜味的悲惨世界已经没有任何关系了。或者至少我曾经这样认为。

“你什么都不知道，对吗？”他缓缓地说，“那你就听好了，我一件一件地告诉你。你的邻居诺尔波特死在了布鲁内特，他的大儿子在马德里一加入国民军就被枪毙了，不过听说他也曾经积极参与过镇压另一派的活动。二儿子现在在库尔加木罗斯挖石头，小儿子在额尔图埃索蹲监狱，他加入了共产党，就算不被枪毙，短时间内也出不来。他们的母亲，因格拉西亚女士，那位在你小的时候，每当你母亲出去工作时就会照顾你、待你像亲生女儿一样的女人，现在孤身一人，无依无靠，眼睛几乎瞎了，整天疯疯癫癫地在街上游荡，拿根棍子见什么打什么。你的社区已经没有鸽子，也没有猫的踪迹了，全都被吃掉了。你想知道在巴哈广场上跟你从小一起玩大的那些女伴的遭遇吗？我也可以告诉你，安德雷伊塔有一天下午从她工作的作坊下班回家，路过弗恩卡拉尔大街的时候，被榴弹炸死了……”

“我不想知道更多了，伊格纳西奥，我已经了解了。”我努力掩饰着自己的神情恍惚。可是他似乎根本没有听到我的抗议，还是继续诉说着这些可怕的事情。

“索莱，那个牛奶店的女孩，怀上了一对双胞胎，可孩子的父亲，一个民兵，却连姓名都没留下。她无力独自养活这两个孩子，只好把他们送进了孤儿院，从此杳无音信。据说她现在常常在塞巴达市场向那些搬运工出卖肉体，每次只收一比塞塔，而且就在那里，靠着砖墙。平时都不穿内裤，每天一大清早，当卡车陆续到达的时候，她就撩起裙子等着。”

我的脸上挂满了泪水。

“闭嘴，伊格纳西奥，请你闭嘴，看在上帝的分上。”我低声说，但是他还是没有理我。

“养鸡场老板的两个女儿，奥古斯汀娜和那缇，参加了一个民间的护士协会，战争期间一直在圣卡洛斯的一家医院工作。但是战争结束后，有人上门把她们塞进了一辆卡车，从此一直待在拉斯温达斯监狱里，她们在萨雷萨斯法庭受审，被判了三十年零一天的监禁。面包师家的女儿奇妮……”

“闭嘴，伊格纳西奥，别再说了……”我哀求说。

他终于停了下来。

“我可以告诉你更多这样的故事，几乎所有的我都听说了。每天都有我跟你在一起的时候认识的那些人来找我。所有人都异口同声地说，伊格纳西奥先生，我跟您说过话的，那时候您是小希拉的未婚夫，就是多洛雷斯女士的女儿，住在瑞登迪亚街上的那个裁缝……”

“他们为什么找你？”我哽咽着问。

“所有的人都为了同样的理由：求我帮他们从监狱里搭救某位家人，或者看看我有没有什么关系能让某人免于死罪，或者帮他们找个随便什么样的能糊口的工作……你没有办法想象那时候总指挥部里日复一日的场景：在前厅里，走廊里，还有楼梯上，永远都挤满了等着被接见的提心吊胆的人群，想尽一切办法求得哪怕是一丁点儿的希望，盼着有人能听他们说说情况，接待他们，或者给他们一点儿失踪亲人的线索，指点他们为了亲人的自由该去求谁……尤其是很多很多女人，非常多。她们没有生计来源，跟孩子相依为命，根本没有办法养活他们。”

“那你，你能帮到他们吗？”我努力驱散心头的焦虑和烦恼。

“很少，基本不能。跟战争有关的罪犯都归军事法庭管。来找我的人也都是走投无路的，对他们来说我就跟随便哪个在政府部门工作的人一样。”

“可是你是政府官员……”

“我只不过是个毫无权力的小公务员，部委中级别最低的，”他打断我，“除了倾听他们的悲惨境遇，我没有办法替他们做任何事情。如果恰好知道的话，我会告诉他们应该去哪儿找门路，看到他们陷入绝境的时候给他们几个钱。我甚至都不是长枪党人，只不过是战争爆发时的无奈之举让我恰好站在了最终胜利的一方，所以才得以重回部委，负责起他们交代给我的事情。但是我跟谁都不是一伙的。我看过了太多的恐怖事件，对哪一方都失去了尊敬。我只是服从命令，因为这是我的饭碗。忍辱负重，收起锋芒，只为了养家糊口，就是这样。”

“我不知道你还有家庭。”我说。他递给我一条手帕，我擦了擦眼泪。

“我在萨拉曼卡结了婚，战争结束以后回到了马德里。我有一个妻子，两个很小的孩子。不管白天多么艰难，现实多么残忍，至少每天晚上家里还有人等我回去。我们的家没有你这里豪华气派，但是永远点着一个火盆，走廊里回荡着孩子的笑声。我的两个儿子，一个叫伊格纳西奥，一个叫米盖尔，我妻子叫阿玛利亚。我从来没有像那时候爱你那样爱过她，她出门的时候也从来不像你那样摇曳生姿。我对她的欲望，甚至都没有今天晚上你握住我手的时候，在我心中引起的渴望的四分之一。但是她面对困难永远那么乐观，不管日子有多艰难，在厨房做饭的时候都会唱着歌。每个夜晚当我梦见自己再次回到前线，即将被人杀死，并且在噩梦中惊醒的时候，她都会紧紧地抱住我。”

“对不起，伊格纳西奥。”我几乎已经泣不成声了。

“也许我确实是个安于现状的懦夫，是这个复仇政府的走狗。”他一边说，一边死死地盯着我，“但是你没有资格评价喜不喜欢我现在变成的这个人，你没有资格给我上道德课，希拉。如果说我是个坏人，你只会比我更坏。我，至少在灵魂深处还有一丝同情，而你，我觉得你连这都没有。你不过是个自私自利的人，独自住在豪宅里咀嚼寂寞。一个连自己的出身都不肯承认的可怜虫，除了你自己，你谁都不在乎。”

我想大喊着叫他闭嘴，叫他别再来骚扰我，叫他永远永远不要再出现在我的生活中，却一句话也说不出来。我的身体仿佛变成了无穷无尽流淌的泪泉，就好像有什么把我的五脏六腑都生生撕碎了一样。我只是不停地哭，手捂着脸，一直哭一直哭。当我终于能停止抽泣回到现实中时，已经过了半夜，伊格纳西奥不在了。他悄无声息地走了，就像以前一直对我做的那样，细心体贴。然而他的出现给我带来的恐惧和不安却如影随形。我不知道这次拜访会有什么样的后果，不知道从那天晚上开始这位艾瑞斯·阿格瑞克将会怎样。也许，他会念在我是他多年前深爱过的女人放我一马，让我安安静静地继续走我的路。又或者，他为了完成自己在新西班牙的职责和使命决定向上司汇报我的虚假身份。也许，就像他说的那样，我会被逮捕，或者驱逐，或者从人间消失。

桌上还放着那盒看来清白无辜，实际上却蕴含着机密信息的糖果。

我用一只手打开，另一只手还在擦眼泪，盒子里只有二十四块牛奶巧克力。于是我又去检查包装纸，最后在捆包裹的玫瑰色丝带上发现了一些几乎看不见的点线。不到三分钟我就把它们破译了出来：紧急会面，找瑞克医生就诊，卡拉卡斯二十九号，早十一点，加倍警惕。

糖果盒旁边还有一杯几个小时前我给伊格纳西奥倒的酒。一口未动。就像他自己说的那样，我们谁也不是曾经的那个自己了。但是，尽管大家的生活都发生了巨大的变化，他却还是滴酒不沾。

第四部分

44

数百个衣着鲜亮养尊处优的人，在古巴乐队的伴奏下，在马德里赌场的皇家大厅迎来了一九四一年的元旦。而我，也是他们中的一个。

本来我是打算独自度过那个夜晚的，也许会邀请马努埃拉女士和两个女孩子跟我一起分享一道鸡肉大餐和一瓶苹果酒。但是我的两位顾客——阿尔瓦雷斯 - 比古妮娅姐妹的执意邀请让我不得不改变了主意。虽然对活动没有高涨的热情，但是为了那个夜晚我还是精心打扮了一番：梳了一个低低的发髻，用摩洛哥炭笔化了眼妆，以突出自己所谓的异域风情。我还为自己设计了一条银色筒裙，袖子宽大，腰间用宽腰带衬托出身材。这是款介于纯正的摩洛哥长袍和优雅的欧洲晚礼服之间的原创设计。姐妹俩的单身弟弟负责来时装店接我，他叫艾尔内斯托，除了小鸟一样的面容和献殷勤时的装腔作势，没有给我留下任何印象。到达以后，我迈着稳稳的步子踏上大理石台阶进入皇家大厅，假装毫不在意这个空间有多么豪华气派，也没有看到那些毫不掩饰地向我投来的目光，甚至都没有看一眼天花板上巨大的水晶灯，还有墙上气势恢宏的绘画和上着白浆的边框。我放射出的信息只有自信，自我主宰。似乎这种奢华的环境就代表着我最自然的生存状态。我来到这里就好像鱼儿进入了水中，怡然自得。

但这不是真实的我。虽然我每天都围绕着那些令人眼花缭乱的华服，就像这天晚上我周围的淑女名媛们炫耀的那些衣服一样，但是之前几个月的生活完全不是闲适随心的，而是日以继夜地在我的双重身份下，把所有的时间全都投入到两种工作中去。

两个月前我跟希尔加斯见了面，就在见到贝格贝尔和伊格纳西奥之后。那次见面成了我行为方式的分水岭。关于贝格贝尔我向他提供了最详尽的细节，但是关于伊格纳西奥我却只字未提。也许我应该跟他说的，但是不知道出于什么原因，我没有这样做。也许是因为羞怯，也许是因为不安或者恐惧。我很清楚伊格纳西奥的出现完全是由于自己的不谨慎，第一次怀疑被跟踪的时候就应该向希尔加斯通报，也许那样就能避免一个内政部官员轻而易举地进入我家中，还大模大样地坐在客厅等我。但是那次重逢又太过私密，倾注了太多感情，对我来说太过疼痛，所以我无法用情报工作中那些冷冰冰的模式将它套进去。避而不谈这件事情显然不符合他们给我规定的行为准则，而且挑战了我的最基本职责。但即便是这样，我也决定冒险一试。再说，这也不是我第一次对希尔加斯隐瞒些什么，因为我同样没有告诉过他，时装店里雇佣的马努埃拉女士也是我过去的一部分，而那个过去是他绝不允许我越雷池半步的。幸运的是，雇佣我的旧日恩师和伊格纳西奥的来访都没有造成直接后果，时装店至今没有接到任何驱逐令，也没有人要求我到哪个该死的办公室接受质询，穿着华达呢的阴魂不散的监视者也一下子失去了踪影。这是永久的停战还是一个短暂的间歇，仍然是个未知数。

在贝格贝尔被停职后希尔加斯跟我的紧急会面中，他依然表现得像我第一次见到他时那样冷淡而中立，但是他怀着浓厚的兴趣仔细听我讲上校来访时的每一个细节。这让我不禁怀疑，他们大使馆在接到贝格贝尔被停职的消息以后受到了巨大的冲击。

我毫不困难地找到了约定的见面地点，这是一栋老宅的一层，从外表上看毫无可疑之处。门铃一响，立刻有人出来开门，一位年纪较大的护士请我进去。

"瑞克医生正在等我。"我按照糖果盒丝带上的指示说。

"请跟我来。"

正如预料的那样，在进入宽敞的诊室时，我看到的不是什么医生，而是一个从事完全不同职业的浓眉英国人。和之前几次我在 Embassy 看到他一身蓝色军服不同，那天他一副平民打扮：浅色的衬衫，斑点领带，一套优雅的灰色法兰绒西服。除了身上的衣服不像医生，他跟周围各种专属于诊所的医疗设施也格格不入：一个金属的屏风，上面拉着棉布帘子，玻璃门柜子里装满了瓶瓶罐罐和各种器具，旁边有一张小小的诊断床，墙上挂满了各种头衔和行医执照。他用力握了握我的手，没有在寒暄和客套上浪费任何时间。

一落座我就开始讲述，几乎是一分一秒地回忆着贝格贝尔来我家的那个晚上，努力不遗漏任何细节。完整复述从他嘴里听到的内容，详细描述了他的状态，回答了十多个问题，然后把给罗萨琳达的信完好无损地交给了他。我讲了大约有一个多小时，他一直聚精会神地听着，表情凝重，一根接一根地抽着烟，直到不急不缓地抽掉一整盒黑猫。

"现在还无法说清楚这次换部长对我们究竟意味着什么，但是情况非常不容乐观。"他终于掐灭了最后一根香烟，"我们刚刚向伦敦通报了这一消息，目前还没有得到回复，所以现在几乎所有人都在观望。因此我请求您一定加倍小心，不要犯任何错误。在您的家里接待贝格贝尔这件事非常令人担心。我理解您当时不可能拒绝让他进门。让他平静下来，避免他引起更大的麻烦，这一点您也做得很对。但是这次的风险太大了。从现在开始，麻烦您要万分谨慎，尽量不要再出现类似的情况。并且请注意您身边的那些可疑人物，尤其是您家附近的，因为不能排除您也受到监视的可能性。"

"我不会的，您放心吧。"我猜测也许他们对伊格纳西奥和他的跟踪行为产生了一些怀疑，但是我宁愿不问。

"形势会变得更加混乱，这是我们目前唯一能肯定的。"他跟我握手道别的时候补充道，"一旦清除了碍事的外交部长，我们推测德国施加在西班牙领土上的压力和影响将进一步增加，所以您必须保持高度警惕，准备好应对一切意外。”

在接下来的几个月中我严格按照他的话去做：尽可能地避免一切风险，努力减少在公开场合露面的次数，在收集和传递情报时一万个小心。我们继续做着衣服，活很多，而且越来越多。马努埃拉女士加入时装店里带来的轻松持续了不过几个星期，顾客数量的增加，以及圣诞节的临近让我不得不全身心地投入到缝纫工作中去。不过在忙忙碌碌的时装工作之余，我也兢兢业业地履行着另一个职责：地下工作。两者并行不背，相辅相成。因此就像花时间精心缝制一件礼服的腰部一样，我也同样花时间去参加在德国大使馆举办的欢迎盖世太保头子希姆莱的招待会；而打听到这里的德国人都在狂热地等待柏林餐馆奥特霍切尔很快迁到马德里来，对我来说跟为一位男爵夫人的新衣服量尺寸没什么区别，虽然那是纳粹高官们在柏林最喜欢的餐厅。所有这些信息，我都一丝不苟地向希尔加斯汇报：小心翼翼地分解出所有材料，用最简练精确的词语表述出来，然后用针脚把信息转移到样板上，再准时传递出去。遵循希尔加斯的忠告，我一直保持高度警惕和高度集中的注意力，关注着周围发生的一切。因此那段时间我发现有些事情发生了变化：都是些很小的细节，有可能是新的环境造成的，也可能只是纯粹的偶然事件。某个星期六，我突然发现普拉多博物馆衣帽间里，那个负责接收我装满了样板画夹的光头男子不见了，我再也没有见过他。几个星期后，美容院衣帽间的那个女孩也消失了，取而代之的是另一个年纪大一些、体形稍胖但同样守口如瓶的女人。街上和各个场所的监视都更加严密了，我学会了如何去辨别那些负责监视的人：身形巨大如衣柜一样的德国人，沉默而威严，身上的大衣长及脚面；干瘦的西班牙人，总在某家门厅对面、某个场所旁边或广告牌后面紧张地抽着烟。虽然我基本上不属于他们的监视对象，但每次看到他们的身影，都会努力装作没注意到他们，然后改变方向或换一条路往前走。有时候为了避免从他们身边经过，或者跟他们迎面相遇，我会随便找一家店躲进去，或者停在一个栗子摊前面，或者假装在某个橱窗前驻足。但如果有时候跟他们不期而遇，来不及变换方向，也没有办法避开他们，我就会鼓起勇气，暗暗对自己说“来吧，咱们走着瞧”。然后迈着坚定的步子，平视前方，自信冷淡，几乎是高傲，好像我手里紧紧抓着的不过是刚刚随意购置的东西，或者装满化妆品的手提箱，而不是一堆密码信息，里面记录着在西班牙的第三帝国显赫人物的私人日程。

同时我也密切关注着周围政治环境的变化。就像在得土安时让哈米拉做的那样，每天早上我都会让玛尔提娜去买当天的报纸：《ABC》《万岁》《阿尔卡萨尔报》。吃早饭的时候，我一边喝牛奶咖啡，一边狼吞虎咽地了解西班牙和整个欧洲正在发生什么。通过报纸我了解到塞拉诺·苏聂尔自己当了新的外交部长，还跟踪阅读了他与佛朗哥访问德国、并在昂代会见希特勒的相关新闻。我还知道了德国、意大利和日本之间的三国协定，希腊被侵略，还有那段混乱的日子里，在世界版图上发生的无数令人头晕目眩的事件。

阅读、缝纫、传递信息，传递信息、缝纫、阅读，这就是我在这个即将结束的年度的最后几个月内日复一日的生活。因此，也许接受顾客的建议在俱乐部迎接新年，是我觉得自己该有些娱乐活动来缓解一下紧张的情绪和身体了。

一看到我们进入大厅，玛丽塔和泰德·阿尔瓦雷斯-比古妮娅就来到了我们身边。我们相互吹捧着衣着和发型，聊了些无关紧要的事情，开了几个玩笑，我一如既往地蹦了几个阿拉伯语词汇，还有一些装模作样的法语表达，同时偷偷观察了一下整个大厅，看到了一些熟悉的面孔，很多穿军装的人，还有卐字形徽章。我自问，这么多看起来轻松自在的人中间，有多少是像我一样的间谍和地下情报员。很可能有不少，所以我决定对谁都不能轻信，永远用怀疑的态度对待所有人，也许还能得到一些对希尔加斯和他的同伴有帮助的信息。我一边在脑海里飞速地思考着这样的计划，一边假装专注地参与到对话中去。玛丽塔离开了一会儿。等她回来的时候，挎着一位男士，一看到他，我就知道这个晚上一切又将发生巨大的变化。

45

“艾瑞斯，亲爱的，我想向你介绍我未来的公公，冈萨罗·阿尔瓦拉多。他非常想跟您聊聊他去丹吉尔的旅行，还有那边的一些朋友，其中有一些很可能你也认识。”

没错，站在我面前的正是冈萨罗·阿尔瓦拉多，我的父亲。他穿着一身法兰绒西服，手中拿着一个高脚杯，里面的威士忌已经喝了一半。目光交错的一刹那，我明白他完全清楚我是谁。紧接着我就意识到，邀请我参加这次庆祝活动是他的主意。当他捧起我的手贴近嘴唇行吻手礼的时候，整个大厅没有人能想象到，他手中握着的这五根手指属于他的亲生女儿。我们只见过几个小时，但是据说血缘关系有时候会强大到超越一切并创造奇迹。不过如果理性地想一想，也许是敏锐的洞察力和超人的记忆力，而不是父亲的本能让他认出了我。

他瘦了，白发也多了，但是身材依然魁梧。乐队开始演奏《那双绿色的眼睛》，他邀请我跳舞。

“你不知道再见到你我有多高兴。”他说。从他的语气中我似乎听出了真诚。

“我也是。”我在撒谎。事实上我也不知道自己是不是高兴。重逢来得太突然，让我还来不及理性地思考一下对见面本身的感觉。

“你改了名字，改了姓，听说还是摩洛哥国籍。不过我想你不会告诉我这一切都是为什么。”

“是的，我想我不会告诉您。此外，我也不认为您会对此感兴趣，这些都是我的私事。”

“请不要用‘您’称呼我。”

“好吧。你是不是也希望我叫你爸爸？”我微带嘲讽地问。

“不用了，谢谢。叫我冈萨罗就行。”

“好吧。你怎么样，冈萨罗？我以为你在战争中被人杀害了。”

“我活下来了，你也看到了。这是一个很长的故事，可怕的故事，对于这样一个辞旧迎新的夜晚来说不太适合。你母亲怎么样？”

“很好。她现在住在摩洛哥，我们在得土安开了一家时装店。”

“那么，最后你们还是听从了我的建议，在战争爆发前及时离开了西班牙？”

“差不多吧。我们的故事也说来话长。”

“也许你愿意给我详细讲讲，我们可以另外约时间见面，让我请你吃饭吧。”他说。

“我不知道有没有时间。我基本上不参加什么社交活动，因为工作太忙了。今天来是因为几个顾客的坚持。我还是太天真了，以为这真的是毫无利益关系的诚心邀请，不过现在看来，在向本季最红的时装师发出热情诚挚邀请的背后，还有些更深层次的内容。这是你的主意，对吗？”

他没有承认也没有否认，但是内心肯定的信号无法避免地泄露到了空气中，跟流淌的音符一起漂浮着。

“玛丽塔是我儿子的未婚妻，她是个好女孩，甜美热心，这样的人已经不多了，虽然不是特别聪明。不管怎么说，我很欣赏她，她是唯一一个能想方设法让你那个冲动鲁莽的兄弟卡洛斯就范的女孩，两个月以后他们将一起走进婚姻的殿堂。”

我们一起把目光投向我的那位顾客，她正在跟她的妹妹窃窃私语，目光也一直集中在我们身上。她们身上穿的礼服都出自切丝·艾瑞斯时装店。我在嘴角堆出一个亲热的微笑，却在心中暗暗发誓再也不会相信这两个顾客，用美人鱼一样动听的话，在这样一个悲伤的夜晚来欺骗一个孤寂的灵魂。

冈萨罗，我的父亲，继续说：

“这个秋天我见过你三次。第一次你从一辆出租车上下来，进了Embassy。当时我就在离那儿不到五十米的地方遛狗，但是你没注意到我。”

“没有，我没有注意到，真的。我每次出门都急匆匆的。”

“我当时觉得像是你，但是因为你一闪而过，我想也许这只不过是自己的幻觉。第二次是一个星期六上午，在普拉多博物馆，我时不时去那里转转。你在展厅里参观的时候，我就远远地跟在你后面，当时我还不敢确定你就是我认为的那个人。后来你去衣帽间取来了画夹，坐在提香的《葡萄牙的伊萨贝尔》肖像前临摹。我就在那个展厅的另一个角落里一直观察着你，直到你开始收拾东西。离开那里的时候，我已经能肯定自己没有弄错。真的是你，只不过是另一种风格的你，更加成熟，更加果敢，也更加优雅。但毫无疑问，就是在战争爆发前我认识的那个像受惊吓的小老鼠一样的女儿。”

我不愿意给自己任何忧伤的机会，所以马上接过话茬。

“那第三次呢？”

“就在两个星期以前。你走在维拉斯盖斯大街上，我跟玛丽塔坐在车里。我们刚从朋友家里吃完午饭出来，因为卡洛斯有别的事情提前离开，所以我送她回家。我们俩同时看到了你，但令我非常惊讶的是，她说你是她新的时装师，从摩洛哥来，叫艾瑞斯什么的。”

“阿格瑞克。事实上只是把我以前的姓的字母颠倒过来，西罗嘉，变成了阿格瑞克。”

“听起来很不错。那我们去喝一杯吧，阿格瑞克小姐？”他的表情带着一丝讽刺。

我们从服务生的托盘上取了两杯香槟酒，然后走向客厅的一侧，乐队开始演奏伦巴舞曲，舞池里挤满了一对对舞者。

“我想你不愿意让玛丽塔知道你的真实姓名，还有我跟你的关系。”我们离开嘈杂的人群后，他低声说，“就像我刚才说的，她是个好姑娘，但是比较喜欢参与散布一些闲言碎语，谨慎恰恰不是她的强项。”

“我非常感谢你不向任何人透露这些事情。不管怎么样，我想向你声明，我这个新名字是合法有效的，而且我的摩洛哥护照也是真的。”

“我想这样的变化背后一定有着重要的原因。”

“当然了。这样我面对顾客的时候才会带有异国情调，也才能躲开因你儿子的起诉引起的警方的纠缠。”

“卡洛斯对你提起了诉讼？”他正要举杯饮酒，手生生地停在了半空中。他的惊讶看起来不像是伪装的。

“不是卡洛斯，是你的另一个儿子，恩里克。就在战争爆发之前，他控告我偷了你的钱和珠宝。”

他轻轻地笑了一下，充满了苦涩。

“起义后第三天，恩里克就被杀害了。就在他被害的前一个星期，我们还有过一次剧烈的争执。他非常积极地参与政治，预感到马上就要发生重大的事件后，坚持要把我们所有的现金、珠宝和值钱的东西都带出西班牙去。我只好告诉他我已经把一部分遗产交给了你。事实上我可以保持缄默。但是我不想那么做，我向他讲述了多洛雷斯的故事，也提到了你。”

“所以他感到非常愤怒。”我插嘴说。

“他就像疯了一样，用各种话来咒骂我。之后他又叫来了塞尔万达，就是那个老仆人，我想你应该记得。他向她详细询问了你们的情况。她告诉他你们走的时候手里拿着一个包裹，所以他编造了这个可笑的偷窃故事。那次吵架以后他就摔门而去，摔门声惊天动地，整栋楼都听见了。等我再见到他是十一天以后了，在城市殡仪馆，脑袋上有一处枪伤。”

“我很难过。”

他耸了耸肩，一脸无奈，但眼睛里却流露出深沉的悲哀。

“他行事鲁莽又冲动，但毕竟是我的儿子。在他的最后一段时光我们的关系一直很紧张，很不愉快。他加入了长枪党，我强烈反对。但是今天回头来看，那时候的长枪党几乎可以称得上是圣徒，是一群浪漫的理想主义者，本着乌托邦式的向往，但还稍稍有几分清醒。那时候长枪党的成员是一群充满幻想的娇生惯养的富家子弟，大部分没有一技之长只靠家庭供养，但幸运的是，他们跟如今的机会主义者毫不相干。这些人举着胳膊高唱《向着太阳》，脖子上青筋暴出，但在战争开始之前他们几乎连何塞·安东尼奥的名字都没听说过，如今对那个不知名的创始人却向祭拜天神一样虔诚。一群幼稚可笑的孩子。”

水晶吊灯那耀眼的光、沙球和喇叭的声音，还有和着美妙旋律翩翩起舞的人群，让他一下子回到了现实中。他握住我的胳膊，轻轻地抚摸着。

“对不起，我经常不自觉地就开始自说自话。一定让你觉得无聊了，现在不是聊这些事情的时候。你想跳舞吗？”

“不，不想，谢谢。我更愿意继续跟你聊天。”

一个服务生走过来，我们把空杯子放在他的托盘上，又拿了两杯满的。

“我们是不是说到恩里克把你告上了法庭……”他说。

我没有让他说完，因为我想先弄明白从见到他开始就一直在脑海中盘旋的问题。

“在给你讲这件事之前，麻烦告诉我，你的妻子在哪儿？”

“她早就去世了。在战争爆发之前，就在我跟你和你母亲见面之后没多久。一九三六年的春天。玛利亚·路易莎跟她的姐妹们去法国南部避难。她们中有一个拥有一辆希斯巴诺-苏莎[①]跑车，而司机特别喜欢夜生活。有一天早上，司机开着车来接她们去做弥撒，很可能是前一天晚上整晚没睡，跑车离奇地冲出了公路。姐妹中有两人死了，玛利亚·路易莎和肯塞普逊。司机丢了一条腿，而另一个姐妹索莱达却毫发无伤，

① Hispano-Suiza，二战前西班牙的著名奢华汽车品牌，以豪华手工轿车闻名欧洲，经历西班牙内战和二战后走向衰败。

她是三姐妹中年龄最大的一个，生活真是讽刺。”

“我很遗憾。”

“不过有时候我觉得这对她来说是最好的结局。她非常胆小，容易受到惊吓，经常为家里的一点儿小事担惊受怕，日后一定受不了战争，不管她在不在西班牙国内。当然，她肯定永远也无法接受恩里克的死。所以也许这是天意，上天怜悯她，在一切开始之前及时把她带走了。现在你继续给我讲吧，咱们刚才谈到你被起诉了，你知道更多的消息吗？知道这个案子现在怎么样了吗？”

“不知道。九月份的时候，就在我回马德里之前，得土安的警察局长曾经试图调查过这边的情况。”

“为了起诉你？”

“不，为了帮助我。巴斯盖斯警长不能算是我的朋友，但是他对我一直很好。你的女儿惹了很多麻烦，你知道吗？”

我的语气让他感觉到我并不是在开玩笑。

“能给我讲讲吗，如果能帮的上忙，我很愿意效劳。”

“我想暂时不需要，现在基本上没什么大问题了，但是谢谢你愿意帮忙。不管怎么说，也许你是对的，我们应该另外找一天好好谈谈。从某种意义上来说，我的这些麻烦对你也有一些影响。”

“先给我透露一下大致情况吧。”

“你母亲的珠宝，已经不在我手上了。”

他的表情没有任何变化。

“你把它们卖了？”

“被人偷了。”

“那些钱呢？”

“也被偷了。”

“全部？”

“一分不剩。”

“在哪儿？”

“在丹吉尔的一个酒店里。”

“谁？”

“一个无耻的恶棍。”

“你认识他吗？”

“认识。不过，如果你不介意，我们还是换个话题吧。下次，等我们都更从容一些的时候，我再细细地讲给你听。”

已经接近半夜了，大厅里穿法兰绒西服的、穿军装礼服的、穿晚礼服胸前戴珠宝的人越来越多。主要是西班牙人，但是也有很多外国人。德国人、英国人、美国人、意大利人、日本人，所有参战国家的人都夹杂其中，跟我那些有钱有势的祖国同胞们混在一起，所有的人似乎都暂时忘却了欧洲正在经历的这个野蛮时代，也忘却了他们所处的这个满目疮痍的国家正在告别它历史上最黑暗、最可怕的一年。到处都能听见大笑声，一对对来宾在康加鼓和爪拉恰舞曲富有感染力的节奏中滑入舞池，乐队的黑人乐师们倾情演绎，毫无倦怠。一直站在楼梯两侧迎接我们的侍应生，穿着笔挺的制服，开始在人群中分发小小的葡萄篮子，并邀请宾客移步露台，伴着附近太阳门的新年钟声吃下这十二颗葡萄。父亲朝我伸出胳膊，我挽住了他，虽然我们用各自不同的方式走到了今天，但仍默默地互相接受了彼此，一起迎接新年的到来。在露台上，我们跟几个朋友聚在了一起，还有他的儿子和那两个把我骗来的顾客。他把我介绍给了卡洛斯，我同父异母的弟弟，长得很像父亲，跟我却没有丝毫相似之处。他怎么可能想到，面前的这位外国时装师身上流淌着跟他一样的血液，而且他的兄弟还曾经控告她诈骗了他们两个人的一大笔遗产。

似乎没有人在意冬日夜晚的严寒，宾客增加了好几倍。服务生们不停地穿梭于客人们中间，用巨大的雪白餐巾裹着香槟酒瓶为大家倒酒。热烈的交谈声、笑声和碰杯时叮叮当当的声音回荡在空气中，像炭火一样直冲严冬的夜空。像是有刺耳的咆哮声传来，是街上那些不幸的人们在一起庆祝新年，黑暗的命运让他们的生活只能维持在最低水平，在新年来临的时候唯一能做的，就是分享一壶廉价的白酒或者一瓶像岩石一样粗糙的卡萨亚茴芹酒。

钟声响起，先是预备的双响，然后是准点的单响。我开始全神贯注地吃起葡萄：当！一声。当！两声。当！三声。当！四声。第五声的时候，我感觉到冈萨罗的手臂轻轻地环住我的双肩并把我搂向他。第六声，我的眼里充满了泪水。第七声，第八声，第九声，我盲目地吃着葡萄，努力控制着不让自己哭出声来。第十声我还能忍住。第十一声，我终于崩溃了。当最后一次钟声响起的时候，我转过身去，在生命中第二次紧紧地拥抱住了我的父亲。

46

一月中旬的时候我又跟父亲见面了，并详细向他讲述了现金和珠宝遗失的过程。我想他应该相信了这件事，即使不相信，他也完全没有表露出来。我们一起在亚尔迪吃了午饭，他提议我们继续见面，但我毫无理由地拒绝了。也许我当时觉得想要修复我们之间缺失的那些东西已经太迟了。他却一直坚持，看上去不愿意轻易接受我的拒绝。最终他的努力取得了一定的成功,我的心理防线渐渐坍塌。我们又一起吃了几顿饭，一起去看话剧，还去了一次皇家剧院听音乐会，甚至有一个星期日的早晨还在丽池公园散步，就像三十年前他跟我母亲一样。他的时间宽裕得很，他早已经不工作了。战争结束的时候他本可以重建炼钢厂，但是最终放弃了。之后他卖掉了炼钢厂的那些土地，就依靠从土地获得的年金生活。他为什么没有再继续自己的事业？为什么战争结束以后没有重新向前推进生意？我想纯粹是因为他不愿意。他从来没有跟我细说过那些年到底经历了什么，因为他不是多愁善感的人，反而太过理性，不允许内心的情感主宰自己的生活。但是通过几次谈话，我能大致构建出他的痛苦遭遇。尽管他属于战争胜利的一方，但是对新政权也充满了疑议。加之他很健谈，很风趣，我们之间建立起了一种特殊的关系，并非想要补偿我童年和少年时父爱的缺失，而是从零开始搭建起一种成人间的友谊。在他的圈子里很快出现了关于我们俩的闲言碎语，旁人纷纷猜测我们之间到底是什么关系。他也听到了无数千奇百怪的风言风语，并且当笑话讲给我听，我们俩谁也不着急去澄清。

跟父亲的见面让我认识到了我一直不了解的现实的另一面。虽然报纸上从来没有出现过,但我知道了西班牙正在经历一场政府稳定性危机。在这个政府中，关于罢免、辞职和职位更迭的谣言满天飞，敌对、竞争与阴谋无处不在。贝格贝尔在布尔格斯宣誓就任后不到十四个月就被赶出政府，无疑是最令人哗然的一个事件，但绝不是唯一。

在西班牙开始缓慢地重建时，曾经为内战胜利做出过贡献的人们，非但没有和平共处，反而像在演出一部闹剧般互相攻击。军人跟长枪党人对着干，长枪党人谋杀保皇党人，而保皇党人怨声载道，因为佛朗哥没有兑现承诺恢复君主制。而坐镇帕尔多皇宫的佛朗哥，却在与世隔绝的小天地里，气定神闲地签署着一份份的决令，不偏向任何一方。塞拉诺·苏聂尔凌驾于所有人之上，但是所有人又都反对塞拉诺。有的策划着支持轴心国，有的密谋支持同盟国，双方都盲目地下赌注，不知道最终哪一方获胜，就像坎德拉利亚说的，看谁能把羊赶进羊圈。

与此同时，德国人和英国人在世界版图上、在西班牙首都的大街小巷里不停地你攻我守，你进我退。不幸的是，相较于命运安排我参与的英国事业来说，德国人的宣传攻势似乎要强大得多，有效得多。就像希尔加斯在丹吉尔的时候跟我说的那样，所有行动都是通过德国大使馆进行操纵和指挥的，他们有无限制的经济来源和一个由著名的拉萨尔指挥的无可匹敌的高效团队，更何况这位拉萨尔先生还深得西班牙当局的欢心。关于他的社会活动我有第一手信息，所以深知他有多么活跃。来我店里的那些德国顾客和西班牙顾客常常提到他组织的晚餐或派对，而他家的客厅里几乎每天晚上都有我的时装作品出现。

报纸上也开始日益频繁地出现大肆鼓吹德国声望的各种舆论。他们采用醒目而有效的广告，热情地宣传德国的柴油发动机或衣服染料。攻势十分密集，把各种理念和产品混杂在一起，试图说服人们相信德国有能力创造世界上任何其他国家都做不到的奇迹。这些广告虽然带着技术产品的面纱，却掩盖不住其中的真实信息：德国已经准备好主宰这个星球，并且想让他们忠实的西班牙朋友知道这一点。为了让人们深信不疑，他们惯用的手段就是采用大幅具有视觉震撼力的图像，巨大的字体，还有一些诗意的地图，地图上的德国和伊比利亚半岛用清晰的箭头连接起来，而英国却像被地心吞噬了一般。

在药店、咖啡馆和理发店里，经常会免费派发讽刺杂志，还有些字谜或文字游戏的小册子，那是德国人送的礼物。上面会有一些跟德国大获全胜的军事行动相关的笑话和轶事，而智力题和文字游戏的正确答案一般都跟有利于纳粹事业的政治内容相关。同样的情况也体现在向专业技术人员派发的宣传册、向年轻人和孩子们派发的冒险故事，甚至在上百个教堂的教会宣传页上。据说街上也到处都是德国人网罗的西班牙走狗，负责向过往的行人、在商店里排队的顾客和电影院的观众做一些直接的面对面宣传。他们贴出的大幅标语有时候看上去似乎还有点儿道理，但绝大多数时候都荒唐透顶。到处流传的小道消息也都是攻击英国人和他们的盟友的。比如说英国人正从西班牙偷橄榄油，还用外交车辆运到直布罗陀去；美国红十字会捐赠的面粉都是霉烂的，吃了它的西班牙人都得了病；市场上没有鱼卖是因为渔民都被英国海军军舰拘捕了；面包质量太差，因为英国人偷偷弄沉了阿根廷运小麦的船；美国人正在跟俄罗斯人密谋，马上就要发动对半岛的侵略，等等。

英国人也不甘示弱。他们的反击方针主要是把西班牙人民遭受的一切不幸都归咎于现在的政府，尤其是不停地打击他们的痛处：食品的匮乏。正是因为饥饿，人们从垃圾堆里捡吃的，导致了种种疾病；正是因为饥饿，很多家庭全家出动在社会救援车后面紧追不舍；也正是因为饥饿，天知道那些家庭主妇们是怎么发明出了没有油的油炸食品、没有鸡蛋的蛋糕、没有糖的甜点，还有没有一丁点儿猪肉的香肠，还带着可疑的鳕鱼味道。为了让西班牙人对盟国事业产生好感，英国人也费尽了心机。英国大使馆的新闻处在马德里制作了一个家庭自制食品的广告，在大使馆新闻参赞——年轻的汤姆·布恩斯的带领下，新闻官们亲自在大使馆附近的街道上免费发放。不久之前英国学院成立了，院长叫沃尔特·斯达克尔，是一位爱尔兰神父，有的人叫他西达诺先生。据说，这家学院的成立是贝格贝尔在任期的最后时刻批准的，那时他的权势几乎丧失殆尽。表面上这是一个文化中心，向市民提供免费英语课程，组织研讨会、茶话会、社会活动和学术活动。但实际上这里似乎是英国的秘密宣传基地，虽然比起德国人嚣张的舆论攻势，他们要显得慎重得多。

冬天就这样过去了，工作一直都很繁忙紧张。这个冬天从任何一方面来说似乎都很严酷：对于所有的国家，所有的人。不知不觉间，春天悄悄来临了。随之而来的是我父亲的又一次邀请。萨尔苏埃拉跑马场即将重新开张，我为什么不陪他一起去凑凑热闹呢？

在我还是马努埃拉女士时装店的一个年轻学徒的时候，就经常听顾客们提起那些跑马盛会。可能只有极少数的女士会对那种比赛感兴趣，但是就像马儿在跑道上竞赛一样，她们也在看台上争奇斗艳。那时候的老跑马场在卡斯蒂利亚那大街的尽头处，是大资产阶级、贵族甚至皇族的聚会之所，阿方索八世就经常出现在那儿的皇家包厢里。战争爆发前没多久，跑马场开始改建，加入了很多新的更现代的设备。但是战争的爆发使这个新的跑马场项目陷入停滞。实现和平两年以后，这个新场地虽然还没有完全完工，却急不可待地在艾尔帕尔多山顶上开门迎客了。

几个星期以来，它的开业一直是各大报纸的头条，也是街头巷尾茶余饭后最热门的话题。父亲亲自来接我，他喜欢开车。一路上他给我解释了这个跑马场的建成历史，据说它的顶棚是一个很新颖的波浪形。他还提到了成千上万的马德里人都热切地盼望恢复这一传统活动。而我则向他描述了自己对得土安跑马场的记忆，还有每个星期五哈里发骑着马穿过西班牙广场，从他的宫殿到清真寺一路上的无限威仪。我们聊了很多很多，以至于他都没有时间提前告诉我，这天傍晚他还约了其他人见面。当我们到达看台的时候，我才发现，这场看似毫无危险的活动，却让我把自己送入了真正的虎口。

47

前来观看比赛的人多得一眼望不到头，人群聚集在售票处窗口，下赌注的地方排起了几十米长的队，台阶上和赛场附近的区域人头攒动，喧哗声此起彼伏。而预订了包厢的特权人士这边则是另外一番景象：人不是很多，既不拥挤，也没有嘈杂人声，坐着真正的椅子，而不是水泥台阶上，周围有服务生穿着一尘不染的制服，随时殷勤款待。

到达包厢的时候，我感到心里像是被一把铁钳子狠狠地咬了一口，因为我马上就发现我面临的状况是多么不合适：包厢里只有为数不多的几个西班牙人，其他全都是英国人，男男女女都端着酒杯，挂着双筒望远镜，抽着烟，喝着酒，聊着天，等待马儿开始奔跑。而且为了大张旗鼓地宣传他们的国家和事业，栏杆上还高高地悬挂着一面巨大的英国国旗。

此时此刻我真希望地上裂开一条缝，好让我钻进去，但现在还不是时候。让我更吃惊更难以接受的事情还在后面。再往里走几步，往左边一看，隔壁的包厢虽然暂时还空空荡荡的，但是里面插着三面随风飘扬的旗帜：红色背景上一个白色的圆环，里面是一个黑色的卐字形。德国人的包厢，只隔着一个不到一米高的小小围栏，正等待着观众的入场。里面暂时只有两个士兵在监视入口，还有几个服务生正准备酒水饮料，但是看看时间，再看看他们准备工作马上就要结束的样子，我明白德国人马上就要到了。

我还没有来得及完全镇定下来思考对策，盘算好用什么方法才能最快地逃离这场噩梦，冈萨罗却殷勤地在我耳边告诉我那些英国人都是谁。

“我忘了告诉你，我们会跟几个多日未见的老朋友会面。他们是英国丁托河矿的工程师，跟他们一起来的是一些直布罗陀的英国同胞，我想还会有大使馆的人。所有人都因为跑马场的重新开业非常兴奋，你也知道英国人对马一直非常热爱。”

我不知道，也不想知道。此时此刻我有比这些人的爱好更紧急的事情。比如，像逃离瘟疫一样从这些人身边逃走。希尔加斯在丹吉尔的美国大使馆里说的话犹在耳边：绝对不要接触任何英国人。他只差没有补充说，就在德国人的眼皮底下。父亲的那些朋友一看到我们，就开始了亲热的问候，把冈萨罗称为“老顽童”，人人都争睹他这位年轻而出人意料的女伴。我用最简短的话回应了他们，装出一丝虚弱的微笑来掩饰自己的紧张，同时暗暗估量自己面临的风险到底有多大。就这样，我一边回应着那些不知名的面孔向我伸过来的手，一边用目光扫视着周围，看看有没有什么地方能让我迅速消失，并且不至于让父亲太过尴尬。但是这并不容易。真的很难。左边是德国人的包厢，趾高气扬地飘着他们的旗帜。右边是些散客，大腹便便，手上戴着硕大的金戒指，抽着像鱼雷一样粗的雪茄，他们身边的女伴们发型夸张，嘴巴涂得红红的，像虞美人一样。我从来没有为这些女士做过哪怕一块手帕。我很快就从他们身上转移了目光，对这些倒买倒卖的投机分子和他们令人惊愕的情人毫无兴趣。

左右受制，前面是一道栏杆，剩下唯一的办法就是从刚才进来的地方逃走，虽然我知道这条路也很危险，因为从入口到达包厢只有一条路，这点在到达之前我就已经确认过了。那是一个不到三米宽的砖砌走廊。如果我决定从那里出去，就很可能撞上入场的德国人，而在他们中间毫无疑问有我最害怕遇见的人：我的德国顾客。她们都是出了名的大嘴巴，一向很慷慨地在我的时装店里留下丰富的信息，我总是用最虚假的微笑接住，然后偷偷地传递给她们敌国的情报机构。遇到这些贵客，我将不得不停下来问好，而她们肯定会满腹狐疑地问，她们的摩洛哥时装师怎么会像魔鬼附身一样从那个满是英国人的包厢里落荒而逃。

就在我一筹莫展的时候，父亲还在到处跟人打招呼。我在包厢最隐蔽的一角坐下，缩着肩膀，竖起领子，半低着头，徒劳地希望在那个几乎无处藏身的地方不被人发觉，其实心里很清楚肯定无法躲过众人的目光。

“你还好吗？脸色看起来很苍白。”父亲问我，同时递给我一杯水果酒。

“我稍微有些头晕，不过很快就会好的。”我撒了个谎。

如果说色谱上有什么颜色比黑色更暗更沉重的话，当德国人的包厢开始陆续有人走动交谈的时候，我的情绪一定就像那个颜色一样了。我偷偷看着那边，先是进来了更多的士兵，然后一个魁梧的士官走进来，在那里指手画脚地发号施令，还向英国人这边投来鄙夷不屑的目光。随后进来的是几个军官，穿着油光发亮的军靴，戴着军帽，胳膊上戴着卐字徽章。他们都懒得朝我们这边看一眼，一直保持着疏远和矜持，用高傲的态度向隔壁的包厢表示明显的轻蔑。随后有几个穿着便服的人进来，我发现了其中几张熟悉的面孔，忍不住打了个寒战。很可能他们所有人，不管是军人还是平民，也都事先约好了一起参加这个活动，所以几乎是成群结队同时出现的，正好在第一场比赛开始之前。暂时到达的只有男人，但是如果我认为他们的妻子不会马上跟来的话，就大错特错了。

随着时间的推移，跑马场内的气氛越来越热烈，而我的焦虑也越来越深。到达的英国人越来越多，互相传看着棱柱望远镜，话题从草皮、牧场、曲棍球到南斯拉夫被侵略、伦敦遭遇的轰炸和丘吉尔在收音机里发表的最近一次谈话。就在那时我看到了他。我看到了他，他也看到了我。那一刹那，我觉得自己马上就要窒息了。艾伦·希尔加斯刚刚进入包厢，臂弯里挽着一位美丽的金发女子，可能是他的太太。他的目光从我身上一扫而过，掠过一丝只有我能察觉的紧张和困惑。然后他很快地扫了一眼德国人包厢，那里正在不停地涌入人流。

我站起来背过身去，生怕跟他面对面碰上，心里暗想完蛋了，已经不可能有办法逃出这个是非之地了。我简直想象不出自己跟英国情报机构的短暂合作生涯能有比这个更糟糕的结局了：我马上就要被公之于世，就在我的顾客面前，在我的上司面前，在我的生身父亲面前。我紧紧地抓住身边的栏杆，用全身的力气祈祷这一天永远不会到来，希望我从来没有离开过摩洛哥，没有接受过那个荒谬的任务，没有把自己变成一个粗心大意、愚蠢迟钝的情报员。第一场比赛的发令枪响了，马匹开始狂奔，观众们狂热的叫喊声简直能穿透人的耳膜。我假装把目光集中在赛场中，但是思绪早就不知道跑哪儿去了。我猜想那些德国人应该已经坐满了包厢，也预感到希尔加斯将会如何恼火，不知道该怎么去解决现在面临的这个难题。就在这时候，有两个红十字协会的人抬着担架懒洋洋地靠在墙上，以备不时之需。灵光一闪，我想出了办法。如果我自己无法走出这个地方，那就必须找人把我带出去。

也许是情绪太激动，也许是长时间以来积累的疲倦、紧张或者工作压力，这些都能解释当时发生在我身上的事。但实际上哪一个都不是真正的原因。做出那个出人意料的举动完全是出于求生的本能。我选择了一个最合适的地方——看台的右侧，离德国人包厢最远的那一边，而且估算了最佳时机——第一场比赛刚刚结束，全场都在欢呼，狂热的叫喊声跟不快的怒斥声夹杂在一起。就在这个当口，我倒了下去，而且按照预谋好的把头偏向一侧，这样我的脸已经完全被头发挡住了，以防隔壁包厢会有好奇的目光从立即围在我身旁的无数双腿之间穿过来，发现我的真面目。我躺在地上一动不动，闭着眼睛，身体软软的。但是听觉高度紧张，注意着身边的一切响动。晕倒了，保持空气流通，冈萨罗，快，脉搏，水，再来点儿空气，快快，他们来了，急救箱，还有一些我听不懂的英语。不到两分钟抬担架的人就到了。他们把我从地上挪到帆布担架上，用一块毯子把我盖住，一直盖到脖子。一、二、三，起！然后我感觉自己被抬了起来。

“我陪您吧。”我听见希尔加斯说，“如果有必要，我们可以叫大使馆的医生来。”

“谢谢，艾伦。”我父亲说，“我想应该没什么大问题，只不过是暂时晕倒了。我们去医务室，然后再看情况。”

护工们急匆匆地抬着我走出入口处那个走廊，后面紧跟着父亲和艾伦·希尔加斯，还有两个不知道是谁的英国人，可能是他的同伴或者助理。虽然躺到担架上以后我又让头发挡住了一部分脸颊，但是在担架离开包厢之前，我感觉到希尔加斯那有力的手把我身上的毯子往上一直拉到额头。然后我什么都看不见了，只能清楚地听到接下来发生的事情。

进入出口处走廊的时候我们没有碰到任何人，但是走到一半的时候情况出现了变化。这让我再次确认了当初那个不祥的预感。先是听到脚步声和男人的声音，飞快地用德语说着什么。“快点儿，快点儿，比赛已经开始了。”他们前进的方向跟我们相反，几乎是一路小跑。从雨点般沉闷的脚步声中我推断出应该是一群军人，而那种自信和肯定，一定属于军官。我想象着当他们看到敌国大使馆的武官亲自护送着一个担架，担架上还躺着一具从头盖到脚的躯体时，可能会有些警觉，但是他们并没有停下来，只是冷淡地打了个招呼，就继续急匆匆地赶路，走向我们刚刚离开的那个包厢旁边的看台。紧接着，女性的高跟鞋声和说话声就传进了我的耳朵。我听到她们迈着沉稳的步子走近，干脆而目空一切。抬担架的护工面对她们这般气焰，自觉停下来让到一边请她们先行。她们几乎是擦着我的担架走过去的。我屏住呼吸，感觉到心跳加速。然后听到她们越走越远。我没有分辨出具体的嗓音，也没能数清她们有多少人，但是至少有半打。六个德国女人，或者是七个，或者更多，很可能她们中间有几个是我的顾客，就是永远都挑最贵的布料，不但付给我钱，还付给我各种新鲜出炉的消息的那些人。

几分钟以后，等到周围的喧哗和交谈声逐渐归于沉寂，我知道自己终于到达了安全地带，于是假装恢复了意识。我说了几句话，让他们安下心来。这时候我们已经到了医务室。希尔加斯和父亲把另外几个英国人和抬担架的护工打发走了。英国人是希尔加斯用英语下了几句简单的命令支走的。那几个抬担架的护工则是冈萨罗用一笔丰厚的小费和一包烟打发走的。

“这里有我就可以了，谢谢你，艾伦。”父亲说道，这时候屋里只剩下我们三个人。他把了一下我的脉搏，确认我已经无大碍。“我想没有必要叫医生来。我去看看能不能把车开进来，然后送她回家。”

我注意到希尔加斯犹豫了几秒钟。

“好吧。”他说，“那我在这里陪她，等你回来。”

我还是一动不动，直到估计父亲已经走得足够远了，不会因为我的行为感到惊讶了，才鼓起勇气坐起来，看着希尔加斯。

“你没事了，对吗？”他严肃地看着我。

我可以说不是，可以说自己还是很虚弱，很迷茫，我可以假装还没有从刚才那个昏迷状态中完全恢复过来。但是我知道他不会相信。而且他完全有理由不信。

“完全没事。”我回答说。

“他知道什么吗？”他指的是我的父亲，问他对我跟英国人合作是不是知情。

“一点儿也不知道。”

“继续向他保密。出门的时候把脸挡上，千万别让人看见。”他命令道，“在车里你就躺在后座上，始终把自己挡住。到家的时候一定要确认没有被人跟踪。”

“好的，请您放心。还有别的吗？”

“明天上午来见我，老时间，老地点。”

48

“您在跑马场上演了一出好戏！”他一见到我就说。虽然这话听起来像是恭维，但是他脸上没有一丝满意的表情。他还是在瑞克医生的诊室等我，就是几个月前贝格贝尔被停职后我们见面的地方。

“我没有别的选择，请相信，真的很抱歉。”我说着坐下来，“我事先不知道会在英国人的包厢里看跑马，更不知道德国人的包厢就在旁边。”

“我理解。而且您表现得不错，很冷静，反应也很迅速。但是风险太大了，差点引爆一连串不必要的危机。目前的形势微妙复杂，我们绝不允许出现这么严重的大意和失误。”

“您说的形势是指大形势，还是只针对我而言？”我的语气竟然掩饰不住地带着一丝骄傲。

“两者都是。”他断然说，“您看，并不是我们有意干涉您的私生活，但是基于之前发生的事情，我想有必要提醒您一下。”

“冈萨罗·阿尔瓦拉多。”我说。

他没有立即回答，而是先点了一支烟。

“没错，冈萨罗·阿尔瓦拉多。”他吸了一口烟，又用力吐出来，然后说，“昨天发生的事情其实并不偶然。你们经常在一些公开场合一起出现。”

“如果您有兴趣知道的话，我首先想向您澄清一下，我跟他之间没有任何暧昧关系。而且就像我昨天跟您说的那样，他完全不知道我的活动。”

“你们之间究竟是什么样的关系，完全是私事，跟我们的职责毫无关系。”

“那……”

“我希望您不要认为我们是在对您的私生活横加干涉，但是您必须明白现在形势极度紧张，我们是不得不提醒您。”他站起来，双手插兜，在屋里踱了几步，目光集中在地砖上，继续说，“上个星期我们得知有一群西班牙情报人员正跟德国人合作，编制一本当地亲德人士和亲英人士的档案。那里面包括了所有跟两方有关系、而且在西班牙境内较有影响力的人的资料信息，以及他们的忠心程度。”

“你们认为我就在其中的一个档案夹里？”

“不是认为，而是很确定地知道。”他紧紧地盯住我的眼睛，“我们有渗透进去的情报人员，所以知道您是在亲德人士一边。目前看来历史非常清白：您有很多顾客都跟纳粹高官有关系，您在时装店接待她们，为她们做漂亮衣服，作为报答，她们不但付给您报酬，还给予了您信任，而且看起来信任度非常高。因为她们在您家里无所顾忌地畅谈了很多原本不该说的事情，而这些信息您都准时传递给我们了。”

“那阿尔瓦拉多，他跟这一切有什么关系？”

“他也在档案里，但是跟您相反，他出现在亲英人士的名单里面。我们还得到消息称，德国方面已经下令对某几个领域中跟我们有关系的西班牙人加强监视：银行家、企业家、自由职业的专业人士……反正是一切有意愿帮助我们、有能力或者影响力的西班牙公民。”

“我想您也知道他已经隐退了，战后他没有重建公司。”我急急地说。

“这不重要。重要的是他在这个行业中还有极好的人脉，而且经常在公开场合跟英国大使馆的成员或是马德里的英国侨民一起出现。有时候甚至跟我本人一起，就像您昨天看到的那样。他对西班牙的工业状况十分了解，也在一些重要问题上给了我们许多客观中肯的参考意见。但是他跟您不一样，他不是我们的地下联系人，只是英国人民的好朋友，不肯隐藏他对大不列颠民族的好感。因此，您经常性地出现在他身边，可能会引起一些猜疑，你们俩毕竟分属对立的档案夹。事实上，在这方面已经出现了一些风言风语。”

“在哪方面？”我有些无礼地问。

“就是一个跟德国高官的妻子关系密切的人，成天跟一个英国人的忠实朋友在出双入对，到底是要干什么！”他说着，在桌面上重重地捶了一拳，但紧接着又马上把语调放缓，为自己的举动道歉。“对不起，请您原谅。最近我们所有人都非常紧张。此外，我们也知道您并不了解目前的形势，不可能提前预见到这里面的风险。但是请相信我，德国人正在策划一场极其严酷的高压战役，来打击英国在西班牙的势力。您的国家对整个欧洲来说依然很关键，随时都有可能加入战争。事实上，西班牙政府还在无耻地向德国提供各种帮助：允许他们随意使用西班牙所有的港口，授权他们随心所欲地开发矿藏，甚至让那些在押的共和党人为德国军事工程做苦役，而这些军事工程很有可能将用于对直布罗陀发动进攻。”

他停顿了一会儿，专心地掐灭烟头。然后继续说：

“我们目前明显处于劣势，而现在最不希望看到的就是局面变得更加混乱。”他缓缓地说，“盖世太保从几个月前就采取了一系列咄咄逼人的行动，而且这些行动已经初见成效。比如您的朋友福克斯太太就是因此不得不离开了西班牙。而且不幸的是，这并不是个案。远的不必说了，就是我们大使馆原来的医生，也是我的好朋友，都有着同样的遭遇。而从今往后，情况只会更加糟糕。他们的威胁会更加直接，更加赤裸裸，也更加危险。”

我没有插嘴，只是静静地看着他，等待他结束解释。

“我不知道您是不是完全了解您现在受到了多大牵连，暴露到什么程度。”他放低声音补充道，“艾瑞斯·阿格瑞克在居住在马德里的德国女士中间已经是一个知名度很高的人物了，但是如果她们发现您的立场发生了变化，就像昨天差点儿发生的事情一样，您就有可能陷入无尽的麻烦，这对我们很不利。对您也不利。”

我从座位上站起来，走向窗口，但也没敢走得太近。我背对着希尔加斯，远远地透过玻璃望着窗外。茂盛的树枝已经长到二层楼那么高了。天还亮着，白日越来越长了。我努力思索着刚才听到的那番话究竟是什么意思。虽然面临的未来一片黑暗，但是我并不因此感到害怕。

“那么，我想最好的选择就是咱们停止合作。”我没有看他，“这样就能避免招来麻烦，大家都会生活得比较平静。您，我，我们所有人。”

“绝对不行。”他在我身后斩钉截铁地说，“我刚才说的一切只是一些预警和对将来的提醒。我们毫不怀疑如果有一天真的有什么突发状况，您一定有能力应对。但是在任何情况下我们都不想失去您，不但不能失去您，而且还有一个新的任务要交给您。”

“什么？”我目瞪口呆地转过身来。

“我们有另一个任务，是伦敦方面直接向我们寻求协助。虽然之前也考虑过其他方案，但是看到昨天发生的事情，我们决定把这件事交给您。您觉得您的助手能独立经营时装店大约一两个星期吗？”

“这个……不知道……可能……”我结结巴巴地说。

“肯定没问题。麻烦您在您的顾客中放出消息，就说要出门几天。”

“那我跟她们说我要去哪儿呢？”

“这个您不必说谎，说实话就行，就说您在里斯本有些事情要解决。”

49

五月中旬的一个早晨，露西塔尼亚特快专列把我带到了圣阿波洛尼娅车站。我带了两个巨大的行李箱，里面装着最好的服饰，还有一些精确的指令和一颗沉着冷静的心。我相信这份沉着和冷静足以应付任何危机。

在说服自己接受这个任务之前，我犹豫了很久。不停地反思，不停地掂量，权衡利弊。我知道，决定权掌握在自己手里，只有我才有权力选择是继续过这种动荡不安的生活，还是放下一切，回到正常的生活中。

很可能后者才是明智的选择。我已经厌倦了欺骗整个世界，不能跟任何人坦诚相见，也厌倦了总是不得不服从那些令人不快的指令，永远提心吊胆地生活。我马上要三十岁了，已经变成了一个编起谎话来脸不红心不跳眼睛都不眨一下的骗子，而我的个人历史不过是一堆谎言。此外，虽然周围的环境光鲜到令人眼花缭乱，但是每天晚上——就像几个月前伊格纳西奥说的那样——我只不过是一栋空荡荡全是阴影的房子里一个孤寂的灵魂。结束了跟希尔加斯的见面离开那里的时候，我竟然对他和他的组织产生了怨恨。他们把我卷入了一场致命的冒险游戏，而这场游戏原本与我毫不相关。虽然据说这会对我的国家有好处，但是现在看来，这些日子的工作对局势毫无帮助，对西班牙参战的担心仍弥漫在国家的每一个角落。尽管如此，我还是无条件地服从了他们的指令，丝毫不敢违背，强迫自己变得自私而麻木，躲在一个不现实的马德里，背叛我的过去和故人，努力忍受着各种各样的恐惧和困惑，整夜整夜地难以入眠，整日整日地焦虑不安。现在他们还要求我远离我的生身父亲，那可是我在这暗无天日的生活中唯一的生机和希望啊。

我还有时间说不，摆出一副决不妥协的姿态，大声喊“到此为止”。让英国情报机构和那帮苛刻的蠢货见鬼去吧！让那些试衣间的偷听、纳粹高官们的荒唐生活和缝满了密码信息的样板通通见鬼去吧！我根本不在乎谁会赢得那场遥远的战争。德国人要去侵略英国那就去吧，哪怕他们在那儿生吃小孩呢！而英国人，想轰炸柏林那就随便炸吧，就算把柏林夷为平地、炸得像熨衣板一样我也无所谓。那不是我的世界，让他们全都见鬼去吧！

放下一切，回到正常的生活中。没错，这毫无疑问会是最好的选择。但问题是，我已经不知道怎样才能找到正常的生活。它在哪里？在我青春年少时的瑞登迪亚街上？在那群跟我一起长大，内战结束至今仍在生存线上挣扎的伙伴们中间？是在伊格纳西奥·蒙特斯拖着一台打字机和一颗破碎的心走出西班牙广场的那一天被他带走了？还是在我孤身一人，怀着身孕被遗弃在大陆酒店一片狼藉的房间里时，被拉米罗·奥利巴斯偷走了？在得土安最初的几个月里，在坎德拉利亚公寓里那些悲伤的住客们中间我难道找回了正常的生活？还是经历过见不得人的肮脏交易后，所谓正常的生活已经是一份被无情挥霍的幻想？或者它被我留在了当年那么努力才建立起来的希拉赫之家时装店，在工作间的那些千头万绪的丝线中？在某个暴风雨之夜被菲利克斯·阿兰达顺走了，还是被罗萨琳达·福克斯走出提姆酒吧那间简陋的仓库，并像一片无声的影子一样消失在丹吉尔的街头时带走了？跟母亲在一起，在每一个非洲的傍晚沉默地劳作就是我想要的生活吗？一个部长被停职和拘捕终结了我的正常生活？还是它早已被那个纯粹因为自己的怯懦而不敢爱上的外国记者带走了？它在哪儿？我什么时候失去了它？它现在怎么样了？我到处寻找：在口袋里，在衣柜里，在抽屉里，在衣服的褶皱和绵密的针脚里。可是那天晚上我却无处寻觅它的踪迹。

第二天早上醒来的时候，我顿悟了。还没有睁开眼睛，我就体会到了那种不一样的感觉：它清晰地跟我在一起，紧紧地依附于我的身心。正常的生活，不存在已经过去的岁月中，只能在每天早晨上天为我们安排的命运中找到。不管是在摩洛哥、西班牙还是葡萄牙，不管是经营一家时装店还是服务于英国情报机构，只要是我想去的地方，我想做的事情，那就是我的正常生活。不管是在阴影中，在弥漫着薄荷味道的广场上的棕榈树下，还是在挂着水晶吊灯金碧辉煌的酒店大堂里，在战争的浑水中，所谓正常，就是我自己的意愿、承诺和言行，全都遵从我内心最真实的声音。所以，我的正常生活，永远都跟我在一起。去别的地方寻找，或想从过去的时光中将它挽回，都将是徒劳。

那天中午我去了 Embassy，胸有成竹，头脑清醒。我看到希尔加斯双肘支在吧台上喝着开胃酒，一边跟两个穿军装的人聊天。于是我假装不经意地把包掉在地上。四个小时以后我收到了关于新任务的第一个指示：他们约我第二天上午去常去的那家美容院做面部保养。五天以后，我来到了里斯本。

下车时，我穿着一件印花薄纱连衣裙，白色的春季薄手套，还戴着一顶巨大的宽边草帽：在火车站漫天的煤屑和行色匆匆的旅客们清一色灰扑扑的装扮中，我完全是个赏心悦目的可人儿。一辆不认识的车在那里等我，把我带向目的地：埃斯托里尔。

我们在里斯本大风天里的大街小巷中穿行，这里到处都是灯光，既没有限量配给，也没有拉闸限电，到处都有鲜花、瓷砖，还有街头巷尾的新鲜水果和蔬菜摊。这里没有满地碎瓦，也没有衣衫褴褛的乞丐，没有榴弹的痕迹，没有高举的手臂，也没有画满了墙壁的长枪短剑。我们经过了富人区，宽敞的石砌街道，豪华气派的大楼，楼前还树立着国王和航海家的塑像。我们也走过了普通人家的街区，弯弯曲曲的小巷里充满了嘈杂声，种满了天竺葵，空气中弥漫着沙丁鱼的香味。塔霍河的壮观让我叹为观止，港口此起彼伏的汽笛声和街上有轨电车的吱嘎声都让我惊讶。我喜欢里斯本，这是一座既不沉寂也没有战争的城市：紧张、激烈、活跃。

阿尔坎塔拉、贝伦塔陆陆续续被我们抛在身后。我们沿着沿海公路前行的时候，巨浪猛烈地拍打着礁石。右边是一座座古老的庄园，围着铁铸栏杆，上面的攀缘植物已经开满了鲜花，醒目而与众不同。但也许一切并不像表面上看去那样纯洁。关于这一点他们已经提醒过我了：此时此刻我从汽车窗户里看到的这个美丽而引人入胜的里斯本，还有我很快就要到达的埃斯托里尔，到处都是间谍。最细微的闲言碎语都有价值，只要有两只耳朵就有潜力成为情报员。从大使馆的最高负责人，到餐厅服务员、小商店店主、用人和出租司机，谁都有可能。所以我再次接到了“加倍小心”的命令。

我在帕克酒店预订了房间。这是一家非常豪华的酒店，住在这里的大多数客人都是外国人，而且德国人多于英国人。而在旁边，几乎就是一墙之隔的皇宫酒店，则恰恰相反。在夜间的赌场，所有人都汇聚到同一个屋檐下，在这个公开宣称保持中立的国家，赌博和碰运气都与战争无关。车刚停下，一个穿着制服的门童就上来为我打开车门，而另一个则替我取出了行李。我迈着自信的脚步装作漫不经心地步入大厅，顺手摘下从下火车开始就保护着自己的深色太阳镜。酒店内光洁明亮的大理石，豪华的地毯和丝绒挂毯，还有教堂里那种高高耸立直抵天花板的巨大圆柱，都没有让我惊艳。店里那些衣着入时的宾客，有的在独自看报，有的在三三两两地聊天、喝鸡尾酒，打发着无聊时光，他们也没有引起我的任何注意。在这些令人目眩神迷的景象面前，我的反应能力早已炼就：对所有的一切都丝毫不以为意，果断利落地去前台办理入住手续。

我一个人在酒店的餐厅吃了饭，然后在房间里待了几个小时，躺在床上盯着天花板发呆。六点差一刻的时候，电话铃把我从沉思中唤醒。我让它响了三声，咽了一下口水，然后才拿起听筒。从这一刻起，一切都开始运转起来。

50

几天前我在马德里接到了关于这次任务的指示，通过一个非常规的渠道。这是第一次，不是希尔加斯本人负责向我传递信息，而是派其他人来。我每星期都去的那个美容院的服务员殷勤地把我带进一个专门做美容的内室。屋里有三张可躺的美容椅，最右边的一张几乎放到了水平位置，上面躺着一位顾客。我看不到她的容貌，因为她的头发被一条毛巾像缠头布一样包住了，另一条毛巾从胸口一直裹到膝盖。脸上还敷着厚厚的白色面膜，只露出嘴巴和眼睛，眼睛闭着。

我在屏风后面换了衣服，和前一位顾客一样的打扮坐到美容椅上。美容师帮我调平椅背，让我躺下，也给我敷上了白色面膜。然后悄无声息地关上门走了。这时候我听见旁边的那人说：

“我们很高兴您最终接受了任务。我们很信任您，并相信您会出色地完成。”

她说话的时候一动不动，声音很低，一口英语口音。跟希尔加斯一样，她也用了复数人称“我们”，我猜不出她是谁。

“我会尽力的。”我一边回答，一边用眼角偷偷看她。

打火机“啪”的一声，屋里充满了一股熟悉的味道。

“伦敦方面直接向我们请求支援。”她继续说，“他们怀疑有一个葡萄牙合作者可能正脚踩两只船。他不是情报员，但是跟我们在里斯本的外交人员关系相当好，而且跟各类英国企业都有生意来往。但是有迹象表明他正同时跟德国人建立关系。”

“什么样的关系？”

“商业方面的。而且是大笔的交易，很可能目的不只是令德国人受惠，还要抵制我们。但是具体情况还不太明确。粮食、矿产或者武器，反正是对战争而言非常关键的物资。就像我跟您说的，现在一切仍只是怀疑。”

“那我该做些什么？”

“我们需要一个外国人，这样不会让人怀疑跟英国有关系。来自基本中立的国家，同英国完全没有关系，也同他的生意领域毫无关联，但同时又需要去里斯本寻找一批具体货源。您正好满足所有条件。”

“您的意思是我要去里斯本采购布料之类的东西？”我又看了她一眼，但是她没有看我。

“正是。布料，还有跟您的工作相关的东西。”她肯定道，身体还是纹丝不动，一直保持着我进来时看到的姿势，闭着眼睛，身体水平。“您将以时装设计师的身份去采购布料，因为西班牙还没从内战中恢复元气，买不到这些物品。”

“但我可以让人从丹吉尔发过来……”我打断她说。

“当然。”她又吸了一口烟吐出了烟圈，“但是您大可不必为此而放弃其他选择。比如说，澳门丝绸。澳门是葡萄牙在亚洲的殖民地。我们怀疑的对象有一块很大的业务领域就是纺织品进出口。一般来说他们规模很大，只做批发，不会跟个体买家直接交易，但是我们已经争取到让他亲自来接待您。”

“怎么做到的？”

“通过一系列的地下关系，包括很多方面的人。这在我们这一行是很常见的，所以您不必追问细节。这样您到达里斯本的时候不但百分之百地没有跟英国人相关的嫌疑，而且背后还有一些联系人跟德国人直接相关。”

看来想要打听这个扩散的关系网是没什么下文了，所以我选择了尽量少问，等着这位陌生人继续提供她的信息和指令。

“这人叫马努埃尔·达席尔瓦。他是一个非常精明的商人，社交关系非常广。看上去很想借着这场战争发笔横财，尽管这得以背叛老朋友为前提。他会联络您，并向您提供目前在葡萄牙能找到的最好布料。”

“他会说西班牙语吗？”

“说得相当好。他还会说英语，可能也会说德语。只要是做生意需要的语言他都会说。”

“你们希望我做什么？”

“渗透到他的生活中去。向他展示您的魅力，赢取他的好感，努力让他主动约您出去，最好能让他邀请您参加一些跟德国人的见面活动。如果能接近他们，您需要做的就是集中注意力，从所见所闻中捕获所有重要的信息，并努力获得尽可能全面的资料。他们提到的名字、生意、公司和产品，他们的计划、行动，还有其他您认为有用的信息。”

“您的意思是说，你们派我去勾引一个嫌疑人？”我简直不敢相信自己的耳朵，从椅子上欠起身来。

“使用一切您认为合适的方法。”她继续说，等于默认了我的猜测。“达席尔瓦一直未婚，似乎总是对漂亮女人十分殷勤，但是跟谁都不肯确定关系。他很喜欢让别人看到他跟魅力十足的女士在一起，如果是外国人就更好了。但是，据我们了解，他在跟女性接触时也是一位十足的葡萄牙绅士，颇有古风，所以您不用担心，事情不会发展到您不能接受的程度。”

我不知道是该勃然大怒还是该哈哈大笑。他们居然派我去勾引一个习惯于勾引女人的男人。这就是我激情四射的葡萄牙新任务。然而，交谈至今，旁边的这位陌生女人似乎第一次读出了我的心思。

“请您不要将这个任务理解为一个漂亮女人为了几张钞票去做的那种轻薄事。这是一件非常微妙复杂的事情，我们请您去是相信您的能力。虽然您的外貌、公开的来历，还有您作为一个了无牵挂的未婚女子都会对完成这个任务有帮助，但是您的责任远不只是简单的调情。您必须赢得达席尔瓦先生的信任，每一步都要仔细掂量，设计好你们的交往和活动，并且精确地平衡你们之间的关系。您将独立衡量各种情形的重要程度，掌控时间和节奏，估计风险并根据当时的实际情况决定下一步该怎么做。我们对您定期提供情报的工作评价很高，您在面临突发状况时的应变能力也让我们感到惊喜。所以选中您来完成这个任务不是偶然的，而是事实证明您确实有能力在困难的情况下随机应变。至于你们之间的私人交往，就像我刚才说的，完全没有必要逾越您自己规定的界限。但是，希望您能尽量保持跟他的密切关系，直到获得需要的信息。基本上这跟您在马德里的工作差别也不是非常大。”

“只不过在这里我不需要渗透到任何人的生活中，也不需要去跟那些陌生人见面。”

“没错，亲爱的。但葡萄牙只不过是几天而已，而且对方看起来也不乏魅力。”她的语气让我感到惊讶。她并不试图对这件事情轻描淡写，只是冷冷地表明一个客观事实。“还有一件事，非常重要。”她补充说，“您执行这次任务将不会有任何掩护，因为伦敦方面不希望您的出现在里斯本引起任何怀疑。请您记住，关于达席尔瓦先生同德国人之间的事现在还没有确凿的证据，所以他对英国人是否忠诚还有待于确认。就像我刚才说的，一切都还处于纯粹的怀疑阶段，我们不希望他对安插在葡萄牙的英国情报员产生任何怀疑。所以，在那里活动的英国情报员都不会知道您是谁或者您跟我们有关系，这将是一次速战速决、干净利落的行动。行动结束以后我们会直接从马德里向伦敦方面汇报。介入他的生活，收集必要的信息，然后回家。而我们会在这里密切关注事情的进展。就这么简单。”

我几乎都没法回答，因为脸上的面膜已经凝固了。最后我终于艰难地动了动嘴唇：

“这已经很不简单了。”

这时候门开了，美容师进来在那个英国女人的脸上忙活了半天，大概有二十多分钟。这段时间内我们没有进行任何交谈。等到她那边结束以后，美容师又离开了，我这位陌生的导师走到屏风后面去穿衣服。

“我们知道您有一个好朋友在里斯本，但是为了谨慎起见，你们还是不要见面的好。”她在屏风背后说，“我们会找合适的机会通知福克斯太太，万一你们在什么地方不期而遇，她会装作不认识您。我们希望您也一样。”

“好吧。”我嘴唇僵硬地说。我一点儿也不喜欢这个命令，因为我是多么想再见到罗萨琳达啊。但是我明白这不是合适的时机，所以无声地服从了，没有别的办法。

“明天我们会把这次行程的详细信息传递给您，可能会包括其他一些相关信息。这次的任务我们预计不会超过两个星期。如果您遇到非常紧急的情况需要推迟回来，可以给布尔吉格诺花店拍个电报，为您某位朋友的生日订购一束鲜花，当然，是某位实际上不存在的朋友。您可以随便编一个名字和地址。这束花将永远不会被送出去，但是如果他们收到来自里斯本的订单,会立即通知我们。到时候我们会想办法跟您联系，希望您记住这一点。”

门又开了。美容师抱着一堆毛巾进来，这次她的工作对象是我。我假装顺从地任她操作，暗地里却努力想看看那个刚穿完衣服、马上要从屏风后面出来的女人到底是谁。她果然立刻出现了，但是出来的时候非常谨慎，没把脸转向我。我看到她有一头浅色的大波浪鬈发，穿一套斜纹软呢套装，典型的英国装束。那时候她正伸长胳膊从墙边一张小台上拿起皮包。我觉得这包有点儿眼熟，似乎最近见过，不是那种在西班牙的商店里可以买到的款式。然后她伸出手拿起了无意间放在凳子上的一个红色烟盒。这时候我明白了，这位抽黑猫香烟、一边从美容室离开一边冷淡地嘟囔着“再见”的女士，是艾伦·希尔加斯的妻子。就是几天前我第一次见到的时候，挽着丈夫手臂的那位，而她的丈夫在跑马场看到我时，估计受到了他职业生涯中最大的惊吓。

51

马努埃尔·达席尔瓦在酒店的酒吧等我。吧台已经坐满了人，三五成群，出双入对，也有一些男士形单影只。一走进入口处的对开大门，我就知道了哪个是他，他也知道了我是谁。

他瘦瘦的，衣着时髦，皮肤微黑，两鬓有丝丝缕缕的白发，穿着一件浅色的礼服外套。手指整洁修长，目光深邃，举止优雅。没错，一看就是情场高手。但是除了擅长风月，他身上还有些别的东西。从我们相互问好，他侧身请我走进朝向花园的阳台时，我就看出来了。某种让我一下子警觉起来的东西：机智、精明、坚定、洞察一切。想要欺骗这样一个男人，光有甜蜜的微笑、媚眼和噘嘴撒娇的表情是远远不够的。

“您不知道我有多遗憾不能跟您共进晚餐，正如我刚才在电话里跟您说的那样，我在几星期前就约了一个饭局。”他一边说，一边很绅士地帮我拉开一把软椅并扶着椅背。

“您千万别那么客气。”我回答说。坐下来时我装出疲惫的样子，身上藏红花色的连衣裙几乎拖到地面。我用早就研究好的手势把长发拢到脑后，披散在裸露的肩头，然后自然地架起双腿，露出一只脚的脚踝、大部分脚面，还有高跟鞋尖尖的鞋头。我注意到他的视线一秒钟也没离开过我。“另外，”我补充道，“这一路过来，我也有点累了，如果能早点儿休息的话也不错。”

一个服务员在我们旁边放了一瓶香槟酒和两个酒杯。阳台外是郁郁葱葱的花园，种满了各种绿植。天色已经暗了下来，但还能看到落日的最后一丝余晖。轻柔的风时刻提醒着人们，海就在不远处。空气中有花香，有法国香水的味道，还有海水潮湿的咸味。酒吧里一位钢琴师正在演奏轻柔的乐曲，邻近的桌上传来各种语言轻柔的交谈声。那一瞬间，不到二十四小时前刚刚离开的那个干涸而尘土漫天的马德里，对我而言就像另一个时空的一场噩梦。

“我必须得向您坦白一件事。”当酒杯倒满的时候，这位主人说道。

“您请讲。”我把我的那一杯送到嘴边。

“您是我认识的第一位摩洛哥女子。这里现在到处都是外国人，但都是来自欧洲的。”

“您从来没有去过摩洛哥？”

“没有，真遗憾。尤其是如果所有的摩洛哥女子都像您这样的话，没去过就真是太遗憾了。”

“那是一个非常令人着迷的国家，那里的人也棒极了。不过恐怕您想在那边找到很多像我这样的女人也很难。我不是纯正的摩洛哥人，我母亲是西班牙人。我不是穆斯林，我的母语也不是阿拉伯语，是西班牙语。但是我很爱摩洛哥。再说，那里有我的家人、房子和朋友。不过目前我住在马德里。”

我又喝了一口酒，很庆幸只需要撒一点儿小谎。无耻的谎言已经成了我生命的一部分，但是如果不需过度依赖谎言的话，我还是会感觉更安全些。

“您的西班牙语也说得非常棒。”我说。

“我跟西班牙人的工作交往非常多。事实上，我的父亲有一个马德里老客户。在战争开始之前，当然，我指的是西班牙内战，我经常去马德里出差。不过最近其他业务比较多，所以西班牙也去得少了。”

“当然了，现在时局不好，生意不好做。”

“也不一定。”他带着一丝讽刺说，“看上去您的生意就很兴隆嘛。”

我又报以一个迷人的微笑，心里暗想不知道那帮该死的家伙都在他面前说我什么了。

“看来您的消息非常灵通。”

“至少我努力做到这样。”

“好吧，不得不承认，我的生意还不赖。事实上，您也知道，我正是为此而来。”

“打算把最好的布料带回西班牙去，发布新一季的时装。”

“没错，这正是我希望的。据说您那里有非常美的中国丝绸。”

“您想知道事实吗？”他朝我挤了挤眼睛，做出一副神秘兮兮的样子。

“当然了，告诉我吧。”我放低音量，跟他玩起了这个游戏。

“事实就是，我不知道！”他哈哈大笑，“我根本不知道我们从澳门进口的丝绸到底是什么样的。我从来不直接参与这些事情。关于纺织品……”

这时，一个瘦瘦的年轻人悄无声息地来到我们身边，小胡子修得整整齐齐的。他用葡萄牙语说了声打扰，然后就凑到达席尔瓦左耳边说了几句话，但是我听不清。我假装专注地欣赏着花园中越来越浓的夜色。白色的圆形路灯刚刚亮起来，邻近桌上的交谈越来越热烈，优美的琴声依旧回荡在平台上。然而在这天堂般的环境里，我的脑子却一点儿也没有放松下来，一直密切地关注着这两个男人之间发生的一切。我猜想这个看似突如其来的打断是他们事先约好的。如果跟我的见面不太愉快，达席尔瓦就会有借口立即消失，随便捏造点儿什么突发状况就行。但如果相反，如果他觉得我还值得他多付出些时间，就可以假装知道了这件事，然后把来人打发走。

幸运的是，他选择了后一种。

“就像我刚才跟您说的，”年轻男子一离开他就接着说，“我从不直接接触我们进口的纺织品。我的意思是，我对布料的资料和数量很清楚，但是对于它们的美学价值却一窍不通，我想那才是您感兴趣的方面。”

“也许您可以派个下属来帮我。”我提议说。

“当然，我有一个非常高效的团队。不过我更愿意亲自为您效劳。”

“我不想让您太……”我打断他。

他没让我说完。

“能为您效劳我感到非常荣幸。”他一边说一边向服务生做了个手势，示意他为我们添酒，“您预计在这里待多久？”

“大约两个星期。除了布料，我还想顺道去拜访其他几个供货商，或许还有一些时装店和店铺。鞋、帽子、内衣、小百货……我想您也知道，如今在西班牙几乎找不到什么像样的东西。”

“我可以提供所有您需要的供货商资料，您不用担心。让我想想，明天一早我得出去一趟，不过我相信顶多两天就能回来。咱们约星期四上午见面怎么样？”

“当然好了，不过我还是不想给您添太多麻烦……”

他从椅背上欠起身来，靠近我，紧紧地盯着我。

“您永远也不会让我觉得麻烦。”

那你就等着瞧吧，我心里想。但是脸上却装出一个灿烂的微笑。

我们又继续聊了一会儿无关紧要的小事，十分钟，也许十五分钟。等我觉得是时候结束这次见面了，便假装打了个哈欠，然后连忙故作惊慌地小声道歉。

“真不好意思。在火车上过夜太令人疲惫了。”

“那您赶快去休息吧。”他说着站了起来。

“再说，您不是还跟人约了晚餐吗？”

“哦，对，还有晚餐，没错。”他漫不经心地说，连手表都没看一下，“我想他们会等我的。”他又没精打采地补充道。我想他是在说谎。不过也许是真的。

我们一起走到大厅的入口，一路上他不停地跟人打着招呼，变换起语言来毫不费力，惊人地娴熟。这儿跟人握握手，那儿亲昵地拍拍肩。跟一个像木乃伊一样形容枯槁、纸片般弱不禁风的老太太亲热地吻颊，向两个从头到脚戴着珠宝的阔太太抛个媚眼。

“埃斯托里尔到处都是这些老鹦鹉，曾经家财万贯，如今却身无分文。”他在我耳边低声说，“但是他们却紧紧地抓着过去不肯放手，宁可天天就着白面包沙丁鱼都要维持自己那点儿仅存的面子。他们全身上下披金戴银，甚至连夏天都恨不得穿着貂皮大衣，但是手里的钱包都快长绿毛了，估计好几个月都不会有一分钱进出。”

我简单优雅的服饰跟周围的环境相得益彰，而他则负责让周围的人全都发现这一点。他没有把我介绍给任何人，也没有向我介绍他们是谁，只是走在我身边，跟着我的步伐，就好像在护卫我一样，殷勤有加地炫耀着。

我跟他走向出口，一边在脑子里飞速地对今天的见面成果做了一个评估。马努埃尔·达席尔瓦跟我打了招呼，邀请我喝了一杯香槟，亲自评估我：用他自己的眼睛来判断我这个从马德里托关系来找他的人究竟值不值得他亲自接待。这关系七拐八弯的，虽然委托人要求他善待我，但是他完全可以有两种截然不同的处理方式：一是派其他人来，找一个有能力的下属殷勤款待我，自己全然逃避这份责任；二是亲自接待我。他的时间宝贵，毫无疑问手头的事情也千头万绪。因此他能决定亲自处理我这些无关紧要的事情，就说明我的任务正朝着有利的方向发展。

“等我一有时间就跟您联系。”

他说着伸出手向我告别。

“太感谢您了，达席尔瓦先生。”我说着也向他伸出双手。不是一只手，是双手。

“请叫我马努埃尔。”他说。我注意到他捧住我手的时间比礼节要求的时间长了一些。

“那么，您就得叫我艾瑞斯。”

“晚上好，艾瑞斯，认识您真的非常高兴。咱们下次再见吧，您好好休息，祝您在我们国家玩得愉快。”

我走进电梯，目光一直盯着他，直到金色的电梯门缓缓关闭，大厅的景象在眼前一点儿一点儿地变窄。马努埃尔·达席尔瓦一直站在门口，先是肩膀，然后是耳朵和脖子，最后是鼻子，接着他完全消失不见了。

当电梯开始上升，我确定自己已经在他的视线之外后，重重地叹了口气，以至于那个年轻的电梯员差点问我是不是不舒服。任务的第一步完成了，我通过了测试。

52

第二天早上，我很早就下去吃早饭了。在遮阳棚的清凉下，我吃着奶油饼干，喝着香醇的咖啡，尽可能在花园中多待一会儿。跟在马德里每天早晨的紧张劳碌比起来，这简直是神仙般的日子。回到房间的时候，写字台上摆了一束美丽的鲜花。几乎是下意识，我匆忙解开花束上装饰的丝带，去寻找有没有什么密码信息。但是上面既没有点也没有横线，更没有传递什么指示，在花束中则有一张手写的卡片。

尊敬的艾瑞斯：

为了让您出行方便，我派我的司机乔恩为您服务，以便您在葡萄牙期间更加舒适。

我们星期四再见。

马努埃尔·达席尔瓦

他的笔迹苍劲优雅。虽然前一天晚上我应该给他留下了很好的印象，但是这天早晨他送来的信息却一点儿也不谄媚，甚至都不算过分殷勤。彬彬有礼且很适度，很有分寸。这样更好，至少暂时来讲是这样。

乔恩是一个头发灰白的男子，穿着灰色制服，胡子很浓密，看上去至少七十来岁了。他在酒店门口等我，一边跟与他职业相同但是年轻许多的人们聊天，一边在等待中抽烟打发时间。“达席尔瓦先生派我送小姐去您任何想去的地方。”他一边说一边上下打量我。我猜这不是他第一次接受这样的任务。

“麻烦您，我要去里斯本买点儿东西。”事实上，我对那些街道和商店没什么兴趣，只想在马努埃尔·达席尔瓦再次出现之前打发时间。

很快我就发现乔恩远不是那种典型的谨慎而专注的司机。启动这辆黑色的宾利后没多久，他先是说了些关于天气的事，几分钟后开始抱怨路况，接着又咒骂起物价之类的生活琐事。在他这种显而易见的攀谈欲望面前，我可以有两种完全不同的态度：摆出一副高高在上的姿态，似乎认为雇员都是下等人，连正眼都不瞧一下；也可以表现成一个平易近人的外国人，虽然保持着矜持，但是也可以同服务人员平等相处。我完全可以选择当第一种人，那样会更自在一些，躲在自己的小天地里，不让这个多嘴的老家伙打扰我。但是我知道自己不能那么做，因为没开出多远，他就提到他已经为达席尔瓦工作了五十三年。没错，扮演一个高傲的大小姐会让我非常轻松，不需费神应付他，但是另一种选择将会更加实用。尽管他的聒噪令人难以忍受，但我还是希望他一直不停地说下去，因为既然他如此清楚达席尔瓦的过去，也许同样能了解他的现在。

我们在沿海公路上行驶，右边是咆哮的大海。等到里斯本隐约在望的时候，我已经大致了解了达席尔瓦家族生意的来龙去脉。马努埃尔·达席尔瓦拥有跟他父亲和祖父一样的名字，这三代人的财富始于一个港口的小酒馆。他的祖父一开始只在酒馆的柜台后面卖酒，后来开始做大桶的散装酒批发，经营场所也搬到了一个巨大的仓库，如今已经废弃不用了，路过的时候乔恩还给我指了指。他的父亲继承并扩大了业务：除了酒，他也批发其他货物，并且很快就尝试性地跟殖民地进行了一系列的商业往来。到了他这一辈，家族的生意已经非常红火了，但是商业地位最终稳固下来还是靠第三代的马努埃尔·达席尔瓦，也就是我刚刚认识的那位。佛得角的棉花，莫桑比克的木材，澳门的中国丝绸。最近他又开拓了一些境内的新业务，时不时去国内其他地方出差，但是乔恩没能告诉我他到底在那儿做什么生意。

实际上老乔恩已经退休了，几年前一个侄子顶替他成了达席尔瓦的私人司机。但是他依然很活跃，时不时被主人交代干一些不那么重要的杂活：短途出游、送个口信、小规模派送，等等。比如说，在五月的某一个早晨陪着无所事事的女时装师在里斯本闲逛。

在希亚多的一家商店我买了几副手套，这在如今的马德里很难找到。在另一家店里我买了十几双丝绸长筒袜，这对战后的西班牙女人们来说简直是遥不可及的梦。再往前一点儿，买了一顶春季凉帽、几块香皂、两双凉鞋；然后是美国化妆品，睫毛膏、口红、闻上去令人陶醉的晚霜。跟物资匮乏的西班牙比起来，这里简直是天堂。一切都唾手可得，如此鲜艳而琳琅满目，只要从口袋里掏出钱就可以马上获得。乔恩尽职地带着我从一个地方到另一个地方，帮我提采购成果，无数次地开关车门让我舒适地上下。他推荐我去了一家非常宜人的餐厅吃饭，为我解说街道、广场和纪念碑。而且在不经意间慷慨地传递了我最渴望得到的东西，关于达席尔瓦及其家庭的点点滴滴。有些事情没什么意思，比如他的祖母才是最初生意的真正推动者，他的母亲很年轻就过世了，姐姐嫁了一个神秘主义者，妹妹则进了一家破烂的修道院。但是另外一些信息却令我精神一振。这位老司机谈起这些事情积极主动，几乎不需要我在旁边推波助澜。马努埃尔先生有很多朋友，包括葡萄牙人和外国人。外国人里头，最多的当然是英国人，不过最近也有一些德国人。他经常在家里招待客人，事实上，他喜欢让家里随时准备好一切，以便某天突然决定带客人回来用餐，有时候在里斯本拉帕大街的家，有时候在冯特庄园，也就是他的郊区别墅。

这一天我也有机会观察到居住在里斯本这座城市里的人，各种类型和各种经济条件的。有穿着深色西服的男士和优雅的女士，有刚从农村来到首都的暴发户，他们购买金表，镶金牙，也有穿着黑衣服像乌鸦一样的女人，气势汹汹的德国人，垂头丧气的犹太难民们。有的在街上匆匆行走，有的排着长队只为买到一张通往救赎的票，还有从战争和被战争破坏的地方逃出来的操各种口音的外国人。我知道，罗萨琳达也在他们中间。我装作心血来潮，要求乔恩带我去看看美丽的自由大街，那些黑白相间的碎石路，还有两侧的参天大树。她就住在那里，一百一十四号。正是贝格贝尔送到我家的那些信上出现的地址，那一夜可能是他一生中最苦涩的时刻。我寻找着门牌号，在一栋细瓷墙面的气派大楼门口找到了，一百一十四号，赫然刻在中间那个巨大的木制门厅上。我是多么想她啊，一丝忧伤涌上来。

下午我们继续转悠，但是到了五点钟左右我就觉得累了。白天天气很闷热，乔恩喋喋不休的谈话让我的头都要炸开了。

“最后一站，就在这儿。”当我表示该回去了的时候，他提议说。他把车停在卡瑞特大街上一家咖啡馆的入口对面，上面写着巴西咖啡。

“凡是来到里斯本的人，没有人愿意错过这样一杯香醇的咖啡。”他补充道。

“可是，乔恩，时间已经不早了……”我抱怨着。

“五分钟就够了！进去点一杯尝尝，您绝对不会后悔的。”

我没精打采地接受了，因为不想引起他的不快。这位意料之外的情报员，我以后可能还有用得到的地方。虽然里面的装饰比较做作，顾客也大多是本地人，但是环境还算宜人。一进门右边是吧台，左边是咖啡座，正对面是一个巨大的钟表，天花板上装饰着金色的线脚，墙上挂满了巨幅的画。他们给我送来了一个小小的白色瓷杯，我浅啜了一口。黑咖啡，很浓，味道非常好。乔恩说得没错，这咖啡真的让人精神一振。我一边等着咖啡凉下来，一边整理当天的思路。回忆每一个关于达席尔瓦的细节，在脑海中对它进行评价和归类。等到杯中只剩下一些咖啡残渣时，我在旁边放了一张钞票，然后站了起来。

就在那时候，我们相遇了。这重逢来得太忽然，太突兀，太迅猛，我根本来不及反应。就在我起身准备离去的时候，从门口进来三个戴着礼帽的男士：三顶礼帽、三条领带、三张外国人的脸，正在用英语交谈。

其中两个人不认识，第三个却如此熟悉。我们分开已经不止三年了。而在这些年里，马库斯·洛根似乎一点儿也没变。

我比他先看到对方，所以等他发现我的时候，我已经焦灼地把目光投向了门口。

“希拉……”他小声喊。

已经很久很久没有人这么叫我了。我的胃里一阵痉挛，差点把刚喝下的咖啡吐到大理石地面上。在我面前，离我也就两米远的地方，嘴里喊着我的名字、脸上还带着那样惊异神色的男人，就是曾经与我同甘共苦，帮我分担恐惧、分享快乐的男人，跟我一起欢笑、一起聊天、一起散步、一起跳舞、一起哭；他帮我找回了母亲，我却极力抗拒着不肯爱上他，虽然在一起的那段时间里，我们之间的感情已经远远超出了友谊。过去的回忆突然像电影一样一幕一幕地浮现在我眼前：得土安、罗萨琳达、贝格贝尔、国家酒店、西迪曼德利街上的时装店……那些紧张忙乱的日子和漫漫长夜，还有那些本来可以发生却没有发生的故事。过去的时光永远无法倒转。我真想拥抱他，告诉他是的，马库斯，是我。我想请求他再次把我从这里带走，抓住他的手狂奔，就像那一夜我们曾经在非洲的花园里匆匆逃走一样。我们一起回到摩洛哥，忘记这个世界上有一种东西叫做情报工作，忘记我还有千头万绪的任务要完成，还有一个灰暗悲伤的马德里在等着我回去。但是我什么都没做。理智以它横扫一切的强权战胜了我的情感，告诉自己除了假装不认识他，别无选择。于是我只能照办。

听到自己的名字我没有应声，也没有再看他一眼。就像聋了哑了一样，就像这个男人从来没有在我的生命中占据一席之地一样，就像我从来没有用眼泪打湿过他的领子哭着求他不要离开我一样，就像我们之间深厚的感情在记忆中已经完全融化消失不见一样。我只能装作没有看见他，把目光集中到门口，迈着冷淡而坚决的步子走了出去。

乔恩正在等我，后车门开着。幸运的是，他的注意力完全被对面人行道上的一桩小事故吸引了。那里有一群人在大声争吵，里面还有一条狗和一辆自行车。我走到他身边叫了他一声，他才注意到我的出现。

“咱们赶紧走，乔恩，我累坏了。”我一边坐下一边说。

我一坐进车里他就关上了后门，然后坐回到方向盘后面，一边发动车子，一边问我对他的推荐感觉如何。但是我没有回答，而是用尽全身力气强迫自己把目光集中到前方，不要回头张望。我差一点儿做到了。但是当宾利车开始在路面上滑动的时候，内心的一股冲动战胜了我的坚忍，让我终于忍不住做了不该做的事：回头看他。

马库斯已经追出了大门，站在那里一动不动，头上还戴着帽子，表情专注，双手插在裤兜里，眼睁睁地看着我离去。也许他正在自问，刚刚看到的那个女人真的是他曾经差一点儿爱上的那个人，还是一个幻影。

53

回到酒店的时候我告诉乔恩第二天不用来接我了。虽然里斯本还算是个大中型城市，但是我不能再冒险，我生怕再次跟马库斯·洛根相遇。我借口说自己很累，而且有些头疼。我知道，艾瑞斯小姐第二天不打算出门的消息很快就会传到达席尔瓦那里，而我又不想让他觉得我是在拒绝他的好意，所以必须得找点儿站得住脚的理由。当天傍晚我一直在浴缸里泡着，晚上的时间则在露台上度过，心不在焉地欣赏着海上的灯光。在这段时间里，我心里一分钟也没有放下过马库斯：想着他这个人，想着在他身边度过的那些时光对我来说究竟意味着什么，想着如果哪天再次相逢，我将要面对什么样的后果。等我睡下的时候，天已经蒙蒙亮了，胃里空空荡荡，口唇发干，心如乱麻。

第二天一早的花园和早饭跟前一天一样，但是虽然我努力表现得自然，却实在无法像前一天那样享受一切。我强迫自己吃完了早饭，虽然其实一点儿也感觉不到饿。我尽可能在露台上多待了一会儿，翻阅了几本用根本看不懂的语言写的杂志，直到餐厅里只剩下最后几个客人的时候我才起身回去。还不到上午十一点，我有一整天的时间，除了沉浸在自己的思绪中，无事可做。

我回到房间，房间已经被收拾过了。我躺在床上，闭上眼睛。十分钟。

二十分钟。三十分钟。但是没能躺到四十分钟，因为我实在受不了自己不停地在同一件事情上思来想去。我换了套衣服，穿上一条轻便的裙子，一件白色全棉衬衫和一双平底凉鞋，用一条印花丝巾包住头发，再戴上一副巨大的太阳镜，走出了房间。一路上都不忍去看镜子，我不想看到自己脸上写满阴郁的表情。

沙滩上几乎空无一人。又宽又平的浪一波一波地袭来，节奏单调乏味。不远处有一个看上去像城堡一样的建筑，还有一个气派的海角别墅。对面是宽阔的海洋，像我的烦恼一样一望无际。我坐在沙滩上静静地看着大海，目光集中在不停地聚集又不停地被击碎的浪花上，忘记了时间，任自己陷入无尽的回忆。每一朵浪花都带来一段记忆，一个过去的印记，那个曾经年轻的我和我的成就、我的恐惧，那些被我遗忘在某个时间角落里的朋友；另一个时空的场景，语声。尤其是，这天早晨的海又让我从记忆的某个褶皱里翻出了早已被忘却的感觉：一只手亲密的抚摸，一个有力的臂弯，一起分享过的快乐，还有无尽的渴望。

快到下午三点的时候，我站起来，拍掉裙子上的沙。该回去了，虽然这个时间也没什么特别的意义，跟其他时间一样好，也一样坏。我穿过马路走向酒店，路上车很少。有一辆车正在远去，另一辆在慢慢地靠近。后者让我觉得熟悉，依稀在哪儿见过。一丝好奇让我放慢了脚步直到它从我身边开过。于是我看清了车子和车里的人。达席尔瓦的宾利，驾驶座上坐着乔恩。真巧啊，多么偶然的重逢。不，我禁不住打了个冷战。这位老司机当然有足够的理由在埃斯托里尔的大街上晃荡，但是直觉告诉我他是来找我的。醒醒吧，丫头，醒醒吧！如果是坎德拉利亚或者母亲，她们一定会这样说。但是她们不在，所以我只能自己提醒自己。是的，我该清醒了，我正在放松警惕。与马库斯的重逢让我内心激荡，并沉浸在无数的回忆和感情里。但是，现在不是纵容自己多愁善感的时候。我有任务在身，并向人作过承诺：我必须扮演起某个角色，按照指定的形象出现，努力完成任务。坐在海边看潮起潮落，除了浪费时间并让自己陷入无限的忧伤之外，于事无补。现在该回到现实中了。

我加快了脚步，努力让自己看起来情绪饱满，步履轻盈。虽然乔恩已经消失了，但是也许在其他不为人知的角落还有眼睛在监视我，履行着达席尔瓦交代的任务。他当然不可能对我产生任何怀疑，但是也许他强势而极富控制欲的个性让他想一探究竟，看看他的摩洛哥客人不享用他提供的座驾，到底在干些什么。而我则应该充分地向他展示这一切。

我从一个侧梯回到了自己的房间，重新梳洗打扮了一番，又再次出现在众人的面前。之前的白衬衫印花裙，换成了一套优雅的橘红色套装，平底凉鞋也换成了一双蛇皮高跟鞋。我摘掉太阳眼镜，用前几天买的化妆品仔细地化了妆。丝巾也解了下来，头发披散在肩头。我从主楼梯款款而下，从容地走过二层露台，露台下是宽敞的前厅。我又下了一段台阶走到一层，微笑着面对一路上遇到的人：对女士们，不管多大年纪，说什么语言，甚至不管对方有没有注意到我，都以优雅的欠身和轻轻的点头表示问候；对于男士，则一律报以媚眼。他们中大多数是外国人。有一些特别老的，我甚至报以夸张的近乎卖弄风情的表情。接着我来到前台，找服务员要求发一封电报，是给马努埃拉女士的，发到我时装店的地址。“葡萄牙很棒，疯狂购物。今日头疼休息。明日开始全心拜访供应商。此致问候，艾瑞斯·阿格瑞克。”最后我选择了大厅里一张四人座的沙发，正襟危坐。这个地方来往的人特别多，很显眼，所以我优雅地架起腿，要了两片阿司匹林和一杯茶，决定接下来的整个下午和黄昏都把自己暴露在公众视野中。

我在那里极力掩饰着无聊，忍了将近三个小时，直到饥肠辘辘。好吧，就到此为止吧，该回房间叫些晚饭上来了。我正要站起来，一个跑堂的小伙子走过来，托着一个银盘，上面有一个信封，信封里有一张卡片。

尊敬的艾瑞斯：

希望大海已经带走了您的不适。乔恩明天上午十点来接您去我的办公室。好好休息！

马努埃尔·达席尔瓦

看来我预料得没错，消息传得飞快。我很想转身去寻找那个眼线司机，甚至是达席尔瓦本人，但是终于忍住了。虽然他们中的一个一定还没走远，但是我装出一副冷淡的表情，显得心不在焉，重新假装专注地翻看一本美国杂志。其实这本杂志我下午的时候已经看过了。半个小时以后，大厅里已经空空荡荡，客人们都已经分散到酒吧、露台和餐厅去了。我回到自己的房间，下决心把马库斯整个儿从脑海里拔出，集中精力来应付第二天等着我的那场硬战。

54

乔恩把烟头扔到地上，说了声早上好，一边用鞋底踩灭烟头，一边帮我开门，又用目光上上下下把我打量了一番。不过这一次，不需要他再向他的主人告发什么了，因为我很快就要亲自见到他了。

达席尔瓦的办公室在奥罗大街的中间，这里是连接罗秀大街跟巴依科萨商业广场的黄金地段。楼的外表很秀气，并不十分惹眼，但是周围弥漫着浓浓的商业氛围，到处充斥着货币、交易和活跃的贸易。银行，慈善机构，写字楼，穿着高级西服的男士，急匆匆的职员，以及奔波忙碌的跑腿们构成了一幅忙忙碌碌的景象。

从宾利车里下来的时候，迎接我的正是我跟达席尔瓦初次见面时打断我们谈话的那个瘦瘦的小伙子。还是那么沉默寡言且殷勤有加，这次他跟我握了握手，简单地自我介绍了一下，说自己叫胡安金·坎博阿，随即恭恭敬敬地把我带到了电梯口。开始我以为他们公司的办公室都集中在某一层，但是很快就发现，原来整栋大楼都属于他们。坎博阿直接把我带到了二层。

“马努埃尔先生马上就来见您。”他说完就离开了。

我所在的前厅墙壁上贴着锃亮的木板，看上去像刚刚打过蜡。六把皮质扶手椅构成了等候区。稍微里面一点儿，就在双开门旁边，达席尔瓦的办公室外面，有两张桌子，一张有人，一张空着。第一张桌子边有一个年近半百的女秘书在工作。从她对我庄重而正式的问候，还有在一个厚厚的本子上记录着什么的那份认真，可以判断出她是一位既高效又谨慎的职员，这几乎是每个老板梦寐以求的美德。没过两分钟她的同事就出现了，比她年轻许多，从达席尔瓦的办公室走出来，还陪着一位长相平庸的男士，很可能是某位客户或是生意上的伙伴。

“小姐，达席尔瓦先生正在等您。”她送走了那位男士，转向我，用不太愉快的语调宣布。我假装没有太注意她，但我只需要瞟一眼，就能大概了解她的情况了。年龄跟我差不多，相差一岁以内，戴着近视眼镜，浅色头发，白皙的皮肤，虽然穿的衣服稍显寒酸，但能看出来是精心打扮过的。不过我没有时间观察得更细了，因为这时候马努埃尔·达席尔瓦亲自到前厅来接我了。

“您能来这里我真的很高兴，艾瑞斯。”他用流利的西班牙语说。我报之以微笑，并按照计算好的时间慢慢地伸出手去，以便他有时间观察我，并决定是否值得向我投注更多的注意力。从他的反应来看，我想答案是肯定的。为了这个答案我费尽了心机，尽管只是一次商务会面。我穿了一条银色的两片式铅笔裙，合身的外套，为了弥补颜色的素净，还在领子上别了一朵白色的花。这身打扮换来了他掩饰不住的欣赏目光和一个殷勤的微笑。

“请进。今天早上我已经带来了所有要给您看的东西。”

在他宽敞的办公室一角，一张巨大的世界地图下面，堆放着一些布料。丝绸。天然丝绸。闪闪发亮、光洁纯正、闪耀着饱满光泽的各色布料，精美绝伦。只要用手指轻轻地触摸一下，我就能想见用它们做成的礼服将会有多么美丽的裙摆。

“这些还令您满意吗？”

马努埃尔·达席尔瓦的声音在我背后响起。有那么一瞬间，甚至几分钟，我忘记了他的存在，忘记了他的世界。看到这些美丽的布料，触摸到它们柔软的质地并想象出成品时的那种满足感，让我暂时远离了现实。幸运的是，我不需要说任何违心的话来赞美他为我提供的这些物品，完全是发自内心的。

“超乎我的想象，太美了。”

“那我建议您能带走多少就带走多少，因为我担心这批货很快就不在我手上了。”

“需求量这么大？”

“我们估计是的。不过当然不是用于时装。”

“那用来干什么？”我惊讶地问。

“用于在如今这种时候更急迫的其他需求，战争。”

“战争？”我重复着他的话，假装难以置信。我知道在其他国家已经发生了这样的事情，希尔加斯早在丹吉尔就跟我说过这个。

“他们用丝绸制作降落伞，用来保护火药，甚至用来保护自行车轮胎。”

我假装失笑。

“这简直是暴殄天物！一个降落伞需要的丝绸可以做十件晚礼服！”

“没错，但是现在时局不好。那些参战的国家很快就要不惜一切代价购买它们了。”

“那您呢，马努埃尔，您会把这些稀世珍宝卖给谁？德国人还是英国人？”我充满嘲讽地问他，似乎还没把他的话当真。我自己也为自己的厚脸皮感到惊讶。但是他却接着我的玩笑说：

“我们葡萄牙人跟英国人有传统的商业联盟，但是在现在这种混乱的局势下，谁知道呢……”他用一阵哈哈大笑结束了那令人不安的回答，没有给我回味的时间，就把话题转移到了更实际的问题上，“这里有一个文件夹，里面装着所有关于这些布料的情况：描述、质地、价钱，反正就是那些最常见的东西。”他一边说一边走近办公桌，“您可以把它带回酒店，找时间慢慢看，等您决定了对哪些布料感兴趣，只要填一个订购单，我就会负责把它们直接发往马德里，不出一个星期您就能收到了。您收到货以后在那边付款，这一点不用担心。还有别忘了，每一件的价格都会给您打个八折，就当我尽地主之谊吧。”

“可是……”

“还有，”他打断我，“这里还有另外一个文件夹，里面是当地其他一些供货商的详细资料，都是您有可能感兴趣的商品。纺线、金银丝带、纽扣、皮革……我已经擅自做主帮您跟他们约了见面的时间，时间已经安排好了，在这个表格里。您看，今天下午索阿雷斯兄弟会等着跟您见面，他们有整个葡萄牙最好的丝线；明天，星期五上午，巴尔博萨商店会接待您，那里生产非洲象牙做的纽扣。星期六上午我帮您约了跟皮革老板阿尔梅达见面。之后一直到星期一没有安排什么事。但是您得做好准备，下星期您的时间又要被各种约见排得满满的了。”

我研究着排得密密麻麻的纸，掩饰着对这份出色高效工作的欣赏。

“除了星期日，我看明天下午您也为我安排了休息。”我说着，没有从那张纸上抬起目光。

“恐怕您弄错了。”

“没有。计划表上这里是空的，您看。”

“没错，上面是空的，那是因为我要求秘书把这半天空了出来，我已经为它安排上活动了。明天晚上您愿意跟我共进晚餐吗？”

我从他手里接过第二个文件夹，没有回答，而是拖延了一会儿时间，假装在浏览里面的内容：上面有名字、资料和一些数字。我装作饶有兴致地研究着它们，虽然事实上我只是用目光扫过，根本没有注意其中的任何一个。

“好吧，我接受。”我让他等了漫长的几秒钟，然后回答道，“但是您必须答应我一件事。”

“当然，只要我能办到。”

“好吧，我的条件是，只要您向我保证，没有哪个士兵会背着这些珍贵的布料跳下飞机，我就跟您共进晚餐。”

他被我逗乐了，我又一次发现他的笑容真的很迷人。阳刚，有力，又优雅。我想起了希尔加斯太太的话：马努埃尔·达席尔瓦是一个非常有魅力的男人。就在这一闪念间，马库斯·洛根的影子像流星一样从心头掠过。

“我尽量,您放心吧。不过您也知道,生意这种事……”他耸了耸肩，嘴角浮上一丝讽刺的笑意。

屋里突然响起一阵铃声，打断了他的话。声音来自他的办公桌，一个灰色的仪器不停地闪着绿光。

“对不起，稍等一下。”他看上去一下子恢复了严肃，然后摁下了一个按钮，年轻秘书扭曲了的声音从那个仪器中传出来。

“怀斯先生在等您，他说有紧急的事情。”

“带他去会议室。”他冷冷地回答。他的态度来了个一百八十度大转弯，那个有魅力的男人被冷酷无情的商人吞噬了。或者恰恰相反。我对他还不够了解，不知道哪个才是真的马努埃尔·达席尔瓦。

他转过身来看着我，努力想恢复和颜悦色，但是没有成功。

“真不好意思，我手头的事太多了。”

“不不，是我该请求您的原谅，不该占用您这么多时间……”

他没有让我说完，虽然努力掩饰，但是明显能感觉出他已经没有更多耐心了。他向我伸出了手。

“明天晚上八点我来接您，您意下如何？”

“好极了。”

告别仪式非常简单迅速，现在不是打情骂俏的时机。那些玩笑和闲谈已经结束了，得另找时机捡起来。他陪我到门口，我离开前厅的时候用目光寻找那位怀斯先生，但是没有找到。屋里只有两个女秘书，一个在埋头打字，另一个正在往信封里装信。她们俩跟我告别的时候态度并不一致，不过我也没太在意，因为我脑子里有更紧急的事情。

55

我从马德里带来了一个绘画本，打算把所有我认为有价值的信息都画在上面。那天晚上我开始在纸上写下到目前为止的所见所闻。我努力把积累的这些信息整理得井井有条，然后尽可能地压缩。“达席尔瓦开玩笑说可能跟德国人有生意，真实度不可知。他预测布料有军事需求。个性随环境而变。确认跟德国人怀斯先生有关系。德国人不通知即出现要求紧急会面。达席尔瓦很紧张，避免怀斯先生被人看见。”

然后我画了几幅草图，虽然这些图样永远不会被做成真的衣服，然后用铅笔在周围画上一圈针脚。我想把长横线和短横线之间的差距缩到最小，不过这对我来说没什么问题，早就练得十分娴熟了。当所有的信息都画上去以后，我到浴室把手写稿付之一炬，倒进马桶，放水冲走。然后把绘画本放在衣柜里，既不故意遮挡，也不特别显眼。如果有人故意翻动我的东西，也绝不会怀疑我的意图是把它藏起来。

一旦有事可做，时间就过得飞快。我又坐着乔恩的车沿着埃斯托里尔和里斯本之间的沿海公路来回了好几趟，选购了十多种最好的丝线，还有各种形状、各种大小的精致纽扣。得益于达席尔瓦的推荐，我在所到之处受到了热情的接待，仿佛是最尊贵的客人。全心全意的陪同、灵活的付款方式、价格折扣，还有盛情款待。不知不觉中就到了跟他一起吃晚饭的时刻。

这次相见又像前两次一样，长时间的互相凝望，令人神魂颠倒的微笑，还有越来越直接的调情。虽然我是有意为之，并且表现出完美的演技，但不可否认，是马努埃尔·达席尔瓦本人用他的态度为我扫清了障碍。他再次让我感觉自己是世界上唯一能引起他注意的女人，而我，再次表现得像是早已习惯了成为英俊多金的男人们争相宠爱的对象。但事实上我不是。所以我必须得加倍小心。在任何情况下都不能被一时的感情冲动左右，这一切只是工作，纯粹出于无奈。在这样的情境下我很容易放松警惕，享受这个男人的奉承，享受这个时刻。但是我知道自己必须保持头脑清醒，必须远离那毒药一般的情感。

“我在温德巴尔订了位置。那里有一个非常美妙的乐队，离赌场也就一步之遥。”

我们走在棕榈树下，夜幕还未完全降临，一盏盏路灯好像紫色夜空上的点点银色星光。达席尔瓦又成了那个富有魅力的男人：风趣、迷人，完全不见了得知德国人突然出现在他办公室里时的那种紧张。

似乎全世界的人都认识他，从服务生、停车员，到最尊贵的宾客。他又像上次一样到处打招呼：对男士亲热地拍拍肩膀、握手或者是浅浅地拥抱，对女士则行吻手礼，满脸微笑地说着夸张的恭维话。他把我介绍给了其中一些人，我把他们的名字一一记在心里，以便稍后转化成那些草图上的密码。

温德巴尔的气氛跟帕克酒店的气氛差不多，百分之九十都是外国人。我有些不安地注意到两者唯一的区别就是，在这里德国人不再占多数，到处都能听到英语交谈。我试图摆脱这些忧虑，集中精力扮演好自己的角色。把脑袋腾空，让眼睛和耳朵保持高度警觉，这是我唯一应该做的事。当然，还要释放出所有的魅力。

餐厅总管把我们带到了达席尔瓦预订的位置，桌子不大，但是在大厅最好的角落：一个绝佳的地理位置，容易观察别人，也容易被人观察到。管弦乐队正在演奏轻柔的音乐，舞池里挤满了翩翩起舞的人们，另一些客人正在吃饭。周围到处都是交谈、问候和哈哈大笑，气氛非常放松，环境宜人。马努埃尔拒绝了菜单，干脆利落地点好了两人份的菜。然后，就好像一整天都在等待这一刻一样，坐下来准备把全部注意力集中在我身上。

“好吧，艾瑞斯，告诉我，我那些朋友对您如何？”

我添油加醋地给他讲了这几天的收获，说得很夸张，幽默地评论一些细节，用葡萄牙语模仿他们的嗓音。他被我逗得哈哈大笑，对我的好感又增加了几分。

“那您呢？这星期过得如何？”我问。终于轮到我来倾听和吸取信息了。如果运气好，也许能从他嘴里套出些什么。

“只要你不再用您称呼我，我就告诉你。”

“好吧。马努埃尔，告诉我，从昨天早上我们见面之后到现在，你一切都好吗？”

他没能立即回答我，有人打断了我们。又是一轮问候和寒暄。如果他不是真心的，那么至少看上去是。

“这是凡·肯佩尔男爵，一位非常特别的人。”当那位头发像狮鬃一样的老贵族摇摇晃晃地离开我们的桌子时，他说，“好吧，我们刚才说到这几天我怎么样，说到这个，只有四个字能形容：超级无聊。”

我当然知道他在说谎，但还是假装表示同情。

“虽然忍受着无聊，但是至少你还有环境幽雅宜人的办公室，有高效能干的秘书协助你。”

“你说得有道理，我没什么可抱怨的。总比在港口当个苦力工人，或者是没人能给我搭把手强。”

“她们都跟了你很久吗？”

“你是说那两个秘书？年纪大的那个叫艾丽莎·索莫萨，她在这儿已经三十多年了，我父亲在的时候她就已经来了，甚至比我进入公司还要早。另一个年轻一点儿的叫贝阿特丽丝·奥利维拉，她是我三年前招聘来的，因为生意越做越大，艾丽莎没有办法兼顾一切。虽然贝阿特丽丝看上去不那么平易近人，但是做事非常有条理，很负责任，而且通晓很多语言。我想也许这些新时代的职业女性不喜欢跟老板太亲热。”他说着举了举杯。

他的这句玩笑话没有把我逗乐，但是我假装陪他喝了一口白酒，掩饰了过去。这时候一对男女来到我们桌前。那位女士年纪较大，穿着一条长及脚面的深紫色山东丝绸裙，闪闪发亮。她的男伴还不及她的肩膀高。我们的交谈再次被打断，他们说起了法语。他把我介绍给他们，我报以一个甜美的微笑和一句简单的“荣幸”。

“这是曼海姆夫妇，匈牙利人。”他们走了以后他介绍说。

“他们都是犹太人？”我问。

“是的，有钱的犹太人，等着战争结束，或者拿到美国签证。我们来跳舞吧。”

达席尔瓦是一位很棒的舞者。伦巴、哈瓦那、爵士乐、进行曲，每种曲风都应付自如。我放任自己随着他的脚步翩翩起舞，这漫长的一天下来，是该放松些了，何况刚才伴着龙虾喝的那两杯杜尔罗葡萄酒也让我有了一丝醉意。成双成对跳舞的人们在柱子和墙壁上的镜子中反射出无数的人影。屋里很热，我闭上了眼睛，两秒钟，三秒钟，也许四秒钟。当我睁开眼睛的时候，最担心的事情终于发生了。

穿着一身近乎完美的礼服，一丝不乱的背头，两腿稍稍分开，双手插兜，嘴里还叼着一根刚刚点上的烟：马库斯·洛根就在那里，看着我们跳舞。

我得离开他，离他远远的，这是我脑子里闪现的第一个念头。

“我们回去坐下好吗？我有点儿累了。”

虽然我试图从跟马库斯相反的那一侧离开舞池，但是没用，因为当我偷眼看他的时候，发现他正朝着与我们相同的方向移动。我在舞池中闪身躲避跳舞的人群，而他则绕过一桌桌吃饭的食客，我们几乎是平行着朝同一个目的地走去。我注意到自己的腿开始发抖，五月夜晚的闷热突然让我觉得受不了。当他走到离我们几米远的地方，停下来跟人打招呼的时候，我抱着侥幸心理想，也许这才是他的目标。但是他随即就跟人告辞，继续朝我们靠近，果断而坚决。我们三个人几乎同时抵达餐桌旁，马努埃尔和我在右边，他在左边。这时候，我感觉天都要塌下来了。

“洛根，老朋友，你最近跑哪儿去了！我们几百年没见了！”达席尔瓦看到他的时候惊呼。我目瞪口呆地看着他们亲热地互相拍着背。

“我给你打过无数电话，但是从来没找到过你。”马库斯说。

“我给你介绍一下，这位是艾瑞斯·阿格瑞克，一位摩洛哥朋友，前几天刚从马德里过来。”

我朝他伸出手，努力不让人看出我的手在颤抖，也不敢正视他的眼睛。他紧紧地握住我的手，好像在说，是我啊，我在这里，你说句话啊。

“很高兴认识您。”我的声音又干又沙哑，几乎是飘忽的。

“坐下跟我们喝一杯吧。”马努埃尔说。

“不了，谢谢，我跟几个朋友在一起。我只是想来跟你打个招呼，提醒你我们该见一面了。”

“近期哪天都行，我向你保证。”

“你别食言，咱们可得好好聊聊。”然后，他转向我，“很高兴认识您，呃……”他一边说一边朝我微微欠过身来。这次我不得不正视着他。他的脸上已经完全不见了当初我认识他时的那些伤痕，但是表情一点儿也没变。那棱角分明的面容和五官，深邃的眼睛好像在无声地问我到底在这个男人身边干什么。

“阿格瑞克。”我终于说出话来，就像从嗓子眼里蹦出了一块石头。

“对，阿格瑞克小姐，不好意思。认识您非常荣幸。希望我们能有机会再见。”

我和马努埃尔目送他离去。

“这个马库斯·洛根是个相当不错的人。”

我喝了一大口水。我需要润润嗓子，因为它干得像砂纸一样。

“英国人？”我问。

“对，英国人。我们有过一些生意上的来往。”

我又喝了一口水，掩饰自己的困惑。这么说他已经不当记者了。马努埃尔的话把我从沉思中拉了回来。

“这里太热了。要不我们去轮盘试试运气？”

在赌场的大厅里我再次装出对奢华的环境毫不在意的样子。桌子上方用金色的链子悬挂着璀璨的水晶吊灯，周围挤满了无数赌徒，说着各种各样的语言，估计囊括了老版欧洲地图上所有的国家。地上铺着豪华的地毯，既减少了人来人往的噪音，又让这个撞大运的场所更加气派。到处都能听到筹码互相撞击的声音、轮盘的嗡嗡声、轮盘内象牙小球疯狂滚动的清脆响声，每次下注截止的时候荷官们“截止投注！”的大喊声。坐在绿色桌布旁一掷千金的赌客很多，但周围的看客更多。他们都是没落的贵族，曾经是巴登巴登、蒙特卡罗和多维尔等大赌场的常客，达席尔瓦悄悄地给我解释。破产的资本家，家道败落的有钱人，曾经是衣冠楚楚的上层人士，现在却沦为流氓混混，也有伪装成君子的真正恶棍。有身着盛装趾高气扬自信满满的人，男的衬衣衣领和胸口浆得笔挺，女的骄傲地炫耀着全身上下的珠宝。也有一些一看就穷困潦倒的人，畏畏缩缩或者偷偷摸摸地在人群中寻找某位老相识好套取一些赌资，也许还在梦想着一夜暴富。有的人可以把家里最后一点儿家当押上赌桌，也有人甚至把第二天的早餐都拿来孤注一掷。前者是受纯粹的赌瘾驱使，放纵自己沉溺于寻欢作乐和贪婪无度，而后者，只剩下赤裸裸的绝望。

我们随意走动了一会儿，看着这些喧哗的赌桌。他继续到处打招呼，跟人交换着简短亲热的问候。我几乎不说话，只想离开这里，把自己关在房间，忘记所有的一切，只希望这该死的一天尽快结束。

“看上去你今天不太想成为百万富婆。”

我虚弱地笑了笑。

“我太累了。”我说，努力让自己的嗓音听起来甜美一些，因为不想让他感觉到我内心的焦虑。

“要不要我陪你回酒店？”

“那太好了。”

“稍等一分钟。”说完他往前走了几步，伸出胳膊去问候一个刚刚看到的熟人。

我站在那里一动不动，心不在焉，甚至都懒得再看一眼忙忙碌碌的赌场大厅。就在这时，我注意到他像个影子一样悄无声息地向我靠近，默默地从我身后走过，几乎与我擦肩。就在经过的一刹那，他偷偷抓起我的右手，迅速打开我的手指，往我手里塞了一样东西。我假装没有任何反应。然后，他一言不发地走了。我装作全神贯注地看着一张赌桌，急切地摸了摸他放到我手里的东西：一张折了好几折的纸。就在马努埃尔跟他的朋友告别，转身向我走来的时候，我把它藏进了连衣裙的宽腰带中。

“我们走吧？”

“我想先去趟化妆间。”

“好的，我在这儿等你。”

我一边走一边在人群中寻找他的踪影，但没有找到。化妆间没有人，只有看门的在打盹。我取出纸条，迅速打开。

我留在T的S现在怎么样了？

S是希拉，T是得土安。马库斯问，非洲大地上那个过去的你到哪儿去了？我的眼里一下子充满了泪水，赶快打开手包找出手帕，同时徒劳地寻找着这个问题的答案。

56

星期一我又开始了紧张的采购，寻找适合时装店的货品。他们为我安排了拜访普拉塔大街的一家帽子店，离达席尔瓦的办公室几步之遥。所以我有了很好的借口去看看他，跟他打个招呼，顺便查看一下有什么人在他那里出入。

但是我只见到了那位态度不太好的年轻女秘书，我还记得她的名字：贝阿特丽丝·奥利维拉。

“达席尔瓦先生出差了。”她简单地说。

跟我上次来一样，她根本没有对我和颜悦色的意思，不过也许这是唯一能跟她单独相处的机会，我不想白白失去。从她冷淡的态度和寡言少语的性格来看，似乎很难从她嘴里掏出什么有价值的东西，但是目前还没有更好的渠道，所以我决定一试。

“哦，那太不巧了。我还想找他咨询些那天他给我看的布料的问题呢。那些布料还在他的办公室吗？”我问。想到有可能趁马努埃尔不在的时候进到他的办公室，我的心跳就加快了。但是她的回答像一盆冷水，马上就把我这一点儿还没有成型的幻想浇灭。

“不在，送回仓库了。”

我的脑子飞快地运转着。第一次尝试失败了。好吧，得想别的办法继续试探。

“如果您不介意，我想在这儿坐一会儿。整个上午我一直都站着，看各种各样的帽子，我想我需要稍微休息一下。”

我没有给她时间回答，在她张开嘴之前，就已经跌坐在一把软椅上，装出稍稍有些夸张的疲惫。我们之间出现了一阵沉默，她继续拿着铅笔浏览一份文件，时不时在上面做一些记号或笔记。

“来根烟吗？”几分钟以后我问道。虽然我其实不太抽烟，但是经常会随身携带烟盒，就是为了应付像现在这样的场合。

“不用了，谢谢。”她头也没抬地说。我给自己点上烟，她继续工作。我们又沉默了一会儿。

“是您负责帮我搜集供应商资料、约见客户，并准备那两个文件夹里的所有资料的吧？”

她终于抬头看了我一眼。

“是的，是我。”

“真的非常感谢您的出色工作，您都不知道这些对我有多么有用。”

她随口说了声谢谢，又把注意力集中到她的工作上去了。

“达席尔瓦先生当然不会缺少生意伙伴。”我继续说，“跟那么多不同的公司有商业关系真是太棒了，尤其是跟那么多外国公司。相比而言，西班牙现在的状况真是糟透了。”

“这一点儿也不奇怪。”她嘟囔着说。

“对不起，您说什么？”

“我说西班牙的死气沉沉一点儿也不奇怪，看看是谁在当权就知道了。”她含糊其辞地说，目光还是集中在手头的文件上。

一阵狂喜电光火石般掠过心头，这位勤勉的女秘书对政治感兴趣，我得试着把话题引向那个方面。

“那当然了。”我一边回答，一边缓缓地掐灭烟头，“这个人居然认为所有的女人都应该待在家里做饭生孩子，还能指望他管好整个国家吗？”

“而且监狱里塞满了人，对战败的一方没有一丁点儿仁慈。”她掷地有声地补充道。

“没错，看上去是这样。”对话转向了一个始料未及的方向，我必须万分小心地应答，以赢得她的信任，把她引到我的话题上去。“您了解西班牙吗，贝阿特丽丝？”

我注意到她有些惊讶于我竟然知道她的名字，终于放下铅笔来看着我。

“我从来没去过，但是知道那里正发生些什么。有一些朋友跟我讲过。不过我想很可能您并不知道我在说什么，您属于另一个世界。”

我站起来，走近她的桌子，近乎厚颜无耻地坐到了桌子边缘。在近距离的注视下，我发现她虽然穿着可能是几年前花几块钱请哪位邻居做的廉价套装，眼镜后面却忽闪着一双睿智的眼睛，那努力敬业的工作态度中还有一种似曾相识的坚韧不拔。

贝阿特丽丝·奥利维拉和我，并非如此不同。我们出身相似，同样勤奋地工作，卑微又努力向上。两条人生轨迹从相近的地方出发，在某个时刻却分道扬镳。时间让她变成了一个谨小慎微的职员，而给了我一个完全虚假的现实。然而，也许我们之间的共同之处要比区别更真实：虽然我住在豪华酒店，而她住在贫民社区中一栋漏雨的房子里，但是我们都知道，活着就要拼搏，不能让悲惨的命运把我们拖入泥淖。

“我认识很多人，贝阿特丽丝，认识很多不同的人。”我放低了声音，“现在我的确在跟一些有权有势的人交往，但那只不过是我的职业要求，是突如其来的命运和特殊的环境把我推到了他们身边。但是我知道冬天忍饥挨饿的滋味，知道日复一日以菜豆饭饱腹的生活。我也曾每天天不亮就出门，只为了挣点可怜的糊口钱。而且，如果您想知道的话，我可以告诉您，我也不喜欢他们正在强加给我们的这个新西班牙。您现在要来根烟吗？”

她没有回答，但是伸出手拿了一根。我先替她点上，然后给自己点上。

“葡萄牙的情况怎么样？”我问。

“也很糟糕。”她吐了一口烟回答道，“也许萨拉查[①]的新政权没有佛朗哥在西班牙的政权那么压制一切，但是我们同样在忍受独裁，同样缺乏自由。”

“但至少看起来你们会在欧洲战争中保持中立。”我试图把话题拉近目标，“但是现在西班牙的形势却很不明朗。”

“萨拉查跟英国人和德国人都有协议，一种奇怪的平衡。英国人向来都是葡萄牙人的朋友，所以很奇怪我们的政府竟会对德国人那么慷慨，给他们特权让他们开采矿山，还有其他很多好处。”

“不过，这在时局下也没什么可奇怪的，不是吗？局势越动荡，事情就越微妙复杂。说实话，我不太懂国际政治，但是我想这里头一定有利益关系在作怪。”我努力让自己的语气听起来漫不经心，似乎我对这类事情满不在乎，谈话进行到现在已经到了信任的分界点，出言应该更谨慎一些，“在生意场上不也是这样吗？”我补充道，“远的不说，那天我跟达席尔瓦先生一起在办公室的时候，您不是还告诉他有德国人来找他嘛。”

“没错，不过那是另外一件事了。”她显得极为不快，看上去似乎不打算对此多说什么。

“另一天晚上达席尔瓦先生在埃斯托里尔赌场请我吃晚饭，他认识那么多人，真让我惊讶。他跟英国人、美国人和德国人都同样热情地打招呼，当然还有很多欧洲其他国家的人。我从来没见过谁能跟所有这些人都保持着这么好的关系。”

她的脸微微扭曲了一下，又露出很不愉快的神色。即便这样，她也没有说什么。我没有办法，只好硬着头皮继续往下说，免得这场交谈就此不了了之。

“我觉得那些犹太人很可怜，不得不离开自己的家园，放弃了生意，逃离这场战争。”

---

①安东尼奥·德奥利维拉·萨拉查，1932 年出任葡萄牙总理，统治葡萄牙超过三十年。

“您觉得埃斯托里尔赌场的那些犹太人可怜？”她的脸上浮现出一个充满嘲讽的微笑，“我一点儿也不觉得。他们只不过是在享受超长的奢华假期而已。真正可怜的是那些不幸的穷人，用纸箱带着一点儿寒酸的行李整天在领事馆门口或者在售票口排队，就为了能获得一张去往美国的签证和船票，但也许他们永远也得不到；还有无数个在廉价公寓里暂时栖身的家庭，每天去慈善食堂填饱肚子；还有那些可怜的女孩子，在角落里出卖自己的肉体，只为了换得几块钱；老人们坐在咖啡厅里消磨时光，面前的脏杯子空了几个小时都舍不得再添上，最后被服务生赶到街上去为其他人腾出位置。这些人，他们才让我觉得可怜。而那些每天晚上都在赌场里挥金如土的人们，我一点儿也不同情他们。”

她说的那些话确实很感人，但我不能因此就转移注意力，我们的谈话正在朝合适的方向发展，我必须努力让它不再偏离，而且有意识地继续往前推进。

“您说得对，对于那些穷人来说，情况更加悲惨。此外，他们看到这么多德国人肆意妄为，一定会觉得更加痛苦。”

“我想是的……”

“尤其是，他们一定很难接受在自己投奔的这个国家，政府也对第三帝国如此纵容。”

“没错，我想……”

“更有甚者，还有一些葡萄牙企业家正在借机大发横财，为了巨额利润跟纳粹做交易……”

说最后一句话的时候，我的语调紧张而低沉，压低了声音，整个人向她靠近。我们四目相对，谁也无法移开视线。

“您到底是什么人？”最后她终于说，声音几乎低不可闻。她整个人都向后仰着，后背靠在座椅上，似乎想要尽量离我远一些。她的声音充满了不安和恐惧，但视线却一刻也没有离开过我的眼睛。

“我只是一个时装师。”我低声说，“跟您一样的劳动妇女，跟您一样对我们周围正在发生的事情感到担忧。”

我注意到她咽口水的时候喉咙是如此紧张。接着我又问了她两个问题，缓缓地，几乎一字一顿。

“达席尔瓦跟德国人之间到底有什么关系，贝阿特丽丝？他们到底有什么勾当？”

她再次咽了下口水，艰难得似乎在生吞一只大象。

“我什么也不知道。”最后她小声说。

门口传来了一个急促的声音：

“下次记得提醒我再也不要去圣胡里安大街上那家餐厅吃饭了，给我们上菜花了一个多小时！在马努埃尔先生回来之前我还有那么多东西要准备！啊，对不起，阿格瑞克小姐，我不知道您在这里……”

“我正打算走呢。”我假装不介意地说，然后就开始收拾包。“我来是想给达席尔瓦先生一个惊喜，但是奥利维拉小姐告诉我说他出差了。没关系，我改天再来。”

“您的烟别忘了。”我听到身后的声音说。

贝阿特丽丝·奥利维拉的声音还带着一丝颤抖。当她伸出胳膊把烟盒递给我的时候，我抓住她的手紧紧地握了一下。

“好好考虑一下。”

我没有坐电梯，而是选择了走楼梯下去，一边走一边回忆着整个场景。也许如此仓促地暴露身份有点太冒险了，但是那个女秘书的态度让我觉得她一定知道些什么，而她不告诉我完全是因为不信任，而并非对上司的忠诚。达席尔瓦和他的秘书，他们的想法并不一致，而我几乎可以肯定她永远也不会向他提及这次奇怪的拜访，更别说告诉他我们的谈话内容了。当他开始同时与天使和魔鬼交往的时候，不但有一个冒牌的摩洛哥女人来刺探情报，还有一个蠢蠢欲动的左派分子潜伏在自家的后院里。我必须得想方设法跟她单独见面。但是怎么见，在哪儿见，什么时候见，我一点儿主意都没有。

57

星期二早上开始下雨，而我依然重复着最近几天的活动，扮演着大客户的角色，任乔恩把我带到一个又一个目的地。这次是一个郊区的工厂。三个小时以后，乔恩来工厂门口接我。

“乔恩，麻烦你，我们去趟巴依科萨。”

“如果您想去找马努埃尔先生，他还没有回来呢。”

太好了，我心里想。我本来就不想见达席尔瓦，而是想看看有没有机会再次跟贝阿特丽丝·奥利维拉单独接触。

“没关系。他的秘书可以接待我，我只是有些关于订单的事情需要咨询一下。”

我想那个年纪大的秘书一定又像昨天一样出去吃饭了，而她那节俭的年轻同伴还在那里继续工作。但是上天好像偏偏要跟我开玩笑，我到那儿看到的场景恰恰相反。那位年长的秘书坐在座位上，鼻尖上架着眼镜正在核对一份文件。而年轻秘书连影子都没见着。

“下午好，索莫萨女士。今天怎么只留您一个人了？”

“马努埃尔先生出差还没回来，奥利维拉小姐今天没来上班。有什么我可以帮您的吗，阿格瑞克小姐？”

我立即感到一阵失望，夹杂着几分警觉，但是我极力掩饰着。

“她没有身体不适吧？”我没有回答她的问题。

“哦，当然，没什么要紧的。今天早上她弟弟跑来告诉我说她有点儿不舒服，发烧了。但是我相信明天她就会回来上班的。”

我犹豫了几秒钟。快，希拉，快好好想想，赶快作出反应，问她住在哪儿，试着找到她。我在心里对自己说。

“也许，如果您能给我她家的地址，我可以叫人给她送一束花过去。她帮了我很多忙，帮我约见了所有的供应商。”

虽然很善于掩饰，但是这位老秘书的脸上禁不住浮现出和蔼的微笑。

“您不用担心她，小姐。我觉得没这个必要，真的。我们这儿并不习惯给某天请假的人送花。我想不过是场小感冒或者其他无关紧要的小毛病。您有什么事，看看我能不能帮您……”

“我丢了一副手套。”我急中生智，“我想也许是昨天忘在这里了。”

“今天早上我来的时候没看到有手套，不过也许早上来打扫卫生的保洁员捡到了，您别担心，我会问她们的。”

贝阿特丽丝·奥利维拉的缺席让我的情绪一落千丈，就像我再次来到奥罗大街时外面的天气一样，阴云密布，狂风阵阵，闷热烦躁。而且，我也失去了胃口，就在附近的尼古拉咖啡馆喝了一杯茶，吃了一块蛋糕，继续上路了。当天下午那位高效的秘书为我预约了同一个巴西特产进口商见面，她认为也许富有异国风情的热带禽类的羽毛可以为我的作品增添一丝情趣。她是对的。真希望她在另一件事情上也能帮到我。

整个下午天气都没有好转，我的心情也没有好转。在回埃斯托里尔的路上，我清点了一下从到达那天开始到现在为止的收获，但是得到的结果却是灾难性的。乔恩最初的那些评论成了这么多天来唯一有用的一点儿信息，而到后来他提供给我的就只有一遍一遍地重复那些说过的内容，完全是一个在主人面前越来越不受重视的无聊老人不知疲倦的絮叨。至于希尔加斯的妻子提到的达席尔瓦跟一些德国人的私人会晤，他一句也没有谈到过。而我直觉能成为唯一消息来源的人，却假装生病，像水从手指缝里漏掉一样消失了。这一切，再加上与马库斯那令人心碎的重逢，这趟葡萄牙之行不管从哪个方面来看都失败透顶。当然，除了我的顾客们，因为等我回去的时候，她们会发现一个真正的宝库，装满了在物资匮乏、还在使用配给本的马德里想都不敢想的各种珍奇布料。想到前景一片黑暗，我在酒店的餐厅简单吃了几口晚餐，就决定早早撤退。

跟所有的夜晚一样，值班的服务员已经把屋子收拾得干净整洁，为客人上床睡觉做好了一切准备：窗帘拉上了，床头柜上幽暗的灯已经点亮，床也铺好了，被子的一角细致地折起。也许这些刚刚熨烫完、柔软的瑞士棉床品是这一天中唯一令人高兴的东西，它们可以帮我失去意识，至少在几个小时内忘记这种挫败感。这一天结束了，一无所获。

正准备上床睡觉的时候，我突然感觉到吹进来一股冷风。我光着脚走近阳台，掀开窗帘，发现窗户还开着。一定是服务员忘记关窗户了，我一边想一边关上了窗。然后坐在床上，关上灯，一点儿看书的欲望都没有。当我在被子里伸开腿准备躺下的时候，突然感觉左脚碰到了什么奇怪的东西，似乎很轻。我捂住嘴不让自己发出惊恐的叫声，试图伸手打开床头灯的开关，却不小心把灯碰到了地上。我手忙脚乱地把灯捡起来，不顾灯罩还扭曲着，再次摸索着去找开关，等到终于把灯点亮，我一下子把整床被子都掀开了。我的脚碰到的那个该死的黑色布包裹到底是什么东西？我没敢直接触摸它，而是用目光细细地审视了几遍。它看上去像一张面纱，做弥撒用的黑色面纱。我用两根手指轻轻地把它捏起来，那卷布包裹打开了，从里面掉出来一张像明信片一样的东西。我捏着一角小心翼翼地把它捡起来，好像生怕稍一用力就会把它捏碎。我把它凑近床头灯，发现明信片的正面是一座教堂，还有一个圣母像，下面印着两行字："圣多明戈教堂。请参加我们光荣的法蒂玛圣母的九日祭。"在反面有一行铅笔字，我不认识的笔迹："星期三，下午六点。左半边，倒数第十排。"没有签名，但是并不需要签名，我知道是谁。

第二天一整天我都没有去达席尔瓦的办公室，虽然当天安排的见面就在那附近。

“今天傍晚晚点来接我，乔恩。七点半的时候来罗秀车站对面，我要先去一趟教堂，今天是我父亲的忌日。”

这位老司机接受了我的命令，垂下眼睛做出了一个深表悲痛的表情。我心里感到一阵内疚的刺痛，因为自己如此轻描淡写就结束了冈萨罗·阿尔瓦拉多的生命。但是已经没有时间犹疑了，我一边想一边用黑色的面纱包住头，现在已经是五点三刻，九日祭马上就要开始了。圣多明戈教堂就在罗秀广场，几乎是在正中间。到达的时候，一看到那刷着白色石灰的石砌外墙，我就想起了母亲。我参加的最近几次宗教活动还是跟她一起在得土安，陪着她去广场上那座小小的教堂。相比之下，圣多明戈教堂要壮观得多，巨大的灰色石柱一直延伸到漆成黑色的天花板。里面人很多，有一些男人，更多的是女人，他们都是忠实的教徒，赶来参加圣母的九日祭，并念诵《玫瑰经》。

我双手合十，低着头，迈着迟缓的步子，从左边的走廊进去，一边假装虔诚状，一边偷眼数着座位的排数。到第十排的时候我透过眼前的面纱，发现了一个穿着黑衣服的人影坐在第一个座位上。裙子、黑色的上衣、粗糙的羊毛长筒袜，那是里斯本大多数穷人妇女的典型装束。她没有戴面纱，而是系了一条巨大的围巾，包住了头，根本看不到脸部。她旁边还有空位，但是我一时间不知道该怎么办。直到发现一只白皙的手谨慎地从裙子褶皱中伸出来，轻轻地放在她身边的空位上。好像在跟我说，您坐这儿吧！我立刻遵从了。

教民们陆续占据了空着的座位，唱诗班的侍童正在祭坛上忙乱，教堂里的窃窃私语声汇聚在一起，像潮水一样嗡嗡地响。我们俩一直保持着沉默，虽然我偷眼看过几次，但是她的围巾让我没有办法看清这位黑衣女人的面容。不管怎么说，我也不需要看清，因为我确信那就是她。我决定小声地打破我们之间的沉寂。

“非常感谢您让我来，贝阿特丽丝。您什么都不用害怕，在里斯本谁也不会知道我们之间的谈话。”

她还是迟疑了一会儿才说话，而且说话的时候目光一直集中在手中的经文上，声音几乎低不可闻。

“您为英国人工作，对吗？”

我轻轻地点了点头表示肯定。

“我不太确定这对您有没有用，因为我所知很有限。我只知道达席尔瓦正在跟德国人做什么交易，跟贝利亚的几座矿藏有关系，那是葡萄牙内地的一个地方。他以前从来没有在那儿有过生意。这都是最近的事儿，也就几个月吧。现在他几乎每星期都要去一趟。”

“是什么矿产？”

“他们管它叫‘狼的口水’。德国人要求获得专属权，要求他断绝跟英国人的一切关系。此外，还要求他联系附近矿山的所有者们，说服他们也不要和英国人来往。”

神父从一个侧门走上了祭坛，因为距离太遥远，在我眼中就成了一个小点。所有的人都站了起来，我们也不例外。

“那些德国人都是谁？”我在面纱后面低声问。

“只有那个怀斯到我们的办公室来过三次。他从来不电话交谈，认为这样很容易走漏消息。我知道在办公室之外他还见过另一个人，叫沃尔特斯。这个星期还有几个人会从西班牙过来。他们所有人明天晚上都将去他的乡间别墅晚餐：马努埃尔先生，那些德国人，还有贝利亚那几个临近矿山的矿主。他们将在那里完成交易。他已经跟那些矿主谈了好几个星期了，就为了让他们答应只把产品卖给德国人。所有人都会带着夫人去，他也希望能好好招待她们，我知道这个是因为他让我订了一些花和巧克力给她们。”

神父的话说完了，大家全都坐了下来，教堂里一片衣服的摩擦声、叹息声和破旧的木头凳子吱吱嘎嘎的响声。

“他也曾警告过我们，”她又垂下头，接着说，“如果接到几个英国人的电话，不要转给他，虽然之前他们的关系非常好。今天早上他在仓库的地下室秘密会见了两个男人，这两人以前坐过牢，也给他当过保镖，因为他曾参与过一些乱七八糟的事情。我只听到了他们谈话的最后几句，他要求他们监视那几个英国人，在必要的时候，可以让他们消失。”

“什么叫‘让他们消失’？”

“就是摆脱他们吧，我猜想。”

“怎么摆脱？”

“您自己想吧。”

周围的教民们又都站了起来，我们也站了起来。大家开始热情高涨地哼唱一首歌，而我却感觉到热血一下子涌上了太阳穴。

“你知道那些英国人的名字吗？”

“我都写下来了。”

她默默地递给我一张对折的纸，我紧紧地握在手里。

“别的我什么也不知道了，我向您保证。”

“如果您得知了什么别的信息，麻烦您再找人通知我。”说着，我想起了自己房间那敞开的阳台窗户。

“我会的。不过麻烦您千万不要把我泄露出来。还有，请您别再出现在我们的办公室里了。”

我还没有来得及答应，她就站起来走了，黑色的影子像一只悲伤的乌鸦。我又在那里待了很久，躲在巨大的石柱中间，沉浸在走调的赞美诗里，还有应答祈祷的嗡嗡声中。当我终于从巨大的震撼中清醒过来后，展开手中的纸，发现我的恐惧并非毫无依据。贝阿特丽丝递给我的纸条上有五个名字，第四个就是马库斯·洛根。

58

每天下午的这个时候，酒店的大厅总是很热闹，到处都是人，今天也不例外。准确地说，到处都是外国人。披金戴银的女士，穿亚麻西服或军装的男士。到处能听到热烈的交谈，闻到高级香烟的味道，还有忙忙碌碌穿梭不停的跑堂。当然也可能到处都是恶棍，其中有一位还在等我。虽然装出愉快的惊喜，但是一看到他我简直有些毛骨悚然。从表面上来看，他还是前几天那个马努埃尔·达席尔瓦，自信满满，穿着近乎完美的西服，鬓角的几丝白发彰显出成熟稳重，温文尔雅。没错，他看上去跟前几天没什么不同，但光是看他一眼，我心里就充满了抗拒，要很努力才能克制自己不要转身飞快地逃跑。逃到街上，逃到海滩，逃到世界的尽头，逃到任何一个远离他的地方。之前一切都只是怀疑，我还抱着一线希望，以为在那迷人的外表下也藏着一个同样堂堂正正的灵魂。但现在我已经知道，事实并非如此。很不幸，那些最坏的猜测都变成了现实。希尔加斯的怀疑在教堂的一张板凳上得到了验证。在战乱的时代，做生意不再以诚信和忠实为本，达席尔瓦已经把灵魂出卖给了德国人。而且仿佛这样还嫌不够，他为这笔交易添上了最恶劣最阴险的一笔：如果那些老朋友妨碍他的好事，就会被毫不留情地消灭。想起马库斯正是他们中间的一个，我心里又感到针扎般的疼痛。

我的身体告诉我应尽快从他身边逃离，但是理智告诫我不能那么做。并不是因为这时候一辆装满了衣箱和行李的小车暂时堵住了酒店的旋转大门，而是因为其他更加不容置辩的原因。我刚刚得知二十四小时后达席尔瓦将要在家里款待他的德国朋友。毫无疑问，那就是希尔加斯的妻子预见的聚会，而且在那次聚会上很可能会披露英国人渴望知道的所有信息。我的下一步目标就是想尽一切办法让达席尔瓦邀请我参加他们的聚会。但是剩下的时间已经不多了，所以我必须迎难而上。

"亲爱的艾瑞斯，我也感到很难过。"

我愣了两秒钟，不明白他在说什么。但是他可能把我的沉默理解成了一种感情上的反应。

"谢谢。"等我恍然大悟的时候，低声说，"我父亲不是天主教徒，但是我还是愿意用宗教的方式来怀念他。"

"你有兴趣去喝一杯吗？虽然现在可能不是最合适的时机，但是听说你去过几次我的办公室，所以我今天特来回访。真不好意思，你去了几次我都不在，最近出差特别多，其实我很不愿意经常出门。"

"我觉得去喝点儿东西也不错，谢谢。我这一天也比较忙。没错，我去过你的办公室，不过就是想去跟你打个招呼，一切都进展得十分顺利。"我硬着头皮用尽全身的力气，才得以在说完这句话的时候挤出了一个微笑。

我们走向头一夜见面的那个露台，所有的场景又开始重演。或者说，基本上一样。虽然表演的道具别无二致：微风中轻轻拂动的棕榈树，视线尽头处的大海，皎洁的银色月光，温度正合适的香槟酒，但是我们之间开始有了些不一样的东西，不在我，也不在周围的环境。当马努埃尔又开始跟周围的客人打招呼，我从身后细细地观察着他。于是我发现，那不和谐的感觉源自他。他表现得很不自然。虽然当面非常热情，像往常一样施展出浑身的魅力，嘴里说着友好的话，脸上挂满了亲热的表情，但是等到同他说话的人一转身，他的脸上就只剩下一丝严肃而专注的苦笑，不过他转身朝向我的时候，这种神色又自动消失了。

“这么说你又买了更多的布料？”

“还有丝线、辅料、装饰，还有许许多多小物件。”

“那你的顾客会很惊喜的。”

“尤其是那些德国女人。”

箭已经离弦了。我必须让他做出反应，这将是我最后的机会，让他邀请我去他家参加聚会。如果做不到这一点，我的任务也就到此结束了。

他扬起眉毛做了个询问的表情。

“那些德国顾客是最挑剔的，也最关注衣服的品质。”我解释说，“西班牙女人比较关注衣服做成以后的样子，但是德国女人却对每一个细节都要求完美，非常苛刻。不过幸运的是，我跟她们相处得很好，理解起来也毫无障碍。有时候我甚至觉得自己有种特殊的能力，能讨她们的欢心。”说着我狡黠地朝他挤挤眼睛。

我举起酒杯送到嘴边，强忍住没有一口喝光。来吧，马努埃尔，来吧，我心里想。想想我说的话，邀请我，我会对你有用的，在你们为“狼的口水”讨价还价、并且商量怎么摆脱那些英国人的时候，我可以负责帮你招待来宾们的太太，哄她们开心。

“马德里也有很多德国人，是吗？”他问。

这个问题看似简单，但绝对不那么单纯，并不只是因为好奇而想了解邻国的社会环境。事实上，他是想知道我有哪些熟人，跟他们的关系又怎么样。离我的目标越来越近了。我知道自己该说些什么，使用什么样的字眼儿：一些关键的名字，有分量的职务，还有漫不经心的口吻。

“相当多。”我假装没什么兴趣地说，然后靠在椅背上，佯装慵懒地垂下手，又架起腿，喝了一口酒。“斯托赫尔女男爵，就是德国大使的夫人，上次来我店里的时候说马德里已经成了德国人理想的殖民家园。说实话，她们中的一些人确实给我带来了不少生意。比如艾尔萨·布鲁克曼，据说是希特勒的密友，每星期都会去我那儿两三次。而在汉斯·拉萨尔家最近举行的一次宴会上，哦，他是德国大使馆的新闻官……”

我讲了一些无关紧要的趣闻轶事，又假装不经意地提了几个名字。

表面上漫不经心，似乎一点儿也不觉得这些事有什么要紧。而就在我用淡然的语气讲述的过程中，我注意到达席尔瓦聚精会神地听着，似乎他周围的一切都不存在了，几乎根本就不理会身边人的招呼与问候，从未抬起过酒杯，指间的烟越燃越短，上面的烟灰越来越长，好像一条丝质的蠕虫。直到最后我决定松一松手中的绳子。

“真不好意思，马努埃尔。我想这一切对你来说一定相当乏味，宴会、漂亮衣服，还有一群无所事事的女人之间的琐事。还是你来说说吧，你出差还顺利吗？”

我们又聊了半个多小时，这期间谁也没再提德国人。但是这个话题仍像气味一样飘在空气中。

“我想现在是该吃晚饭的时间了。”他说着看了看表，“你愿不愿意……”

“我觉得很累。要是你不介意的话，要不我们明天晚上一起吃饭？”

“明天恐怕不行。”我注意到他犹豫了几秒钟。我屏住了呼吸。然后他继续说：“明天晚上我已经有安排了。”

来吧，来吧，来吧。只需要再轻轻地推一下。

“那太遗憾了，那将是我们的最后一个夜晚。”我的沮丧是真真切切的，因为我是多么渴望从他嘴里听到等了那么久的一句话。“星期五我就要回马德里了，我那儿攒了一堆活。佩德利诺男爵夫人，就是拉萨尔的妻子，下星期四要开个招待会，到时候我有好几位德国顾客想在宴会上……”

“也许你会愿意参加。”

我感到心脏停止了跳动。

“只是几个朋友的私人聚会。几个德国人和几个葡萄牙人，在我家里。”

59

“带我去里斯本，多少钱？”

车里的男人左右看了看，然后摘下帽子，使劲挠了挠头。

“十块。”他嘴里叼着烟头说。

我递给他二十。

“我们走吧。”

在此之前，我想睡却睡不着。各种思绪和情感在脑子里不停地翻滚碰撞。为自己的任务终于有了转机而满意，又为第二天等着我的那一切焦虑，还为令人悲伤的真相而心烦意乱。此外，最烦恼的是，因为知道马库斯·洛根正是马努埃尔黑名单上的人物之一而感到极大的恐惧，而且我想很可能马库斯还不知道这件事。因为不知道怎么通知他，心里生出了沉重的挫败感。我不知道在哪儿能找到他，两次遇见他的地点截然不同，距离也很远。也许只有在达席尔瓦的办公室里才能找到一些线索，但是我不该再去打扰贝阿特丽丝·奥利维拉了，更何况她的老板已经回来了。

凌晨一点，一点半，一点四十五。我感到一会儿冷，一会儿热。两点。两点十分。我起来了无数次，阳台的窗户开了又关，关了又开，喝了一杯水，点亮了灯，又关上了。两点四十。三点。三点一刻。就在此时，我突然想到了办法，或者至少是值得一试的途径。

我从衣柜里找出颜色最深的衣服穿上，一套黑色的马海毛套装，一件铅黑色的外套，还有一顶宽檐帽，一直压到眉毛。最后我拿起了房间的钥匙和一把零钱。除了运气，不需要别的了。

我踮着脚尖从服务人员楼梯走下来，周围一片沉寂，几乎伸手不见五指。我不知道自己走在哪里，只是凭直觉分辨着前行的路。厨房、食品储藏室、洗涤间、锅炉房，最后从地下室的一个后门来到了街上。这当然不是最好的选择，因为我刚刚才注意到那是一个垃圾出口，但至少都是有钱人的垃圾。

正值半夜，在相距几百米的地方，赌场的霓虹灯还在闪烁，时不时从那里传来最后几个熬夜赌客的声音，几句告别、哈哈大笑或者汽车发动的声音。然后一切又都归于沉寂。我竖起领子，双手插兜，坐在马路牙子上，躲在一堆吸管盒子后面，静静地等着。从小在贫民社区长大，我知道很快就有人要忙碌起来了，很多人天不亮起来，就为了让那些可以一觉睡到大中午的人们生活得更舒适。不到四点钟，酒店的服务人员区就亮起了灯，接着从里面走出两个服务员。他们在门口停下来，用手笼着火点了一根烟，然后慢悠悠地走远了。第一辆经过的车是一辆小客车，远远地停下，卸下十多个年轻女孩走了。那些女孩还带着朦胧睡意，我知道她们是下一班的服务员。第二辆车是一个三轮货车，从里面出来一个瘦瘦的男人，胡子拉碴，下车后就跑到车后部翻找着什么东西。然后我看到他拎着一个大竹篮子走进了厨房，因为天黑，距离又远，我看不清里面装的到底是什么，但是看上去很轻。当他出来，又走向那辆小车时，我来到了他身边。

我试图用一块手帕把座位上的麦秸掸干净，但是根本没用。车里一股鸡粪的味道，到处都是羽毛、碎的鸡蛋壳，还有干掉的鸡粪。别看酒店里用来招待贵宾的鸡蛋都被精心烹制，放在金丝边瓷盘里。但把它们从鸡窝运到酒店厨房的车可远远没那么精致。一路上随着三轮车的突突声不停地颠簸摇晃时，我试图不去想乔恩驾驶的宾利车那柔软的皮质后座。我坐在这位送货员的右边，两人挤在不到半米长的前座上。虽然身体贴得很近，但一路上都没有说话，除了不得不告诉他我需要去的地址。

“就是这儿了。”到达的时候他说。

我认出了这栋楼。

“如果两个小时以后您能来接我回去，我会再给您五十。”

他不需要口头表示同意，用手碰碰帽檐，表示成交。

门厅紧闭，我坐在一张石凳上等着巡夜人的到来，帽檐依然压得很低，领子高高地竖着。为了不让自己为那渺茫的机会担忧，我试图集中注意力把粘在衣服上的麦秸和羽毛一根根地摘掉。幸运的是，我并没有等得太久。不到十五分钟，我等的人就到了，手里拿着一大把叮叮当当的钥匙。我磕磕绊绊地告诉他我把包落在里面了，他相信了，帮我打开了门。我在信箱上寻找着名字，三步并作两步走上楼梯，用一个比我自己的手还大的铜把手敲了敲门。

里面很快就有人醒了。我听到有人趿着旧拖鞋，拖着疲倦的步子走出来，猫眼被拉开了，门的另一边出现了一双黑色的眼睛，眼里除了眼屎，还有诧异。然后又听到更加轻快敏捷的脚步声，低而急促的交谈声。虽然隔着厚厚的木门，我还是认出了其中一个嗓音，正是我要找的人。当一只蓝色且富有生气的眼睛出现在小小的洞口那边时，我更确信了这一点。

“罗萨琳达，我是希拉，快开门！”

一个门闩打开了。另一个。

重逢是如此匆忙而出人意料，我们各自强压着心头的狂喜，她连珠炮一样低声地说：

“我的天啊，这真是一个天大的惊喜！可是，深更半夜的你来干什么？他们告诉我说你要来里斯本，叫我不能见你。你在马德里怎么样？还有……”

我心里也充满了喜悦，但恐惧让我变得更加谨慎。

“嘘——”我试图让她冷静下来。但是她没有理会我，而是继续说着热情洋溢的欢迎词。虽然是在凌晨时被我从床上叫起来，她却仍然光彩照人，消瘦的骨骼和近乎透明的皮肤外面是一件象牙色的丝绸睡衣，长及脚面。大波浪的长发似乎稍稍短了一些，说话又像以前一样，英语、西班牙语和葡萄牙语混杂在一起，抢着往外蹦。

这么近距离地跟她在一起，长久以来一直埋在我心里的无数个问题一下子都蹦了出来。自从匆匆离开西班牙，她到底过得怎么样？她是怎么想方设法挣扎着开辟新的天地，又如何能承受贝格贝尔的离去？她的房子还是那样豪华气派，可我知道她的经济来源有限，绝对无力独自承担这样一栋住宅。但是我不想问她。不管境况有多么艰难，环境有多么黑暗，罗萨琳达·福克斯浑身上下还是散发着一如既往的自信和活力，那种乐观的精神足以横扫一切障碍，应对一切艰难险阻。只要她愿意，甚至可以令人起死回生。

我们手拉着手走过长长的通道，在黑暗中窃窃私语，然后来到她的房间，关上了门。那一瞬间，得土安的记忆像一阵非洲的风向我席卷而来。摩尔人的地毯，摩洛哥灯笼，还有那些画。我认出了一幅贝尔图奇的水彩画：阿拉伯人的石灰墙，卖橘子的里夫女人，负重的骡子，穿着长袍的男人女人，背景是摩洛哥天空下一座清真寺尖塔的剪影。我转移了视线，现在不是思乡的时候。

“我得找到马库斯·洛根。”

“不会吧，怎么那么巧。他前几天来找我，打听你的消息。”

“你怎么跟他说的？”我警觉地问。

“我说的全是实话。”她说着举起右手好像要起誓一样，“我说我最后一次见你还是去年在丹吉尔。”

“你知道怎么才能找到他吗？”

“不知道。他只说还会再来卡尔戈，别的什么也没说。”

“卡尔戈是什么？”

“我的俱乐部。”她说着朝我挤了挤眼睛，然后斜靠在床上，“是我跟一个朋友合伙开的，很棒的生意。我们现在就以此为生。”她笑了起来，

“不过我另找时间详细告诉你吧，现在我们集中精力来谈最紧急的事情。我不知道在哪儿能找到马库斯，亲爱的。既不知道他住哪儿，也不知道他的电话号码。不过，你过来，坐在我身边，告诉我到底是怎么回事，我们来看看有没有什么办法。”

重又找回一如既往的罗萨琳达，对我来说是一个多么大的安慰啊！虽然她仍特立独行，神秘莫测，但是即便是在半夜，也还是那么清醒果决。一旦经过了最初的惊喜，并且了解到我深夜来访的具体目的，她就再也不把时间浪费在无用的问题上了。既不问我在马德里过得怎么样，也不追问我这趟是来做什么情报工作的，虽然当年正是她自己亲手把我送上了这条路。她很明白眼前有更紧迫的事情，而且做好了帮助我的准备。

我大概叙述了达席尔瓦的情况，以及马库斯跟它的关系。我们俩都窝在她那张大床上，旁边只有一盏昏暗的灯，上面罩着一个真丝的褶皱灯罩。虽然我明知自己已经违背了希尔加斯要求我在任何情况下都不跟罗萨琳达接触的命令，但是我一点儿也不担心让她帮我出主意会妨碍我的任务。我对她的信任几乎是盲目的，而且她也是我唯一可以求援的人。从某种程度上来说，是他们逼我来找她的，因为我被派到葡萄牙来的时候，完全没有任何保护，没有紧急求援的线索，没有靠山，所以我别无选择。

“我经常碰见马库斯，有时候他会来我的俱乐部，有时候我们会在阿维兹酒店的餐厅里碰到，有几天晚上，跟你一样，我在埃斯托里尔赌场跟他相遇。他还是那么热情有礼，但是对自己的职业始终有些躲躲闪闪，从来没有明确地告诉过我他现在到底在干什么，不过当然，我相信肯定不是记者。每次我们遇见的时候都会聊几句，然后亲热地告别，承诺要常常约见，但事实上我们从来没有这么做。我不知道他到底在干些什么，亲爱的。也不知道他干的事情是不是干净，或在搅什么浑水。我甚至都不知道他是定居在里斯本，还是经常在里斯本和伦敦或别的地方之间往返。但是如果能给我几天时间，我可以试着去调查一下。”

“我想可能来不及了。达席尔瓦已经安排他手下的人，要除掉他们给德国人让路。我必须得尽快通知他。”

“当心点儿，希拉。也许他也正在参与什么你不知道的勾当。别人没有告诉你他跟达席尔瓦之间做的到底是什么生意，而且我们在摩洛哥跟他在一起已经是很久以前的事了，我们不知道他离开以后都经历了什么。事实上，就是那时候我们也并不了解他。”

“可是他帮我接回了我母亲……”

“他不过是个中间人，再说，他是提出条件作为交换的。你要记得，那不是一个完全无私的恩惠。”

“可那时候我们知道他是个记者……”

“我们以为是，但事实上后来根本就没有看到哪张报纸发表了他那篇著名的对胡安·路易斯的采访，可那不是他去得土安的主要目的吗？”

“也许……”

“而且他在摩洛哥的西班牙辖区待了那么长时间，却没发表过任何关于那里的报道。”

也许可以有上千个理由来解释这一切，而且一定很容易找到，但是我不能在这上面浪费时间了。非洲已经是过去了，葡萄牙才是现在。而我手头的事情真的十分紧急。

“你必须得帮我找到他。”我摒除一切疑虑，“达席尔瓦已经吩咐下去了，至少应该让马库斯知道这件事。然后他会知道该怎么办。”

“我一定会努力找到他的，亲爱的，你放心吧。但是我希望你行事谨慎些，你要知道我们都发生了巨大的变化，谁也不是曾经的自己了。在几年前的得土安，你是一位年轻的时装师，而我是一个大人物单纯快乐的情人。你看看我们现在变成了什么样子，看看我们俩现在在哪里，得用什么样的方式见面。马库斯跟他的环境很可能也已经变了。这就是生活，尤其是在这样的年代。如果说我们当时对他不够了解，那现在更不了解了。”

“他在做生意，是达席尔瓦自己告诉我的。”

听到我的解释，她充满讽刺地笑了。

“别那么天真，希拉。这几年‘生意’这个词可以用来当做任何事情的黑色保护伞。”

“那你的意思是我不该帮助他？”我试图掩饰自己的困惑。

“不。我说这些只是为了提醒你万事小心，不要太冒险，因为你都不能肯定自己想要保护的那个人到底是谁，到底在干什么。命运的百转千回真是令人惊讶，不是吗？”她带着一丝笑意说道，从脸颊上拂开金色的头发，“在得土安的时候他疯狂地爱上了你，而你却始终不肯答应和他在一起，虽然你们之间相互吸引。而现在，过了这么长时间，为了保护他，你冒着暴露的风险，把自己的任务放在一边，谁知道你还为此做出了什么疯狂的事。我还是不明白你当初为什么不肯和马库斯开始恋情，但是我想他在你心里留下的痕迹一定很重很重，所以你才会为了他不惜暴露自己的身份。”

“我已经跟你说过一百遍了。我不想开始一段新的恋情，因为我对拉米罗的事情还记忆犹新，他留下的伤口还没有完全愈合。”

“可那已经过去很久了……”

“还不够久。一想到又要忍受那样的痛苦我就充满恐惧，罗萨琳达，我真的很害怕。拉米罗给我留下了太多伤痛，那段回忆对我来说真的鲜血淋漓，不堪回首。我知道马库斯迟早也会离开的，所以不想再经历一次。”

“可是他不会以那样的方式离开。他早晚会回来的，而且你当时可以跟他一起走。”

“不。得土安不是他的地方，却是我的。我母亲就要到了，我身上还背着两个官司，而且西班牙内战还没结束。最重要的是，我还在为自己之前的经历感到困惑、挫败和心力交瘁，一边急切地盼望着母亲的到来，一边努力构建一个虚假的形象，一边在那片奇怪的土地上招揽顾客。没错，我在心里筑起一道高高的墙，害怕自己会疯狂地爱上马库斯。但即便是这样，他还是成功地逾越了，就像从裂缝中悄悄地挤进来，走进了我的心里。从那以后我再也没有爱上过别人，甚至没有被任何一个男人吸引过。对他的回忆是我力量的源泉，帮助我面对孤独。相信我，罗萨琳达，这么长时间以来我一直独身一人。而当我以为这辈子都不会再见到他的时候，命运却让我们在最不适合的时候相遇了。我并不是想挽救他，也不想与他再续前缘，重新找回我们失去的东西，我知道在这个疯狂的世界，那不可能。但是，如果有可能帮助他，不让他在某一天某一个角落被人暗杀，那我至少应该试一试。”

她一定是感觉到了我的声音在颤抖，因为她抓起我的手，紧紧地握住。

“好吧，我们只看现在。”她坚定地说，“等天亮以后我就找人帮忙。只要他还在里斯本，我就能找到他。”

“我不能见他，而且我也不希望你直接跟他说这件事。你得找个中间人，让他知道这个消息，但不知道来自于你。他只需要知道达席尔瓦不但不想得到他的消息，而且已经下令如果有必要的话就除掉他。回到马德里以后我会告诉希尔加斯其他人的名字。哦，不，”我纠正说，“也许最好是把这些名字给马库斯，你把它们都记下来，我都记在脑子里了。让他负责散布消息，也许他认识那些人。”

这时候我感觉到一阵说不出的疲惫，自从贝阿特丽丝·奥利维拉在圣多明戈教堂里递给我那张可怕的纸条以后，我的心一直像在被文火煎熬。这一天对我来说多么漫长而残忍：先是参加教堂的九日祭并跟贝阿特丽丝见面，然后跟达席尔瓦见面，想尽一切办法让他邀请我参加聚会，接着是辗转难眠的几个小时，在黑暗中守着酒店的垃圾堆等待，然后坐在浑身散发着难闻气味的鸡蛋商身边一路颠簸到达里斯本。我看了看表。离他的三轮车来接我还有半个小时。缩在罗萨琳达温暖的大床上闭上眼睛，对这时候的我来说简直是世界上最令人向往的事。可现在不是想着睡觉的时候，我得先知道我的朋友过得怎么样，就算是了解一丁点儿也好。谁知道这是不是我们的最后一次见面？

“现在你告诉我，简单一点儿也行。在离开之前我一定要知道你的近况。你离开西班牙以后是怎么度过的？都经历了些什么？”

“最开始的时候很困难，孤身一人，没有钱，而且不知道胡安·路易斯在马德里境况如何。但是我不能因为失去的一切坐在那里哭，必须得挣扎着活下去。我甚至遇到过一些很可笑的事情，有些情景简直像是最好笑的喜剧。有几个没落的百万富翁想要跟我结婚，我甚至还迷住了一位纳粹高官，他信誓旦旦地说，如果我愿意跟他远走高飞，到里约热内卢去，他就从军队里逃走。这些事情很好玩，但有些事情确实没有那么如意。我见到一些以前的追求者，现在却装作不认识我，有一些老朋友也翻脸不认人了。有的人曾经受过我的恩惠，但是似乎突然全都忘记了，还谎称自己穷困潦倒，生怕我找他们借什么东西。但最糟糕的还不是这些。在那段时间里，最痛苦的事情莫过于跟胡安·路易斯断绝了一切联系。我们先是放弃了打电话，因为他发现有人监听，之后连通信都终止了。接着他被停职，然后监禁。在很长一段时间内我收到的最后几封信就是他交给你，你又交给希尔加斯的那些。然后，一切都结束了。”

“他现在怎么样？”

她重重地叹了口气，又把头发从面前拂开。

“还算可以吧。他们把他遣送到隆达，这对他来说几乎算是种解脱，因为一开始他以为他们会将他处以叛国罪，直接把他结果了。但最终他们没有用军事法庭审判他，这并不是出于同情，而完全是出于利益考虑。用那种方式解决一个刚刚上任一年的部长将会在西班牙人民以及国际舆论中产生非常负面的影响。”

“他现在还在隆达吗？”

“是的，只是住所监禁。他住在一家酒店里，似乎刚刚有了一点儿行动自由，又开始抱着幻想参与一些计划。你也知道他是个不安分的人，永远都想找点儿事情做，参与一些有意义的事业，策划一些事情。我相信他很快就能来里斯本，然后，到时候再看吧。”说完她的脸上浮现出一丝忧伤的微笑。

我没敢问都是些什么样的新计划，他刚刚从失去一切的悬崖边爬上来。这位前外交部长，英国人的朋友，在如今跟轴心国紧密无间的西班牙几乎没留下任何痕迹。他想要重新获得权力，那得等世道发生巨大的变化。

我又看了看表，只剩下十分钟了。

“继续跟我说说你吧，你后来是怎么走出来的？”

“我认识了提米特里，一位俄罗斯人，布尔什维克革命以后他逃到了巴黎。我们成了朋友，他当时打算开一家俱乐部，我说服了他，让我做他的合伙人。他出钱，我负责装修和联络。卡尔戈从一开始就获得了巨大的成功，所以生意刚走上正轨，我就开始找房子，终于离开了之前在几个波兰朋友那里寄宿的小房间。就是那时候我找到了这座公寓，如果这栋有二十四个房间的房子也叫公寓的话。”

“二十四个房间！我的天啊！”

“你不相信吧。我是打算拿它挣钱的，这很显然。里斯本现在到处都是颠沛流离的人，身上的财产所剩无几，没有办法长期住在高档酒店。”

“你别告诉我你在这里开了家客栈！”

“差不多吧。不过是些有层次的房客。他们来自世界各地，身份与教养并不能让他们幸免，还是徘徊在深渊的边缘。我跟他们共享我的房子，而他们尽自己所能向我支付费用。这里没有价目表，有人住了两个月一分钱也没给，有人住了一星期却赠与我一只闪闪发光的利维耶尔腕表或一个莱利胸针。而我也不会主动向任何人收取费用，每个人都尽自己的力。这是一个艰难的时代，亲爱的，我们都得活下去。”

没错，我们都得活下去。而对我来说，活下去就意味着重新坐上那辆充满鸡粪味道的三轮车，在早晨到来之前回到帕克酒店的房间里。我真的很想一直跟她聊下去，直到时间的尽头，躺在她那张舒服的大床上，什么都不去想，第二天早上只需要摁一下铃就会有人送来早餐。但是回去的时候到了，不管现实有多么黑暗，也必须回去面对。她把我送到门口，在开门之前，她用单薄的身体拥抱我，在我耳边轻轻地说：

“我不太认识马努埃尔·达席尔瓦，但是里斯本所有人都知道他的名声：一个大企业家，风度翩翩，善于拈花惹草，同时也是铁石心肠，对对手毫不手软，为了一笔大买卖他可以出卖自己的灵魂。要加倍小心，因为你正在一个危险人物面前玩火。”

60

“给您送干净毛巾！”卫生间门外有个声音说。

“放在床上吧，谢谢。”我大声喊道。

我没有向服务台要毛巾，所以很奇怪下午这个时候又有人来送毛巾。但是我想肯定是服务员之间没有协调好。

我对着镜子刷上睫毛膏，化完妆，现在只需要穿上衣服就行了。离乔恩来接我还有将近一个小时，我还穿着浴衣。为了找些事情打发时间，不要老是胡思乱想万一任务失败的种种可怕结局，我老早就开始梳洗打扮，因此时间还很充裕。我走出卫生间，一边系上腰带，一边犹豫着到底该干点什么。等一会儿再穿衣服吧。或者，也许至少应该先穿上长筒袜。不不，也许最好……就在那时候我看到了他，于是全世界的衣服和长筒袜都不复存在了。

“你在这里干什么，马库斯？”我难以置信地问，几乎结巴起来。一定是刚才有人送毛巾来的时候放他进来的。也许不是。我用目光扫视了一遍整个房间，但没看到有什么毛巾。

他没有回答我的问题。既没有跟我打招呼，也没有为自己以那样的方式贸然闯入我的房间做任何辩解。

“别再见马努埃尔·达席尔瓦了，希拉，离他远一点儿。我来就是为了跟你说这个。”

他的声音铿锵有力。他站在那里，左手扶着墙角处一把椅子的椅背，穿着白衬衫，灰西服，既不紧张，也不放松，稍显庄重。就好像他有一种使命，而且一定要完成一样。

我没有回答，一句话也说不出来。

“我不知道你跟他之间到底是什么关系。”他继续说，“但是现在抽身还来得及。离开这里，回摩洛哥去……”

“我现在住在马德里。”我终于说得出话来了，我一直站在地毯上，一动不动，光着脚，不知道该怎么办才好。我想起了凌晨罗萨琳达的话：对马库斯要谨慎一些，不知道他到底为谁效命，也不知道他到底在做什么生意。于是我打了个冷战。我不但现在不了解，或许从来都没有了解过。我等待着他继续说话，以便判断自己在多大程度上能向他敞开心扉，又在多大程度上要对他加以防范。他认识的那个希拉可不可以偷偷地溜出来，还是我必须继续扮演这个截然不同的艾瑞斯·阿格瑞克。

他离开椅子，朝我走近了几步。他的面容没有任何改变，眼睛也没有。笔挺有活力的身体，丝丝分明的头发，皮肤的颜色，还有下颌的轮廓。我曾拥抱过多少次的肩膀，挽过多少次的臂弯，还有那双曾经捧起我手指的手，熟悉的嗓音。这一切突然显得那么近，那么亲密，同时又那么遥远。

“那就尽快离开，不要再见他了。”他坚持说，“这样一个男人不值得你交往。我完全不知道你为什么换了名字，也不知道你为什么来里斯本，更不知道你为什么要接近他。不知道你们之间的关系是自然而然发生的，还是有人强迫你这么做，但是我向你保证……”

“我们之间什么事也没有。我来葡萄牙只不过是为了给时装店采购原料。我在马德里认识的一个人帮我联系上了达席尔瓦，所以我们见了几次面。他只不过是个普通朋友。”

“不，希拉，你别弄错了。”他斩钉截铁地打断我，“马努埃尔·达席尔瓦没有朋友。他有臣服者，有熟人，有阿谀奉承者，还有很多有利益关系的贸易伙伴，但是他没有朋友。而且最近这些贸易伙伴也开始不受待见。他正在参与一些见不得人的勾当。现在我们每天都能得到一些关于他的新消息，而你应该置身事外。这个男人不适合你。”

“这么说的话，他也不适合你。可是那天在赌场你们看上去是很好的朋友。”

“我们纯粹是因为贸易关系互相感兴趣。准确地说，是曾经。据我得到的最新消息，他已经不愿意再跟我有什么交往，不只是我，他不愿意再跟任何英国人交往了。”

我松了一口气，这说明罗萨琳达已经成功地找到了他，并且找人把我的信息传递过去了。我们还是面对面站着，但是不知不觉间两人的距离越来越近。他往前走一步，我也往前走一步。他再走一步，我也再走一步。刚开始说话的时候，我们一人站在房间的一头，像两个互相猜疑、戒备森严的对手，彼此都小心翼翼地观察着对方的反应。可是随着时间的推移，我们不自觉地越走越近，直到两人都走到了房间中央，在床和写字台之间。只要稍微动一下就会碰到彼此。

“我会照顾好自己，你放心吧。你那天在赌场给我的纸条上，写着得土安的希拉怎么样了。现在你看到了，她已经变得更加强大，更加谨慎，也不再像以前那样充满幻想。现在，我要问你同样的问题，马库斯·洛根，那个拖着满身伤痕来到非洲的记者，就为了给总督做一个史上最长的专访……”

我没能说完，一阵敲门声打断了我的话。有人在外面。如此不合时宜，而且正说到关键的时候。我下意识地抓住了他的胳膊。

“问问是谁。”他小声说。

“我是坎博阿，达席尔瓦先生的助理。他叫我送点儿东西过来。”声音从走廊上传来。

马库斯悄无声息地跨了几步，闪身躲进了卫生间。我慢慢地走到门口，抓住门把手，深呼吸，然后装出若无其事的样子打开了门。坎博阿正捧着什么站在门口，看起来很轻，却用棉纸层层包裹着，看上去十分奢华壮观。我伸出手去想要接过来，但是他没有给我。

“最好还是让我把它放在一个平面上吧，里面的东西非常易碎，是一盆兰花。”他解释道。

我犹豫了一下。虽然马库斯已经藏到卫生间去了，但是让他进到房间里来我还是有些害怕。但如果我拒绝让他进来，反而像在掩饰什么一样。而在现在这个时候，我最不希望发生的事情就是引起他们的怀疑。

“请进吧。”我终于让步了，“麻烦您把它们放在写字台上吧。”

就在这时候我发现了它。真希望脚下的地板裂开一条缝，让我一下子陷进去，被吞噬，然后永远消失。这样我就不用面对刚刚看到的景象可能引起的后果了。就在那张小小的写字台中央，在电话和金色的台灯之间，放着一个完全不合时宜的东西。它是如此无稽，不应该让任何人看到，更别提是达席尔瓦的亲信了。

我马上改口说：

“不不，最好还是放在这儿吧，放在床尾的这张凳子上。”

他一句话也没说就照我说的去做了，但是我知道他已经发现了。怎么可能没看见呢。在写字台刚打过蜡、光亮如新的台面上，放着一样跟我毫不相关，而且跟一个单身女人所住的房间完全不协调的东西：马库斯的礼帽。怎么可能不引起他的注意呢。

听到房间门关上的声音，他从卫生间走出来。

“你走吧，马库斯。快离开这里，求你了！”我坚持着，一边在心里预测着坎博阿需要多长时间去向他的主人告发刚才看到的一切。或许马库斯已经注意到了他的帽子可能引起的灾难，但他没有表露出来。“不用为我担心了。明天晚上我就回马德里了。今天是最后一天了，从……”

“你真的明天就走？”他抓住我的肩膀问。虽然心里还是充满了焦虑和恐惧，但是一种久违的感觉一下子涌上我的心头。

“是的，明天晚上，露西塔尼亚特快专列。”

“你不会再回葡萄牙了？”

“不，暂时没有这个打算。”

“那回摩洛哥吗？”

“也不回。我会继续待在马德里，那里有我的时装店和我的生活。”

我们沉默了几秒钟。很可能两人正在想着同样的事情：命运跟我们开了一个天大的玩笑，让我们在这样动荡不安的时候再次相遇，让我们不得不相互说谎，这是一件多么悲哀的事情！

“好好照顾自己。”

我没有说话，点了点头。于是他轻轻地捧起我的脸，用手指抚摸着我的脸颊。

“在得土安的时候我们没有更进一步，真是遗憾，你说是吗？”

我踮起脚尖，把嘴唇凑到他的脸上，给了他告别的一吻。当我闻到他的味道，他也感觉到我的味道，当我们的肌肤贴在一起，我的气息弥漫在他的耳边，我小声地给出了答案：

“那是我一生中最大的遗憾。”

他悄无声息地走了，留下我独自一人，身边是一束我此生见过的最美丽的兰花。我强忍着追出去抱住他的冲动，试图衡量刚才这一切的后果。

61

接近庄园门口的时候，我看到侧门附近已经停了一排车，黑色发亮的轿车，大且气派。

达席尔瓦的别墅在郊区，离埃斯托里尔不算太远，但是这个距离也足以让我无法独自返回。一路上我暗暗注意了一下沿路的指示牌，奎因却、马尔维拉、克拉雷斯、辛特拉。但即便是这样，我也完全不知道自己身在何处。

乔恩缓缓地停下车，轮胎在砾石路面上吱嘎作响。我等着他替我开门。先迈出一条腿，缓缓地，再迈出另一条腿。然后我看到达席尔瓦朝我伸出了一只手。

“欢迎来到冯特庄园，艾瑞斯。”

我慢慢地从车里走出来。金色的紧身礼服让我的身体曲线一览无余，头发上还别着一朵他让坎博阿给我送来的兰花。下车时我用目光快速搜寻着那位助理，但是他并不在。

夜色中传来阵阵柑橘花的香味，还有意大利柏木送来的丝丝凉意，别墅正面的灯射出柔和的光线，照到房子的石砌墙面上仿佛融化了一般。我挽着他的手臂沿着门廊的楼梯拾级而上，发现大门上悬挂着一个纪念性的盾形徽章。

"我想这一定是您家族的族徽了。"

我当然知道一个祖传的家族徽章，对他那位酒馆老板起家的祖父来说，是件想都不敢想的事，但是我想他一定听不出我话中的讽刺意味。

来宾们都在一个宽敞的客厅里等候，里面有豪华沉重的家具，尽头处还有一个巨大的壁炉。架子上零散摆放的花束一点儿也没能缓解屋里清冷的氛围，也没能为在场的来宾那令人不自在的沉默增加任何热烈的气氛。我迅速地数了数，二、四、六、八、十。十个人，五对，再加上达席尔瓦和我。一共十二个人。好像猜到了我的心思似的，马努埃尔对我说：

"还有人没来，一个德国贵宾，很快就会到的。来吧，艾瑞斯，我来给你介绍一下。"

到目前为止的人数比例几乎是完全平衡的：三对葡萄牙人，两对德国人，再加上还没有来的那一对。不过也就只有人数是对称的，因为其他的一切都显得特别不协调。德国人都穿着黑色的衣服，庄重、谨慎，跟这个地点与场合很相符。他们的妻子也并没有浑身珠光宝气，穿着精致而有品位，气质自信从容。与之形成鲜明对比的是那些葡萄牙人，就像来自另一个世界。不管是男人还是女人，都显得与这里格格不入。男人们穿着高档的呢绒西服，但是身材实在太差，使衣服的气质大打折扣：典型的农夫体型，腿短，脖子粗，宽大的手掌上长满了茧子和破碎的指甲。三位男士上衣口袋里都别着几支光彩夺目的金笔，一笑起来，就露出嘴里金光闪闪的假牙。他们的妻子同样外形粗鄙，踩着光亮的高跟鞋努力保持着身体平衡，虽然她们肿胀的双脚几乎塞不进秀气的鞋中。其中一位戴着一顶极其难看的帽子，另一位的肩膀上搭着一件巨大的皮质披肩，不停地往下掉。而第三位，每吃完一个小点心就用手背蹭一下嘴巴。

在到达之前，我错误地以为马努埃尔邀请我参加这次派对，是为了在他的宾客面前炫耀我，把我当成一件富有异国情调的装饰品，来显示他既有权势又有魅力的男性地位，同时也可以帮他招待在场的女宾们，跟她们聊一聊时尚，讲讲在西班牙的德国高官的趣闻轶事或其他一些无关紧要的话题。然而，一感受到这里的气氛，我就知道自己错了。虽然达席尔瓦把我当成另一位客人来接待，但是并没有把我当成一个可有可无的群众演员，而是要我跟他一起主持这次派对，帮助他更精准地驾驭那些特殊的客人。我的角色将是德国女人和葡萄牙女人之间的一扇合页，在她们之间架起一座桥梁，要不然这一晚上，这两派女士除了大眼瞪小眼根本没有办法有任何交流。既然有重要的事情要跟那帮先生们商量，那么他最不愿意看到的一定就是身边坐着一群无聊的女人，一肚子怨气，急切地希望丈夫们带她们离开。所以他才需要我，要我助他一臂之力。前一天我向他抛出了橄榄枝，他及时地接了过去：可以说我们实现了双赢。

好吧，马努埃尔，我会给你想要的，我心里想，不过希望你也给我想要的。为了让一切都像他预计的那样顺利进行，我把自己的恐惧压缩成一颗小药丸吞进肚里，亮出了那个虚假的我最令人目眩神迷的一面。在这样的伪装下，无限地发挥我的魅力，在两个国籍的女士们中间以平衡的方式传递着好感。我称赞了来自贝利亚的两位女士戴的帽子和身上的披肩，讲了几个笑话把所有人都逗笑了，任由一个葡萄牙男人抚摸我的臀部，而后又奉承了德国人的精致高雅。毫无廉耻。

直到门口出现了一片黑云。

“不好意思，朋友们。”达席尔瓦宣布，“我向各位介绍，约翰内斯·本哈尔德。”

他看上去老了许多，胖了，头发也掉了不少，但是毫无疑问，跟得土安的那位本哈尔德是同一个人。那时候他经常在大元帅街散步，臂弯里还挽着一位女士，只是这次没有跟他一同前来。正是他，同塞拉诺·苏聂尔谈判，在摩洛哥的土地上架上德国天线，并且约定不让贝格贝尔知道这些事。而他永远也不会知道，当时我就藏在那张沙发后面，趴在地上，听到了一切。

“很抱歉我迟到了。半路上汽车坏了，我们不得不在艾尔瓦斯停了很久。”

我接过服务生送来的一杯酒，努力掩饰着不安，心里迅速回想着我们最后一次相遇是什么时候，我跟他在街上偶遇过多少次，那天在总督府的晚宴上我们的见面大概持续了多久。虽然当希尔加斯告诉我本哈尔德也移居到了伊比利亚半岛，并在那里管理着跟纳粹在西班牙的经济利益密切相关的事务时，我跟他说过，即使我们偶遇，他也应该不会认出我来。但是此时此刻，我却完全没有把握。

介绍开始了，就在那帮男人热烈交谈的时候，我转过身去背对着他们，假装热情地跟女士们寒暄。这时候大家正在谈论的是我头发上的那朵兰花。我一边微微屈膝，转过头去让她们细细欣赏，一边集中注意力捕获一些零碎的信息。我再次确认了一遍他们的名字：那两个德国人分别叫怀斯和沃尔特斯，因为本哈尔德刚从西班牙过来，所以还不认识。阿尔梅达、罗德里格斯和里贝罗则是那三个葡萄牙人，从贝利亚来的葡萄牙人，山区的居民，矿主。或者准确地说，他们本是一些贫瘠土地的拥有者，上天却在他们的地底下埋上了一座矿藏。到底是什么矿？我还不知道。到现在为止我还是不知道贝阿特丽丝·奥利维拉在教堂里跟我提到的那个该死的“狼的口水”到底是什么东西。就在此时，我终于听到了最渴望的那个答案：钨。

我赶紧从记忆深处挖出希尔加斯在丹吉尔时向我提供的信息：这种矿产可用于制造弹药的东西，在战争中举足轻重。与此相关联，我又想起了另一件事，本哈尔德还参与了武器的大规模交易。但是希尔加斯只跟我提到过他对加利西亚和埃斯特拉马杜拉的矿产感兴趣。很可能是因为那时候他们还没有预料到他的触角会穿越国界，到达葡萄牙，并跟一个背信弃义的企业家狼狈为奸，让后者决定停止对英国人的供应，而去满足他们的敌人的需要。我注意到我的腿开始有些发抖，为了镇静，我喝了一口香槟。原来马努埃尔·达席尔瓦做的生意不是什么丝绸、木材或其他一些无关紧要的殖民地产品，而是危险得多也可怕得多的东西。他的新业务集中在向德国人提供一种金属，用来充实他们的弹药库并进一步增强他们的屠杀能力。

女士们的呼唤声把我从沉思中惊醒。她们想知道我左耳后那朵美丽的花是从哪儿来的，想确认这是朵真花，想知道是怎么种植的……无数个我丝毫不感兴趣的问题，但是又不得不回答。这是一种热带花卉；是的，它当然是真的；不不，我也不知道贝利亚适不适合种植兰花。

“女士们，请允许我为你们介绍我的最后一位客人。”马努埃尔打断了我们的谈话。

我屏住呼吸，直到轮到我。我是最后一个。

“这位是我亲爱的朋友，艾瑞斯·阿格瑞克小姐。”

他眼睛一眨不眨地盯着我，一秒，两秒，三秒。

“我们认识吗？”

微笑，希拉，微笑，我默默地对自己说。

“不，我想不认识吧？”我一边说，一边战战兢兢地伸出右手。

“也许你们在马德里什么地方碰到过。”马努埃尔说。幸运的是，他似乎对本哈尔德不是非常了解，不知道他也曾在摩洛哥待过一段时间。

“也许是在 Embassy？”我说。

“不，不，我最近很少待在马德里。我经常出差，我妻子又比较喜欢海，所以我们一般都住在登尼亚，离瓦伦西亚不远。不，我觉得您有些面熟，应该是在其他地方见过，但是……”

这时候管家救了我，他宣布道：女士们，先生们，晚餐准备好了。

由于没有女主人，达席尔瓦打破常规，把我安排在了桌子的一头，而他坐在另一头。我试图掩饰自己的不安，把全副精力都集中在客人们身上，但是那种焦虑的感觉让我食不下咽。之前坎博阿出其不意地出现在我的房间让我受到惊吓，现在又是本哈尔德的不期而至，还有刚刚发现的达席尔瓦介入的肮脏交易。好像这一切还不够，我竟然还要临时扮演女主人的角色。

银质的盆里盛着汤，水晶酒壶里装满了酒，海鲜用巨大的带盖托盘端了上来。我像抛球的小丑一样，应付着所有的人。偷偷地告诉那几位葡萄牙太太在吃每道菜时应该使用哪件餐具，同时不停地跟那些德国太太们交谈：是的，我当然认识斯托赫尔女男爵；是的，格罗利亚·凡·弗斯登伯格也认识；哦，当然，我知道霍切尔将在马德里开张了。整场晚餐平安无事，我很庆幸本哈尔德没有再注意我。

等到大家用完餐后甜点，马努埃尔宣布道："好了，女士们，现在如果你们不介意，我们男士要先撤退去谈事情了。"

我屏住呼吸，手指紧张地揉搓着桌布。不，不能这样对我。我已经完成了我的那部分，现在该是接受回报的时候了。我让所有的人都那么满意，言谈举止就像一个最模范的女主人，虽然事实上我并不是。我需要补偿。现在正是要进行到我最渴望的那一步的时候，不能就这样眼睁睁地错过。幸运的是，饭桌上无限量供应的酒开始发挥作用了，客人们的情绪已经放松下来，尤其是那些葡萄牙人。

"不，你这家伙，不！达席尔瓦，看在上帝的分上！"其中一个大声喊道，重重地在他背上拍了一下，"朋友，别那么老派好不好！在这个新时代里，男人和女人到哪儿都是平起平坐的！"

马努埃尔犹豫了一下。他当然希望接下来的谈话更加私密。但是从贝利亚来的那些人没有给他坚持的机会，他们吵吵闹闹地从桌旁站起来，情绪激动地又走向刚才的那个客厅。他们中的一个把胳膊搭在达席尔瓦的肩膀上，另一个人则把胳膊搭在了我的肩头。他们第一次在富人的豪宅里参加这样的活动，一旦克服了初来乍到时的拘谨，看上去几乎有些欢呼雀跃。当天晚上他们将要达成一项交易，从此以后将永远结束贫穷的历史，为他们的儿子、孙子，乃至子子孙孙留下丰厚的财产。在这种时候，他们毫无理由要背着妻子谈这笔交易。

用人端来了咖啡、酒、香烟和糖果。我想起来，这些都是贝阿特丽丝·奥利维拉负责订的。那些花盆也是，清雅而低调。我想当天下午收到的那兰花一定也是她选的。一回想起马库斯突如其来的拜访，我就不寒而栗。两种情感夹杂在一起。因为他这么关心我，担心我的安危而感动；又因为暴露在坎博阿面前的帽子而充满恐惧。坎博阿一直没有出现。也许，上天眷顾我，他正在和家人一起吃晚饭，听妻子抱怨肉价上涨，忘记了自己刚刚在老板正在追求的那个外国女人的房间里发现了另一个男人的踪迹。

虽然他没能把女士们分隔到另一个房间，但至少成功地让大家坐到了两个不同的区域。男士们坐在那个宽敞的客厅的一头，对着熄灭的壁炉围坐在皮质软椅上，女士们则坐在朝向花园的落地窗前。

当我们称赞着巧克力的品质时,他们也开始了交谈。德国人先开口，用严肃的口气提出了他们的要求，而我不得不竖起耳朵听，并且在脑子里记下所有从远处听到的内容。矿井、出让、许可、吨数。葡萄牙人提出异议和反对，提高了音量，说起话来又急又快。很可能德国人正在拼命地杀价，而贝利亚的男人们，粗鲁的山里人，早已习惯了连自己的父亲都不相信,当然不肯随便被一个价钱打发走。环境开始变得对我有利，因为他们的谈话越来越激烈，交谈的声音完全能听见了，有时候还很大声。我的脑子就像一架高速运转的机器，不停地记录着他们说的话。虽然并不完全明白他们谈的到底是什么，但至少我能吸收大部分零散的资料。坑道、大筐、卡车、钻孔和车厢。自由交易的钨和受控交易的钨。高质量钨，不含石英，也不含黄铁矿。出口税。六十万葡币一吨，每年三千吨。期票、金条、苏黎世账户。此外，我还获得了一些珍贵而完整的信息。比如说达席尔瓦几个星期来一直致力于穿针引线，使这些主要的矿主达成一致，只跟德国人做生意。还有，如果一切都像预期的那样顺利，两个星期内他们就将集体终止对英国人的供应。

他们提到的巨额货款让我明白了为什么这些钨矿主和他们的妻子都是这样一副暴发户形象。这些钱正让卑微贫困的农民成为富有的财主，而且几乎连手指头都不用动一下。插在口袋里的自来水金笔、金子做的假牙，还有皮质的披肩，都只不过是他们即将获得的那些货款的九牛一毛，只要同意德国人毫无顾忌地开采他们的土地。

夜已经深了。随着对这次交易的程度和规模的了解，我的恐惧也越来越深。这一切是如此机密，生死攸关，我甚至都不敢去想万一马努埃尔·达席尔瓦知道了我的真实身份，我将会面临什么样的后果。男士们的谈话持续了将近两个小时，交谈越来越激烈，女士这边的气氛却越来越沉闷。每次感觉到他们的讨价还价进入僵持阶段，暂时不会提供更多的信息时，我就会把注意力重新集中到他们的妻子身上。但是这些葡萄牙女人已经不知道我在说什么，也不明白我在努力地逗她们开心，因为她们快要敌不过自己的睡意了。她们早就习惯了日出而作，日落而息。这种享用美酒佳肴，吃着糖果聊天的夜晚，对她们来说已经难以承受了。于是我把精力都集中到德国女人身上，但是她们也没有表现出积极的沟通欲望。把所有的共同话题都聊了一遍以后，我们再也找不到什么好的话题，也没有更深入的语言能力来继续保持活跃的交谈。

渐渐地我的听众越来越少，话题也越来越少。我这个助理主人快要穷途末路了，必须得想想办法，不让这里彻底沉寂下来。同时，还得努力保持头脑清醒，继续吸收那边的消息。就在这时，坐在客厅另一边的男士们集体爆发出一阵哈哈大笑，然后就听到击掌声、拥抱声，还有此起彼伏的祝贺声。

62

“头等车厢，八号房间。”

“你确信吗？”

我给他看了看车票。

“好极了，我陪你去。”

“不用了，真的。”

他没有理会我的推辞。

比起到达里斯本的时候，我的行李中又多了几个帽盒，两个大包里装满了心血来潮购置的东西。这些行李已经在当天下午提前从酒店发出去了。为时装店采购的其他东西都直接由各个供应商发货，在接下来的几天里会陆续到达我那里。而随身携带的只有一个小箱子，里面装着在火车上过夜必需的物品。当然还有别的，那个装满了信息的绘画本。

马努埃尔一下车就坚持要帮我提箱子。

“一点儿都不沉，不用了。”我试图不让它离开我的手。

但是不用争论我就败下阵来，因为知道自己不可能坚持。我们一起走进候车大厅，看上去像是当天晚上最光彩夺目的一对。我穿着雍容华贵的服装，他则浑然不觉地提着自己叛变的证据。圣阿波洛尼娅火车站看上去像一座破烂的大房子，搭夜班火车前往马德里的旅客们一波一波地涌进来。有成双成对的，有全家一起的，有三五成群的好友，也有孤身一人的男子。有些人看上去走得很淡然，因为要离开一个从未引起过任何感情共鸣的地方而无动于衷；另一些人却恰恰相反，落泪，拥抱，叹息，说着也许永远不会兑现的关于将来的承诺。而我，不属于其中的任何一种，既不是完全波澜不惊，也没有多么心潮澎湃。我想要逃走，渴望躲开这一切，拍干净鞋底的尘土，永远永远忘记留在身后的记忆。

这一整天我几乎都是在房间里度过的，为回马德里做准备。表面上是。没错，把衣服从衣架上取下来，清空抽屉，把一切都塞进行李。但是做这些没花费多长时间。其余时间我都关起门来做其他事情：把在达席尔瓦的别墅中捕捉到的所有信息用铅笔一笔一画地转化成细微的线条。这项任务耗去了我大量时间。趁着刚刚听到的一切在脑海中还很鲜活，我一回到酒店就开始了这项工作，那时候已经是凌晨时分了。这次聚会的内容太多，如果不立即记录下来，零散的细节随时都有可能在记忆中融化。我睡了差不多三四个小时。一醒过来又立即投入了工作。整个上午和下午的头几个小时，一条一条、一笔一笔地把自己脑袋里的信息转化成绘画本上的长短横线，直到里面装满了简短而严密的信息。最后的成果是四十多个服装图样，记满了人名、数字、日期、地点和交易，全都累积在那本看似单纯的本子中。袖子、袖口、背面、腰带、腰部、前襟、侧面，很多种衣服的部件，却永远不会真的被做成衣服，在它们的边缘隐藏着一笔阴森的交易，它会进一步助长德国军队的嚣张气焰。

快到中午的时候电话铃响了，我吓了一跳，以至于画歪了正在描画的一个短横，不得不擦掉重来。

“艾瑞斯？早上好，我是马努埃尔。希望没把你吵醒。”

其实我早就醒了，洗完了澡，正在忙碌着，精神也高度紧张。虽然已经连着工作了好几个小时，我却装出一副还没睡醒的嗓音。不管在什么情况下，都不能让他知道我正因为昨天听到的和看到的在废寝忘食地工作。

“没关系，现在一定已经很晚了……”我假装还没起床。

“快到中午了。我打电话来只是为了向你表示感谢，谢谢你昨天晚上参加我们的聚会，更感谢你帮我热情款待那些朋友的太太们。”

“没什么需要感谢的。昨天晚上我也很尽兴。”

“真的吗？你没有觉得无聊吗？我现在很后悔，觉得当时应该更关注你一些。”

当心，希拉，当心，他正在试探你，我心里想。坎博阿、马库斯、遗忘在写字台上的帽子、本哈尔德、钨、贝利亚，所有这一切都像冰冷的刀锋一样堆积在我心中，但我还是装出一副漫不经心、充满睡意的慵懒声音。

“不，马努埃尔，不用担心，真的。跟你那些朋友的太太们聊天我觉得非常有趣。”

“那就好。在葡萄牙的最后一天，你有什么打算吗？”

“什么打算也没有。好好洗个澡，收拾一下行李。一整天我都不打算离开酒店了。”

希望这样的回答能让他满意。如果坎博阿已经把昨天的事情告诉了他，他已经知道我背着他见了其他的男人，也许我整天躲在酒店房间里可以澄清一下他的怀疑。显然，我的话远远不够，他会安排人来监视我的房间，甚至监听电话。不过，除了他自己，我跟谁都不想说话。我会是个乖乖女，躲在酒店里，不使用电话，也不接待任何来访。我会让他们看到我独自一人无聊地待在餐厅、前台和大厅里。而当我离开的时候，会让所有的客人和服务人员们看到，除了行李，我没有任何同伴。不过，虽然我这么想，他却提出了另一个建议。

“没错，你是该好好休息一下了。不过在你走之前，我一定要跟你告个别。让我陪你去车站吧。火车什么时候开？”

“晚上十点。”我回答。一想到又要见到他，我的情绪一下子沮丧到了极点。

“那九点钟我到你酒店来，好吗？我希望能早点儿来，不过今天一整天我都会忙得不可开交……”

“没关系的，马努埃尔，我也需要一些时间来收拾东西。下午我会先把行李托运到火车站去，然后就在酒店等你。”

“那就晚上九点见吧。”

“好的，我会在九点以前准备好。”

这次来的不是乔恩的宾利，而是一辆光彩夺目的运动型阿斯顿·马丁。当我发现那个老司机没有出现的时候，心里一阵恐慌。一想到我们俩会单独相处，我就感到莫名的不安和抗拒。但是他似乎一点儿也不在意。

我没有看出他对我的态度有任何变化，也没有表现出任何猜疑。他还是像以前一样，殷勤、风趣、充满诱惑，仿佛他的整个世界都只围绕着上次他在办公室给我看过的那些中国丝绸打转，而跟猥琐肮脏的钨矿交易没有任何关系。我们最后一次驶过沿海公路，呼啸着穿过里斯本的大街小巷，引得路上的行人纷纷回头。火车发车前二十分钟，我们来到了站台。他坚持要跟我一起登上火车，陪我走进房间。我们走过一侧的走廊，我在前面，他在后面，离我一步之遥，手里还拿着我的小箱子，里面装着他那些肮脏交易的证据，跟清白无辜的洗漱用品、化妆品和睡衣放在一起。

“八号，我们到了。”我宣布道。

门开着，里面是一个雅致的小房间，一尘不染。墙上的木制护板，拉开的窗帘，座位，以及还没铺好的床。

“好吧，我亲爱的艾瑞斯，到了该说再见的时候了。”他一边说一边把行李放在地上，“认识你我真的很高兴，没有你在身边，我会觉得不适应的。”

看上去他感情真挚。也许关于坎博阿告发我的猜测真的没什么依据，也许是我太过紧张了，也许他根本没想过向他的主人告发，而马努埃尔对我的倾慕依然没有任何改变。

“这真是一段难忘的经历，马努埃尔。”我一边说一边向他伸出手，“我无法想象有比这更令人满意的行程了，我的顾客一定会被我带回去的东西惊得目瞪口呆。而你帮我将一切安排得这么便捷有序，我真的不知道该怎么感谢。”

他抓起我的手，捧在他的手心里。我向他报以最灿烂的微笑，但在微笑背后却拼命地想逃走，希望这场闹剧赶快落幕。几分钟以后，站长就会拉响汽笛，降下信号旗，这辆露西塔尼亚特快专列的轮子就会在铁轨上转动起来，远离大西洋，向半岛的腹地驶去。而马努埃尔·达席尔瓦和他那些可怕的交易将被永远地留在身后，跟他一起消失的还有焦躁不安的里斯本和陌生的世界。

最后几个旅客匆匆忙忙地上了火车。为了给他们让路，我们不得不时不时地靠到车厢的墙上。

“马努埃尔，你最好还是下去吧。”

“我想是的，我该走了。”

这出道别的闹剧终于到了要结束的时候了，我终于可以走进房间，回复一个人的平静。只要他消失，一切就都解决了。就在这时，出人意料地，我注意到他的左手放到了我的后颈处，右胳膊搂住了我的肩膀，而他滚烫的嘴唇贴到了我的唇上，我从头到脚打了个寒战。这深深的一吻，热烈而漫长，让我困惑不已，毫无抵抗的能力，半天没有反应过来。

“旅途愉快，艾瑞斯。”

我没有办法回答，因为他没有给我时间。我还没有来得及说什么，他就走了。

63

我一屁股跌坐在座位上，脑子里像放电影一样回想着最近几天发生的事。回忆起那些情节和场景，我默默地问自己，在这场奇怪的电影中，有多少人物我今生还会遇见，有多少就此永世不再相见。我整理了一下每一条线索的结局：幸福很少，绝大多数都悬而未决。而正当这部长片要结束的时候，最后一个场景却是马努埃尔·达席尔瓦的吻。我的嘴里还留着他的味道，但是很难找到一个词来形容这种感觉：自然，激情，无耻，性感。也许都是，也许都不是。

我在座位上欠起身，透过窗户玻璃往外看，随着火车的摇晃，玻璃也在轻轻地晃动。里斯本最后的点点霓虹在眼前急掠而过，越来越遥远，越来越模糊，逐渐溶解消失，直到一片黑暗。我站了起来，因为需要透透气。到了晚饭的时间了。

我进去的时候餐车几乎已经满了。座位上坐满了人，空气里飘着食物的香味，到处都能听到餐具的磕碰声和人们的交谈声。几分钟以后我就坐了下来，点了菜，要了一杯酒，来庆祝自己的解放。在等待上菜的时候，我无聊地预测着回到马德里后的场景，想象着希尔加斯知道我此行的收获后会有什么样的反应。很可能他根本就没想到我会获得这么大的丰收。

酒和菜很快就上来了。但那时候我已经意识到这顿晚餐将不会怎么令人愉快。很不巧，坐在我旁边的是两个粗野不堪的男人，从我坐下来开始就不停地腆着脸看我。两个外表粗鲁寒酸的家伙，跟周围庄重的环境格格不入。他们的桌上有几个酒瓶，还有好多盘菜，吃起饭来狼吞虎咽的样子就好像世界末日就要来临。我几乎是食不知味，也没有心情享受高雅的丝质桌布、高脚杯和服务生的细致殷勤。我只想尽快吃完饭，回到自己的房间，摆脱这两个令人不快的伙伴。

等我回到房间的时候，窗帘已经拉上，床也铺好，一切都准备就绪，可以休息了。火车里的灯光逐渐熄灭，四周也慢慢地安静了下来。不知不觉间，我们就要离开葡萄牙，穿越国境了。这时候我才感觉到这几天严重缺乏睡眠。前一天凌晨我一直在忙着记录信息，再前一天我去见了罗萨琳达。可怜的身体需要好好休息了，所以我打算立刻上床睡觉。

我打开手提行李，但是还没有来得及拿出任何东西就不得不停了下来，因为有人在敲门。

“查票！”我听见门外的人说。我谨慎地打开门，证实门口站着的确实是查票员。但是，也许连他都不知道，走廊里不止他一个人。在这位认真细致的查票员背后，不到几米远的地方，有两个黑影随着火车的节奏在摇晃。两个绝不可能认错的黑影，晚餐时打扰我的那两个男人。

查票员一走，我就把门闩插上，决心在到达马德里之前一定不再开门。经历了在里斯本痛苦的两个星期以后，我最不希望遇到的就是两个厚颜无耻的旅客，因为找不到别的消遣而整夜骚扰我。终于可以上床睡觉了，我已经身心俱疲，需要忘掉一切，哪怕只是几个小时。

我从手提箱里取出需要的东西：牙刷、香皂、晚霜。过了几分钟，我发现列车停了下来，我们进了一个车站，这是整个行程的第一站。我拉开窗帘，车站上写着“恩特龙卡门图”。

但是几秒种后，敲门声再次响起。很用力，很坚持。这可不是检票员敲门的方式。我一动不动地站着，背靠着门，决定不去理会。我想这一定是刚才餐车里那两个男人，不管怎么样我都不会给他们开门。

但是外面的人又开始敲门，这次更加用力。来人在喊我的名字，我分辨出了他的嗓音。

我打开了门闩。

“你得立刻下车。达席尔瓦在车上安排了两个人，是冲着你来的。”

“是因为那顶帽子？”

“没错，就是因为那顶帽子。”

64

我感到恐慌，同时又忍不住想哈哈大笑。苦涩而可怕的大笑。人的感情是多么奇怪，永远存在欺骗。马努埃尔·达席尔瓦的深情一吻就让我的意志开始动摇，以为他阴暗的人格也许不至如此。但是不到一个小时，我就得知他早已下令结束我的生命，并趁着天黑把我的尸体从车窗里扔出去。犹大之吻。

“什么都不用带了，拿上证件就行。”马库斯说，“回到马德里以后一切都能找回来。”

“有一样东西我不能不拿。”

“你什么也不能带，希拉，没有时间了，火车马上又要开动了，如果我们不抓紧的话，就得跳下去了。”

“一秒钟……”我走到手提箱旁边，一把抓起里面的东西。丝绸睡衣、拖鞋、梳子、香水，所有的东西都散落在床上和地上，就好像刚刚遭遇过狂怒的疯子或龙卷风的侵袭。直到从最里面找到了我要的东西。那本画满了假样本的小册子，那些一笔一笔记载着马努埃尔·达席尔瓦背叛英国人罪行的长短横。我把它紧紧地抱在胸前。

“我们走。”我一边说，一边用另一只手抓起包，这个也不能扔掉，我的护照在里面。

就在汽笛声响起的时候，我们匆忙跑向走廊，等到达门口时，列车已经开动了。马库斯先跳了下去，与此同时我把绘画本、包和鞋子扔了下去，拿着它们我根本无法往下跳。然后他朝我伸出手，我抓住他的手跳了出去，跌落到地面上的时候摔破了脚踝一侧的皮肤。

身后马上就传来火车站站长暴怒的喊声，我们看到他一边做着夸张的手势一边朝我们跑过来。两个车站工作人员听到他的声音也从里头跑出来。这个时候，火车却开得越来越快，对站台上发生的事置若罔闻。

“我们走，希拉，我们走，得马上离开这里。”马库斯催促道。

他捡起我的一只鞋子递给我，又捡起了另一只。我把它们拿在手里，但是没有穿上，我的注意力集中在另外一件事情上。这时候火车站站长正因为我们的行为带着狂怒的表情大声叫骂，工作人员已经围到了我们身边，发表着各自对这场事故的看法。两个乞丐好奇地上来围观，很快酒馆的老板娘和一个年轻的服务员也加入进来，询问发生了什么事。

就在这时，在马库斯的催促声、周围人群七嘴八舌的议论声中，我们听到了尖厉的火车刹车声。

站台上一下子变得寂静无声，大家都一动不动，就像所有人都被定了型，火车的轮子在铁轨上摩擦发出长而尖锐的声音。

马库斯是第一个反应过来的人。

“他们拉响了警报。”他的语气变得更严肃，更不容置疑，“他们发现我们跳下来了。我们走，希拉，必须马上离开这里。”

人群又开始骚动起来，叫喊声、命令声、杂乱的脚步声此起彼伏，还伴着狂怒的手势。

“我们不能走。”我急得团团转，用目光扫视着地面，“我找不到我的本子了。”

“看在上帝的分上，忘记什么该死的本子。”他生气地喊，“他们是冲着你来的，希拉，他们要杀了你！”

我感觉到他抓住了我的胳膊，使劲地拽我，准备把我拖走。

“你不明白的，马库斯，不管怎么样我一定要找到它，我不能丢下它。”

我坚持着，继续寻找，直到在黑暗中发现了一样东西，“在那儿！那儿！”我尖叫着，试图挣脱他的手，指着某个方向，“那儿，在火车道上！”

列车的刹车声渐渐地小了，最后终于停了下来，车窗上挤满了好奇的脑袋。旅客们的交谈和叫喊声跟列车员们的责骂声交织在一起。就在这时，我们看到了他们。两个黑影从一节车厢里跳出来，朝我们跑过来。

我计算了一下距离和时间。还来得及跳下去捡起本子，但是重新跳上站台会非常费事，因为站台实在太高了，也许我根本就没有办法自己跳上来。但不管怎么样也得试试，不管怎么样也得把本子找回来，我不能两手空空地回到马德里，让自己这么多天的心血付之东流。这时我发现马库斯紧紧地从背后抓住我，把我从站台边缘飞快地推开，然后跳下了站台。

从拿到本子的那一刻起，我们就开始了一场疯狂的赛跑。横穿站台，脚步声回响在空空荡荡的候车大厅里，在黑暗中穿过车站对面的平地，一直跑到汽车旁边。我们手拉着手，冲破黑夜，就像曾经经历过的一样。

“你那该死的本子里到底有什么？为了它你竟然连命都不要了？”他喘着粗气问，同时一脚油门发动了汽车。

我上气不接下气地跪在座位上往后看。在汽车轮子掀起的一阵尘土中我看到火车上的那两个人全力朝我们奔来。开始只落后几米远，但是很快我们之间的距离越来越远，他们最终放弃了。一个先放弃的，他放慢动作停了下来，茫然失措，两腿分开，双手抱头，似乎不敢相信刚刚发生的事情。另一个比他多追出了几米，但是很快也失去了力气。我最后看到的是他身体前倾，捂着肚子，把之前狼吞虎咽的那些菜肴全都吐了出来。

等确信已经没有人跟踪的时候，我才转身坐了下来，虽然呼吸仍然急促，但我骄傲地回答：

“这是我这辈子画出的最好样板。”

65

“坎博阿给你送兰花的时候的确起了疑心，所以他悄悄地躲了起来，想看看写字台上那顶帽子的主人到底是谁。于是他看到我走出了你的房间。他对我很熟悉，因为我以前经常去达席尔瓦的办公室。然后他就带着这个消息去找达席尔瓦，但是他的老板不肯接待他，说是正忙着其他重要的事，明天再说。坎博阿今天才有机会告诉他。当达席尔瓦知道是怎么回事的时候，都快气疯了。他立即把坎博阿辞退了，然后就开始行动起来。”

“那你是怎么知道这一切的？”

“今天下午坎博阿来找我了。他不知道怎么办才好，心里怀着巨大的恐慌，绝望地寻找人来保护他。他想了想，觉得找英国人会更可靠一些，因为之前他跟我们的关系相当好。他也不知道达席尔瓦到底在做什么交易，因为这个老狐狸连自己最亲信的下属都瞒着。坎博阿的恐惧让我开始担心你的安危。跟他谈完之后我就去了你的酒店，你已经走了。我赶到火车站的时候火车正好开动，远远地我看到达席尔瓦一个人站在站台上，还以为一切都没问题了。直到最后一刻我看到从火车的一个窗口里探出两个脑袋，他朝着那两个人做了个手势。”

“什么手势？”

“一只手伸出五根手指，另一只手伸出三根手指。是八。”

“我的房间号……”

“那是他们唯一不知道的细节了，其他的一切都已经约好了。”

一阵奇怪的感觉涌上心头。有恐惧，有如释重负，有虚弱，也有愤怒。也许这就是遭人背叛的滋味。但是我明白，我没有什么理由觉得他背叛了自己。是我先用一张风情万种、魅惑迷人的面具去欺骗他的，而他，试图在报复我的时候既不弄脏自己的双手，也不失去哪怕一丁点儿风度。用背叛报复不忠，这就是人生法则。

我们继续沿着沙尘漫天的公路行驶，一路颠簸在坑坑洼洼的路面上，穿过沉睡的村庄、平静的乡镇和荒芜的旷野。连一丝月光都没有，漫长的路上唯一的光线就是我们的车灯，在深沉的黑暗中开辟前行的道路。马库斯认为达席尔瓦安排的那两个人不会在火车站坐以待毙，也许会想方设法追踪我们。所以他加速前进，就好像那两个恶棍还一直在后面穷追不舍。

“我敢肯定他们不敢进入西班牙，因为那是一块陌生的地盘，他们没法掌握游戏规则。当然了，我说的是他的特殊游戏。但是我们不应该放松警惕，直到穿越国境线。”

马库斯完全有理由询问为什么达席尔瓦想要用这么卑鄙的手段把我除掉，因为前几天这个人还对我殷勤有加。他亲眼看到我们在赌场吃饭、跳舞，也知道我每天都坐着他的车进进出出，还在酒店的房间里收到他送来的礼物。也许他还在等着我说明自己跟达席尔瓦之间的关系，或者解释一下到底发生了什么，或者透露一些线索能让他明白为什么在我即将离开达席尔瓦的国家和生活的时候，他还要用这样卑鄙的手段对付我。但是我一句话也没说。

他一边全神贯注地操纵着方向盘，一边继续说话，希望自己的评论或解释能让我决定适时地补充一些信息。

“达席尔瓦，”他接着说，“向你敞开了他家的大门，见证了昨天晚上发生的一切，一些我不知道的事情。”

我没有回答。

“看起来你什么也不想说。”

没错，我确实不想。

“现在他已经确信你是受人指使去接近他的，并怀疑你并不是一个单纯的外国时装师，偶然出现在他的生活中。你接近他是为了调查他的某些事情，但是因为坎博阿的报告，他错误地以为你是受我的指使。不管怎么样，他不希望你把这些东西泄露出去。如果可能，最好杀人灭口。”

我还是什么都没说，宁愿装出一无所知的态度，来掩盖自己的思绪。直到我的沉默让两个人都无法忍受了。

“谢谢你救了我，马库斯。”我低声说。

我没有欺骗他。我是真心地感谢他。但是他并没有因此而软化，也没有因为我假装的天真纯洁而感动。

“你在为谁卖命，希拉？”他缓缓地问，目光依然集中在前面的公路上。

我转过头去，看着他在黑暗中的侧影。挺拔的鼻梁、冷峻的下颌。还是那样坚定，那样自信。看上去还是那个在得土安同我携手漫步的男人。但只是看上去而已。

“那你呢？你是跟谁一伙的，马库斯？”

在小小的车里，我们两人的中间，悄然出现了另一样东西，虽然看不见，却真真切切：相互猜疑。

后半夜的时候我们穿越了国界。马库斯出示了他的英国护照，我拿出了我的摩洛哥护照。我注意到哨兵看了他一眼，但是没有提任何问题。没有发现达席尔瓦爪牙的踪迹，只有几个睡意朦胧的警察，无意在我们身上浪费什么时间。

“既然已经到了西班牙，而且也知道了前无埋伏，后无追兵，也许我们应该找个地方过夜。明天早上我可以坐火车回去，你可以回里斯本。”我提议。

“我还是直接开到马德里吧。”他咬牙切齿地说。

我们继续前行，一路上没有遇到一辆车，各自沉浸在自己的思绪中。猜疑在我们之间造成了隔阂，隔阂让我们沉默。一种令人不安的沉默，充满了不信任。一种不公平的沉默。马库斯刚刚冒着生命危险把我救了出来，彻夜开车就为了把我安全地送到目的地。而作为报答，我却把头深深地埋下，不肯给他一丝线索，好让他摆脱无尽的困惑。我不能说。我还不能对他说任何事情，自从和罗萨琳达在那天凌晨的谈话让我一下子清醒过来以后，我需要确认一直存在我心中的疑问。不过也许应该告诉他，跟他说点儿什么。前一天晚上的某些片段、某些关键词。这对我们俩都有好处。对他来说，至少可以满足他的部分好奇心，而对我来说，也许可以像我希望的那样，证实自己对他的猜疑都是无稽之谈。

车子已经开过了巴达霍斯和梅里达。自从穿越国境以后我们就一直沉默着，沿着坑坑洼洼的公路和罗马式的桥梁，一路播撒着互不信任的种子。

“你还记得本哈尔德吗，马库斯？”

我感觉到他手臂的肌肉一下子紧张起来，握着方向盘的手也更加用力了。

“当然，我当然记得。”

车内的黑暗中突然充满了我们曾经一起度过的那些镜头和气味，虽然如今我们之间已经没有什么交集了。一个摩洛哥的夏日傍晚，我在西迪曼德利路上的服装店，一个所谓的记者在阳台上等我。人头攒动的街道，总督府的花园，哈里发乐队演奏的慷慨激昂的颂歌，茉莉花与柑橘花，绶带和军装。罗萨琳达的缺席，贝格贝尔神采奕奕地四处招呼客人。他哪里会想到，随着时间的推移，自己正殷勤款待的那个人最后会成为他的噩梦，并断送他的一切。一群背对着我们的德国人，围在那个有着猫一样眼睛的贵宾周围，我的男伴要求我帮他偷偷去获取信息。另一个时间、另一个国家，而这一切几乎一模一样。几乎。

“昨天晚上在达席尔瓦的别墅我们一起吃晚饭了。之后他们一直谈到凌晨。”

我知道他屏住了呼吸，想了解更多的内容。他需要资料和细节，但是不敢问我，因为他也不信任我。没错，那个甜美的希拉早已不复存在了。

最后他终于忍不住了。

“你听到他们说什么了吗？”

“没有。你觉得他们之间会有什么共同话题吗？”

“完全不知道。”

他知道我在说谎。我也知道他在说谎。而我们俩谁也不打算向对方摊牌。但是这个关于昨天晚宴的小小细节，让车里的气氛稍稍缓和了一些。也许是因为这句话牵动了过去的回忆，那时候我们还没有完全丧失单纯。也许是因为那段回忆让我们之间恢复了一些亲近感，并且让我们想起两个人之间除了谎言和猜疑还有一些别的东西。

我努力让自己把注意力集中在公路上，保持头脑清醒，但是这些天来的紧张、缺觉，还有当天晚上经历的令人筋疲力尽的一切，让我感到极度虚弱，懒散和困意占据了全身。走钢丝的时间太长了。

“你困吗？”他问，“来，靠在我的肩膀上。”

我抱住他的右胳膊，挤在他身边缩成一团，感受着他身上的热量。

“睡一会儿吧，我们离马德里不远了。”他低声说。

我仿佛一下子掉进了一个深深的黑洞里，梦中还在动荡不安地重温着最近发生的一切。挥舞着大刀追杀我的男人，毒蛇漫长而潮湿的吻，钨矿的女人们在桌子上跳舞，达席尔瓦数着手指头，坎博阿在哭泣，马库斯和我，在黑暗中沿着得土安摩尔人社区中杂乱的小巷狂奔。

我不知道睡了多久，直到他把我叫醒。

“醒醒，希拉。我们已经进入马德里了，你得告诉我你住哪儿。”

他近在咫尺的声音把我从睡梦中惊醒，我慢慢地恢复了意识。这时候我才发现自己还贴在他身上，紧紧地抓着他的胳膊。伸直自己僵硬的身体，并从他身边离开是一件多么困难的事啊。我缓缓地坐起来，脖子发麻，全身所有的关节僵硬。他的肩膀一定也很痛，但是没有表现出来。我还是没有说话，一边透过车窗张望，一边用手指梳理着头发。马德里正在变亮。还有一些灯光没熄灭，很少，零零星星，充满了悲凉。我想起了里斯本，还有它那五光十色的黑夜霓虹。而在常常拉闸限电又穷困潦倒的西班牙，人们基本上还生活在黑暗中。

“几点了。”我终于问。

“马上七点了。你睡了很长时间。”

“你一定也很累了。”我睡眼惺忪地说。

我告诉他地址，并让他停在了对面的人行道上，离开一点儿距离。已经是白天了，街上已经有人在走动。送货员，几个帮佣的女孩，一些店员和服务生。

“你打算干什么？”我一边看着窗外的景象，一边问。

“先到皇宫酒店找个房间。起床以后第一件事就是把这套西服送去洗，再去买件衬衫。火车道上的煤屑已经让我面目全非了。”

“但是你找回了我的本子……”

“我不知道是否值得，你还没有告诉我里面到底有什么。”

我没有理会他的话。

“那换上干净衣服以后呢？你打算干什么？”

我还是没有看他，目光仍然集中在窗外，等待着合适的机会下车。

“去我们公司。”他回答道，“我们在马德里有办事处。”

“你是不是还打算像上次离开摩洛哥一样迅速逃走？”我一边问，一边用目光扫视着清晨安静的街道。

他微微笑了。

“我还不知道。”

就在这时候我看到门房从楼里出来，走向牛奶店。我们可以进去了。

“为了防止你再次逃跑，我先请你吃早饭。”我说着，迅速打开了车门。

他抓住我的胳膊想要拦住我。

“那你先告诉我你到底在做什么。”

“我得先知道你到底是谁。”

我们手牵手走上楼梯，决定休战。我们是浑身污垢、筋疲力尽的两个人，不过，还活着。

66

不用睁开眼睛，我就知道马库斯已经不在身边了。屋子里和床上，都已经找不到他的任何踪迹。没有一件遗忘的衣服，没有一张告别的字条，只有深深植入我心里的他的味道。但是我知道他会回来的，或早或晚，在最出其不意的时候，他会再次出现。

我真的很想赖一会儿床。再躺一个小时，甚至半个小时就够了，足够我平静地回想这些天来发生的一切，尤其是昨天晚上经历过的，感觉到的，感受到的。我真想继续躲在被子里，重温一下几个小时前的温存。但是我不能。我必须再次上路，因为还有无数的事情等着我去做，必须马上开始。于是我洗了个澡，梳妆打扮起来。今天是星期六，虽然那两个女孩和马努埃拉女士都还没有到时装店来上班，但是店里井井有条，看起来我不在的这些天她们一直忙个不停，店里的工作也进展有序。模特儿身上穿着刚做成的样衣，本子上记着各种尺寸，有一些我没见过的零碎布料和裁剪出的布块，纸上详细记载着谁来过、谁打过电话、有什么事情需要解决。不过我没有时间去看，虽然有一大堆事情要做，但是我不得不把它们全都推到中午以后。

Embassy 已经人满为患，但是我相信希尔加斯一定能看到我进门的时候是怎么样把包掉在地上的。做这件事情的时候我很镇定，几乎有些厚颜无耻。有三位绅士马上弯腰去捡，但是只有一个人捡到了，一个穿着军装的德国高级军官，那时候他正要推开门出去。我用一个最灿烂的微笑向他表示感谢，同时顺便看看希尔加斯有没有看到我的出现。他在最里面的一张桌子旁，跟平时那群人在一起。我确认他已经看到了我，并且接收到了我的信息：要求紧急见面。于是我看了一下表，做出一个惊讶的表情，假装这时才刚刚想起来自己在别处还有不得不去的约会。不到下午两点，我已经回到了家，三点一刻糖果到了。希尔加斯果然收到了我的通知，并约我四点半再次在瑞克医生的诊所里见面。

跟前几次一样。我独自到了那里，楼梯上一个人都没有。还是那个护士帮我开了门，并把我带进诊室。

“下午好，西迪。很高兴您平安回来。旅途还愉快吗？我听说了露西塔尼亚特快专列的传奇故事。”

他站在窗边，穿着一件精致的西服。看到我，走过来跟我握手。

“下午好，上校先生。谢谢您，这是一次令人难忘的旅程，头等车厢的客房真令人享受。我想尽快见您，好让您知道我这次任务的完成情况。”

“非常感谢您。请坐。来支烟吗？”

他的态度很放松，似乎根本不急于知道我此行的结果。两星期前那种急迫似乎已经奇迹般地消失了。

“一切都很好，我想我得到了非常有趣的资料。您的怀疑是有道理的，达席尔瓦正在跟德国人做交易，向他们供应钨。他们的合约是星期四晚上在他的住所最终谈成的，约翰内斯·本哈尔德也参加了。”

“干得非常好，西迪。这个信息将会对我们非常有用。”

他看上去一点儿也不惊喜，甚至都不感到诧异，也没有表现出多么感激。他的态度中立、淡然，仿佛这些对他来说不是什么新消息。

“看上去您对这个消息一点儿都不惊讶。”我说，“您已经知道这些事了？”

他点了一支烟，吐出了第一口烟雾。

“今天早上我们已经接到消息，知道达席尔瓦跟本哈尔德见面了。而在现在的形势下，唯一能把他们联系到一起的就是关于钨矿供应的交易，这也印证了我们的怀疑，达席尔瓦已经背叛了我们。关于这件事我们已经向伦敦发送了一个备忘录。”

虽然我感到一阵战栗，但还是努力让自己的声音听起来自然。我的猜测已经得到了初步印证，但是还需要进一步确认。

“是吗，那真是个巧合，同样是在今天有人向你们通报了这件事情。我还以为我是唯一被委以重任的人。”

“上午我们意外见到了一个驻葡萄牙的情报员。这完全是预料之外的。他昨天晚上开车从里斯本来。”

“他亲眼看到了本哈尔德跟达席尔瓦见面？”我假装十分惊讶。

“不，他本人没有看到，但是他完全信任的一个人看到了。”

我差一点儿笑出声来。这么说，他的情报员通过某个百分之百信任的人了解到了本哈尔德的行踪。好吧，至少这还算是种肯定。

“我们对本哈尔德非常感兴趣。”希尔加斯没有理会我的沉思，继续说，“正如我在丹吉尔的时候跟您说的那样，他是 Sofindus 公司的头儿，而这个公司正是第三帝国在西班牙进行各项交易的掩体。知道他在葡萄牙跟达席尔瓦达成交易，将对我们产生巨大的影响，因为……”

“对不起，上校先生。”我打断他的话，“请允许我再提另外一个问题。今天早上向你们提供这一信息的情报员，也是 SOE 的成员，跟我一样是你们最近开始合作的人吗？”

在回答之前他仔细地掐灭了香烟，然后抬起目光。

“您为什么这么问？”

我脸上露出了能装出的最纯真的微笑。

“没什么特别的。”我耸了耸肩，“这真是太巧了，我们俩带着同样的信息在同一天上午出现，让我觉得很有趣。”

“如果您对此感到不快，那我很遗憾。不过他并不是我们为了这场战争临时招募的 SOE 成员。这个信息来自我们的一位 SIS 情报员，也就是我们的常规情报机构。而且我们对他的可靠程度毫不怀疑，他是一位绝对忠诚的情报员，有很多年的地下工作经验。个中老手，就像你们西班牙人说的那样。”

我打了个寒战。现在所有的片段都可以拼合了。刚刚听到的一切跟我的推测完全相符。但是一旦这些疑虑真的得到确认，我却感到心里冰凉冰凉的。现在不是沉溺于感情的时候，我应该继续推进我们的谈话，向希尔加斯展示我这样非正式的情报员在完成被托付的任务时也一样大智大勇。

“那您的这位 SIS 成员，给您提供其他线索了吗？”我盯着他问。

“没有，很遗憾，他没能再向我们提供任何更精确的细节，不过……”

我没有让他说完。

“他没有告诉您这场交易是在哪里发生的，是怎么敲定的，也没告诉您当时在场的所有人的姓名？他没有告诉您他们约定的条款、预计开采的钨矿数量，每吨的价格，付款方式以及逃避出口税的方法？他没有告诉您他们将在两星期之内突然中断对英国人的供应？他也没和您说，达席尔瓦不但自己背信弃义，还拉着贝利亚的主要矿主们一起，合伙跟德国人讨价还价，谈条件？”

在浓密的眉毛下，这位武官的目光越来越凝重。他的声音几乎是颤抖的。

“你怎么知道这些的，西迪？”

我骄傲地与他对视着。他们迫使我这十多天来一直在悬崖边上徘徊，而我最后不但没有摔下去，反而满载而归。现在是时候让他知道我的收获了。

“因为当一个时装师尽心尽力工作的时候，她一定会做到最完美。”

在整个谈话过程中我一直谨慎地把绘图样本放在膝头。它的封面已经撕破了，有几页折了起来，上面还有很多泥点和污渍，见证了自从它离开埃斯托里尔的酒店衣柜后经历的那些惊险传奇。然后我把它放在桌上，双手放在本子上。

“这里记录着所有的细节，甚至达成交易的那天晚上他们说的每一句话。您的那位 SIS 老情报员也没有跟您提起一个绘画本吗？”

刚刚以席卷一切的方式重新进入我生活的男人，毫无疑问是英国情报系统的老牌间谍。但是，在钨矿交易这件事情上，我却比他略胜一筹。

67

走出那个秘密会面的地方时，我似乎有些不一样了，身上多了某种莫名的东西，从未有过的感觉。我沿着街道缓缓地走着，努力为这种感觉寻找一个合适的形容词。我既不关心身后是否有人跟踪，也不在乎是不是会在哪个拐角处碰见某个从不愿面对的恶棍。从外表上来看，现在的我跟几个小时前从反方向走过同一条路的女人没有任何区别，同样的衣服，同样的鞋子。任何看到我往返的人都不可能觉察到我的变化，除了身上少了一个绘画本。但是我自己心里清楚发生了什么事。希尔加斯也清楚。我们两人都明白，在那个五月底的傍晚，事情发生了不可逆转的变化。

虽然话不多，但是他的态度表明，我刚刚提供的资料对他们来说是一个极其丰富且珍贵的宝藏，必须争分夺秒地传递给伦敦，并由伦敦方面进行细致的分析。这些细节将有助于发出警告、瓦解同盟，并改变多个行动的方向。而我也预感到，面对这一切，这位武官的态度将发生一百八十度的大转弯。我在他的眼中看到了一个新我的诞生：那个冒冒失失的线人、专业的时装师、业余的情报员，有可能前途远大却并不明朗，但是一夜之间竟成了一位能帮他们解决棘手问题的勇士，甚至比专业人员斩获更多。也许我没有系统的方法论，也缺少专业技巧和知识。由于我的圈子、国籍以及语言，我甚至不真正属于他们中的一员，但是我取得的成绩却远远超乎他们的预期，这让我在他们的等级评定中占据了一个全新的位置。

其实在我内心牢牢生根的那种感觉，并不是纯粹的喜悦。这时候最后一丝余晖正伴着我走在回家的路上。没有狂喜，没有激动。我全身心感受到的那种情绪，如果要找一个最恰当的定义，应该是骄傲。这么长时间以来第一次，或许也是生命中的第一次，我为自己骄傲。为我的能力和坚韧骄傲。为自己轻而易举超出了别人对我的期许骄傲。为知道自己有能力为改变这个疯狂的世界尽上绵薄之力而骄傲。为我今天终于成为的那个女人而骄傲。

没错，当初是希尔加斯激励我去做这件事，并把我放在一个令人眩晕的万丈深渊的边上。也是马库斯把我从一辆已经开了的列车上带了出来，挽救了我的生命，没有他的及时帮助，也许我都活不到回忆这一切的那一天。这些都没错。但是我用自己的勇气和毅力圆满完成了这项任务，这也是事实。我所有的恐惧、辗转不眠和孤身一人的拼搏终于修成了正果。不但为战争中的情报部门捕获了有用的信息，最重要的，是向自己和周围的人证明了自己，证明了我究竟能前进到哪一步。

我终于了解了自己的能力，我也终于明白，是时候摆脱盲目地遵从他人为我安排的命运了。希尔加斯突发奇想把我派到里斯本，马努埃尔·达席尔瓦想要除掉我，马库斯·洛根赶来救我。我就像一个木偶一样，在他们手中传来传去，他们希望我怎么样就怎么样，不管是把我推向荣耀，还是把我推下地狱，所有的人都在为我作决定，并把我当成一枚棋子随意安插。没有人跟我推心置腹，也没有向我表明过他们的真实意图。现在是时候结束这一切了。我要掌握自己的生活，选择自己的路，并决定跟谁在一起，如何走完我的人生。虽然漫漫前路上还会遇到很多坎坷与挫折、激流与暗礁、风险与泥潭，我几乎可以确定自己面对的不是一个风平浪静的未来，但也不该再盲目地踏上下一段旅程，浑浑噩噩不知自己走在哪里，不知道每天早晨醒来会遇到什么样的风险，简言之，无法掌控自己人生的方向。现在是时候改变这一切了。

这三个男人，马库斯·洛根，马努埃尔·达席尔瓦和艾伦·希尔加斯，每个人都用自己的方式，而且很可能谁都不自知，让我在短短几天内成长了许多。也许我早已经在缓慢地成长，只不过到现在才发现自己的新状态。也许我这辈子不会再见到达席尔瓦了，但是希尔加斯和马库斯，我相信自己还需要跟他们近距离相处很长时间。尤其是马库斯，我多么渴望他能一直像今天早晨那样亲密地陪伴在我身边。那种身体与心灵的交会，现在想起来我还禁不住发抖。但是首先我得在两件事情之间划清界限。清楚又一目了然，就像划出地界，或者在地上用粉笔画出横线一样。

回到家后，我发现了一个信封，有人从门缝底下塞进来的。信封上是皇宫酒店的标记，里面有一张手写的卡片。

“我回里斯本了。后天早上再来。等我。”

我当然会等他。只花了两个小时，我就准备好了在哪里、如何接待他。

那天晚上我再次违背了上司的指令，而且这次毫无内疚和不安。下午，当花了整整三个小时的时间在希尔加斯面前详细讲述了达席尔瓦别墅中的那次派对以后，我又询问了他在跑马场事故的第二天他跟我提起的那份名单现在处于什么状态。

“没有任何变化。据我们所知，暂时没有什么新的消息。”

这就意味着我的父亲还在亲英派的名单里，而我还在亲德派一边。真是遗憾，因为我们的人生道路刚刚又有了交叉。

我没有提前通知就出现了。一进入门廊，旧日的阴影就在心头激荡，让我不由自主地回想起那天我和母亲惴惴不安地走上同一段楼梯。幸运的是，我的情绪很快就稳定下来，而那些令人痛苦的苦涩回忆也一起消失了，因为我不想面对。

给我开门的用人跟老赛尔万达没有任何相似之处。

“我要见阿尔瓦拉多先生，现在。我有急事。他在家吗？”

她点了点头，困惑地看着我。

“在书房吗？”

“是的，可是……”

她还没来得及说完，我就走了进去。

“不需要向他通报了，谢谢。”

他看到我很高兴，比我想象中还要欣喜得多。在去葡萄牙之前我给他送了一个简短的口信，告诉他我要出门，但是他对此表示意外和不解。他一定在想，这太突然了，跟那天在跑马场的晕倒事件相差无几。知道我已经回来，他终于放心了。

书房跟我记忆中的样子别无二致。也许书桌上的书和文件堆得更多了，日记、信件、一摞摞的杂志。其他跟几年前父亲和母亲与我见面那天一模一样，那是我们三个人第一次聚首，也是最后一次。那个遥远的秋天傍晚我来到这里，充满了紧张，对未来一无所知，在这个陌生人面前拘谨而茫然。将近六年之后，我已经自信得判若两人。为了建立这份自信，我经历了人生的磨难，经历了艰苦的工作，一路走过无数的坎坷和热望，但是如今，它已经成为我生命的一个印记，再没有什么能让我失去自信。风再肆虐，未来的日子再艰难，我也知道自己将会有足够的能力和勇气去面对一切，抵抗一切。

“我想请你帮个忙，冈萨罗。”

“你说吧。”

“帮我组织一次五人聚会，一个很小的私人派对。就在这里，在你家里，星期二晚上。你，我，还有另外三个客人。您负责直接邀请其中的两位，不要让他们知道我也在其中。不会有问题的，因为你们认识。”

“那第三个客人？”

“第三个客人我来负责。”

他毫不迟疑地答应了，没有提任何问题。虽然我行踪不定，而且一直使用着虚假身份，但是他似乎对我有一种盲目的信任。

“几点？”他简单地问。

“我下午就来。你不认识的那个客人六点钟到。在其他人出现之前我得先跟他谈谈。我们可以在你的书房见面吗？”

“当然，你随意。”

“好极了。那麻烦你约另外两个客人八点到。还有一件事，如果我让他们知道我是你的女儿，你不会介意吧？只有我们五个人知道，不会传出去的。”

他没有立刻回答，但我看到他的眼里闪现出一丝异彩。

“那将是我的荣幸与骄傲。”

我们又聊了一会儿，关于里斯本，关于马德里，还有其他一些话题，一些保险无误的话题。然而正当我准备离开的时候，惯常的谨慎却让他终于忍不住发问。

“我知道在现在这种情况下，没有资格干涉你的生活，但是，希拉……”

我转过身去，拥抱了他一下。

“谢谢你为我做的一切，到下星期二你就会明白的。”

68

马库斯如期而至。我在他的酒店里留了一个信息，正如我预料的那样，他顺利收到了。他完全不知道这是谁的地址，只知道我在那里等他。我确实在那里，穿着一件长及脚面的红色丝绸褶皱连衣裙，雍容华贵。化着精致的妆容，露出长长的脖子，黑色的头发梳成高高的发髻。我在等待。

他穿着礼服，形象无可挑剔，衬衣浆洗得笔挺，经过千锤百炼的身躯伟岸挺拔，而他经历的那些艰难险阻很多是不可告人的，或者说是直到现在为止还没有向我透露过的。听到门铃响，我亲自跑去开门，问候时各自努力掩饰着心中的柔情。从他最后一次匆匆离去开始，两颗心终于开始靠近，甚至可以说亲密无间。

“我想向你介绍一个人。”

我抓住他的胳膊，把他拉进了客厅。

“马库斯，这位是冈萨罗·阿尔瓦拉多。我让你到他家里来是为了让你知道他是谁。也为了让他知道你是谁，在他面前说清楚我们俩是什么关系。”

他们礼貌地互相问候。冈萨罗叫人给我们上了酒，我们三个闲聊了一会儿，几分钟以后，用人适时地出现了，在门口叫她的主人去接电话。

屋里就剩我们两个人，看上去是多么般配的一对。但是只要听到马库斯哑着嗓子在我耳边悄声说的话，就知道我们之间还有别的事。

“我们能单独谈谈吗？”

“当然，跟我来。”

我把他带到了书房。书桌后面的墙上依然悬挂着卡尔洛塔女士威严的肖像，她脖子上戴着的闪闪发光的珠宝曾一度属于我，而我却丢失了。

“你刚刚介绍给我的那个人是谁？你为什么要让他知道我是谁？这到底是怎么回事，希拉？”当我们单独相处的时候，他酸溜溜地问道。

“这是我专门为你安排的见面。”我说着在一把椅子上坐下，架起双腿，伸出一个胳膊搭在椅背上。放松而自信，我掌控着形势，仿佛为了这个机会我已经等待了一生。“我需要知道你是不是适合继续在我的生活中出现，还是我们此生最好永不相见。”

我的话让他十分不快。

“这样做毫无意义，我想我最好还是尽快离开……”

“你这么快就想放弃了？你不是准备好要为了我面对一切吗？这才刚过去三天。你答应过我，为了我你会不惜一切代价，你说你已经失去过我一次，不会让这种事情再次发生。你的感情这么快就冷却了，还是你根本就在说谎？”

他看着我，没有说话。站着，紧张而冷峻，陌生而遥远。

“你到底想干什么，希拉？”最后他问。

“想要你跟我说清楚你的过去。作为交换，你会知道有关我现在的一切。另外，你还会获得一个奖励。”

“你想知道我过去的什么事？”

“我要你告诉我当年为什么去摩洛哥。你想知道你的奖励是什么吗？”

他没有回答。

“就是我。如果你的回答让我满意，就可以跟我在一起。如果没有说服我，那你就会永远地失去我。你来选择吧。”

他再次沉默了，然后缓缓地靠近我。

“时至今日，我为什么去摩洛哥对你来说还那么重要吗？”

“曾经有一次，好多年前，我向一个男人敞开心扉，可他却没有真诚相待。他给我留下的伤痕久久难以愈合。我不希望你和我之间也发生这样的事。我再也不要更多谎言，更多隐瞒。我不希望再有男人随心所欲地拥有我，想来就来，想走就走，连招呼都不打一个，就算是为了救我的命。所以我才想要看到你的全部，马库斯。我已经揭开了部分谜底，我知道你在为谁工作，知道你并不是在做生意，也知道你之前并不是记者。但是我还有一些关于你过去的空白，需要你来填补。”

他终于在一个沙发扶手上坐下了，一条腿蹬着地面，另一条腿架在上面，脊背挺直，手里还拿着酒杯，表情凝重。

“好吧。”他想了一会儿说，“我会告诉你一切。不过作为交换，你也必须跟我说实话。告诉我一切。”

“我会的，我向你保证。”

“那告诉我，关于我你都知道些什么了。”

“我知道你是英国军事情报局的成员，SIS，或者军情六处，随便你怎么叫。”

他脸上没有表现出惊讶，也许他们平时接受的训练就是如何刻意隐藏自己的感情和情绪。这跟我不一样。对我，他们没有进行任何培训，没有帮我准备，也没有给我保护，就把我赤裸裸地扔到了一群饿狼面前。但是我在学习，在成长。独自一人，努力着，磕磕绊绊地，不停地摔倒，又不停地爬起来，时刻准备着再次出发，先迈出一只脚，然后迈出另一只。脚步越来越坚定，昂着头，正视前方。

“我不知道你是怎么知道这个的。”他回答说，“但不管怎么说，这并不重要。我想你的消息来源是可靠的，即使我否认也毫无意义。”

“但是还有一些事情我不知道。”

“你想让我从什么时候开始说起？”

“从我们认识的那一刻起。比如说，你去摩洛哥的真实原因。”

“好吧。真正的原因就是伦敦方面对摩洛哥西班牙辖区内发生的事情所知非常有限，而几个消息渠道都证实，德国人在西班牙当局的默许下肆意横行。我们的情报工作几乎没有获得任何关于贝格贝尔的信息，他不属于那些知名的军事家，他究竟支持哪一方、有些什么样的计划或观点，外界一无所知，尤其是我们不知道他怎么看待德国人在他管辖的地盘上自由自在、横行霸道。”

“那你都发现了什么？”

“我发现，正如我们所预料的，德国人毫无顾忌，为所欲为，有时候征得了他的同意，有时候没有。那时候你还帮我获得了一部分消息。”

我知道他指的是什么。

“那关于贝格贝尔呢？”我问。

“关于他，我调查到的情况你也知道。他曾经是，而且我想现在也是，一个很聪明的人，与众不同，特立独行。”

“可是，你当时的身体状态那么差，他们为什么派你去摩洛哥？”

“当时我们得知了罗萨琳达·福克斯的存在，一位跟总督心心相印的英国同胞，这对我们来说是一个珍宝，一个不可多得的好机会。但是如果直接跟她接触又太冒险了，因为她太珍贵，我们不愿意因为一次鲁莽的行动面临失去她的危险，所以决定等待合适的机会。当我们听说她想找人帮忙转移一个朋友的母亲，一切就开始运转起来。他们认为我是完成这个任务最理想的人选，因为我在马德里的时候跟负责向地中海疏散难民的人有过接触。是我向伦敦方面随时汇报兰斯的一举一动，而让我以向总督情人提供帮助为借口出现在得土安，并接近贝格贝尔，将是一个完美的计划。然而，当时有个小小的麻烦。我正半死不活地躺在伦敦皇家医院，卧床不起，遍体鳞伤，神志不清，每天靠打吗啡镇痛。”

“但是你冒险来了，欺骗了我们所有人，并达到了你的目的……”

“比我们预期的要成功得多。”他说，唇边浮现出一丝微笑，这是我们进入书房以后他第一次微笑。我心头一震。那个我曾经深爱的、想要永远留在自己身边的马库斯终于回来了。“那是一段非常特殊的日子，”

他继续说，“在战时动荡不安的西班牙住了一年多以后，摩洛哥对我来说是一个最好的疗养地。我的身体逐渐康复，并且出色地完成了任务，而且认识了你。我别无所求。”

“你是怎么做到的。”

“几乎每天晚上我都在国家酒店的房间里向伦敦发送消息。我的行李箱里装了一个伪装的便携式无线电传输设备。而且我每天都会写一份详细的日志，内容包括当天的所见所闻，所做的事情。然后在可能的时候，把它们传递给在丹吉尔的一位联系人，Saccone & Speed 的售货员。”

“没有人怀疑过你？”

“当然有。贝格贝尔一点儿也不傻，这你跟我一样清楚。他们搜查过几次我的房间，但可能是派来的人不够专业，所以从来没发现过什么。德国人也怀疑我，但是也找不到什么证据。而我一直小心翼翼不敢走错一步。从来不和军官圈外的人接触，也不介入任何麻烦事。相反，我的表现无可非议，只出现在合适的人身边，而且永远光明正大地活动，一切都清清白白。你还有什么问题吗？”

他看上去不那么紧张了，更加亲密，更加像从前那个马库斯了。

“你为什么走得那么突然？之前根本没有告诉我，却突然出现在我家，告诉我母亲已经上路了，然后就再也没有出现过。”

“我收到紧急指令，要求马上离开西班牙辖区。那里的德国人越来越多，我们得到消息称，有人开始对我产生怀疑。但即便是这样，我也想方设法推迟了几天，冒着被发现的风险。”

“为什么？”

“在没有证实你母亲已经像预期的那样被成功营救之前，我不想走。因为我曾经答应过你。我真的很想一直跟你在一起，但是我不能。那里不是我的世界，而且真的到了该走的时候。另外，对你来说那也不是重新开始一段感情的合适时机。你还没从前一次的伤害中恢复过来，还没有准备好完全信任任何一个男人，尤其是一个不得不从你身边突然消失又不能说明理由的男人。事情就是这样，亲爱的希拉。我说完了。这是你希望听到的内容吗？这个版本对你有效吗？”

“有效。”我说着站了起来，朝他身边走去。

“那么，我得到我的奖励了吗？”

我什么也没说。只是走近他，坐到他腿上，把嘴唇贴近他的耳朵。我纯净柔滑的肌肤摩挲着他刚刮完胡子的下颌，我柔软的嘴唇在他的耳垂上吐出柔声细语。我注意到我的靠近让他全身紧绷起来。

“你赢得了你的奖励，没错。但也许这是一份有毒的礼物。”

“也许吧。为了证明这一点，我需要知道你的一切。我离开得土安的时候你还是一个天真、单纯、充满柔情的年轻时装师，但是当我在里斯本与你重逢的时候，你却跟一个完全不适合的人出双入对。我想知道这期间到底发生了什么事。”

“你马上就会知道了。而且为了让你毫无疑虑，我会通过另外一个人告诉你，一个你已经认识的人。跟我来。”

我们手挽着手从走廊向客厅走去。远远地我听到父亲洪亮的声音，禁不住再次回想起我们初识的那一天。从那时候开始，我的生活发生了多少百转千回的变化。多少次我陷入泥淖直至无法呼吸，又有多少次我重新抬起头来。但是现在一切都已经过去了，那些不堪回首的岁月早已被留在了身后。我们应该做的就是正视当下，正视现实，正视未来。

我想其他的客人应该都已经到了，一切按照预料的那样顺利进行。到达客厅的时候，我们放开了对方的胳膊，但仍然十指交握，直到看到客厅里是谁在等我们。然后我笑了，马库斯却笑不出来。

“晚上好，希尔加斯太太，晚上好，上校先生。很高兴见到你们。”我打断了他们的谈话。

屋里陷入了一阵沉默。阴郁而紧张的沉默，紧张到几乎要擦出火花。

“晚上好，西迪小姐。”几秒钟后希尔加斯回答道，这几秒钟对所有人来说都像永恒一样漫长。他的声音好像是从洞穴里发出来的，一个黑暗阴冷的洞穴，而这位英国情报局在西班牙的负责人，一位无所不知或者应该无所不知的人，就在洞穴里试探着。“晚上好，洛根。”然后他补充道。他的太太，这次没有了上回在美容院里的面膜，看到我们一起出现，惊讶得忘了回应我的问候。“我以为您已经回里斯本了。”海军参赞继续对马库斯说，“而且我不知道你们认识。”

我注意到马库斯正要说话，便用力地握了握他的手，及时阻止了他，于是他明白了我的意思。我没有看他，因为不想看到他是不是跟希尔加斯夫妇一样困惑，也不想知道他看到这两个人坐在那个陌生的客厅里时是什么反应。以后再细说吧，等一切都平静下来以后。我相信我们来日方长。

希尔加斯太太亮晶晶的大眼睛里流露出茫然。她曾为葡萄牙的任务向我面授机宜，所以一定也完全参与到了她丈夫的行动中。希尔加斯先生跟我最后一次见面时交代给我这个任务，很可能是他们两人匆忙商量出的结果。达席尔瓦和里斯本，马库斯突然来到马德里，我们两个人前后脚带来同样的消息。所有这一切，显然都不是偶然。他们怎么可能忽略呢？

“情报员洛根跟我，我们几年前就认识了，上校先生，但是我们有很长一段时间没见，而且到现在还没有完全了解对方的活动。”我说，“我已经知道了他的环境和职责，不久之前是您在这方面给了我很大的帮助。因此我想也许您也愿意帮助我让他了解我的一切。这样我的父亲也能顺便知晓真相。啊，对不起！我忘了告诉您，冈萨罗·阿尔瓦拉多是我的父亲。您不用担心，我们会尽量避免一起出现在公共场合，但是您得理解，我不可能跟他断绝关系。”

希尔加斯没有回答，浓密的眉毛下，那双冷峻的眼睛用花岗岩般坚硬的目光看着我们。

我能想象到冈萨罗的迷茫，也许跟马库斯差不多，但是他们俩谁也没有发问，只是跟我一样，等待着希尔加斯消化掉我的放肆。他的妻子用颤抖的手指打开烟盒，取出一根烟，来掩饰自己的不知所措。屋子里又出现了令人不安的沉默，只听到她的打火机不停地噼啪作响。直到海军参赞终于开口：

“如果我不说，我想您一定也会说的……”

“恐怕我别无选择。”说着，我给了他一个最灿烂的微笑。一种新的笑容：真挚、自信，又带些挑战的意味。

屋子里只有他把威士忌送到嘴边时，杯中的冰块与玻璃杯碰撞后清脆的叮当声。他的妻子深深地吸了一口黑猫香烟。

“我想，这是我们为了您从里斯本带回来的东西必须付出的代价。”最后他说。

为了这个，也为了将来所有我即将接受的任务，我向他承诺。以时装师的名义和间谍的名义。

69

这次我收到的不是一束用丝带包装的玫瑰花，上面写满了长长短短的密码，就像希尔加斯每次想要传递信息的时候给我送来的一样。也不是像马努埃尔·达席尔瓦在决定除掉我之前派人送来的那种充满异域风情的鲜花。那天晚上，马库斯带来的是一件特别小、几乎无足轻重的东西。冬日的严寒过去，春天来临，一个土坯墙上奇迹般地长出了一棵玫瑰花树，而他带来的正是从这棵树上摘下的一朵娇嫩的花蕾。一朵很小很小的花，几乎弱不禁风。但正是因为它的简单，毫无矫饰，才让人怦然心动。

我没有刻意在等他，但是潜意识里又好像一直在等待。几个小时前，他和希尔加斯夫妇一起离开了我父亲的家，因为这位海军参赞邀请他陪同，很可能是想避开我跟他单独谈谈。而我独自回了家，不知道他什么时候会重新出现，如果他会出现的话。

我接过那朵小小的花，请他进来。他的领结松了，似乎想要放松自己。他缓缓地走到客厅中间，似乎每一步都在深思，并酝酿着该说些什么。最后他终于转过身来，等待我走到他面前。

“你知道我们面临的将是什么，对吗？”

我知道。我当然知道。我们都被卷入了浑浊的旋涡，在谎言的丛林里找不到出路，而情报工作这架秘密机器像玻璃一样脆弱，不知道什么时候就会成为碎片。在一个充满仇恨、匮乏和背叛的时代，一场不可示人的爱情，这就是我们眼前的东西。

“我知道我们面临着什么，我知道。”

“一切都会很艰难。”他补充道。

“现在已经很艰难了。”我说。

“可能会很痛苦。”

“也许。”

“也可能会很危险。”

“我知道。”

躲避陷阱，化解风险。没有确定的明天，在阴影中逆势而行。这就是我们面临的生活方式。顽强、勇敢、坚韧不拔，因为知道彼此都在为同一个事业而努力。

我们互相凝望着。我又想起了那片非洲大地，这一场爱恋从那里开始。他的世界和我的世界，曾经多么遥远，现在又多么接近，终于能衔接到一起。于是他抱住我，在身体紧紧相依的温暖和柔情中，我坚定地相信在这项使命中我们一定不会失败。

EL TIEMPO ENTRE COSTURAS

尾　声

这就是我的故事，至少在我记忆中是这样。也许经过了几十年的岁月沉淀，它已经被蒙上了浓浓的怀旧色彩。但是没错，这就是我的故事。我曾经为英国情报系统服务，在四年多的时间里收集并传递关于德国人在伊比利亚半岛活动的信息，一直精确而准时。我从来没有接受过军事战术、战场勘测或爆炸物操作之类的培训，但是我的服装无人能及，而且时装店的声名远扬也让我幸免于任何怀疑。这家店一直运营到一九四五年，那时候我已经在双重身份中游刃有余。

第二次世界大战后西班牙发生的事情，以及在这个故事中出现的很多人物的结局，都可以在历史书、档案馆和期刊阅览室中找到。然而，我还是想做一个简要的总结，也许会有人有兴趣知道这些人最后都怎么样了。我努力把它们概括得言简意赅，无论如何，我的工作一贯如此：把事情或衣服的各个部分连接成和谐的整体。

就从贝格贝尔开始吧，也许他是这个故事的所有人物中最不幸的一个。当他结束了在隆达的监禁生活后，我知道他去过几次马德里，甚至还长住了几个月。在这几个月中，他跟英国、美国大使馆一直保持着密切的联络，并向他们提供了无数个计划，有的确实清醒有效，有的则荒谬无稽。他自己说，有两次他差点儿被暗杀，但是很奇怪，他同时又承认仍跟权力当局有着千丝万缕的关系。老朋友们都对他恭敬有礼，有一些甚至真心地爱戴他。当然，也有人连面都不肯见就急于摆脱，对这些人来说，这只折断翅膀的苍鹰还有什么用呢？

在人心惶惶的西班牙，各种真假难辨的消息满天飞。没过多久就开始传言他的放逐状态要结束了。虽然几乎所有人都认为他的职业生涯已经画上了句号，但到了一九四三年，当德国人必胜的信念开始动摇时，佛朗哥又将他召回了政府。这让所有人都大跌眼镜，并引发了各种各样的议论和猜测。虽然佛朗哥没有给他任何军官职务，但是却将他直接晋升为将军，并授予他为全权代表的特派部长，委派他去华盛顿长期任职。从领袖下达这个命令到他离开西班牙赴任，过了好几个月的时间。有人告诉我说，是他自己请求美国大使馆尽可能地拖延向他发出签证，这一点很令人费解。也许他怀疑佛朗哥此举的目的是把他从西班牙打发走，永远不再让他回来。

贝格贝尔在美国到底干了些什么，谁也不清楚。关于这一点，外界有着各种各样的猜测和谣言。有人说，领袖派他去跟美国人修复关系，在两国之间架设桥梁，并说服他们相信西班牙在战争中是保持绝对中立的，仿佛他从来没有把希特勒的巨幅画像高高悬挂在办公桌前似的。还有一些比较可靠的消息说，他的职责并不单纯是外交，而主要是军事。他去是为了跟美国人讨论北非的未来，因为他曾是那里的总督，又相当了解摩洛哥的情况。也有人说，这位前外交部长去华盛顿是因为预见到德国人有可能攻入西班牙，而去跟美国人就建立“自由西班牙”的基础达成一致，跟“自由法国”相平行。还有更荒诞不经的版本称，他一到达华盛顿，就到处跟人说他跟佛朗哥政权已经完全断绝了关系，并致力于为恢复君主制寻找援手。甚至还有更极端的说法认为，他这趟行程只顾个人享乐，过着堕落的生活，逍遥自在、纵欲狂欢。不管这次任务的性质到底是什么，事实是，我们的领袖对他此行的结果似乎并不满意：几年后他又在公开场合表示贝格贝尔是一个堕落而贪婪的人，不放过任何能捞一把的机会。

无论如何，外界从来无法确切知晓他在华盛顿究竟做了些什么。唯一能肯定的是，他在那儿一直待到第二次世界大战结束。他前去赴任的时候在里斯本作了短暂停留，终于得以跟罗萨琳达聚首。那时候他们已经有两年半没见了。两人在里斯本一起待了一个星期，他努力说服她一起去美国。但是她没有同意，我一直都不知道为什么。她借口说她不去是因为他们俩没有结婚，认为这会影响到胡安·路易斯在美国外交圈里的声望。但是我不相信这个理由，我想贝格贝尔也不会相信。她既然可以在谨小慎微的西班牙不顾压力和世俗的反对跟他在一起，为什么在大西洋的彼岸不能这么做？但是不管怎么样，她从未提起过这个令人意外的决定的真实理由。

自从一九四五年回到西班牙以后，贝格贝尔就成了致力于策划推翻佛朗哥的军官群体中一位活跃的成员，跟阿兰达、金德兰、达维拉、奥尔盖斯和巴雷拉一起，但始终没能成功。他跟波旁王朝的胡安王子有接触，并参与过无数次密谋造反的行动。但是这些行动无一成功，其中有一些还落得十分凄凉的下场。比如阿兰达将军领导的那次。所有这些计划都没能让佛朗哥政权倒台，而其中大部分活跃分子也被逮捕、流放或停职。后来有人告诉我，这些将领在二战期间通过金融家胡安·马切，从希尔加斯手中接受了英国政府的重金馈赠，用于向佛朗哥施加压力，使西班牙不参与战争并站到轴心国一边。我不知道这是不是真的。也许有人接受了这笔钱，也许只在几个人中间分发了。而贝格贝尔，很显然一无所得，以至于他最后的生活“模范般贫穷”，就像狄奥尼西奥对他的评论那样。

我也听说过很多关于他爱情故事的传言，据说他跟一位法国女记者、一个长枪党女党员、一个美国女间谍、一个马德里女作家，还有一位将军之女都有过罗曼史。他喜欢女人不是什么秘密。他是那么容易拜倒在某个女人的石榴裙下，用少年一般的热情轰轰烈烈地去爱。我亲眼见证了他跟罗萨琳达的感情，我想在他的生命中一定也有过其他类似的经历。但是如果因此就下结论说这是一种生活腐化，或者说是他对异性的渴求毁掉了他的事业，便太过轻率，对他来说很不公平。

从他回到西班牙的那一刻起，他的生活就开始走下坡路了。在去华盛顿之前，他曾住在克拉乌迪奥·科埃约大街上一座租来的公寓中。回国以后，他开始住在阿尔卡拉街的巴黎酒店里，后来借住在一个妹妹家里，最后在廉价公寓中终了一生。他在政府中几进几出，却身无分文，最后离开人世时，所有的财产也就是衣柜中几件破旧的西服，三套在非洲时的旧军装，还有一件长袍，以及几百页纸，上面密密麻麻地写着他的回忆录。但是只写到了大约一九〇九年里夫战争时期，甚至连西班牙内战都没来得及提到。

他等了好几年，等待着他的真主，他的运气来到身边。他抱着幻想，相信自己还有机会回政府任职，不管是什么样的工作，只要用各种活动把他的日子填满就行。但是什么都没有降临。在他的履历中，从美国回来以后的经历，只用一句话概括：为伟大的军队统帅效命。这句话在军队语言中相当于“无所事事”。没有人再需要他，而他自己也没有了斗争的力气，再没有当年的果断英勇来改变自己的命运。他时而清醒，时而糊涂。直到一九五〇年四月他才找到些事情做。一个摩洛哥的老朋友，布莱克斯·巴埃萨，给了他一份工作，让他在生命的最后几年能有所寄托，虽然只是在马德里一家不动产公司做小小的管理工作。他于一九五七年六月去世。在那方位于圣胡斯托公墓的墓碑下，长眠着他六十九年动荡的生活。他的那些回忆录被人遗忘在托马萨的廉价公寓里。几个月后，一个得土安的老朋友找到了它们，帮他付清了遗留下来的数千比塞塔的账单，并把这些手稿赎了回来。直到现在，这些私人档案都还保留着，那位热心而忠诚的保存者是他的摩洛哥幸福岁月里认识并敬仰他的故交。

现在我来整理一下罗萨琳达后来的故事，叙述的时候我会以贝格贝尔的命运变化为主线，这样或许读者能对这位前外交部长最后的岁月有更加完整的了解。战争结束后，罗萨琳达决定离开葡萄牙并定居英国，因为她希望儿子在那里接受教育。于是她跟合伙人迪米特里转了卡尔戈俱乐部。“美国犹太人联合分配委员会”授予他们两人一枚法国抵抗运动洛林十字勋章，以表彰在庇护犹太人方面做出的贡献。美国的《时代周刊》发表了一篇文章，文中玛莎·盖尔霍恩，也就是欧内斯特·海明威的妻子，谈到了卡尔戈俱乐部和福克斯太太，称之为里斯本最令人流连忘返的地方和人物。但即便是这样，她也离开了。

靠着转让俱乐部得到的钱，她在英国安顿下来。头几个月一切都很顺利，健康状况良好，银行存款富足，老朋友们又开始来往，甚至从里斯本寄来的家具也完好无损，其中有十七张沙发和三架钢琴。就在那时候，当一切刚刚平静下来，生活似乎开始对她微笑的时候，皮特·福克斯从加尔各答传回消息，提醒她还有这么一位丈夫，并要求与她重归于好。而她竟出人意料地同意了。

她找了一栋别墅，并准备好重新扮演起妻子的角色，这在她的生命中是第三次。但是用她自己的话来说，这场冒险仍是一个不可能完成的任务。皮特还是以前的皮特，他的一举一动仿佛还把罗萨琳达当成结婚时那个十六岁的小女孩，对待用人粗暴而不尊重，从不替别人考虑，自私且令人厌烦。他们重逢之后三个月，她再次住进了医院，接受了手术，在那里住了好几个星期等待康复。这几个星期的思考只得到一个结果：无论如何她必须跟丈夫分手。于是她回到伦敦，在切尔塞大街租了一栋房子，还一度开过一家俱乐部，并取了一个诗意的名字叫“The Patio（小院）”。而皮特一直住在别墅里，不但不肯离婚，甚至不肯把她从里斯本带回来的家具还给她。当她的身体状况稍稍好转，就开始为了自己的彻底自由而奋斗。

她从未断绝过跟贝格贝尔的联系。一九四六年底，在皮特回到英国之前，他们一起在马德里待了几个星期。一九五〇年她又去陪了他一段时间。我当时不在那里，但是通过信件，我能感受到当看到她的胡安·路易斯日渐颓废时，她有多么伤心和遗憾。虽然她以一贯的乐观掩饰他们的状况，跟我谈起他领导的实力雄厚的公司，还说他成为了企业界的明星，但是从字里行间中我知道，她说的不是真的。

从那一年开始，一个新的罗萨琳达诞生了，她的生命中似乎只剩下两件事：一是跟皮特离婚，二是往返于马德里，陪伴胡安·路易斯度过他人生的最后时光。据她说，他衰老得特别快，越来越消沉，越来越颓废。他当总督时那旺盛的精力、灵活的思维和他的激情与动力都随着时间的脚步慢慢消失。他开始喜欢她每天晚上开车来接他，一起去任何一个山里的村庄或某个公路边的露天食摊吃饭，远离城市。当他们不得不待在市里的时候，就会一起散步。有时候遇见曾经与他一起服役或共事的老人，他就会介绍说，这是我的罗萨琳达，她是世界上除了圣母最神圣的女人。罗萨琳达就会在一旁微笑。

她无法理解为什么他会显得如此老态，因为从年龄上来说还不至于此。那时候他刚过六十，但是在精神上已经到了风烛残年。他是那么疲惫，悲伤，绝望。对一切事务都是如此。就在那时候他突发奇想，萌发了生命中最后一个有创意的念头：用最后的生命遥望摩洛哥。不回到那个国家，而是隔海相望。他不想回去，因为那里几乎没什么人跟他共度过光辉岁月。就在前一年，摩洛哥西班牙辖区已经被取消了，摩洛哥获得了独立。西班牙人都走了，而他的摩洛哥老朋友也没几个还活着。他不想回得土安，但是他想看着地平线上的那片土地走完自己的人生。于是他请求说我们去南方吧，罗萨琳达，我们找一个地方，可以一直看着海的那边。

于是她就去找了。瓜达兰克，西班牙最南部地区的最南端。在阿尔赫西拉斯海湾，正对着海峡，能看到非洲和直布罗陀。她在那里买了房子和土地，又回到英国处理各种事情，看望她的儿子，换一辆汽车。她本来打算两个星期后回西班牙，接上胡安·路易斯一起开始他们的新生活。但是她到伦敦的第十天，就收到西班牙来的电报，说胡安·路易斯已经去世了。她的悲痛无法言喻。为了让自己的记忆延续下去，她决定独自居住到曾经渴望与他分享的房子里。她在那里一直住到九十三岁，从未放弃过那特殊的能力：无数次地摔倒，又无数次地爬起，拍拍身上的尘土，用坚定的步伐继续赶路，就像什么事情都没有发生过。不管时事多么艰难，她从来没有丢失过乐观和坚强。正是凭着这样的品质，她才能经受住一次又一次的打击，并且让自己适应这个世界，永远从最好的角度去看待生活。

也许有人会问，最后塞拉诺·苏聂尔怎么样了。那就让我来告诉你们吧。一九四二年德国人入侵俄罗斯，而他还是一如既往地全力支持那些第三帝国的好朋友们，并在阿尔卡拉大街的革命总指挥部的阳台上发表了热情洋溢的演说。他穿着一尘不染的白色军装夹克，像电影明星一样光彩照人，振臂高呼“俄罗斯罪有应得！”。同时他还建立起一支由志愿者组成的蓝色小分队，在火车北站插满纳粹旗帜，运送了成千上万的西班牙人去西伯利亚，或者冻死，或者在一场与己无关的战争中为了轴心国浴血奋战，虽然从没有人向西班牙要求过援助。

但是他在政治上也没能笑到最后，甚至都没来得及看到德国战败。一九四二年九月三日，就在贝格贝尔被停职的二十二个月零十七天以后，政府公报以一模一样的字眼儿宣布撤销他的一切职务。这位“裙带领袖”的落马，据说是跟一次武装暴乱有关，这次暴乱中有保皇党卡洛斯派、军队和长枪党成员参与。在某个地方发生了一起爆炸，十多人受伤。有两人因此遭到罢免，一个是发动暴乱的长枪党人，后来被枪毙了，另一个就是塞拉诺，因为他是长枪党中央主席。但是民间还是流传着各种不同的版本。

看起来因为让塞拉诺主持大局，佛朗哥付出的代价太高了。虽然这位才高八斗的政治兄弟肩负起了让整个军事政权民事化的重任，主宰着大部分的肮脏交易，总揽新国家的行政大权，镇压一切长枪党人反对佛朗哥的起义和冒犯；虽然他为了国家的内政外交出谋划策、大权独揽；虽然他鞠躬尽瘁、亲力亲为，但终于那位幕后的傀儡也开始厌烦他。军队高官对他充满了仇恨，他在人民群众中的威信也一落千丈，人们甚至开始把西班牙的一切弊端都归咎于他，从电影票的价格上涨，到那西班牙农村遭遇的干旱。对佛朗哥来说，塞拉诺固然曾经很有用，但是他身上积攒了太多的权势和仇恨。他的存在成了所有人的心头之恶，此外，他热情支持的德国事业的前景也变得扑朔迷离。因此，据说领袖佛朗哥借长枪党人暴动的机会摆脱了他，同时还把西班牙对轴心国的支持和放纵全部推卸到他一个人身上。

据小道消息称，这是这次事件的真实版本。人们基本上也都这么认为。但是我知道这其中还有另外一个原因，另一个可能比国内紧张的政治局势、佛朗哥的厌烦和第二次世界大战更重要的原因。我不出家门就听说了，就在我的时装店里，通过我的那些顾客，那时候光顾时装店的西班牙贵族越来越多。据她们说，塞拉诺被罢免的真正幕后操纵者是佛朗哥伟大的太太，卡门·保罗。据说，她作出这一决定是因为八月二十九日，那位美丽又骄傲的昂索尔侯爵夫人生下了第四个女儿，而跟前三个孩子不同的是，这个有着猫一样眼睛的女婴，她的父亲不是昂索尔侯爵,而是拉蒙·塞拉诺·苏聂尔,侯爵夫人的情人。这让她暴跳如雷。这一丑闻不仅对塞拉诺的妻子姬达·保罗来说是一种羞辱，对保罗家族来说也是一种践踏，已经远远超出了佛朗哥太太的忍耐极限。所以她向丈夫施压，迫使他决定放弃这个连襟。这个报复性的停职来得很快。三天之后佛朗哥对他发出口头通知，又过了一天就公之于世。罗萨琳达一定会说，从那时候开始，塞拉诺就将彻底出局。而坎德拉利亚会说得更加直接：被他妈的赶出去了。

后来有传闻说他很快将要任命为驻罗马的外交代表，还说也许过一段时间他还能重回权力巅峰。但是这些都没有发生。他的连襟再也没有给他任何翻身的机会。但不得不说的是，虽然他被撤消了一切职务，但是之后也一直过着谨慎而有尊严的生活，当律师、投资私人企业、为报纸撰写文章，并出版粉饰过去的回忆录，甚至还常常通过民事法庭，提醒他的连襟应该适时地进行政治改革。他从来没有丧失过优越感，但是当时局改变时，跟很多人一样，也没有放弃试图声明自己一辈子都在支持民主。随着时间的推移，他的形象居然在西班牙舆论中获得了一定的尊重。他去世的时候，差几天就要满一百岁了。

在粗暴地把贝格贝尔从内阁中清除三十多年以后，塞拉诺在他的回忆录中用几行字的篇幅对他表示了肯定。书里写道：“他是一个独特而有些离经叛道的人，学识过人，能做出任何疯狂的事情。”最后对他的评语是：正直的人。但是这个评语来得太晚了。

一九四五年五月八日，德国宣布投降。它在马德里的大使馆和其他机构都宣布关闭，并移交给西班牙内政部和外交部。然而，盟军方面直到同一年的六月五日德国正式签署投降协议后才得以进入。当英国和美国官员们终于来到纳粹过去在西班牙的活动中心时，除了洗劫过的满地狼藉，一无所获。墙壁空空如洗，房间里的家具不翼而飞，档案文件全都付之一炬，保险柜早已被撬开，洗劫一空，甚至连所有的灯具都被顺手牵羊了。而这一切都是在负责安保的西班牙内政部那些宽容的保安们眼皮底下发生的。随着时间的推移，有一些财产被找到并查封了，比如地毯、画、古代雕刻、瓷器和银器。但是绝大多数石沉大海，再也找不到任何踪迹。那些见证着西班牙和德国之间亲密无间的机密文件，全都成了一堆灰烬。但是同盟国方面最终找回了纳粹在西班牙最值钱的赃物：整整两吨重的金条，既无印章，也无盘点手续，一直放在经济政策部长的办公室里，用毯子盖着。至于那些在战争中十分活跃的德国重要人物和他们经常穿着我的作品往来于各种派对的太太，有的被流放了，有的因为主动投诚并立功而免于遣送回国，有的躲了起来，有的伪装身份，有的逃走了，有的像欧洲鳗鲡一样悄然滑脱，并神秘地重生为西班牙人，个人历史比圣饼碟还要清白。虽然同盟国十分坚持并向西班牙施加压力，要求它遵守国际决议，西班牙当局却没有兴趣积极参与，并为很多出现在黑名单上的合作者提供了保护。

在西班牙，有人以为佛朗哥会随着德国的投降而倒台。很多人充满幻想地以为君主复辟为时不远了，或者会建立一个更加民主开放的政权。但是事实远非如此。佛朗哥仅仅撤换了几个部长，砍掉了几个长枪党人的脑袋，跟梵蒂冈加强了联系，就成功地把自己的政府改头换面，并且巩固了政权。而世界的新主人们，那些付出巨大代价打败纳粹和法西斯的民主国家，却任其胡作非为。不过在当时的情况下，整个欧洲都在忙于自身的重建，谁会来关心这个喧闹又杂乱无章的国家呢？谁会关心这里百姓的饥饿，这个国家的矿产、大西洋的港口，还有这个小个子将军统治国家的铁拳？西班牙被拒绝加入联合国，各国纷纷撤走了大使馆，在马歇尔计划中西班牙一分钱也没有得到，这都是事实。但同时他们也不再干涉了。让他们听天由命吧。“放手吧”，当胜利到来的时候同盟国们说，“放手吧，小伙子们，咱们走吧。”说到做到，外交人员和情报人员们很快就打好包袱，拍拍身上的土，开始踏上回家的路。一直到很多年以后，他们中的一些人又想回来并在西班牙重新建立关系，不过那已经是另一个故事了。

艾伦·希尔加斯也没能在西班牙亲眼见证这一切。一九四四年他被调往远东，出任海军情报长官。战争结束后，他跟妻子玛丽离婚，并跟一个我不认识的年轻女孩结了婚。从那以后他就一直在爱尔兰过着隐居生活，远离了情报工作，虽然他从事这项事业很多年并且成绩斐然。

而新西班牙宏伟的帝国梦想，最终不过保持了原有的摩洛哥保护区而已。第二次世界大战结束以后，西班牙军队不得不从丹吉尔撤出。五年前西班牙强行占领了这里，作为梦想中的殖民天堂的开端，但是这个天堂从未真正到来。得土安在不断地发展，总督换了一任又一任。在西班牙宗主国的监护下，摩洛哥人和西班牙人依然和谐共处，保持着原有的生活节奏。然而，到了五十年代初，摩洛哥法国保护区出现了反殖民主义运动。武装冲突十分激烈，以至于法国不得不坐下来与之谈判，商量归还主权。一九五六年三月二日，法国承认摩洛哥独立。而西班牙还在做千秋大梦，以为这样的事情不会发生在自己身上。在西班牙保护区从来没有出现过紧张局势，西班牙人支持默罕默德五世，他们曾共同抵御过法国人，也收容过国民军。但是他们想得太天真了。一旦摆脱了法国的统治，摩洛哥人立刻开始要求收回西班牙保护区的主权。一九五六年四月七日，面对愈演愈烈的紧张局势，摩洛哥西班牙保护区也走到了尽头。在主权交接、摩洛哥人重新征服这片土地时，数以万计的西班牙人被遣返的悲惨命运开始了。官员、军人、各行各业的职员、小生意人，被强拆了居所，拖家带口踏上回乡路。虽然他们中的绝大多数几乎已经不认识西班牙了。他们的家、他们的生活、堆积的记忆、还有长眠于此的亲人，统统都留在了身后。他们带着打包的家具和一颗破碎的心穿越海峡，因为不知道即将到来的新生活将会是什么样而惶恐不安。他们像尘土一样散落在伊比利亚半岛的版图上，永世带着那份对非洲的乡愁。

这就是跟这个故事有关的一些人物和地点在那个动荡岁月中的变迁。他们的活动、荣耀和悲惨遭遇，构成了那个时代的客观事实，充斥于当年的报纸、茶馆酒肆，以及流传的歌谣里。时至今日，我们仍可以在图书馆里查阅到，也可以向高龄老人的记忆求证。而在那个年代中像我们这样籍籍无名的人物，虽然一直跟他们在一起，但是人生走向却十分模糊。

至于我的父亲母亲，我可以为这个故事撰写出好几个结局。其中一个可以让冈萨罗·阿尔瓦拉多去得土安找多洛雷斯，并请她跟他一起回马德里，从此永不分离，好好补偿失去的时间。而另一个截然相反的结局是，我的父亲从未离开马德里，而我的母亲则在得土安认识了一个丧偶的退役军人，那个人像少年一样热烈地爱上了她，给她写情书，请她去坎巴纳喝下午茶，日落时分跟她一起在公园散步。最终以耐心和恒心赢得了她的芳心，在一个六月的早晨，他们在所有子女面前举办了一场简朴而庄重的婚礼。

而我在得土安的那些老朋友们，也会有一些故事发生。在我母亲关闭西迪曼德利的服装店以后，坎德拉利亚就搬到了那座大房子里，也许就在那里开办了整个西班牙辖区最豪华的寄宿公寓。也许她的生意非常好，以至于最后把隔壁的房子也租了下来，就是菲利克斯·阿兰达腾出的那一套。一个暴风雨的夜晚，菲利克斯的情绪终于爆发了，最终他把三盒安眠药溶解在半瓶茴芹酒中，结束了母亲的生命。也许从此以后他可以自由飞翔了，可以选择在卡萨布兰卡落脚，开一家古董店，拥有无数个不同肤色的情人，并继续热衷于到处探听各种小道消息。

而马库斯和我，也许在战争结束时就分道扬镳了。在经历了四年多的风雨爱情之后，他回到了他的国家，而我则继续留在马德里，成了一名真正的高级时装师，经营着一家神话般的时装店，可以根据当天的心情随意选择顾客。也许我厌倦了工作，接受了一位外科医生的求婚，他希望能养我一辈子。也有可能，马库斯和我决定共度余生，并选择回到摩洛哥去，在丹吉尔美丽的比耶赫山上找一栋房子，组成一个家庭，并创立了一项赖以生存的真正的生意。摩洛哥独立以后，我们移居到伦敦，或者地中海沿岸的某个地方，或者葡萄牙南部。或者，只要我们愿意，也可以不完全定居下来，而是在几十年里一直服务于英国情报系统，往来于各国之间，伪装成英国大使馆的商务参赞和他美丽的西班牙太太。

我们的命运可以是这样，也可以是完全不同的结局，因为我们的生活没有在任何地方被记载下来。也许我们甚至没有存在过。或者存在过，但没有人知道。不管怎么样，我们永远都在历史的背面，在密密麻麻的时间的针脚中，真实而隐形地活着。

图书在版编目(CIP)数据

时间的针脚/〔西〕杜埃尼亚斯著；罗秀译.
—海口：南海出版公司，2012.3
ISBN 978-7-5442-5786-2

Ⅰ.①时… Ⅱ.①杜…②罗… Ⅲ.①长篇小说—西班牙—现代 Ⅳ.①I551.45

中国版本图书馆CIP数据核字(2012)第020958号

著作权合同登记号 图字：30—2012—014

时间的针脚
〔西〕玛丽亚·杜埃尼亚斯 著
罗秀 译

出　　版　南海出版公司　(0898)66568511
　　　　　海口市海秀中路51号星华大厦五楼　邮编 570206
发　　行　新经典发行有限公司
　　　　　电话(010)68423599　邮箱 editor@readinglife.com
经　　销　新华书店

责任编辑　邵嘉瑜　马秀琴
装帧设计　金　山
内文制作　王春雪

印　　刷　河北鹏润印刷有限公司
开　　本　890毫米×1270毫米　1/32
印　　张　18
字　　数　400千
版　　次　2012年3月第1版
印　　次　2024年3月第23次印刷
书　　号　ISBN 978-7-5442-5786-2
定　　价　59.00元